外国文学典藏书系

巨人传

［法］拉伯雷 著

陈 琳
译
蔡朝阳

海峡出版发行集团 | 海峡文艺出版社

图书在版编目(CIP)数据

巨人传/(法)拉伯雷著;陈琳,蔡朝阳译－福州:海峡文艺出版社,2002.10
ISBN 978-7-80640-746-2-01

Ⅰ.①巨…　Ⅱ.①拉…②陈…③蔡…　Ⅲ.①长篇小说－法国－中世纪　Ⅳ.①I565.43

中国版本图书馆 CIP 数据核字(2002)第 086668 号

巨　人　传

［法］拉伯雷　著　陈　琳　蔡朝阳　译	
责任编辑	唐晓燕
出版发行	海峡出版发行集团
	海峡文艺出版社
经　　销	福建新华发行(集团)有限责任公司
社　　址	福州市东水路 76 号 14 层　　邮编　350001
发 行 部	0591－87536797
印　　刷	福州彩虹制版印刷有限公司　　邮编　350028
厂　　址	福州市仓山区金山桔园洲工业区 38 幢
开　　本	787 毫米×980 毫米　1/16
字　　数	461 千字
印　　张	21.75
版　　次	2002 年 10 月第 1 版
印　　次	2013 年 8 月第 2 次印刷

ISBN 978-7-80640-746-2-01

定　　价　37.00 元

如发现印装质量问题,请寄承印厂调换

目 录

第二卷　英雄事迹的描述以及巨人朋特固尔的言论

第三卷　善良的朋特固尔的英勇言行

第四卷　伟大的朋特固尔的英勇事迹和言行

7

英译本序

拉伯雷从心灵深处呼唤各种神灵鬼怪。它们听从他的指挥，从大洋深处不断涌现，在想像的云端上像精灵一样倏忽而去，给天国蒙上一层绰绰约约的阴影，也蒙蔽住漫无尽头的地面平原。它们的创造者堪称天下第一号巫师，与今天的那些穿戴整齐、从礼帽中变野兔、从套管里变金鱼的魔术师大大不同，因为他们的野兔是纵身跨跃月亮的母牛，他们的金鱼是《以赛亚书》中到达世界最边缘岛屿的海中怪兽。

毫无疑问，你们都已适应现代世界严肃而明快的现实主义思想，对塑造"活生生"英雄人物的艺术形式也早已熟悉；这些人物总是一个模型，身高不过六英尺，还可精确到十六分之一毫米，体重以磅计算；所以你们更容易看得明白，更能轻松地接受那些描写日常生活中流言蜚语的小说；在那里，没有走在大街上的恐怖巨人，所以也没有把整条大街遮蔽住的大脚趾阴影。

在今天这个年代，我们确实也有幻想和渴望，但我们通常只能用大拇指宽的长度，而不能用跨越星际鸿沟的横杆去衡量一个人。但拉伯雷建造的哥特式殿堂外观宏伟庞大，上面装饰着的猿猴有大山一般大小，还有展翅足以联接七大洋的天使。

所以，除非你愿意放弃自己已成形的衡量现代小说艺术的尺度标准，否则你会在拉伯雷的小说里迷失方向，就像闯入迷宫一样，那星罗棋布的狭长走道足以引发令人毛骨悚然的梦魇。依照现在的标准，"高冈塔"和"朋特固尔"两幅肖像就像疯子画在悬崖上的涂鸦之作似的。从道德和精神修养的角度上看，今天的小说可能把淫荡好色、酗酒沉沦的教士作为笑料；但不会创造出像约翰修士一样可以一手遮天、恣意任行的人物；今天也有小说家讽刺令人生厌、空话连篇的人何以变成博学的法官，以及律法的神圣尊严何以变成学究式的陈词滥调，但不会讽刺律法的审判裁决；另外还有的小说家会不留情面、不予同情地暴露流氓恶棍的种种丑恶嘴脸，但不会像帕奴吉那样在巴黎街头对女人开那种实实在在但又令人恐怖的玩笑。

事实上，我们也喜欢有古怪的幻想，想像着彼得·潘①那样率直坦诚的人生经历，渴望有爱默·冈特力那种煞费苦心又追悔莫及的越轨行为，喜欢让我们的神话像当铺老板朱格恩的故事那样含沙射影有所讽刺。

值得一提的是，普伊克特斯美的地理学家曾煞费苦心，把拉伯雷列为世界上最笨拙的十位作家之一；本世纪最著名的剧作家曾不顾公众的取笑，把司法长官和牛仔（而不是次神或巨人）的角色搬上舞台；对瓦格纳的自由式剧作品许多人曾加以反对，因为其中的人物都不是穿着套服的"现实人"。

拉伯雷的作品虽然受到公众的忽略，但还是没有灭绝的危险。不过不幸的是，他的名声总是由那些在书店里偷偷摸摸寻求刺激性书籍的人传播丌来的——在低级趣味的读者眼里，他是一个自负的"下流作家"。我们可能会如饥似渴地欣赏书中的某些有名的篇章，就像大胆的女人欣赏《尤利西斯》的最后五十页那样，这些篇章足以让那些声称精心撰写某些章节的 D. H. 劳伦斯为粗俗作家的教授们震惊不小。现实生活中人仍然具备中世纪和文艺复兴时期的那种地地道道的粗俗幽默感，但是，关于吸烟室和饭桌生活的真实自然的描写一旦印成书籍，却不知为何，总是变得"不体面"。实际上，只要不用区分好坏的思想去对待事物，世间原本就不存在"体面"与"不体面"之分。思想正派、生活严谨的人会毫不掩饰且饶有兴致地谈论淫秽下流的故事；浇上污物的泥土会长出漂亮的花来；就连纨绔子弟或伪君子也会有一种凑在一起倾听智力故事或趣味幽默的迫切渴望，所以如果用我们这个时代的标准去衡量拉伯雷的品味，那显然是不公平，也是非常滑稽可笑的。他并不是为后人或任何时代的艺术家而写作，而是为他的时代和那时的人们而创作。莎士比亚当时根本就没有打算让自己的作品在中学课堂上使用；阿里斯托芬也不会因为他的作品在今天受人挑剔和批评而睡不着觉。拉伯雷的作品与旧式

---

① 彼得·潘，苏格兰剧作家詹姆士·巴里所著剧本中的角色，一个不肯长大的小孩。

故事诗（十五世纪的闹剧）相比毫不逊色，他本人也不比十六世纪的故事叙述者差，但与伟大的喜剧作家阿里斯托芬和斯威夫特相比则略逊一筹。幸运的是，他并没有与不能容忍希腊人的正统派产生冲突，也没有遭受凶狠残暴的主教长的迫害。

正如 H. G 威尔所说，为拉伯雷荡涤罪名并不是一件容易的事，它好比清扫国王奥吉厄斯的牛舍①一样艰巨，或者说，为他开脱罪名好比是为了让肥沃的土地更趋完美，或是让有创造力的头脑变成害怕石头的玻璃房子。依照我们这个年代的规矩，这不但必要，而且是必不可少的。

长久以来，拉伯雷被当作是一个爱讲粗俗笑话的滑稽小丑，或是红鼻子笨脑袋的醉酒教士，但真的东西终归假不了，他的小说充满荒诞不经且粗糙臃肿，但字里行间闪射出星火般清晰明亮的光芒。他胡言乱语，但又有所寓指，就像 W. S. 吉尔伯特在《天皇》一书中讽刺保守党人士和议员那样，把他们说成日本人，在这个严肃的世界上，这不失为一种好方法。清醒意识下的冷言讽刺就像耕地犁刀一样势必会使一些可怜虫毁灭，而胡言乱语则犹如从大海刮来的一阵风。

迄今为止还没有出现一部讽刺现代战争乏味和虚假的长篇作品。在它出现之前，我们只能继续承受现实生活中的苦难，继续目睹着自负的政治家们诡诈有害的行为，直到有朝一日，我们能读到像《朋特固尔》这样的作品。

拉伯雷并没有把战争列为取笑的对象。在中世纪和文艺复兴时期，战争怎么说都是辉煌的、活生生的，况且拉伯雷热爱一切基于欲望和要求的事物，所以他有必要让他的多数讽刺模糊不清，甚至有时毫无意义（但对专业批评家布莱森例外）。他的作品充满锋利的笑声，对枯燥的苦行生活的憎恨，对学究习性的鄙视以及对健康人性的肯定。这些使得有血有肉的人永远站在反对生活当中的黑暗势力的立场上。这股黑暗势力，用好听的话说，是"加尔文主义"。

拉伯雷和加尔文主义的思想在任何时代都是冲突的。事实上，在文艺复兴时期，他们是两个走在思想领域前头，用刀剑进行殊死战斗的巨神。拉伯雷建立了一座理想中的修行寺院，并遵循"做你想的"这一人生信条，因为他相信人的灵魂和肉体应该得到自由发展，特别是那些做了错事、受了伤害

---

① 希腊神话中国王，相传舍内养牛3000头，30年未扫，赫丘利引河水于一年内洗清。

和亏待的人，应该有更充分的自由。如果囚禁人的灵魂，用锁链限制他的权利和欲望，那么你会发现他将会心脏发暗、四肢生锈、思想发霉。如果让一个女人惧怕丑事，让她手中握有宝剑，那么你就做了一件不光彩的事情；如果让学究超越博学，让淫欲凌驾于庸俗之上，那么你就不能放声大笑，而只能报以一个傻笑，不好说出心里想说的话。打开世界上所有大大小小的门，让里面的腐败、龌龊、耻辱统统暴露出来，只有这样才能发现真、善、美的东西。加勒哈德①因为不知道邪恶是什么，所以他不比兰斯洛特②圣洁；帕西发尔③无往不胜，而安福塔斯④失去守护圣杯的船只，但他不像安福塔斯那样受人尊敬，因为他曾经对世间普遍存在的肉体引诱产生好奇。拉伯雷作品中的一切内容，包括对烈酒的称道，都不是在粗浅意义上对酒神巴古斯的笃信与崇拜；在他看来，喝酒能引发自由冲撞的精神激情，喝酒也意味着对人类生活荣辱善恶的全盘接受。卡尔文不会因为儿子挥霍无度而去喂肥一只牛，也不会让街头女郎为他洗脚。拉伯雷热衷于建立与罪人的兄弟情谊，他的思想如利剑，心灵如滚石，所以比起崇礼派人，他更是一个真实的基督教徒。

在哥特式教堂的正面你会看到天使和怪兽亲善友好；在点缀着玫瑰式窗户的富丽堂皇的拱顶教堂大厅里，你会看到座位上雕刻着龌龊的幻想图画。在艺术方面，中世纪和文艺复兴时期不会比今天有更多"可取之处"。

生活允许并容纳各种急剧矛盾的对立面，如天使与恶棍、客迈拉⑤和须避讳的天使撒拉弗、⑥蓝海鸟和凶恶的魔鬼鱼。只要你思想的金色光芒能照射到锯齿状的暗礁或涌动着可怖的多鳞鬼影的海湾，你就不会站在蒙受上帝挑选、灵魂永远得求的人之列，而是普通人群里的一个普通人。拉伯雷是现代人，而在他那谜一般不可诠释的世界里，他却是古典的。他的世界漆黑一片，怪异可怕，并孕育有大量精灵鬼怪，所有的这些一片杂乱，但又可见他那罕见的天才思想；那是一片广袤的思想天地，时时回荡着不可磨灭的神秘意味。

唐纳德·道格拉斯

① 加勒哈德，亚瑟王传奇中的圣洁骑士，因品德高尚纯洁而得圣杯。
② 兰斯洛特，亚瑟王传奇中以最勇武著称的圆桌骑士。
③ 帕西发尔，亚瑟王传奇中寻找圣杯的英雄人物。
④ 安福塔斯，中世纪传奇中圣杯骑士的首领。
⑤ 客迈拉，希腊神话中狮头、羊毛、蛇尾的吐火女怪。
⑥ 撒拉弗，基督教《圣母》中守卫上帝宝座的六翼天使。

第一卷

英勇事迹的详述和高冈塔的言论

第一章

高冈塔的家谱和古老的门第

要想知道高冈塔的出身、世系和古老的门第，我必须指引你们去参阅朋特固尔的伟大记载①。在那里你们可以更全面更详尽地了解这些巨人们是怎么降临到这个世界上的，他们的嫡系后裔——朋特固尔的父亲高冈塔——又是怎样诞生的？我现在暂且不提此事，请你们不要因此而生气。虽然题材是如此一般，可越是重复它，它就越能引起诸位的兴趣。这一点，柏拉图的《费立布斯篇》和《高吉亚斯篇》②，以及弗拉斯③的作品都能证明。他们说有一些故事，就像我这些故事一样，越是经常地重复，越能令人愉快、引人入胜。

自从诺亚造方舟④到如今，上帝希望每个人都尽可能地对自己的世谱清楚。我想如今世界上不少皇帝、国王、公爵、王侯和教皇的祖先就是搬运工或者教会赎罪符的兜售者。相反，许多四处流浪的穷乞丐，他们可怜而又痛苦不堪，而恰恰又很可能是伟大的国君和皇帝的直系后代。我认为这一切的巨变都是由于朝代和国家的更迁与变革造成的——从亚述人⑤到米堤亚人⑥，从米堤亚人到波斯⑦人，从波斯人到马其顿⑧人，从马其顿人到罗马人，从罗马人到希腊人，从希腊人到法国人。

现在告诉你们正在同你们说话的鄙人的一些情况吧。我想我的祖先一定是某个富有的国王或贵族，因为你从未见过任何一个人会比我更渴望当国王，更渴望当贵族，而且只有梦想成真后，我才可以尝遍美味佳肴，可以整天悠哉悠哉，诸事不理，并且让我的朋友

---

① 朋特固尔系文艺复兴时期法国作家拉伯雷所著讽刺小说《巨人传》中的人物。性格粗野，爱戏谑。本书的第二部《朋特固尔》后来发表在第一部之前。卷首第一章曾详细回溯本文主人公的家谱。

② 高吉亚斯，（公元前483？~376？）古希腊哲学家、修辞学家，智者派代表人物。主张无物存在，即或有物存在，亦不可知。即或认识某物，亦不可言传。著作有《论非存在或论自然》等，现仅存残篇。这是柏拉图《对话集》里的第三卷。

③ 古罗马诗人弗拉古斯，此处所指见《诗艺》第365行："有的百看不厌。"

④ 诺亚，基督教《圣经》中的故事人物，洪水灭世后人类的新始祖。诺亚方舟，为其所建造的方形大船。他与家属以及每种动物的雌雄各一乘此方舟逃脱了大洪水之灾。

⑤ 亚述人。亚述为古代东方一奴隶制国家。公元前八世纪后半叶和七世纪前半叶，是个强大的国家。

⑥ 米堤亚人或米太人。伊朗高原西北部一奴隶制国家，约公元前八世纪建国。公元前556年归波斯王政权管辖。

⑦ 波斯。波斯为西南亚国家，即伊朗。波斯等部落于公元前559年曾战败米太。

⑧ 马其顿人。马其顿为欧洲巴尔干半岛中南部一地区。（分属希腊、南斯拉夫和保加利亚）公元前四世纪灭波斯王国，成立亚历山大帝国，后被罗马人征服。

莎士比亚《哈姆雷特》精彩片段：

1. 呸，这些只不过是捕捉笨鸟之陷阱也！我也晓得人到情欲冲动时，嘴巴里讲的尽是些甜言蜜语。这些火焰，女儿呀，只亮不热，而瞬将熄灭——甚至正当他在许诺於你之时。你千万别把它当作爱情之真火。

们，以及所有诚实的博学的人都富有起来。在这件事上，我可以稍稍自我安慰一下，因为将来在另一个世界里，我一定可以做到这一切，而且比我现在所希望的还要做得更好，所以，在悲伤痛苦时，你们不妨也用同样的或者更美好的幻想来安慰自己吧！如果手头有酒的话，何不开怀畅饮一番？

现在言归正传。让我告诉你，由于上天的亲睐与保佑，高冈塔的老家谱，已经比其他家谱都更完整地保存下来。当然，弥赛亚①的除外。不过他的家谱我不想多谈，因为那不是我的目的所在。而且，魔鬼们，也就是那些虚妄的指责者和言行虚伪的宣讲福音者，将会在那点上反对我。这份家谱是约翰·安德鲁②在他的一块草地里发现的，这块草地在橄榄树的遮蔽之下，靠近那个支杆拱门，你去拿尔塞的时候可以看得到。

当时他正指挥一些人快速开挖一些沟渠，掘土的鹤嘴锄突然碰到了一座黄铜制的大坟墓。这座大坟墓长得无法计量，谁也找不到尽头，因为坟墓一直延伸到维也纳的泄水道那儿。坟墓顶上有一个碗状无柄酒杯样的基石封着，基石上用埃托亚③文字写着：饮酒于此。于是他们就从那儿把坟掘开。他们发现墓里有九个大酒壶，摆放的顺序好像他们在加斯科涅④地方玩的木棒球⑤的排法一样。摆在中间的那个酒壶底下压着一本灰蒙蒙的小册子，又大又厚，精致美观，却有点儿发霉，散发着一股很浓烈的气味，跟玫瑰的芬芳差不多，当然没那么好闻。那本小册子全是古罗马抄本的花体字，十分详尽地写明我们上面所谈及的家谱。家谱不是写在纸上，也不是写在羊皮纸或是蜡块上的，而是写在榆树皮上的。只是由于年代久远，树皮早已破碎不堪，要想清楚地辨认出三个连在一起的字母也已经不是那么容易的事了。

虽然不是很有资历，我也被人请到那儿去了。在眼镜的大力帮助下，我们按照亚里士多德教导的，开始解读那些晦涩难懂的笔迹以及看上去模棱两可的字母。正如你们所看到的，我确确实实地把这本小册子按照朋特固尔的方式译了出来，也就是说，一边尽情地喝着烈性酒，一边阅读朋特固尔那些令人敬畏的惊人伟绩。书的末尾附有一篇小小的题为"防毒歌"的叙事诗。书的开头部分已经被老鼠、蠹虫或者其他一些什么不知名的小虫们一点点地啃掉了。为了对古物表示尊重，在此我已经把其余的部分都添补上去了。

---

① 弥塞亚，犹太人盼望的复国救主；（基督教徒心目中的）救世主耶稣。

② 约翰·安德鲁，可能确有其人。瓜楼拱门在作者故乡施农附近圣迈莫的草原上。

③ 埃托利亚，公元前十五世纪意大利南部的联邦古国，后灭于罗马。

④ 加斯科涅，法国西南部一地区。

⑤ 用九根上细下粗的木棒，以三个为一行，共排三行，成方形，掷球打倒。此游戏类似于今天的保龄球。

第二章

高冈塔是怎样在他母亲腹中待了十一个月

高朗古杰当时是个好小伙子，因爱开玩笑而出名。他酷爱喝不经稀释的酒，酒量和当时其他男人们相差无几。他还很乐意吃咸肉。因为这个喜好，他通常总是储备了大量的熏腿——既有来自名产地威斯特伐利亚①的，也有来自美因兹②和巴云③的——以及许多的牛舌干，还有大量当令的腊味，油炸的猪小肠和黑香肠。他还贮藏了咸牛肉、芥末和许许多多粉末状被叫做鱼子调味品的胭脂鱼的鱼卵。他也存放了大量的香肠。香肠当然不要是来自布伦尼④的（因为他害怕那儿的香肠有毒⑤）而要来自毕高尔⑥的隆高奈⑦的拉·勃莱纳⑧的和卢埃格⑨的。

在他年富力强的时候，娶了蝴蝶国的公主嘉加梅莉为妻。她生来快活健康，是个口齿伶俐的姑娘。他们的婚姻生活甜蜜幸福，后来她怀了一个很有出息的儿子，足足怀胎十一个月。如果一个女人肚里的孩子是大自然的杰作，而且命中注定在适当的时候要干一番大事业的话，那么这个孩子是该在母腹中待这么久的，甚至可以更久一些。因为正如荷马所说的，那个海神尼普顿⑩与居于山林水泽的仙女所怀的孩子就是在怀孕整整一年，也就是十二个月后才生的。奥卢斯·盖里阿斯⑪在他作品的第三卷说过，这么长的孕期才与海神的高贵尊严相称——因为只有这么充裕的时间，他的儿子才能发育得完美无缺。由于这样的理由，朱庇特⑫在与阿尔克墨涅⑬私通的那个夜晚曾使黑夜持续了48个小时，因为如果时间更短的话，他就无法塑造出一个为这个妖魔和暴君肆虐的世界清除罪恶的大力神海格立斯来。

① 威斯特伐利亚，德意志联邦共和国西北部一地区，以熏火腿出名。
② 美因兹，德意志联邦共和国西部城市，莱茵左岸城名，以威斯特伐利亚腌制的火腿最出名。
③ 巴云，法国一省城名，以产火腿著名。
④ 布伦尼，意大利城名。
⑤ 路易十二曾为了米兰（原属伦巴第帝国），侵略意大利。意大利人恨之入骨，传说他们在食物内投毒，想毒死入侵者。
⑥ 毕高尔，法国比利牛斯省古地名。
⑦ 隆高奈，法国圣·马洛古地名。
⑧ 拉·勃莱纳，法国恩白尔河和克鲁兹河之间的地区，以产咸肉出名。
⑨ 卢埃格，法国南部地名。
⑩ 尼普顿，海神，即希腊神话中的 poseiden。
⑪ 奥卢斯·盖里阿斯，二世纪罗马语文学家。
⑫ 罗马神话中的朱庇特，相当于希腊神话中的宙斯，是统治诸神，主宰一切的主神。
⑬ 阿尔克墨涅，希腊神话中 Amphitryon 之妻，受宙斯引诱生子。

古代的朋特固尔主义者们都已经证实过我的话，而宣称且坚持：一个女人在她丈夫死后十一个月后生下其遗腹子，不仅是可能的，而且是合法的。例如：希波克拉铁斯①的《饮食篇》；

普林尼乌斯②全集第七卷第五章；

普洛图斯③的《遗箱记》；

马古斯·凡洛④在他的名为《遗嘱》的讽刺作品中所引用的亚里士多德的权威的名言；

孙索里奴斯⑤的《论生日》；

亚里士多德的《动物学》第七卷第三四章；

盖里阿斯作品的第三卷第十六章，即《阿刻之夜》第三章第十六行。

塞尔维乌斯⑥在他对维吉尔的牧歌的评论中所引用的名句："十个月的长时间曾使母亲疲乏受苦。"⑦

2. 简而言之，欧菲利亚，别相信他对你之承诺，因为它们缺乏真实之色彩，而只是些虚情假意，不正当之邪求也。

以及其他上千个傻子们所提及的这么大的数目，再加上那些精通法律的人们所引用的，那就更多了。比如《学说汇纂》第十三卷第八条第十三节的"无遗嘱的合法继承人法"以及该书第三十九卷中"妇女于丈夫死后十一个月生养子女以及子女之属从法"等等，而且他们还在此基础上擅自加进一些鸡鸣狗盗的言论编纂出《迦鲁斯⑧法典》。如《学说汇纂》中的"无遗嘱之遗腹子之产权继承法"及"第七条之人身规定法。"此外，该书第一卷第五十七章第十二条还有：根据希波克拉铁斯的断定，受孕后第七个月生产是合法的。除此之外还有其他的一些法律条文，只是此时我不敢提及。

第三章

嘉加梅莉在怀着高冈塔时

是怎样的的确确吃了大量的牛肠

下文讲述的就是嘉加梅莉在什么样的场合下，以什么样的方式被带到产床上，并生下

---

① 希波克拉铁斯（大约生于公元前460年，死于公元前380年），古希腊名医学家，西洋医学的奠基人。

② 普林尼乌斯，罗马自然科学家，著有《自然史纲》三十七卷，公元79年死于维苏威火山中。

③ 普洛图斯，古罗马趣剧作家。

④ 马古斯·凡洛，古罗马作家。

⑤ 孙索里奴斯，三世纪罗马语文学家兼史学家。

⑥ 塞尔维乌斯，四世纪罗马语文学家，著有《维吉尔诗集评注》。

⑦ 拉丁文。全句大意是："十个月的时间曾使母亲疲乏受苦"。《牧歌》第四首第六十一行

⑧ 迦鲁斯，公元251～253罗马皇帝。

了她的足足怀了十一个月的孩子的真正情形。那一天是二月的第三天，晚餐的时候她吃了太多的牛肠，因为那牛肠特别肥美。那种牛要么是在牛舍的饲料槽里养肥养壮的，要么是在青草茵茵的两茬刈草场上养大的。所谓的两茬刈草就是为能让草长得郁葱葱而一年只割收两次的草。为了能够在开春之后有大量的咸牛肉末吃，他们宰了三十六万七千零十四头大肥牛，在忏悔节①时就得把牛肉腌好。以后每顿开饭时就可能用来开胃，或者用作下酒菜，这样酒喝得会更畅快些。

正如你们所刚刚了解的，到处都充斥着大量美味诱人的牛肉牛肠，谁见了都会馋得流口水、情不自禁地舔舔手指头。可是，麻烦事也随之产生了，不管人们怎么努力，也不可能把那种原汁美味保存得长久，因为东西很快就会变味，这真是件挺糟糕、挺让人扫兴的事。

于是大家就作出决定，把所有的牛肉牛肠都风卷残云般的一扫而光，什么都别剩下，什么都别浪费。为此，他们把塞内、塞邑、娄氏、克莱茂和沃商德雷的市民们都请来了，当然也不会漏掉古德雷、蒙旁谢、旺代几以及其他邻近地区的人们。他们个个勇敢坚强，喝起酒来很拼命，并是玩飞镖的好手。

高朗古杰这个老好人很喜欢有这么多人相伴，他关照什么都要准备得充裕丰盛，什么都不要吝惜。并且他也不忘吩咐他的妻子吃的时候要有节制，因为她快要生产了，而这些牛肠牛肚并不是好东西。他说："他们要吃那牛肚牛肠，其实就是乐意咀嚼里面的肮脏东西！"尽管他的多次告诫，她还是吃了整整十六夸特②两蒲式耳③，三配克④和一小瓦锅满满的东西，想想看这么多乱七八糟的东西该把她撑成什么样？！

晚饭后，大家都蜂拥而出，冲出柳树丛中去。他们在绿油油的草地上，配着欢快动听的长笛声和悠扬悦耳的风笛声，情绪激昂地舞着跳着。如此欢腾嬉闹的场面，真让人觉得这是一种天堂般美好无忧的时光。

第四章

酒徒醉谈

后来他们就在原地海阔天空地谈起一些垂手可得的饮食以及一些不堪入耳的话题。谁也没有提及为什么会聊这些话题，但很快就"呯呯嘣嘣"地响起了杯盏碗瓶交响曲——酒壶走，熏腿跑，高脚杯飞，大碗叮当，玻璃杯响，完全是一副觥筹交错的热闹混乱场面。

---

① （基督教）忏悔节，大斋节日前的 3 天。
② 夸特，谷物等的容量单位，约等于 8 蒲式耳。
③ 蒲式耳，谷物、水果、蔬菜等的容量单位，大约为 35～36 升。
④ 配克，英美谷物、水果、蔬菜等的干量单位，等于 8 夸特或 2 加仑，略作 PK。

相关链接 ●

3. 人类是个多么美妙的杰作，它拥有崇高的理智，也有无限的能力与优美可钦的仪表。其举止就如天使，灵性可媲神仙。它是天之骄子，也是万物之灵。但是，对我来讲，它岂不是朽如粪土？人们已无法令我欢欣——就连女人。

"开瓶！"

"递给我！"

"倒满啊！"

"给我兑点水！"

"不要掺水的！"

"朋友，把这杯一口干掉，爽快点！"

"给我拿杯红酒来，要满满的！"

这些声音不绝于耳，但由于口渴大家暂停了一会儿，然后又重新开始。

"哈，假发烧，还不给我滚！"

"老实说吧，我的老太婆，我不像现在这么喝的话，心境就好不起来！"

"你感冒了吧，老太婆！"

"是啊，千真万确，先生！"

"废话少说，咱们还是谈喝酒吧！"

"我只在规定的时间内喝酒，就像教皇的骡子一样，有人定时伺候饮食。"

"我从来都只在每日祈祷的时候喝酒，就像是修道院的一个彬彬有礼的院长似的。"①

"渴与喝，哪个先哪个后？"

"渴先！谁会在对酒一无所知的情况下，不渴却又去喝呢？"

"不，我看先是喝才对。拉丁文中有一句话，'缺乏假定占有'意思是'渴就是因为过去喝过。瞧，我多么博学啊！'"

"拉丁文中还有一句话，'端起酒杯，哪个不口若悬河？'大意是：'酒后多言，决不等于口才雄辩。'"

"嗨，我们这些可怜的无辜的人，不渴却也喝得太多了②。"

"我倒不是这样的，我是个罪人，因为我不渴就不喝，不管是现在还是将来。当然，将来总是要渴的，这个你可以理解，所以，我喝是为了预防未来的渴。我经常喝，对我来说，这是一种喝的永恒，永恒的喝。"

"我们畅饮吧，我们欢歌吧，我们开始唱回旋曲吧！"

"我的漏斗③到哪儿去了？"

"怎么？好像我喝酒也有人代④?！"

"你是因为渴而喝呢，还是因为喝而渴？"

"啐，我不懂什么辞令，应该说，不懂什么理论，我只在乎实践。"

———————————

① 意思是使用一个式样像经本的酒瓶，表面上像是在念经祈祷，实际上是在喝酒。

② 说话者是教士，他的本意是揭露教内向无辜的教徒强行灌水，强迫他们承认作恶的罪行。

③ 漏斗在这儿是用在灌酒的。

④ 发言的是一位法学家，他抗议没人给他斟酒，说他的酒是不是有人代喝了。

　　"他妈的，够了！我小口小口地啜酒，用酒湿湿唇，润润喉；或者就这么随意地喝，这一切都是因为怕死。"

　　"一直喝吧，你就永远不会死的！"

　　"如果我不喝，我就干闷得慌，像只搁浅的鱼，焦虑惶恐，而又精疲力尽，没喝酒我就会彻底死去。我的灵魂就会飞到一个青蛙云集的沼泽地去。灵魂，是从来不会停驻在干涸的地方的，干旱会使灵魂死去。"

　　"嗨，酒保，你这使人改头换面的家伙，赶快把我这不会喝酒的人改造一下吧。但愿酒能永远滋润和慰藉我那干涸燥热而又强健的胃肠吧！"

　　"喝酒却又无法感到那乐趣，那可真是白喝！"

　　"渴和喝酒的乐趣早已渗透到我的血脉中去了。"

　　"我现在很愿意替那只早上被我打扮一新的小牛犊洗洗它的肚皮！"

　　"我的肠胃已经全塞得满满的了！"

　　"如果我的契约和账单也都像我一样能喝的话，那么我那些债主们来向我讨债时，或者要向我正式展示他们的权利时，就有好戏瞧了①！"

　　"你的手快把你的鼻子碰歪了②！"

　　"一杯还没来得及消化解决掉，又喝了多少杯进去呀！"

　　"怎么，喝这么少？把脖子伸断都够不着杯底！"

　　"这叫做装腔作势，或者虚伪！"

　　"一酒瓶和一酒壶有什么区别？"

　　"区别大着呢！酒瓶是用瓶塞来塞紧密封的，而酒壶却要用老虎钳③把盖子旋紧才行。"

　　"这文字游戏真是妙得很！"

　　"我们的祖宗们喝起酒来可真起劲，都是一壶一壶，一罐一罐地豪饮！"

　　"扯皮够了，吹牛够了，来，咱们喝！"

　　"有人要去洗肠子④了。你不想要点河水吗？"

　　"我又不像海绵那么会吸水，去河边干嘛？"

　　"我喝酒比得上圣殿骑士⑤！"

---

　　① 言下之意为：墨迹都已被纸吸干，借据账单都变成了白纸。

　　② 由于举报过勤的缘故。

　　③ 作者在这里用了双关语。"ViCe"既有老虎钳的意思，说明大酒壶的难旋，又有"邪恶行为、恶习，危害性"等义，暗示了酒喝多了容易惹事生非。

　　④ 因为洗肠子用水量大，一般都要到河边去。

　　⑤ （基督教）圣殿骑士，1118 年为保护圣墓及朝圣者在耶路撒冷建立的基督教军事组织。据说生活糜烂腐化。

相关链接 ●

"我呢，像一个新郎官，睡前必须喝点酒。"

"我就像一块干燥的土地，需要点什么来滋润！"

"谁能说出火腿的等同语是什么？"

"是酒客的固定下酒菜，是滑轮——通过一根滑轮绳子，酒就会被送到地窖里去——而通过火腿，酒就被送到胃里去了。"

"嗨，伙计们，添酒添酒！"

"没事儿，别忘了我。"

"给我倒两份好了，我马上喝！"

"如果我又吐，又勉强下咽的话，早就醉得不知东西南北了！"

"汤姆那醉汉就是因为酒而发财致富的。"

"连裁缝的编织法也跟着沾了光。"

"巴克斯①用酒攻占了印度，就像自然科学传到了美朗都②似的。"

"小雨平息大风，常饮盖过响雷。"

"来，伙计，添酒！"

"轮到我的时候，求您千万别忘了我！这样我心里就会永远记着您！"

"喝，吉列特，不要吝惜，酒壶里还有一些。"

"我渴。我要提出控诉，喝不到酒实在是令人无法忍受。"

"伙计，请求法院判决我这种形式上的呼吁吧！"

"杯里剩下的非得喝完不可！"

"迄今为止，我惯常有酒必干，今天也不例外！"

"不要太心急了，我们得把全部喝光才行。"

"太棒了，这儿又有肥肠子供我们消遣了，那可是身上带有黑条纹的暗褐色的牛身上的美味精华啊！"

"噢，看在上帝的份上，让我们美美地享受一下这美味佳肴吧！一点不剩！"

"喝，喝，否则我要……"

"不，不行，我求您了！"

"不动麻雀的尾巴，它就不吃；不说我的好话，我也不喝。"

"朋友，加酒！我全身到处都装得下酒！没有哪个角落，哪个毛孔不渴的！"

"噢，这一杯真刺激！而这一杯会完全消除饥渴！"

"咱们敲响瓶瓶罐罐，大声告诉大家，那些已经不渴，不想喝酒的人不必上这儿来！"

"咱们已经在这儿喝了老半天了，干渴早就被赶得无影无踪了！"

4. 啊，的确呀！此话真狠狠的鞭挞了我的良心！一个娼妓的抹粉面颊也不见得会比我这用粉饰语言来遮掩之虚假行为更加丑陋。啊，这是个沉重的包袱！

---

① 酒神巴克斯，常指酒。据说他曾经过埃及，攻克印度，种植葡萄造酒。

② 美朗都，非洲东部地名。

"伟大的主创造了行星，我们创造了空盘子①。"

"福音书上主的话就在我嘴边——我渴了!②"

"那种叫做石棉③的石头不会比我的干渴的来源更加难以遏制，难以消除!"

"昂盖斯特④说得妙，'食欲是紧随吃而来的，而干渴却是紧随喝而去的。"

"我有一个解渴的妙法，和疯狗咬人的办法正相反———直追着狗跑，它就永远咬不着你，——还没渴就先喝，你就永远不觉得渴。"

"这一下我可逮着你了，我偏不让你睡。"

"阿耳戈斯⑤有一百只眼可以看，管酒的伙计就该像布里阿柔斯那样，有一百只手来永不疲倦地为我们添酒。"

"喂，伙计，来点喝的吧，喉咙都要冒烟了!"

"来点白酒，白酒! 以金星⑥的名义，都倒出来吧，添吧，添吧，添到满满的为止。"

"我的舌头都脱皮了，朋……朋友，干杯!"

"干杯，祝您精力充沛，祝您充满活力，干!"

哈，这些话还颇有些成效，大家都勇敢地一饮而尽!

"哇，基督的眼泪⑦，这是最上等的葡萄。"

"我相信这绝对是正宗的希腊葡萄，啊，上好的白酒! 凭良心说，这种酒喝下去就像塔夫绸给人的感觉那样，圆嫩润滑，柔和纤细。"

"对，对，千真万确，而且是那种门面宽，料子纯的绸布!"

"兄弟，振作起来，加把劲，我们这次较量不会输的! 我还有个把戏呢!"

"从杯到口，无弊可舞，一举一动，大家都看得清清楚楚，我可没什么妖术也没什么魔力!"

"我现在可是很有经验的，我可以随心所欲地喝，想怎么喝就怎么喝，爱喝多少就喝多少，嗯，我是个喝酒老……老手!"

"喝，可怜的人，都快渴坏了，喝!"

"好伙计，我的朋友，给我这儿倒点! 把它倒得满满的! 劳驾您。"

---

① "行星"和"空盘"发音近似。作者在这儿利用谐音来产生幽默的效果。"空盘"形容一片杯盘狼藉的场面。

② 这是耶稣在十字架上说的话："我渴了。"见《新约·约翰福音》第十九章第二十八节。

③ 原文为希腊文，意思是毁灭不掉的，此处指石棉。

④ 昂盖斯特是法国西部芝城的主教。本章的话可参见他1515年的作品《论因素》。

⑤ 希腊之神，百眼巨人阿耳戈斯。据神话，他经常睁着五十只眼看人。

⑥ 明亮之星，早晨之子。乃星期基督教教父著作中对堕落以前的撒旦的称呼。在诗歌中一般指金星或晓星。

⑦ 原文为拉丁文，意为"基督的眼泪"，一种品质上乘的葡萄。维苏威火山下产的一种香葡萄，亦有此名。

相关链接

5. 生存或毁灭，这是个必答之问题：是否应默默的忍受坎坷命运之无情打击，还是应与深如大海之无涯苦难奋然为敌，并将其克服。

"饱得像红衣主教的帽子那样。①"

"自然最忌空虚！"

"你说苍蝇能在这儿喝到什么？杯子里已经空无一滴了！"

"这是模仿瑞士的风格！喝得杯底朝天，干净利落，一滴不剩！"

"来，兄弟们，为这美味的琼浆玉液干杯！尽情地痛饮吧！干！"

"这可真是甘露仙果的浓缩精华啊！"

第五章

高冈塔是怎样以奇特的方式诞生的

当他们在这儿边喝酒边愉快地谈天论地时，嘉加梅莉开始觉得下腹不舒服。高朗古杰赶紧就从草地上起身，温柔地安慰起她来了。他猜测她要临产了，就劝她最好是躺在柳树下歇歇，因为孩子可能很快就要生下来了。因此她最好能鼓起勇气，以一种全新的心态来迎接婴儿的诞生。他还对她说，虽然对她来说阵痛有点儿难受，但它不会持续很久的，随之而来的喜悦很快就会把疼痛驱散得无影无踪。这样的话，她就不会怎么记得那痛苦了②"拿出羊下崽时的勇气吧，"他说道，"赶紧把这个孩子生下来，然后我们就准备快点再来一个。""啊，什么？"她叫道，"你们男人说得倒轻巧自在！哼，上天为证，既然你这么喜欢孩子，我一定尽我所能，但是我巴不得上帝把你那个东西割了才好！""什么？你说什么？""啊，装得可真像，你明明清楚我说什么！""你说我的那个？天哪，真是荒唐。如果那样做真能让你开心的话，你就马上动手吧！叫人拿刀来！""唉呀，但愿上帝不让那样的事情发生！请耶稣宽恕我吧！那话不是我从心坎里说出来的。这件事就别提了吧！千万不要因为我这么说，你真的就去伤害它。否则的话我今天麻烦就大了！上帝，保佑你和你的那玩意儿吧！"

"勇气，勇气，拿出勇气来！"他说，"你什么也别操心，让前边的四条牛去拉好了③，你尽管放心。我再去喝一点点。如果有什么事需要我，我就在这附近，你只要用手打个唿哨就行，我一听到，立马就到你身边来。"

过了一会儿，她就开始呻吟，悲叹，喊叫起来。突然间从四面八方涌来了好多接生婆，其间有个又老又丑的一路小跑过来。她是个很出名的专家，据说是60年前从圣吉奴

① 红衣主教。他的帽子有一道红边。这里指叫侍者把红酒倒得满满的，高过杯口，像主教的帽子一样。

② 耶稣在《新约·约翰福音》第十六章里说过："妇人生产的时候就忧愁，但是既生了孩子，就不再记得苦楚了。"高朗古杰用这话来宽慰他临产的妻子。

③ 这是一句俗话，指驾犁的只要把犁一拉动，就不用再出力了，让前面的牛去拉就行了。

附近的勃里兹帕邑①来到这儿的。她给嘉加梅莉配了一帖有约束收缩功能的药。一服下这帖不怎么合时宜的药，嘉加梅莉子宫里的所有子叶立刻就松弛了，孩子一下子就跳了出来，很敏捷地钻进大血管里，通过隔膜一直爬到肩膀上方。在血管分叉的地方，他往左边的分支继续爬行，最后从她的左耳钻了出来。

他一出生，不像其他的孩子那样哇哇大哭。而是毫不含糊地高声哭叫，"喝呀，喝呀！"好像在邀请全世界的人与他共饮似的。他的声音非常嘹亮，立即响彻邻近地区。

我想，你一定不会完全相信这种奇特的诞生法吧。可是即使你不相信我也不在乎。不过一个诚实的、有着正确判断力的人，仍然是会相信别人告诉他的事，特别是别人记录下来的事。

这是不是已经超越出我们的法律，我们的信仰范围呢？还是违背了我们的理性，甚至于《圣经》呢？就我个人而言，我从《圣经》里找不到任何与之相悖的地方。可是，想想看，如果这一切都是上帝的旨意呢？难道你能说他办不到吗？出于好心，我请你们千万不要让这些无关紧要的想法和种种徒然的牵强附会的观点来劳累您的心神。因为，我告诉你们吧，上帝是无所不能的。只要他高兴，从此以后所有女人都可以从耳朵孔里生出孩子来。

巴克斯难道不正是从朱庇特的大腿里生出来的吗？

罗克塔拉德不是从他母亲的脚后跟里溜出来的吗？

克罗刻木思难道不是从奶妈的拖鞋里蹦出来的吗？

密涅瓦②难道不是从脑子里冒出来的吗？

阿多尼斯③难道不是从没药树的树皮里跳出来的吗？

……

如果我现在把普林尼乌斯所描绘的有关种种奇特的，不合乎自然的生产法的那一章节全部拿出来给你看的话，你可能会更奇怪，更诧异呢！不过，我可不是他那种厚颜无耻的撒谎者。你们不妨去看看他的《自然史纲》第七卷第三章吧，别再烦我了！

---

① 勃里兹帕邑。据说是沙各卢区的布藏赛县。作者很喜欢诙谐地杜撰一些地名。

② 密涅瓦，罗马神话中司智慧、艺术、发明和武艺的女神，相当于希腊神话里的雅典娜。

③ 阿多尼斯，是爱与美的女神阿佛洛狄特（相当于罗马神话中的维纳斯）所恋的美少年。他母亲由于受到维纳斯的报复，变成了没药树。

相关链接 ●

6. "理智"能使
我们成为懦夫，而
"顾虑"能使我们本
来辉煌之心志变得黯
然无光，像个病夫。

第六章

高冈塔是以什么样的方式

得到这个名字的，他是怎样饮酒的

那个老好人高朗古杰，正在和其他人一起喝酒、恣情、欢乐，突然听到儿子出世后发出的惊人的叫喊，"喝呀! 喝呀!"他不禁脱口而出"高冈塔"①，意思是，你的喉咙可真了不起啊! 周围的人一听，纷纷提议孩子就叫高冈塔好了。因为那是孩子出世后作父亲的所说的第一句话。按照古代希伯来人②的规矩，名字就这么定下来了。高朗古杰默许了，同时孩子的母亲也很喜欢这个名字。

大家你一言我一语谈得起劲时，为了使孩子安静下来，他们让他喝了许多酒，喝到他的喉咙都快吃不消了才罢。然后把孩子抱到洗礼盆前，按照基督教的方式为他行了洗礼。

那以后，考虑到满足他每天营养所需的牛奶量太大了，全国上下根本找不出一个能胜任的奶妈来，高朗古杰马上吩咐要一万七千九百零十三头来自包提邑和泊来蒙③的奶牛供应他儿子所需。虽然在场几位司各脱派④的学者坚持声称孩子的母亲每次可挤出一千四百零两大桶外加七小桶的奶水，其他人都觉得这想法简直是不可思议，胡说八道。这种想法确实是不怎么可信，特别是在那软心肠的人听来，简直是令人反感，唐突无礼，因为它带着异端邪说的味道。

高冈塔就这样在大家的呵护下长到了一岁零十个月。那以后遵照医生的建议，他们开始抱着他，后来让简·丹尼尔⑤给他设计了一辆精致的小牛车，兴高采烈地带着他四处闲逛。他可真是个健康好看的家伙，身材高大结实，长得肥头肥脑的，单单下巴就将近有十层之多。大家都爱看他追他。他平日里无缘无故是滴酒不沾的。然而，如果他正好烦闷，气恼，不快或者难过，如果他确实发愁，悲叹，哭泣，或者心里有着不论何种极痛苦的东西的话，你只要拿点酒来给他喝，他马上平静下来，恢复常态，像以往那样情绪良好，心平气和、不啼不闹。

他的一位保姆曾经告诉我，他已经非常习惯这种安慰方式了。只要一听到酒杯酒壶的

---

① 原文为法文，意为"好大的喉咙。"
② 希伯来人（尤指古以色列人），犹太人。他们的语言往往晦涩难懂。
③ 这两个地方都受到周围河水的灌溉滋润。均以草原肥沃，牛羊旺盛出名。
④ 邓斯·司各脱，苏格兰经院哲学家和科学家，准名论者。其学说认为意志高于理性，行动高于思维，神学是对上帝进行实践的科学。作者对他的学说一向抱嘲弄的态度。
⑤ 简·丹尼尔如当地一个通俗的名字，可能是作者所熟悉的人。

声音，那时他就好像已经尝到了天堂的种种乐趣似的，就会一下子陷入一种痴迷狂喜的状态。考虑到他这种非同寻常的怪癖，他们每天早上都要想尽种种办法使他高兴起来，用刀子敲酒杯啦、用瓶塞敲酒瓶啦、用盖子敲酒壶啦等等，他一听到这些声音就开心地乱蹦乱跳，在摇篮里又是靠又是摇的，还摇头晃脑的，手指头一动一动地好像在跟着节奏打拍子似的。

第七章

他们是如何为高冈塔装扮的

　　高冈塔到了装扮的年龄，即一岁零十个月时，他的父亲就决定按他自己的制服装束让人为他儿子裁制衣服，颜色为蓝与白。裁缝师傅于是手脚麻利地忙开了，按当时受欢迎的款式来裁剪缝制，忙得不可开交。在蒙索洛①的交易会所的个人资产的古旧的记录上，我发现有关他的装束的描述是这样的：每为他裁制一件衬衫，就必须花掉九百厄尔②的沙台勒罗③亚麻布，再加上两百厄尔作护腋衬垫。他的衬衫既没有打褶裥，也没有作花边。因为，这种做法是做针线活的女人们的针头断了以后接着使用针屁股才渐渐兴起的。作件紧身上衣，得用八百零十三个厄尔的白缎子，而饰带得花掉一千五百零九张半的狗皮。那时候，男人们正时髦把他们的马裤跟紧身上衣连在一起，而不是用紧身上衣跟马裤连在一起。因为这是违反自然的，这一点奥卡姆④在论奥特受萨德⑤的说明性命题时曾经非常充分地描述了。

　　裁制马裤一条就花了一千一百零五又三分之一厄尔的白色绒面呢。裤子裁剪成有斜面的圆柱形，后有开叉，边缘部分被剪成锯齿状的细条，以免他闷热难忍。里面还要飘露出蓝色锦缎做成的衬里，要多少有多少。注意看，他腿上的铠甲做工非常好，跟他的身材非常相称。

　　作一双鞋子得花掉四百零六厄尔的有点泛蓝的绯红色的丝绒，先把布料工工整整裁剪成相同的长条，然后连接成统一标准的圆筒状物；至于鞋底部分共用了一千一百张褐色的

---

　　① 蒙索洛，法国索米省罗亚尔河和维也纳河汇合处的一个小城。

　　② 厄尔，英国旧时量布的长度单位，等于45英寸。

　　③ 沙台勒罗，在维也纳河右岸。该地生产的布到17世纪还闻名遐迩。

　　④ 威廉·奥卡姆（1285？~1349），英国经院哲学家，逻辑学家。中世纪唯名证主要代表，方洛各位修士，曾提出"奥卡姆剃刀"原则，反对教皇干预世俗政权，著有《逻辑大全》等。他是邓斯·司各脱的敌手。

　　⑤ 奥特受萨德，作者曾嘲笑十三世纪一本叫做《奥受斯》的荒谬的书，"奥特受萨德"便是从这里造出的一个字，当然实无其人。

母牛皮，样子裁得很像平底船的船尾似的。

做一件外套就花了一千八百厄尔的蓝色丝绒，这丝绒已在不褪色的染料里浸染过。周边绣着美丽的紫罗兰，中间部分装饰着银色的流苏，其间还混杂着金制的铠甲和大量的珍珠，由此我们可以看出，他将来必定是个出色的、极有出息的人。

他的腰带是由三百零半厄尔银包哔叽制成的，如果我没记错的话，颜色为半白半蓝，他的佩剑不是瓦棱西亚产的，匕首也不是萨拉哥萨来的，因为他父亲讨厌古时候那些专爱酗酒的贵族和新皈依的教混子就像厌恶魔鬼一样。可他有一把很精致的木剑和一把熟皮制成的匕首，上色涂金，光彩夺目，惹人喜爱。

他的钱包是由一只大象的卵泡做成的。这只大象是利比亚总督普拉孔达尔先生送的。

他的长袍又用了九千五百九十九又三分之一厄尔的蓝色丝绒，上面用金银线绣出斜纹图样。平平地看上去，那里会发出一种难以言述的颜色，就像斑鸠或雄火鸡脖子上的颜色那样，使人惊诧目眩。

他的帽子共用了三百零二又四分之一厄尔的白色丝绒，款式是宽宽圆圆的。戴在头上大小正合适。因为他父亲说过摩尔·阿拉伯式（或称犹太式）的帽子看上去像馅饼皮一样，总有一天会给戴的人带来祸害！他还在帽子上插一根相当大的蓝色翎毛作为羽饰，这是从希尔喀尼亚①原始国度的鹅身上拔下来的。羽饰从右耳上方很潇洒地低垂下来，十分引人注目。

至于他帽子上镶嵌的珠宝和饰针呢，是用了一块重六十八马克②的金块和一块美丽的珐琅，其间是一个男人的图像，有两个头互相对视着，还有四只胳膊四条腿。高冈塔的脖子上还挂着一条金项链，重约二万五千零六十三马克，链子上的每个金环都是仿照大浆果的样子做成的。其间还嵌着翠绿的碧玉，切割雕刻成龙的模样，龙身上镶满了小宝石，光彩夺目，跟古代尼凯普索斯国王③所佩戴的一样。项链一直垂到肚脐眼上。按希腊医学家们所确信的，这样他一辈子就会受益匪浅。他的手套需要花掉十六只水獭的毛皮，边缘部分由三只狼皮制成。这些毛皮都是遵照圣路易④的玄学家们的指示研制的。

让我们看看为了重新体现古老贵族的显要，他父亲非要他戴着不可的戒指吧！他左手食指上戴着一枚驼鸟蛋那么大的红宝玉，周围精致优雅地镶嵌着纯金。同一只手的中指上有一只四种金属糅合成的合金戒指，款式的奇特是前所未见的。钢不挨金，银不挤铜，这是船长沙普伊⑤和他的得力助手阿尔高弗立巴斯⑥煅造出来的。右手的无名指上戴着一枚

---

① 希尔喀尼亚，中亚细亚古国，在里海的东面，波斯的北面。

② 马克，旧时欧洲大陆的金银重量单位，约等于 8 盎司。

③ 尼凯普索斯，公元前七世纪的埃及法老，据说是位天文家及幻术家。

④ 圣路易，维也纳河上游的一座修道院，作者在作品里常嘲笑那里的修士。

⑤ 指诗人克洛德·沙普伊或舰长米舍尔·沙普伊，两人都是作者的朋友。

⑥ 阿尔高弗立巴斯即作者本人。

螺旋形的戒指，上面嵌有一颗完美无瑕的玫红尖晶石，一粒尖尖的钻石和一块比逊①翡翠，价值连城，难以估量。美朗都国王的御用珠宝匠汉斯·卡维尔估计这个约值六千九百八十九万四千零十八块金币。奥格斯堡②的富豪弗格家族③的估价也大致如此。

第八章

高冈塔的代表颜色与装束

正如我前面提到过的，高冈塔的代表颜色是白与蓝。他的父亲是要通过颜色来表明，他的儿子对他来说简直是天上赋予的快乐物。白色确实意味着高兴、满足、快乐和喜悦，而蓝色则代表着天上神圣精妙的东西。

我心里明白得很，一旦读到这儿，你们就会笑话这个老酒鬼，认为这种对颜色的评论简直是溢美之词，极不合乎理性。因为白色往往被认为是代表忠诚，蓝色代表始终如一。但是请你们先别动摇，别苦恼，别激动，别沮丧（因为这种天气很危险，不太适宜我们的种种情绪波动），如果愿意的话，请回答我的问题。因为我不会用其他什么强迫性的办法同你或同任何人争辨，我只会不时地提一提我自己的一两点看法。

请问，是什么劝诱你们，鼓动你们相信；或者是谁告诉你们白色象征忠诚，而蓝色象征始终如一？你会说，是任何一个沿街叫卖的小摊贩和民谣贩子都有出售的一本又破又低劣的书上写的。书名为《纹章色彩》④。谁写的？管他是谁！他聪明之处就在于没有把他的名字附在书上，除此之外，我不知道我还应该钦佩他什么，他的狂妄自大，还是他的愚蠢无知？

他的狂妄自大，过于自负在于，他没有理由，没有根据，没有一点真实性，居然就敢以一己之见蛮横地限定什么东西可以通过颜色来预示，来表明。这完全是那些专制君主的习惯做法，他们往往不讲求公平合理，而让自己的意愿起支配作用，不像那些智者或学者，用种种证据理由来满足他们的读者们。

他的愚蠢无知，麻木迟钝在于，他认为用不着其他的论证或充足的理由，世人就会乐于把他的愚蠢荒谬的看法、主张视为自己的意愿准则。实际上，他似乎已经发现了在那未开化的久远年代里，当戴高圆帽正流行时，有一些头脑简单的傻瓜挺相信他所写的东西，并根据他所写的话刻下自己的格言和警句，诱捕他们的骡子和驮马，把他们披挂装饰起来——装饰他们的小听差们，把马裤四等分，给手套镶边，为窗帘和床幔加穗，把旗帜装

---

① 比逊，天堂四大河流之一，盛产黄金。
② 奥格斯堡，德意志联邦共和国南部城市，以首饰银器出名。
③ 弗格家族，是查理五世时德国富可敌国的财阀。
④ 《纹章色彩》是阿拉贡国王阿尔封斯五世时的将军席西勒的作品，大约写于1458年。

饰一新，创作歌曲。更糟的是，他们还用许多骗人的杂耍戏法和可耻的卑劣手段不为人所察觉地对那些最正派纯洁的妇女和最值得崇敬的科学进行诬蔑、诽谤。

这些喜欢自吹自擂的谄媚者和胡乱替换名称的人都完全是陷于一片无知的黑暗与迷雾之中，他们在纹章上画个"球形"的图案，来象征"希望"①；描描"鸟的羽毛"，来代表"痛苦"；用"漏斗菜"来代表"愁闷"；用"月亏"或"新月"来显示一个人"财运"的渐长；用一把"腐烂破旧的板凳"来表明破产；用一个"不"字加上一件"甲胄"，代表"不牢固的衣服"；一张"没有天盖的床"，代表一个"毕业生"；就像大学神学系里的学士或者专门律师一样。这些同音异义的模棱两可的词是如此的荒谬愚蠢，如此的粗野滑稽。在法国的正确文字已经恢复之后，谁如果还想使用这样的愚蠢的东西，真该给他的领圈上拴上一条狐狸尾巴或者往他脸上罩上牛粪制成的面具！

然而，如果上帝②保住我这顶帽子（我的老祖母称之为我最好的酒罐）的形状的话，我确实希望能有一天把这些东西全面详尽地写一写。通过为大家所接受称许的古人们哲学的论证和学术权威的观点，来说明大自然界中到底存在多少种颜色，以及每种颜色各象征什么。

第九章

白和蓝意味着什么

由此可见，白色意味着喜悦、慰藉和安乐。这可不是随便说说的，而是有充分根据的。如果把所有偏见成见都撇在一边的话，你可能会意识到我说的是正确的，你将会倾听我现在要向你们阐述的理由。

亚里士多德说过，假设两种本质恰恰相反的东西——好与坏、美德与恶习、冷与热、白与黑、喜悦与痛苦、高兴与悲伤等等——如果你把一对中的一个和另外一对中的一个结合起来，那么结果呢，另外两个也一定可以结成对子。比如说，美德与恶习在本质上是相反的，好与坏也是如此，如果第一对对立词中的一个和第二对中的一个是协调一致的话；比方说"美德与好""美是好的"这意思再也清楚不过了——那么剩下的两个词，恶习与坏之间也有同样的关联，因为恶习确实是坏的。

弄清这条逻辑规律之后，你可以拿这些对立词如：喜悦与悲伤，白与黑来结对。白与黑从物理学角度来说也是相对立的。如果这么结对的话，黑色确实意味着悲伤，白色也就

---

① 这里的"球形"与"希望"读音几乎相同。下面几组名称替换也是基于同样的理由，即利用谐音来换称。

② 作者的意思是"只要自己还好好地活着，就可能会把这个计划付诸于行动。"——译者注

顺理成章地表示喜悦。

这种表意并不是由个人开创并强加与他人的，而是世人都接受的。哲学家们称之为"普遍规律"，是任何国家都无法抗拒的一种力量，一种法则。

大家都很清楚，一切民族，一切语言，一切国家（古代的锡拉丘兹人①和一些阿尔戈斯人②除外，因为他们的心灵是执拗反常的），当他们想从表面上显露自己的悲伤的话，他们都着黑衣。一切哀悼的标志都是通过黑色来体现的。这种不用别人的指示教导，每个人自身都会突然领会的，也不用对其本性进行论证推理的普遍的一致就是我们所谓的自然法则。运用同样的本能直觉，我们知道，世人都把白色理解为喜悦、高兴、欢乐、愉快和欣慰。从前色雷斯人③和克里特人④确实是用白色石子来表明他们的吉祥、幸运的好日子，用黑石子来表示悲哀沮丧的不幸的日子。黑夜难道不是凄凉，阴郁，沉闷的吗？正是因为缺乏光明，黑暗才会呈现。难道不是光明使世人安逸舒适吗？光明比什么都要纯洁！为了证实这一点，我请你们看一看洛朗修斯·瓦拉⑤反驳巴尔脱罗斯⑥的那本书吧！但我希望福音书里的说明就能使你们满意。《马太福音》第十七章说道：吾主耶稣变容时，衣裳洁白如光。通过这种光亮般的洁白，他让他的三个使徒感受到了永恒快乐的意义与象征。光明使人人安逸快乐，连一个牙齿都已掉光的老太太也会说：好光明！《多比传》⑦ 第五章中，多比双目失明后，当拉斐尔⑧向他打招呼时，他答道："看不到天上的光明，我还有什么快乐可言呢？"在救世主耶稣复活（《约翰福音》第二十章）和升天（《使徒行传》第一章）时，天使就是用一片白色来表明普天同乐的。福音传播者圣·约翰（《启示录》第四章和第七章）在神圣的福地耶路撒冷也曾看见那些虔诚的信徒们身穿同样的洁白的衣服。

读读古代历史，希腊的、罗马的都行，你就会发现阿尔巴城⑨（罗马的雏型）能在此地被建立起来并取了这个名字，就是由于人们在这儿看到了一只白色的大母猪的缘故。同样，你也可以从那些故事中发现，任何人一旦击败了他的敌人，按照元老院的法令，都得凯旋罗马城。这时，他往往都是乘坐由白马拉的战车胜利入城，即使是小小的凯旋也如此。因为没有什么标志或颜色能比白色更有效地体现出他们归来的喜悦了！你还可以发

① 锡拉丘兹，或锡腊丘斯，为美国纽约州中部城市。

② 希腊古城阿尔戈斯。阿尔戈斯人或希腊人。

③ 色雷斯是爱琴海多瑙河的巴尔干半岛东南部地区，其北部为今之保加利亚，南部称色雷斯。

④ 克里特岛位于希腊南部。当地人曾被认为好说谎。

⑤ 洛朗修斯·瓦拉（1406～1457），意大利哲学家。这里是指1517年在巴塞尔出版的一本书。

⑥ 巴尔脱罗斯（1313～1356），意大利法学家。

⑦ 《多比传》是基督教《圣经·旧约》中的《外典》之一卷。书中的主要人物是多比。他是一位虔诚的犹太信徒，老年失明，其子受天使拉斐尔所指示，以鱼肝治好了他的瞎眼。

⑧ 拉斐尔，《圣经》传说中的天使长之一，司医疗。

⑨ 阿尔巴城，特洛伊被希腊攻陷后，王子伊尼斯来到意大利，在看见一只白色大母猪和三十只小猪的地方，建立了罗马城。

现，雅典的领袖伯里克利①是如何命令那些命中注定会得到白豆子的人可以整天整天地去欢笑，这样的例子我可以举出一大堆，但此时此地并不太适宜。

理解了这一点。你就可以解决亚历山大·阿弗洛狄修斯都认为无法解答的问题；为什么一头只要吼叫一声就能吓坏所有野兽的狮子惟独畏惧白色的公鸡？因为，正如普罗克洛斯②所说的，太阳的功效是地球和星辰上所有亮光的来源与仓库，不管是它的属性还是它的特性，都更接近白色的公鸡并能成为象征，而不是与狮子相似。他还进一步说明：恶魔常常是以狮子的外形出现的，但是一看到白色的公鸡，就立刻消失得无影无踪了。这也是为什么高户人（即法国人，因为他们生来就有牛奶般雪白的肌肤，而希腊人却把奶叫做"戈拉"）总乐意往他们的帽子上插根羽毛，他们生性直率诚恳，快活友好，仁慈而又深受爱戴。我们还可以注意到，他们的胳膊上都戴着最洁白无瑕的花——百合花。

如果你要问，大自然是如何通过白色让我们体会到喜悦与慰藉的。我的回答是：两者之间确实存在着相似与统一。因为，正如亚里士多德在《疑问篇》里提到的，白色可以从外部来分散我们的视力，离散我们的视觉。这一点，你自己从实际经验中也同样可以认识到。当你翻越白雪覆盖的山峰时，你定会抱怨眼睛看不大清楚，色诺芬③在书中记载过发生在他部下身上类似的情形；盖仑④在《人体各部功用》第十卷里也有广泛的论述。人的心脏就是如此；一碰到极度的喜乐，内部就会膨胀，明白无误地忍受一种生气勃勃的心境的分解扩张。可是，一旦超过快乐的极限，心脏可能就会失控，最终导致丧失生命。这与盖仑在《治疗方法》第十二卷、《传染范围》第五卷、《疾病起源》第二卷里所论述的不谋而合。古代的学者们也纷纷证明这一点，像（马尔古斯·图里乌斯⑤的《多斯古拉尼斯问题》第一卷，瓦勒里乌斯⑥、亚里士多德、提特·利维⑦关于加纳战役的叙述，普林尼乌斯的第七卷第三十二章及五十三章，盖里斯的第三卷第十五章等等。还有许多作家，像

9. 啊，烈火焙乾了我的脑浆，泪水灼瞎了我的双目！苍天在上，我发誓要教那令你疯狂的仇人付出沉重的代价！五月的玫瑰，亲爱的少女，善良的妹妹，甜蜜的欧菲莉亚呀！天哪！难道一个少女的理智会像一个老者的生命一般脆弱？爱是纤弱的，它能为所爱之人牺牲自我。

---

① 伯里克利（公元前495～公元前429），古雅典政治家，民主派领导人，后成为雅典国家的实际统治者，其统治时期成为雅典文化和军事上的全盛时期。

② 普罗克洛斯（410～485），希腊哲学家，新柏拉图主义主要代表，曾主持雅典柏拉图学园，系统地整理并阐发新柏拉图主义，主要著作有《柏拉图神学》《神学要旨》等。

③ 色诺芬（公元前431～公元前355?），古希腊将领，历史学家，苏格拉底的学生。率1万希腊雇佣军参加波斯王子反对其兄的战争，远征到达里海，著有《远征记》《希腊史》《回忆苏格拉底》等。

④ 盖仑（130?～200?），古希腊医师，生理学家和哲学家，从动物解剖推论人体构造，用亚里士多德目的论阐述其功能。

⑤ 马尔古斯·图里乌斯，即古罗马雄辩家西塞罗，《多斯古拉尼斯问题》是他的哲学作品。

⑥ 瓦勒里乌斯，古罗马诗人。

⑦ 提特·利维（公元前59～17），罗马史学家。

罗得岛①人狄亚克拉斯②、奇罗③、索福克勒斯④、西西里的暴君狄奥尼修斯⑤、斐里皮德斯⑥、斐里蒙⑦、波利克拉塔⑧、菲力斯提翁⑨、菇文提⑩等等，都是乐极而死的。阿维森纳⑪在《经典》第二卷和《心脏论》一书里，提到了藏红花。他说，藏红花会使心中充满喜悦，如果服用太多的话，它就会过度地扩张人的心脏，最终呈现极度分裂状态而毙命。再仔细阅读亚历山大·阿弗洛狄修斯《疑问集》一书的第十九章，你就知道为什么会这样。

　　咦，怎么回事，原来没打算说这么多的，不知不觉就扯远了。因此，就此打住！剩下的话留待专门详尽地谈论这个问题时再说吧！在这儿我只想再说一句话：蓝色确实是象征天空和天上的事物，同样地，白色是象征快乐与喜悦。

第十章

高冈塔的幼年时代

　　从三岁一直到五岁，人们完全是遵照他父亲的命令，以种种合宜的规章制度来养育和管教着高冈塔。他呢，就像当地其他的小孩一样过着自己的童年，整天就是喝了吃，吃了睡，或者说是吃了睡，睡了喝，或者是睡了喝，喝了吃。他也在泥潭沙尘里打滚，上蹦下跳的，用污物把鼻子弄脏，还把脏东西往脸上乱涂乱抹。他整天趿拉着鞋，常常朝苍蝇打呵欠，还很起劲地追捕属于他父亲管辖领国内的蝴蝶。他用金属钮扣磨牙，在肉汤里洗手，用碗梳头，还会用湿麻袋把自己遮起来。喝汤的时候又想喝着酒，吃东西尽挑好的先吃，边吃边笑，边笑边吃；他还会往脸盆里吐口水，害怕下雨就往水里躲；他会敲打垃圾堆里捡的冷铁块，瞎摆弄一番；会剥狐狸的皮，装模作样地念念祈祷文，又回到羊群那儿，把小羊赶到干草堆里去；他会打狗给狮子看，牛犁倒置，不痒的地方也瞎抓。为了得到点什么，他会大量地付出；想抓住一切，却什么也没得到；还总是先吃白面包——先甜

　①　罗得岛，属于希腊，在爱琴海东南部，斯波拉谛群岛之一。
　②　狄亚克拉斯，公元前五世纪古希腊哲学家，因其子在奥林匹克会上得奖喜死。
　③　奇罗，希腊七大哲人之一，因其子在奥林匹克会上得奖喜死。
　④　索福克勒斯（约前496～前406），古希腊三大悲剧诗人之一。
　⑤　狄奥尼修斯和索福克勒斯都是听到他们的悲剧得到成功而忽然死去的。
　⑥　斐里皮德斯，公元前三世纪雅典喜剧诗人，因喜剧成功喜死。
　⑦　斐里蒙，公元前三世纪古希腊喜剧诗人，死在舞台上。
　⑧　波利克拉塔看见克索斯人把引诱她的人捉到时喜死。
　⑨　菲力斯提翁，一世纪希腊喜剧演员，后自己笑死。
　⑩　菇文提，即菇文提乌斯·塔尔瓦，他在接到罗马晋升消息时喜死。
　⑪　阿维森纳，十一世纪中亚细亚医学家、诗人及哲学家。

10. 谁知道那不会是一个律师的骷髅？他的玩弄刀笔的手段，颠倒黑白的雄辩，现在都到哪儿去了？为什么他让这个放肆的家伙用蠢蠢的铁铲敲他的脑壳，不去控告他一个殴打罪？哼！这家伙生前也许曾经买下许多地产，开口闭口用那些条文、罚款、双重保证、赔偿一类的名词吓人；现在他的脑壳里塞满了泥土，这就算是他所取得的罚款和最后的赔偿了吗？

后苦；他给鹅穿鞋，自己搔痒自己乐，整天在厨房里转悠，思忖着吃喝点什么。他会嘲笑神灵，在晨祷时偏偏吟唱晚祷时的圣歌"圣玛丽亚颂"，还念得不亦乐乎，津津有味；他会吃卷心菜，知道牛奶里有苍蝇还会放他们走；他会在纸上乱刮乱擦，在羊皮纸上乱涂乱画，然后飞也似的逃走；他会拉扯小羊羔的皮，把晚餐吐得到处都是，还指望主人不在场；他会到处寻觅，妄图抓到小鸟，最终却是两手空空一无所获；他会想像月亮是由绿色的奶酪制成的，而气囊就是灯笼。做一件事却要索取两份的工钱，为了得到一点糖还会出尽洋相，拿拳头当锤子，一跳就想抓住什么东西，不肯按部就班，他总是要往马嘴里看，前言不搭后语，生熟混杂，好坏不分，拆东墙补西墙，无中生有，希望天上能掉下只云雀来。他把非做不可的事说成是美德，面包硬要说成是燕麦粥，秃子或和尚他全不在乎；每天早上大呕大吐，他父亲的小狗跟他同个碗吃他也吃它们碗里的，他会咬他们的耳朵，它们会抓他的鼻子。

第十一章

高冈塔的木马

后来，为了能使高冈塔一辈子都是个骑马能手，大人们给他做了一匹很高大的木马。他能让马奔腾跳跃，疾奔纵窜，样样都行，他还能叫马走侧对步，小跑，表演伸长快步跑，疾驰，缓行，学小丑走花步，学拉马车的奔驰步，或是模仿骆驼和野驴的步态，他还让马经常更换毛色，就像修道士们根据不同的节日披不同的祭服一样——从枣红色到栗色、灰斑、暗褐、土黄、红棕、牛黄、镰花、花斑、黑白斑，一直到野驼鹿色。

他把一根大柱子做成一匹狩猎时用的驽马，另一根梁作成日常骑用的马，还用一棵大橡木造出一头有披套的骡子，打算在家里骑。除此之外，他还有十多匹备用的马和七匹驿马。所有这些马都睡在他自己的寝室里，紧靠他的床边。

有一天，穿着华丽盛装的布莱丁帕克①勋爵带着一大班勇武的随从来拜访他的父亲。偏偏弗利米尔②公爵和韦特格列特③伯爵也都同时来访。这么多客人挤在一起，房子确实显得有点拥挤，特别是车马棚。勋爵的总管和先行官④想知道这房子里还有没有空的车马棚，就找到当时还是个小家伙的高冈塔，偷偷问他安顿战马的马厩在哪儿，心里想小孩子们是很乐意将一切都坦言相告的。于是他就带着他们走上城堡的大楼梯，穿过第二个大厅来到一个宽敞的长廊，然后拐进一座很大的塔楼里，当他们又爬上另一段楼梯时，先行官

----

① 布来丁帕克，他的名字字面意思是"面包在袋子里"，即"小气鬼"。
② 弗利米尔，他的名字字面意思是"免费餐"，即"贪吃"。
③ 韦特格列特，他的名字字面意思是"湿湿的食管"，即"贪杯"。
④ 先行官，即先遣人员。指古时候为军队或王室出行人员安排食宿等的人员。

对总管说："这小孩子骗我们，马厩哪有在屋顶上的？"总管说："也许你错了，我知道里昂，巴斯迈特，施农还有其他一些地方的马厩确实就在屋顶上。可能屋后会有条路斜斜地通上来吧！但我还得问个清楚。"他就转身问高冈塔："可爱的小家伙，你要带我们去哪儿呢？""到我战马的马棚去。"高冈塔答道，"就快到了，再上几级台阶就行了。"他带着他们又穿过一个大厅。然后走进他的卧室，打开门，对他们说："这就是你们要找的马棚。这是我的西班牙马，这是我的骟马，这是我的战马，那是我的普通的乘骑马。"他递给他们一根很大的撬棒，说："我要把这匹从弗里斯兰省①来的马赠给你们，它是从法兰克福来的，但我要把它送给你们，因为它是一匹很棒的小驽马，跑得可快了。只要带上一只苍鹰，三只长毛矮足小犬，再加上两只身细腿长的猎犬，那么整个冬天你都不用愁了——野兔、山鹑源源不断，尽管享用。""圣·约翰啊！"他们同声地惊叫，"这个代价太大了。他是故意逗我们玩呢！我们被骗了！""没这回事，我抗议！"高冈塔仍然理直气壮地说。

现在你猜猜看，他们俩是着愧难当，恨不得把脑袋藏到哪儿去，还是以此为笑柄，互相打趣嘲笑一番就罢了？

惊异困惑之余，他们掉头就走。高冈塔还在后面追问："我还有个怪念头，你们想不想听？"

"嗨，我说，今天我们碰巧被人烤了，但也不至于烧焦！因为已被嘲讽挖苦够了。"总管说道，"哎呀，我的活泼机灵的小乖乖，把我们当呆瓜了！我希望有生之年能看到你做教皇！""对，我也是这么想的。"高冈塔马上接上，"我当了教皇，你就是个自负的傻小子，而这个浮夸自负的家伙就是个十足的虚伪小人！"

第十二章

高冈塔是如何跟诡辩家学拉丁文的

那个老好人高朗古杰听了这番谈话，再想想他儿子的高度智慧和惊人的理解力，禁不住满心的狂喜与钦佩。他对保姆们说："马其顿国王菲力浦从他儿子亚历山大熟练的驭马与技巧上看出了他的大智大勇。因为他那匹马凶猛异常，难以驯服，没人敢冒险去骑。以前试图骑它的人无一不被摔得惨极。这个摔断脖子，那个摔折腿；这个碰破脑袋，那个又跌坏颌骨。亚历山大也考虑到了这一点，一天在跑马场上（专门用来驯马和驭马的场所），他注意到了，马之所以暴烈仅仅是由于害怕他自己的影子。因此，骑上马之后，他就让马迎着太阳跑，影子自然而然就落在后面了。这样一来就把马制服控制住了。通过这件事，他的父亲知道他有非凡的判断力，于是就请当时在希腊哲学界享有极高声誉的亚里士多德

---

① 弗里斯兰省，荷兰的一个省名。靠近北海，当时当地的马匹要送到法兰克福出售。

来仔细教导他。"

"说真的，仅仅这次当着你们的面和我儿子高冈塔交谈过此事之后，我就知道，他确实理解力过人。如果他受到适当的教育，他一定会获得无比的知识与智慧。因此，我将不惜一切代价把他托付给一个博学的人，对他因材施教。"

不久，他们委派了一位诡辩学的大博士教他，人称土巴·赫鲁费大师①。他花了大约五年零三个月的时间教高冈塔字母，教到他能倒背如流为止。然后又花了十三年六个月零两个星期的时间，教他读《多纳》、②《法柴》③《泰奥多莱》④ 和阿拉奴斯⑤寓言。你必须注意到，在这期间，他还真的学会用花体字书写，还把读过的书全部抄写下来——那时印刷术尚未使用——因此通常总带着一把很大的笔和重约七千公担，即七十万磅的墨水瓶。笔筒又大又粗，好像爱奈修院⑥的大柱子似的。墨水瓶用粗铁链挂着，垂在下面，体积可以跟容量足有一吨的器皿相比。接着，大师又花了十八年零十一个月多的时间教他读《词义大全》⑦ 以及胡台比斯、法斯干、特罗底特、瓜莱奥、约翰朱、毕洛纽、卜林刚⑧等一大堆人的注释。这些内容，高冈塔是如此的精通，以至于在学校里和大家争论不休时，他会全部都倒背出来，而且有时还会扳着手指头对他的母亲说："《词义大全》不是什么学问。"为了让他知道一些有关月亮的年代，一年四季以及海水潮汐的学问，他们又花了十六年零两个月的时间读了一大堆乱七八糟的东西，也就在此时，该导师死于天花，这年是一千四百二十年。

后来呢，又有个老痨病鬼来教他，人称若卜兰·布立德大师⑨，该名字的意思是"缄默的笨蛋"。他教高冈塔攻读乌古提奥⑩、艾勃拉尔的《希腊词解》⑪、《文选》⑫、《修辞

① 土巴·赫鲁费，是作者杜撰的名字。
② 《多纳》，四世纪语言学家多纳图斯所著的拉丁文语法，为中世纪普遍采用的语法。
③ 《法柴》，法柴图斯所著的初级伦理学课本。
④ 《泰奥多莱》，十世纪泰奥多鲁斯所著的宗教考证。
⑤ 阿拉奴斯，十三世纪伦理学家。
⑥ 爱奈修院，里昂最古老的，人称雅典式的建筑，该处尚有四根粗大的柱子，是从罗马移来的。
⑦ 《词义大全》，中世纪语言学课本，作者到底是谁，说法不一。
⑧ 这些人名都是作者为讽刺当时不学无术的学者所杜撰的名字。胡台比斯意思为风吹抖缩，法斯干意思是肩压大路，特罗底特意思是无用之辈，瓜莱奥是兰斯诺特圆桌小说里的人物，约翰朱意思是傻瓜，毕洛纽意思是毫无价值，卜林刚意思是女人气。
⑨ 若卜兰意思是愚蠢，布立德意思是像只鹅。
⑩ 乌古提奥，十三世纪意大利菲拉拉主教，著有《拉丁语汇》。
⑪ 这书是十三世纪艾勃拉尔·德·贝杜纳编著的从希腊文来的拉丁词汇。
⑫ 《文选》是十三世纪亚历山大·德·维尔狄厄的作品。

八法》①、《问答集》②、《补遗集》③、《教理注释》④、《饮食礼仪》⑤，塞内加⑥的《四德全集》⑦、巴萨万图斯⑧的《附注释》⑨，还有节日里读的《安息集》，⑩ 以及其他一些各类作品。读了这些书后，高冈塔就成了一个老实巴交、连烤箱也焙制不出第二个的古板的家伙。

第十三章

高冈塔是如何接受其他老师的教导的

高冈塔的父亲发现，他确实学习得非常努力，可是，他把所有的时间都投进去了，却没什么收益。更糟的是，他反而变得愚蠢，头脑简单，糊里糊涂而且呆滞迟钝。高朗古杰和巴波里哥斯⑪的总督唐·菲力普戴·马莱提到这件令人痛惜的事情时，总督说："在这样的老师的指导下学习这样的课本，还不如什么也没学。因为，他们的所谓学识就是愚蠢，他们所谓才智就像使人愚蠢迟钝的玩具，只会使那些善良高贵的灵魂变得退化低劣，而且腐化所有年轻人的心灵。"他接着说："不信的话，我们可以挑出任何一个只读过两年书的年轻人和你的儿子比一比。如果他的判断力、他的推理能力和他的言语交流能力比你的儿子差的话，而且，他的文明举止比不上常人的话，从此以后你就把我当成一个撒谎大王得了。"

这话很合高朗古杰的意，于是他命令一切照办。大约晚饭时分，该总督带来了一个来自维尔·公基斯⑫，名叫爱德蒙⑬的小侍从。他打扮得整齐干净，外表俊秀洒脱，头发梳理得纹丝不乱，举止温和可爱，大方妥贴，看上去与其说是个小孩子，倒不如说是个小天使。"你看见这个小家伙了吗？"总督问，"他还不满十二岁呢！如果你乐意的话，我们来

---

① 《修辞八法》是训练儿童修辞的读本，共分八部分。

② 《问答集》是回答体的课本。

③ 《补遗集》是菲力普·德·拜尔卡莫的《编年史》编稿。

④ 《教理注释》是十五世纪学习教理课本，特别关于《诗篇》及《使徒行传》的注释。

⑤ 《饮食礼仪》是韵文体。十五世纪的约翰·苏尔皮齐奥的作品。

⑥ 塞内加是六世纪葡萄牙主教马丁·德·布拉伽的笔名。

⑦ 《四德全集》是修身课本，内容是亚里士多德的道德观。

⑧ 巴萨万图斯是十四世纪意大利教士作家。该名与法文"愚蠢"读音相近，故作者有意用此名。

⑨ 《附注释》全文为《真实补赎一览·附注释》。

⑩ 《安息集》即《教理集锦》，看了可以使人安息睡觉。

⑪ 巴波里哥斯，作者杜撰的一个虚无国度。

⑫ 维尔·公基斯，法国安得省沙头路镇名。

⑬ 爱德蒙，此为希腊文，意思是"幸运、福气"。

12. 好一场惊心动魄的屠杀！啊，骄傲的死神！你用这样残忍的手腕，一下子杀死了这许多王裔贵胄，在你的永久的幽窟里，将要有一席多么丰美的盛筵！

试试看，旧时代的那些糊涂的老学究们和现代的年轻小伙子们所掌握的知识有多大的区别。"这种尝试使高朗古杰觉得新鲜有趣，于是他就要求那个小侍从说点什么。

小侍从爱德蒙把帽子拿在手里，请求他的主人允许他如此照作，只见他面貌开朗洁净，双唇优美红嫩，目光坚定，带着一种童稚的谦逊注视着高冈塔。他站得笔直，姿态优雅地开始称颂高冈塔。首先称赞他的美德和礼仪风度；第二是他的学识；第三是说他出身高贵；第四是表扬他身体方面的技能成就；第五呢，他非常温和地规劝高冈塔要充分地尊重孝敬他的父亲。因为，父亲为了把他抚养教育成人是煞费苦心了。最后，他祈求高冈塔能恩准收他为仆，因为他那时不再奢求上天的其他恩赐，他只愿服侍高冈塔，使之开心。

说这一番话时，他手势得体，发言清晰，风格悦人，措辞精湛，再加上拉丁文流利准确，根本不像是这个年龄小孩的所作所为，倒更像是古代的格拉古斯①，西赛罗或者伊末留斯②这一类专家权威。

而高冈塔又是什么样的表现呢？他的全部行为就是低垂着头，用帽子遮掩着脸，开始号啕大哭起来，旁人无可奈何，怎么也无法引他说出一句话来。为此，他父亲大为光火，差点儿都想结束若卜兰大师的性命了。多亏了总督的好言好语，劝服他放弃这个念头，最后，他的怒火渐渐平息了下来。

接着，高朗古杰盼咐人付清了若卜兰大师的薪水，请他大喝一顿，像诡辩家一样把他折腾得疲惫不堪之后，让他滚蛋，滚得越远越好。他说："如果他正好醉得像死猪一样的话，至少我今天就不用再破费付他工钱了！"

若卜兰大师离开之后，高朗古杰就向总督请教，他们该为高冈塔选择什么样的老师。最终他们一致决定爱德蒙的导师包诺克拉特应是合适的人选，可以承担这个职责，而且他们大家应该一起去趟巴黎，去了解了解当时巴黎的年轻人都学点什么。

第十四章

高冈塔是怎样乘着大牝马到巴黎的；

大牝马如何消灭包斯的牛蝇

就在同一个时期，米努底亚③的第四个国王法伊奥勒派人从非洲某国运来了一只前所未见、大得出奇的牝马，形状也极特别。顺便提一下，大家都清楚得很，据传非洲盛产新

---

① 格拉古斯，公元前二世纪古罗马雄辩家。
② 伊末留斯，古罗马政治家。
③ 米努底亚，非洲古国，靠近毛里塔尼亚，是阿尔及利亚的一部分。

鲜事物。这只牝马足有六只大象那么大，它蹄上分趾，跟尤利乌斯·恺撒的那匹马一样；耳朵耷拉着，好像朗格多克①地方的山羊似的。马屁股后头还长着一只小犄角，他身上的皮毛有点像烧焦了似的呈红褐色，还夹杂着一些灰色的斑点。可最引人注目的是它有一条惊人的尾巴，和朗热②附近圣马克③的那座尖塔一样粗，同样是方形的，尾巴上的毛又好又精细，好像玉米穗上的芒刺。

如果你对此感到惊讶的话，那应该更诧异西提亚④公羊的尾巴才是，每条尾巴都有三十磅以上。还有叙利亚绵羊的尾巴。如果戴诺所描述的没有掺杂水份的话，需要在羊屁股后用一辆小推车才支撑得住，因为那太长太重了。你们平原上的那些家伙就没有这样的尾巴。

这匹马是由海路用三艘宽身帆船和一艘双桅帆船才运到尔蒙台⑤的奥隆纳港口⑥的，高朗古杰一看到它，就说："这匹马正适合载我儿子去巴黎，啊，上帝保佑，一切都会好起来的，他最终会成为一个大学者凯旋的。上帝啊，如果没有那些蠢货的话，我们该过着学者们那样体面舒适的生活了！"

第二天早上，喝得醉醺醺之后（这一点可以理解），他们就启程了，与高冈塔同行的有教师包诺克拉特一行人，以及那个小侍从爱德蒙。当时天气晴好温和，他的父亲让人为他做了一双暗褐色的靴子，也就是巴班⑦人称作露趾花结高统靴的那种。因此，他们在旅途中过得十分逍遥自在。总是吃喝玩乐，情绪振奋，直到有一天来到了奥尔良城⑧。这儿有一片长约三十五里格⑨宽约十七里格大小的森林，这片森林里，牛蝇、胡蜂、黄蜂等等多得不得了。那些可怜的驴马们可真是受够罪了！可是高冈塔的牝马却对这些肆无忌惮地攻击它同类的家伙们进行毫不留情地报复，这一点完全是蝇虫们始料未及的。

他们一进入森林，黄蜂们就倾巢围攻，于是那匹牝马亮出尾巴，以此为武器投入战斗。它左拍右扫，把整片森林都捣毁了，只见它忽横忽纵，忽这忽那，忽左忽右，忽上忽下，就像除草机除草那样轻而易举地把整片森林连同蝇虫们都消灭得一干二净，以至于整个地区都成了一片平原。

高冈塔十分欣喜地看着这一切，没发表什么言论，只是反复对他的伙伴们说："我觉

---

① 朗格多克，法国古省名。

② 朗热，施农县地名。

③ 圣·马克在施农县郊区，离施农一公里远，远处有方形古塔一座。

④ 西提亚指我国新疆、西藏一带。

⑤ 尔蒙台是旺代省地名。

⑥ 奥隆纳港口在法国靠大西洋海岸，十六世纪时为一重镇。

⑦ 巴班，古时的波兰。另一说法是施农地区有一鞋匠姓巴班。

⑧ 奥尔良在巴黎南面一百二十一公里处。

⑨ 里格，旧时长度单位，约为 3 英里、5 公里或 3 海里。

13. 当时在我的心里有一种战争，使我不能睡眠；我觉得我的处境比锁在脚镣里的叛变的水手还要难堪。我就卤莽行事——结果倒卤莽对了，我们应该承认，有时候一时孟浪，往往反而可以做出一些为我们的深谋密虑所做不成功的事。

得这很不错。"从此以后这个地方就被叫做"包斯"① 可是，那功臣牝牛什么也没得到，连早饭也没有，只能一味地打呵欠。包斯的绅士们为了纪念这一事件，直到如今都在遵照这一习俗，不吃早饭，尽打呵欠②。他们觉得这是个好习惯，提起时还咂口痰表示利落爽快。

最后他们终于来到巴黎，一行人休息了两三天以便恢复活力。他们一边尽情地吃喝享乐，一边打听当时当地有哪些学者，当然不会忘了问上一句："巴黎人喝什么酒？"

第十五章

高冈塔是如何向巴黎人致意的，

他又是怎样拿走圣母玛丽亚教堂的大钟的

几天的休息调整之后，他到城里到处走走瞧瞧，城里的每个人都带着无比的钦慕注视着他。因为巴黎人非常麻木迟钝、愚昧无知，而且生来就傻呆，即便是一个玩杂耍的，一个游方的教士，一头驮行李的马，一头挂着叮当响的钹或小铃铛的骡子，或者在交叉路口的一个盲人小提琴手，也会比一个福音传道士引来更多的人。

大家挤得他无处遁身，无奈之下他只好跑到教堂的塔顶上休息。在塔上坐定后，看着周围那么多围观的人，他大声说道："我想这些自私自利的家伙们都想看看我是怎么向他们行见面礼的，还带了些什么礼物来，有道理，有道理！现在我给他们来壶酒，开开玩笑而已！"

这事一做完，他想到了塔上的大钟，于是就动手敲了起来。钟声悦耳和谐，令人心旷神怡，他一边敲着，一边脑子里又盘算开了：把它们挂在他那匹马的脖子上，当叮当作响的铃铛倒不错。他原来就有打算让这马满载着勃里③的奶酪和新鲜的鲱鱼去孝敬他父亲。这么一想，他马上就动手把钟取下来，带回他的住所。

就在这时，圣安东尼会的托钵修会主修士又像往常一样貌似虔诚地来募捐了。④ 他很想私下里秘密地把钟偷走，这么一来，人们很远就可以听到他来了，而且钟声也会把烟囱里他要找的熏肉震得窸窣作响。然而他还是老老实实地把这个想法抛于脑后，并不是因为

---

① 包斯，意思是"不错，很好看。"

② 传说包斯的贵族以贫困出名。用呵欠代替早饭的话，自然省事不少。

③ 勃里，巴黎东面古地名。

④ 圣安东尼会原来有特权放任猪在街上乱跑，自寻食物。后来他们又放弃了养猪，条件是他们的教士定期来募猪捐，居民须奉供猪油火腿。这是一种说法。另一说法是圣安东尼会的教士会医猪病，居民为答谢他们，自动捐赠猪油和火腿，后来就慢慢演变为变相的募捐。

钟太烫手，而是因为对他来说，钟有点儿太重。这位修士自然不是堡尔①的那一位，那一位是我的非常要好的朋友。

关于钟被偷一事，整个巴黎城都骚动暴乱起来，大家都清楚，只要有一点儿风吹草动，他们就随时准备起哄造反，以至于外国都对法国国王的耐心感到不可思议，眼看着如此混乱的事态，如此不安的局势一天天地严重了起来，他却不肯用自己公正的原则来控制他们。

但愿上帝让我知道这些分裂和这些好结党营私的团体从哪儿冒出来的，这样的话，我好在堂区的兄弟会上揭露出来。告诉你们吧，人们聚集的这个混乱骚动的地方叫做乃索大楼②。它当时是乐凯斯的神学所，现在当然不是了。人们就在这儿，把这个案件提了出来，并陈述了大钟被拿走之后的诸多不便，大家是是非非地反复讨论争辩了许久，最终用三段论法决定，他们该指派神学院里最年长、最有威望的学者去找高冈塔，向他表明，没有了大钟后，他们所遭受的种种巨大的可怕的损害与不便。尽管大学里有人振振有词地阐述为什么倒不如派一个雄辩家去执行这个指控，而不是一个学者。但最终还是特地选定了神学大师约诺土斯·德·卜拉克玛多。

第十六章

约诺土斯大师怎样被派去见高冈塔，

以便索回大钟

约诺土斯大师，剪着恺撒式的发型③，穿着最古式的衣着，学位帽上连着长飘带，胃里还满满当当地塞足了烤炉里的东西和地窖里的圣水——面包和酒，然后才来到了高冈塔的住处。同行的一班人中，走在最前面的是三个戴红口罩的教区执事，后面的是五六个死气沉沉毫无艺术修养的大师，大家都在街上的烂污泥中挣扎着前进。

他们一进门就让包诺克拉特给碰上了，看到大家人不人、鬼不鬼的，他吓了一跳，认为是一些神经错乱的人刚参加假面舞会回来，就向其中的一个所谓的大师打听这个化装舞会是怎么回事，回答却是：他们渴盼他们的大钟能被早日归还。包诺克拉特一听到这，就急忙跑回去把这个消息告诉高冈塔，让他作好答复的准备，并火速决定该怎么对付那些

---

① 堡尔，巴黎东南地名。堡尔的圣安东尼会的会长是诗人安东尼，杜·塞克斯，本书作者的朋友，他在一首诗里曾自称养猪人。

② 乃索大楼，在塞纳河左岸，地点即现在的法兰西学院。

③ 恺撒是个秃顶。

人。高冈塔闻讯立即把他的老师包诺克拉特、总管菲洛多米①、骑士随从冀姆纳斯特②，还有爱德蒙召集到一边，很简略地和他们商量了一下对策——该做什么和该答什么。大家一致认为该把那班人带到存酒的、同时也是食品贮藏室的那个房间，让他们在那儿尽情地喧闹作乐，杯盏交错，乐不思蜀。还应该制止那个痨病鬼趾高气扬地吹嘘卖弄说"钟是在他的极力坚持下才讨回去的。"他们还在频频举杯时，高冈塔就派人去把市长、学院院长、教堂主持都请来了。不等那位神学家提起他的所托之事，他们就决定把钟送还。

第十七章

诡辩学老师们为高冈塔所制定的学习与训练

在巴黎的第一天就这么过去了，大钟又被拴回原先的位置。巴黎市民们感谢他们的好意，主动提出帮他照料并喂养那匹马，随便到什么时候都行，只要他乐意。高冈塔欣然接受了，于是，巴黎市民们把马带到比爱尔树林③里去放牧。

这事之后，他就遵照包诺克拉特的决定与指示全身心地投入学习中去。包诺克拉特下令高冈塔一开始还应该像以往那样去做，因为他想弄清楚他过去那些教师，花费那么多的时间，用的是什么样的方法，却把他教成这么一个愚钝无知的人。

高冈塔的时间安排如下：每天不管天亮与否④通常都在八至九点间醒来，这是他过去老师的规定。他们引用大卫的话说："清晨早起，本是枉然"⑤，然后呢，在床上辗转反侧，踢蹬着腿，打几个滚，清醒一下自己的头脑，这才按照季节天气穿戴整齐，他偏爱穿一件又长又厚衬着狐皮的毛呢长袍。接着，他用阿尔曼式⑥的梳子梳理头发，所谓阿尔曼式的梳子，就是五个手指头，他自己的手！换句话说，他根本没有用什么梳子而直接用手在头上胡乱抓一番。他以前的导师曾说过，用其他的办法梳洗清理的话，简直就是浪费时间。接下去，他又放屁，打呵欠，吐痰，咳嗽，呜咽，打喷嚏等等，乱七八糟的事做了一大堆才去吃早饭，以图驱散寒露和污浊不堪的空气。他吃了一些油炸香肠、炭烧熏肉、美味火腿、可口肉糜，还有许多早餐浓汤。汤里几乎全是牛油，上面点缀着面包片、奶酪切成碎片的欧芹等。

① 菲洛多米希腊文为"操刀能手"的意思。
② 冀姆纳斯特的希腊文意思为，身体健壮、孔武有力。
③ 比爱尔树林，即枫丹白露，在比爱尔村和比爱尔河附近。十六世纪时这儿还是牧场。
④ 八九点钟天一般都已大亮，这里是讽刺。
⑤ 这句话可参见《旧约·诗篇》第一百二十七篇第二节。懒人往往借此为自己辩护。
⑥ 雅各·阿尔曼是十六世纪初的一位神学家，据传他生活懒散，不修边幅。而且，"阿尔曼"与"德国人"同音，作者可能有意嘲笑德国人。

包诺克拉特告诉他，刚起床，没有事先运动一番就立即吃这么多东西不好，高冈塔立即反驳："什么？我难道还运动得不够吗？我起床前已经在床上翻滚了六七下，那还不够吗？教皇亚历山大①在他的犹太医生的指导下也是这样做的，尽管他有不少仇敌，他还是一直活到了很老很老。我的头几个老师使我对这一切习以为常，他们说吃早餐会使人记性好。因此，他们一起床就先喝酒，我很赞成这一做法，而且感觉胃口更开了，土巴大师（他是巴黎第一个领有大学发给的证书的人）也说，仅是飞快地跑还不够，要及早动身才行。同样的道理，人要保持身体健康，不能像鸭子那样老是咕噜咕噜地乱喝一气，应该喝得越早越好。有一首诗这么写着：早起非为福，早饮真正高。②"

早饭吃饱喝足之后，高冈塔就出发去教堂了。随行人员们用一个大大的筐子帮他扛着一本巨大的厚封面的祈祷书，包括经书上的油污、夹子、羊皮纸以及封套在内，重量不多不少大约为一千六百零六磅。他在教堂里望了六至二三十场弥撒。就在这时，他的祈祷师来了，他刚像冠头燕雀鸟似的开怀畅饮过，连呼吸也混杂着果子露的好闻的味道。两个人在一起喃喃不停地念着弥撒经，念得专心致志、小心虔诚，一丝儿、一点儿也不漏过。

离开教堂时，有人用牛车给他送来了一大堆圣克洛德③出产的念珠。每颗念珠都有帽模那么大。于是他就在修道院长廊和花园里散步，一边走一边数着念珠，所念的经文比十六个隐修士一起念的还多。接着他又目不转睛地盯着书，学习了半个小时，而事实上，正如爱开玩笑的人所说的，他根本就是心不在焉，魂不守舍，他的魂灵早就跑到厨房里去了。

高冈塔生性迟钝懒散，因此，落座后，他就吃了好多火腿、牛舌干、鱼子调味品、香肠以及其他的下酒菜。他狼吞虎咽时，四个侍童持续不断地往他嘴里送去满当当的一铲一铲的芥末。接着他又一口气灌了好多白酒，让他的肾脏放松舒适一下。这一切复杂程序之后，他才根据季节，尽量吃符合他胃口的肉食，一直到他的肚子撑得滚圆滚圆，差点要崩裂了才住口。

至于喝酒呢，既然没个规定，喝起来更是没完没了。他老爱说，喝酒的极限是要等到喝酒喝到鞋的软木跟吸足了酒膨胀起半尺高时，才算达到了呢！

---

① 一说是亚历山大六世，他有一御用医生，是个从普罗温斯来的改信天主教的犹太人。另一说是亚历山大五世。据说这位教皇胖得连坐都不会，他的医生马尔西留斯叫他每天早晨跟一个女仆跳舞玩耍。

② 这两句原为谚语，早起非为福，及时真正高。拉伯雷故意改了词。

③ 圣克洛德，法国一省城名，盛产念珠、木梳之类的小工艺品。

第十八章

高冈塔的游戏

酒足饭饱之后，他又木头似的装腔作势地念上一段谢恩祷告，接着用酒洗了洗手，边用猪蹄剔牙齿，边和他的侍从们愉快地闲聊。然后，他们把毯子铺好，送上一副副纸牌，大堆骰子和各种各样的棋盘。

于是，他们玩起了花样繁多的游戏……①等到玩够了，疯够了，把时间消磨得差不多了，大家认为该去喝几杯了，他又喝了满满的十一大杯。狂欢痛饮之后，便四仰八叉地倒在一条宽大的长凳上或是一张舒适的大床上，痛痛快快地睡上三个钟头，不惹事生非，也不胡言乱语。醒来之后，他晃晃自己的耳朵，马上就会有人送来新鲜的酒。这时喝得最畅快，最毫无忌惮。

包诺克拉特告诫他，刚睡起来就如此滥饮，真不是个好习惯。而高冈塔却回答："这正是教长们、圣父们过的生活呢！而且，我生性一睡就口干舌燥，睡醒时我简直就像吃了许多咸鱼似的。"

然后，他又读了一点儿书。接着又取出念珠准备念经。为了显得更正式，把经文念得更好，他骑上一头已经驮过九个国王的老骡子，一边嘴里念念有词，一边摇头晃脑要去看别人怎么用网猎取兔子。

回来后他又拐到厨房里，去看看烤肉叉上烤的是什么肉，晚饭还要加点什么佐料。当然，晚饭吃得真不错。他还时常邀请一些酒量好的邻居，和他们一起开心地闹饮一番，一边喝一边谈古论今，神吹胡说。这些人中有杜·福老爷②、古尔维勒老爷、格里纽特老爷、马里尼老爷③等等。

晚饭后，他就摆出精致的木制的福音书似的赌具盒——也就是说许多的赌具和牌——或者就玩好玩的同花牌④"一、二、三"，或者，要想速战速决的话，就玩"一扫光"。再不然，就去看附近的姑娘们，和她们一起品尝点心、吃宵夜，然后就无拘无束一觉睡到第二天早上八点。

① 这里作者一共罗列了二百三十一种游戏。大致可分为户内和户外游戏，以户内游戏为主。一般有四类：纸牌、棋类、斗智、猜谜。这些游戏，有的涉及赌博，有的含义不明，有的早已过时，故略去。

② 杜·福老爷是指1514年国王总管雅各、杜福，他是路西尼昂城堡的领主。

③ 这些老爷都是当时的权贵，名门望族。

④ 同花牌，是指不连续的5张同花色的扑克牌。这是十六世纪一种流行的牌戏。

第十九章

包诺克拉特如何训导和教育高冈塔，
使他不浪费片刻光阴

包诺克拉特知道高冈塔的这种堕落的生活方式后，决意用另一种全新的办法来培养他，但考虑到本性难移，突然改变只会引起暴力反抗，他认为还是继续容忍高冈塔放纵自己的恶习一段时间为好。因此，为了有个好的开端，他认真请教了当时一个博学的名医，人称泰奥多尔①大师，如果有可能的话，怎样把高冈塔带入一条更美好的生活之路。这个名医很权威地用安提库拉②的里藜芦草③来为他涤罪。这种药能把高冈塔脑中所有的变样的，有悖常情的歪习、恶习、陋习全部消除掉。包诺克拉特又以同样的方式使他忘却了他以前的老师们所教给他的一切，就好像提摩太对待受过其他音乐家教导的崇拜者似的。

为了能达到更好的效果，他们又带高冈塔去结识那些学者们。希望他能通过模仿对比，产生一种以另外的看法刻苦学习的强烈渴望与情感，以及想进步想提高的愿望。后来，他自己慢慢养成了独特的学习方式，一天中片刻的时间都不浪费，全部都用在搞学术和掌握实用知识上了。

现在高冈塔早上大约四点就醒了。侍从们有的帮他按摩身体，有的要朗读几章《圣经》给他听，声音要响亮清晰，发音还得适合所读的内容。出生于巴士埃④的小侍从阿纳纽斯特承担了这份差使，根据圣经选读的意义和论点，高冈塔经常是处于崇拜、敬爱与祈祷之中。他向上帝祈求，因为圣经确实完完全全地体现出上帝的威严和非凡的公正。然后他的老师把所读的内容重复一遍，并为他详细讲解一些最晦涩难懂的词句。

他们一起细看天象，看它是否和他们前个晚上所观察到的一样，并预测当天昼夜的天气，接着，大家为他穿衣、梳洗打扮一番，同时又把前一天所学的内容向他重复了一遍。他自己也会背诵，还会把一些有关人类荣华的实际例子，牢牢地建立在他所学的内容上，有时候这事也会折腾上两三个小时，但通常他一穿戴好就结束这类话题。

然后就会有人整整读三个小时的书给他听。读完之后，他们就会一起出门，边走边对刚才所读的内容的要旨互相交换各自的意见。他们要么去卜拉克大学附近的运动场、要么

---

① 泰奥多尔在希腊语中意为"天赐"。
② 安提库拉，希腊一城名，出产一种治疗精神病的毒药。
③ 里藜芦草，当时治疗神经系统疾病的特效药。
④ 巴士埃，施农附近地名。

2. 我看见他击着波浪，将身体耸出在水面上，不顾浪涛怎样和他作对，他凌波而前，尽力抵御着迎面而来的最大的巨浪；他的勇敢的头总是探出在怒潮的上面，而把他那壮健的臂膊以有力的姿势将自己划近岸边；海岸的岸脚已被浪潮侵蚀空了，那倒挂的岩顶似乎在俯向着他，要把他抢救起来。

到草地上去。大家在那儿打打球——手球①或三角球②——畅畅快快地活动全身的筋骨，就像刚才锻炼脑筋一样。

一切的游玩娱乐都是自由的，不受任何约束，他们愿意什么时候结束就什么时候结束，一般来说他们会玩到全身大汗淋漓或者疲卷了才会停止，然后他们就仔仔细细地把全身擦干，好好地按摩一番，换掉湿衣服，才不慌不忙地散步回来，到厨房里看饭是不是做好了。在等着吃饭的那段时间里，他们会声情并茂地大声朗读他们能记住的一些语句，这时，胃口大开，他们就挨次入座。

开饭时，有人会读古代的一些英勇作战的趣史给他听，一直到他示意喝足听够了为止③。然后如果他们感觉良好的话，他们会继续读下去，或者一起愉快地闲聊，先是谈论桌上所有菜肴的优点，功效与种类，比如说面包、酒、水、盐、肉、鱼、蔬菜、萝卜以及他们加工烹调方法。这样，在很短的时间内，他就把普林尼，阿忒涅乌斯④、狄奥斯科里德斯⑤、莱留斯·波吕克斯⑥、伽伦·波尔菲里⑦、奥比安⑧、波里比乌斯⑨、赫里欧多，⑩亚里士多德、埃利恩⑪等人作品中的所有与饮食相关的章节都掌握了。大家谈起这些时，为了弄清某些问题，常常让人把这些书搬到餐桌上当场核查。因此，他能把所谈论过所读过的东西，牢牢记在脑海中。可以说，当时没有哪个医生所掌握的学识比得上他的一半。最后，他们又谈了谈早上读过的课文，吃了一些蜜饯或者果酱，就算结束了这一餐。高冈塔用乳香黄莲木制的牙签剔了剔牙齿，用洁净的清水洗了洗手、眼，唱了几首称赞上帝的圣歌，感谢他的慷慨而丰厚的馈赠与他的仁慈。唱完之后，有人就拿牌进来，这次可不是用来玩，而是学习许许多多基于数学理论上的小技巧和小创造。这么一来，他很快就迷上了数学这门学科。每天午、晚饭后，他都心情愉快地在数学世界里徜徉，消磨时光。而以往这个时候呢，他不是在打牌就是掷骰子赌博。这样过了一段时间，他对数学的理论和实践都理解得很透彻，以至于写了大量文章的英国人顿斯塔尔⑫都不得不承认，与高冈塔相比，

---

① 即网球前身，最初是用手打的。

② 游戏规则是把一块三角形的铁块往一个圆环掷去，穿过才得分。

③ 十六世纪喝酒时一般由人代斟，酒瓶不放在餐桌上。不想再喝的话，就举手示意。

④ 阿忒涅乌斯，三世纪希腊语法家，他在《哲人饮宴》里描写过花和果实的功用。

⑤ 狄奥斯科里德斯，一世纪希腊名医。他的作品被称为医药界的经典。

⑥ 莱留斯·波吕克斯，三世纪的语法家，曾写过关于渔猎的作品。

⑦ 波尔菲里，三世纪亚历山大派哲学家，曾写过《饮食忌口论》。

⑧ 希腊有两位同名诗人奥比安。一位生于二世纪，著有钓鱼诗，另一位在三世纪，写过狩猎诗。

⑨ 波里比乌斯，公元前三世纪希腊史学家及政治家，曾写过《饮食卫生》一书。

⑩ 赫里欧多，三世纪希腊文学家。

⑪ 埃利恩，三世纪希腊自然科学家及作家。

⑫ 顿斯塔尔（1476～1559），英国达拉姆主教，国王亨利八世的秘书，著有《算术通论》，分别在伦敦和巴黎出版过，风行一时。

自己真是相形见绌。其实还不仅仅在这方面，在其他诸如几何学、天文学、音乐等与数学相关的学科上，高冈塔都略通一二。因为，在饭后等着消化的那段时间内，他会制作各种各样的小仪器或者是几何图形，甚至还会在一定程度上练习运用天文学的定律。

接着他们还唱歌自娱自乐，来个四声部或五声部的大合唱，或者就一个固定的主旋律随意地发挥，爱怎么唱就怎么唱，至于乐器呢，他学会了吹拉弹奏维金纳琴、竖琴、德国九孔笛、六弦琴和三角竖琴。

时间就这样过去了，消化得差不多了，就自然而然得去方便一下。然后再花三个小时，或者更长时间致力于主要的学习，还要重复他早上所学过的功课，大量地练习写字、画画，也要对着古代罗马花体字，练习清晰的发音。

学习完后，大家就一起出门。同行人员中有一个都林省的年轻绅士，名叫吉姆纳斯特，他负责高冈塔的骑马技术。高冈塔换上骑马服后，就练习骑各种各样的马：那不勒斯战马、荷兰纯种马、西班牙小马、披了铠甲或上了马饰的骏马，或者轻捷的快马。他的这些马花样繁多，步法眩目；或凌空腾跃、跃沟、跳桩篱；或在原地急转圈，向左向右均可。他从未把他的长矛弄折，因为世界上最蠢的人才会说："我骑马持矛冲刺或打战时弄断过十把长矛"，木匠也可以轻而易举地做到这一点。可是，只用一把长矛就可以刺倒且打翻十个敌人，那才是一件很光荣的、值得称道的事！所以，他常常挥舞着一把锋利牢固的带钢刃的长矛，冲破门栏，穿透铠甲，砍倒树木，抢走铁环，挑飞骑兵的马鞍，连带他的铠甲和防护手套等等。做这一切练习的时候，他自己是全副武装起来的——从头到脚全身披挂。

至于策马跃进时的炫耀性的动作以及强劲的活力，还有那份对马的珍爱，没有人能比得上他。菲拉拉马戏班的骑师与他相比起来，只能算个小巫。他特别擅长脚不着地从一匹马上敏捷地纵身跃到另一匹马上，这种特技被叫做飞速换马，不管他从哪处都可以上马，手上还拿着长矛，没有马镫也照样能行，没有马笼头也能随心所欲地驾驭马，学会这些技巧在军事上大有好处。其他时候，他练习战斧，使用起来真是轻松自如，劈砍有力，游刃有余。不管是哪种技艺，不管是临阵还是演习，他都能轻松对付。

然后，他耍弄起长枪，又用双手舞了一回刀剑，有单刃刀，有西班牙双刀长剑，有短剑还有匕首。他有时全副武装，有时又轻松上阵，有时持盾，有时又披斗篷，有时甚至还拿着靶子。他会去追猎公鹿、狍、熊、黇鹿、野猪、野兔、雉鸡、鹁鸪和鸨。他也玩高球，用手扔，用脚踢，让球在空中弹跃不止。他练习摔跤，练习跑步，还练习跳跃。但不练三级跳（这其实是单脚跳），不练兔子似的双脚齐跳，也不练德国式跳法。因为这些跳法，正如吉姆纳斯特所说的，根本无济于事，打仗时完全没用！他练习的跳法是一下子就能跳过沟渠，穿越篱笆，大步上墙，或以同样的方式，抓钩并跃到和他的长矛一样高的窗户上去。

他会在深水里俯泳、仰泳、自由游，或者四肢并用，或者只要双脚用力，一只手露出

相关链接

水面，举着一本书，就这样游过塞纳河而让书滴水不沾。还能像茱留斯、恺撒似的，用牙齿咬着斗篷游过河去。然后只要一只手用力，他就能奋力从水中爬上船，再从船上头朝前一个猛子扎到水里去。潜入河底，挖出河石，又把它们猛力投入深渊陷窟去，再把船调个头，掌着舵，让船随他意或逆流或顺流或急行或缓缓前行。有时他在航行中就让船停下，一手控制方向，另一手还能利索地使唤一把大木桨。或者扯起帆，沿着船梢的左右支索飞快地爬上桅杆，也可以在甲板的边缘上奔跑，还把罗盘调准，固定住张帆索，也能操纵舵轮。

从水中出来后，他能一口气飞跑上山，并以同样的敏捷快速跑下来，他能像猫一样轻快地上树，像松鼠一样机灵地从这棵树跳到那棵树，从一棵树跳到另一棵树。他的确能攀折拉扯树枝，好像米隆①第二。然后，只要借助两把尖利的钢刃短刀，和两把精练的锥子，他就能像老鼠似的一溜烟地顺着墙爬到房顶。接着又稳稳当当，手脚轻快地爬下来，毛发丝毫末损。

他也会掷标枪、铁棒、石块。还练习投枪，猎猪标枪或者戟。坚硬的巨弩用双手能拉得开，最大的钢弓用胸部也能拗得弯，笨重的手枪也能端起来凑近眼睛瞄准，还射得很准。他甚至会转动榴弹炮的炮口，再把它固定下来；打靶射击，打鸟形靶，或者从下往上仰击，或者从上往下俯射，还像帕尔提亚人一样能左右开弓，前后出击，轻松自如。

他还让人在一座高塔的顶端绑了一根缆绳，另一端垂到地面上，只要双手紧握着绳子，他就能干脆利索地攀上攀下。就算在平坦的草地上，你也不会跑得这么自信沉着！他们还在两根树上架起一根粗实的横杠，他只要两手抓着横杠，双脚悬空就能来来去去，就算谁在下面飞跑也别想赶得上他。有时，为了锻炼一下自己的胸腔及肺部，他会放开嗓门大吼一通，听起来有如鬼哭狼嚎，惊天动地。我有一次听见他叫爱德蒙，声音大得从圣维克多门②到蒙玛尔特③沿途都听得见。就是特洛伊城被围困时，以大嗓门著称的希腊勇士斯顿多尔也没这样的声势（虽然荷马说他一个人的声音就比得上五十个人的齐声呐喊）。

为了锻炼他的筋骨，他们给他做了两个很大的铅锭，每个各重八千七百公担，他们把这叫做"哑铃"。他把它们从地上拎起来，一边一个高举过头，然后就这么一动不动地定格住，稳稳地呆上三刻钟，甚至更久。这种臂力与胆魄简直是无与伦比的。

他和最强壮最有力的家伙在比武场上较量各自的技艺。决斗的时候，他稳稳地站着，不管最强壮的人怎么推，也不能使他移动一下，就像从前米隆一样。并且他还学着米隆的样子，手上拿着一个石榴，谁能抢得走，就送给谁。

时间就这么一分一秒地流逝了，他这才去按摩，清洗身子，擦干后换上干净的衣服，

---

① 米隆是公元六世纪古希腊战士，后在深水里手脚被大树身绊牢，不得脱身，最终溺毙。

② 圣维克多门，即圣维克多街转弯处的城门。

③ 蒙玛尔特，当时仅是一个小村庄，位于巴黎城外一座山上。

容光焕发地往家走。大家一起观察沿途的树木花草，经过草地或其他长草的地方时，还把它们和古人们书上所描写的进行一番比较、参照。写过有关植物著作的古代作家有泰奥弗拉斯图斯①、狄奥斯科里德斯、马里奴斯②、普林尼乌斯、尼坎德拉③、马赛尔④、伽列恩等等。大家都带着满满的一捧捧花草回家，交给一个叫里索陶黑的小侍从照管，还顺便把鹤嘴锄、丁字镐、掘根钩、松土铲、修剪刀，以及其他用来采集栽种植物的工具一并交给他处理。

回到住处后，晚餐还没准备好，他们又把读过的篇章复习一遍，才坐下来吃饭。这儿请大家注意一下，他的午餐很节俭，因为他吃午饭仅仅是为了防止或平息一下辘辘饥肠而已。可晚餐却很丰盛诱人，因为这时候吃是为身体提供尽可能多所需的养分。这才是符合医学的可靠而又正确的饮食方法，虽然有一群笨蛋医生在诡辩学家的一阵诱导蒙骗之下产生了相反的意见。

吃饭的时候，有人继续为他读午饭时学过的内容，时间长短很灵活，视情况而定。剩余的时间就用在愉快的交谈上，这样既能扩大知识面又受益匪浅，聊后就祈祷谢恩，然后唱歌，和谐地弹奏乐器，或者玩一些像纸牌、骰子这类的游戏来打发时光，或者用杯、球等练习玩戏法。他们有时还边吃东西边嬉闹，一直到深夜该上床为止，有时会去拜访一些学者，或访问去过遥远陌生国度的人。到了夜深入睡前，他们会到寓所最空旷的地方，再次观测夜空，看看有没有慧星以及其他恒星和行星的轨迹方位、相互位置、相冲与相合。然后，按照毕达哥拉斯⑤学派信奉者的方式，把一整天中所读到的、看到的、学到的、做过的、理解透了的东西，简明扼要地向老师概括一下。

最后，他们又向造物主祷告，跪拜敬谢，坚定自己对他的信仰，又赞颂他的无限慷慨，感谢他过去所恩赐的一切，并希望自己的将来也能照样得到他神圣的宽厚仁慈，这一切做完之后，他们就上床专心地歇息了。

第二十章

高冈塔在雨天怎么打发时间

不巧碰到多云或阴雨这类恶劣天气时，上午的时间还按习惯像往常一样安排，惟一不

---

① 泰奥弗拉斯图斯（公元前374～前287），古希腊哲学家，亚里士多德的学生。
② 马里奴斯，哲学家，普罗克吕斯的学生及其学说继承人。
③ 尼坎德拉，公元前二世纪古希腊诗人及语法学家。
④ 马赛尔（公元前70～前16）古罗马诗人，写过有关植物（药草）及动物（蛇）的诗。
⑤ 毕达哥拉斯（公元前580？～500？）古希腊哲学家，数学家，毕达格拉斯教团创始人，提倡禁欲主义，认为数学为万物的本原，促进了数学和西方理性哲学的发展，著作已失传。

相关链接 ●

4. 有一类游戏是很吃力的，但兴趣会使人忘记辛苦；有一类卑微的工作是用艰苦卓绝的精神忍受着的，最低陋的事情往往指向最崇高的目标。

同之处无非就是多生一炉旺火直到去除一些湿气。可是午饭后，他们不再进行惯常的训练，而是通过"非功能恢复法"（也就是通过锻炼保持身体健康）来继续他们的练习。他们要么把干草捆成一束一束的，要么就劈开木材再锯成块，要么就在谷仓里为一捆捆的谷子脱粒，用这些办法来自我消遣。

然后，他们就学习画画或雕刻的艺术，或者玩古代的赌博游戏，这种游戏，奥尼古斯①曾经描写过，我们的好友拉斯卡里斯②也玩过。他们边玩边研究古代学者所描写的有关这种游戏以及它的象征这类型的文章。同样，他们也去看怎样把金属冲压成形，怎样浇铸枪炮，或者去访问宝石鉴赏家、金银匠、宝石切割师傅是如何工作的。他们不忘去拜访那些炼丹术士、造币师傅、家具装饰用品商、织布师傅、织绒师傅、钟表师傅、造镜师傅、印刷师傅、风琴演奏师以及其他各行各业的技师。每到一处，高冈塔都会请他们吃吃喝喝，然后乘机学习，观察各行各业的技能和发明。

他们也去听公开的讲座，参加隆重的毕业典礼，文艺辩论，选举表决，律师辩护，还有福音宣传者的布道。经过击剑和练武场所时，他和那里的老师们就所有的武器比试一番，通过实际体验来证明自己所掌握的技艺和他们一样高超，甚至还超过他们。

在这样的天气里，他们不去采集和研究植物，而是去参观药铺、药草行或配制成药的药房，孜孜不倦地细看各种果实、根茎、枝叶、树胶、种籽以及一些不属于植物自身的油脂和油膏，当然，也顺便研究他们是如何掺假的；他还去看玩杂耍的、卖艺的、走江湖卖假药的和冒牌医生，观察他们如何诡诈，欺骗，是非颠倒和油嘴滑舌，特别是毕加底省首尼一带地方的人，他们天生就爱自吹自擂，凭空捏造，无中生有。

回来后就吃晚饭，雨天的晚饭总比平时要来得简单，肉类要瘦一点，少一点，这样，难以制止地侵入身体的严重的潮气就会被消除，他们的身体也不会因为缺乏日常的锻炼而受到损害。

高冈塔就是在老师们的指导教育之下一天天地成长，一天天地进步起来的。你可以理解这种年龄的年轻人③有着准确的判断力，有着很好的持续不断的训导磨炼。刚开始时，似乎有点困难，但是不久之后，一切都变得如此美好，如此轻松愉快，以至于整个学习过程就好像是一个国王在消遣，而不像一个学者在学习时那么单调烦闷。

然而包诺克拉特为了把高冈塔的注意力从紧张的学习中转移出来，想出了切实可行的办法。他让高冈塔每个月一次，在某个晴朗舒适的日子里，早早地动身出城去。或者到让

---

① 奥尼古斯，意大利人文主义作家，有论及古代的赌博游戏。
② 拉斯卡里斯（1445～1535）古希腊学者，本书作者曾在罗马认识他，从五岁开始接受教育。
③ 在师从包诺克拉特之前，这个所谓的年轻人已经至少有123岁了。他单单花在学习上的时间，包括受教于前几任老师，将近一百二十年。因此，所谓的年轻，是和他的整个寿命相对而言的。他的儿子朋特固尔出生时，他已经524四岁了。

蒂邑①，或者去布老尼②，或者蒙路日③，或者沙朗通桥④，或者万沃⑤，或者圣克鲁⑥，哪个地方都行。他们整天都在那儿度过，想尽种种办法来玩耍嬉闹，尽情享受，运动运动或寻欢作乐，或喝酒，或戏耍，或唱歌跳舞，或者在柔软的草地上打滚，或捉麻雀或掏鹌鹑，钓青蛙，摸蟹。不过，这一天虽然远离书本讲座，但也并非毫无收获。在草地上他们通常会背诵维吉尔有关农业的诗中几行欢快的诗句，或者是有关赫西奥德⑦和波立提安⑧的有关节俭的诗行。他们会即兴创作几首机智的拉丁文短诗，然后马上译成法文的主旋律或者适合跳舞的圆舞曲。

在欢宴时，他们有时会按照伽多在《农事学》里提到的，以及普林尼乌斯所教导的办法，用一个藤编的杯子，把水从不纯的酒里分解出来。整个过程是这样的：先把酒倒满在一个水盆里，然后用藤杯去滤酒，再用一个洁净无垢的漏斗把酒庪出，接着把水从一个杯子倒到另一个杯子里去，他们还发明出许许多多自动的小机器，就是那种会自己开动的小玩意儿。

第二十一章

列尔内的烧饼师傅和高冈塔国家的人

如何发生大冲突大争论，并随之上升为大战

那时候正是初秋采收葡萄酿酒的季节，当地的牧羊人被安排去看守葡萄林，防止惊鸟把葡萄吃得一干二净。这天，来自列尔内的一些烧饼师傅，赶着十来头载烧饼的马进城去时，正巧经过大路，那些牧羊人谦恭有礼地请求他们按照当时的市价卖几个烧饼给自己，因为，你们认真想一想也就明白了：早饭时吃几个热腾腾的刚出炉的烧饼，再配些葡萄，该是怎样的人间美味啊！尤其是那些像灯芯草篓似的一串串葡萄，那些又大又红的葡萄，还有圆叶葡萄和酸汁葡萄，对那些患便秘的人特别有用，因此，往往被称为"上等的思考者。"

----

① 让蒂邑，塞纳河附近小村，巴黎学生常去游玩的地方。
② 布老尼，塞纳河区小村，原名莫尼村，自建布老尼式教堂后，始改今名。
③ 蒙路日，属塞纳省叟城。
④ 沙朗通桥，马恩河右岸村名。
⑤ 万沃，塞纳河附近小村。
⑥ 圣克鲁，在塞纳河左岸，地属凡尔塞。上述几个地方，都是巴黎近郊的名胜区。
⑦ 赫西奥德，古希腊诗人。具体时间不详，大约在荷马前后。
⑧ 波立提安，十五世纪诗人。会仿赫西奥德和维吉尔所作的拉丁诗。

5. 不, 尊贵的姑娘! 当你在我身边的时候, 黑夜也变成了清新的早晨。我恳求你告诉我你的名字, 好让我把它放进我的祈祷里去。

可是卖烧饼的人毫不理睬他们的请求, 更糟的是, 还极端无礼地伤害他们, 骂他们是信口开河、废话连篇的人, 最厚颜无耻的会吃的家伙, 是长了雀斑的丑八怪、卑鄙的无赖、讨厌的下流坯、醉醺醺的闹饮者、诡诈的地位低微的人, 懒散的小混混……还说了许许多多诸如此类的诽谤中伤的话语, 此外还说他们根本不配吃这些精美可口的烧饼, 只要吃粗劣的馒头或是自制的黑面包就该心满意足了。

听了这些挑衅的话语, 牧羊人中有一个叫做佛吉尔的诚实勤勉的小伙子冷静地回答: "你们头上什么时候长角①, 变得这么狂妄? 事实上你们以前常常是免费给我们烧饼的, 难道你们现在连卖都不肯吗? 睦邻可不该做到这份上! 你们到我们这儿用馒头烧饼来交换我们上好的谷物时, 我们也没有这么对待你们吧! 还有, 本来我们还想优惠卖给你们一些葡萄, 可现在, 咝, 你们会后悔的。你们总有用得着我们的一天, 那时候, 我们会以同样的方式对待你们的, 你们别忘了这一点!"

这时候, 烧饼业的一个叫马开尔的发话了: "哎, 伙计, 今天你倒是很得意嘛, 昨晚的小米饭吃得太撑了吧! 过来, 过来, 我给你一些烧饼。"佛吉尔毫不畏惧他话里的威胁与恶意, 单纯地以为他真要卖给自己烧饼, 就老老实实地走了过去, 从皮革背包里取出六便士。可出乎意料的是, 马开尔给他的根本不是烧饼, 相反, 他抽出鞭子, 狠狠地往佛吉尔腿上抽去, 鞭绳上的硬结抽过的青痕一下就出来了。马开尔本想立即溜走, 可佛吉尔已经扯开喉咙大叫起来: "凶手, 凶手, 来人哪! 救命。"一边喊, 一边操起在胳肢窝下的一根粗棍, 就朝他扔了过去, 不偏不倚正好打中他右边太阳穴上额骨接合的地方。这一击太有力了, 马开尔一下子就像死人一样直挺挺地从马上摔了下来。

其时, 在附近看守核桃的农民们和乡村青年们带着粗棒长棍冲过来了, 结结实实地把卖烧饼的狠揍了一顿, 那股劲头好像是在捧打还未成熟的黑麦以图使之脱粒似的; 而其他的牧羊人牧羊女们, 听到佛吉尔的哀叫声, 也拿起投石器紧跟过来, 用石头不断地追击卖烧饼的, 一时间巨石如雹, 哭声四起。最终, 他们赶上了卖烧饼的, 拿了四五打的烧饼, 然而照样按市价付了钱。另外赠送一百个蛋和三篓子满满的桑椹。

烧饼师傅们赶忙把受了致命重伤的马开尔扶上马背, 立即改变原来要去巴来邑的决定, 回列尔内去, 边走还边粗鲁地尖声威胁塞邑和西夸两地的牧牛的, 牧羊人和农民。他们走了之后, 牧羊人牧羊女们就着美味的烧饼和上好的葡萄大吃大喝起来。他们一面欣赏管乐器的悠扬动听的曲子, 一面玩多种游戏, 还不忘嘲笑那些爱卖弄显耀的自负的烧饼师傅们, 说他们倒霉是因为早晨祈祷时划十字用错了手。当然, 他们不会忘了往佛吉尔的腿上敷一些红色的药用葡萄, 然后把伤口仔仔细细、漂漂亮亮地包扎起来。没过多久, 他就完全康复了。

---

① 意思是说从牛犊长成了大牛, 自以为很了不起, 不可一世起来。

第二十二章

列尔内人怎样在国王毕克罗寿的命令下，

突然袭击高冈塔的牧羊人

那些烧饼师傅回到列尔内后，顾不上吃喝，就立刻赶到王宫里求见他们的国王毕克罗寿①三世，一边向他诉苦，一边把他们被打烂的背篓、弄皱了的帽子、撕裂的衣服和剩下的烧饼都展示给国王看；尤其是受了重伤的马开尔，他说一切祸害都是高朗古杰的牧人们造成的，事情的整个过程就发生在塞邑那边的大路附近。

毕克罗寿听了这些抱怨，怒气抑制不住地往上升，暴怒之下，他也没多问几句有关整个事件的来龙去脉，前因后果，就命令向全国发出出征诏令和召唤封臣效命疆场的公告，要求所有的扈从，不管什么地位，什么身份，都必须带上最好的武器，在中午时分到城堡前的大广场集合待命，违令者绞。而且，为了使他的旨令能宣传得更有力度更广泛，他让人在全城到处击鼓传令。他本人呢，趁午餐还未准备妥当，就亲自去察看兵士们往炮架上架置大炮，去显露自己的立场，并且展挂国旗，还指挥人往马车上装运大量的弹药、甲胄、兵器和储备食品。

而后，他一边吃饭，一边忙于发送委任状。根据他的特别法令，沙各拉革②勋爵被任命去负责先头部队，一共率领一万六千零十四名燧发枪兵，再加上三万零十一名自愿去冒险的人。③ 马厩总管杜克狄庸④负责军械，估计大约共有九百零十四门黄钢制的大炮，其中包括单膛炮、双膛炮、老式火炮、长蛇炮、重炮、射石炮、轻便炮、冲击炮等等。后卫部队交给斯古雷卜古德⑤亲王指挥，国王和王国里的亲王亲率中军。

就这样匆匆忙忙地装备完毕。出发之前，他们派出三百名轻骑兵，在副将斯维尔威德⑥的领导之下，打探形势，清除障碍，还察看沿途有没有埋伏。可是细致反复的搜寻之后，他们发现，到处是一片宁静安谧，根本没有什么聚众集会这类事情。毕克罗寿获悉后，命令每个人都紧随他的大旗急速前进。

---

① 毕克罗寿，这个名字的希腊文意思是"粗暴、急躁"。

② 沙各拉革，这个名字的希腊文意思是"一身破烂"。作者以此来影射当时的先锋照例总是一位将军或亲王。

③ 这种兵没有饷银，只靠抢劫为生。

④ 杜克狄庸在当地方言中，意思是"吹牛大王"。

⑤ 斯古雷卜古德，这个名字意思是"刮钱"。

⑥ 斯维尔威德，该名意思为"吞风"。

在一片混乱之中，谁也顾不上什么军衔啦、队列啦，一窝蜂似的践踏沿途的田野。大家所到之处，到处蹂躏、抢劫、破坏，把一切都弄得一团糟。不论贫富，不管是否享有特权，不分僧俗，只要见到那里有牛、羊、鸡、鹅、猪，公的母的，成年的，未成年的，阉割过的、未阉割的都行，二话不说，通通牵走。见到核桃就把它敲下来，见到葡萄就摘，见到围栏就拆，见到果树就乱摇……他们所造成的伤害无可比拟，所犯下的恶劣行径前所未闻。然而，没有人反抗，因为每个人都宁可自己宽容仁慈，都恳求他们看在彼此一向是好邻居，互相关爱，相安无事的份上，高抬贵手，放过自己一马。村民们继续努力，以理服人，苦口婆心地劝说，他们认为自己从未得罪、冒犯过毕克罗寿的国民，从未做过什么对不起他们的事，可是却突然受到如此的骚扰惊吓，真是出乎意料，如果他们再不罢手的话，上帝不久就会惩罚他们的。对村民们的这些劝诫和进谏没有哪个士兵答话，只说要教教他们如何吃烧饼而已。

第二十三章

塞邑一修士如何阻止敌人洗劫大修道院的围地

敌军一路上疯狂地抢掠盗劫，一直到了塞邑，在这儿，他们也同样对男男女女毫不手软，能拿能抱的统统搬走。没有什么烫手的或拿不动的东西。虽然几乎每家每户都患鼠疫，他们还是见门就进，见物就掠。不知怎么地，尽管如此，他们中还是没有人染上瘟疫。这可真是件怪事。因为那些堂区牧师、教堂主持、修道士、内科医生、外科医生、药剂师们、不管谁去探访病人，或为他们包扎、治疗、传道或是去告诫他们，却无一例外死于传染。而这些穷凶极恶的抢劫犯、杀人犯们却一点儿事也没有。先生们这事怎么理解才好呢？我请你们斟酌斟酌一番！

整座城镇就这么被洗劫一空。他们又闹哄哄地朝修道院冲去。发现门关着，还锁得很紧。于是，大部分兵士继续前进，朝着一个叫旺代口的通道走去，只剩下七个连的步兵和两百个长矛轻骑兵留在原处。他们把院子的围墙捣毁，想打砸劫掠，把围地里所有的葡萄和葡萄佳酿都弄得一团糟。那些修士们（可怜的人们）在那种极其窘迫的境地，根本不知道该祷告哪一位圣人，该遵奉哪一位圣人的旨意了。然而，他们还是冒着危险敲起钟来，召集会章规定的主要人来参加会议。会上，大家决定该好好地列队进行一次集体祈祷，再加上好的告诫祷文与应答祈祷，以此来对抗敌人的迫害。当然不会忘了令人愉快的应答圣歌《祈求和平》。

6. 可赞美的米兰达！真是一切仰慕的最高峰，价值抵得过世界上一切最珍贵的财宝！我的眼睛曾经关注地亲睐过许多女郎，许多次她们那柔婉的声调使我的过于敏感的听觉对之倾倒：为了各种不同的美点，我曾经喜欢过各个不同的女子；但是从不曾全心全意地爱上一个，总有一些缺点损害了她那崇高的优美。但是你啊，这样完美而无缺，是把每一个人的最好的美点集合起来而造成的！

当时修道院有一个遁世的修士，名叫约翰·德·安图摩鲁斯①，这个年轻、英勇、活跃、精力充沛、机智、敏捷、积极、勇敢、敢作敢为、不屈不挠的人，整个儿是瘦高瘦高的，宽嘴高鼻梁。他精通早祷，弥撒时总是滔滔不绝，善于主持宗教节日前夕的祈祷式。用一句话概括：自从修道业有了修士后，他算得上是一个不折不扣的符合要求的修士，至于日常祷告这类事，更是不在话下。

听到敌军在葡萄园里发出的嘈杂声，他就出来看到底是怎么回事，发现他们正在砍摘满院的葡萄，这些葡萄是他们明年一年用来造酒的原料！他回到教堂的高坛，发现其他的修士都目瞪口呆，不知所措，嘴里还喃喃地哼着：伊尼，尼姆，贝，内，内，内，内，内，内，托姆，内，内姆，内姆，伊姆，伊，米，柯，奥，诺，奥，奥，内诺，内，诺，诺，诺，拉姆，尼奴，尼奴……②"唱得真不赖"，他讽刺道，"天主在上，你们为什么不唱再见吧，小背篓，葡萄都没了呢？敌人已经在我们园子里糟踏所有的葡萄和葡萄架，你们却还在这里唱什么破歌——我如果撒谎的话，马上就会死掉，老天作证——这么一来，至少四年内我们只能找些零星残渣来充饥了。可是，我们还会有什么可喝的呢？上帝啊，给我们留点喝的吧？"

修道院的院长闻言怒喝："这个醉鬼在这儿干什么？把他抓到监狱里去。竟敢扰乱我们神圣的仪式?!"他马上接话："不，是酒的仪式，我们检点一下自己的行为吧，这样就不会有麻烦了，院长大人，你自己就酷爱喝好酒。每个好人都如此，从来没有哪个有价值的人会不喜欢好酒——这是隐修院的一条箴言——可是，我的天哪，你们在这儿唱的应答短诗根本不合时宜！为什么在收获和采收葡萄酿酒的季节，我们的祈祷时间却偏偏要缩短呢？而冬季严寒时，以及圣诞节前为期一个月的降临节期间念经的时间却偏偏延长呢？记得已故的马赛·波娄斯修士是一个真正狂热的宗教信徒（假如我胡扯的话，我会马上死掉的）。他以前告诉过我其中的理由，我至今记得清清楚楚。他说，在这个丰收的季节里，我们得榨葡萄制酒，冬天的时候，就可以悠哉悠哉地享受佳酿。听着，先生们③，爱喝酒的人请跟我来，如果有谁不来抢救葡萄，却想获准尝一两滴酒，简直是痴心妄想，倒不如叫圣安东尼把我烧死吧！上帝，这可是教会的财产呀！不，不，不行。那个英国人圣多玛④为了保护教会的财富甘心送命。如果我同样因为捍卫财富而死去的话，不也同样成了圣人了吗？确实如此，然而，我不能因为这一切死在这儿，因为只有我才会叫别人死，让他们滚蛋！"

---

① 安图摩鲁斯的意思是"细高个儿"。一般修士都是脑满肠肥，作者故意安排此人长得修长细瘦。

② 他们念的是拉丁文"勿怕敌人攻击"。

③ 天主教内有些会别称教士为先生。

④ 圣多玛就是坎特伯雷总主教多玛斯·贝盖特。1164年为了卫护宗教利益被刺于教堂内，当时亨利二世反对他。

他边说边脱下身上的衣服, 牢牢抓住那根举着十字架的长棍子, 这是由山梨树树心制成的, 大约有长矛那么长, 圆形, 正好有一握那么粗, 上面点缀着几朵百合花。可是那精制的工艺已经快磨平了, 差不多是面目全非了。他穿着长飘飘的外套, 把教士服斜披肩上, 就这么装扮一番, 挥舞着那根架着十字架的棍子①, 就冲出去了, 非常起劲地猛打敌人。而这时呢, 敌人正在院子里乱哄哄闹成一片, 既无队形, 又无军旗; 没人吹号角, 也没人擂战鼓, 大家都忙于采摘院里的葡萄。那些吹号的、持旗的、扛幡的都已经把手头的旗呀号呀扔在墙边, 击鼓手把鼓的一面敲开, 把葡萄往鼓里使劲塞。吹号手呢, 身上披满了大串大串的葡萄藤……简单地说, 大家都乱成一团, 环顾四周, 一切都乱七八糟的。

修士突然间一声不吭地猛冲过来, 着实令他们猝不及防。只见他使出古代击剑法横挑竖砍, 左击右刺, 很快就把敌人打得七零八散, 落花流水, 鬼哭狼嚎。有些人被他打破脑袋, 有些人被他击折胳膊, 有些人被砸伤了腿, 有些人的体侧受到了重击, 肋骨都跟着噼啪作响。有人被打坏了脖子和脊柱, 有人被打歪了嘴, 有人被割伤了脸, 有人被打裂了腮帮……一个个都被打得摇摇晃晃, 晕头转向, 接二连三地在他面前倒了下去, 就好像草被除草机斩腰断根。

有些人被打坏了腰, 有些人被打伤了背, 有些人被打断大腿骨, 有些人被揍扁鼻子, 有些人被打烂眼睛, 有些人被打裂颌骨, 有些人被打歪下巴, 有些人被打飞牙齿, 有些人被打碎肩胛骨, 有些人被打断胫骨, 有些人被打肿脚踝, 有些人膝盖骨脱臼, 还有些人大腿受伤……到处都是被狠揍、被打伤、被攻击的人。他们血肉模糊的身躯受到十字架支棍无情的痛打, 长得再密集的谷物也没有这样被庄稼汉的脱粒机加倍地反复捶打。真是有点惨不忍睹!

有人想躲在茂密的葡萄藤中, 他就当他是条鱼似的, 一棍子打扁, 把他的脊梁骨打青, 还把他牢牢控制在自己手中; 有人想逃跑, 马上就被打碎头盖骨; 有人往树上爬, 认为树上会安全些, 他一棍子从臀部刺进去, 把他捅死; 有个原本相识的人见状大叫: "啊呀, 约翰修士, 我的朋友, 饶命啊! 我投降、投降、我随您发落! "他答道: "不管你愿不愿意, 你应该, 而且必须以自己的灵魂向地狱里的所有恶魔们投降求饶吧! "说完就突然一阵猛敲狂打, 送他下地狱去了。这样就足以吓退其他恶徒, 把他们打发走。如果有人轻率莽撞, 冒失急躁, 胆敢当面和他对抗的话, 他就会使出浑身解数, 一下子就把他们刺穿; 有的被他从纵膈腔和心脏里刺进去穿透胸腔; 有的被他乱敲乱打一通, 击中肋骨底下的凹陷处, 肠胃被翻转出来, 一下子就丧了命; 有的被重重地打在腹部上, 再用力从肚脐里捅进去, 内脏都流出来了。这可真是一个人能看到能想像到的最可怕的场面!

---

① 巡行祈祷时, 把十字架装在这根棍子上, 高举起来。

有人狂呼："圣巴尔布①！"

有人大喊："圣乔治②！"

有人叫着："噢，神圣的圣母尼士斯，仁慈的圣母。"

有人喊："噢，沙窟尔的圣母，救命，救命！"

有人哭叫，"古诺③的圣母，罗莱多④的圣母，福音圣母，圣母玛丽亚……"

有些人立誓要去向圣詹姆士朝圣，许愿；

有些人祈灵于尚贝利⑤的圣殓衣，可是三个月之后这件殓衣就毁于一场大火中，连一点儿布片都没留下；

有些人向圣卡端⑥许愿；还有的向昂热里的圣约翰许愿；

其余的向圣特斯⑦的圣厄特罗波、施农的圣迈莫、康德的圣马丁、西奈的圣克鲁奥雅服塞⑧的遗骸等等许愿，还有的向无数的小神灵许愿。

一些人来不及说话就死了，一些人还活着并说着话，一些人说着说着就死了，一些人就要死了还在说个不停，有些人高声叫喊，"我要忏悔，我要忏悔，呼告我主……天主垂怜我等……把我的灵魂交付主手。"

伤兵们的呻吟声、叫喊声太响了，修院的院长带着所有的修士们出来看个究竟。当他们看到葡萄丛中躺了这么多可怜的饱受折磨、奄奄一息的伤员时，就为其中一些人当告解神父，聆听他们的临终告罪。可是，当司祭们忙成一团时，修士们都跑到约翰修士那儿去，问他是否需要他们的帮忙，他说他们可以把这些被他打倒在地的人的喉咙都割掉，他们听后，立即把他们的外套和蒙头斗篷都脱下来，放在旁边的围栏上，开始动手结束一个个已经被约翰修士制服的敌军的性命。猜得出他们用的是什么工具吗？既像菜刀又像镰刀那样的刀子！铁刀只有两英寸长，而木柄却有一英寸厚、三英寸长。当地的小孩经常用这种刀子来切开成熟的核桃。核桃还在壳子里，他们就麻利地手起刀落，把果仁取出来。因此，他们觉得用这种工具来迅速完成那种切割喉管的行为，是再合适不过了。

在这同时呢，约翰修士带着那根支着十字架的令人畏惧的长棍，来到敌军扒开的墙的缺口边，就站在那儿一把抓住那些试图逃跑的人。有些小修士把旗呀、幡呀拿回自己的屋

---

① 天主教徒每人都有自己的主保圣人。遇到困难危险，呼喊求他保佑。圣巴尔布是炮手的主保圣人。

② 圣乔治是骑士的主保圣人。

③ 这是个小修院的名称。

④ 罗莱多是意大利城名。此地圣母教堂为朝圣盛地。

⑤ 尚贝利，法国萨瓦省省城，该处供有耶稣殓衣的教堂，曾于 1532 年 12 月 4 日失火，但殓衣据说被救出。

⑥ 圣卡瑞，拜尔日拉克附近名修院，该处也有耶稣殓衣。

⑦ 圣特斯，沙朗特省地名。

⑧ 克鲁奥雅服塞，两塞服省地名。

里去，打算用来作袜带。可是，当那些已经向司祭忏悔赎罪的敌军正要从墙的缺口爬出去时，约翰修士一把揪住他们，几记猛击就让他们满地乱滚。他一边打还一边说："这些悔罪的灵魂已经忏悔认罪，也已经得到赦免与饶恕了。通往天堂的路已经像一把镰刀那么笔直，就像费伊那条路一样好走。①"

就这样，由于约翰修士勇武无畏的行为，那些进入修院围地的军队被全线击溃。数量多达一万三千六百二十一人，其中当然还包括妇女和孩子。

爱蒙四子②的武功诗里提到一位修士摩基斯③，他曾用朝圣者的拐杖，英勇无比地击退萨拉逊人，但是如果跟这位用十字架的木棍击溃敌军的修士比起来，却真是无法相提并论。

第二十四章

毕克罗寿怎样猛攻并强行夺取拉克·克勒蒙④，高朗古杰不情愿开战

我们前面已经提过，约翰修士和那些侵入修院围地的敌人进行小规模的战斗时，毕克罗寿带着其余的士兵急急忙忙地渡过了旺代口（这是一条非常特别的通道），突袭并强占了拉克·克勒蒙，没有遇到任何抵抗。当时已经夜深了，他决定让大家就在原地驻扎下来，顺便让自己也从好战和易怒的情绪中恢复过来。第二天一早，他又猛攻强占了堡垒和城寨，后来又筑起防御工事，装备上所有必需的弹药，打算当自己不幸被打败时，把这地方当作自己的隐退处。考虑到位置和环境，这个地方不管是从人工还是从天然的角度来说，都算是个坚不可摧的地方。

这些我们就暂且不提了，还是回头来说说我们的高冈塔吧！他彼时正在巴黎勤奋地一丝不苟地学文习武。而他的父亲高朗古杰呢，这一天晚饭后，坐在暖烘烘的旺炉旁取暖，一边等着烤栗子，一边用一根一端已经烧焦的木棍很认真地在火炉里拨弄来拨弄去，想把

① 这句话是反语，镰刀是弯的，不是直的。费伊是施农的一个小村，地势高险，须从山里小路上盘上去，才能到达。话里的涵义是：尽管已经忏悔认罪了，他们犯下的累累罪行也不是那么容易就一笔勾销的。因此，他们别想那么轻而易举地负罪潜逃。并不是人人都上得了天堂！

② 法国武功诗里的一篇，爱蒙四子是爱蒙公爵（译者著）的四个儿子，雷诺、吉沙尔、阿拉尔和利沙尔，他们在查理曼大帝时代就有了很多的英勇事迹。在文学漫画中，他们四个人是骑在一匹叫做巴雅尔的马上。

③ 摩基斯是爱蒙四子的一位表兄。

④ 拉克·克勒蒙，这是城堡名，在施农和塞邑之间的高原上，后只余底层，十六世纪时有一家姓拉伯雷的住在此处，系本书作者同族。

火挑得更旺些，嘴里不停地给他老婆和家里的其他人说一些很久很久以前的有趣的故事。

他正在忙碌的时候，看守葡萄的一个叫作比勒的牧羊人突然求见，详详细细地把毕克罗寿国王在高朗古杰的国土上如何大搞破坏，大肆劫掠的整件事情，从头到尾讲述一番，说他是如何夺取、糟蹋、洗劫整片国土，只有塞邑的修道院多亏了约翰修士的英勇才幸免于难。现在，毕克罗寿国王已经侵占了拉克·克勒蒙，在那儿慎重周到地大筑工事来加强军队的力量。

"哎呀，天啊。"高朗古杰听后大为惊讶，"这是怎么啦？好人们，我是在做梦吗？他们说的全都是真的吗？毕克罗寿是我的老朋友、同宗同盟，他会来侵略我的领地？什么事驱使他这么做？什么事激怒了他？什么事鼓捣了他？是什么逼迫他至此？谁给他出的主意？噢，哎哟，哎哟，我的主啊！我的救世主啊！帮帮我吧！给我启示吧！告诉我，我该怎么办？我向您严肃地保证，向您发誓——您一定要救助我——如果我曾经对他和他的臣民造成什么伤害或闹过什么不愉快，或者在他的国土上抢掠过，那就是我自作自受，恶有恶报。可事实恰恰相反，我救助过他，给他提供过人力、财力、友谊和忠告。只要能够改善他的境遇，只要对他有利，我都义无反顾地帮他。而现在，他在关键时刻这样伤害我，无礼地对待我，一定是中了什么魔！上帝啊，您是知道我的胆量的，因为没有什么事能够瞒得过您。如果他真是发疯得失去理智了，就把他送到我这儿来吧，让他尽快康复，头脑早日恢复理智。请赐与我力量和智慧，使他通过训导重归您的神圣旨意的统治之下。嗨，我的好人们，我的朋友们，我的忠诚的臣仆们，我必须阻挡你们来帮助我吗？唉，岁月不饶人哪，我这把年纪，什么也干不了了，只能休息，平安地度过晚年。这一辈子中，我一直在为维护和平而操劳，而现在，我心里清楚得很，我疲惫无力的双肩又得重新披上盔甲，颤抖的双手又得重新举起长矛和枪棒，来解救和保护我忠实的臣民们。这其实也是合乎常理的。你们的劳动维系着我的生活，你们的血汗滋润着我、我的孩子们和我的全家。尽管如此，我还是决定，还没有尝试完维持和平的一切方法，我是决不会与他们交战的。"

然后他又召集了国务会议，把事情原原本本地提了出来。于是大家决定，应该派一个慎重而又不显眼的人到毕克罗寿那儿去打探一下，他为什么突然间侵占那些根本不属于他的土地，打扰别国和平安宁的生活？大家还提议，应该派人去叫高冈塔和那些由他管辖的人回来，一起来保护他们的国家，在必要的时候还要进行自卫。高朗古杰对所有的决议都很赞成，他下令就按这一切会议决议执行。然后，他立即就派自己的跟班"巴斯克人"①飞速去把高冈塔请回来，并且还附了一封信给高冈塔。

---

① 巴斯克人即比利牛斯省人，这地方的人以走路快而出名，因此最适合传送书信。

相关链接 ●

第二十五章

高朗古杰写给他儿子高冈塔的信的内容大意

9. 一个魔鬼，一个天生的魔鬼，教养也改不过他的天性来；在他身上我一切好心的努力全然白费。他的形状随着年纪而一天天丑陋，他的心也一天一天腐烂下去。

要不是我们的朋友，也就是旧日盟友与我们之间的亲密关系现在起了变化，使我老年生活的安逸、自信得不到保障的话，我是不会这么快就把你从达观安宁的休憩中召唤回来，因为我知道你的学习热情很高，对学业很用功，但是，既然命中注定如此——使我忧虑的正是我最信任的人——我只好叫你回来，救助那些本应属于你的人民与财产。因为，如果内部没有决策的话，外部的武力就会脆弱。同样道理，如果学业和所掌握的知识在适当的时候没有得到实行，没有生效的话，一切也都是徒劳的，毫无用处的。我的考虑是不要挑衅而要平息纷争；不要攻击而要自卫；不要征服而要保护我忠实的臣民和世袭的领土。毕克罗寿毫无理由就充满敌意地侵入我们的领土，一天一天地继续他的疯狂侵略暴行。他们所表现出来的傲慢无礼是任何生来自由的人根本无法容忍的。

我曾想给他提供一切我认为会使他心满意足的东西，尽力使他暴虐易怒的脾性和缓一些。我也经常派人友好地问他，是谁触犯他？又是如何触犯他？可是，他根本不买我的帐，对我的人不理不睬，只是一味地挑战，还声称在我的领土上，他确实是在觊觎与公民相当的权利和良好的行为。而我知道，永恒的主宰已经抛弃了他，让他自由支配自己的意愿和世俗的趣味。在这种情况下，如果神圣的恩典没有继续引导他，他只会变得邪恶，一步步堕落下去。通过这么一种原因把他送到这儿来，就是要管教管教他，使他恢复理智，认清自我。

因此，我的爱子，一看到这封信，尽快地返回家来，不单单是为了救助我——从孝道上说，即使单单是为我而回来，也是你应该做的——也是为了你的臣民们。救助他们也是你的份内事。这事要尽量少流血，如果可能的话，用一些更适宜的办法吧，比如军队法令、技巧和战争策略，我们应该挽救所有的人，送他们安全快乐回家。

我亲爱的儿子，愿救世主耶稣·基督的平安与你同在！

代我向包诺克拉特，吉姆纳斯特和爱德蒙致意。

九月二十日①

你的父亲

高朗古杰

---

① 九月十月间正是收获葡萄的季节。

第二十六章

乌利克·加利特如何被派去求见毕克罗寿

高朗古杰口述了书信，让人笔录下来，又亲自签了名，命令传令官乌利克·加利特，一个明智且谨慎的人，去见毕克罗寿，去了解他们之间到底有什么决定。乌利克·加利特曾在几件非常棘手又颇有争议的事件中表现出他的深谋远虑和正确的判断力，是这件事的极合适的传话人。

这个好人加利特即刻就动身了。经过旺代口的时候，他向居住在那里的一个磨坊主打听毕克罗寿的作风如何。这个磨坊主告诉他，毕克罗寿的士兵们把所经之处都洗劫一空，连只公鸡母鸡都不给人留下，他们现在已经撤退了，驻扎在拉克·克勒蒙休整，他劝加利特别再往前走了，因为可能有哨兵在监控，他们都残暴无情。加利特对他的话深信不疑，因此当晚就在磨坊主家里住下。

第二天一早，他带了一个号兵一同来到城堡的大门前，请求守卫允许他去面见他们的国王，和他交流一些与他有关的事情。这些话被原原本本地传给了国王毕克罗寿，但他决不同意开敞城门，相反，他走上了堡垒至高点，对来使加利特说："有何贵干？有何要说？"于是，使臣加利特就开始滔滔不绝起来……

第二十七章

加利特对毕克罗寿的陈辞

"当人们非常诚心地期待从别人那儿得到善意和好心时，却得到恶意和伤害，再没有什么比这更正当的理由让人悲痛了。有不少人陷入这种灾难性的事件后，认为这种无礼举动比失去他们自身的生命更不可忍受（这种想法虽然是没有理性的，但却是事出有因）。如果他们无法通过武力或任何其他办法，无法通过机智或敏锐来阻止事态的发展，来控制事态的迅猛，他们就陷入绝望，彻底剥夺了自己的光明。

"因此，如果我们国君高朗古杰由于你们这种肆无忌惮而又充满敌意的入侵而非常愤怒与气恼的话，这是不足为奇的。但是，你和你的士兵们在他的国土上犯下了前所未闻的毫无人道的罪行，如果他没有意识到，也无所触动的话，那才令人惊奇呢！他一向由衷地爱护他的臣民，因此这件事本身对他来说是多么难以忍受啊，没有哪个人的悲痛会比得上他！如果他知道这些滔天罪行是你和你的军队所犯下的，他定会更为悲痛，这一点大家都可以理解。因为，从很早很早以前至今，你与你的祖先们和他与他的祖先们一直是同盟，

49

10. 我再没有魔法迷人，再没有精灵为我奔走；我的结局将要变成不幸的绝望，除非依托着万能的祈祷的力量，它能把慈悲的神明的中心刺彻，赦免了可怜的下民的一切过失。你们有罪过希望别人不再追究，愿你们也格外宽大，给我以自由！

一直保持着一种和睦友好的关系，这种关系至今还被神圣不可侵犯地维护着、保持着、捍卫着。不但他和他的国民，就是那些未开化的国家，诸如波亚都、布列塔尼、迈纳①的人民以及居住在加拿利群岛那边的人和伊莎贝拉②人都认为：拉下苍穹，把深潭搬上云端也比破坏你我之间的联盟来得容易些。大家都很害怕这种牢不可摧的关系被破坏，都不敢激怒、伤害或向其中一方挑衅，正是因为对另一方心存顾忌。

"更重要的是你我之间这种神圣的同盟关系已经遍及全世界。如今，不管是居住在大陆上的或是在海岛上，很少有哪些国家、哪些人不渴望根据我们的契约和条件加入这个联盟。他们尊重我们的联盟，就像尊重他们自己的领土和国家似的。在我们记忆中还没有哪个国君或联盟如此异想天开，妄自尊大，敢侵犯我们！不要说你我的国土，就是那些和我们结盟的国家也没人敢碰。即使有人仓促作出了决定，试图挑起事端，听说你我之间的联盟关系，无一不立即断了那些狂妄的念头的。

"话说回来，是什么样的狂热与神经错乱，促使你来破坏我们所有旧日盟约，把所有的和睦友好都践踏于脚下，还侵犯别人的正常权利？我的国君和我们国民没有做过什么损害、侮辱或激怒你们的事，你们为什么如此充满敌意地侵犯我们的国土？承诺何在？法制何在？公道何在？人道何在？对上帝的敬畏何在？你们认为这些骇人听闻的恶行会瞒得过对我们的一切行动均作出公正无私的赏罚的永恒的神灵——我们至高无上的主吗？如果你们这么想的话，你们就是在欺骗自己，因为任何事情都逃不出他深不可测的判断，是不可避免的命运，还是星宿的神秘力量，使你享受了那么久的安适与平静统统终止呢？因为世间万事都有各自的周期与结局，到达顶峰后，就会立即走下坡路，无法再永远地停留在同样一个层次，这就是那些无法通过理性与节制来约束自己的时运和兴旺的人的必然结局。

"可是，即使命中注定你的幸福和安适的日子该结束了，有必要如此无礼地对待你们赖以建国的我们的国君吗？如果你的房子注定要倒塌，难道它倒下时就该压坏盖房人的脚后跟吗？这也不太合情理了，和我们的常识太不一致了，几乎难以为常人所理解。如果没有可靠的无庸置疑的效力来证实：那些脱离上帝、丧失理性的人已经执迷不悟，为了达到某种目的，事事只是遵从他们自己堕落的本性，蔑视一切神圣的庄严的东西就连一个陌生人都难以置信。

"如果我国有人伤害过你们的臣民和领土，如果我们偏袒过怀有恶意的人，如果我们在你们急需时没有帮助过你们，如果你们的名字和声誉受到我们的损害，或者说得更确切些，可能有恶言中伤的魔鬼，想把你们引入邪路，于是就故意无中生有、捏造欺骗，让你产生错误的观念，认为我们做了什么与你我之间深厚友谊不相称的事。即使如此，你们也

---

① 迈纳，法国古省名，1481 年并入路易十一王朝。

② 伊莎贝拉，一说为 1493 年哥伦布在海地北部建立的城市。另一说是指 1488 年布列塔尼人败于查理八世的圣奥班·杜·柯米埃，结果布列塔尼合并于法国。

应该先查出事实真相，然后再通过适时的警告来告诫我们。那么，我们就会按照你们内心的想法去做，让你们满意而归，就像以前一样。

"可是，永恒的天主在上，你为什么这么做呢？你会像一个背信弃义的暴君一样，掠夺蹂躏主人的国土吗？你是否以为他愚不可及、软弱迟钝，还是以为他缺乏人力、财力或是军事方面的策略与技术，以至于无法抵挡得住你那非正义的入侵呢？

"今天就立即动身吧，或者明天，就一天的工夫，撤退回你们自己的国家。沿途不要破坏，不要骚扰，而且还要付一千金币（换算成英镑为五千镑）来赔偿你们对我们国家所造成的损害。明天先付一半，另一半在来年的五月十五日付清；特恩班克公爵、巴特克公爵和斯摩特拉思公爵三人，再加上伊却思亲王和斯那却北特子爵，都留下来当作人质，和我们待在一起吧！"

第二十八章

高朗古杰命人赔偿烧饼来换取和平

滔滔不绝地说了一番话，老好人加利特这才住了口，可是毕克罗寿对他的演讲没什么反应，只是说："来带他们走吧！来带他们走吧！他们会帮你揉面团做烧饼。"于是加利特只好回去见高朗古杰，发现他正光着头跪在密室的一个小角落里，非常谦恭地祈求上帝的恩准，希望能平息毕克罗寿的怒火，并使他回到理智的控制下，不要再继续使用武力了。

高朗古杰从祈祷中回复原态后，忙问加利特："哈，我的朋友，我的朋友，给我带什么消息来了？"加利特答道："没有什么和解的希望，也没有什么补救办法。这人神经错乱，已经被上帝抛弃了。""是吗？不过，"高朗古杰不解地问，"他的暴行又是什么引起的呢？""他根本没告诉我什么理由，"加利特继续答道，"只是在一阵狂怒中提到了烧饼。我不知道是否有人触犯了他的卖烧饼的。"

高朗古杰说："我会把这件事了解得一清二楚的，然后再决定该做什么。"说完就派人去探听这件事。发现确实是有人强行拿走他们的几个烧饼，还有马开尔的脑袋被短棒敲破了。可是，烧饼是付了高价的，也是马开尔先动手用他的鞭子抽伤佛吉尔的腿才遭到反击的。国务会议成员们知道事情的来龙去脉后，一致认为佛吉尔是应该全力自卫的。

尽管如此，高朗古杰还是说："我非常不想对他们开战，既然只是为了区区几个烧饼而大动干戈，我会全力使他们满意的。"于是他就打听他们拿人家多少烧饼。听说只有四五打，他当即下令当晚就烘烤出五车的烧饼来。其中有一车必须用上上好的黄油、优质的

蛋黄、上好的藏红花和一流的香料，特别赠给马开尔。再加上七十万零三块"菲力普①"（也就是一百万零五千英镑加上九先令）来弥补他的损失和受到的伤害，以及付给替他包扎伤口的外科医生。还有，让他和他的世世代代永久居住在那座叫做坡马地埃②的果园里，作为可终身保存的不动产。

运送这么多东西的任务还是由加利特来负责完成。在路上，他吩咐随从们从柳树林里搜集一些粗大的树枝、藤条、茅草，然后用这些东西把车子装饰打扮一番。每个人手上都必须拿一根树枝，他自己也不例外。这样的话，旁人都明白，他们只要和平，他们是来求和的。

来到大门口后，他们以高朗古杰的名义要求同毕克罗寿说话。而毕克罗寿既不让他们进去，又不同他们说话，反而让人传话说，他很忙无法亲往。来者有话要说，可以转告正在城墙上架大炮的杜克狄庸队长。老好人加利特只好对他说：

"阁下，为了减轻你们的这一切辛劳，为了消除你们不肯回到我们之间旧日盟约的所有借口，我们现在就把引起争端的烧饼还给你们。我们的人确实是拿走了五打的烧饼，但也付了高价。我们是如此地爱好和平，以至于赔你们整整五车的烧饼，这一车是给马开尔的，因为他受的苦最深。除此之外，为了使他彻底满意，我们再给他七十万零三块"菲力普"作为补偿。还有，他可能会假装也蒙受其他的损失，为此，我就把坡马地埃的一处农场也交付给他，由他和他的子子孙孙世代保管。这块不动产不限定由谁来继承，也不必缴纳任何税款，也不必用效忠之举或缴纳贡金，提供服务等种种办法来表示自己的答谢。契约的誊本也附在这儿，看在上帝的份上，我们从今以后就和平相处，和睦为邻吧！尽快从这个你们自己也承认无权占领的地方愉快地撤回到自己的国家吧，旧怨一笔勾销，我们还像以前一样当好朋友。"

杜克狄庸把这番话一五一十地转述给毕克罗寿，还乘机激他："这些乡下人都有点吓坏了，我的天，高朗古杰都吓得屁滚尿流了，这可怜的老酒鬼，他不擅长打战，也没这种爱好，他只懂得怎么喝酒享乐，那才是他的本事！我想我们把烧饼和钱都送还他们。至于其他呢，我们要快速地赶筑防御工事，然后继续作战。想想看，他们以为我们是大傻瓜，用几块烧饼就想打发我们？原因再清楚不过了。过去你对他们太好了，太熟稔了，太亲近了，因此，他们就会蔑视你，认为你微不足道，骑到你头上来了。对一个坏蛋好，他就会欺负你；你伤害他，他反过来又会巴结你。与坏人的关系就是如此。"

"对，对，对，"毕克罗寿说，"圣詹姆士有灵，你把他们描画得够清楚了。""我还有一件事要提醒你，"杜克狄庸接着说，"我们这儿粮草不足，给养严重缺乏。如果高朗古杰

① 菲力普，原为希腊金币，上铸马其顿国王菲力普浮雕像。菲力普也是十六世纪一切金币的通称。

② 坡马地埃果园在塞邑附近，曾是拉伯雷家产业。

莎士比亚《李尔王》精彩片段：

1. 天啊，要是你爱老人，要是凭着你统治人间的仁爱，你认为子女应该孝顺他们的父母，要是你自己也是老人，那么不要漠然无动于衷，降下你的愤怒来，帮我伸雪我的怨恨吧！

围攻我们的话，我就得马上把你的部下包括我自己的牙齿统统拔光，每个人只要三颗牙就行了。可是即使只剩三颗牙齿，我们也会很快就把储备物消耗一空。"毕克罗寿反驳道："我们的粮食多的是，你说，我们来这儿是为了吃还是为了打仗？""那当然是来打仗。"杜克狄庸答道，"然而要想跳舞就得先填饱肚子！饥饿难忍时，一点力气都没有！""别瞎扯了，"毕克罗寿不耐烦地说，"马上把他们带来的东西夺过来。"

于是就把他们带来的钱啊、烧饼啊、车啊，连同牛一起扣了下来。然后二话不说就把他们打发走了，临行前只说了句，"以后不要再来了。理由第二天再说。"就这样，他们无计可施，只好回到高朗古杰那儿去，把事情的经过完完整整地向他汇报。还补充说，看来，一次激烈的大战是在所难免的了。否则的话根本没有希望得到和平。

第二十九章

毕克罗寿的军事大臣们的草率决策，

如何使他陷于极端的危险之中

车上的货卸了，钱和烧饼也到手了，斯特拉斯公爵，斯瓦须巴克勒伯爵和得太尔队长就一起来到毕克罗寿面前，说："陛下，今天，我们要选你为马其顿的亚历山大大帝以来最有福气，最英勇，最有骑士那种侠义而正直品质的国王。"

毕克罗寿喜极答道："免礼、免礼，戴上帽子吧！"

"多谢陛下。"他们齐声回答，"这是我们对君主的应尽之礼。我们的计划是这样的：只要留一个将官率领一些称职的兵士，负责看守这个驻地就行了，因为此地自然地势险要，再加上陛下设计的堡垒，就更加坚不可摧，万无一失了。大王英明，我军可兵分两路，一路直逼高朗古杰和他的军队，一下子就可轻而易举地击溃他们。那么，您就会得到大量的金钱，因为那个乡下人手头有许多现成的钱币。我们称他为乡下人并不是胡扯，因为一个出身高贵而慷慨大方的王公总是身无分文，而积累钱财往往是乡下人所为。

"同时呢，另一路应该直取奥尼斯①、圣东日②、昂古莫亚③和加斯科涅。然后再往贝利高④、迈多克⑤和艾拉纳⑥行进，走到哪儿，攻到哪儿。不管是城镇，堡垒还是要塞，途

---

① 奥尼斯，法国古省，1371 年并入法国。

② 圣东日，法国古省。

③ 昂古莫亚，法国古省，1373 年国王查理五世取自英国。

④ 贝利高，或贝利高尔，法国古省，1589 年亨利四世时并入法国。

⑤ 迈多克，法国南部地名，盛产酒。

⑥ 艾拉纳，就是朗德省。

相关链接 ●

经之处，就要夺占所有的船只，沿岸航行，一直驶到加里西亚①和葡萄牙。一路上掠夺所有的近海地区，直到里斯本为止，那时候你就会被装备上与一个征服者相称的一切必需品。天主在上，西班牙人都是愚笨无能之辈，会不投降吗？陛下经过西伯利亚海峡时，应该架设两根比海格斯石柱还要宏伟壮观的石柱；为了使陛下英名长存，还应将海峡那狭窄的入海口改名为毕克罗寿海峡才是……"

"渡过毕克罗寿海之后，等着吧，红胡子巴尔巴萨②会前来臣服于您的。""我会好好待他，并免他一死。"毕克罗寿说。"是啊，"大家异口同声道，"这样他就会甘愿接受洗礼。然后你就可以乘机征服突尼斯、希波斯③、圣约翰德吕斯④、封塔拉比亚⑤、里斯本⑥、西比利亚海峡⑦、阿尔及尔、包米纳⑧、柯兰尼亚⑨，干脆把整个巴巴利⑩都攻占了。此外，你也得把马若尔卡、米诺尔卡⑪、撒丁岛、科西嘉以及利古利亚海⑫的其他海岛和巴利阿利群岛都控制于股掌之中。接着沿海岸往左行驶，攻取高卢的那尔邦⑬、普罗温斯⑭，及阿罗布洛日⑮，然后是热那亚、佛罗伦萨、鲁卡⑯，罗马的政权也跟着瓦解了，可怜的教皇大人那时会吓死的……"

"我担保，"毕克罗寿说，"那时我可不想去亲他的鞋。"

"攻下意大利，然后是那不勒斯、喀拉勃里亚、阿普利亚⑰，再把西西里岛和马尔太岛⑱都洗劫一空，真希望罗得岛上以前那些有趣的骑士们会来反抗，这样我们就会看到他

2.（他）正在跟暴怒的大自然竞争；他叫狂风把大地吹下海里，叫泛滥的波涛吞没了陆地，使万物都变了样子或归于毁灭；拉下他的一根根的白发，让挟着盲目的愤怒的暴风把它们卷得不知去向；在他渺小的一身之内，正在进行着一场比暴风雨的冲突更剧烈的斗争。这样的晚上，被小熊吸干了乳汁的母熊，也躲着不敢出来，狮子和饿狼都不愿沾湿它们的毛皮。他却光秃着头在风雨中狂奔，把一切付托给不可知的力量。

---

① 加里西亚是西班牙省名。

② 巴尔巴萨就是人称红胡子的腓特烈一世（1123～1190），当过德意志国王（1152～1190）神圣罗马帝国皇帝（1155～1190）与教皇亚历山大三世争权，多次入侵意大利（1154～1186），在革尼亚诺战役中战败（1176），于第三次十字军东侵途中溺死。又一说红胡子指卡伊尔·埃德·狄音，阿尔及尔巴巴利酋长。

③ 希波斯，即比塞大。

④ 圣约翰德吕斯，巴元附近港口，盛产沙丁鱼。

⑤ 封塔拉比亚，西班牙城名。

⑥ 里斯本为葡萄牙首都。

⑦ 西比利亚海峡，即塞维勒海峡，亦即直布罗陀海峡。

⑧ 包米纳，即包纳，阿尔及利亚城名，沿地中海。

⑨ 柯兰尼亚，即昔兰尼亚，在埃及之西。

⑩ 巴巴利群岛是西班牙以东之群岛。

⑪ 马若尔卡和米诺尔卡都是地中海岛名。

⑫ 利古利亚海为科西嘉北部海面。

⑬ 那尔邦为高卢四省之一。

⑭ 普罗温斯，为法国南部地区。

⑮ 阿罗布洛日，法国西南部地区。

⑯ 热那亚，佛罗伦萨和鲁卡这三个地方都在意大利。

⑰ 那不勒斯、喀拉勃里亚、阿普利亚都在意大利南部。

⑱ 西西里岛和马尔太岛都在地中海。

们屁滚尿流。"

毕克罗寿说："我非常想去罗莱多①看看。""不，不，不，"大家一齐说，"别急，别急，回来再看也不迟。从那里我们朝东航行，占领干地亚②、塞浦路斯③、罗得岛④和西克拉底群岛⑤，袭击摩里亚⑥。摩里亚是我们的了，圣特莱尼昂⑦天主保佑耶路撒冷，因为苏丹⑧根本不能和您的势力相比。"

毕克罗寿又插话说："那时候我要让人修建所罗门的庙宇。"

"不，不，"大家说，"还早呢，耐心点儿，等候片刻，做任何事千万别操之过急。还记得屋大维·奥古斯都斯说过什么吗？慢慢地赶！你必须先拿下小亚西亚、喀西亚、利西亚、邦菲里亚⑨、西里西亚⑩、利地亚⑪、日非力基亚⑫、米西亚⑬、比提尼亚⑭、喀拉齐亚⑮、萨塔里亚⑯、萨玛加利亚、喀斯塔迈纳、路卡⑰、萨瓦斯塔⑱，一直到幼发拉底河⑲……"

毕克罗寿听到这儿，又问道："我们会见到巴比伦⑳和西奈山㉑吗？"

"这时候还没必要。渡过了希尔坎海㉒，走过了两个亚尔美尼亚㉓和三个阿拉伯㉔还不

---

① 罗莱多有著名的圣母教堂。所以毕克罗寿才会产生此念。
② 干地亚，地中海岛名，希腊东南。
③ 塞浦路斯，地中海岛名，在土耳其之南。
④ 1530年查理五世曾把1522年从罗得岛被逐出的耶路撒冷的圣·约翰骑士团安置在马尔太岛上。
⑤ 西克拉底群岛，是地中海东部群岛。
⑥ 摩里亚，希腊南部地区。
⑦ 圣特莱尼昂即圣尼昂。
⑧ 苏丹，指那里的土著皇帝。
⑨ 喀西亚、利西亚、邦菲里亚，都在小亚细亚南部。
⑩ 西里西亚，小亚细亚古地名，多山。
⑪ 利地亚，在爱琴海与米西亚之间。
⑫ 日非力基亚，即腓力基，在小亚细亚中部。
⑬ 米西亚，在小亚细亚西北部。
⑭ 比提尼亚，小亚细亚古地名。
⑮ 喀拉齐亚，利比亚首都。
⑯ 萨塔里亚，在小亚细亚萨塔里亚湾。
⑰ 萨玛加利亚，喀斯塔迈纳，路卡，都是小亚细亚古城名。
⑱ 萨瓦斯塔，西利西亚边境上城名。
⑲ 幼发拉底河，在今土耳其境内。
⑳ 巴比伦，幼发拉底河上最古老之城市。
㉑ 西奈山，在阿拉伯，靠近苏伊士湾。《圣经》上说天主给摩西十诫，就在此山上。
㉒ 希尔坎海，即里海。
㉓ 两个亚尔美尼亚，在高加索之南，有大亚尔美尼亚与小亚尔美尼亚之分。
㉔ 三个阿拉伯，阿拉伯分为沙漠、城市、山区三个地带，故得此称。

3. 吹吧，风啊！胀破了你的脸颊，猛烈地吹吧！你，瀑布一样的倾盆大雨，尽管倒泻下来，浸没了我们的尖塔，淹沉了屋顶上的风标吧！你，思想一样迅速的硫磺的电火，劈碎橡树的巨雷的先驱，烧焦了我的白发的头颅吧！你，震撼一切的霹雳啊，把这生殖繁密的、饱满的地球击平了吧！打碎造物的模型，不要让一颗忘恩负义的人类的种子遗留在世上！

够匆忙，不够劳累吗？"

"哎呀，千真万确，我们这是在干蠢事呢！真是丢脸！"毕克罗寿惊呼。

"怎么了？"他们忙问，"我们在沙漠里得喝什么呀？听说莱利安·奥古斯都斯和他的整支军队就是渴死在那里的。①"毕克罗寿答道。

"我们把一切都安排妥当了。在叙利亚海上，你现在有九千零十四艘大船满载着世界上最好的美酒。到雅法②港后，会有二万二千只骆驼和一千六百头大象准备就绪，等着载货。这些都是占领利比亚时，在西基玛萨③附近捕获的。而且，我们还有所有到麦加④朝圣的车队呢！他们带的酒不会不够您喝吗？"

"是啊，够倒是够，但是，酒不太新鲜。"

"好了，不能像一条鱼似的。一个优秀勇猛的人，一个征服者，一个跃跃欲试、渴望征服全世界的人，不能一味讲究舒适享受。感谢上帝，你和军队能够安然无恙地来到虎河⑤边。"

"可是，这时候推翻这个没用的老酒鬼高朗古杰的那一拨人马在做什么呢？"他不解地问。"他们也不会闲着没事干。我们要跟他们会合的。他们这时已经为你赢得了布列塔尼、诺曼底⑥、弗兰德斯、海恼特、布拉邦、阿尔特瓦⑦、荷兰、西兰德⑧这些地方。他们踩着瑞士人和朗格奈兵⑨的肚子渡过了莱茵河，其中一个分支也已制服了卢森堡、洛林⑩、香滨、萨瓦⑪，甚至里昂。在里昂和你们征服地中海后凯旋的大部人马胜利会师，一起洗劫苏阿比亚⑫、符腾堡、巴维尔⑬、奥地利、摩拉维亚和斯泰利亚⑭后，在波希米亚⑮集合重

---

① 罗马皇帝莱利安·奥古斯都斯于公元363年远征波斯，兵士多渴死，他也被杀。
② 雅法是叙利亚海口，当时小亚细亚最繁华的港口。
③ 西基玛萨，中世纪摩洛哥名城。
④ 麦加，阿拉伯伊斯兰教的圣地，当时每年自开罗来的朝圣信徒，有十万之多，带一万只骆驼，一万匹马。
⑤ 虎河在今土耳其境内。
⑥ 诺曼底，法国西北部地区。
⑦ 弗兰德斯、海恼特、布拉邦、阿尔特瓦，都是沿北海的低洼地区。
⑧ 西兰德，荷兰省名。
⑨ 朗格奈兵，原指德国步兵，后来泛指一切抢劫行凶的乱军。
⑩ 洛林，原为独立国。现为法国东北一省。
⑪ 香滨、萨瓦都是法国省名。
⑫ 苏阿比亚，古日耳曼地名。
⑬ 符腾堡、巴维尔都在德国。
⑭ 摩拉维亚和斯泰利亚都在奥地利。
⑮ 波希米亚，欧洲中部地区，在奥地利与匈牙利之间。

整，然后再合力猛袭鲁贝克①、挪威、瑞典王国、丹麦、哥特②、格陵兰③、爱斯特尔兰④，一直到北冰洋。"

"接着，他们又征服奥克尼群岛⑤，拿下苏格兰、英格兰和爱尔兰。从那儿由海路横穿沙海⑥，驶经萨玛特⑦，击败并征服普鲁士、波兰、立陶宛、俄罗斯、瓦拉基亚⑧、外西尔伐尼亚⑨，以及匈牙利、保加利亚、土耳其，最终摧毁了君士坦丁堡。"

"快，我们赶快去和他们会师吧！"毕克罗寿不禁叫道，"因为我也想当当特拉布松⑩的皇帝呢？"难道我们不把土耳其及那回回们的狗头全割了吗？""不斩尽杀绝要干什么用呢？"他们答道，"你得把他们的财产和土地赏赐给那些出大力效忠于您的人。"

"有道理。"他说道，"理当如此，再公正不过了，我把喀尔马尼⑪、叙利亚和全部巴勒斯坦都赏给你们。""老天哪，陛下，"他们齐声答道，"您真是慷慨大方啊！多谢多谢，上帝永远保佑您！"

当时在场的人中有一个年老的贵族，名叫爱式弗隆⑫，他身经百战，经验丰富，出生入死，是坚定严峻的老将。听了大家这一番话，他说道："我非常怀疑这些计划最终会和牛奶罐的笑话一样。那个鞋匠自以为能靠这满满的一罐牛奶发财。可是，最终牛奶罐打破了，他连饭都没得吃。你们这样四处出击，想得到什么呢？这么辛苦奔劳一番，结局会怎样呢？"

毕克罗寿说："结局是，回来后，我们可以坐下休息，快快乐乐地过日子。"

"可是，万一回不来呢？路途漫漫，危机四伏。还不如现在就回家休息去。没必要去冒这么多的危险！"爱式弗隆反驳道。

"哎呀，我的天，你可真是老糊涂了。"斯瓦须巴克勒接口道，"难道我们得躲在壁炉旁的小角落里，一辈子与太太小姐们为伴，穿穿珠，或像萨尔达巴鲁斯⑬那样纺纺线，消磨时光？所罗门说过，谁不冒险，不胆子大，最后无骡亦无马！"

---

① 鲁贝克，德国西北部地名。
② 哥特，瑞典南部地区，当时人们以为该地区为哥特人所盘踞，故得此名。
③ 格陵兰，北美洲大岛。
④ 爱斯特尔兰，德国西北部商业区。
⑤ 奥克尼群岛，在苏格兰之北。
⑥ 沙海即波罗的海。
⑦ 萨玛特，指欧洲东部。
⑧ 瓦拉基亚在罗马尼亚。
⑨ 外西尔伐尼亚在奥地利。
⑩ 特拉布松，土耳其城名。
⑪ 喀尔马尼，土耳其亚洲部分。
⑫ 爱式弗隆的希腊文意思是"慎重、明智"。
⑬ 萨尔达巴鲁斯，中世纪故事中一位英雄，后来和妇女一起纺纱。另一说是公元前八世纪古阿里西亚国第四代国王，女人气甚重。

爱式弗隆马上驳斥："马尔古斯回答得好，过分冒险胆子大，最后丢骡又失马。①"

"好了，够了够了，我们不谈这些了。"毕克罗寿说："我只担心高朗古杰的那些恶魔似的军队，我们都在美索不达米亚②时，他们如果跑到我们后面，断了我们的后路，怎么办？那时，我们就该取哪条道？有什么补救措施？"

"有一个很好的办法，"得太尔队长答道，"你只要委托一个人传递一个小小的命令给莫斯科人，他们马上就会派遣一支由四十五万精兵强将组成的优秀队伍到战场上来。如果你委任我作陆军中将，我一定从严治军，连一些小差小错都不放过，都要重重惩罚，即使为一件小事也可杀人，决不顾惜人命，只要是您的命令！我会咬，会冲，会打，会夺，会杀，会痛击，搅乱一切！"

"好，好，"毕克罗寿迫不及待地说，"赶快，赶快，伙伴们，爱戴拥护我的人，跟我来！"

第三十章

高冈塔如何离开巴黎去拯救他的国家，
吉姆纳斯特又是如何遭遇敌军

就在此时，高冈塔一读完他父亲的信，立即骑上大牝马，离开巴黎。他已经过了瑙南桥③，包诺克拉特，吉姆纳斯特和爱德蒙三个人也骑着驿马在后面紧紧相随，与他结伴同行。其余的随行人员带着高冈塔的全部书籍和物理仪器平稳地跟在后面，以较慢的速度行进着。

他经过巴莱邑时，古盖家的一个农民告诉他毕克罗寿如何在拉克·克勒蒙地区修筑防御工事，又是怎样派特拉派④队长带领大军袭击旺代和沃高德雷森林，把整个地区洗劫一空，一只鸡也不留，一直抢到毕拉尔的榨酒作坊⑤。

他在这片大地上为非作歹、为所欲为犯下的这些不可思议极不平常的滔天罪行，一时惊得高冈塔瞠目结舌，不知说什么才好，做什么才是。包诺克拉特劝他去见见服古勇王爷，他一直是他们家的朋友兼盟友，可能他对这件事会了解得更清楚些，会有更好的建议。

4. 与其被人在表面上恭维而背地里鄙弃，那么还是像这样自己知道为举世所不容的好。一个最困苦、最微贱、最为命运所屈辱的人，可以永远抱着希冀而无所恐惧；从最高的地位上跌下来，那变化是可悲的，对于穷困的人，命运的转机却能使他欢笑！那么欢迎你——跟我拥抱的空虚的气流；被你刮得狼狈不堪的可怜虫并不少欠你丝毫情分。

---

① 十五世纪有《所罗门与马尔古斯对话集》一书，当时甚流行。这是里边的两句话。
② 美索不达米亚，亚洲古地名，在幼发拉底河之东。
③ 瑙南桥是施农和拉克·克勒蒙之间的一座石桥。
④ 特拉派的意思是"酒杯，饭碗。"
⑤ 毕拉尔的榨酒作坊是离施农不远的一家酒厂。

　　大家立即照办，去见王爷，发现他非常乐意，而且是十分坚定地表明要大力协助他们。他提议先派一个人到处去侦察一番，看看敌人状态如何，有什么动静。然后他们才能根据当前的形势商量决定该做什么。吉姆纳斯特听后自告奋勇要前去执行这个任务，但为了他的安全和更好的考察，大家最终决定派一个熟悉周围路线地形的人随他前往。

　　就这样，他和服古勇王爷的掌马官普莱令刚出发了，无所畏惧地到处侦察窥探，一点儿蛛丝马迹也不放过。他们在紧张忙碌的时候，高冈塔乘机休息放松了一下，吃了点东西，随行的人员也一样，他还不忘让人给他的牝马喂一些燕麦。这所谓的"一些"，就用去了七十四夸特和三蒲式耳①的谷物。

　　吉姆那斯特和他的搭档骑马跑得太远了，最终不巧与敌军遭遇。他们都分散着，正乱七八糟闹哄哄地又是偷又是抢又是抢劫又是掠夺，只要是手碰得到的东西，无一幸免。他们远远地瞧见了他，就你推我挤地，一窝蜂似的涌过来，想把他抢得只剩一身衣裤才罢手。

　　吉姆纳斯特赶紧大喊："长官们、长官们，我是一个可怜的穷鬼，我求你们放我一马吧！我身上只剩一块金币了。来，我们把它喝掉，因为这是块'可喝的金子'②，还有这匹马，也可以卖掉，作为迎接你们的见面礼。然后呢，请收留我，把我留在你们军队吧。因为，上天作证，还没有哪个人比我更懂得怎么捉鸡、涂油、烧烤、调味，甚至于撕扯与吞食了。我的见面礼是，为所有的好弟兄们干一杯。"

　　说完，他就把一瓶上好的荷兰酒的瓶盖旋开，闻也不闻一下就咕噜咕噜真地喝了起来。那伙强盗恶棍们眼睁睁地看着他喝，一个个嘴巴都张得老大老大，像条猎狗似的把舌头伸得老长，希望也能跟着喝一口解馋。偏偏在这节骨眼上，特立派队长跑过来看是谁在干什么。吉姆纳斯特当即把酒瓶递过去，说："队长，拿去，大胆地喝，什么也别剩下。我已经帮你尝过了③。的确是拉·费·摩纽④的酒。"

　　"什么，你这家伙敢嘲弄我们，藐视我们？"特立派喝道，"你是干什么的？"

　　"我是个可怜的穷光蛋。"吉姆纳斯特故作老实畏惧状。

　　"哼，看在你是个穷鬼的份上，你可以走了，想去哪儿就去哪儿。穷鬼不管去哪儿都无捐无税。不过，穷鬼一般没有你这样的好马。所以，还不快滚下来，你这个鬼，把马给我骑。如果它不服贴听话，让我好好骑的话，我就骑你这个穷鬼！我想，让你这样的鬼驮我四处走走，倒是不赖！"

---

　　①　夸特和蒲式耳都是谷物等的容量单位。一夸特约等于八蒲式耳。一蒲式耳在英国等于36.368升，在美国等于35.238升。

　　②　古医学认为金水可以治病，所以才有"可以喝的金子"。

　　③　他尝过酒，人还好好的，证明酒里没有毒药。

　　④　拉·费·摩纽，地名，十六世纪以产酒著名。

相关链接 ●

第三十一章

吉姆纳斯特如何智取特立派队长

和毕克罗寿的其他兵士

5. 永远仁慈的神明，请停止我的呼吸吧；不要在你没有要我离开人世之前，再让我的罪恶的灵魂引诱我结束我自己的生命！

　　大家都听了特立派队长和吉姆纳斯特之间的谈话。有些人害怕起来，一直用双手乱画十字，以为吉姆纳斯特真是一个鬼伪装成人形出现的。其中一个人称"好约翰"的当地民兵队长，从裤子里抽出一本礼拜时用的诗篇歌集，大声念了出来："天主神圣……如果你是从上帝那儿来的，请开口说话；如果你是从魔鬼那儿来的，离开这儿，赶快走吧！"然而他没走开也没动。

　　在场的士兵们也都看到听到了这一幕，有一些人心里害怕，吓跑了。吉姆纳斯特细心地注意到这一举动，在心里暗暗盘算着。于是，他假装要下马，当身体悬在马上的那一面（即左面）、短剑垂在大腿侧时，他非常灵活地换脚，使劲一蹬马镫，在马镫皮带上表演了一下马术绝技——身体往下坠落时，他迅疾使个鹞子展翅，腾空而起，两脚一起落在马鞍上，背朝马头笔直地站着。

　　"瞧，"他大声说道，"我要倒骑马了。"语音刚落，他就用同样的姿势，依次以脚和左手为支点腾空跃起，身体并没有很完美地跟着转上一圈，但还是不偏不倚，不前不后，正好落在原来的位置。

　　"哼！我现在才不玩这一套呢！我自有理由。"特立派说道。

　　"嗯，刚才做的不算成功，算不了什么，我再试一次。"吉姆纳斯特说完，就极其有力，极其灵活地照刚才的动作再表演了一次，不过，这一次是从右边起跳。只见他右手大拇指按住马鞍的后弓部，用劲将身子撑起，来个倒竖蜻蜓，还在空中腾跃。全身的力量，所有的动作，仅仅靠那大拇指撑着。就这样还悬空转了三圈。在第四圈的时候，他倒转身体，不碰任何东西，往下一跳，落在马的两耳之间，又纵身一跃，翻了上去。这下是用左手大拇指了。然后就这么用拇指支着身体，转圈子转得跟风车一样快。这动作做得剧烈而活跃，被称为"磨坊主的戏法"。

　　然后，他用右手掌往马鞍中间一按，身子一挺，正好坐在尾鞳上，跟淑女名媛们骑马的姿势相仿。接着，他舒舒服服地抬起右腿跨过马鞍，骑在马屁股上。"还是坐在马鞍上好些。"说着，两手大拇指往马屁股上一撑，身子往前一翻，头朝下，脚朝上翻了三百六十度，正好舒舒服服正正地落在马鞍的凹陷部。突然间，又翻了个筋斗，整个人凌空跃起，落下时两脚正好并齐站在马鞍上。然后，双臂张得开开的，身体恰好成十字形，在上面疯狂地腾跃，翻转，一面转圈一面大叫，"我疯了，我癫了，魔鬼们，我完全疯了。拉

住我，魔鬼，拉住我，拉住我，拉住我！"

　　他就这样腾跃着，恶棍们惊恐万分，交头接耳："他妈的，真见鬼了，他一定是妖怪或魔鬼伪装的，我的天主，救我等于恶魔①。"说完就纷纷逃生去了，好像军队大溃退似的，乱哄哄的，一边跑还一边时不时地往后看，像一条嘴里衔着一根鹅翅的狗那么落魄仓惶。

　　吉姆纳斯特一看正是时候了，翻身下马，抽出宝剑，对准那些挂着饰章当头目的一阵狠杀猛砍，一时间哭爹叫娘，横尸遍野，受伤的，挤坏的，吓伤的，到处都是，就是没有人敢反抗一下。想想刚才看到的他在马上精彩的腾跃绝技，再加上特立派方才与他的一番谈话中时不时"穷鬼""穷鬼"地叫他，人们都认为他真的是哪儿冒出来的饿鬼呢。只有特立派很奸诈地用骑兵短刀或是弯刃大刀对准他的脑袋劈下来。幸好他全副盔甲武装得结结实实，除了特立派那一击让他感到轻微的震动外，毛发未损。于是他猛地一转身，对准特立派候地一剑刺过去，正好击中要害。特立派正想保护自己的脑袋避开这一击，但已经来不及了。剑已经刺进他的胸腔，又一下子划开了他的肚子，肠胃，连肝也劈开了。他顿时仆倒在地，肚子里涌出大约四罐的燕麦粥，粥里还混杂着他的灵魂。

　　这事一办完，吉姆纳斯特就撤退了。因为他很明智地考虑到，这仅仅是一次冒险，非常偶然的事情，不能做得太过头了。所有的骑士们都应该谦恭谨慎地利用他们的良机，而不应该肆意滥用，穷追过头。

　　于是他翻身上马，用踢马刺策马前进，带着普莱令刚径直奔上通往服古勇城堡的大道。

第三十二章

高冈塔如何拆毁旺代浅滩处的城堡，

如何涉水而过

　　吉姆纳斯特一回来，就把敌军的状况一五一十地讲叙了一遍，其中当然包括他们如何遭遇敌军，以及他孤身一人用什么计谋对付他们一大帮人马。他断言他们只是一伙卑劣的流氓、无赖、掠夺狂、小偷、抢劫犯，只懂得一些鸡鸣狗盗的事儿，对军队的纪律，秩序什么的一窍不通。他提议，他们可以大胆地出发，向敌军发动进攻。这时候，攻击打败他们，就像对待野兽那样。

　　高冈塔听后就骑上他的那匹大牝马，带着前面提及的那些随行人员出发了。路上，他

――――――――――――――

　　① 这里原文为拉丁文。

61

相关链接

6. 尽管轰着吧！尽管吐你的火舌，尽管喷你的雨水吧！雨、风、雷、电，都不是我的女儿，我不责怪你们的无情；我不曾给你们国土，不曾称你们为我的孩子，你们没有顺从我的义务；所以，随你们的高兴，降下你们可怕的威力来吧，我站在这儿，只是你们的奴隶，一个可怜的、衰弱的、无力的、遭人贱视的老头子。可是我仍然要骂你们是卑劣的帮凶，因为你们滥用上天的威力，帮衬两个万恶的女儿来跟我这个白发的老翁作对。

们见到一棵又高又大的树（这树通常被称为圣马丁树，因为据说以前圣马丁在此地种下一根朝圣者的手杖）。随着时光的流逝，昔日的手杖也长成了那么高大的树了。"哎呀，这正是我缺少的，这树既可以当我的手杖又可以当我的武器。"高冈塔说完，就很轻松地把树连根拔起，把枝条通通去掉，然后随心所欲地把它修整一通。

高冈塔一行人来到旺代森林后，爱德蒙报告说，城堡里还有些散兵游勇。为了探明虚实，高冈塔放声大吼："里面有人吗？有人就快点儿给我滚出来，没有的话就算了。"可是一个职责是看管城堡吊门的残暴的炮兵，冷不防冲他开了一炮。这炮弹狠狠地击中了他右边的太阳穴。不过，对他倒是没造成什么伤害，就好比用李子或酿酒葡萄的籽敲了他一下，没什么影响。

"这是什么呀？"高冈塔不解地问，"难道他们朝我扔葡萄吗？想想酒可是挺贵的呀！葡萄来得可不容易！"他还真认为那枪弹是一粒葡萄籽或葡萄干呢。

那些留在城堡里的敌兵，这时候还在忙着抢劫掠夺，听到高冈塔那巨雷般的叫声，他们纷纷跑到塔楼和其他安全的地方，朝他开了九千零三十五发轻便炮和火绳枪，全部都是瞄准他的脑袋射击的。枪炮是如此的密集，高冈塔不禁大叫，"包诺克拉特，我的朋友，这些苍蝇快把我的眼睛弄瞎了，好不舒服。快给我一根柳枝，我要把他们赶走。"他以为那些大炮里射出来的炮弹啊，石头啊，只是苍蝇而已。

包诺克拉特四处瞧了瞧，发现那根本不是什么苍蝇，而是从城堡里射出来的炮弹。他如实相告。高冈塔一听就操起那棵大树朝城堡冲过去，对着城堡猛打一气，几下子就把塔楼和避难所打塌了，其他地方也全被夷为平地，自然，城堡里的敌人也在劫难逃，身首异地，惨不可言。

他们一伙人离开城堡，来到磨坊边的桥头，发现浅滩里漂着浮着的都是死尸，尸首多得把磨坊都塞满了，还把河流也堵住了。原来他们都是被大牝马的尿淹死的敌兵。

他们站在一个台子上，商量要怎样才能顺利地通过这个已被尸体阻塞的河道，吉姆纳斯特说："如果鬼过得去，我也会过得去。"爱德蒙当即接话，"鬼已经过去收拾那些该死的灵魂了。""圣特莱尼昂在上，"包诺克拉特叫道，"看来无路可走，必然得往这儿过了。""是啊，"吉姆纳斯特说，"否则的话，我们就卡在半路上了。"说完他用马刺踢了踢马，一下子就冲过河去，他的马无所畏惧，看到死尸一点也没受到惊吓，因为他曾遵照埃里亚奴斯教导的办法①训练马，使马既不害怕盔甲也不怕死尸——当然不像狄欧美德斯②杀色雷斯③人那样杀人给马看，也不像荷马所描述的那样，尤里西斯④把敌人的尸首扔到马脚下——他是往干草堆里放一个小玩偶，每天喂食的时候，让马从假人身上跳过去才给

① 埃里亚奴斯在《动物学》第十六卷第二十五章里曾叙述狄坎美德斯和乌里塞斯驯马的办法。
② 狄欧美德斯是希腊神话中色雷斯国王，以残暴出名。
③ 色雷斯，希腊北部古国名。
④ 尤里西斯，是荷马《奥德赛》中的主角。

它燕麦。

其他三人也紧跟着，平安无事地跳了过去，只有爱德蒙除外。他的马的右前足一下子就陷进一个仰面躺着的、高大肥胖的溺死的人的肚子里去，一直陷到膝盖处，拔不出去了。他就被困在那儿，进退不得。一直到高冈塔用棍子的一端用力地把那死鬼的肠子往水里按，马才抽得出脚。

说起来这倒是马医学上的一件奇事，那匹马自从碰触到了那死鬼傻大个的内脏后，那只脚上的环骨瘤就彻底好了①。真是歪打正着呀！

第三十三章

高冈塔梳头时，怎样从头发里梳出炮弹

一行人顺利渡过旺代河后，很快就来到高朗古杰的城堡，他正翘首相盼。他们一到就受到热烈的欢迎，大家激动地拥抱问候，再也没有比这些更快乐、更欢喜的人了。当然，他们也不忘拿出粥啊什么的，来招待这一行风尘仆仆的人。《编年史续篇的续篇》上写着，嘉加梅莉就是彼时彼地乐极而死的。就我个人而言，说实话，我也不太清楚，我不怎么在意她的事，别人的事我也同样不理。

我只知道，高冈塔换过衣服后，就开始梳理头发。那梳子是用犹太人的藤杖衡量法来测量的，足足有九百英尺长，每个梳齿都是由整只整只的大象牙制成的。每梳一下至少有七颗大炮弹掉下来。这些炮弹都是在夷平旺代森林的那座城堡时炮手们打的，粘在头发上了。他的父亲高朗古杰看了，以为是虱子，忙问他："怎么，我亲爱的儿子，你把蒙台尼公学②的这些短翅膀的鹰③给我这么大老远地带回来了？不过，我的意思不是你不该住在那儿。"

包诺克拉特回答："我的君主，千万别以为我会把他安置在人称蒙台尼的那种污秽的学校里，我知道，那是个堕落罪恶的场所，住在那里简直遭受着非人的待遇，倒不如让他和圣依诺桑④的掘墓人住在一起。因为摩尔人⑤和鞑靼人⑥的苦役犯，刑事牢狱里的杀人犯，甚至你家里的狗，都要比刚才提到的学校里那些可怜不幸的学生过得舒服自在多了。假如我是巴黎的国王，如果我不放把火把那学校烧光，把那些容忍并听任不人道的行为在

---

① 据说古时曾用肠子医治瘤。
② 蒙台尼公学是当时出名的不讲卫生的学校。那里的学生吃不饱，浑身长满虱子。
③ 这里高朗古杰用鹰来形容蒙台尼学生身上虱子的猖狂。
④ 圣依诺桑是巴黎一处古老的墓地，掘墓人都住在那里。
⑤ 摩尔人，一般指非洲的居民。
⑥ 鞑靼人，一般指突厥语系的民族。

7. 一个非常穷苦的人，受惯命运的打击；因为自己是从忧患中间过来的，所以对于不幸的人很容易抱同情。

他们面前出现的校长和校务委员通通烧死，就让魔鬼来把我抓走吧！"

说着，他拿起一枚炮弹，继续道，"这些是炮弹。是你儿子经过旺代森林时，那些背信弃义的敌人朝他发的。不过，他们都已经罪有应得了。你儿子把整座城堡夷为平地时，他们也都难逃一死。就跟中了参孙计策的非利士人①和《路加福音》第十三章所描写的西罗亚塔倒塌时压死的人一样。我的观点是，趁现在形势对我们有利，我们应当继续追击。机会女神的所有头发都长在前额上，一旦她走过去了，你叫也叫不回她，抓也无法抓住她了。因为她的后脑勺是光溜溜的，你的手根本抓不牢。而且，她也从不回头。"

高朗古杰听完这一番话，说道："说的也是。不过，不要今晚就动身吧！因为晚上我要设宴招待你们，为你们接风洗尘，好好欢迎你们一下。"

说完，就开始准备晚餐。除了日常的饮食之外，他们还特地加烤了十六头公牛、三头小母牛、三十二头小牛犊、六十三只肥羔羊、九十五只阉羊、三百头甜葡萄酒里灌醉腌制过的仔猪、二百二十头山鹑、七百只沙雉和山鹬、四百头鲁敦②和阿尔奴阿伊③的阉鸡、六千头小母鸡以及同样数目的鸽子、六百只肚子里填满调料的母鸡、一千四百只小野兔、三百零三头红头美洲鹫再加上一千零七百头小公鸡。

至于野味呢，一下子弄不到很多，只有特朋内男修道院院长赠送的十一头野公猪，格列满特侯爷给的十八头未孕的鹿，还有爱萨尔王爷赠与的一百四十只雉鸡，另外还有几打的野鸽、水鸭、鸳鸯、白鸽、水鹬、野鹅、田凫、小采鸭、鸳鸯、长嘴鹭、花羽鹭、长足鸟、黑羽鸭、百羽鹭、仙鹤、野鸭、翠鸟、赤鹤、河鸡燕、印度火鸡……

奶油点心、凝乳、新鲜的奶酪这些肯定是少不了的，要多少有多少。还有花样繁多的浓汤、燕麦粥和肉汤。毫无疑问，肉类食品也应有尽有。这些都是高朗古杰的名御厨们精心烹制而成的。另外，还有一些专门司酒的师傅们为大家斟酒，也都非常细心称职。

第三十四章

高冈塔吃色拉时如何不小心吞了六个朝圣者

故事说到这儿，有必要提一提从南特附近赛巴斯天朝圣归来的六个信徒的遭遇。因为害怕遇见敌人，这天晚上，他们都躲在菜园里白菜和莴苣之间的香草豌豆荚上过夜。

不巧高冈塔觉得有点渴，就让人摘一些莴苣拌色拉给他吃。得知菜园里有全国最大的莴苣，每棵都长得李子树或胡桃树那么高大，他就亲自去看一看，挑选自己认为好的来

---

① 非利士人，即巴勒斯坦人。参孙是希伯来战士，力大无比。被非利士人设计擒获。在达公圣堂内参孙推倒屋柱，与三个非利士人同归于尽。

② 鲁敦，地名。在普瓦蒂埃西北，以产阉鸡出名。

③ 阿尔奴阿伊，即布列塔尼。

吃。于是就把那六个朝圣者也给捎带回来了。他们吓得半死，不敢说话，也不敢咳嗽，全然不知所措。

高冈塔先把莴苣拿到泉水边去洗，朝圣者伺机悄声低语："怎么办？我们快要被夹在莴苣中溺死了，能不能叫嚷呢？可是，我们这一叫，他一定会把我们当奸细捏死掉……"他们正忙着讨论该怎么办时，高冈塔把他们连同莴苣一起放到家里的一个大浅盘里，这盘子足有西多①的巨大的酒桶那么大。然后拌上油醋和盐，当作晚饭前提神开胃的冷食吃了起来。他一下就吞下了五个朝圣者，剩下一个还在盘子里，整个儿躲在一片莴苣叶下，只有一截手杖还露在外头。

高朗古杰见到了，就对高冈塔说："不要吃了，盘里有蜗牛角！""为什么不呢？这个月蜗牛肥美可口，正是吃的时候呢？"高冈塔反驳道。一说完，他就拎起那根手杖，放进嘴里，朝圣者想溜都来不及了，眼睁睁地跟着被吞进去了。高冈塔吃得津津有味时，还喝了一大口上好的白酒，那些朝圣者就这样被吞下去，不断地移动位置，尽他们所能来挽救保护自己，他们费了好大的劲儿才躲过了牙齿的巨磨。可是，还忍不住地想，是不是到了监狱最底层的土牢里了？当高冈塔喝了那一大口酒时，他们心想这下必定淹死在他嘴里了。洪峰般的酒涌了进来，差一点就把他们冲到胃的深渊里去，然而，正如去朝拜圣米歇尔②的信徒们一样，他们借助拐杖，跳过了大水，终于在牙床底下找到一块安全的地方可以避开重重灾难。

其中有一个朝圣者拿着拐杖到处摸索试探，乱捅乱敲，看看是否已经安全了。不巧的是，他一下子就重重地敲在高冈塔一个大豁牙的裂口处，可能是击中了颚部的哪条筋或是牙床的哪根神经，高冈塔疼痛不已，忍不住大声叫喊起来。为了把使他牙痛的东西挑出来减轻这种剧痛，他让人把他的牙签拿来。然后，对着一根嫩胡树猛剔猛擦，那些倒霉蛋们原本都隐伏在那儿，不一会儿就一个接一个地被清理出来了。

一个被他抓住大腿，一个被拽着小背包，一个被拉住口袋，一个被钩住披肩，一个被扯住裤子的箍带，而最后那可怜的使他牙痛的家伙呢，被他拽住裤裆。不过这一抓倒是歪打正着，对他大有益处，因为自从他们过了安赛尼③后，他腹股沟里的脓疱就折腾得他疼痛难忍，这一下倒被高冈塔捏破了。

朝圣者们就这样狼狈万分地被强行抓了出来，一个个死命地往平原里飞奔，高冈塔的牙齿也不疼了。

就在此时，爱德蒙叫他去吃饭，因为一切都已准备停当了。

————————

① 西多，村名。有大修院，那里酒桶的容量相当大。酒桶造于圣·伯纳尔时期，很有名。
② 圣米歇尔是建在英吉利海峡里山上的一座大教堂，四周都是水，只有一长堤通往陆地。每年朝圣者很多，也有大批小孩到这里乞讨。
③ 安赛尼，地名，在罗亚尔河下游，朝圣者这时沿着罗亚尔河回家。

相关链接 ●

第三十五章

高冈塔如何款待隐修士

以及晚餐上他们愉快的交谈

8. 哀号吧，哀号吧，哀号吧，哀号吧！啊！你们都是些石头一样的人；要是我有了你们的那些舌头和眼睛，我要用我的眼泪和哭声震撼穹苍。她是一去不回的了。一个人死了还是活着，我是知道的；她已经像泥土一样死去。借一面镜子给我；要是她的气息还能够在镜面上呵起一层薄雾，那么她还没有死。

高冈塔坐下开始吃饭，等到所有人都开怀大吃，稍稍填了辘辘饥肠之后，高朗古杰就开始讲述他和毕克罗寿这场战争的起缘和原委来。然后就讲到了隐修士约翰·德·安图摩鲁斯如何在保卫修院时大获全胜，赞美他的勇武不亚于卡米留斯①、西庇翁②、庞贝③、恺撒和泰米斯多克勒斯④。

高冈塔一听，要求马上派人去请他来，大家可以一起商讨接下去该怎么办。这个提议受到大家的一致赞同，于是，他的管家奉命去请修士。修士骑着高朗古杰的骡子，手里拿着那根十字架的支棒，高高兴兴地跟着来了。

修士到达之后，大家又是拥抱，又是问候、祝贺，一时间欢声笑语热闹至极。

"嗨，约翰修士，我的朋友，约翰修士，我勇敢的堂兄，约翰修士。真见鬼，哪儿冒出来的？让我拥抱一下，我的好伙伴！让我抱抱你的脖子……"

"哎呀，你这家伙，我要抱紧你，一直到你的背脊啪作响为止！"

"喂，约翰修士，我要把你挤扁掉。"

而约翰修士呢，也是个极端的乐天派，他本人是又知礼又可亲，从来没有人这么受欢迎，也从来没有人受到比他更殷勤、更虔诚的接待。

"来，过来。"高冈塔朝他叫道，"我这儿有一张凳子，在这边！""我很乐意坐在那儿，"修士答道，"只要你高兴。侍从，来点水。倒吧，孩子，让我清清肝脏，精神精神，再给一些，让我润润喉咙！"

"把会衣脱下来吧，"吉姆纳斯特提议，"把这教士服脱下来吧！"

"噢，我的天，先生们，那可不行。"修士赶忙说，"我们会规里有个章节，反对我们把会衣脱下来。""啐，会规算得了什么？！"吉姆纳斯特不耐烦地说，"这件会衣快把你的双肩都压断了，还不快脱下来？"

"我的朋友，"修士耐心答道，"让我穿着吧！上天作证，穿着它我会喝得更畅快，它会使我全身更舒适。如果我把会衣脱在一边的话，那些爱恶作剧的侍从们就会把它拿去做

---

① 卡米留斯，罗马帝国大将，《依尼特》里二十英雄之一。
② 西庇翁，战时迦太基的罗马名将。
③ 庞贝，罗马名将，恺撒的劲敌。
④ 泰米司多克勒斯，公元前五世纪雅典名将。

自己的吊袜带了。我在古莱纳①时有一次就碰到这样的事儿。更糟的是会衣一脱，我就没胃口了。可是如果我穿着它坐下来，上天作证，我就会喝，乐意为你和你的马干两杯。所以，来点精神，开心点！愿上天保佑大家都健康快乐好胃口。我已经吃过了。不过，现在我一点儿也不会因此比你们少吃。因为我有一个备用的胃，和盛马姆齐甜酒②的酒桶一样空，又同圣本笃靴子③一样深，平时也总像律师的钱袋那样，袋口大敞，来者不拒，见鱼都吃，除掉鲨鱼④。要吃山鹑翅膀或是尼姑的大腿。谁愿意像个老好人那样默默无闻地死去，太没劲了。我们的院长就特别爱吃阉鸡的白嫩嫩的胸肉。"

"在这一点上，他和狐狸不同，"吉姆纳斯特接过话头，"因为狐狸抓到阉鸡也好，母鸡也好，小雏鸡也一样，总吃不到白色的嫩肉。"

"为什么呢？"修士不解。

"因为狐狸没有厨师替它们精心烹调呀！"吉姆纳斯特回答，"鸡肉没有烧得恰到好处，肉就还是红的，白不起来。不管煮还是烤，鸡肉呈红色就说明火候还不够，变白了才说明肉熟了。褐虾、龙虾、蟹或淡水螯虾就恰恰相反，非要煮熟了才会变红。"

"天主哪，"修士说，"我们修道院的那个守门人，脑袋一定没有煮熟，他的眼睛老是红得像桤木大洒碗。这只小野兔的大腿正好可以用来治痛风，啊，可真快乐呀！伙伴们，来点酒，侍从，来酒！""来，干，碰杯！……上帝真是太仁慈了，给我们这种美酒，我发誓，上天为证，如果我是生在耶稣基督那个年代，我一定让犹太人从橄榄园把他带走。那些热心的使徒们呢，一个个吃得饱饱的，却把他们善良的主人弃于危难之中，自顾自地逃命去了，真是卑贱可鄙啊！如果我没把他们的腿砍断，魔鬼都会弃我而去的。一个人该起来顽强抗争，该猛烈攻击的时候，却不滋声地溜走了，我恨这种人比恨毒药还深呢！哎呀，要是我能在法国当上百八十年的皇帝就好了。老实说，我会把那些在巴维亚⑤临阵脱逃的士兵狠狠地鞭打一顿才解气呢！那些人真该死。为什么在那关键时刻，在危难之中就不能宁死不抛弃他们的善良的国王呢？在奋战中英勇丧生总比像懦夫般地逃走，然后偷偷苟活于耻辱之中，要好得多，光荣得多吧！我们今天吃不到那么多小鹅了……朋友们，给我来点儿乳猪肉吧！

"见鬼，没酒了吗？没有甜葡萄酒了？……我不想活了，我渴死了。这酒倒是不赖，

---

① 古莱纳，施农，包蒙·昂·维隆附近的一座城堡。

② 马姆齐甜酒，这里指产于西班牙、希腊等地的一种烈性葡萄酒。

③ 本笃会的教士都穿长统靴子。"靴子"同"酒桶"在拉丁文中发言相同。因此布尔富尼修院的大酒桶，就有圣本笃靴子之称。

④ 这是一句谚语，作者只引用了一半。全句是"见鱼都吃，除掉鲨鱼，吃鱼吃背，留下肚脏"，这主要是说他什么都吃。

⑤ 巴维亚，意大利城名，法国国王弗朗索瓦一世曾在巴维亚战役中被查理五世战败擒获。撇下国王逃命的士兵，被法国人恨入骨髓。

你们在巴黎喝什么酒？我在巴黎时如果一年有六个月没有天天开门迎客的话，谁想来都行，还不如让魔鬼把我带走得了……你们认识上巴洛瓦①的克洛德修士吗？突然变成一个刻苦读书的好学生了，至于我本人是根本不学习的，在我们修道院里，谁也不读书，都怕得腮腺炎，得了这种病的话，人们就管它叫'脊柱上的哀痛'。我们那位已故的院长曾经说过，一个修士如果学识渊博的话，一定是件很可怕的事。坦白说吧，朋友们，职位高的不都是最有本事的……从来没有像今年一样看到这么多的野兔、苍鹰。我哪儿也找不到，游隼也一样无影无踪……贝洛尼埃尔老爷许诺说要给我一头雌隼，可是不久前又写信说自己得了气喘病。今年的山鹬也太多了吧，都要吃起人的耳朵来了……我对'掩护马'②这项运动丝毫不感兴趣，因为我会得感冒，半途中就会累垮的。当然，如果不跑动跑动，不辛勤劳动，不到处游玩，忙碌忙碌，我也会不舒服的……跳围栏、跳灌木丛的话，我这教士服有些地方的确总会被挂住，我拯救过一头非常小的灵是，如果它让野兔溜走的话，它就去死吧！一个男仆要把它送给亨特利投老爷，半路上被我截住了，够坏的吧！"

"不，不，约翰修士"，吉姆纳斯特说，"一点也不，所有的魔鬼都听着，你一点儿也不坏，什么也没做错。"

"那么，"修士接着问，"只要这些魔鬼在，我就得向他们证明一切吗？还是……我的天啊，这个患痛风病的瘸子③要这么好的一条狗干什么吗？天主的身体！天主的德行!④如果有人送他一对上好的公牛，他会更开心吧。"

"怎么，你也会诅咒，约翰修士？"包诺克拉特吃惊地问。

"只是为了给我的话缀点装饰音，使其更优美更生色而已，"修士答道，"这是西赛罗⑤的修辞风格。"

第三十六章

为什么修道士们为世人所抛弃，
又为何有些人的鼻子比别人大

爱德蒙说道："我以基督徒的名义担保，考虑到这位道士如此诚实爽直，与人交情这

9. 陛下，我只是因为缺少娓娓动人的口才，不会讲一些违心的言语，凡是我心里想到的事情，我总不愿在没有把它实行以前就放在嘴里宣扬；要是您因此而恼我，我必须请求您让世人知道，我所以失去您的欢心的原因，并不是什么丑恶的污点、淫邪的行动，或是不名誉的举止；只是因为我缺少像人家那样的一双献媚求恩的眼睛，一条我所认为可耻的善于逢迎的舌头，虽然没有了这些使我不能再受您的宠爱，可是惟其如此，却使我格外尊重我自己的人格。

① 上巴洛瓦，在洛林省与香滨省之间。这里指圣德尼。
② 掩护马是指猎人潜近猎物时用作掩护的真马或假马。
③ 亨特利投老爷是当地的巨富，本书作者说他是跛脚的，可能是痛风病所致。
④ "天主的身体！""天主的德行！"都是当时骂人的口头语。
⑤ 西赛罗（公元前106～43）古罗马政治家、演说家和哲学家。他的作品风格是雄辩、古典、有韵律。著《论善与恶之定义》《论国家》《论法律》等。

么好，我确实是有点狂喜，因为他使我们在场的所有人都开心。可是为什么那些上层的社交群体都把他们排除在外，称他们为'宴席上的捣乱者'，'破坏欢乐的人'，或者，'文明谈话的打断者'，就像蜜蜂驱赶蜂巢周围那些闲散的公蜂似地赶他们走。马洛说过，'它们把懒惰的土蜂，赶得离他们的蜂房远远的'。"

"关于这个问题呢。"高冈塔答道，"确实，教士们的会服和蒙头斗篷总会招来世人的斥骂、侮辱和诅咒，就好像赛西亚斯①的风总会引来云彩似的，不容置辩的原因就是：因为他们是靠吃世人的脏物和粪污过日子。我说的脏物和粪污，是指人类的罪恶。于是，他们就把他们当作污秽的人，抛到隐蔽的角落里，也就是男女修道院和教会里，与外界隔离起来，就好像房子里的茅房往往是被独立开来一样。但是，如果你懂得猴子如何总是被人嘲讽被人百般捉弄，你就很容易明白为什么，不管男女老少，老是习惯性地回避修道士们。猴子不会像狗一样看房子，也不会像牛一样犁田，也不会像绵羊那样产羊奶和羊毛，更不会像马那样会负重。它们会做的就是到处乱拉，搞破坏，糟塌东西。这就是为什么它总是嘲弄，惹人愠怒，到处被打。

"同样，修道士——我是指少数游手好闲、懒惰的修士们——不像农民或技师们那样会劳动会工作，也不像士兵们那样会守卫国家；也不像医生们那样会救死扶伤；也不像博学的传教士们那样会布道会教导；也不像商人那样会为大家输送商品和生活必需品。因此，他们才会遭众人轰赶，憎恶和摒弃。"

"是啊，"高朗古杰说道，"不过他们为我们向上帝祈祷呀！"

"那算得了什么？"高冈塔回答，"他们总是把钟撞得叮当作响，骚扰四邻，搅乱人家的生活。"

"说得对，"道士接口道，"不管是弥撒，一个晨祷，还是一次晚课，只要钟敲得好，就等于做成了一半，他们整天念念有词地念着一大堆他们自己也不理解的圣史圣诗，诵读着许许多多主祷文，其间不少夹杂着圣母颂的首句——万福，玛丽亚——可是，谁也没去想，谁也不理解那到底是什么意思，我把这叫做对上帝的讽刺，而根本不是什么祷文。不过，他们真是为世人祈祷，而不是担心丢掉自己的饭碗，那么上帝也该帮帮他们了。一切真正的信徒，不管什么等级，什么身份，不分区域不论时间，随时随地都可以向上天祈祷。圣神会替他们说情传达，上天自然也会对他们仁慈，像我们面前这位好人缘的约翰修士就是如此。谁都喜欢与他为伴。他既不偏执也不虚伪，既不抵触现实也不忽视现象。根本不是那种性情又粗鲁又乖戾的坏蛋，相反，他是个诚实、善良、快活、不屈不挠的好人。他爱工作，肯劳动，保护受压迫的人，安慰苦恼的人，帮助有急需的人，还会保护修道院。"

"不仅如此，"修士说道，"我做的还远不止这些呢。在念早课或跟大家一起诵经时，

---

① 塞西亚斯是一种东南风。据说这种风从不会把云彩刮跑，只会把云彩带来。

我会做弓弦，磨玻璃瓶和枪栓，搓缰绳，编袋网来抓兔子。一刻间也没闲过。喂，拿酒来！这儿！酒！还有水果，这是爱斯特洛克林地①的栗子，再喝上新酿的好酒，个个都会成为吹牛好手。你们还没到那地步，好像房间里到处都是酒，有点儿潮湿呢。天主在上，我跟谁都可以无拘无束地喝，在哪儿都能喝，就像检察官的马似的，不拣槽头。"

"约翰修士，"吉姆纳斯特打断他的长篇大论，"把悬在你鼻子上的鼻涕擦掉吧。"

"哈哈，"修士笑道，"看我，连鼻子上都沾了水，是不是担心会淹死？不会的。为什么？因为这水只出不进。鼻子已经用葡萄汁消过毒了，也有很好的保护措施。啊，我的朋友，谁的冬靴是由这么好的皮制成的，大胆地去水里摸牡蛎吧，因为这靴子绝不进水。"

高冈塔问："为什么约翰修士有这么大的鼻子？"

"因为这是上帝的旨意，上帝依照自己的意愿，想要我们长得什么样儿，就是什么样儿，高兴怎么着就怎么着，就像一个制陶工捏制各种容器一样。"

包诺克拉特接过话头："因为上帝先碰到鼻子好看与否这个问题，因此就挑了个最好看、最大的鼻子给他。"

"啐"修士说，"胡扯！那根本不是理由。根据我们修道院的观点，是因为我奶奶的乳头软，因此，吸奶的时候，我的鼻子就好像陷进一大堆黄油里去了，软绵绵的，感觉很好。倘若奶妈的乳头硬，孩子鼻子一定又短又塌。嗨，开心点儿……拉丁文里，有这么一句话，'看他鼻子的样子，就知道他的为人'，我只要'向你举目'……侍从，只要我喝酒就决不吃甜食，嗨，倒不如给我来点儿烤面包片。"

第三十七章

隐修士如何使高冈塔入睡，
又是如何做每日祷告的

晚宴结束后，大家一起讨论迫在眉睫的事，一致决定在半夜时分神不知鬼不觉地偷袭敌军，看看他们的警戒和防御如何。目前呢，大家最好要稍微休息一下，养精蓄锐。可是高冈塔怎么也睡不着，辗转反侧，无济于事，隐修士就对他说："我在听布道或做祷告时睡得最香甜。我们就来试一试。就你和我一起来念《圣经》中的六首忏悔诗②吧，看看你会不会马上入睡。"这个别出心裁的想法令高冈塔大乐，于是两人就开始念第一首忏悔诗，

---

① 爱斯特洛克林地，在旺代省圣爱尔米纳县，土地肥沃，盛产水果。十六世纪盛产栗子。
② 六首忏悔诗是指《旧约·诗篇》第六篇第三十二、第三十八、第五十一、第一百零二、第一百三十、第一百四十三篇。

10. 最美丽的考狄利娅！你因为贫穷，所以是最富有的；你因为被遗弃，所以是最可宝贵的；你因为遭人轻视，所以最蒙我的怜爱。我现在把你和你的美德一起攫在我的手里；人弃我取是法理上所许可的。天啊天！想不到他们的冷酷的蔑视，却会激起我热烈的敬爱。

刚刚念到"有福之人……"两个人就一起睡着了。

可是这个修士，早已习惯了修道院的早祷时间，午夜前准会照常醒来①。他一起来，就提起喉咙大声地唱起来，把其余人都吵醒了。他是这么唱的：

"噢，醒醒吧，莱纽，醒醒吧！

起床吧，你不能再睡啦。

起来吧，因为我们得动身哪！②"

大家都被吵醒起床后，修士说："先生们，常言道，晨祷先咳嗽，晚餐先喝酒。我们倒过来做好不好？来个晨祷前先喝酒，到晚饭的时候，再比比看谁咳得最厉害。""什么"高冈塔吃惊地问，"刚刚睡醒就喝酒？按医学上饮食健康的种种规定，这根本不符合养生之道，我们应该先把胃里多余的残渣污物都消除排泄出去才行。"

"噢，多么讲究医学啊！"修士答道，"如果老酒鬼不比老医生多的话，让一百个魔鬼来折腾我好了。我和我的胃口已经订立合同了——每晚我躺下睡觉，它也不许捣乱，这样的话我的生活就很有规律。早晨呢，我醒来起床了，它也得跟着精神起来。先生们，你们高兴怎样就怎样，有什么对策，悉听尊便。我要去找开胃品了，按训练猎鹰的行话来说，去找'引食物'。"

高冈塔问："你的开胃品、'引食物'指什么呢？""我的祈祷书。"修士回答，"就好像那些猎鹰训练员，在喂食之前，总是用一条鸡腿逗弄它们一番，消除它们脑子里的迟钝与冷漠，激起它们的强烈食欲。那么我呢，早晨一拿起这个令人快乐的经书③立即肠肺清爽，可以喝酒了。"

"你们是怎么念这些优美的经书祷文呢？"高冈塔问。

"以费康④的风格来念经，"修士说，"三篇赞美诗、三篇圣经选读⑤，或者不想念的话，就什么也别念。我从来就没把自己死死束缚在这些经书祷文圣礼上。因为它们是为人设立的，而不是人为它们设立的。所以我念经的话，时间长短自己定，就像控制坠马镫的绳子一样，完全凭自己的感觉。拉丁文中有句话：'短径真上天庭，长饮喝空酒杯'，是哪本书上的？"

"说实话，我也弄不清，"包诺克拉特答道，"好家伙，你可真是比金子还值钱哪！"

---

① 教皇曾一度命令教皇国内全体教士，枕戈待旦，严守命令，晚上睡在石板上，半夜即起，锻炼身体。

② 这是塔尔培·戴·萨布隆收集的一首民歌的叠句。现在法国有些地方还在唱，但名字不是"莱纽"，而是"多玛"。

③ 这里不是指真的经书，而是书本样式的酒壶。

④ 费康是诺曼底省的一座修道院，据说诺曼底大公理查三世曾向教皇约翰十七世请准费康修道院不受卢昂主教管辖，教士可以自由活动。此后，"费康院规"就成了散漫松懈的代名词了。

⑤ 晨祷一般包括十二章赞美诗和三篇圣经选读。只有复活节和圣灵降临节期间才只念三章赞美诗和三篇圣经选读。修士他们很显然是偷懒。

11. 人们最爱用这一种糊涂思想来欺骗自己；往往当我们因为自己行为不慎而遭逢不幸的时候，我们就会把我们的灾祸归怨于日月星辰，好像我们做恶人也是命运注定，做傻瓜也是出于上天的旨意，做无赖、做盗贼、做叛徒，都是受到天体运行的影响，酗酒、造谣、奸淫，都有一颗什么星在那儿主持操纵，我们无论干什么罪恶的行为，全都是因为有一种超自然的力量在冥冥之中驱策着我们。

修士答道："在这一点上，咱们倒是一样，不过，还是来喝酒吧！"

这时，有人端来了大量的烤肉、熏腿、浸着面包片的美味的浓汁肉汤。修士尽情地大吃大喝。有些人也陪着他吃点，有些人却避开了，因为他们的胃口还没开呢！

酒足饭饱之后，大家开始披盔挂甲，准备战斗了。尽管修士死活不肯武装，他们还是强行让他穿戴停当。他的原意是除了身上的会衣和手里那根举十字架的支棍外，什么甲胄什么武器都不要的。然后，为了不惹大家扫兴，他最终还是从头到脚地被全副武装起来，骑上全国最好的战马，腰间挎着把巨大的佩剑，随同高冈塔、包诺克拉特、克姆纳斯特、爱德蒙和高朗古杰宫内最坚毅、最富有冒险精神的壮士出发了，勇士们个个手执长矛，装备精良，像圣乔治①那样脚跨战马，身后还跟着手持绳枪的大兵。

第三十八章

修士怎样鼓励他的战友们，
他自己又怎么挂到树上

就这样，那些英勇的战士们斗志昂扬地出征了。他们都想着，到了大战的那一天，自己该如何出色地表现，该注意点什么？还不忘顺便展望一下胜利的曙光。修士也在一旁适时鼓励他们：

"孩子们，不要害怕也不要犹豫。有我指引你们会很安全的，上帝和圣本笃都与我们同在！我对天发誓，如果我的力气和我的胆量一样大的话，我会宰鸭子似地把他们的毛都拔光！除了大炮，我啥也不怕，我知道一个咒文，是我们修道院里副司事教我念的，据说能避开一切武器和枪炮。不过这对我没什么用处，因为我根本就不相信。不过，我希望这根举十字架的木棍今天能大显神通好好作弄他们一番，老天作证！今天谁敢开小差，该好好表现的时候却打退堂鼓，要是我不把他套在我的会衣里，让他替我去做修士的话，就叫魔鬼来抓我吧！我的会衣是治疗胆小鬼的灵丹妙药。后来那老爷就往它脖子上套了一件会衣，天主的身体啊！② 再也没有一只野兔或狐狸逃得过它。更不可思议的是，它还和当地所有的狗交配！而在这以前，据说它非常虚弱无能，还阳萎不举呢！"

修士气冲冲地说着这些话时，正朝大路走去，这时正好经过一棵胡桃树，头盔上的面罩一下子就戳到树上一根粗枝的根茬上。然而，他还是用马刺踢策马前进。没想到这一踢马就特别精神特敏感，猛地往前一跳。而修士正忙着松开他的面罩，撒手松开了马笼头，

① 圣乔治就是神话中的战神。
② 这是当时骂人的一句口头语。

于是就被挂在树上了，马却从身下悄悄地溜走了。

　　就这样，修士挂在胡桃树上，大喊救命，杀人了，杀人了，还大骂自己被出卖了，上当了。爱德蒙第一个看到他，赶紧叫住高冈塔："阁下，快来看看吊着的阿布沙卢姆。①"高冈塔策转马头，仔细地看了看修士的那副窘样和悬挂的姿势，对爱德蒙说，"你把他比作阿布沙卢姆是不对的。阿布沙卢姆是被头发挂住的，而这个削发的修士是被耳朵挂住的。"

　　"看在魔鬼的份上，帮帮我吧！"修道士大叫，"是你们胡扯的时候吗？我看，你们就像教廷敕令的鼓吹者——总是宣扬谁要是看到邻人有生命危险，不先去告诫他要向牧师忏悔，使他的良心安定下来，得到赦免，反而去帮他解救他，那他自己就得受到被开除教籍的重罚。因此，当我看到这样的人掉到河里去快要淹死的话，我一定会先给他们来段很长的、有关'遁世弃俗的道理'这方面的布道，而不去救他们出来。等到看到他们僵死了，我才会去救他们，把他们打捞出来。"

　　"安静点，我的崇拜者，别乱动，"吉姆纳斯特叫道："我就来把你解下来，给你自由，因为你真是一个惹人喜爱的宽容的小修道士。'修士不出修院，不值两头牛钱，修士一出修院，三十只牛不换'②。吊死的人我见过不下五百个，可我从来没见过一个吊起来摇摇晃晃的样子这么好看的。如果我吊起来也能这样的话，我甘心吊一辈子。"

　　"嗨，"道士大叫，"你说教完了没有？快来帮我！既然你不愿意看在魔鬼份上救我，也不愿意冲着我穿的这件修道服说话，至少看在上帝的份上，救救我吧。否则，在将来某个合适的时候，合适的地点，你会后悔的。"

　　吉姆纳斯特跳下马，爬到胡桃树上，一只手抓住修士的护腋甲片，把他托起一点点，另一只手把面罩从那断裂的枝丫上解开。然后让修士先跳下去，自己也跟着下去。修士一到地面，立刻就把披挂全部脱下，一件一件地往周围乱扔，接着又拿起那根举十字架的木棒，骑上爱德蒙帮他追回来的马。

　　大家这才高高兴兴，有说有笑地朝着大路走去。

<hr>

　　① 阿布沙卢姆，基督教《圣经》故事人物，大卫王的宠儿，反叛其父，仓促逃亡时长发挂在树上，马已跑掉，致被刺死。

　　② 这里原文为拉丁文。

第三十九章

毕克罗寿的哨兵和先锋队如何遭遇高冈塔一行人，隐修士如何杀死狄拉万，队长又如何被俘

12. 拔出你的剑来，要是我的话激怒了一颗正直的心，你的兵器可以为你辩护；这儿是我的剑……要是你说一声"不"，这一柄剑、这一只胳臂和我的全身的勇气，都要向你的心口证明你说谎。

毕克罗寿听了那些从骚乱中溃逃出来的士兵汇报完特立派如何被吉姆纳斯特剖腹致死一事之后，又怒又惊，没想到他的部下会不幸遭遇魔鬼。于是赶忙通宵达旦地召开军事会议。会上，拉旭卡夫①和塔趣佛西特②推断毕克罗寿的军队是如此强大，即使地狱里所有的魔鬼胆敢来搅扰他的士兵，也能把他们消灭得干干净净。对这些话，毕克罗寿不怎么惊疑，但也不全信。

于是，他派狄拉万伯爵率领一千六百名骑兵先去打探动静，全部轻骑出动，便于搜索。个个洒满圣水，祭领上还都缀上星星的图案，作为识别标志。万一碰到魔鬼，凭借这个格列高利圣水③和祭领上的星星的法力，可以使魔鬼消失遁形，即刻化为乌有。

他们就这副行头出发了，一直跑到离服古勇不远的地方和山谷里的一个避雨处，但什么人影都没见着。于是又折回来了，想顺便经过前面提到的那个落脚处，看看能得到什么蛛丝马迹。这么想着他们就继续往前骑，很偶然地在古德莱附近的一个牧羊人的小棚屋里撞见了那五个朝圣者④，于是不管他们如何叫嚷、祈求、抗议，把他们当作奸细捆绑起来，带了就走。

这一帮人马又吵又嚷地走下通往塞邑的大道，被高冈塔听到了，他对周围的人说："朋友们，战友们，我们将在这儿遭遇敌军。他们的人数是我们的十倍以上，要不要来个猛攻？"

"不攻还能干什么？"隐修士答道，"难道你估计人只重数目，不重本领吗？"说完就大喝一声，"冲啊，伙计们⑤给我上！"敌人一听，以为果真是魔鬼杀过来了，马上松开缰绳，四下奔散，策马疾逃。只有狄拉万没跑，他立即横过枪来，用尽全身力气朝隐修士的前胸之中狠狠刺来。没想到正碰在会衣前胸一块坚硬的护胸上，枪头的铁块不是裂就是断

---

① 拉旭卡夫的意思是，心急、鲁莽、不成熟的人。
② 塔趣佛西特的意思是，冒失鬼，打头战。
③ 格列高利圣水，教皇圣格列高利一世是圣水的创立人，另一说圣水不是他创立的，他仅是主张多沾圣水。圣格列高利一世（540~604）是意大利籍教皇（590~604），他集中教廷权力，建立教皇领地整顿神职纪律，改革礼拜仪式，主持编定《格列高利圣咏》，为中世纪罗马教皇制奠定了基础。
④ 前面提到的是六个。
⑤ 这里的"伙计"跟"魔鬼"用的是同一词，因此敌军才会误解，以为真的是碰上魔鬼了。

了，一下子就成了废物一个，整个效果就好像拿一根小蜡烛去碰一块铁砧似的。

于是修士就举起那根寸步不离身的木棍朝狄拉万毫不含糊地狠揍过去，正打中他脖子和肩膀之间的肩胛骨上，一下就使他人事不醒，动弹不得，硬挺挺地滚落马下。看到他戴的祭领上的星星标志，他对高冈塔说："这些人原只是小司祭而已，想做修士才不过刚刚开始呢。圣约翰在上，我可是个不折不扣的修士呢！杀这样的人好像拍苍蝇似的。"

说完他就纵马疾驰追赶他们。赶上落后的敌人，他一阵横劈纵刺、猛杀乱砍，秋风扫落叶似地，把他们全打倒在地。这时吉姆纳斯特问高冈塔是否要乘胜追击，高冈塔答道：

"决不能这么做，兵书上说，我们绝不能把敌人逼上绝境，因为走投无路反而会增强他们的力量，鼓起他们原已挫败、消沉的士气。对于那些惊愕、沮丧而又精疲力尽的人来说，再也没有什么办法比使他们万念俱灰更令他们解脱了。以前有多少次胜利，都是战败者从胜利者手中夺来的。胜利者往往高兴地有点儿失去理智了，不愿就此罢休，好好休息一番，而想赶尽杀绝，斩草除根，甚至连个回去报忧的人也不留。因此对你的敌人要尽量放开一切生路，甚至可以造座银桥送他们回去，这样的话，你才会彻底摆脱他们。"

"不错，有道理，可是，修士追他们去了。"吉姆纳斯特说。

"修士跟他们走了？"高冈塔问，"说实话，这下他们倒霉了。不过，以防万一，我们先别撤吧！静静地等在这儿，打埋伏似的，我想我已经掌握敌人的作战策略和判断力了。与其说他们是按忠告、决策行事，倒不如说他们是听从命运摆布，冒险碰运气罢了。"

他们在胡桃树下歇息等待的时候，修士还在穷追猛赶，追上一个就杀一个，一个也不饶过，一直追到了一个骑马的，后面还带着一个倒霉的朝圣者。他本想就把那个骑兵击倒，没想到朝圣者一见到他，希望他能解救自己，就大叫起来："哎呀，教长大人，我的朋友，教长大人，救救我吧，我乞求你，救救我吧！"

骑在前头的敌军也都听见他的喊叫了，大家立刻四下张望，发现只有一个修士追来，把一切弄得一团糟还大肆杀戮，于是一轰而上，围着他狠命地打，就好像在打一头驮着木柴的驴一样毫不留情。可是修士对这雨点般的拳头毫无感觉，特别是他们打在他的会衣上时，更何况他的皮也挺硬、挺厚的。

一顿好揍之后，他们把他交给两个马夫看管，又看了看四周，发现无人追赶，就以为高冈塔和他的人马都逃走了。于是他们掉转马头快马加鞭往胡桃林里追去，想去袭击他们。只留下那两名马夫在原地看守修士。

高冈塔听到敌军的喊叫声和马嘶声，就对手下人说道："伙伴们，马蹄声近了。瞧，不少敌人向我们冲过来了。我们集合在一起，靠紧一点儿，有秩序地出发应战。这样，就能够抵挡得住他们的袭击了，他们一定失败，我们一定胜利！"

第四十章

修士怎样摆脱看守他的马夫，

毕克罗寿孤注一掷的举动如何失败

莎士比亚《爱的徒劳》精彩片段：

1. 俾隆：读书人总是这样舍近而求远，当他一心研究着怎样可以达到他的志愿的时候，却把眼前所应该做的事情忘了；等到志愿成就，正像用火攻夺取城市一样，得到的只是一堆灰烬。

修士看到敌军毫无秩序一窝蜂似地往回赶，猜想他们肯定要袭击高冈塔和他的手下人，自己却无法前去解救他们，心里一时非常难受。他看了看旁边拘禁他的两个人的神情，发现他们老是眼巴巴地朝着敌军跑去的山谷那个方向盯着，很显然，他们恨不得也跟着其他人一起乘机去抢去掠去缴点战利品来。他又进一步推理了一下，心想：这些人对作战简直是一窍不通，既没叫我宣誓不再参加战斗，又没缴我的宝剑。

想着想着，他突然就拔出宝剑，朝右边那个看守猛地刺去，一下子就砍断他的喉管、食道管，还有两个扁桃腺。他紧接着又刺了一剑，割开了第二和第三根椎骨之间的脊髓。那个可怜的看守立刻直挺挺地仆地而死。然后修士勒马转向左边，朝另一个看守猛扑过去，这个看守看到同伴惨死，修士又处于有利地位，赶紧大声喊叫："哎呀，教长大人，饶命啊，我投降，教长大人，饶命，饶命啊，行行好，教长大人！"

修士也学着他大叫："屁股后面大人①，我的朋友，屁股后面先生，让你屁股上吃我一剑吧！"

"啊，教长大人，我的崇拜者，我亲爱的教长先生，愿上帝保佑你，升你当院长。"

"凭我穿的这身教士服起誓，"修士说，"我在这儿就封你做红衣主教。嗯，你想付赎金给修道士吗？你将会得到我给你的一顶红帽子。"

"哎呀，教长先生，教长先生，我未来的院长先生，红衣主教，大人，哎哎，别，别，教长大人，好大人，我投降，我把自己交由你发落。"可怜的家伙还想继续讨饶求情。

"那么，我把你拱手交给地狱里的所有魔鬼。"修士说完，一下子就砍中了他的脑袋。从太阳穴上把头皮砍开，还把颅骨上部两块三角形的叫做前囟的护脑骨，把头分为左右两半的矢状缝的接合处，连带一大部分的前额骨也砍掉了。这么一记重击，还把护脑的两块脑膜也割下，脑袋后面的两个脑室也深深开了大口。头颅连着后面颅骨膜的皮翻下来，吊在肩膀上，就好像一顶博士帽，里红外黑。他顿时倒地死了。

杀死这名看守之后，修士当即用马刺策马奔往敌军前去的方向。敌军已经在大路上和高冈塔他们相遇了。高冈塔舞起那根大树，同吉姆纳斯特、包诺克拉特、爱德蒙等人一起

---

① 看守喊修士"教长大人"，在原文法语中与"头前面"同音。修士明知他不是喊"头前面大人"，却故意捉弄他，反过来叫他"屁股后面"大人。

一场精彩好杀，敌军死伤无数，人数锐减，元气大伤。苟延残喘的残兵败将们跟来时一样又匆匆忙忙、乱哄哄地开始撤退，个个都惊恐万状，手足无措，好像已经看到了死神的影子在面前晃动似的。

那种丢魂失魄的样子也很像一头驴子，尾巴上被牛虻螫着了似地，乱跑乱跳，瞎忙一气；把驮着的东西甩到地上，笼头和缰绳也一并咬断，既不喘气也不休息。谁也说不清什么东西使它不舒服，因为谁也没见到什么东西碰着它了。

就这样，这些人魂不附体地飞逃，也不知道为什么跑，只是被脑子里一种无法摆脱的恐慌驱使着，追逐着。修士看到他们全部的意图就是尽自己所能溜之大吉，就下了马，爬到路边的一块大岩石上，用尽全身力气，抡起长剑，对准逃兵劈头盖脑地猛杀猛砍，见一个杀一个，毫不客气。最后连宝剑都断成两截了。他心里想，也杀得砍得差不多了，该住手了，剩下的留着回去报丧吧！

于是，修士跳下岩石从死人堆里拿起一面板斧，又回到岩石上去，悠闲自在地看着敌人无头苍蝇似地四处逃窜。他们在死尸堆里翻翻找找，把他们的长矛、宝剑、长枪或火枪等武器通通缴下，只可惜没有人帮他扛。那些押解朝圣者的人马过来了，他赶他们下来，把马让给朝圣者们骑，还命令他们和他一起待在树篱边，塔趣佛西特也一样，他现在是修士的俘虏了。

第四十一章

修士如何带着朝圣者归来，

高朗古杰的问候与忠告

这场小规模的战斗结束之后，高冈塔带着他的部下回来了，修士却没能随同前来。大约黎明时分，他们来见高朗古杰，发现他正在床上向上天祈祷他们能平安胜利地归来。看到大家都安然无恙，他喜不自禁地拥抱大家，并问起修士的下落。高冈塔告诉他毫无疑问敌人已经把修士抓走了，高朗古杰闻言说道："这下他们倒霉了。恶运难逃！"这话倒说对了。如今人们想表达"某人行背运或祸事临头"时，还常常用这么一句很粗俗的成语"给他一个修士吧"来表示。

高朗古杰马上吩咐手下人为功臣们准备一顿丰盛的早餐，犒劳犒劳。一切准备停当之后，他们来请高冈塔，发现他正为不知修士的下落而悲痛难忍，茶饭不思。就在这时，修士突然回来了，从外院的大门就开始大声叫嚷起来："拿新鲜的好酒来，吉姆纳斯特。我的朋友，拿好酒来！"吉姆纳斯特闻声而出，发现原来是修士回来了，后面还跟着五个朝圣者，再加上一个俘虏塔趣佛西特。高冈塔也随之出来迎接。所有人都以最高的热情与喜悦欢迎修士平安归来，并领他去见高朗古杰。高朗古杰细细地问了修士的整个冒险经历，修士也一一作了回答：如何被虏，如何摆脱看守他的人，如何在半路上堵杀敌人，又如何救了朝圣者以及如何把塔趣佛西特队长一并带回等等。说完，大家就一起落座，尽情地吃喝。

这时，高朗古杰问那几个朝圣者是哪里人，从哪儿来，要到哪儿去。

斯威尔代表其余几个回答："君主陛下，我是贝利省圣热奴的人，这个是巴吕欧①来的，那个是翁赛②人，这个是阿尔其③的，这个是圣纳则兰来的，还有这个是维尔布勒南④人。我们是从南特附近的圣赛巴斯天回来的，打算尽可能找平缓的路从从容容地回家。"

"噢，原来是这样，"高朗古杰接着问，"不过，你们去圣赛巴斯天干什么呢？"

"我们是去救神许愿的。但愿众神能保佑我们消除瘟疫。"斯威尔答道。

"哎，可怜的人，你们以为瘟疫是从圣赛巴斯天传来的吗？"

"可是事实如此吗？"高朗古杰问，"那些假先知们就教你们这些骗人的玩意儿？他们就这样亵渎上帝的义人圣人，把他们描绘得像专门伤害人类的恶魔吗？就像荷马写的，瘟疫是阿波罗偷偷放在希腊人的军营里⑤的么？还是像一些诗人杜撰出一大堆凶神恶魔吗？一个假装虔诚的人曾经在西奈传道，说圣安东尼把火放到人的腿里，圣厄特罗波使人们患水肿，圣吉尔达斯叫人犯傻，圣热奴使人得痛风病。我狠狠地儆戒性地惩罚了他，他也因此称我为持异端者。可是从那以后，再也没有这样伪善的无赖敢踏进我的领土一步，我真的很奇怪，你们的国王会让这样的人在他的领地里内布道发布这种诽谤性的学说?！这些人比那些用巫术或其他什么诡计在国内散布罪恶性的人还要应该受到严厉的惩戒。瘟疫只会害人身体，可是这些可恶的江湖骗子毒害的却是我们的灵魂……"

语音未落，修士就神采飞扬地走了进来，问道，"你们从哪儿来呀，可怜的家伙？"

"从圣热奴来。"他们一齐答道。

修士继续问："你们那个喝酒好手伽利加特院长好吗？还有那些修士们？他们都有吃有喝吧！天主的身体啊！你们出来游荡朝圣，他们会恣意享受你们的老婆的，还会有一定成效吧！"

"哼，我才不担心我那口子呢，"斯威尔不屑地说，"谁要是白天见了她，晚上决不会拼命来找她！"

"哎呀，真是，这可说不准啊！"修士说，"就算她像普罗赛耳皮娜⑥那么丑陋不堪，

---

① 巴吕欧是旺代省的一个地名。
② 翁赛是巴吕欧的一个村名。
③ 阿尔其和圣热奴同属勃藏雷市。
④ 维尔布勒南是巴吕欧的一个村名。
⑤ 故事可参见《伊利亚特》第一卷。
⑥ 普罗赛耳皮娜，朱庇特之女，为冥王普路同劫走，强娶为后。

说实话，只要附近有修道士的话，她就会有人要。一个好木匠什么木材都可以利用，如果这次回去，你们的妻子不是个个都大肚子的话，就让我全身长满痘疮吧！就是修道院尖塔的影子，也有助于多产呢。"

高冈塔在一旁接过话头："这就好像埃及尼罗河的水一样，如果你相信斯特拉包和普林尼①的话，就可以明白了。"

"那么，他们的欲望，他们的衣服和他们的身体还有什么长处可言呢？"修士说道。

"你们都回家去吧，可怜的人儿。"高朗古杰说，"我祈求造物主永远指导着你们，从今以后，不要再动不动就作这些毫无意义而又徒劳的旅行了。好好照顾各自的家庭，每个人都要干好自己的事，千万要教育好你们的孩子，要遵照我们的传道士圣保罗所指导的那样去生活。这样的话，上帝、圣人和天使们才会保佑你们，恶魔和瘟疫什么时候都不敢来。"

说完，高冈塔就带他们到厅里去吃点东西解除饥渴，可朝圣者们怎么也吃不下，只是一个劲儿地唉声叹气，并对高冈塔说，"一个国家有像您这样的一位国君是多么幸福的事啊！您刚才与我们的一席话，给我们的启迪和指导要比以前在我们家乡听过的所有布道都要大得多了。"

"这也正是柏拉图在《共和国》第五卷里所说的。"高冈塔说，"统治者讲哲理的国家和哲学家们管理的国家，他们的全体国民是最幸福的。"

然后他命人把他们的行囊塞得鼓鼓的，酒瓶也罐得满满的，还给每人一匹马，减轻他们路上的负担。当然也不忘给每人发点盘缠。

第四十二章

高冈塔如何友好地招待俘虏塔趣佛西特

塔趣佛西特被带来见高朗古杰，高朗古杰细细询问了他许多有关毕克罗寿的事情：他派兵骚扰，无理滋事到底有什么企图？他这样一个劲地闹事，他的突然入侵到底是在觊觎什么？目的是什么？塔趣佛西特回答说他的目的就是尽可能地征服高朗古杰的国家以报烧饼师傅的仇。

高朗古杰闻言不禁愤然，这种企图也未免太过火了吧。有句谚语真是对极了——贪多嚼不烂——越想支配一切，最终反而得到的越少。征服邻近的国家，在同教的友邦受损的基础上建立起自己的庞大基业，这种事早已是时过境迁了。要想模仿古代的海格立斯，亚

---

① 斯特拉包曾谈到埃及女人多生产。普林尼也说过，埃及女人多生产是因为喝了尼罗河的水。

3. 玛利亚：在他心怀善意的时候，言谈举止无可指摘。要是美德的光彩可以蒙上污点的话，那么他的惟一的缺点是一副尖刻的机智配上一个太直率的意志：他的机智能够出口伤人，他的意志使他一往直前，不为他人留一点余地。

历山大、汉尼拔①、西庇翁、恺撒这类的英雄做一些惊天动地的大事也是不可能的，因为那跟福音里的修道誓约是相反的。誓约指示我们每个人可保全，护卫，管理，统治各自的国家和领地，而不能很不友善地侵略他人。时代不一样了，因此，古代的萨拉逊人和巴巴里人眼里的英勇无畏的行为在如今我们看来又算得上是抢劫、偷盗这一类的丑恶行径。如果他老老实实地待在自己的国家，像君主那样庄严地治理自己的属地，比起侮辱我国臣民，到处烧杀抢掠、作威作福来，是一件相当值得称道的事情。因为通过明智谨慎地治理自己的国家，他可以使自己强大起来；而倘若一味地抢劫掠夺，那他就难逃自取灭亡的恶果。

"你回去吧，上帝保佑你，要行善，要走正路，大胆指出你们国王的错误，不要因为只考虑到自己的某种特殊的利益就向他乱建议。公众利益损失非常惨重的话，私利也得跟着倒霉，至于你赎身的钱，就全免了吧，你的武器和马也一并还给你。睦邻和故交，就应该如此，更何况我们之间的争执根本算不上什么战争。就好像以前希腊人彼此大动干戈的时候，柏拉图在他的《共和国》第五卷里说道：这不应叫作战争，而应称为暴动。因此，即使这样的骚动确实发生了，他还是劝告大家要检点自己的行为，明智而又谦恭地管理自己的事务，虽然你称之为战争，那也只不过是表面的，它并没有深入到我们的心灵深处。因为，双方彼此的荣誉都没有受到伤害，基本上又没有存在什么问题，顺便提一句，只是要如何纠正我们的人所犯下的一些错误而已，我是指你我双方的人。到底是谁对谁错，你既然知道了，就算了，不提了。对这些动辄吵架的人就该不屑置理而不必时时提起。更何况我已根据各人所受到的冤屈，赔偿到其满意为止。

"上帝是我们分歧的公正的裁判，我恳求上帝，在我临死之前，把我的财产当着我的面毁掉，而不要使其伤害我或我的百姓。"

说完这些话，他叫来了修士，当着大家的面对他说："约翰修士，我的好朋友，是你把塔趣佛西特俘获到这儿来的吗？"

"陛下，他本人就在眼前，又有判断力，你听他的坦白就什么都知道了，我还用得着说什么吗？"修士答道。

塔趣佛西特闻言就开了口："陛下，确实是他把我捉来的，我也自愿投降，做他的俘虏。"

"那你有没有定他的赎金？"高朗古杰问修士。

"没有，我才不管那一套呢？"修士说。

"那你捉了他，打算要多少赎身钱呢？"高朗古杰追问。

"不要，不要，什么都不要，"修士答道，"我才不受金钱左右呢。我也不看重这个。"

① 汉尼拔是迦太基大将。

听到这个，高朗古杰就命人当着塔趣佛西特的面给修士六万两千"萨吕①"（换算成英国货币就是一万五千五百英镑）作为塔趣佛西特的赎金。付完之后，他们又请塔趣佛西特吃了些东西。高朗古杰问他是否愿意留下为自己效劳，还是更愿意回到他们国王身边去，塔趣佛西特说，不管高朗古杰要他怎么做他都乐意。

"那么，你还是回去吧，上帝保佑你！"高朗古杰作了决定，随之又赠送一把上好的宝剑，刀刃是维也纳②精制品，金色的剑鞘上有装饰精美的藤蔓花饰，技艺精湛，另有一条重达七十万零两千"马克③"的金链，上面镶着最好的宝石，大约值十六万"达克特"④，再加上一万克朗，作为可观的赠品。

交谈之后，塔趣佛西特就上了马。为了他的安全起见，高朗古杰又派吉姆纳斯特率领三十名武装士兵和一百二十名弓箭手护送他，有必要的话就一直送到拉克·克勒蒙的城门口。

这一行人一走，修士马上就把刚刚拿到的那六万两千"萨吕"还给高朗古杰，说："还没到您给我重赏的时候呢。等战争结束后再说吧。天有不测风云，没有人能说得清还会发生什么事，只不过是瞎有一股空劲，很快就化为乌有了。金钱是战争的主要依靠！"

"那么，好吧"高朗古杰说，"最后我会给你公正的报酬的，当然还有那些对我忠心耿耿的兵士们，我一定会让他们满意的！"

第四十三章

高朗古杰如何派遣兵团，塔趣佛西特如何

杀死拉须卡夫，后来又被毕克罗寿下令处死

大约就在同样的这段时间内，邻近地区的贝斯、旧市、圣雅各镇、特拉吉局、莱利邑、里维斯、圣保罗岩、沃布利敦、包提邑、布利尔蒙、克莱桥、克莱纹、格莱蒙、巴爵侯镇、海姆斯、布尔圭、布卡尔岛、克路莱、纳赛、坎德、蒙索罗⑤等等交界的村镇，纷纷派使者来见高朗古杰，说他们方才听说毕克罗寿对他犯下的累累恶行，考虑到彼此之间长久的盟邦关系，他们愿意在人力、财力、食品、弹药，以及其他的一些战争必需品方

---

① 萨吕，英王亨利五世及六世占领巴黎时由查理六世铸造之金币，一说系法国古时金币。
② 法国维也纳有水磨炼钢，铸造宝剑，是十二世纪有名的武器。
③ 马克，旧时欧洲大陆的金银重量单位，一马克约等于8盎司，这里为作者疏忽之处，他忘了塔趣佛西特不是巨人。
④ 达克特，旧时在欧洲许多国家通用的金币或银币名。
⑤ 以上这些地方都是施农附近地区的村镇。

4. 国王：美貌的公主，欢迎你光临那瓦的宫廷。

公主：我把"美貌"两字璧还陛下；至于说到"欢迎"，那么我还没有实受其惠。这夏高的天宇不是您所能私有的，这辽阔的郊野也不是招待贵宾的所在。

面，随时尽他们所能来提供一切援助。

他们自愿捐赠的钱款也送来了，数目已达一亿三千四百万零两块半纯金币；派来协助他的人马共有一万五千披上半身铠甲的骑兵，三万二千名轻骑兵，八万九千重骑兵和十四万志愿兵。他们还带来了一万一千三百门单膛炮，双膛炮，长长的蜥蜴状的老式大炮，稍微小点的小蝮蛇炮，除此之外还有迫击炮和榴弹。轻工兵有四万七千名，都已经预付了六个月零四天的食品和饷银。

对于这一切好意的援助，高朗古杰没有表示全拒绝，也没有完全接受。他仅向他们表示了衷心的感谢，并说，他要好好对这次战争进行勾划一番，要让尽可能少的好人卷入这场是非之中。这样的话，到时候只要下令把平时在戴维尼尔、查维格尼、格莱佛洛、奎格奈等地驻防的军队调来就行了。总共有二千名半身武装的骑兵、六万六千名步兵、两万六千名重骑兵，再加上两万门大炮、两万两千名轻工兵和六千名轻骑兵。把这些分成好几个小队，每队都配备上充足的给养，还有随军商贩、管马的军士、修马具的，以及一些军营里必不可少的人员。全军训练有素，部署明确，纪律严明，反应迅速，动作敏捷，出击有力，谨慎小心；整个军队控制有方，行动协调，倒像是一架和谐悦耳的管风琴或是内部齿轮运转协调一致的一只钟表，而不像是一团步兵或骑兵。

塔趣佛西特一回去就马上去面见毕克罗寿，向他详详细细地讲述自己的所见所为，最后，他试图用强有力的论据来说服毕克罗寿停止抵抗，并和高朗古杰和解。他私下里认为高朗古杰是世界上最诚实最善良的人，一向与邻和睦、友好相处。因此对这样的邻邦进行骚扰滋事实在是没有道理，也是不合适的。更何况，这场战争是无法长久打下去的，因为毕克罗寿的军队并不是那么强大无敌，高朗古杰那方面的人马很容易就能击败他们。最终，他们所得到的只能是巨大的损毁和不幸。

话还没说完，拉须卡夫就大叫起来："如果一个君主手下的人都像塔趣佛西特这么容易叛变的话，那这个君主真是太不幸了。很显然，他已经变心了，如果我们的敌人愿意收留他的话，他一定会甘心情愿地和他们一起来对抗我们，出卖我们的。就好比一个人，如果他道德高尚，不管是朋友或是敌人，都会称颂尊重他。然而，如果他道德败坏，卑鄙无耻的话，也会很快被人看破，受人怀疑。虽然敌人为了自身利益一时利用他们，但他们内心还是憎恶这种叛徒小人的。"

塔趣佛西特一听这些话，忍不住怒火中烧，拔出宝剑，一剑刺进拉须卡夫左边胸口里去，一下子就结束了他的性命。塔趣佛西特拔出宝剑，无畏地说："指摘忠臣的人，就是这个下场！"

毕克罗寿抑制不住满腔恼怒，又看到塔趣佛西特的新剑和工艺精美缀满花饰的剑鞘，不禁怒问："他们给你这个新的武器就是让你当着我的面，恶毒地杀掉我的好朋友拉须卡夫吗？"说完，他就下令把他碎尸万段，命令立即就得以执行了。刹那间，刑室里血花四溅，惨不忍睹。随后，毕克罗寿命人厚葬拉须卡夫，而塔趣佛西特的尸首却被扔到墙外的

沟渠里去了。

这些骇人听闻的暴行很快就人人皆知了，不少士兵开始对毕克罗寿颇有微言。最后，品趣朋尼对毕克罗寿说："尊敬的陛下，我不知道这次出兵的结局会怎样，可我看得出，您的部下情绪非常低落，也不像原来那样坚定了。因为他们认为我们这儿给养严重缺乏，三四次出击后人数也锐减了。而我们的敌人每天却有大量的给养得到补充，也有源源不断的新兵在招募之中。我们的力量一直在衰退，一旦我们被困，我真不知道我们怎样才能逃脱全军覆没的噩运。"

"呸，呸，"毕克罗寿听后极其不耐，"你可真像墨伦①的鳗鱼，人家还没有来剥你的皮，你就大喊大叫起来②。他们敢的话，就让他们来吧！来吧！"

第四十四章

高冈塔如何在拉克·克勒蒙

突袭毕克罗寿，使他大败而逃

高冈塔统领全军，他的父亲高朗古杰就静待在城堡里。临行前，高朗古杰不断用好言好语鼓励兵士们，还答应要重赏那些有功之士，随之大军就出发了。他们到了旺代口，利用船只和临时搭建起来的桥梁，转眼之间就浩浩荡荡地渡过了河。考虑到敌城的地形得天独厚，居高临下，高冈塔认为还是召开会议，彻底研究对策为宜。

可是吉姆纳斯特却说："我的主人，法国人的本性是这样的：头一个攻势最厉害，比魔鬼还凶猛，其余的就不值一提了。一旦玩起拖延战术，他们就疲倦不堪，比女人还软弱无力，还无精打采。因此，我的观点是，让我们的人马稍稍喘口气，吃点东西，恢复体力之后，就下令来个突袭，马上向他们发动猛攻。"

大家都认为他的提议很好。于是高冈塔立即实行，把大队人马都调到野外，后备队就安置在小山坡上，修士也带着六连步兵和两百名全副武装的骑兵迅速穿过沼泽地，勇猛地爬上了绿色山丘，一直到达通往伦敦的大道。

就这样，突击开始了。毕克罗寿的士兵们一时间手足无措，不知道是出去应战好还是躲在城里别动更好。而毕克罗寿这时呢，想都没想就怒气冲冲地带着一队骑兵猛冲出来，马上就遭到了从山坡那边打过来的雹子一般的炮弹的轰炸。高冈塔的人马为了使大炮能有更大的空间发挥威力，早已自动撤离到山谷里去了。

---

① 墨伦是塞纳省一城名。
② 法国有句谚语，卖鱼的喊："墨伦的鳗鱼，没剥皮！"表示鱼很新鲜。

城寨里的人也尽力防御。可是，他们的炮弹总是从对方头上飞过去，对方毫发未损，安然无恙；有一些侥幸躲过高冈塔的大炮的敌兵气势汹汹地向他的军队猛扑过来，可是却没多大奏效。因为他们早已准备就绪，严阵以待，一见到敌军就统统消灭光。其他的敌兵看见大势不好，纷纷打算撤退，可为时过晚了，修士早已带人堵住了退路。因此，敌人只好乱哄哄地各自逃命，那种混乱的场面真是难以想像。

有些人想追赶败兵，修士却拦住他们。他担心追击逃兵时，自己的序列大乱，这样城里被困的人就有可能伺机冲出城来反击，后果不堪设想。于是他们就在原地待了一会儿，发现没什么人敢出来打照面，修士就派卜朗尼斯特公爵去报告高冈塔，建议他率军队朝左面山头进攻，阻挡毕克罗寿军队撤退。高冈塔即刻就派赛巴斯特率领四队人马前去，还没到达山头，就与毕克罗寿以及同他一起遣逃的士兵们正面遭遇上了。

他们随即发起猛攻，却遭到了城墙上那些敌军各种各样枪炮弓箭的骚扰，损失惨重。高冈塔觉察到了这一切，赶紧带着一支强大的增援部队解围。他命炮兵开始朝城上的这一部分敌军猛烈地轰炸，这一来，城内的所有敌军都被引到这边来，试图堵住并保护这被炮火轰开的缺口。

修士看到他所围攻的这个地方已经没剩下什么敌军，差不多是光秃秃的，一片荒芜了，于是就非常勇猛地带着他的人马向城堡突然冲过去，一直爬到城墙上。他心里知道这样的出奇不意必定会给战斗中的敌军带来比肉搏战更大的恐慌。他一共只留下两百名骑兵在城外保护他们安全攻城。在全部士兵都入城之前，他们毫不声张，秘密行动。一入城，他就大吼一声，随行的官兵也跟着他齐声高喊，守城门的敌兵还没回过神来，来不及抵抗就全部被杀死了。他们随即打开城门，让候在门外的骑兵也冲进来，一起斗志昂扬地朝北门飞奔而去。这时候此门正好一场混战，喧哗异常。他们从后部围进去，把敌人杀得魂飞魄散。

被围的敌军眼看大势已去，高冈塔的军队已经夺城成功，他们自己早已无路可逃了，赶忙向修士投降，求他饶命。修士非常豪侠气度地宽恕了他们，让他们缴出全部武器，然后把他们关到教堂里，又下令把所有十字架的支棍都收起来，并派人在门口把守。随后打开门，出去救助高冈塔。毕克罗寿在激战中却误以为是城里援助自己的兵力，就更加猖狂起来。他正准备来个拼死猛攻，却听到高冈塔叫道："哈，约翰修士，我的朋友，你来得正是时候！"这话如炸雷般令他们猝不及防，他们惊恐万分，不知所措，手脚发软，连滚带爬地四下逃命去了。高冈塔带着人马一路上乘胜追杀，一直把他们赶到沃高德雷附近，才鸣金收兵。

5. 俾隆：姑娘，我要把您放在我的心坎里温存。

凯瑟琳：那么请您把我放进去吧，我倒要看看您的心是怎样的。

俾隆：我希望您听见它的呻吟。

凯瑟琳：这傻瓜害病了吗？

俾隆：害的是心病。

凯瑟琳：唉！替它放放血吧。

俾隆：放血可以把它医治吗？

凯瑟琳：我的医药知识说是可以的。

俾隆：您愿意用您的眼睛刺我的心出血吗？

凯瑟琳：我的眼睛太钝，用我的刀吧。

俾隆：嗳哟，上帝保佑你不要死于非命！

凯瑟琳：上帝保佑你早日归阴！

第四十五章

毕克罗寿在溃退中如何遭遇巨大不幸，

高冈塔激战后又做了些什么

毕克罗寿在绝望中仓皇往布沙尔岛方向逃命。在去里维埃的路途中，他的马绊了一跤，倒地不起。他一下子怒不可遏，拔出宝剑干脆利索地一剑把马刺死，随后才发现找不到人为他重新配备马匹。他正打算把附近磨坊里的一头驴骑走，却被磨坊里的人用棍棒狠狠揍了一顿，打得浑身上下青一块紫一块，疼痛难忍。他们还不解恨，把他的衣服全部剥光，只扔给他一件破烂不堪的粗布外套遮遮着。

这个性情暴躁的可怜虫只好灰溜溜地徒步前行。在于欧①港口渡河的时候，他讲述了自己不幸的遭遇。一个老女巫预言道：他要想东山再起，恢复自己的王国，除非是太阳从西边出来。

再后来发生的事我们也不太清楚。听人说他曾在里昂当搬运工，还和以前一样暴躁易怒，还时不时悲伤地询问来来往往的陌生人到底太阳什么时候从西边出来。很显然，他在期待老巫婆的预言实现——太阳从西边出来，他也可以东山再起了。

而高冈塔呢，收兵回城之后第一件事就是召集部下来点个名。清点完毕，他才发觉战争中伤亡的人数不多。只有窦尔美队长队里的几名步兵没有生还，包诺克拉特也不幸被火枪穿透紧身上衣打中了。高冈塔随即下令大家各自归队，吃点东西恢复体力。金钱能够买得到的所有美酒佳肴都被大量供应给凯旋的将士们，随他们尽情吃喝放松。他也不忘吩咐军中的财务主管和军需官要军队自行支付一切费用，不准冒犯也不准欺骗地方的人，因为地方也是属于自己的。

酒足饭饱之后，他下令大家到城堡前的广场上整队集结，每人发给足足六个月的饷银。一切妥当办理完毕，他又指示，把毕克罗寿的残兵败将带到广场上，当着所有王公贵族以及军队里的军官们的面，他对他们训了一番话，具体内容请看下面。

---

① 于欧，靠安得尔河地名，在施农和都尔之间。

第四十六章

高冈塔对战败兵士的训话

6. 鲍益：他的一切行为都集中于他的眼睛，透露出不可遏抑的热情；他的心像一颗刻着你的小像的玛瑙，在他的眼里闪耀着骄傲；他急躁的嘴由于不能看，只能说，想平分眼睛的享受，反而张口结舌。一切感觉都奔赴他的眼底，争看那绝世无双的秀丽。仿佛他眼睛里锁藏着整个的灵魂，正像玻璃柜内陈列着珠翠缤纷，放射它们晶莹夺目的光彩，招引过路的行人购买。他脸上写满着无限的惊奇，谁都看得出他意夺神移。

我们世世代代祖先们一向的观点是这样的：一旦赢得一场战争，如果想树立一个胜利的标志，就应该仁慈宽厚地在战败者心里留下自己崇高品德的印痕，而不是在征服的土地上胡搭乱盖各种纪念碑纪念柱。因为他们认为，用我们的开明公允来换取他们心目中活生生的纪念远比那些遭受风吹雨打日晒尘蒙的拱柱碑塔上无言的却又遭人妒恨的铭文受人敬重得多。

你们可能还清楚地记得，在柯米尔的圣奥宾战役①中，他们对待布列塔尼人是如何的宽大，给了他们多少恩惠和帮助。还有，你们也一定不会忘记巴特奈②又是如何被拆毁的。你们听说过他们对待在斯巴纽拉③的关卡处大肆浩劫，蹂躏奥隆纳和塔尔蒙台海岸的那些人又是如何宽容和婉约吗？听过的人一定都会很钦佩的。

加拿利王阿尔发巴尔因不满足自己已有的财富，就大肆入侵奥尼斯的土地，并冷酷无情地劫掠骚扰整个阿尔摩里克群岛④，还把布列塔尼地区也都限制起来了。然而，在一次预先约定的激烈的海战中，他被我父亲——愿上帝保佑他——击败并活捉了，于是你们和你们祖辈们的称颂和祝贺声响彻一片。如果换成其他的君主帝王，还有那些自称为宗教信徒的人，会是怎样的一番情形呢？他们必定会粗暴地虐待他，把他严加看管起来，并给他定个极高的赎身费。而我的父亲却对他谦恭有礼，友好地邀请他住在自己的宫殿里，并以令人难以置信的温和与善意送他回去，给他一张通行许可证，还有许许多多表示诚挚友谊的礼物和纪念品。结果怎样呢？

回到自己的国家之后，他召开了一次国会，所有的王公贵族都出席了。他向他们讲述了我们的博爱仁慈，希望他们也能通过补偿的方式做一件让全世界引以为榜样的事情，也就是向我们表示殷勤有礼，正如我们对待他们真挚诚恳一样。结果呢，大家一致投票赞成，于是下令把全部的土地，领地和属国一齐献出，随我们处理。

阿尔发巴尔本人也当即带领九千零三十八艘巨型货轮，满载着珠宝，气势浩大地回来了，不仅仅有自己和皇族的所有财富，全国的所有珍宝也差不多都运来了。因为当他上船，乘着偏西的东北风准备启航时，岸上的人们成群结队地纷纷往船上扔金子、银子、戒指、珠宝、香料、药材、香水、鹦鹉、鹈鹕、猴子、灵猫、黑斑鼬鼠、豪猪等等，什么人

---

① 圣奥宾战役是指1488年7月28日查理八世大败布列塔尼大公之战。
② 巴特奈在西塞服省，1487年3月18日查理八世占领此处，拆毁城墙。
③ 斯巴纽拉，这是哥伦布给海地取的名字。这里述说的故事，完全是虚构的。
④ 阿尔摩里克群岛即布列塔尼口外诺瓦目提埃群岛。

没有把自己拥有的最稀罕最珍贵的东西扔进去，谁就不算是一个母亲的好儿子。安全到达之后，他来见我的父亲，一见面就要吻我父亲的双足。我父亲认为这动作太卑躬屈膝，有失身份，怎么也不肯接受，后来两人就用热烈的拥抱来取代这欢迎仪式。他出示了他的礼物，可我父亲没有收下，因为礼物太多，太丰盛了。他俯首称臣，希望自己的子孙后代也能永世为奴。这一点我父亲也没有接受，因为似乎太不公平了。他又献呈出大家甘心献出的国土领地以及签了字，盖了印，认可了的契约转让文书，这更是被全部拒绝，羊皮纸的文书证件也一并扔进火里烧了。最后，我父亲看到加拿利人如此毫无保留的好意和纯朴的心意，内心最脆弱的地方被深深触动了，忍不住大哭一场。后来，他又用斟酌得当的措辞，努力把自己对他们的一切好意都故意缩减掉，说他赋予他们的种种恩惠根本毫无价值，他对他们所表现出来的一点点好处也完全是他份内之事，不足挂齿。可他越是这么说，越增加了阿尔发巴尔内心里对我父亲的尊重与爱戴。

后来这事又怎么了断呢？至于他的赎身费用，我们本来可以漫天开价，昧着良心要他个十万克朗的二十倍也没问题，还可以扣留他的长子长孙作为人质，一直到钱款付清为止。可我们根本没这么做。他们自愿永久地做我们的附庸国，每年给我们进贡两百万二十四K的纯金币。第一年我们如约全数收到，第二年他们又主动缴纳二百三十万克朗，第三年又付了二百六十万，第四年三百万，以后又逐年出于好意自动递增。最后，我们不得不强行命令他们不要再给任何东西了。这才是真正的感恩戴德和知恩图报。时间会磨灭腐蚀一切事物，只有感激与恩德才会随着时光的流逝越来越浓厚深远，令人难以忘怀。对一个有理智明事理的人做一件高尚慷慨的事，这件事就会随着他的不断回想纪念而变得日益明晰、日益意味深长。

我不愿意使我祖祖辈辈世代相传的这种温和宽厚在任何方面有所改变，因此，我现在宽恕你们，释放你们，完全赦免你们，给你们自由，让你们像以往一样无拘无束，自由自在。另外，每个人出城之前，都可以领取三个月的饷银回去养家糊口。我还将派我的骑士随从亚历山大率领六百名骑兵和八千名步兵护送你们安全出城，这样的话，那些持大棒做武器的乡下人就不会欺负伤害你们，愿主与你们同在。

我深感遗憾的是毕克罗寿不在这儿，因为我本来可以让他明白这场战争完全是非我所愿，根本不会增加我的财富和名望，毫无利处可言。可是，既然他已逃走，又没有人知道他的去向和下落，我只得把他的整个王国完整地交托给他的儿子。但他的儿子还不满五岁，太小了，你国内的德高望重的王公们和博学的学者们应当好好抚养教导他，因为这样不幸的一个王国，如果那些执行审判的人员本身的贪婪与欲求没有得到抑制约束的话，也是很容易灭亡的。考虑到这点，现在我命令包诺克拉特作这些家庭教师的监管人，他拥有必需的一切职权和威信，有权过问并参与教育太子的事宜，一直到太子能独立自主，有能力治理国家事务为止。

我还必须告诉你们，你们应当明白，如果我们随意宽恕做恶的人，他们就会产生错

觉，以为释放赦免是一件轻而易举的事，于是，今后就会更加为所欲为，旧罪重犯。我记得摩西——他算得上是当时世界上最仁慈和蔼的人吧——也重重地惩罚过那些图谋不轨，煽动叛乱的以色列人。我也同样想到了那位体恤仁慈的皇帝尤利乌斯·恺撒，西赛罗谈起他时曾说过，他的财富在于懂得如何使用财富，而他的美德就在于他总是想去拯救和宽恕每一个人。尽管如此，在某些关键时刻，他还是非常严厉地惩罚了叛乱的煽动者。

正由于上面提到的这些人的典型例子，我衷心希望你们能在离开之前交出：第一，那个自以为是的马开尔。要不是他的放肆无礼和狂妄自负，这场战争根本不会发生，他是战争的首要原由和起因；第二，他的那些卖烧饼的同行们，他们粗心大意，没在紧急时刻及时制止和斥责马开尔的浮躁愚蠢的想法；最后是毕克罗寿的那些顾问、战略家、军官和家仆们，如果他们没有煽动、称颂和策划，毕克罗寿就不会无缘无故跑出自己的领地来骚扰我们。他们正是这场战争的煽动者。

第四十七章

高冈塔那些凯旋的部下们得到什么样的赏赐

高冈塔发表了这么一通激昂诚挚的话语之后，他要的那些参与煽动的同谋者，除了战前六个小时就开小差偷溜的斯瓦须巴克勒、得太尔和斯摩特立须之外，其余的都一一被交出来了。据说临阵脱逃中的一个一口气就跑到了莱尼埃山口，① 另一个逃到了维尔山谷②，第三个居然还到了罗格莱诺③，一路上谁也没敢回头，气也不喘，一个劲儿朝前猛冲。另外，还有两个卖烧饼的早在混乱中就被杀死了。对于这些罪犯，高冈塔也没让他们受什么罪，只是命令他们在他新盖的印刷厂里操作印刷机。

对于那些在战争中牺牲的将士，他命人把他们体面地安葬在布莱克索伊利山谷和本哈格坟地里，接着下令让那些伤兵们到他的大医院去包扎疗伤。考虑到战争对城里居民们所造成的种种侵害，他对他们的索赔一一作了赔偿，还弥补了他们发誓所蒙受的所有损失。随后，为了更好的防御和安全起见，他又派人建造起一座牢固的护城堡垒，命强兵把守，以防将来骚乱突起或外敌入侵时，易于防守。

离开之前，他又非常礼貌地向所有参与这场战争的将士们表示诚挚的谢意，并让他们尽快回到原来驻扎的地方过冬，只留下第十队步兵④——高冈塔那天亲眼看到他们在战场

---

① 莱尼埃山口，在阿尔卑斯滨海省。
② 维尔山谷，在加尔瓦多斯省。
③ 罗格莱诺，即罗格洛诺，在西班牙边境上。
④ 这里是摹仿尤利乌斯·恺撒的军队编制，恺撒的第十队特别英勇善战。这些人也可以算是高冈塔的主力队伍了。

上的英勇行为——和他们的队长，高冈塔把这些一人一起带回去见高朗古杰。

好人高朗古杰看到大家毛发未损地回来了，欣喜异常，简直难以用言语描述。他立即吩咐手下人准备好一场自亚哈随鲁王①以来最丰盛最美味的宴席来款待这些功臣们，吃喝尽兴之后，他又打开橱柜，把所有的金银餐具都拿出来，发给众人。单单金器总共重达八十万零十四"比赞特"②，有古老的器皿、巨大的罐子、大盆、大酒杯、茶杯、碗状无柄酒杯、烛台、蜜饯盒以及其他此类的容器，都是实心纯金做成的，上面还精美地缀满了珍贵的宝石和珐琅。以至于所有人看了，都说这些精湛技艺本身的艺术价值就比金子还要珍贵。

接着他又打开金库，分给每个人现金一百二十万克朗。另外，又按照各人的便利，把他们邻近地区的城堡和土地分赠给他们，归他们永世享有，除非他故后无继承人。他把拉克·克勒蒙赠给包诺克拉特，把古德莱送给吉姆纳斯特，把蒙特庞西尔赠给爱德蒙，把利沃赠给窦尔美，把蒙索罗赠给伊提尔，把坎特赠给阿卡玛斯……其他地方也都分给了有功之臣。

第四十八章

高冈塔如何命人为修士建造特来美修院

其他人都已得到相应的赏赐，最后只剩下修士一个人尚未发落。高冈塔原想让他当塞邑的大寺院主持，他却回绝了。如果修士乐意的话，他愿意让修士在布尔格邑修道院或圣弗洛朗修道院③之间作出选择，或者就两个全给他，只要他高兴就行。但修士却用不容置辩的口吻回答说，他不想承担管理修士的责任。

他是这么说的："我自己都管不好自己，怎么能管得好别人呢？如果你认为我曾为你尽过菲薄之力，将来还有可能为你效劳的话，就请准许我按我自己的意愿和设想盖一座修道院吧！"高冈塔听了这席话满心欢喜，即刻就把罗亚利河这边，离于欧港口大约两里格④远的整个特来美地区⑤赠送给他，修士于是请求高冈塔制定与其他所有修院都完全不同的宗教教派。

---

① 亚哈随鲁，古波斯国王。据说在他就位的第三年为炫耀宫中财富曾大宴群臣，一连吃了整整一百八十天。后来又为全国百姓设宴七天，铺张浪费之至，无人能比。

② 比赞特，土耳其古金币名。据估计，高朗古杰的金器共重二万八千一百二十五马克。

③ 这两座修道院是法国里昂如省本笃会最古老最富有的修道院。

④ 里格，旧时长度单位，约为3英里，5公里或3海里。

⑤ 特来美地区是作者虚构的。那里有肥沃的草原，盛产奶牛。特来美本身的意思是"意志、愿望"，颇为符合特来美修院的院规"随心所欲，各行其是"。

相关链接

8. 国王：旭日不曾以如此温馨的蜜吻给予蔷薇上晶莹的黎明清露，有如你的慧眼以其灵辉耀映那淋下在我颊上的深宵残雨；皓月不曾以如此璀璨的光箭穿过深海里透明澄澈的波心，有如你的秀颜照射我的泪点，一滴滴荡漾着你冰雪的精神。每一颗泪珠是一辆小小的车，载着你在我的悲哀之中驱驰；那洋溢在我睫下的朵朵水花，从忧愁里映现你胜利的荣姿；请不要以我的泪作你的镜子，你顾影自怜，我将要永远流泪。

"好吧，"高冈塔说道，"那也不是毫无理由的。只要是前面有墙后面也有墙的地方，必定会有大量的流言蜚语、妒恨和相互间的密谋策划，勾心斗角；更有甚者，世界上有些修道院居然有这样的习俗，只要任何妇女入内（我指的是那些诚实正派的妇女），他们就马上把她们所经之处清扫一番。因此，我们规定，倘若任何宗教教派的男女修士们碰巧走到我们这个修院里来，他们经过的所有地方，所有房间都必须彻底地洗刷清洁一遍。还有世上所有其他的男女修院，事无巨细都是按小时来筹划、限制和支配的。而在我们这个新的修院里，钟啊、表啊这一类的计时器一概不要。一切事物都按照时机和发生的事来分配解决，所有的时刻通通清除掉。"

"据我所知，"高冈塔说，"世界上最花费时间的事无非就是计算时间了，可哪有什么好处呢？世上最昏瞆无理之事，无非是不听从自己的判断，事事被钟声牵走。"

"同样地，当时被送进女修院的人，大多是瞎子、爱眨眼的、瘸腿的、驼背的、外表丑陋的、畸形的、傻子、无知的、废人或者堕落的人、隐居于男修院病蔫蔫的、先天不全的、毫无修养的笨拙的人、滥饮无度的人或是在家是个累赘的乖戾的人。"

修士问："顺便问问，一个既不美丽又没本事的女子会有什么用呢？"

"就让她去当修士吧！"高冈塔答道。

"是啊，也可以去做衬衫或者内衣①。"修士接口道。

于是，他们规定，凡是容貌丑陋、畸形、性情不好的女人一概不要；长相不标致、不讨人喜欢、健康状况不佳的男人，也通通拒收。

在一般的女修院里，男人要想进去，就非得秘密地、私下里偷偷地溜进去。因此，新修院规定：有男人的地方就必须有女人，同样，有女人的地方也必须有男人。

当时，不论男女，一旦过了一年的修士见习期，就不得不一辈子都被束缚在修院里。因此，新教派决定：所有的人，不管男女老少，加入修院之后，只要他们高兴，随时都可以心满意足地自由出入，没有人会横加干涉。

那时候，普通的男女修士通常都得立下三个誓约，就是：贞洁正派，安于贫困和忠顺守规。因此，这个新修院制定了新规：修士们可以体面地结婚，可以发财致富，可以自由地生活。

至于合法的入院年龄和容许接纳的限度是：女的从十岁到十五岁，男的从十二岁到十八岁。

---

① 中世纪法文"她"字连读起来和"布"同音，所以上句的"她有什么用呢"，也可以理解为"布有什么用呢？"因此才有了两个答案。

第四十九章

特来美修院是如何建立和得到资助的

为了修道院的构筑和装备，高冈塔下令捐赠现金二百七十万零八百三十块那种一面印一只绵羊，另一面印着一个带花饰的十字架的金币①。另外，接下来的几年中，在整项工程尚未竣工之前，他指定每年还从税务机关中拨出六万九千克朗的太阳币②和同等数目的"七星币"③用于修道院将来的基金和日常的维修费用；他还决定免除修道院的一切效忠贡物，宣誓兵役义务等等，并从田地租金中长期拨款捐助，数额为二百三十六万九千五百零十四块玫瑰金币④，保证每年付清，直接送到修道院门口，且这一切都已立了契据。

修道院整个建筑呈六角形，每个角上都有一个直径为六十英尺的大圆塔，造型一模一样，大小也完全相同——北面靠近罗亚尔河河岸的那座塔叫做阿克提克塔，再往东另有一座叫卡拉尔塔，接下去的一座是阿纳托尔塔，再过去一座是梅森布赖塔，接着就是赫斯帕利尔塔，最后一座是克莱尔塔——每两座塔之间相隔三百零十二步远。如果把地下室算作第一层的话，整座大修院共有六层楼高。第二层是拱形结构，样子像篮子的柄，其余每层房间的顶部和墙壁都用石膏装饰，并用回纹细工点成灯座式的花顶，屋顶上铺着好看的石板，屋脊是铅的，缀满了各种各样古式的动物幼兽，搭配得恰到好处，还镀了金呢！檐槽涂成金色和蔚蓝色，从闩中间成对角线地伸出来，一直通到地面上的引水道，再从房子地下伸进河里。与包尼法特⑤、常布格⑥或者尚提利⑦相比，这座新修院的豪华宏伟程度起码超过两倍。院内共有九千三百零三十二套房间，每一套都含有一间起居室，一间相当大的盥洗室，一间更衣室，一间祈祷室，还有整洁的过道通往一间宽敞的大厅。每两座塔之间都有两段灯梯，台阶是由斑岩，努米底亚石头和蛇纹石混合制成的。斑岩是那种上面缀有小白点的黑红色的大理石，努米底亚石头则是一种杂色上嵌有微黄色条纹的大理石，而蛇纹石是在墨绿色的底色上混有小斑点的大理石。每一个台阶都二十三英尺长、三寸厚，每隔十二个台阶就有一个过渡楼梯平台可以歇脚。每个平台上都有两扇古老而又精致的拱

---

① 这种金币上面铸有"天主羔羊"字样，约值十六金法朗。高冈塔捐赠的数目大约等值于四千三百二十一万六千二百九十六法朗。

② 太阳币是一四七五年路易十一王朝金币，面上有三朵百合花，上有一小太阳。

③ 这"七星币"是作者虚构的，是与"太阳币"相对应的。

④ 玫瑰金币，中世纪后期的王朝金币，上铸有玫瑰花，故得名。

⑤ 包尼法特城堡于1513年开始兴建，因古菲埃上将在巴维亚阵亡，未完工。

⑥ 常布格堡邸于1524年开始动工，未完工。

⑦ 尚提利大厦呈三角形。1534年建成，十八世纪末被毁。

相关链接 ●

门可以透光透亮。从这门进去，就到了一间与楼梯同宽，连在一起的小密室。再顺着楼梯爬上去，可以看到一个圆锥形的小楼阁。沿着盘梯，我们可以从任何方向走入一间大厅，再从大厅到每套房间。

阿克提克塔到克莱尔塔之间，全部都是高大雅致的藏书室，里面陈列着各种文字的书籍：有希腊语的，拉丁语的，希伯来语的，法语的，也有意大利语和西班牙语的。名目繁多，数不胜数，但都按照语言的不同而分门别类地摆放在不同的地方。正中间有一个令人惊叹的大盘梯，入口处是一个三十六英尺宽的穹顶。楼梯又宽又对称，可以容纳六个把矛柄支在胸铠上的骑士昂首挺胸同时骑马并行到整个大厦的顶部。

阿纳托尔塔和梅森布赖塔之间是宽敞的画廊，到处都画满了古人英勇无畏的故事，历史故事和对整个世界的描绘。中间也有同样的一个坡面和门，就像前面提到的对着河那一面的一样，在那扇大门上，用旧体的大字写着下面这些文字。

第五十章

特来美修院大门上刻着的铭文

卑微的心地狭窄的人，假装虔诚的人，不准来这儿！
表面上假装忠诚，老滑头，
自命不凡，却又低头歪脖，貌似规矩，
比匈奴人或东哥特人还恶劣，
粗野人的祖先、该受诅咒的奸险的人，
言行虚伪的无赖、表面上的圣人，
邋遢的娇饰者，假装可怜的乞丐，
肚圆肠肥的吝啬鬼，吹毛求庇的吃客，傻瓜，
爱挑拨是非的人，动辄争吵的粗汉，
分裂和争论的煽动者，
统统不许来这儿！
其他哪儿都行，去兜售你们的骗术吧！

你们污秽的蠢话，
全是一派恶毒的谎言，一文不值，
你们肮脏的蠢行，
只会给我们尘世间的福地，
带来麻烦与困扰。

---

9. 俾隆：啊！倘不是为了我的爱人，白昼都要失去它的光亮。她的娇好的颊上集合着一切出众的美点，她的华贵的全身找不出丝毫缺陷。借给我所有辩士们的生花妙舌——啊，不！她不需要夸大的辞藻；待沽的商品才需要赞美，任何赞美都比不上她自身的美妙。形容枯瘦的一百岁的隐士，看了她一眼会变成五十之翁；美貌是一服换骨的仙丹，它会使扶杖的衰龄返老还童。啊！她就是太阳，万物都被她照耀得灿烂生光。

律师，代理人，贪得无厌的讼棍
职员，军需官，经文抄写员，形式上讲道义者，
故意扰乱人们安适生活的小人，通通不许来这儿！
不公正的法官，破坏者们，
你们把老实巴交的百姓们，
像狗一样，送上绝路，
报答你们的将是绞刑架，
到其他地方去喝酒庆祝吧！
我们这儿，没有什么过分的行为，
会让你们等待，值得你们起诉的！

诉讼和争辨，
别来烦扰，全都见鬼去吧！
我们这儿，个个快乐无忧，
没有纠缠不休的琐事，
没有诉讼和争辨。

你们也不许来这儿！
吝啬的高利贷者，贪得无厌四处聚敛不义之财者，
唯利是图，重利盘剥的家伙们，
可憎的酒徒醉鬼们，
你们的金库里塞满了大量的金银财宝，
还有许多财源滚滚而来，
可你们永不满足，
你们这些卑怯的懦夫，贪婪无度的恶魔冥王的私生子，
故作风雅而又鬼鬼祟祟的无赖，贪婪地掠掳吞灭一切，
地狱里的恶獒会咬你的骨头，一点点地折磨你，
让你不得善终！

你们这些面目可憎的家伙们，
理智很明白无误地告诉我们，
不能在这儿给你分配房间，
绞刑架才是你们的安身之处。

相关链接 ●

10. 国王：一派胡说！黑色是地狱的象征，囚牢的幽暗，暮夜的阴沉；美貌应该像天色一样清明。

俾隆：魔鬼往往化装光明的天使引诱世人。啊！我的爱人有两道黑色的修眉，因为她悲伤世人的愚痴，让涂染的假发以伪乱真，她要向他们证明黑色的神奇。她的美艳转变了流行的风尚，因为脂粉的颜色已经混淆了天然的红白，自爱的女郎们都知道洗尽铅华，学着她把皮肤染成黝黑。

你们这些没有脸面的家伙。

整天无所事事，游手好闲的人，此处不欢迎你们。
喜爱冒险，乖戾而又善妒的粗暴的家伙们，
悲伤忧虑的老糊涂们，骚乱的发起者们，
女妖魔，小妖怪，恶魔，家庭内部争吵怒骂的煽动者，
醉鬼，撒谎者，胆小鬼，骗人者，无人教养的人，
小偷，残忍的人，总是眯眼蹙额，面有愠色的人，
懒汉，爱妒忌而又贪婪的人，
愚蠢，冷酷，太轻信的人，
患疥癣的，长麻子的人，
伤风败俗的人，
通通滚开吧，
这儿没有你们的一席之地。

恩惠，荣誉，赞扬，快乐，
这儿无时不刻没有，
健康的身体，美好的理想，
正是我这儿人们鼎力追求的，
恩惠，荣誉，赞扬，快乐。

我们衷心欢迎您，
一切高尚英勇而又有才智的人们，
这里是极好的地方，
应有尽有，随你享受，
就算来了成百上千个贵宾，
这儿也不会缺乏任何东西。
你想要什么我们就准备什么，
你这些活泼、愉快、大方、敏捷、风雅、机智、诙谐
整洁漂亮、谦恭有礼的各行各业的人们，
总而言之，所有值得敬重的温和的人们，
都是我们真诚欢迎的友人。

英雄们，该尝尝这儿美味的佳肴，

专门为贵客准备的，
你可以秘密地，也可以大方地品味一切，英雄们！

这儿欢迎你们，单纯诚实，忠诚真心地，
讲解新旧约的圣经的人，
你们的解释不会蒙蔽我们的理智，
反而会使它看得更清楚，更明澈，
还远远地避开憎恨、贪婪、
骄傲、内讧、盟约以及所有的不良风气，
来吧，仁爱宽容的宗教信仰就放稳在这儿吧。
用友善的情感滋润、培育，
这样，它的光芒就能驱逐开所有的腐化堕落的人。

神圣的圣经啊，
但愿能永远公平地赐予我们，
不论男女老少，
一种精神上的屏障和防御，
神圣的圣经啊！

这儿欢迎你们，所有出身高贵的女士们，
庄重，迷人，心情愉快，
足智多谋，小巧可爱，循规蹈矩，彬彬有礼，
有魅力，优雅得体，令人满意，讨人喜欢，出类拔萃，
热心助人，生气勃勃，品性正直，年轻，善于安慰，
善良友好，干净利落，聪敏，穿着整洁，才知横溢，成熟老练，受人珍爱，
引人瞩目，温文尔雅，标致秀丽，健康敏锐，博学，
英明，妩媚动人，温柔甜美，
你们都来尽情享乐吧！
那位乐善好施，崇高热情的王公，
已经为我们准备了一切，
来吧，可敬的女士们！

他捐赠给我们大量金银，
上帝宽恕我们，

让我们永离痛苦和不幸。

这些珍贵的东西，

会为我们带来快乐，

并且避开所有的悲痛，

捐赠给我们财富，

上帝也宽恕我们！

11. 倬隆：爱情的战士们，想一想你们最初发下的誓，绝食，读书，不近女色，全然是对于绚烂的青春的重大的谋叛！你们能够绝食吗？你们的肠胃太娇嫩了，绝食会引起种种的病症。你们虽然立誓发愤读书，要是你们已经抛弃了各人的一本最宝贵的书籍，你们还能在梦寐之中不废吟哦吗？

第五十一章

特来美修院的居住方式

在下层的庭院正中，有一个由赏心悦目的条纹大理岩制成的壮观的喷水池。水池上面耸立着美惠三女神①的塑像，她们的手中都擎着"丰饶角"② 源源不断的水流从她们的胸部、嘴、耳朵、眼睛和身体内其他的通道里喷出来。这层庭院的内部建层下面，都是由王髓石和斑岩大理石制成的巨大的柱子。这些柱子又仿照古典的式样排列成好看的拱道。再往里就是宽敞的画廊，又大又长，装点着各种各样精巧奇特的画，鹿角、独角兽的角、犀牛角、河马角、象牙，以及其他各种很值得一看的玩意儿。

阿克提克塔到梅森布赖塔的大门之间沿路都是那些生性活泼的女士小姐们的住所，其余地方都是男士们的天下。女士们可以在前面提到的女子寓所前尽情玩乐，游乐场位于两座塔之间的原先的比武场上，可以进行障碍赛的场地，也有赛马的地方，还有剧院和游泳池。游泳池分成三层，一个垒着一个，配备上所有必须的方便设施，以及充足的香桃木浸泡过的浴水，真是令人叹服。池也是很大的娱乐花园，园中央有极其有趣的迷宫。

另外，两座塔之间是网球场和足球场。靠近克莱尔塔的地方有一座果园，里面满是果树，按梅花形排列栽种，在果园的那一端是一个大公园，里面活跃着各种各样的飞禽走兽。

在最后两座塔之间是练习射击的场所，沿途都是火枪，弓箭和弩的射击场。赫斯帕利尔塔的外面就是单层的办事处，再过去就是马厩。马厩前面是猎鹰训练房，由专业技术高超的驯养师傅负责管理。克里特人，威尼斯人和莫斯科人每年都会提供各种各样品种优良的飞禽，有鹰、雕、矛隼、苍鹰、鹞子、地中海隼、猎鹰、雀鹰、小雕等等，只只都训练有素，听话，驯服，有时候从城堡这儿将它们自由放飞，它们总会碰到什么就把什么抓回来。驯养长耳短腿小猪犬和普通猎狗的房间稍稍离得远一点，比较靠近公园那端。

---

① 指希腊神话或罗马神话中的美惠三女神。
② 这是源出希腊神话的象征丰饶的丰饶角，常为满载花果、谷物的羊角。

　　所有的厅堂、房间和私室都按照一年四季季节的变化挂上了琳琅满目的挂毯和不同种类的帷幕。所有的路面地板上都铺着绿色的地毯，床罩，床单，床毯也都是刺绣的，每一间卧室或起居室里都有一面嵌在纯金框架里的晶质玻璃镜子，镜框周围镶着各色珠宝。镜子高大明亮，完全可以很清楚地照出人的全身和外貌轮廓①。

　　女子寓所客厅的出口处，就有香水美发师为来访的时髦男子服务。每天早上，那些殷勤的香水发明家们就为女子寓所提供玫瑰香精、桂花水和天使香水，赠送给每位女士一个珍贵的小薰香瓶，用来蒸发那些精选上等的芳香剂的香沁肺腑的气息。

第五十二章

特来美修院的男女修士们

按照宗教品级如何着衣修饰自己

　　在修道院刚刚建立的时候，修女们都是按照自己的喜好与意愿来打扮装束的。但后来她们主动地随自己的自由意志对此进行了一番改良。改进后的衣着是这样的：

　　她们穿着绯红色或是染成深紫色的长统袜，袜子正好高过膝盖三英寸，袜边装饰着做工精美的令人赏心悦目的刺绣和珍奇的花边吊袜带，和手镯是同个颜色的，绕在膝盖的上面或下面一点，她们的鞋子，软便鞋和拖鞋是用红色紫罗兰色，绯红或是粉红色的平绒做的，上面有锯齿状的花边。

　　她们在无袖宽内衣的外面套一条丝毛混织的漂亮的衬裙，上面再罩上一件塔夫绸或是波纹绸料子的裙环裙，有白的、红的、茶色的、灰的或是其他各种颜色的。塔夫绸的裙子上面配上一件薄绸或是锦缎上衣，用金线绣花，还点缀着精美的编结，或者按照各自的喜好以及气候的冷暖阴晴；穿缎子的、锦缎的或丝绒的上衣，颜色各异，桔红色、茶褐色、鲜绿色、烟灰色、淡蓝色、明黄色、亮红色、绯红色、纯白色等等，应有尽有，也有金色的、银色的或是其他一些上等的料子做成的衣服，根据喜庆日子的不同而用显示高贵的紫色染料来美化或者加上典雅的刺绣。

　　她们所穿的宽长袍也同样是符合季节变化的，往往是用银线卷结的有凸起图案的金线织物做成的，或者用带有金紫色的红色缎子，或波纹绸、塔夫绸作料子。白色、蓝色、黑色、茶色通通都有。还有丝织的哗叽丝毛呢、天鹅绒、银线织物、银线薄绸、金线织物、金线丝布、提花丝绒、花缎，以及用闪光金属线镶边绣图的织物。

　　夏季炎热季节，有时候她们就脱下宽长袍，换上好看轻便的开领短衫，布料花纹，图

相关链接 ●

12. 俾隆：恋爱
是充满了各种失态的
怪癖的，因此它才使
我们表现出荒谬的举
止，像孩子一般无
赖、淘气而自大；它
是产生在眼睛里的，
因此它像眼睛一般，
充满了无数迷离惝
恍、变幻多端的形
象，正像眼珠的转动
反映着它所观照的事
事物物一样。

案和前面提到的那些差不多。也有摩里斯科风格的无袖短衫，用紫色的丝绒卷结镶边，还点缀着金银线混织的小圈边饰；或是用花结凸纹装饰的金丝刺绣，东一处，西一处地镶嵌着许多印度的小珍珠。她们总不忘在头上插上一根与她们的衣袖颜色相配的美丽的羽饰，上面还炫耀性地装饰着闪闪发光的金色饰片。

冬天的时候，她们就穿塔夫绸的宽长袍，什么颜色都有，还用狼杂色的猞猁、黑斑鼬、卡拉布里亚地区①的紫豞鸟、紫貂、黑貂等等其他鸟兽的珍贵奇特的皮毛来镶边衬里。她们的珠链、戒指、手镯、项饰、珠饰领子、项链都是用名贵的宝石镶成的，有红榴石、红宝石、红刚石、钻石、蓝宝石、翡翠、绿松石、石榴石、玛瑙、绿玉和非同寻常的珍珠云母。

她们的发饰也是随着一年四季的变化而变化的：冬天时，一般是戴法式的呢帽②；春季是西班牙式的③；夏天一般是托斯卡纳式的④；但节日和星期日就另当别论了，这时候她们往往戴法式的帽子，因为他们认为这种帽子更体面更适合，能充分表露她们这种有身分的女士的谦逊和纯洁。

男修士们也仿照女士们的式样穿着打扮自己，长统袜是细羊毛或者哔叽的，有白的，黑的，绯红的或者其他一些深染的色调。马裤与袜子颜色一样，或者接近，料子是丝绒的，按照他们各自的审美来剪裁和刺绣。紧身上衣也是用与袜子、马裤同色的金线织物、银线织物、丝绒、缎子、锦缎、塔夫绸剪裁，绣花并且恰如其分地加以点缀修饰，几乎到了完美的地步。梭结花边是用同色的丝绒勾织成的，衣服上还悬着镶珐琅的金坠饰。他们的外套和无袖紧身大衣通常也是用金绒织物，银线织物，金丝薄绸制成。有时候也会选择绣花的丝绒，他们的宽长袍也完完全全和女式的一样昂贵，腰带是丝质的，和紧身上衣同色。每个人体侧都挂着一把华丽的宝剑，剑柄和把手是镀金的，剑鞘是马裤同色的丝绒制成的，剑鞘顶部的包头是金质的，可以看得出金匠的精湛手艺，随身携带的匕首也同样的精美考究。

他们的帽子是黑丝绒的，上面镶嵌着许多珠宝金钮。帽子上往往插着一根白色的羽饰精美雅致地缀着许多闪光夺目的金片。金片上还悬着华丽灿烂的红宝石，翡翠，钻石等物，令人眼花缭乱。

男女修士们之间似乎有着一种默契，一种感应，每天他们都是一样的打扮装束。为了避免错误疏忽，他们专门指定一些人每天早上提醒修士们，当天修女们要穿什么样的服装，因为一切都是由修女的意愿来决定的。

---

① 卡拉布里亚地区是意大利西南部的一个行政区。
② 法国式的呢帽后面一般拖一尾巴。
③ 西班牙式的一般是以纱网护头。
④ 托斯卡纳式的发饰一般是把头发梳成发辫，饰以金链、珍珠等。托斯卡纳是意大利的一个地名。

他们的穿戴是如此华美考究，鲜艳精致，但你可千万别认为他们把时间都花费在这事上了。管理服饰的人每早都把当天要穿的所有衣饰准备妥当，那些帮助修女们梳妆打扮的人手脚也麻利得很，转眼工夫就把修女们从头到脚穿戴整齐，打扮清楚。

为了能够更方便地随地随时拿到那些饰品，他们在特来美森林附近盖起了半里格长的一整排房子，整洁干净，条件齐全。并邀请金匠、宝石工匠、珠宝匠、刺绣工、裁缝师、金线工匠、织绒工匠、编毯匠、垫衬帷帘绣织匠等人来此居住，各做各的，但做出来的东西都是为前面提及的那些全新类型的快活逍遥的男女修士们服务的。所需的材料都是由诺西克利特老爷亲手提供的。他每年都从帕尔拉斯和卡尼巴尔群岛①驶来满载金锭、生丝、珍珠和宝石的七艘大船。如果饰物上的珍珠老了，那种天然的白色和光泽开始褪去的话，他们可以通过专门的技艺来使珠子恢复原样，也就是把珍珠拿来，喂到公鸡肚子里去，正如喂鹰吃泻药似的，东西拉出来时又是焕然一新的了，和崭新的时候没什么两样。

第五十三章

特来美修院是如何管理的，

他们的生活方式如何

这个修道院的修女修士们并不是把所有的时光都花费在戒律、条例或者教规上，他们完全是按照自己的意愿和喜好来安排日常起居的。他们想什么时候起床就什么时候起床，像吃、喝、劳动、睡觉这一类事也从没有固定的作息，只有想到了才会去做，也只有这时候才会很乐意地去做。没有人会来把他们吵醒，也没有人试图要迫使他们吃，喝或做任何事情。高冈塔就是如此规定的。他们的教规以及最严格的宗教的约束，就只有这么一条务必遵守的条文：随心所欲，畅所欲为。

因为那些自由的人们，往往出身名门，知书识礼，来往结交的也都是一些稳健谨慎的良师益友。他们天生就有一种趋善避恶的本能一直在鞭策着自己，这种本能也就是所谓的正义感。这些人一旦受到卑劣的征服和约束的时候，他们往往会摒弃原先的那些高尚的性情，用尽一切办法来挣脱和打破这种暴虐专横的奴役和束缚。这完全是和人性相符的，越是被禁止的东西，我们越强烈渴求；得不到的东西，我们越是想得到。

有了这种自由的意志，他们就慢慢产生了一种值得赞许的争胜心理，只要是合人心意的事，大家就会争先恐后地去做。如果有谁说了句："我们去喝酒吧！"大家就一窝蜂地都去喝。有谁说，"我们玩去吧！"肯定没有人不去的。如果有人说："我们到旷野里散步

---

① 帕尔拉斯和卡尼巴尔群岛是指西印度小安的列斯群岛。

相关链接 ●

吧!"绝对没有一个人会落下。如果是带鹰出猎，修女们就骑上步速均匀的小巧的矮马，坐在精致的驯马马鞍上，带着可爱的手套的手上总是停着一只美洲雀鹰、一只鹞子或是一只雕，年轻的男修士们一般携带其他的猛禽。

这个修院里的男女都受到良好的教育，没有一个人不会读写唱或是弹奏几种乐器和说五六种语言的，并且能够熟练地用这些文字赋诗作文。再也没有比这些男修士更英勇的骑士了。他们高贵、出色，不管是在马上或地上都同样的敏捷熟练。他们比骑士们更生气勃勃，活跃敏锐，更能游刃有余地使用各种武器。没有见过比这些修女更正派体面，端庄健美的女子了。她们是如此的纯洁文雅，不仅不鲁莽放肆，反而乐意做一切的手工女红以及符合女性细腻温婉性格的事情。

因此，修院里哪个修士如果由于父母的要求或者其他什么原因想结束修道生活的话，他可以带走其中的一位修女，也就是说，他事先为自己选好的心爱女子，一起去结婚。如果两人原先在修道院里就忠诚友好地生活在一起，那么，他们婚后的关系就能继续和睦下去，达到更高的境界，一辈子都能相亲相爱，直到生命的尽头，还能像新婚时那么炽热深情。

13. 公主：要是这种严肃而孤寂的生活，改变不了您在一时热情冲动之中所作的提议；要是霜雪和饥饿、粗劣的居室和菲薄的衣服，摧残不了您的爱情的绚艳的花朵；它经过了这一番磨炼，并没有憔悴而枯萎；那么在一年终了的时候，您就可以凭着已经履行这一条件，来向我提出要求，我现在和您握手为盟，那时候我一定愿意成为您的。

第二卷

英雄事迹的描述以及巨人朋特固尔的言论

第一章

伟大的朋特固尔的起源和古老的先祖

我们从容自在地细细讲述巨人朋特固尔的故事，让你们渐渐地熟悉他的来龙去脉、奇特的身世以及历代列祖列宗们，这绝对不是一件徒劳无益的事情。因为我发现，所有优秀的撰史人都是这么处理编写他们的史料记载的，不仅仅阿拉伯人、外邦人和拉丁人如此，连那些平和文雅的终日口不离酒的希腊人也不无两样。

因此，你们必须注意，在世界混沌初开时——我指的是很早很早以前的事了。按照古代德鲁伊特①的算法，该花四十天的四十倍以上才能算得清——也就是亚伯被他哥哥该隐杀死后不久，大地浸没在正义者的鲜血之中。于是有一年所有的果实都特别丰产，尤其是欧楂属的植物果实获得了前所未有的大丰收，以至于从那以后，世世代代都称那个年头为"大山楂年"，据说三个山楂就确实能装满一蒲式耳的容器。

正是在那一年，希腊的历书②里面发现了古罗马历法中朔望日历的存在。那年的大斋节一点儿也没有包括三月份③在内，八月的中期反而胜似五月。我记得十月份，或是九月份（可千万别记错，我要留心弄清楚）里有一周在历史上非常有名，也就是被称为三个星期四的星期④。由于闰年的不规则，的确有过三个星期四。产生的原因是因为太阳稍稍向左倾斜，就好像欠债的人害怕廷史就是来逮捕自己似的；月亮也从自己的轨道里偏离出五个多英寻⑤。在布满恒星的人称"亚普拉纳"⑥的苍穹上可以很明显地看到震颤，震动是如此的剧烈以至于昴星团正中的那颗星也离开了它周围的伙伴们，朝着赤道方向倾斜过去。那颗叫做角宿一⑦的星星也背离了室女宫⑧星座，朝着天秤星座⑨移动。这些非同寻常的变动真是太可怕太不可思议了。占星家们根本无法解释这些现象。事实上他们简直就是无能为力。

不管怎样你们就这么想吧：我刚才提到的那些山楂既好看又好吃，每个人都开怀大

---

① 德鲁伊特，古代克尔特人中一批有学识的人，担任祭司、教师和法官或当巫师、占卜者等。他们计算时不以天作单位，而是以月作单位。

② 希腊人没有历书，也就是说根本没有这回事。

③ 天主教从圣灰礼仪节至复活节为大斋节，自三月份开始。

④ "有三个星期四的星期"意思是永远不可能有的事。

⑤ 英寻或称"拓"，是长度单位，合六英尺或 1.8288 米。

⑥ 亚普拉纳是普陀里美在七个天穹之外所发现的第八个天穹，那里的星星固定不动。

⑦ 角宿一，是室女宫星座正中那颗最大的星星。

⑧ 室女宫星座是占星术中黄道十二宫的第六宫。

⑨ 天秤星座是占星术中黄道十二宫的第七宫。

相关链接 ●

吃。可最后呢，像那位老好人诺亚一样（他为我们种植了葡萄，于是我们才酿造得出那美味、珍贵、令人快活的、天上才有的、原供众神享用的人称为酒的琼浆玉液。我们对他真是感激不尽），由于对酒的强大功效和性能一无所知，在畅饮中不知不觉就被蒙蔽，以至于醉得一塌糊涂。同样道理，山楂大丰收的年头，男女老少们确实畅快无比地狂吃那硕大美味的果实。可是各种各样极其不同的灾难就接踵而来了，每个人身上都冒出很可怕的莫名的肿块，长的地方也不一样。

有的人肚子膨胀得像个大酒桶，上面还写着"全能的肚子"几个字。这些人都是极其诚实的乐天派，后来这个种族生下了圣凡高①和斯拉佛·推思戴②。有的人肿在肩膀上，球形的肿物硕大无比，就像肩扛一座大山，人们因此称他们为"背山的人"。这样的人你们现在还能看到一些，有男有女，肿胀的程度也不尽相同。这一支派别后来生下了伊索，他的一些精彩的言行你们书上都有记载。有的人肿在腿里，以至于看上去腿都长了不少。看到他们，你一定会说他们原先是长腿鹤，或是赤喙细腿鹳，甚至误认为他们在踩高跷呢！小学的小男生们引用法语中表示"腿"的词，叫他们"老长腿"。还有一些人的鼻子肿起来了，活像蒸馏器的喙状倾出口。整个脸部中央都是闪烁刺眼的红色水疱，一个劲儿地往外冒，像是布满了花纹图案。小脓疱越长越密，颜色也由红发紫，就好像你们见过的庞祖尔特的修士和安吉尔的人称"相却"的那位医生一样。这支种族很少有人喜欢喝药茶，但是所有人都绝对是美酒甘露的爱好者。纳索和奥维德就是这个种族的传人，姓氏中含有"鼻子"意思的人也是。有的人耳朵里长肿物，耳朵大得仅用一只就能做一件紧身背心、一条马裤和一件夹克衫，剩余部分还可以用来像西班牙斗篷似地把自己遮盖起来。听说在布尔包诺伊斯③地方还有这么一个派别的后裔。有些人身体长高了，他们的子孙后代都是巨人，朋特固尔就是其中之一。

> 始祖是切尔布拉思，
> 切尔布拉思生沙拉布拉思，
> 沙拉布拉思又生法里布拉思④，
> 法里布拉思又生赫塔利⑤，他很能喝燕麦粥，在洪水时代当主宰。
> 赫塔利生纳姆布拉思，

莎士比亚《奥瑟罗》精彩片段：

1. 奥瑟罗：各位尊敬的元老们，习惯的暴力已经使我把冷酷无情的战场当作我的温软的眠床，对于艰难困苦，我总是挺身而赴。我愿意接受你们的命令，去和土耳其人作战；可是我要恳求你们念在我替国家尽心出力，给我的妻子一个适当的安置，按照她的身份，供给她一切日常的需要。

---

① 圣凡高意思是"大肚子"。
② 斯拉佛·推思戴意思是"动荤的星期二"，指封斋的前天可以最后一次动大荤，个个吃得肚子鼓鼓的。
③ 布尔包诺伊斯是法国十六世纪古省名，当地人以耳大出名。
④ 切尔布拉思、沙拉布拉思、法里布拉思这些名字都是作者虚构的，其余的名字有的出自圣经，有的来自神话，有的取自传记。
⑤ 赫塔利，据希伯来文记载，此为巨人，在洪水泛滥时，因骑在方舟上得以不死。诺亚曾从窗户送食物给他。

纳姆布拉思①生亚特拉思②，他用自己的双肩擎着天空，使其不掉下来，

亚特拉思生高利亚③，

高利亚生爱利克斯④，他发明了糊弄人的种种花招，

爱利克斯生提修斯⑤，

提修斯生遏翁⑥，

遏翁生波利福莫斯⑦，

波利福莫斯生卡克斯，

卡克斯⑧又生亚宣，他是第一个得天花的人，是因为在夏天喝了不干净不新鲜的酒造

成的。

这一点巴塔琴⑨可以作证，

亚宣生昂斯拉杜斯⑩，

昂斯拉杜斯又生西尤斯⑪，

西尤斯生提法尤斯⑫，

提法尤斯生阿洛尤斯，

阿洛尤斯生奥修斯，

奥修斯生埃吉思，

埃吉思生波莱尔流斯，据说他有一百只手；

波莱尔流斯又生波菲里奥，

波菲里奥生亚达马斯特⑬，

亚达马斯特生安塔尤斯⑭，

安塔尤斯生阿嘎索，

---

① 纳姆布拉思，可能是寓言中的巴比伦国王。

② 亚特拉思，神话中朱庇特之子，是毛里塔尼亚的国王。

③ 高利亚，是《圣经》中的巨人，被大卫用石头击毙。

④ 爱利克斯是神话中的西西里巨人，被海格立斯所杀，埋于西西里爱利克斯山下。

⑤ 提修斯，神话中爱琴之子，是雅典的国王。

⑥ 遏翁是神话中狩猎巨人，后来变为星座。

⑦ 波利福莫斯，是神话中海神之子，被乌里赛斯弄瞎，关在埃特纳火山附近的山洞中。

⑧ 卡克斯，神话中的巨人，身体高大，口吐火焰。曾趁海格立斯睡觉时，偷了他四头公牛，藏在阿文丁山洞穴内。海格立斯醒后发现牛不见了，后又寻声找到卡克斯洞内将他掐死。

⑨ 巴塔琴是十五世纪意大利法学家。

⑩ 昂斯拉杜斯是神话中天地之子。因为反抗天庭被朱庇特用雷击毙，埋于埃特纳火山下。

⑪ 西尤斯也是神话中一巨人。

⑫ 提法尤斯是神话中巨人，因想登天，被朱庇特以雷击毙。

⑬ 亚达马斯特是专司暴风雨的巨神，神话中说他守在好望角。

⑭ 安塔尤斯是神话中的巨人，海神占地之子，后来被海格立斯杀死。

相关链接

阿嘎索生波勒斯①，他曾和亚历山大大帝②打过仗。

波勒斯生阿兰沙斯，

阿兰沙斯生盖伯拉③，他是第一个提出"与人干杯"这个想法的人，

盖伯拉又生色肯迪利的哥利尔④，

色肯迪利的哥利尔又生奥佛特⑤，他整天找酒喝，鼻子大得惊人，可以直接从桶里喝酒。

奥佛特生阿塔求斯，

阿塔求斯生奥勒登，

奥勒登又生盖么高格，他是第一个发明波兰式尖头鞋⑥的人。鞋后跟处是敞开的，足背处用鞋带绑紧。

盖么高格生西西佛斯⑦，

西西佛斯又生巨人提坦，海格立斯就是提坦的后裔。

提坦又生思奈⑧，他是有史以来最擅长治手上湿疹的人。

思奈又生菲尔拉布拉斯，曾被法国的贵族罗兰⑨的战友奥利弗⑩击败，

菲尔拉布拉斯生摩根⑪，世界上第一个戴着眼镜掷骰赌博的人，

摩根又生弗拉卡色斯⑫，默林·可卡尤斯曾在诗中描写过他，

弗拉卡色斯生菲拉格斯⑬，

菲拉格斯又生哈泼摩须⑭，他首创了在烟囱里熏牛舌这手手艺；在此之前，人们都是用盐腌来吃，和现在人们腌火腿的做法一样。

哈泼摩须又生波利佛拉克斯⑮，

2. 苔丝狄蒙娜： 我不顾一切跟命运对抗的行动可以代我向世人宣告，我因为爱这摩尔人，所以愿意和他过共同的生活；我的心灵完全为他的高贵的德性所征服；我先认识他那颗心，然后认识他那奇伟的仪表；我已经把我的灵魂和命运一起呈献给他了。所以，各位大人，要是他一个人迢迢出征，把我遗留在和平的后方，过着像蜉蝣一般的生活，我将要因为不能朝夕事奉他，而在镂心刻骨的离情别绪中度日如年了。让我跟他去吧。

---

① 波勒斯，公元前310年古印度国王，是亚历山大大帝的劲敌。

② 亚历山大大帝，公元前356至323年马其顿国王。

③ 盖伯拉，是克罗狄俄斯王朝最高的人，身长九尺九寸。

④ 色肯迪利的哥利尔是奥古斯都斯王朝的巨人，身高十尺三寸。

⑤ 奥佛特是神话中的牧羊巨人。

⑥ 这种尖头鞋十四世纪在法国曾一度被禁，十五世纪初又重新兴起。

⑦ 西西佛斯是神话中哥林多国王，凶恶残暴，死后被罚在山上推石头，推上去后石头又沿斜坡滚下，这种惩罚与折磨，永无止时。

⑧ 思奈就是《圣经》中的巨人思纳克。

⑨ 罗兰是查里曼大帝十二卫士之一。

⑩ 奥利弗是骑士小说中的英雄，以明智机警著称。

⑪ 摩根是意大利诗人普尔奇作品中的巨人。

⑫ 弗拉卡色斯，是弗朗高用笔名默林·可卡尤斯所写的诗中的巨人，曾以钟片砍杀敌人。

⑬ 菲拉格斯是萨拉逊巨人。

⑭ 哈泼摩须，意思是"捉蝇子的"，作者有意指一世纪时整天捉蝇子玩的罗马皇帝多米西安。

⑮ 波利佛拉克斯，是传记中的巨人。

波利佛拉克斯又生朗吉斯①，

朗吉斯又生盖尔浮②，他的睾丸是杨木的，

而那个东西又是山梨木的，

盖尔浮生玛斯查番，

玛斯查番生布鲁斯勒佛，

布鲁斯勒佛生思古列文特，

思古列文特又生伽勒豪特③，他是大酒壶的发明者，

伽勒豪特生迈勒兰高特④，

迈勒兰高特生伽勒佛⑤，

伽勒佛生沙勒丁，

沙勒丁生罗包斯特⑥，

罗包斯特又生科宁姆勃⑦的索提伯朗特⑧，

索提伯朗特又生莫米耶尔的布鲁斯邦特，

布鲁斯邦特又生布鲁耶尔，他曾被法国议员、丹麦人奥吉尔⑨打败，

布鲁耶尔生玛布朗⑩，

玛布朗生佛塔斯侬，

佛塔斯侬生哈克乐巴克，

哈克乐巴克生维特迪格雷，

维特迪格雷生高朗古杰，

高朗古杰生高冈塔，

高冈塔生下尊贵的朋特固尔，我的主人。

　　我心里明白得很，读到这个章节时，你一定会心怀疑虑，而这疑虑又是极有道理的。你们一定会问：这里叙述的事情真实吗？因为在洪水泛滥时，除了诺亚和方舟中同他待在一起的七个人外，整个世界都毁于汪洋之中。这前面提到的赫塔利不属于方舟上的一员，能幸存下来？这可能吗？

---

　　① 朗吉斯，名字的意思是"很高的人"。
　　② 盖尔浮的意思是"凶汉"。默林的诗中有一官吏名字相近。
　　③ 伽勒豪特是"圆桌小说"里的英雄。
　　④ 迈勒兰高特是传记中米尔兰格的巨人。
　　⑤ 伽勒佛是萨拉逊的国王，是一巨人。
　　⑥ 罗包斯特，是武功诗里的巨人。
　　⑦ 科宁姆勃是葡萄牙的地名。
　　⑧ 索提伯朗特是科南特的国王。
　　⑨ 丹麦人奥吉尔是十二世纪武功诗里的人物。
　　⑩ 玛布朗是萨拉逊人。

3. 伊阿古：老兄，他是个性情暴躁、易于发怒的人，也许会向你动武；即使他不动武，你也要激动他和你打起架来；因为借着这一个理由，我就可以在塞浦路斯人中间煽起一场暴动，假如要平息他们的愤怒，除了把凯西奥解职以外没有其他方法。这样你就可以在我的设计协助之下，早日达到你的愿望，你的阻碍也可以从此除去，否则我们的事情是决无成功之望的。

不可否认，这个疑问合情合理，又很明了。但是我的回答一定会让你提及创世纪初的洪水泛滥年代，我根本就没有亲身经历过，因此我也不能随心所欲地向你胡诌一气。我要把犹太教马所拉学士的权威言论引证给你们。他们诚实正派，是希伯来《圣经》的真正的注释人。他们证实：赫塔利当时的确不在方舟里面，退一步说，即使他想进去的话也无计可施，因为他的个子太高大了。于是他就两腿叉开跨在方舟上，就好像小孩子们骑木马那样；又好像伯尔尼那个人称"大公牛"的士兵，像骑在海克尼挽马上似的跨坐在威力无比的大炮上大搞破坏（毫无疑问，那可真像匹壮硕，漫步缓行的大牲口啊）。

除了上帝之外，就是他为拯救方舟幸免于难立下了大功。他保持那种坐姿，两条腿正好派上了很大的用场。他用腿使劲让方舟驶行，想让它上哪儿，它就乖乖地往哪儿开，就好像船受到舵的控制一样。方舟上的人通过烟囱送给他大量的食物来感谢他为他们所做的一切，据卢奇安①的记载，有时候他们还互相交谈，就好像伊卡洛美尼波斯和朱庇特闲谈那样。

现在，你们对一切都明白了吗？那么，先喝一杯美酒吧，不掺水的。因为，如果你们仍然不信的话，"我也不信，她已经说过了。②"

第二章

最令人敬畏和最有名望的朋特固尔是如何诞生的

高冈塔四百八十又四十四岁的时候，他的妻子，理想国③首都亚莫诺驰的公主巴德贝克，给他生了个儿子，取名朋特固尔。不幸的是，孩子的母亲却死于分娩，因为孩子的块头实在是太大了，如果没使他的母亲窒息而死的话，就根本无法降临到这个世界上。

为了能够彻底弄清受洗礼时他被取名为朋特固尔的原由和意义所在，你们必须注意到这一点：他出生的那一年正好碰上整片非洲大地罕见的大干旱，已经有三十六个月三星期四天零十三个小时多没有下过一滴雨了。热气蒸腾，地球被炙烤得干枯龟裂，满目死寂苍凉。就连伊利亚④时代大旱三年时也没有如此干焦枯闷。极目远眺，已经见不到一棵还枝叶繁茂的树了。草已经不再青翠葱郁，河流干涸了，泉水也枯竭了。可怜的鱼虾们被它们本来适宜的生活环境所遗弃，已经无水可游，在干裂的地上绝望地乱蹦乱跳，垂死挣扎；鸟儿们因为空气中缺乏水气和露珠，精神不振，接二连三地从空中摔下来了。原来路间到

---

① 卢奇安，又译琉善，（120～180），古希腊作家，无神证者，作者多采用喜剧性对话体裁，讽刺和谴责各派哲学的欺骗性及宗教迷信，道德堕落等等，著有《神的对话》、《宴间的对话》等等。

② "我也不信，她已经说过了。"是一首民歌的叠句，作者是随手引用的。

③ 理想国，也就是所谓的乌托邦，是托马斯·莫尔幻想的国家，意思为"乌有之乡"。

④ 伊利亚，希伯来先知，约生于公元前900年，曾预言国内将大旱三年。后来果然如此。

处都可见到渴死的狼、狐狸、公鹿、野猪、麀鹿、野兔、穴兔、鼬鼠、獾、袋狸或是其他的一些野兽死时无一例外地嘴巴都张得开开的。至于人呢，也是同样可怜无助。所有人都伸长舌头，好像已经奔跑过六个小时的野兔似的，许多人干脆就跳到井里去，其余的人躲到牛肚子底下那片荫凉地带里去了，荷马曾称他们为"干渴的人"。大地一片死寂，所有人都无精打采，什么事也做不了。

看到人们千辛万苦地保护自己尽量不受这可怕的干旱酷热的侵害，那场面可真是令人哀叹痛惜！因为单单是保护教堂里的圣水不日渐损耗掉，就已经让人够受的了。红衣主教和教皇颁布过非常严厉的命令，因此任何人只敢蘸一下圣水，仅此一下而已。然而，任何人一进教堂，后面必定会跟上二十多个渴得半死的可怜兮兮的家伙，嘴巴张得大大的，渴盼分圣水的人也能舀给他们一小滴。那模样就像《路加福音》① 中提到的那个贪心的有钱人，一点一滴都不漏过。这一年要是谁家地下有个阴凉的酒窖，装满美酒甘露，那该多幸福呀！

哲学家们在提出"海水为什么是咸的"这个问题时，曾说过：光明之神福伯斯把那光辉炫目的战车②移交给他的儿子法腾掌管。而这个法腾却不善管理，不知道该如何沿着太阳轨道上两条回归线之间的黄道线驾驶战车。最终偏离了日常路线，太靠近地球，以至于战车驶经地方下面的地球上所有地区都被烤干了，连天上的一大部分也难逃劫难，也就是哲学家们称为"牛奶路"（即"银河"）的那片区域。然而一些最高深莫测，最出色的诗人却断言那银河是天后朱诺给海格立斯喂奶时奶水滴落下来形成的。那时候地球热得够呛，也冒出了许多巨大无比的汗珠。每一滴汗都形成了海，因此海水是咸的，因为汗都是咸的。这一点你应该不得不承认吧？否则你就尝尝自己的汗，或是那些患天花的人流的汗。不管是谁的，只要是汗，无一例外都是咸的，对我来说没有什么两样。

就在这同一年里，另一件事突然发生了。那是一个星期五，所有的人都在一心一意虔诚地祈祷，还列队行进，念了许多祈祷文，进行了大量充满希望的布道，乞求万能的上帝能睁开他那慈爱的眼睛看看这些饱受灾难折磨，前景惨淡的芸芸众生。正是这时候，大家都真真切切地看到地面上流出大滴大滴的水珠，就跟一个气喘吁吁的人大汗淋漓似的。那些可怜的人们开始欢欣鼓舞起来，仿佛这是一件非常有利可图的事情。有人说，他们一直在祈雨，空气中却一点儿水分也没有。现在地面上冒出水来，正好弥补了这个缺憾。另一些博学的人说，这和下雨恰恰相反，算是一种"倒下雨"。正如罗马著名哲学家塞内加在他的第四部书《自然问题》中提起尼罗河的起源时所说的那样。

可是人们都想错了。巡行结束之后，当每个人都想四下里收集这种水露，想用碗大口

---

① 这是《路加福音》中的故事：贪心有钱的人生前作恶多端，贪得无厌，死后在阴间受苦。他祈求亚伯拉罕让拉撒路用手指蘸一点水滴下来给自己润润喉舌。

② 这战车就是指太阳。

4. 伊阿古：恶魔往往用神圣的外表，引诱世人干最恶的罪行，正像我现在所用的手段一样；因为当这个老实的呆子恳求苔丝狄蒙娜为他转圜，当她竭力在那摩尔人面前替他说情的时候，我就要用毒药灌进那摩尔人的耳中，说是她所以要让凯西奥复职，只是为了奸情的缘故。这样她越是忠于所托，越是会加强那摩尔人的猜疑；我就利用她的善良的心肠污毁她的名誉，让他们一个个都落进了我的罗网之中。

大口地畅饮一番时，才发现水非常非常咸，比最咸的海水还咸，味道还更不好。朋特固尔就是在这一天诞生的，他的父亲即兴给他起了这么个名字。因为希腊语中"朋特"的意思是"全部"、"一切"，而"固尔"在非洲的毛里塔里亚语言中表示"渴"，这名字就意味着：他出生的时候，全世界都处于干渴的困境中，似乎在起名字时，高冈塔就隐约看见到，总有一天他的儿子朋特固尔要当这个干渴的王国的最高统治者。关于这一点当时还有一个更明显的预兆可以证实：当他的母亲巴德贝克在使劲生他的时候，接生婆们都等在一旁准备接生。只见从她肚子里先走出六十个盐贩子，每个人手中都牵着一头满载着盐的骡子。随后又冒出九匹单峰骆驼，背上驮着的都是沉甸甸的火腿和熏牛舌。接着又有七匹背负着猪小肠、黑香肠等物的双峰骆驼走了出来。然后就是由三十五匹壮实的马拉的五辆运货大马车，车上满满当当的都是韭菜、葱、蒜和陈葱。顺便提一下，每辆马车是由六匹马来拉的，外加一头套在辕间的马，因此共有三十五匹马。

看到这一切，接生婆们讶异不止。其中有些人说："看啊，这食品可真够丰盛的。我们正需要呢！我们近来连喝酒都懒懒的，好像舌头都得靠拐杖来支撑，一点劲儿都没有。这下可好了，这可是个好迹象哪，没有比这些东西更适合我们的了。都是些下酒的好料，刺激我们的酒劲，快点，咱们开始吧……"

她们正以自己特有的方式喋喋不休地拉呱儿，看，朋特固尔就生出来了。只见他浑身毛茸茸的，好像一头熊似的。其中一个接生婆受到神灵的启示，预言性地脱口说道："出生时浑身是毛，将来必定成就大事，也必定长寿，他会是个了不起的家伙！"

第三章

高冈塔因为妻子巴德贝克的死亡而大为悲恸

朋特固尔出生时，没有人比他的父亲高冈塔更感到惊讶和困惑了。为什么呢？原因之一：看到自己的妻子巴德贝克因生产而死；原因之二：看到自己那又壮硕又前程远大的儿子朋特固尔出生。在同一时刻内经历了人生的大喜大悲，高冈塔真是不知道该说什么，该做什么才好。一直困扰他的问题是：这时候他该为妻子的不幸逝去而痛哭，还是为儿子的诞生而欢欣雀跃？他完完全全被这似是而非的疑虑哽得说不出话来，以至于举止失措，不知道笑好还是哭好。倘若按照三段论法来解决问题的话，他一定可以把一切理清头绪。但是他还是无法打定主意，就好像一只被困的小老鼠，或是一只被罗网罩住的鸢，急也没用。

"我该哭泣吗？"他自问又自答，"是啊，为什么不呢？我的那么贤惠善良的妻子死了。她是世界上有史以来最好、最温柔的女人。我再也见不着她了，再也找不到像她那样的别的女人了。这个损失对我来说真是难以估量啊！上帝啊，我做错了什么？你要这么惩罚

我？为什么不让我先她而去呢？没有她的日子真是不可思议，对我来说简直就是受折磨，这样活着还有什么意思呢？哎呀，巴德贝克，巴德贝克，我的乖乖，我的心肝，我的蜜糖，我的甜心，我的宝贝，我的……，我再也见不着你了。啊，我苦命的儿子，你失去了你的好母亲，你的生你哺育你的亲娘，你的深受爱戴的妈了！不明智的糊涂的死神啊，你这一招真是不公道，恶毒无比，我多么怨恨你，多么气愤啊。你把我深爱的妻子夺走了。她本该不死的呀！"

他一边说一边撕心裂肺地痛哭起来。可是一想到儿子朋特固尔，他又憨憨地情不自禁地笑出声来。"哈，我的儿子，"他破涕而笑，"我的宝宝，我的小捣蛋鬼，我的小淘气，我的小坏蛋。你是多么快活啊！上天赐给我这么一个前途光明、调皮捣蛋、可爱、欢快、惹人爱怜而又性情温和的儿子，我真不知道怎么感谢他的仁慈宽厚才是！哈哈哈，真开心啊。来，咱们喝酒吧，把所有的忧愁都撇得远远的。拿最好的酒来，把酒杯擦洗干净，铺上桌布，把这些狗赶出去，把火吹旺点，点上蜡烛，把那扇门关上，把这面包切得碎碎地泡汤，把这些穷人们打发走，他们要什么就给什么，拿着我的长袍，我把衣服脱掉换上紧身上衣，去陪那些接生的太太们，好好招待她们一番。"

话音未落，就听见牧师们在祈祷念经，他们是来超度埋葬他的妻子的。他猛地收口，思绪一下子就转到别的地方去了，根本不记得自己刚才正打算做什么了。他不禁说道："我的上帝，我还得再痛悔伤心吗？我真是难过啊！我已经不再年轻了，我年纪渐渐大了。世事难测！可能我会得疟疾，如果祸不单行的话，接着来的恐怕就是种种挫折不幸了。我以贵族的身份保证，这时候应该多喝点，少哭点，这才是上策。我亲爱的妻子已经死了，上天作证，我再怎么哭也唤不醒她了。她现在倒好，最起码说是在天堂上，也没有比天堂更好的地方了。她为我们向上天祈祷，她现在很幸福，已经摆脱人世间的一切痛苦和灾难了。她死了，我们却还活着，这又怎么样呢？她今天所经历的一切，我们总有一天也同样会得到。大自然一定会召唤我们去的，我们所有人总有一天会有同样的结局。那么，就让她去吧！上帝会保佑活着的人。我现在得试图再找一个妻子才好。"

"现在，我要告诉你们立马要做的事。"他对接生婆们——在法语中她们又被称为'有魔力的女人'——说（咦，奇怪，她们都上哪儿去了呢？我怎么见不着她们？）"你们去参加我妻子的安葬仪式吧![1] 我来摇晃我的儿子，我觉得自己有点儿异样，有点儿心烦意乱，可能要病倒了。不过你们还是痛快地喝一大口酒再去，那样感觉会好受些。我以自己的名誉担保，相信我吧。"

在他的请求之下，她们去参加巴德贝克的葬礼了。这期间呢，可怜的高冈塔就待在家里苦思冥想，希望能在她的坟墓上刻点什么让大家记着她。最后他写了下面这篇墓志铭。

---

① 这里作者故意指出当时国王是不参加葬礼的，连他们亲近眷属的也不参加。他们很迷信，认为坟墓上的空气对他们不利。因此总是想方设法避免参加这样的仪式。

相关链接 ●

全文是这样的：

出身高贵的巴德贝克死了。

她的面庞像三弦琴上的肖像那般端庄圣洁，

她的肚子像瑞士人的，身体却像西班牙人的，①

告诉你们，她是因分娩而死的。

向上天祈祷吧，

即使她犯过错也请宽赦她！

我相信她的一生从来未作过恶。

这儿安息的是她的身体。

她就在我床边逝去，

在这一年的这一天！

第四章

朋特固尔的幼年时代

我发现，古代的历史学家和诗人的作品中时常提到，这个人世间许多人都是以非常离奇古怪的方式降临人间的。这些事情要一一重述的话，可不是一朝一夕的事。如果你很空闲，可以去看看普林尼②作品的第七卷。但是，你们应当没有听说过比朋特固尔的出生更奇特的吧！因为在短短的时间之内，他在娘胎里既长身体又长力气，速度快得真是令人难以置信。这么一比，海格立斯在摇篮里曾经杀死过两条蛇的事就不值一提了。因为那些蛇又小又不堪一击。朋特固尔在摇篮时干下的事情要令人诧异令人钦佩得多！

这儿我暂时不谈他如何每餐喝下了四千六百头牛的奶；人们为了给他造一个煮牛奶的锅，又如何动用了安诺省索米尔地区所有的铜匠、锅匠来一起烧制冶炼；用这锅把饭煮好后，又盛在一个巨大无比的钟形槽里给他吃。这个槽至今在贝利省的伯吉斯城靠近王宫的地方见得到。那时他的牙齿已经长得很好很牢固了。他一使劲，就把那槽咬下了一大口。这个缺口至今还清晰可辨呢！

我想说的是：有天早上，人们正准备让他吮吸一头奶牛的奶时——据历史记载，他没有过别的"奶妈"——他的一只胳膊从摇篮上缠包着他的长布条里挣脱了，顺势就抓住那

---

① 意思是上细下粗。

② 普林尼（公元 23～79）古罗马作家，共写作品七部，现仅存百科全书式著作《博物志》三十七卷。他的《自然史纲》第七卷里有《奇怪的生产》。

奶牛左边的后腿，然后把牛拉过来，吃掉它的两只奶和半个肚子，还有肝和肾。要不是牛痛得像被狼拽住腿似的狂吼起来的话，恐怕早就被全吞下去了。听到那么凄惨的嚎叫，大家都跑进来，看见此景，赶忙把那头奶牛从朋特固尔手中抢救走。

可是不管大家怎么努力，朋特固尔怎么也不放开手上抓的那条牛腿。转眼之间，反而就狼吞虎咽地把腿肉吃得精光，就像你们吃香肠似的那么毫不费劲。吃完之后，还似乎意犹未尽，巴不得多要一些。别人正想把他手中的骨头拿走，他一下子就把整根腿骨吞下去，好像鸬鹚吞食小鱼那样，连肉带刺都一古脑儿地解决了。吃完之后，他就开始笨嘴拙舌地咕哝着："好，好，好。"为什么会这样呢？那时候他还太小，话都说不清楚。他这几声模模糊糊的话语，意思是让大家明白，他说的是肉好吃极了，他希望多吃点儿，越多越好。

为了把他看管好，大家就用很大的缆绳把他束缚起来。绳子粗得好像是泰思镇出产的用来捆绑运往里昂的盐袋的那种，又好像是在去纽骇纹的路上那些抛锚停泊在诺曼底港口的法国的两千吨运输船上使用的钢索。可是，有一次，高冈塔饲养的一头大熊不知怎地挣断绳子跑到朋特固尔跟前。朋特固尔的保姆们没有把他的嘴巴周围彻底擦洗干净，于是熊就舔起他的脸来了。朋特固尔突然受到这意外的侵扰，立刻就扯断身上的粗绳——和大力士参孙①把非利士人捆在他身上的锚链挣脱那么容易——然后一把就将熊举起来，像撕小鸡一样把它撕成碎片，趁热就狼吞虎咽地美美地饱餐了一顿。

发生了这么些事，高冈塔担心，再下去他的孩子会连自己都伤害到了，赶忙命人做了四条很粗的铁链把他再次捆绑起来，他的摇篮周围也用很多坚固粗实的木棍牢牢地搭起一个巨大的拱形架子。那四条铁链中至今还有一条保留在罗彻利，晚上就连在港口的两座高塔之间。另外一条在里昂，第三条在安吉尔，最后一条呢，被魔鬼们拿去捆路西弗②了。据说早饭的时候路西弗把一个仆从的灵魂也炒着吃下去了，后来不知怎么的肚子就绞痛起来，把他折磨得够呛，普通的绳子捆都捆不住他。

这下子你该相信尼古拉·德·里拉曾提到《诗篇》中的一个章节：主人公奥格很小的时候就异常健壮，因此人们不得不用铁链将他紧缚在摇篮里。朋特固尔也遭到同样的"礼遇"。这么一来，他倒真的老实安静下来了一段时间。因为要想弄断铁链子，根本不是一件轻而易举的事，而何况摇篮里没有丝毫空间让他挥动手臂用劲呢！

可是，在一次盛大的宗教节日里，他的父亲高冈塔大设华筵招待朝廷里所有的王公大臣们。我总认为皇室里的仆人侍从那时一定都为宴席忙得焦头烂额的，没有人会记得去照顾一下可怜的朋特固尔。他被遗弃在一旁，孤单一人，颇受冷遇。那么，他的反应如何呢？做了些什么事？好心人啊，留神听着！

---

① 参孙，又译桑松，古犹太人领袖之一，以身强力大著称。人称"大力士"。

② 路西弗，明亮之星，早晨之子。早期基督教教父著作中对堕落以前的撒旦的称呼。他是叛离天主的天使头儿。

相关链接 ●

他努力尝试，想用胳膊奋力把摇篮周围的锁链挣断，却无济于事，因为那链子，对他来说确实太牢固了。于是他就用脚狠命地乱踩乱跺，狠踢猛踏，好不容易才把摇篮的较低的那一端踢散架了——尽管那是由直径五英尺大小的粗木制成的。双脚一得到自由，他整个人就尽力地慢慢往下滑，一直到脚底都挨着了地为止。然后呢，他一使劲就站了起来，背上还牢牢地背着那摇篮，真像是一头乌龟慢慢地沿墙爬行。如果你当时在场的话，一定会以为那是一艘载重五百吨的宽身帆船倒立着呢！

他就这副样子走进杯盏交错、笑声不绝的宴会大厅里，唐突无礼地把来宾们都吓呆了。还好他的双臂还缚在摇篮上，不能乱抓东西吃，否则不知会惹出多大的乱子来！他所能做的惟一事情就是时不时地停下来，费力地俯下身去，伸出舌头东舔一口、西咬一下。他的父亲高冈塔见此情形，马上意识到一定是仆人们疏忽了，没给他东西吃。于是他马上当着在场的王公贵族的面，下令解开他身上的铁链。后来高冈塔的御医们也说，如果他们一直让他这样待在摇篮里，他将来一辈子都很容易得结石病。

人们赶紧为他松绑，让他坐下，并给了他好多丰盛美味的食品。吃得心满意足之后，他把摇篮拉近身旁，对准中间狠狠地一拳揍过去，把它打得七零八落，碎成五十多万块。他还不解气地发誓，今后再也不回到摇篮里去了。

第五章

出生高贵的朋特固尔少年时代的行为表现

所有人都看着朋特固尔这么一天天地长大，各个方面也都日渐成熟起来。这一切自然使作父亲的满心欢喜。因此，他还很小的时候，他父亲就命人做了一把很漂亮的石弓，让他射小鸟。这把石弓就是现在人称"昌特利大石弓"的那个东西。再过些时候，又送他去学校学习，希望他在青少年时候能有着正直的品性和高尚的德行。

为了能够完全按照他父亲设计的前途发展，他先到波依蒂尔①去求学，在那儿他学得很努力，也受益匪浅。可是，看到其他学生们经常清闲自在地打发时光，不知道如何充分地利用时间，珍惜时间，他不禁怜悯同情起他们来了。于是有一天，他从名为"帕色路尔丹"的一长串岩脊上搬下一块大约十二平方英寻，厚约五十六英寻的巨石，轻松自如地放在田野中间的四根柱子上。他这么做没有别的目的，无非是让那些学生们无所事事时，带上些火腿、肉、馅饼和酒水爬到这块岩石上，用野餐的方式来消磨时间，还可以用小刀在石头上刻上自己的名字，作为一种标志，一个象征。这块石头如今还被人们叫做"被移升的石头。"更有意思的是，为了纪念这个事件，直到如今，如果你想在波依蒂尔大学登记

6. 奥瑟罗：我想我的妻子是贞洁的，可是又疑心她不大贞洁；我想你是诚实的，可是又疑心你不大诚实。我一定要得到一些证据。她的名誉本来是像狄安娜的容颜一样皎洁的，现在已经染上污垢，像我自己的脸一样黝黑了。要是这儿有绳子、刀子、毒药、火焰或是使人窒息的河水，我一定不能忍受下去。但愿我能够扫空这一块疑团！

---

① 波依蒂尔，巴黎西南一城市。当时有法国最出名的波依蒂尔大学，学生四千人。

注册，或者考虑拿个学位什么的，就非得先到克鲁思台利①的马蹄泉②那儿喝点泉水，再路过帕色路尔丹，爬到那块"被移升的石头"上才行。

后来，朋特固尔在读他的先辈们使人愉快的历史记载时发现，家住路西格南，人称"大牙吉奥弗雷"的那个家伙，又是他继母儿媳的叔叔的女婿的姑姑的大姐的表姐夫的祖父，就埋葬在梅利栽③。于是有一天，他就特地请了假（这是辛苦学习之余的偷闲放松而已），打算毕恭毕敬地去瞻仰一番。他和一些同伴从波依蒂尔出发，经过勒古吉时，拜访了尊贵的修道院院长阿迪伦；后又途经路西格南、闪塞、色勒斯、酷隆吉斯、凡特奈·勒·康姆特，顺路求访博学的蒂拉枯尔。随后又到达梅利栽瞻仰了"大牙吉奥弗雷"的陵墓。看到逝者的遗像时，他心里不禁有点儿害怕。因为像上画的是一个大发雷霆的人，那把弯刃大刀已经被拔出刀鞘一半了。他问那幅肖像是不是有什么含义。当地的大教堂教士告诉他，画本身没什么特别的意思。因为画家和诗人一样，总是随心所欲地创作，自由选择题材。这种回答他并不满意。他说："画家肯定不会无缘无故这么画的。我怀疑，他死的时候受到什么冤枉了，于是要求他的亲属为他复仇。我会深入调查这件事的，然后酌情来公正合理地解决。"

其后他并没有直接回到波依蒂尔去，而想去看一看法国的其他所大学。因此，到罗彻利之后，他就走海路往波尔多去。在波尔多没见到什么大型的军事演习，只不过时不时地有一些水手和驳船船员在码头上摔跤或者在河边搓绳索。

后来他又从波尔多到图卢思④去，在那儿他学会了跳舞，跳得还真不错呢。也学会了要双手舞的剑——当时图卢思大学的学生们都在流行玩双手并用的游戏。可是，还没在那儿待多久，他就看到学生们像烤熏鲱似的把他们的师长活活烧死这样惊人的一幕。他忍不住感慨万分："上帝保佑我不要那样地死去。我天生就碰上个干渴的命，再也不要让我进一步受热了。"说完就匆匆离开此地。

下一站他又到了蒙特帕利尔。此地他邂逅了来自半勒伏的一些助产士们，大家成了快活的伙伴。于是他就产生了留下来学医的念头。转念一想，又觉得那行业太麻烦太会使人忧郁了，而且医生身上老有一股难闻的味儿。最终，他打定主意要学法律，但考虑到当地只有三个头上长痂的和一个秃头的法学家，他又离开了。

还不到三个小时，他就到达嘎得桥⑤和尼姆斯⑥的圆形露天剧场。这两座伟大的建筑虽是人造的，看上去却极像天赐的那么完美壮观。在人类巧夺天工的杰作面前流连忘返一

---

① 克鲁思台利，离波依蒂尔六公里多的一个村庄。
② 马蹄泉，据说是由马蹄子踢出来的一个水泉，故而得名。
③ 梅利栽，地名。此处有本笃会出名的一家修道院。
④ 图卢思，巴黎西南部一地方。当时图卢思大学的神学院和法学院很出名。
⑤ 嘎得桥，公元前罗马建筑物，分三层，高48米，长269米，全长40公里。
⑥ 尼姆斯，地名，此地有罗马式古代圆形剧场。

相关链接 ●

7. 伊阿古：那很好；可是什么事都要看准时机。您走远一步吧。（奥瑟罗退后）现在我要向凯西奥谈起比恩卡，一个靠着出卖风情维持生活的雌儿；她热恋着凯西奥；这也是娼妓们的报应，往往她们迷惑了多少的男子，结果却被一个男人迷昏了心。他一听见她的名字，就会忍不住捧腹大笑。他来了。

他一笑起来，奥瑟罗就会发疯；可怜的凯西奥的嬉笑的神情和轻狂的举止，在他那充满着无知的嫉妒的心头，一定可以引起严重的误会。

番之后，他又来到了亚维依。在当地不到三天工夫，他就陷入了爱河。他的导师——那个老学究埃比斯特蒙——察觉到这个情况，赶紧拉他远离此地，带他到了道菲尼省的瓦仁斯。瓦仁斯这个地方没什么可供娱乐消遣的，只是镇上那些傻大个们会打学生，他实在是被激怒了。在一个非常晴朗的星期天，人们在街上的公共场所跳舞。一个学生也想入跳舞的圈子，但那些傻大汉们却不允许他跨入舞池一步。朋特固尔见状就站在学生这一边，用拳头打了他们一顿。他的拳头真是太厉害了，那些恶棍们吓得落荒而逃，一直跑到了娄尼河边。他本想把他们溺死在河里，但是他们却狡猾地钻到河床上半里大小的洞里蜷伏着不出来。这个洞至今还看得见呢。

后来他又离开了该地，三步一跳地就来到了安吉尔。他觉得当时自己身体状态好得很，要不是因为瘟疫迫不得已动身离去的话，一定还会继续在那儿待上一段时间。重新启程上路之后，经过布尔吉斯，他就停了下来，读了好久的书，在法律这个专业上大有收获。有时候他会说，国家法的书好比是一件边缘上沾染了尘灰的极其珍贵华美的金丝皇袍。因为世界上再也没有比《法学汇编》① 质量更好，装饰更华丽、内容更有说服力的书了。但是，书的周边空白处，也就是阿克修斯② 的注解部分，就太卑鄙，太糟糕，太拙劣，太索然无味了。简直就是一文不值，毫无吸引力可言。

离开布尔吉斯后，朋特固尔到了奥尔良③。这儿有好多爱炫耀的时髦学生，大家热情款待他的到来。他和他们一起打手球④，很快就成了后起之秀，打得可好了。那儿的学生最爱玩这种球，有时候他们还会带他去名叫丘毕特的商业场所玩（在那城市里，人们称这种地方为"岛屿"。因为这些场所周围，通常环绕着许多别的房子，却没有连在一块儿）。在那儿，大家一起玩木球的游戏。

第六章

朋特固尔如何来到巴黎，

圣维克多图书馆的精选珍藏本

朋特固尔在奥尔良大学勤奋攻读一段时间之后，又决定去见识见识巴黎的各大学。临

---

① 《法学汇编》，又译《学说汇纂》，是公元六世纪东罗马皇帝下令编纂的《国法大全》的最重要部分，共五十卷。

② 阿克修斯（1182～1260），他是出名的法规注释人。文艺复兴运动要求纯洁文字，反对中世纪胡乱增加的以及歪曲的注释。

③ 奥尔良，城名，奥尔良大学创立于1305 年，在十六世纪时仍很出名。

④ 这里指中世纪到十八世纪盛行的手球，后来改用球拍，慢慢演变为网球。

动身时，他又得知奥尔良的圣安尼思①教堂底下有一口已经埋藏了两百一十四年的巨钟。因为太大了，人们绞尽脑汁也想不出什么主意把它挖出地面来。古罗马名建筑学家维特卢幼斯的《建筑学》、意大利建筑家阿尔伯特斯的《建筑艺术》、人称几何学之父的古希腊人尤克利德、数学家特翁、名几何学家亚曲米兹，以及机械学家希尔罗的《自然科学》等等所提到的什么办法都尝试过了，最终还是瞎忙一场。

为此，朋特固尔依从了镇上居民谦卑的请求，决定把钟移到专门为之建造的塔楼上。他来到埋钟的地方，用一个小拇指就把它轻而易举地从地下提拎了起来，就像你们往鹰爪上系铃铛那样，举手之劳而已。把钟放置到指定好的尖塔上方之前，他想绕城一圈，边走边敲，让大家都享受那悦耳的钟鸣。于是就立即行动起来，提着钟沿街一路敲打过去，所有人听了都心花怒放。

真是乐极生悲啊！举城同庆之时，一桩很大的麻烦事也冒出来了。朋特固尔提着钟一路开心逍遥过去，却没料到奥尔良的所有美酒片刻之间都走气变质了。当时没人注意到这一点②，第二天晚上才有人意识到情况不妙。每个喝了这些走气美酒的人都觉得自己有点异样，嘴里干渴得很，一个劲儿地吐痰。吐出来的唾沫是明晃晃，像棉花那么白。大家都说："有了朋特固尔，我们的喉咙也发咸。"

大功告成了，朋特固尔就带着随从们来到巴黎。他一进城，每个人都跑出来看他——你也清楚得很，巴黎人天生酒鬼似的爱凑热闹；什么都要瞎掺和乱起哄——他们惊诧万分地注视着他，心里免不了打鼓似的犯闷儿：他会不会把他们的宫殿都搬到一个偏远的地方去？就好像当年他父亲把圣母玛丽亚教堂的一组钟取下来挂在自己的大牝马的脖颈上当铃铛那样？

朋特固尔在巴黎待了一段时日，仔仔细细地把文科七艺③透彻地学习研究了一遍。他觉得巴黎是个生活居住的好地方，可是最好别死在那儿，因为圣伊诺桑特的掘墓者们在严寒的夜晚常常拿死人的骨头来烘火暖身。在逗留斯间，他发现圣维克多图书馆是个宏伟庄严的好地方，特别是在仓库以及目录里看到的一些书真是不错。比如说：

《救赎之车》

《法学的遮着布》

《教会集大全》

《罪恶果实》

《神学要览》

---

① 圣安尼思教堂，位于奥尔良东南。据说该教堂有两口大钟。一为 1039 年国王罗仆尔所赠，重一万一千六百斤，一为 1466 年国王路易十一所赠。

② 当时人们认为震动能使酒变质，所以怕打雷。

③ 文科七艺，古罗马中世纪大学的文科七艺。指语法、修辞和逻辑三艺以及算术、几何、音乐和天文四艺。

特鲁宾创作的《传道士的狐狸尾巴》

《主教的药草天仙子①》

马莫特莱图斯的《论猴②》，附窦尔贝里斯的评注

《巴黎大学有关女人如何梳洗打扮的通令》③

《圣吉尔特鲁德对波依西一个正在分娩的修女显形》④

马肯·奥吐伊纳姆所著的《在大庭广众间放屁的艺术》⑤

《罪人及早赎罪》

《靴刑》

《艺术集锦》

雅各宾党的西尔维斯勒姆·普莱尔拉藤写的《饮食篇》

《宫中被骗的人们》

《公证人的文件篓》

《婚姻的包袱》

《敛心默祷的磨炼》

《法律的卑鄙手段》

《酒的刺痛感》

《奶酪的鞭策》

《学校的去污器》

塔尔塔瑞图斯⑥的《大便方法》

《罗马的虚张声势》

布利柯特写的《汤食大全》

《匆忙拼凑的谦逊》

《虔诚思想的三部曲》

《宽宏大量的铜鼓》

《告解神父吹毛求庇的纠缠不休》

《堂区牧师的巧夺豪取的情况》

巴瓦迪埃的司铎，德高望重的吕宾尼修士所著的《吃油法》共三卷

8. 伊阿古：不管是他杀死凯西奥，还是凯西奥杀死他，或者两败俱伤，对于我都是有好处的。要是罗德利哥活在世上，他总有一天要向我讨还那许多我从他手里拿来、说是送给苔丝狄蒙娜的金银珠宝；这可断断不能。要是凯西奥活在世上，他那种翩翩风度，叫我每天都要在他的旁边相形见绌；而且那摩尔人万一向他当面质问起来，我的阴谋就会暴露，那时候我的地位就非常危险了。不，他非死不可。

---

① 天仙子又称莨菪，药用植物，有镇痛安神作用。

② 据说此书仅是一本儿童语法，因为本书作者常常把儿童比作猴狲，故杜撰此名。

③ 查理六世之女玛丽曾在波依西本笃会修道院修道，因此皇室对待该处修院特别宽厚，修女生活非常自由，可以随意恋爱生子。

④ 指弗朗索瓦一世朝内的风流韵事。

⑤ 当时教师和学生的肮脏是出名的。

⑥ 塔尔塔瑞图斯是研究亚里士多德的神学家。"塔尔塔瑞"意思是"大便"，所以故意诙谐一下。

马尔莫莱神学大师巴斯奎利写的《封斋期内吃教会禁吃的百叶菜炖羊羔》，六个诡计多端的牧师倡导的名为"创造银币"实为敲诈勒索的游戏

《去罗马朝圣者的护目镜》

马佐里斯①写的《布丁的做法》

《教士的风笛》

贝达②的著作《肥美的肚肠》

《律师们关于酬劳改革的怨言》

《律师法官中的奢侈浮华现象》

《豌豆和熏肉》附注释

《豁免的小溪流》

著名的双料③法学博士所著的《重校阿克西纳对法典的愚蠢评注》

巴尼尔利特写的《弓箭刀的诡计》④

卡尔邦卜金诺斯的《军事法典》附上塔沃捷的插图

《剥马皮的方法及用途》，作者是魁北克神学大师

《乡下管事的粗鲁无礼》

罗斯特柯斯特大师的作品《饭后芥末篇》共十四卷，连带伏利罗尼斯的注解

《检查官因养情妇而付的税银》

《连开了十个星期的宗教会议能否解决第二种思想》⑤

《律师的贪得无厌》

《司各特的涂抹》

《红衣主教的面包屑和节衣缩食》

阿尔贝利肯姆所著的《取消刺马的必要性》以及《头发上设置卫兵的必要性》共三卷

《安东尼·德·勒维入侵巴西国土》⑥

---

① 马佐里斯是用来影射一个公学校长的。他放任毒虫把学生咬得皮肤发肿，状若布丁，作者故意嘲讽他，因而起了这个书名。

② 贝达是巴黎大学博士，一所公学的校长，人文主义的坚决敌人，以肥胖出名，这里故意说他的知识只是一肚子肥肠而已。

③ 该博士所擅长的是抢劫和抓钱这"双料"。

④ 这是十五世纪末的一本小说，书中大意是巴尼尔利特被判处死刑，医生要求拿他做开刀的试验品。在国王的许可下，医生开刀动手术将其体内的石弹取出。据说他后来竟又活了很久。

⑤ "第二种思想"在神学上指思想客体的偶然属性。作者借此书名讽刺了当时一个连开了十周的宗教会议，整日讨论不休，其实只是个毫不重要的问题。

⑥ 安东尼·德·勒维是查理五世的大将，曾于1536年进攻法国普罗温斯，把普罗温斯烧成一片焦土，像极了巴西的国土颜色。所以作者说他入侵巴西。

罗马学士马弗里的作品《怎样洗刷和改涂红衣主教骡子的颜色①》和《对断言教皇的骡子须定时饮食的人的道歉》

《神学大师遗留下来的曾经提及的历书》

《修士们的蒙头斗篷》

《天福会修士的虔诚祈祷》

《教士行乞的收费》

《职业叫花子伪装的可怜相》

《神学家们的圈套》

《文艺大师的喇叭》

《刚削发就自以为是名哲学家奥尔喀姆的小穷仆》

神学大师里克第须蒂斯写的《关于教内月课的分析》共四十卷

《教士的跟斗工夫》

《意大利人的懦性懒惰》

卢留斯的《王侯们的游戏》

《假正经的虚伪》

《神学士和博士们的饮食篇》

《诡辩学家的儿戏》

《戴博士帽子的人的道德观》

……

这类的书简直是枚不胜举，仅列出一些供大家参考。据说，这些书中有些如今已经出版了，其余的正在吐宾根这座以出版事业发达而出名的城市里印刷呢！

第七章

朋特固尔如何邂逅终身至交帕奴吉

有一天，朋特固尔和自己的随从以及其他一些学生在城外通往圣安东尼修道院的路上散步。大家兴致勃勃地扯天说地，不经意间碰到了一个身材适中的年轻男子。他的长相非凡出众，身上好几个地方却伤势严重，衣服也是破烂不堪，凌乱无比，好像刚刚和大驯犬扑斗过一场，好不容易才逃出来似的。或者，说得更好听些，就像是盛产苹果的帕其地区采摘苹果的人那样，因为常在树间攀爬而衣衫褴褛。

朋特固尔远远地望见他，就对身旁的人说："你们看到那个人了吗？正从沙伦腾桥那

9. 奥瑟罗：请你们在公文上老老实实照我本来的样子叙述，不要徇情回护，也不要恶意构陷；你们应当说我是一个在恋爱上不智而过于深情的人；一个不容易发生嫉妒的人，可是一旦被人煽动以后，就会糊涂到极点；一个像印度人一样糊涂的人，会把一颗比他整个部落所有的财产更贵重的珍珠随手抛弃；一个不惯于流妇人之泪的人，可是当他被感情征服的时候，也会像涌流着胶液的阿拉伯胶树一般两眼泛滥。

① 据说红衣主教骡子的颜色须与出巡的日子相符合。

儿过来了。老实说，他只是穷了点而已。从面相上来看，我敢保证他一定是某个富有贵族的后代，命运的变化无常使他沦落到如今这个贫困拮据的境地。"

年轻人走到他们跟前，朋特固尔乘机问道："朋友，我请求你，能否稍歇个脚，回答一下我的问题？我敢肯定你不会觉得这是在浪费时间。看到你如此的贫困，我非常想在自己能力许可之内帮帮你，因为我非常同情你的处境，我的恻隐之心已经被你深深触动了。所以，我的朋友，告诉我你是谁，从哪儿来要到哪儿去。你想要什么？叫什么名字？"

年轻人用德语回答他的问题。大意是：尊贵的好人，但愿上帝保佑你幸福昌盛。说实话，你问我的那些事情真是令人伤心悲怆呀。虽然古代的诗人和雄辩家们说过回首往昔的贫穷和痛苦是一件一件极大的事，但是，叫我再说一遍，我心里仍然不好受，你听了也会不舒服的。

"我的朋友，"朋特固尔听完这席话问道，"你这番话真是令我莫名其妙，我们没人听得懂。如果你愿意让我们了解你的疾苦的话，请换一种语言吧。"于是年轻人就用另外一种古怪有趣的语言说开了。他的话听起来有点像阿拉伯文，实际上又不是，听的人面面相觑，不知所措。

朋特固尔忍不住又问道："我的朋友，我们还是一句也听不懂。你会说法语吗？"年轻人赶忙回答："谢天谢地。我会，大人，说得可好了，法语是我的母语，我出生在法国，年少的时候就在法国的花园——我是指都林省——度过的。"

朋特固尔听后不禁释然："太好了。那么，快点告诉我们你叫什么，从哪儿来的。说真的，你给我的印象太深了，我很喜欢你，如果你同意我的想法的话，就不用离开我们了。我们俩可以像《伊尼特》里所描述的忠实朋友伊尼斯和阿卡提斯那样成为至交呢！"

"大人，"年轻人答道："我真正的教名是帕奴吉，我刚从土耳其来。法国人那次恶意远征土耳其，包围希腊的玛特林城，但最后反而大败，被土耳其人俘虏了不少人。我也是其中之一。我很乐意把我的遭遇通通告诉你们，肯定比尤利西斯的经历还精彩。此外，看到您那么乐意留我下来，我也情愿接受您的好心并且非常衷心地感谢您。我严肃地保证，从今以后，不管您是上刀山还是下火海，我也不会离开您的。所以我们以后还有好多闲暇时光，还有更适合的机会可以好好地聊聊。现在我已经是饿得前胸贴后背了，根本没力气多说几句。目前我的情形是：牙齿尖利得很，肚子却空空的，喉咙发干，饥肠倍受煎熬，万事俱备，只欠东风。如果你想看我如何表现，还是先看我如何狼吞虎咽吧，这可是花钱买不到的景致！看在上帝的份上，赶快下令吧！"

于是朋特固尔吩咐随从把帕奴吉领回自己家，给予他好多吃的，随他吃个够，当天晚上，他放开肚皮大吃一场，吃完后就早早地歇息去了。一觉就睡到第二天中午，又三步一跳地从床上蹦到餐桌旁继续吃喝起来。

第八章

帕奴吉的品德作风

莎士比亚《雅典的泰门》精彩片段:

1. 诗人:当命运突然改变了心肠,把她的宠儿一脚踢下山坡的时候,那些攀龙附凤之徒,本来跟在他后面匍匐膝行的,这时候便会冷眼看他跌落,没有一个人做他患难中的同伴。

帕奴吉中等身材,既不太高也不太矮。长着个鹰钩鼻,有点儿像剃刀的手似的。他三十五岁左右,灵活殷勤,看上去一副循规蹈矩的正人君子模样。事实上呢,就像铅制的匕首那样,他虚有其表,是个终日以欺诈蒙骗为生的出名的大骗子。他长相英俊,却有点儿好色,而且与生俱来就有种怪病,也就是说,一旦手头没有钱就万分痛苦。这可真是种无可比拟的麻烦事。然而,他自有他的办法。一旦缺钱,他就有六十三种诡计可以弄钱来花。其中最体面最通常的一种就是偷。因为他整天东游西逛、寻欢作乐,是一个缺德卑鄙的流氓、恶棍、骗子、酒鬼、浪荡子,道德败坏、堕落、淫逸。如果巴黎有这种人存在,这个人必定是他。除了这些方面以外,那他就算得上是世界上"最好最道德高尚的人"。他一直想方设法为那些巡逻和更夫谋划盘算一些歪点子,让他们不得安宁,疲于奔忙。

曾经有一段时期,他常召集三四个特别忠心的爱热闹的家伙,傍晚时分把他们灌得烂醉,然后带他们到圣内维也伏或是纳瓦尔学院附近。当更夫就要过来时——他把剑放在地上,俯地聆听。如果听到剑在震动的话,就可以断定更夫那时候就在咫尺——这些惟恐天下不乱的家伙们就拽过一辆双轮运货车或是粪车,猛力把它往斜坡下推去。一瞬间,可怜的更夫巡逻们被撞得哭爹叫娘,喊成一片。而肇事者呢?趁乱逃之天天了。因为不用两天的时间,他就已经把巴黎的大街、小巷、拐角、斜坡、坑道、沟渠摸得一清二楚了。这边进那头出,谁也弄不清他的影踪,谁也奈何不了他。

他的衣服里面通常藏着一根鞭子,一碰到给主人送酒的小听差们,他就拿出鞭子毫不客气地狠抽他们一顿,催促他们加快步子。他上衣里至少有二十六个小表袋或者口袋总是鼓鼓的。一个袋里塞着一根铅制的小顶针,还有一把如同手套制造商的针一般锋利的小刀。这两样东西是用来割人的钱包的。另一个口袋里藏着一些迷人眼睛的东西,关键时刻就泼洒过去。还有一个袋子里装着一团团有芒刺的植物,上面粘上一些鹅毛或鸡毛。一有机会,他就把这些乱七八糟的玩意儿往那些老实人的衣服上帽子上一放,自己就溜之大吉了。而可怜的人们对此一无所知,一整天戴着那些酷似犄角的东西四处走动,有时甚至是一辈子。他的另一个口袋里放着许多装满虱子、跳蚤的小小的角状物(顺便说一下,那些虱子跳蚤都是从圣伊诺森的乞丐身上捉来的),碰到优雅俊俏的淑女,他就用小藤条或是写字用的羽毛笔把那些会叮人的讨厌的东西甩到她们的领子里去,甚至在教堂里也不例外。他从来不坐在引人注目的高坛上,总喜欢往女人堆里钻,不管大家是在望弥撒,做晚祷还是在听人布道。

还有一个口袋里常常装着好多小钩子小扣子。当他发现有一男一女坐得很近——特别

是那些穿着绯红塔夫绸的贵人们——就用钩子把他们钩在一起。等到大家纷纷起身回家时，就很可能把衣服都撕裂了。

另一个袋子里装着小鞭炮、引火物、火柴、打火石以及一些必需的东西。

还有一个袋里装着两三面凸透镜。他有时用这玩意儿惹得男人女人们大为光火。在教堂做礼拜时，他常常使他们很难堪。他总说法语中"热爱弥撒的女人"和"臀部柔软的女人"，这两个词组其实只是运用一种人们称为"词颠倒复用法"的修辞手法，除此之外就没什么差异了。

同样地，他的另一个口袋里装满了名为明矾的致痒粉。他总是把粉洒到那些他认为最漂亮最庄重的贵妇人的后背上。这一招真是害惨她们了。她们浑身上下奇痒无比，有些人忍不住就在大庭广众面前把衣服脱了，像只在余热未尽的铁板上蹦跳的公鸡那样，或是像在单面小鼓上捣捶个不停的鼓槌那样怪态百出。另一些人难受得满街乱跑，他呢，就紧跟在她们后面。一看到她们脱下衣服，他总是彬彬有礼地上前，装出很有教养很通情达理的样子，脱下自己的披风，为她们遮盖。

还有一个口袋里塞着一个皮制的小瓶，瓶里盛着满满当当的陈年旧油。遇到衣着华贵的贵人时，他就故意上前去摸那衣服，趁机把衣服的一些最重要部位抹得油腻腻脏兮兮的，嘴里却不住地说些诸如"这布料真不错"，"这缎子手感好极了"，"这塔夫绸质量太棒了"这类使人飘飘然而且麻痹大意的好听话。你听！"夫人，您心灵高贵，想要什么，上帝就给你什么，真是有福气啊！"、"尊贵的先生，您又穿新衣服了！"、"美丽的女士，您的新大衣可真漂亮。"、"愿上帝赐与您一切欢乐，让您永远成功富足！"……说着这些话，他的手就顺势搭上人家的肩膀上。于是，一个难以磨灭的污迹就牢牢地留在衣服上、灵魂上、身体上、名誉上，就是魔鬼本身也别想把它除去。离开的时候，他还不忘假惺惺地交待一句："太太，前面有个大坑，脏得很，小心点别摔着了。一旦脚踩进去，就糟透了！"

第九章

朋特固尔听说渴人国的人入侵亚马拉特后

怎样离开巴黎，法国的"里格"为何如此之短

不久，朋特固尔听说他的父亲高冈塔已经被摩尔格①请到仙人国去了，就好像当年的亚瑟王和奥吉尔似的。这个消息传遍国内外，于是渴人国的人们趁机冲出自己的国界，沿

---

① 摩尔格，据说是位能治疗疑难杂症的女神，曾为亚瑟王治疗战伤，使他在阿瓦隆堡内留连忘返。奥吉尔也曾被她留住，因而耶路撒冷和巴比伦被占。

途侵袭糟蹋了理想国的一大片土地，并且把大城市亚马拉特城也给围困起来了。因为事态紧急，朋特固尔来不及向任何人告别就匆匆离开巴黎来到里昂。

途中，朋特固尔发觉巴黎周围名为法国的那片领土地上的长度单位"里格"比其他国家的要短，就问帕奴吉到底是怎么回事。帕奴吉就告诉他教士马洛特斯·拉克写在《卡娜利国王救命实录》里的一个故事。"据说古时候，人们根本不用里格、英里、弗隆①或是帕勒桑②来计量长度。到国王法拉蒙时代才把这一切分清固定了下来，具体做法如下：该国王在巴黎挑选了一百位英俊勇猛，壮健敏捷的年轻男子，个个在斗争中都是坚毅大胆的冒险者；又从毕加底选出一百名清秀可爱，健康机敏的姑娘。然后一连八天时间，大家都受到极好的款待，餐餐酒饱饭足，尽情酣快。过后又把大家召集在一起，给每个男子安排一个姑娘，再发给他们足够的费用，一切安排妥当了，就嘱咐他们分头到各地去。一路上，在哪儿停歇，和姑娘们调情睡觉，就在哪儿立一块石碑。这就算作一里格。"

"于是，勇敢的小伙子们轻松愉快地带着各自的姑娘们上路了。刚开始时，因为大家都精力充沛，又有充足的时间休息，于是差不多每走过一块地就要缠绵一番。这就是为什么巴黎周围的里格特别短的原因。走了很长很长的时间、很远很远的一段路后，大家都像将要燃尽的油灯那样精疲力尽，再也不能像起初那么疯狂无度了，每天仅匆匆地满足一下自己的欲望而已！我说的是小伙子们。因此布列塔尼、迪雷思、德国以及其他一些偏远国家的里格总是特别长。当然其他的也有不同的解释，但我认为这种解释是最有说服力的。"

听了这席话，朋特固尔不禁点头称是。离开里昂后，他们到达了洪伏勒港口，准备乘船继续前行。同行的人有：朋特固尔、帕奴吉、伊比斯特莱、欧斯登斯和卡帕林。

在港口等待顺风顺水，修补船只的时候，朋特固尔收到了巴黎一位夫人的信。这位夫人原先和他相处了很长一段时间。信封上明确写着：窈窕淑女给最深爱的最不忠诚的勇士——朋特固尔。

2. 弗莱维斯：这样下去怎么得了呢？他命令我们预备这样预备那样，把贵重的礼物拿去送人，可是他的钱箱里却早已空得不剩一文。他又从来不想知道他究竟有多少钱，也不让我有机会告诉他实在的情形，使他知道他的力量已经不能实现他的愿望。他所答应人家的，远超过他自己的资力，因此他口头所说的每一句话都是一笔负债。他是这样地慷慨，他现在送给人家的礼物，都是他出了利息向人借贷来的；他的土地都已经抵押出去了。

第十章

信使带来的巴黎一位女士转交给朋特固尔的信，以及金戒指上镌刻的文字

朋特固尔看到信封上的题词，觉得惊讶，就问信使那夫人到底是谁。同时把信打开，发现里面空无一字，除了一枚镶着一块平面方形钻石的金戒指外什么都没有。他百思不得

---

① 弗隆，长度单位，等于八分之一英里或者二百零一点一七米。
② 帕勒桑，古代波斯的长度单位，约为三至四英里。

其解，只好把帕奴吉召来，把整个事情原原本本地告诉他。帕奴吉告诉他纸上肯定是有写字的，只是写得很巧妙，没人能一眼就看出个所以然来。

为了弄清上面的字迹，他把信纸凑近火旁烤了烤，看它是不是用浸过水的盐卤写的。又把信放到水里去，看它是不是用一种不知名植物的汁液写的。两个办法都不行，就把信举起来对着蜡烛照一照，看看它是不是用白葱的汁液写的。

接着他又用胡桃油往信上涂抹一小个地方，看看是否用无花果树的枝桠经过一番处理后写的。还是无用功！于是他用生头胎的年轻母亲的乳汁往信上涂个小角落，看它是不是用红蟾蜍或是绿土蛙的血写的。

后来他把燕窝烧成的灰使劲地搓在信上，看它是不是用冬樱桃上采的露水写的。又用耳垢涂在信上，看它是不是用渡鸦的胆汁写的。什么办法都没用，只好把信浸到醋里，看信里是不是含有大戟植物的汁液。然后他又用蝙蝠的油脂试试，看看信是不是用鲸的精液写的，也就是有些人说的龙涎香①。

他还把信整个儿塞到满满的一盆清水里，马上又取了出来。这种做法可以检验信是否用矿矾写的。什么办法都尝试过了，仍然毫无结果，于是帕奴吉就把信使叫到跟前细问："好心的伙计，夫人派你来的时候，没让你随身带个别的东西②吗？"他一边问一边心里暗暗想：说不定用的是奥勒斯·盖留尔斯提到的什么别出心裁的法子呢！信使却回答："没有，什么也没有，先生！"

本来帕奴吉想命人把信使的头发剃光，看看那位女士是不是把自己想说的话用碱液（这是用来做肥皂的原料）写在他的秃脑壳上。但是一看来使的头发很长，只好打消了这个想法，因为很显然在这么短的时间内头发是不可能长得这么长的。

于是他就对朋特固尔说："我的主人，上天为证，现在我不知道下一步该做什么该说什么了。你也看到，为了弄清楚信上是否写着点什么，我把托斯卡纳人弗朗西斯科·迪·尼恩查大师有关如何破译无形文字的著作中提到的解读的办法一一用过了。当然，术士创立人走罗斯特出版的《关于不易辨认的文字》一书以及语言学家卡尔佛迅尔斯·巴色斯的《无法辨认的文字》中涉及的办法我也没有漏掉。可是，我还是什么也没看出来。我想除了那枚戒指之外，那信没有什么文章可作了。那么就让我们看看戒指吧！"

大家在细细观察之际，发现戒指上用一种陌生的文字写着一句话，谁也看不懂什么意思。于是立刻就把伊比斯特莱请来帮忙。他解释道："那是希伯来文字，意思是，为什么你把我遗弃？③"

帕奴吉听到这儿，突然说道："我知道这里有什么含意了。你们看到这粒钻石了吗？

---

① 龙涎香，一种灰色或黑色的蜡状芳香物质，是抹香鲸肠道的分泌物，可制香料。
② 希腊人常常把信写在皮带或羊皮纸上，然后把皮带或纸条缠在棍子上。
③ 这里用的是谐音。"告诉我，无信义的情人"和"假钻石"同音，那位女士用的是暗示法。

是假的。这正是那位女士想说的：'告诉我，无信义的情人，你为什么将我抛弃？'"朋特固尔一听，恍然大悟，他想起自己匆匆离开时，没有向那女士告别，心里不禁十分难过。很想赶回巴黎和她重修旧好。可是伊比斯特莱不断提醒暗示他，让他想想伊尼斯和迪多分手的故事以及塔兰托人赫拉克利特斯说过的话：船停泊在港湾，一旦事态紧急，就得把缆绳割断马上出发，决不能把时间浪费在解绳索上。现在情形上也差不多，因此应当抛开一切心事，火速赶回处于危难中的祖国，帮助那些需要帮助的人。

事实上，一小时过后，所谓的偏弱的西北风也刮起来了，于是他们就扬帆起航，驶入大海中去。几天之后就经过波多·桑克多和玛德拉斯，然后在卡那利群岛抛锚停歇。从那里再次出发后，他们一行人又驶过了卡帕比思口、塞尼吉、卡帕伏得、冈比蒙、萨格里斯、梅列、好望角，在玛琳达国境内停靠下来。后来从那儿乘着干冷的北风，一路上驶经迈登、犹提、犹登、伽乐西姆、仙人群岛，沿着阿克利王国的海岸线，一直到了理想国乌托邦的港口。这儿距亚马络特城只有大约三里格多远的路。

上岸后，大家好好地歇息了一会儿，朋特固尔说："先生们，这儿离我们的目的地不远了。为了防止出什么差错，我们出发前得好好商量一下该做些什么。可不能像雅典人那样，老是等事情发生了才肯讨论一下。你们决心和我出生入死了吗？"

"是的，大人。"大家异口同声地答道，"您尽管相信我们好了，就像相信自己的手指那样！""太好了，"朋特固尔闻言大喜，"现在只剩一件事令我犹豫不决。也就是：我不知道围城的敌军部署如何，数量有多少。如果一切都如指掌的话，我们就可以更大胆更信心百倍地出发。因此我们还是一起讨论讨论，想想看该用什么办法才能了解这些情况。"

大家听后一齐回答："我们去那儿打探打探，您就待在这儿。今天一天之内，我们一定毫不停歇，千方百计地把消息弄到手。"

帕奴吉赶紧也跟着表现一下："我保证可以避开他们的警戒，混到营房中去，而不被警哨察觉。然后痛痛快快地吃他们的，玩他们的，神不知鬼不觉地观察他们的大炮以及所有军官们的住处。我还会尽力以一种高贵而又严肃的姿态混到他们的队伍中去，没有人会发现！就连魔鬼用尽一切圈套都捉不住我的，因为我是佐比尧斯①的后代。"

"我呢，"伊比斯特莱接着说，"知道古时候那些勇猛的军官和好战的武士们的一切计谋和策略，以及兵法中的种种微妙难解之处。我一定要去，即使我被发觉被暴露出来，我也会随心所欲地编造一套谎言来骗取他们的信任，然后伺机逃出来。因为我是西能②的后代。"

欧斯登斯也趁机表白自己的衷心："我会偷偷潜入他们的堑壕阵地袭击他们。他们有

① 佐比尧斯，公元前六世纪波斯人，曾把自己的鼻子、耳朵割下来，诈降巴比伦人，结果取得信任，策反成功。

② 西能，希腊名将，曾经说服特洛伊人让木马进城，马内藏有希腊战士。

哨兵有警卫我也不怕，发现不了我的。虽然他们完完全全跟魔鬼一般强壮力大，我也同样会踩到他们的肚子上，把他们的手啊脚啊全部拗断打断。因为我是大力士海格立斯的后代。"

卡帕林最后一个发言："只要是鸟儿飞得进的地方我也照样能进。因为我身手敏捷轻快，他们还来不及发现我，我就早已跃过他们的战壕，顺利地跑过他们的营房。我不怕子弹和弓箭，连马也不怕，不管它们的速度多快，不管是帷修斯的飞马帕格色斯还是巴高雷特用木头制造出来的奔驰如飞的假马，我都一定能在它们之前毫发未损地安然无恙地跑回来。我会在玉米穗或草地上飞奔，而不踏弯一根嫩穗青草。因为我是亚马孙族卡米拉①的后代。"

第十一章

朋特固尔的伙伴帕奴吉、卡帕林、欧斯登斯和

伊比斯特莱是如何巧妙地击溃六百六十名骑兵的

卡帕林话音未落，大家就看到六百六十名轻骑兵雄纠纠气昂昂地策马过来，看看什么船刚刚靠岸。他们全速疾驰而来，恨不能把船上的人通通逮住。

朋特固尔见状说道："小伙子们，先退回船上吧！有些敌人正飞快地向我们这儿猛冲过来，我会像处理牲口似的当面把他们——杀死，虽然人数多了点也无妨。你们还是退回去吧，在船上玩一玩，闹一闹就行了。"

帕奴吉马上接口："不行啊，大人。您没有理由这么做。恰恰相反，退回船上的应该是您啊，您和其余的人都上船吧！我独自一人就可以把他们打得落花流水。大家不能再拖延下去了，快点，快动身啊！"

其余人都说："这个建议真是好极了，大人，您先退下吧，我们留在这儿帮帮帕奴吉。这样的话，你就可以知道我们到底能做什么，有多强的能力，多大的本事了。"

朋特固尔欣喜地说："好吧，我同意了。但是，一旦你们处于劣势，我一定会帮你们的。"帕奴吉听完这席话，就抽出船上的两根大缆绳，把其中的一端绑在甲板上靠近舱口的绞盘上，另一端就固定在岸上，如此形成一个大大的圈儿，一圈大一点儿，另一圈稍小一些，套在大圈的里面。然后对伊比斯特莱说："你先到船上去。我叫你一声，你马上不歇手地转动最下层甲板上的绞盘，把两根缆绳收回去。"接着，又对欧斯登斯和卡帕林说："我的朋友，你们就待在原地，坦率地向敌人投降吧。照他们的命令去做，装出一副很顺

---

① 卡米拉，《伊尼特》中女英雄，据说身轻如燕，能在田野草地上行走而不踏坏踩弯任何东西。

4. 元老：他的借款早已过期，他因为爽约，我对他也失去信任了。我虽然很看重他的为人，可是不能为了医治他的手指而打伤了我自己的背；我的需要很急迫，不能让他用空话敷衍过去，一定要他立刻把钱还我。你去吧；装出一副很严厉的神气向他追索。我怕泰门大爷现在虽然像一只神采蹁跹的凤凰，要是把他借来的羽毛一根根拔去以后，就要变成一只秃羽的海鸥了。

从的样子。但切切要记住，千万别走到绳圈里去———定要待在绳圈外面。"

说完，帕奴吉又立即跑到船上，取出一捆稻草和一桶火药。把这些东西均匀地撒在绳圈的周围后，他自己手上拿着一根引火的东西，不动声色地站在一边。

不一会儿，那些轻骑兵就气势汹汹地过来了。最前面的那个差点就冲到船上去了。由于岸边湿滑得很，他们连人带马纷纷摔倒了，一连摔了四十四个。其余的人见了，赶紧冲上前来，以为刚到就遭人抵抗。在一旁静候的帕奴吉伺机对他们说："我的大爷们一定摔痛了吧。我请求你们宽恕我们，因为这根本不是我们的错。这一切都是由于海水不断吞吐涨落形成了大块大块的苔藓，苔藓一长，地也就跟着滑起来了。我们听从你们的处置好了。"他的另外两个伙伴也说了一番类似的话语，船上的伊比斯特莱也一样。

就在这时，帕奴吉稍稍站远了一些，看到骑兵们都已经进入了他们设下的包围圈，而他的那两位伙伴也寻机退到一旁，腾出位子给那些蹿踵而至的战马。骑兵们这时候正争先恐后地在岸边探头探脑，想往船上看个究竟，里面到底有些什么。看到时机成熟，帕奴吉突然间冲着伊比斯特莱大喊："拉，快拉！"伊比斯特莱闻言赶忙使劲地转动绞盘，这么一来，两根缆绳就缠绕在一起，把马腿牢牢地捆缚起来。绳子继续收紧，马连同马上的骑兵再也站不稳了，一个接一个地倒在地上。倒霉的骑兵们一看大事不好，拔出剑来就想砍断绳索。帕奴吉赶紧点燃事先设好的"火龙"，一眨眼间火光四起，直把他们像炼狱里的鬼魂那样烧个人仰马翻，哭爹叫娘。这么精彩的一幕差不多使骑兵们全军覆没，只有一个命大的爬上一匹跑得飞快的土耳其战马，猛地冲出了火的包围圈。可偏偏又被卡帕林瞧见了，他身轻如燕，快捷如飞，不到一百步就赶上了那逃兵，然后从后面一下子跃到马屁股上，拽住他的胳膊，把他带回来了。

看到这令人惊心动魄的英勇行为的前前后后，朋特固尔非常开心。他对这些勇士们的机灵果敢赞不绝口，称他们为战友。请他们稍微休息之后，就在岸边宴请这些功臣们，一直喝到大家尽兴为止，个个肚子都撑得浑圆浑圆的，差点儿就走不动了。那些俘虏们也可以随意地吃喝，没得到什么不公的待遇。只有那个可怜的倒霉蛋一直担惊受怕，就怕朋特固尔会把他整个儿吞下去。想想看，他的嘴那么宽喉咙那么粗，要吞一个人简直是小事一桩，就像你们吃一粒糖果那样轻而易举。更何况他在朋特固尔的嘴里还比不上驴子嘴里的一颗小米呢！

第十二章

朋特固尔和他的伙伴们如何吃腻了咸肉，

卡帕林如何去猎取一些野味来

他们就这么开心畅快地边吃边聊，卡帕林说道："见鬼，难道我们永远没野味吃吗？

这咸肉使我干渴得要命，可除此之外也没什么可吃的了。整天就是咸肉咸肉还是咸肉！我去拿一条刚刚被我们烧熟的马腿来，已经烤得差不多了。"

他起身去拿马腿，突然间瞥见树林中跑出一只好大的雄狍来。可能是因为看见帕奴吉放的大火，吓得从自己的堡垒跑出来。他大喜，马上像出膛的子弹似的猛追过去，眨眼间就把它捉住了。在追逐的过程中，他的双手在空中飞舞，轻松自在地就逮住了四只大鸨，七只麻鸡，二十六头灰山鹑，三十二只红腿山鹑，十六头雉鸡，九只山鹬，十九只鹭，三十二只斑尾林鸽；同时脚底下又踩死了十几只野兔，这些兔子相当大，当时正轻松地闲逛呢！十八对鸡，十五头小野猪，两只小山狸和三头好大的狐狸。卡帕林最终赶上那只大雄狍，拔出弯刃大刀猛地往它头上横劈过去，一下子结束了它的性命，然后把它扛在背上。回来的途中，他又一路上捡起不幸被踩死的野兔、秧鸡、小野猪等等一起背回来。远远地瞧见那一伙人，他就大叫起来："帕奴吉，帕奴吉，我的朋友，醋，快准备点醋①！"

好心的朋特固尔误以为他精疲力尽快要晕过去了，赶紧命令他们备些醋来，但帕奴吉却心里明白：他一定是捕获到一些美味。于是立刻指点给善良的朋特固尔看，卡帕林的背上背着一头大雄狍，腰间挂着的都是沉甸甸的野兔。伊比斯特莱闻讯马上按照九个缪斯②的名义做了九个古代的烤肉木叉。欧斯登斯帮忙剥皮，帕奴吉把骑兵们两个很大的坐鞍巧妙地摆放在一起作薪架，然后命令那个俘虏去当厨子。野味烧烤好，那些用来当"柴火"的骑兵们也早已烤焦了。最后大家往美味上浇上很多醋，毫无顾忌地大吃大喝起来。谁不吃谁就是笨蛋！他们洋洋得意狼吞虎咽的样子，真是无与伦比，让人看着都畅快！

朋特固尔又说："要是你们下巴底下都挂着两串祝圣铃，我呢，挂上雷尼、波伊蒂尔、吐尔或是坎伯雷③的一口大钟，那该多有意思！可以看看我们吃东西时它们会发生什么样的鸣响。"

"可是，"帕奴吉正色道，"我们最好还是考虑一下正事吧！用什么法子才能占上风，把敌人打个落花流水呢？"

"千真万确，可别忘了正事！"朋特固尔赞道，又转过身去对那俘虏说，"我的朋友，告诉我们真相吧！如果你不想被活活地剥皮的话，就别对我们撒谎。因为我会吃人！洋洋细细地告诉我们你们军队的部署、人数和实力。"

那俘虏老老实实地回答："大人，说实话，军队里有三百个巨人，个个都全副武装，刀枪不入。但是，不管怎样他们都比不上您的属下勇猛，不过有一个叫做'狼人'的除外。他是我们的头头，从头到脚都用巨大的铁钻武装着。除此之外，还有十六万三千名步兵，个个强壮英勇，浑身上下用坚硬厚实的皮裹得刀枪不入。再加上一万一千四百名披上

---

① 烹制野兔最好得放点醋。卡帕林远远地就叫他们准备醋，其实就是暗示他们有野兔。
② 缪斯，希腊神话中司文艺和科学的九位女神，都是宙斯和记忆之神的女儿。
③ 雷尼的钟楼上有一口大钟重四万多斤，波伊蒂尔有三口钟，最重的一个有一万八千六百斤；吐尔的钟重量为二万二千八百斤；而坎伯雷的钟上有两个小人像，钟点一到，就敲钟示意。

5. 弗莱维斯：天啊！我总是说，这位大爷多么慷慨！在这一个晚上，有多少狼藉的酒肉填饱了庸奴伦夫的肠胃！哪一个人不是靠泰门养活的？哪一个人的心思才智、武力资财，不是泰门大爷的？伟大的泰门，光荣高贵的泰门，唉！花费了无数的钱财，买到人家一声赞美，钱财一旦失去，赞美的声音也寂灭了。酒食上得来的朋友，等到酒尽樽空，转眼成为路人；一片冬天的乌云刚刚出现，这些飞虫们早就躲得不知去向了。

半身铠甲的骑兵；三千六百门双门炮，以及无数个持火绳枪的士兵。另有九万四千名轻工兵，十五万军妓，她们真是女神般姣美可人啊……"

"那是为我准备的。"帕奴吉情不自禁地说了一句。

"军队中有亚马逊人、里昂人、巴黎人、陶兰加人、安吉纹人、波伊蒂尔人、诺曼底人、荷兰人等等。任何国家讲任何语的士兵都有。"

"是嘛！"朋特固尔追问道，"那么国王也在吗？"

"对，"俘虏答道，"他本人也亲自出征，我们都叫他阿纳都斯，他是渴人国的国王。渴人也就是'饥渴的人们'这个意思，人人都一心想着找水喝，你再也没见过比他们更焦渴，更爱喝水的人了。他的营帐周围都是由巨人把守着……"

"好了，够了够了，"朋特固尔不想再听下去了，"勇敢的小伙子们，来吧。决定好跟我去了吗？"

帕奴吉赶紧附和："离你而去的人该罚入地狱！我已经想好了要怎样把敌人像猪一样一个个宰了。就算他们得到魔鬼相助，逃得飞快，也照样无济于事，逃不掉！不过，还有一件事儿让我苦恼！"

"什么事？"朋特固尔赶紧问。

"那就是我该怎样才能在一个下午之内尽快把那些妓女们都抓起来玩个遍，一个也别放过，就好像威尼斯战争中的男男女女们那样。"帕奴吉答道。朋特固尔听后哈哈大笑起来。

卡帕林说道："魔鬼也会在这种藏垢的场所得到享受呢。如果有机会，我也乐得弄一个来玩玩。"

欧斯登斯不甘示弱："什么，难道我没份吗？[①] 自从我们从里昂动身后，一路上都在紧张地赶路，没机会停下来好好放松放松。我那家伙每天都举到十点、十一点，到现在还是硬邦邦的呢，连一百个魔鬼都不如它有力！"

帕奴吉马上接话："真的吗？那你该找一个最壮最丰满的消受消受。"

"怎么了？"伊比斯特莱大叫，"你们每个人都骑马，难道我就该骑驴吗？我也要跟你们一样，无能的该见鬼去。我们要好好利用一下战争的权利——能拿的尽管拿。"

"不，不，不，"帕奴吉回答，"把你的驴先绑在钩子上，也像别人那样骑马，尽情享乐吧！"

朋特固尔听到大家你一言我一语地尽情说些荤话，忍不住大笑一场，然后对他们说："你们忘了把你们的主人也考虑在内了。我现在很担心的是，还没到天黑，你们就会激动得骑不动马了，反而任人骑着，被矛啊枪啊狠狠地刺个够。"

"算了算了，"伊比斯特莱说，"玩笑也说够了，我事实上会把他们抓过来，或烤或煮、

① 他想说的是，"你们每个都有女人，难道我就没份，在一旁闲着？"

或煎、或做酱，由您处置。他们的人数肯定没有色歇斯的军队那么多。如果你相信史学家赫拉多特斯和特罗格斯、庞佩尤斯的估计的话，那么色歇斯的军队大约有三百万士兵，却被雅典大将特木斯特可派来很少的人打败了。上天保佑，您就不用担心这事了！"

"那么我们就上路吧，伙伴们，"朋特固尔说："我们继续前进吧！"

第十三章

朋特固尔如何以奇特的方式

打败渴人国的人和巨人们

说完这番话，朋特固尔就召那个俘虏过来，让他回去，并说："回到你们国王的营里去吧，告诉他你的所见所闻，并请他打定主意明天大约中午时分宴请我。因为我们的战舰一来，最迟不过明天，我就有一百八十万战士和七千多巨人来助阵了。他们可是个个比我高大强壮！我要以此来向你们国王展示，他那么毫不明智地侵略我的国家，真是愚蠢极了。"

朋特固尔这么说，是为了伪装出部队还在海上的样子。可那俘虏却信以为真，表示愿意投降当他的奴隶，不要再回到自己的队伍中去，宁可和朋特固尔他们在一起，与自己原先的队伍对抗。他还请求上帝保佑，让朋特固尔满足自己的愿望，留下自己。

朋特固尔却怎么也不肯，反而命令他赶快离开，按自己原先的吩咐去做。为了使计划得以更顺利地实行，他还给了那俘虏满满一整袋的大戟草①，还有一些黑色的大鳍蓟，在酒精中浸泡过后制成一种外形像蜜饯②似的辛辣的调味品，命令他带回给他们的国王，并且不忘告诉那国王一声，如果他能够吃下一盎司的那种东西，过后一口水也不喝，那么他就能够毫不畏惧地来反抗朋特固尔了。

俘虏于是就双手合掌恳求他，万一战斗打响，还请手下留情，放自己一条生路。

朋特固尔随即说道："你把我的一切意思都传达给国王之后，就将自己的信心完全托付给上帝吧，上帝不会抛弃你的。因为就说我自己吧，虽然正如你们所看到的，我多么非凡强大，武装兵力也多得不计其数，然而我既不依赖我的兵力，也不指望自身的技能，我全心信赖我的保护主——全能的上帝。他从来不遗弃那些对他万般信任的人。"

随后那俘虏又请求他，说自己会付一笔合理的债款，作为赎身费用的。对此朋特固尔回答道："我的目的不是为了敲诈或者勒索什么人，而是使人富裕起来，并恢复他们完全

---

① 大戟草，味苦有毒，仅食少量就可引起食管疼痛，甚至死亡。
② 这样加工过的东西是一种烈性的泻药，味道辛辣，而又奇苦无比。

6. 弗莱维斯：他们众口一辞地回答我说，现在他们的景况很困难，手头没有钱，力不从心；很抱歉；您是很有信誉的人；可是他们觉得——他们不知道；有一点儿不敢十分赞同；善人未必没有过失；但愿一切顺利；实在不胜遗憾之至；说着这样断断续续的话，满脸不耐烦的神气，把帽子掀了掀，冷淡地点了点头，就去忙别的要事去了，把我冷得哑口无言。

的自由。你该走了，上帝会保佑你平安无事的。千万不要学坏，否则的话灾难就会降临到你头上。"

俘虏顺从地走了，朋特固尔对手下人说："伙伴们，我已经使这个俘虏确信我们还有一支部队在海上，而且明天中午过后，就会袭击他们。我的意图是让他们真的怀疑大军就要来临，然后整日整夜都忙着补充给养，增强军备。而事实上，我打算等他们精疲力尽刚刚入睡时就发动进攻。"

朋特固尔和他热心的追随者们的事暂且先不谈，我们一起来看看阿纳都斯国王和他的军队吧。

那俘虏回到营房之后，马上就去见国王，告诉他一个名叫朋特固尔的巨人就要来了，以及该巨人是如何把那六百五十九个轻骑兵全部掀翻在地，并且残忍地把他们通通烧死，只有他一个人侥幸逃出来送信等等一大堆事儿。除此之外，他还受那巨人之托来告诉国王，明天大约中午时分，他们最好得准备好设宴招待他，因为他已经决定那时候来袭击国王的军队。随后，该俘虏又拿出那个装着"蜜饯"的盒子，原原本本地把该说的话转述了一遍。

国王刚刚吃了一汤匙的东西，就觉得喉咙里火烧火燎的，难受极了。气管上端的小舌头也溃烂了，整个舌头就像被割了似的万分疼痛。手下人在慌乱之中用尽了一切办法，却丝毫没有减轻他的痛楚，只能一个劲儿地喝酒。只要酒杯一拿开，他的舌头马上就像着了火似的。大家无能为力，只能用一个漏斗使劲地往他嘴里灌酒。

那些军官，大臣和贴身侍卫们目睹了这一幕，在好奇心的驱使之下，也接二连三地尝了那药，试试看自己会不会也那样干渴难忍，或是什么事儿也没有。遗憾的是，发生在国王身上的所有迹象在他们身上也一一应验了。于是他们也抱着酒壶大喝起来，因喝得太急太凶了，声音响得全营都听得见。片刻之内，消息传遍全营：那俘虏是怎么回来的；明天将会有人来攻；国王和军官们以及侍卫们已经做好一切准备了，正在狂饮滥喝，等等。

于是，军队里的每个人也跟着喝起酒来，不停地喝，争先恐后地喝。总之，他们喝了那么多，喝了那么久，最后一个个烂醉如泥，全营上下一片狼藉。

趁这个机会，我们再回头看看朋特固尔他们在忙什么，是如何准备大干一场的。他们从胜利纪念柱那儿启航后，朋特固尔手中握着船桅，就好像握着朝圣者的手杖似的。然后，从桅杆顶上往里装了两百三十七大桶昂如的白酒，还有在里昂时喝剩的酒，又把满载盐的三桅帆船系在自己的腰间，就好像雇佣兵们拎着他们的小背篓那么轻松。他就这么一副装扮，和战友们继续上路了。

快到敌营的时候，帕奴吉对他说："大人，如果你想让这次行动顺利进行的话，就把装在桅杆里的白酒倒出来吧，这样我们就可以像布列塔尼人那样把它喝得一滴不剩。"

朋特固尔欣然同意了他的建议。于是，除了帕奴吉用他那名唤"永不离身的东西"——也就是吐尔的熟皮做的皮葫芦装满一壶酒，以及特地留下桶底一些做醋用的酒

外，其余的两百三十七大桶酒都被大家喝得桶底朝天，一滴不留。

大家喝得淋漓尽致，痛快极了。后来帕奴吉让朋特固尔吃了一些怪怪的药，据说里面含有结石溶解成分，清洗血管的物质，槛桴酱干斑蝥的糖剂，以及其他一些利尿的药草。

吃过药，朋特固尔对卡帕林说："施展你的轻功，像猫那样悄无声息地攀上城墙爬到城里去。告诉那儿的兵士们马上动手，毫不客气地向敌人猛攻。命令传达后，你就下来，手里举一根燃着的火炬，用它做火种，把营房里大大小小的帐篷通通点着，然后你的大嗓门大喊大叫几声，就离开那儿。"

"遵命，可是，"卡帕林问道，"把他们的火炮全部堵死会不会更好呢？"

"不，不，"朋特固尔赶紧答道，"只要把所有的火药都引爆就行了。"

卡帕林听从朋特固尔的命令，马上动身离去，按他指点的，把城里所有参与战斗的人都叫出来。紧接着他就把一顶顶帐篷点燃。他的步伐轻快敏捷，从一个个熟睡的敌军身旁走过，没人有丝毫的察觉。然后他又来到敌军的炮台跟前放起火来。危险突然间降临了，火势来得太凶猛太快了，可怜的卡帕林差点儿就被烧了。要不是他天生身手敏捷，反应迅速，早就像只乳猪似的被烤熟了。最终他还是飞快地逃离那鬼门关，步子快得连离弦的箭都赶不上！

安全离开战壕之后，他扯开嗓门大声叫嚷起来。叫声是如此的凄厉、恐怖而又突然，乍听之下，好像地府里大鬼小鬼恶鬼什么的全都被放出来了。听到的人真是惊恐不已。敌军也都惊醒了，可是猜猜看，他们醒后又是怎样的一番情形？事实上，他们的惊讶完全比得上修士们第一次听到晨祷的钟声时那种感受。

这时候，朋特固尔忙着把他船上的盐漫天泼洒起来。渴人国的人们都是张着大嘴边打呼噜边睡得死沉沉的，这么一来，喉咙里难免就塞满了盐，可怜的他们一个个被呛得咳得半死。有人一边咳一边大声叫骂："哎呀，朋特固尔，你这一招可真是火上浇油啊！"

敌人也醒了，迷迷糊糊地环顾四周，发现一边是燃烧着的帐篷，一边是朋特固尔乘兴撒了一泡尿造成的滔滔洪水。大家一下子都愣住了，脑子里空白一片，一时不知道该说些什么想些什么。有人说世界末日到了，这是最后的审判，一切终究毁于大火之中。另一些人又猜，可能是海神涅普顿、普罗台斯①、特里顿等等降罚于人间了，因为那洪水确实很像海水，咸咸的。

噢，现在谁能恰当地描述一下，朋特固尔是如何跟那三百个巨人对抗的？他的表现如何呢？哦，我的缪斯，我的卡利尔泼②，我的塔里亚③，给我点灵感，给我点启示吧！让

---

① 普罗台斯和特里顿都是海神，都是涅普顿之子。
② 卡利尔泼，诗神。有时手拿一卷纸，有时一手拿一块板，另一手拿把小刀。
③ 塔里亚，司诗歌、戏剧之神，手持假脸。

我振作起来，恢复我的旺盛精力；因为这才是逻辑学中提到的"笨人难过的桥①"呢！要想充分地表达出那场战斗的可怕惊险场面，真是难极了。意想不到的难啊！

哈，我现在就有一瓶上好的美酒，一瓶将要读到眼前这真实历史故事的任何读者都能品尝的美酒。

第十四章

朋特固尔是如何击溃用砂石武装的

三百巨人和他们的首领"狼人"

巨人们看到整个营房都被淹了，赶紧把国王阿纳都斯背起来，一起尽力逃出堡垒，就好像当年特洛伊②战争的熊熊大火中伊尼斯把他的父亲安柴歇斯救出一样。帕奴吉看到他们，赶紧对朋特固尔说："大人，瞧，巨人们过来了。挥动您的枪杆，像古代的击剑者那样狠狠地打他们吧！因为现在正是展示您的英勇无畏和高强本领的时候。至于我们呢，一定不会有负于您的。我本人一定会为您毫不手软地杀死一大堆。为什么呢？大卫不是轻而易举地就把歌利亚杀死了吗？而那个比四头牛还壮的好色之徒欧斯登斯呢，也一定不会放松对自己的要求的。因此，鼓起勇气，大胆地连杀带刺地猛冲过去，怎么打都行。"

"嗯，"朋特固尔说道，"说起勇气，我倒多得是肯定不止值四十法朗。可是，我们应当明智一点。连海格立斯一开始也从来不单枪匹马地对付两个呢！"

"您真是会说笑话，真是幽默。"帕奴吉回答，"您怎么拿自己跟海格立斯相比呢？上天为证，您那锋利的牙齿再加上您的臭屁，比海格立斯整个人连肉体带灵魂的威力还大呢？一个人到底值多少，完全是看他怎么评价自己。"

两人正说着话，瞧，"狼人"已经率领众巨人赶来救援了。看到朋特固尔他们势单力薄，"狼人"不禁专横傲慢、趾高气昂起来，以为自己肯定能轻而易举地把那倒霉蛋一刀宰了。因此，他就对巨人伙伴们说："你们这些平原③上的傻大个们好好给我听着。我以穆罕默德的名义说话。你们中不管谁要插手跟这些人对抗的话，我一定要残酷地把他置于死地。我希望你们能让我一个人去打，单枪匹马的，不准任何人干涉。那时候呢，你们可以在一旁尽兴地看，就当作消遣吧！"

于是，其他所有的巨人们和国王就一起退到旁边放酒瓶的地方，帕奴吉一伙人也紧随

① "笨人难过的桥"意思是"初学者难解的问题"，指的是欧几里得《几何原本》。第一卷第五命题：等腰三角形底角相等。这是初学者一时不易理解的定理。

② 特洛伊王子伊尼斯曾奋勇抵抗希腊人。城破后，背起父亲安柴歇斯逃难。

③ 这是与贵族相对而言的，贵族住的是高楼城堡，而一般人住的是平原洼地。

其后。帕奴吉装作曾经得过天花的样子，故意歪着嘴，手指头扭曲蜷缩成鸡爪状，用低沉沙哑的声音对他们说："伙伴们，如果我们确实要打仗的话，我一定退出。分点吃的给我们大家一起享受，别管我们的主人，随他们打去！"

国王和巨人们都默许了他的请求，于是双方就围坐在一起大吃大喝起来。这时候帕奴吉讲起了特平①的荒唐事，圣尼古拉②的儆戒和一个澡盆的故事。

他们有的吃，又有的听，开心极了。而这边呢，"狼人"开始向朋特固尔发起了进攻。他用的是一根上好的纯钢做的狼牙棒，重约九千七百公担。棒尖有十三颗尖头的钻石，最小的一颗也和巴黎圣玛丽亚教堂上最大的钟一样大。如果我没估计错的话，误差最多不超过一个指甲的厚度；或者最多只有那种人称"割耳刀"③的刀背那么厚，要么多一点要么少一点，再差也差不到哪里去。更神奇的是，这根狼牙棒好像有魔力，永远都不会断。相反，它一碰到什么，什么就马上断掉，绝无例外。因此，当他凶猛无比，骄横跋扈地向朋特固尔猛冲过来时，朋特固尔举目望天，万分虔诚地把自己的整个灵魂托付给上帝，嘴里喃喃地立誓许愿：

"噢，我的天主。您一直是我的保护者，我的救星，您此刻必定洞悉我所处的困境。是一种与生俱有的热忱引导我来到这儿，这种热忱也就是信仰，是您赐给我们凡人的，用来保护我们自己，我们的妻儿，我们的和我们的家庭。您高尚的动机是不容置疑的。因为，在这项使命中，除了对您旨意的普遍信仰和侍奉以及无所不包的忏悔之外，您对我们并没有什么要求了。您禁止我们人类终日刀枪相见，大动干戈。因为您是万能的主，在您神圣的使命中，您有远远超乎我们想像的办法来防御，来卫护您的事业。您有无数的天使静候左右，连最小最不起眼的也能将人类毁灭，随心所欲地把天地玩弄于股掌之间，就好像当前清清楚楚地展现在西拿却瑞伯军队面前的情形一样。因此我把全部的信仰和希望都寄托在您的身上，如果您此刻愿意来协助我的话，我现在就向您发誓，不管将来我治理哪个国家，这个理想国也好，其他国家也一样，只要是我势力范围之内的，我一定会将您神圣的福音完完整整地传播给世人，永远只传播您的福音。这样的话，当今世界上许许多多假装虔诚的人和假先知假预言家们所宣扬的那套虚伪堕落谎话连篇的说教就会从我周围彻底根除。"

刚刚发完誓，朋特固尔就听到来自天堂的一个声音，说："谨遵誓约，必将胜利！"也就是说，如果你恪守诺言的话，就会战胜一切。

就在那时，朋特固尔看到"狼人"龇牙裂嘴地朝自己步步紧逼过来，就大胆地迎了上

---

① 特平（1705～1739）英国强盗，在约克郡落网，被处绞刑，因其强盗经历被载入传说故事和小说而闻名。

② 圣尼古拉（？～350）小亚细亚米拉主教，是儿童、海员及一些国家（如俄国和希腊）和城市的主保圣人，在美国和英国是圣诞节的主保圣人。

③ 割耳刀是一种极薄的小快刀。

8. 泰门：我有一棵树长在我的住处的附近，因为我自己需用，不久就要把它砍下来，告诉我的朋友们，告诉全雅典的人，叫他们按照各人地位的高低分别先后，凡是有谁愿意解除痛苦，就赶快到这儿来，在我那棵树未遭斧斤以前自己缢死。请你们这样替我对他们说吧。

去，使出浑身的劲儿大吼一声："你死吧，恶棍，你死定了。"他这么做是学雷丝达摩尼人的作战技巧——故意制造惊人声势震慑对方。紧接着，他手脚麻利地把拴在腰间的帆船上装载的十个桶另加四蒲式耳的盐一股脑儿地朝"狼人"洒了过去。"狼人"的嘴巴、喉咙、鼻子和眼睛一下子全被盐堵得满满的。他勃然大怒，更加气势汹汹地朝朋特固尔猛冲过来，妄想一棒就把他的脑浆打出来。没想到朋特固尔倒是灵活得很，眼疾腿快，左脚往后退了一步就躲过了。可是腰间拴着的那帆船却成了替罪羊，那一棒重重地打在船上，船一瞬间就裂成四千零八十六块碎片，剩下的盐全部撒在地上了。

朋特固尔见此情形，就伸出胳膊勇猛无比地展示起自己强大的力量来。他遵照战斧的变弄诀窍，把桅杆粗大的一端朝对方胸口上方狠刺过去。接着，杆头左转，"呼"地一声就打中"狼人"的脖子和肩膀之间的部位。然后，右脚往前迈进，顺势把桅杆朝他私处一刺。不巧杆上端的小盖口被击破，剩下的三四大桶的酒就全流出来了。

"狼人"一见，还以为自己的膀胱被刺穿了呢。朋特固尔却对自己的失误很不满，他本想从侧面再来一次进攻，可是来不及了，"狼人"高举起狼牙棒朝他逼近，使出全身力气就要横空劈下。说实话，他的动作看似轻松自如，实则暗含杀机，要不是天主有心袒护善良的朋特固尔的话，这一击肯定会将他从头到脚劈成两半。但是朋特固尔敏捷地纵身一闪，狼牙棒掠过他身体右侧，穿过一块巨大的岩石，径直刺到地底下七十三英尺深的地方，单是撞击出来的火花就不止九千零六吨。

朋特固尔侥幸得以脱身，看到"狼人"正忙着把狼牙棒从石头缝里往外拔，就朝他直冲过去。要不是运气不好，他的桅杆碰到那个有魔力的狼牙棒的柄的话，这下子"狼人"就身首异处了。偏偏桅杆在他手上方三尺远的地方断了，他一下愣住了，大叫："帕奴吉，你在哪里？"

帕奴吉见到情况紧急，就对国王和巨人们说："天啊！我们不把他们俩分开的话，他们一定会两败俱伤的。"可是巨人们正在兴头上，谁也没理睬他。朋特固尔没了武器，只能拿起断截的桅杆，对着"狼人"左劈右砍乱打一气。其实他这样根本是无济于事，还比不上对着铁匠的铁砧轻轻弹指那样呢！

这时候"狼人"已经把狼牙棒拔出来了，随即就准备再向朋特固尔发起猛烈的攻势。朋特固尔毫无还手之力，只能一个劲儿地闪来跳去躲着他，这惊险百出的闪避战倒真是多亏了他的眼疾手快，灵活矫健！"狼人"一边穷追猛打，一边嘴里不断地威胁："看棒，小子，看我不把你剁成肉酱，看你还能叫更多的可怜人干渴！死吧，你。"朋特固尔一言不发，瞅准时机干脆利落地飞起一脚朝他踢去。这一脚真是及时，正巧狠狠地踢中了"狼人"的肚子，他猝不及防一下往后倒了下去，双脚朝前，足足滑了一箭之遥。他的喉咙里开始流血，他不禁叫出声来："穆罕，穆罕，穆罕！"巨人们听到他的呻吟，纷纷起身想来救他。可是帕奴吉却制止了他们，说道："请大家千万别去，相信我吧！我的主人正在气头上，什么都不顾，谁也别想阻止他。他只会一个劲儿地乱杀乱砍，你们去肯定是要倒大

霉的！"

可是这时巨人们看到朋特固尔手无寸铁，就丝毫不理睬帕奴吉的话，都跑去救他们的主人了。

朋特固尔看到巨人们越来越近了，猛地提起"狼人"的双脚，像举枪那样用力把他扛了起来。紧跟着，他就抡舞起"狼人"那系着铁砧般沉甸甸的身体，把巨人们扔过来的飞石通通挡了回去，连巨人们也纷纷被他打翻在地。整个过程干脆爽快，就像石匠收拾碎石烂砖那样毫不拖泥带水。片刻工夫飞沙走石，一片混战，站在他眼前的人没有一个不被他整得四仰八叉，缺胳膊断腿的。巨人们身上的石盔石甲被弹回的飞石击得千疮百孔，整个战场一片狼藉，鬼哭狼嚎，让我想起布尔格圣斯蒂芬教堂的那座"黄油钟楼①"在太阳底下溶化倒塌的混乱场面。

这时候，帕奴吉、卡帕林和欧斯登斯也趁乱割断那些被打倒的人的喉咙，无人能幸免。在旁人眼里，朋特固尔现就是一个割草的，"狼人"是他的长柄大镰刀，只见他手起刀落，草，也就是巨人们，纷纷倒下了。然而，就在他忙得不可开交时，"狼人"的身首分家了。原因是朋特固尔把"狼人"当武器去打一个名叫利佛朗窦里的巨人，而巨人身上偏偏穿着坚固无比的石头铠甲，单单一片往外翻的碎片就把伊比斯特莱的脑袋齐整无缺地割了下来，"狼人"自然也在劫难逃。其他巨人们大部分都穿着一种流纱似的易碎的石头盔甲，剩余的穿页岩制的装束。

最后，看到对方都死光了，朋特固尔才把"狼人"的尸体狠狠地往城里一扔，尸体就像青蛙似的，肚子着地压在大广场上，把一只烧焦的公猫，一只湿漉漉的猫，一头放屁的鸭子和一只被勒住脖颈的鹅一并压扁了。

第十五章

掉了脑袋的伊比斯特莱如何被帕奴吉

机智巧妙地治愈，以及他带来的阴间地府的消息

巨大的胜利就这么赢得了。朋特固尔功成名就，走到放酒的地方，招呼帕奴吉和其他人一起过来。大多数人都安然无恙，毫发未损。只有欧斯登斯想割对方喉咙的时候，脸上被抓了几道痕。可是伊比斯特莱根本就没露面，朋特固尔悲痛得懊恼得恨不得把自己杀了。帕奴吉却对他说：

---

① "黄油钟楼"是信徒为取得在封斋期内吃黄油的权利而出钱捐献的一座钟楼。于1506年12月31日倒塌。

莎士比亚《威尼斯商人》精彩片段：

1. 巴萨尼奥：我提起这一件儿童时代的往事作为譬喻，因为我将要对您说的话，完全是一种很天真的思想。我欠了您很多的债，而且像一个不听话的孩子一样，把借来的钱一起挥霍完了；可是您要是愿意向着您放射第一枝箭的方向，再射出您的第二枝箭，那么这一回我一定会把目标看准，即使不把两枝箭一起找回来，至少也可以把第二枝箭交还给您，让我仍旧对于您先前给我的援助做一个知恩图报的负债者。

"不，大人，别急，等一等，我们会到死人堆里找一找，弄明白到底情况如何。"

于是大家分头去找，蓦然发现他僵死在地，双臂抱着自己的脑袋，浑身血淋淋的，惨不忍睹。欧斯登斯脱口大叫："啊，冷酷的死神。你把我们最好最完美的人夺走了！"

朋特固尔闻言起身，悲恸之情难以言表。他对帕奴吉沉痛地说："啊，我的朋友，你那两个杯子和一把投枪的预言也太不可信了吧！全是骗人的把戏。"但是帕奴吉却面无愧色地答道："我亲爱的伙伴们，别哭得太早，他身上还有热气呢！我保证使他康复，像以前那样，结实健壮。"

说着，他就拿起死者的脑袋，放在自己的地方，为的是让朋特固尔看到他。至于他的康复，他们根本不抱一丝希望。

然而帕奴吉还是好言好语地安慰朋特固尔说："如果治不好他，我甘愿自己掉脑袋。（这可真是傻瓜的允诺！）大家都别哭了，帮帮我吧！"说完，他就用不搀水的白酒仔仔细细地清洗死者的脖子，然后又把他的脑袋拿过来，往里面洒了些黄色的粪粉——这玩意儿他总是随身放在口袋里。接着，又涂了一些我也不知道啥玩意儿的油膏，才细心地把它们上下对好，血管对血管，筋络通筋络，椎骨对椎骨，以免他成了歪脖子。因为他非常憎恶那样的人。

校准之后，他就拿出一根针往周边缝了大约十五六针，防止它又掉下来。最后，又往每个地方都抹上一点油膏，据说这种膏药有恢复效力呢！

突然，伊比斯特莱开始呼吸了，然后就睁开眼睛，打打哈欠，打打喷嚏，最后还放了一个大家都很熟悉的大响屁。帕奴吉立刻说道："现在他肯定痊愈了！"说完就给他灌了满满一大杯的烈性酒，又给他一块甜面包就着吃下去。

就这样，伊比斯特莱很快就恢复健康了，只是喉咙嘶哑了三周多，而且常常干咳个不停，很多办法用上了，都没什么效果，只有不断地喝酒才会稍稍缓解一下症状。但是最终还是彻底康复了。

然后他开始说话了。说他看见魔鬼，还和路西弗很熟悉地聊过天。他说在地狱和极乐世界①里过得很开心。他很认真地当着大家的面申明，魔鬼们其实也都爱吃喝交际，爱玩爱闹，很容易交往的。至于那些被罚入地狱的该死的恶鬼呢，说到这儿他就气不打一处来，因为当时他正在看他们怎么遭惩罚看得正起劲呢，帕奴吉就把他召回来了。他觉得很遗憾，错过那种难得的场面。

"怎么会这样呢"朋特固尔不解地问。

"因为地狱不像你想像的那样坏。"伊比斯特莱答道，"他们那儿的社会阶层和生活条件同我们尘世的相差很大。我看见大帝在靠缝补破裤破袜过着穷日子。

塞尔色斯在叫卖芥菜花，

---

① 极乐世界，希腊神话中英雄及好人死后所住的场所，也叫乐土。

罗马帝国的始皇罗姆路斯是盐商，

罗马帝国的第二个皇帝奴马当钉子匠，

第五个皇帝塔奎因是搬运工，

罗马总督皮索像个粗鲁的乡下人，

独裁者西拉当渡船工人，

另一个独裁者西惹斯是放牛郎，

泰米斯托口是做玻璃的，

古埃及名将伊帕米侬达斯是做镜子的，

罗马帝国革命者布鲁特斯和罗马人卡修斯在丈量土地，

德谟斯勒尼斯是葡萄园艺工，

西塞罗在燃火，

法比尔斯在串珠子，

波斯国王阿特克色塞斯在搓绳子，

伊尼斯当磨坊主，

阿基里斯在烈日曝晒下垛草堆，

米塞纳国王阿伽蒙脓像个饿鬼，

尤利西斯终日在割草，

比洛斯国王纳斯特在森林里看管鹿群，

波斯国王达流尔斯在到处寻宝，

罗马第四位皇帝安阿斯·马丢尔斯是船上的平舱工人，

卡米勒斯是徒步送信的邮差，

罗马大将马色勒在剥豆壳，

另一大将德鲁色斯在戏院门口讨钱，

非洲人西鹿欧是一个穿着木拖鞋四处兜售庇护所的人，

迦太基大将阿斯德鲁巴尔是做灯笼的，

汉尼巴尔当锅匠又兼卖蛋，

特洛伊国王普莱尔么斯在卖破布，

圆桌骑士"湖边的兰斯洛特"在剥死马的皮，

　　圆桌骑士们全都是穷苦的短工，当那些魔鬼头头们想在水面上戏耍游乐的话，就如同相似情况下雇用里昂的船工，威尼斯的凤尾船船夫和伦敦的桨手那样，让他们就在高西特斯、弗列格丹、斯提克思、阿却龙、和利勒河上为大家来来回回地划船。不同之处在于这些可怜的武士们得到的酬劳仅仅是当面轻打一下或者挥挥手而已，再加上晚上的一小块发霉面包。

　　罗马皇帝特拉让专门在钓青蛙，

相关链接 ●

另一个皇帝安东尼挪斯当跟班的，

还有一个暴君柯莫得斯整天在凿黑色大理石，

罗马皇帝帕提纳克斯在剥胡桃，

大将卢若勒斯在做拨浪鼓或者小铃铛之类的小玩意儿，

杰士提尼恩是个小贩，

特洛亚国王赫克特是个干粗活的厨工，

帕利斯是个可怜的乞丐，

波斯国王康必歇斯在赶骡子，

罗马皇帝纳罗是个又瞎又拙劣的小提琴手，也弹琵琶；萨拉逊巨人菲尔拉、布拉斯是他最爱恶作剧的侍从。他会让主人吃粗面包喝变质的酒，自己却享用最好的东西。

茱留斯·恺撒和庞培是造船修船的木工，

瓦伦丁和奥森在地狱的烘房里为人擦汗，

吉格朗和高威恩是可怜的放猪人，

大牙吉奥佛雷在做易燃物，还卖火柴，

耶路撒冷的统治者哥德伏雷·德·布伊伦在做风帽，

游考司国王杰森在做手镯，

卡斯提拉国王，残暴的皮尔特罗是专管赦免的人，

摩根在酿啤酒，

波丢克斯的吁思是箍桶匠，

爱北鲁斯国王庇如赫斯是厨房里打下手的粗工，

波斯国王安提奥克斯帮人扫烟囱，

罗马皇帝屋大维在刮羊皮纸，

罗马皇帝纳瓦当水手，

尤里乌斯教堂在叫卖小陷饼，不过他那乱糟糟的大胡子不见了，

巴黎的约翰在给人擦靴子，

不列颠的亚瑟王在为人洗帽子，

大不列颠国王帕瑞斯·福瑞斯特在背柴火，

教皇邦尼费斯八世忙着把茶壶里的污垢擦掉，

教皇尼克拉三世在做纸张，

教皇亚历山大在捉老鼠，

教皇西克斯特斯在为得花柳病的人抹药。"

听到这儿，朋特固尔忍不住惊叫一声："什么，他们也会得花柳病？""那当然了，"伊比斯特莱答道，"我从来没见过这么多呢！我想，大约有上亿人呢！因为，在尘世没患过病的，到了阴间地府照样也会得。信不信由你！"

2. 鲍西娅：理智可以制定法律来约束感情，可是热情激动起来，就会把冷酷的法令蔑弃不顾；年轻人是一头不受拘束的野兔，会跳过老年人所设立的理智的藩篱。可是我这样大发议论，是不会帮助我选择一个丈夫的。唉，说什么选择！我既不能选择我所中意的人，又不能拒绝我所憎厌的人；一个活着的女儿的意志，却要被一个死了的父亲的遗嘱所箝制。尼莉莎，像我这样不能选择，也不能拒绝，不是太叫人难堪了吗？

"谢天谢地,"帕奴吉在一旁说道,"这么说我就没事了。我患过这病,我的足迹遍布直布罗陀海峡,还到过最边远的赫拉克勒斯之墩,与我交往的女人多得不得了。所以患病是难免的。"

伊比斯特莱又接着说下去:

"丹麦人奥吉尔在帮人擦盔甲,

亚美尼亚国王泰格雷尼斯在为人修补茅草屋,

复辟的伽利恩在捉鼹鼠,

艾蒙的四个儿子都在为人拔牙,

教皇厄尔班专门拿熏肉吃,

半蛇半女的神仙美路西娜是在厨房里做苦役的女佣,

女英雄玛塔希鲁思是洗衣工,

埃及艳后克娄巴特拉在兜售大葱,

希腊公主,大美人海伦做家庭女仆的中间人,

巴比伦皇后塞米拉米丝在为乞丐捉虱子,

迪多在卖蘑菇,

亚马逊人皇后庞色希里在卖芥菜,

罗马夫人拉提亚在经营酒馆,

因演说出名的贺因西尔是纺织女工,

罗马皇后丽维尔在为人刮擦铜绿。

总而言之,那些活着时声名显赫的大人物,死后在地狱里都过着贫困下贱悲惨的生活。相反,在人世间受苦受难的哲人学者们,在那儿的命运却有了一百八十度的大转折,个个都功名利禄样样齐全。我看到后希望哲学家戴尔尚尼斯①在万分傲慢地散着步,他衣着华丽,穿着一件紫红的长袍,右手上还拿着一根金色的节杖②,一旦亚历山大大帝没把他的裤子补好,他就劈头盖脑地毒打亚历山大大帝一场,差点把他打疯了。事实上,当年亚历山大大帝就对他施过苦刑,他这么做完全是一报还一报。"

"我还看到另一个哲学家伊比克提特斯③穿着时髦艳丽的法式服装,坐在一个令人赏心悦目的凉亭里,旁边围着许多端庄秀美的女士们。她们一起嬉戏,跳舞,大吃大喝,玩得开心极了。近旁还有一大堆太阳币,大概是用来赌博的吧?凉亭的门楣上写着这么几句他精心构思的诗句:

欢舞嬉闹乐开怀,

---

① 戴尔尚尼斯(公元前413~323),古希腊哲学家,一辈子反对富贵。

② 这是当时的风尚。

③ 伊比克提特斯,(55~135)古罗马新斯多葛派哲学家,奴隶出身的自由民,宣扬宿命论,认为只有意志属于个人,对命运只能忍受。

畅饮美酒不思归，

终日无事可消磨，

但数钱币过一生。

"他不经意间看到我，就殷勤地邀请我过去一块儿饮酒作乐。我正巴不得呢！顺势和他低饮浅酌了一番。这时候西热斯过来，请他看在墨马利的面子上施舍一点儿小钱，好买点葱做晚饭的佐料。"

"不，"伊比克提特斯一口拒绝了，"我从不施舍小钱。拿去吧，你这无赖，给你一个克朗。要做一个诚实的人！"

这么贵重的施舍完全出乎西热斯的预料之外，他真是欣喜若狂。不幸的是，另外一些贫困的无赖们，也就是像亚历山大、达瑞单斯这样的尘世间的王公贵族，却趁夜深人静当天就把钱币偷走了。

我也见到拉达曼提斯①的司库帕勒林，他一边和卖小馅饼的尤里鸟斯教皇讨价还价，一边问他一打多少钱，教皇回答说："三个硬币。""呸，"帕勒林叫道，"还不如打你三棒呢！把饼留下，你这个坏家伙，再去拿多一点来！"可怜的教皇哭哭啼啼地去找做饼师傅，说别人把他的饼抢走了。做饼的师傅闻言大怒，根本不顾及他的感受和当时的处境，顺手抄起鳗鱼皮做的鞭子给他一顿好打，打得他皮开肉绽，连做风筝的气囊都不够格呢。

约翰·乐·迈尔②大师也在那儿，他冒充成教皇，装得不可一世，威风凛凛的样子，让尘世间所有可怜的国王和教父们匐伏在地，亲吻他的脚。他自己也装模作样地隆重地为他们祝福，口里不停地念叨着："买赎罪符吧，恶棍们，买赎罪符吧。我这儿的赎罪符便宜得很，肯定是一笔好交易！我赦免你们，不必老是吃面包喝粥了；你们一辈子碌碌无为坏事做绝也就不提了。"说完，他就召来宫廷弄臣凯利特和特里布利特，对他们说："红衣主教下了诏书，你们处理一下吧。往每个人腰部打一大棍！"命令立即就执行了。

我听到文学大师朗西斯·维伦问塞尔色斯："这堆芥菜卖多少钱？"回答是四分之一便士，维伦闻言大骂："乡巴佬，真该得花柳病！小麦都不值那一半价钱呢，你还想抬高价格？"

"好了，先讲到这儿吧！"朋特固尔打断他的话头，"这些好听的故事留着下次再说。你现在只要告诉我们，那儿的放债人情况怎样？"

"我见到他们了。"伊比斯特莱说："大家都忙着在街旁的沟渠里寻找生锈的破钉烂针，跟我们尘世里那些穷困潦倒的一模一样。不过在那儿一公担这样破旧的废铁器只值一小片面包，还很难卖得出去呢！因此，那些可怜的，不幸的家伙们有时候整整三周没吃一口面

① 拉达曼提斯，是希腊神话中宙斯和欧罗马的儿子，也是克里特国王弥诺斯的兄弟。因为生前主持正义，死后成为冥府三判官之一。

② 约翰·乐·迈尔大师是十五世纪史学家及诗人，一生反对教皇，著有分裂宗教的作品。

3. 夏洛克：他的样子多么像一个摇尾乞怜的税吏！我恨他因为他是个基督徒，可是尤其因为他是个傻子，借钱给人不取利钱，把咱们在威尼斯城里干放债这一行的利息都压低了。要是我有一天抓住他的把柄，一定要痛痛快快地向他报复我的深仇宿怨。他憎恶我们神圣的民族，甚至在商人会集的地方当众辱骂我，辱骂我的交易，辱骂我辛辛苦苦赚下来的钱，说那些都是盘剥得来的腌臜钱。要是我饶过了他，那我们的民族就永远没有翻身的日子了。

包，还得夜以继日地工作，等待下个集市的来临。他们这么劳累，这么穷困，这么努力却觉得这苦根本不算什么。相反，还非常积极地继续从事这种低贱的行业，一心只希望在年终的时候，能赚到一点点小钱就行了。"

"来，我们来狂饮一阵！"朋特固尔说，"喝，我的伙伴们，我恳求你们，放开肚皮吃吧！喝吧！因为这个月正好适合喝酒，咱们碰上好时候了。"

于是大家真的就取出成打成打、成堆成堆的大酒壶，就着敌人贮藏的食品毫无顾忌地畅饮起来。只有那可怜的阿纳都斯国王一直无精打采的。帕奴吉说："我们该让国王学点儿什么呢？这样他去了阴间地府之后才会有一技之长！""是啊，你这话对极了。"朋特固尔说："我把他交给你。你负责教他点什么吧！"

帕奴吉赶紧称谢："多谢，您的赏赐我可不敢拒绝，我会爱鸟及屋，多多关照他的。"

第十六章

朋特固尔如何进入阿玛罗特；帕奴吉怎样

把国王阿纳都斯许配给一个丑八怪似的

母夜叉，并让他卖绿色的调味汁

打了这么一场漂亮仗之后，朋特固尔就派卡帕林到城里去，向全城的人宣布：国王阿纳都斯已成了俘虏，城内所有居民听到这个好消息，纷纷跑出来列队迎接他。一时间，全城上下一片欢腾，无数的篝火点起来了，精巧的圆桌也摆在路中央，上面堆满了各种各样的美味佳肴，场面壮观极了，好像丰收时候富足和平的黄金日子又重现在人们眼前，大家是多么畅快地大吃大喝啊！

朋特固尔召来全城的元老和议员们，对他们说："先生们，我们现在得趁热打铁了。这古语真是再贴切不过了。我想，我们应该发动攻击，把整个渴人国一古脑儿地收复回来，再庆功也不迟！所以，想跟我作战的人，吃饱喝足之后就请打点行装，准备明天出发。我这么做，并不是因为需要更多的帮手来协助我征服那个地区，事实上我已经是稳操胜券了。真正的原因是：我看到这城里人口太多，连在街上转身都快成问题了。因此我想把一些人带到渴人国去，把那块富足肥沃而又令人心旷神怡的美丽国土分发给他们。那地方比世界上哪儿都好，去过的人都知道。所以，每个想去的人，请按说的做好准备吧！"

这次会议的意图和决议很快就向全城人公布了。第二天一早，宫殿前的大广场上妇女小孩子不算在内就密密麻麻地聚集了一百八十五万六千零十一人，于是大家径直向渴人国行进。他们排着整齐的队伍，好像当年以色列人离开埃及要渡红海时那样秩序井然。

4. 巴萨尼奥：外观往往和事物的本身完全不符，世人却容易为表面的装饰所欺骗。在法律上，哪一件卑鄙邪恶的陈诉不可以用娓娓动听的言词掩饰它的罪状？在宗教上，哪一桩罪大恶极的过失不可以引经据典，文过饰非，证明它的确上合天心？任何彰明昭著的罪恶，都可以在外表上装出一副道貌岸然的样子。

现在我们不妨把这次出征的事情先放一放，回过头来看看帕奴吉怎么处理他的俘虏国王阿纳都斯。帕奴吉牢牢记得伊比斯特莱讲述的阴间地府里的奇闻趣事——国王和有钱人在极乐世界里的境况如何，以及他们如何靠低贱下等的行业过着贫困的日子。

因此，有一天，他就让国王穿上粗布制的紧身小背心，那背心破烂不堪，好像轻骑兵尖形圆帽上的破布条。又让他穿一条大大的海员裤再加上一双长袜，却没配上鞋。他说："穿鞋会使他看不清自己，忘记自己目前的身份。"随后，又令他戴上一顶桃色的帽子，上面插着一根大大的鸡毛——不对，可能是两根——腰间还系着一条蓝绿相间的漂亮的腰带。帕奴吉认为这种装束很适合他，因为他总是与人故意作对①。

这么打扮一番后，帕奴吉就把他带到朋特固尔跟前，问道："您认识这个爱摆架子的人吗？""不，根本不认识，"朋特固尔答道。帕奴吉就告诉他："这是一位贫困的国王。我打算让他做一位真正可敬的好人。我们尘世里这些暴虐的国王们都是一些混帐东西。他们一无所知，一无所长，整天只懂得想出种种歪点子来伤害折腾他们可怜的臣民们，还用非正义的战争把全世界搞得一团糟，来满足自己可憎的，不可告人的目的，或是作为一种消遣。我想让他从事一个行业，也就是卖绿色调味汁②。去吧，快去，吆喝几声'要绿色调味汁吗？'"

可怜的国王照办了。"不行，声音太小了，人家听不见了。"帕奴吉很不满意，他一把拽住国王的耳朵，"大声点儿，用 G 调。唉，咧，呜，对，对，就这样。倒霉蛋，你嗓音还不错呢！瞧，不做国王是一件多么快活自在的事儿呀！"

朋特固尔在一旁看着这滑稽的一幕，开心极了。我敢大胆地说他绝对算得上是最招人喜欢的小好人。而国王阿纳都斯，就这么成了一个沿街叫卖的小贩。

过了两天，帕奴吉又安排国王和一个又老又丑的母夜叉结婚。他亲自主办婚事，吩咐下人准备了美味的羊头、上好的芥末、猪杂、大蒜香肠等等。还派人给朋特固尔送去了满满的五大驮食品。朋特固尔觉得可口极了，把它给吃个精光。至于喜宴上的酒水呢，他们准备了一种兑了水的酒，还有一些山梨汁。帕奴吉还请来了一个吹风笛的盲艺人来为他们奏乐助兴，让大家尽情欢舞。

酒宴过后，帕奴吉把这对新人带到宫里去见朋特固尔。他指着新娘对朋特固尔说："您不必害怕她会爆裂。"

"为什么？"朋特固尔不解地问。

"因为她早已破烂不堪了。"帕奴吉答道。

"你这是什么意思？"朋特固尔越发糊涂了。

"您不知道吗？"帕奴吉说，"在火中烤栗子的时候，如果整个儿完完整整地放在火中

---

① "与人故意作对"和"蓝绿相间"发音雷同。

② 这是用姜汁和青萝卜榨出来的酸汁做成的调味品，一般做鱼类的佐料。

的话，它们就会疯了似的噼噼啪啪地爆裂开来。所以，为了防止它们爆响，就得事先在上面切个口；而眼前这个新娘的下部早就破了，因此根本不会出问题的。"

朋特固尔赠给他们一座靠近南街的小屋，又送了一个石臼给他们捣调味汁。他们就这样靠做小买卖过起日子来了。他也成了乌托邦这个地方有史以来最讨人喜欢的小贩。但是后来我也听说，他每夜叉打起他来毫不留情，可怜的他连自卫都不敢，更不用说反手了。真是个白痴！

第十七章

朋特固尔怎样用自己的舌头为整个军队挡雨；
作者在他嘴里看到了什么

当朋特固尔率领军队进入渴人国境内时，当地的人都很高兴，他们出于好心，把他所经之处的钥匙通通上缴，不加思索地把自己也交给他发落。亚美罗兹人却是例外。他们决心要抵抗到底，并对传令官说，没有非常体面的优越的条件，他们决不降服。

"什么，"朋特固尔听了传令官的回话万分讶异，"他们有吃有喝的，还想要求更好的条件？来，大家随我来，把他们洗劫一空，然后通通捉回来。"于是大家自觉地列队，斗志冲天地准备大干一场。可在半路上，经过一片大田野的时候，不巧被一场大阵雨淋到了，大家冷得发抖。朋特固尔觉得这雨根本算不了什么，云层上面有一些露水而已。但是，转念一想，他又下令大家排好队伍，一个紧挨一个，这样的话他好为他们遮挡雨点。

于是，大家立即照办，一个个肉贴肉，背靠背，站得整整齐齐的。朋特固尔伸出舌头，只伸到一半，就把他们全遮住了，看上去就好像是母鸡保护小鸡似的。

当时，我这个正在为你们讲述这些真实故事的人，正躲在一片牛蒡叶子底下避雨。这片叶子其实和蒙特来勃桥的桥拱差不多大小。可是，看到全军人马都安全舒适地在朋特固尔的庇护下躲雨，我也走过去想凑个热闹。遗憾的是，他们人太多，那儿根本没有我的容身之地，也就是说，连见缝插针的缝都没影呢！

无奈之下，我只好奋力爬到朋特固尔的舌头上方，在他舌头上走了整整两里格的路才来到他嘴里。噢，天哪，众神们，快来看我瞧见了什么！我发誓如果我撒谎的话，就叫朱庇特用他那三道闪电把我击毙，让我不得好死！在他嘴里走着，会产生一个奇异的感觉，好像自己正行走在君士坦丁堡的索菲亚教堂里，四周都是宏伟的建筑。我看到那儿有巨大的岩石，好像丹麦的高山那么险峻陡峭，我想那一定是他的牙齿。我也看到了美丽的草原，广褒的森林和壮观牢固的城市，一点儿也不比里昂或波依蒂尔小。

我碰到的第一个人是一个诚实善良的家伙，他正在种结球甘蓝。我觉得非常惊讶，就

问他:"我的朋友,你在这儿干什么呢?""我在种甘蓝呢!"他答道。"可是有什么用呢?"我不解。"哈,先生,"他说,"人有高矮胖瘦,也有贫富差别,我们不可能都同样富有。我过的是穷日子,栽种菜,然后把它们挑到后面那个城市的市场上去卖。"

"我的主啊!"我不禁大叫,"难道这儿是另外一个崭新的世界吗?"

"那当然,"他答道,"不过不是很新。人们常说,这外面还有一个世界叫做地球。那儿的人享受着太阳和月亮的光明,而且总是货源充足,新鲜玩意儿多的是。我们这个世界就相对古老多了。"

"是啊,不过,"我说道,"我的朋友,你卖菜的那个城市叫什么?"

"阿恩法拉吉①。"他回答,"那儿的人都是基督教徒,诚实正直,热情好客,你去的话,一定会受到热情款待的。"

简单说来,我打定主意要去那儿了。在路上,碰到一个伏在地上,等着捉鸽子的人。我就问他:"我的朋友,鸽子从哪儿来的?""先生,"他答道:"它们来自另外一个世界。"我想,一定是朋特固尔打哈欠时,鸽子把他那张开的大嘴当作它们的家,就整群整群地飞了进去。

再过去就进城了。这座城市看起来确实是坚固雄伟,极有气魄。可是在城门口,门卫却拦着我,要我出示通行证。我非常惊讶,就问他们:"长官们,这儿在闹瘟疫吗?""大人,"他们异口同声地回答,"真是惨极了。他们整批整批地突然死去,收尸车满街不停地跑都来不及呢!"

"我的天哪! 在什么地方?"我继续问道。他们说悲剧发生在喉城和咽城,这是两座像卢昂和南特那样的大城市,繁荣发达,商业兴隆,瘟疫是最近从深处蒸发上来的一种传染性的恶臭造成的,一周之内死亡人数就已超过二十二万六千零十六人。

我细细估算了一下,发觉真正的原因是从他胃里出来的一种腥臭得令人作呕的气息,而罪魁祸首就是大蒜,也就是喜宴上那么多大蒜做的菜造成的。

从那儿动身往回走,穿过岩石峭壁(其实就是他的牙齿),我一直不停地走,最后爬到他的一颗牙齿上。在那儿,我见到了世界上最令人心旷神怡的地方:有宽敞无比的网球场,一览无余的陈列室,迷人的草坪,成束成束的藤蔓,还有无垠田野上无数座意大利式的夏日小别墅。到处都风光无限,令人流连忘返,我在那儿待了整整四个月,一辈子中再也没有比那更快乐无忧的时光了。

后来,我从后面的牙齿往颌部方向走。可是半路上,在靠近耳朵部分的一片大森林里,不幸遭到了抢劫,被搜得分文不剩。我只好悻悻地又走了一段时间,偶然发现了一个很小的村落——说实话,我已经忘了它的名字了——在这儿我过得比以往任何时候都开心,并且得到了一些盘缠。你知道这钱是怎么挣的吗? 说出来谁也不信,是睡觉挣的! 在

5. 巴萨尼奥:你炫目的黄金,米达斯王的坚硬的食物,我不要你;你惨白的银子,在人们手里来来去去的下贱的奴才,我也不要你;可是你,寒伧的铅,你的形状只能使人退走,一点没有吸引人的力量,然而你的质朴却比巧妙的言辞更能打动我的心,我就选了你吧,但愿结果美满!

① 阿恩法拉吉也就是"食道"。

那儿，他们特地雇人睡觉，按天计算，一天可以得到六个便士呢！特别是那些会大声打呼噜的，一天至少挣九个便士。

我把路上怎么遭到抢劫的事一五一十地告诉那里的议员们。他们说，事实上，那个地方的人很坏，天生就是贼。我这才弄明白了，我们有阿尔卑斯山脉南侧的和阿尔卑斯山山北的国家，也就是这一侧和那一侧的差别。他们那儿也有牙这边和牙那边之分。当然，住在这一侧舒服多了，空气也更纯净清新。

于是我想起人们常说的话，"世界上这一半的人不知道另一半的人是怎么生活的"，真是百分之百的正确。想想看，我至今还没看到一本描写那个地方的书呢！那儿除了有大沙漠和一片海域外，起码居住着二十五个以上国家的人。考虑到这个目的，我写过一本很大的书，书名就叫《喉国人的历史》，为什么有这么奇怪的称呼呢？因为人们就居住在我的主人朋特固尔的喉咙里。

最终我想回去了。经过茂密的胡子茬，我跳到他的肩膀上，然后又从肩膀上滑到地面，正好摔在他面前。他一看到我就问："你从哪儿冒出来的，阿尔可弗莱巴斯？"

"从你的嘴里，大人。"我老老实实地回答。

"你在那儿待多久了？"他又问。

"从你去进攻亚美罗兹人那天至今。"我说。

"天啊，那可是六个月以前的事了。"他说，"这么长的时间，你靠什么生活呀？喝的又是什么？"

"大人，跟您完全一样，不管您吃什么喝什么，只要经过您的喉咙我都同样享受到了。"我回答道，"而且总是挑最精美最可口的食品！我简直就是在收通行费呢！"

第十八章

帕奴吉如何询问朋特固尔他是否应该结婚

听到这个问题，朋特固尔什么也没说。既已提出了这个话题帕奴吉自然想继续下去，他不由自主地深深叹了口气，说："大人，我想结婚的设想您也听到了。这么久以来我们朝夕相处，感情深厚，因此，我谦恭地请求您，说说您的意见吧！"

朋特固尔这才回答："你既然已经决定了，仔细考虑过了，那有什么必要多说呢？"

"是决定了。但是，"帕奴吉说道，"没有您的忠告，我还是不愿意立即实施我的计划。"

"我的看法是这样的，"朋特固尔说，"我这就告诉你。"

"不过，比起轻率地一头扎到婚姻的围城里，承担婚姻带来的种种许诺和义务，像现在这样当个快乐的单身汉其实是要好得多。如果这种想法是完全正确的话，我宁可选择不

6. 巴萨尼奥：一艘也没有逃过。而且即使他现在有钱还那犹太人，那犹太人也不肯收他。我从来没有见过这种家伙，样子像人，却一心一意只想残害他的同类；他不分昼夜地向公爵絮叨，说是他们倘不给他主持公道，那么威尼斯根本不成其为自由邦。二十个商人、公爵自己，还有那些最有名望的士绅，都曾劝过他，可是谁也不能叫他回心转意，放弃他狠毒的控诉；他一口咬定，要求按照约文的规定，处罚安东尼奥违约。

结婚。"帕奴吉急急地打断他的话。

"那就不要结婚吧！"朋特固尔说。

"是啊，可是，"帕奴吉又犹豫起来，"您愿意看着我一辈子孤苦伶仃地过下去，丝毫享受不到婚姻的安逸吗？书上不是写着'独居不好'吗？一个单身汉永远无法体会已婚夫妇的快乐和慰藉。"

"那就结婚得了，我的天哪！"朋特固尔叫了起来。

"可是，"帕奴吉又说，"如果我的妻子有外遇呢？你心里也很清楚，今年这种事情真是多得不得了。倘若真是这样，我会勃然大怒，会无可救药地焦躁起来。事实上，我的心底喜欢那些当'乌龟'的人，因为在我看来，他们与人交往时都很正直诚实，我确实乐意与他们常来常往。可是，要我也加入他们的行列？我宁可去死！这就是我的想法，一个使我忧愁，使我痛苦的想法。"

"那就不要结婚吧！"朋特固尔说道，"塞内加①的话绝对可靠，无可争辩。他说过：你怎么待人，别人也会如何待你。"

"你断言他这话毫无例外是不争的事实吗？"帕奴吉追问。

"是的，绝对如此。"朋特固尔答道。

"哦，哦，"帕奴吉心里矛盾得很，"真是见鬼。他指的要么是我们尘世，要么是死后的另一个世界。但是，我没妻子可不行，就好像一个瞎子没有拐杖似的，万万不可！因为人总得发泄吧！如果我不是像现在这样一天换一个女人，冒着被人打的危险，或者更糟的是，时时生活在有可能被传染上梅毒的恐惧之中，或者两者兼有，而是能够专心于一个诚实可爱贞洁的女子，那是再好不过了。因为我从来就没有和这样的女子交往过，除非得到她们丈夫的许可和纵容。"

"那你就快去结婚吧，真受不了！我的天哪！"朋特固尔说。

"可是，"帕奴吉还有话要说，"如果上帝安排，让我娶到一个贞洁的女子，但美中不足的是，她会打我。那该怎么办呢？就算我没被她欺负得半死，或是因此而大为苦恼，我起码得有约伯②三分之二以上的耐心才行。因为有人告诉过我，那些特别贞洁的女人，通常都有超出常情的举动。因此她们总会醋劲十足，胡乱撒泼。"

"那就甭提结婚这两个字好了！"朋特固尔说。

"可是，"帕奴吉仍然滔滔不绝，"考虑一下我目前的情况吧！既无债务，又是独身。请注意我的话，没有分文的债务，即使在最困难的时刻也是如此。倘若债台高筑的话，那些债主们肯定会十分关注我的生养问题。现在呢，又没有欠债，又孤家寡人的，根本没有

---

① 塞内加（公元前4～公元65），古罗马哲学家、政治家和剧作家。哲学著作有《论天命》《论忿怒》《论幸福》等，悲剧有《美狄亚》《奥狄浦斯》等九部。

② 约伯，基督教《圣经》故事人物，面临种种危难，仍坚信上帝。

人留意我，或是带给我那种婚姻关系般的情爱与温馨。万一哪天不幸病倒，我就会更讨人厌了。智者说过：没有女人——指的是在一个家庭里充当母亲和妻子双重身份的法律认可的女人——体弱多病的人就会受尽苦难，冲突矛盾不绝。那些教皇、教皇使节、红衣主教、大主教、修院院长、副院长、牧师、道士们的亲身经历就是最好的例证了。可是我敢保证，你肯定不会在那些地方找到我的，因为我不感兴趣！"

"那就结婚吧！仁慈的主！"朋特固尔万分无奈。

"可是，"帕奴吉继续道，"万一在生活安适的时候又病倒了，而且身心失调，脾气暴躁，无法履行一个丈夫的应尽的职责。偏偏屋漏又逢下雨，我的妻子受不了我整天病恹恹的、疲乏无力的样子以及阵发的昏厥，投入另外一个男人的怀抱。那该怎么办呢？她非但没有在我最需要最危险的时刻帮助我支持我，反而无视我，嘲笑我的不幸和悲伤；或许，更绝的是，她还会侵吞我的财产，偷走我的一切，这类事情已经发生在许多男人身上了。若我不幸碰上的话，大好前程肯定也会彻底毁掉的。这真是雪上加霜，一波未平一波又起啊！"

"那就别结婚得了！"朋特固尔真是左右为难。

"可是，除此之外，没有什么其他的办法能让我拥有合法的儿女呀！他们会为我传宗接代，接手我的事业，让我的英名永存。我也可以把我的财产全部馈赠给他们（至于后面这一点你们不必怀疑，过不久我就会向你们证明的）。这样的话，我心里才会感到安慰，精神也振作起来，可以吃喝享乐，快乐无比。否则呢，我就会牢骚满腹，郁郁寡欢。不是吗？我发现每当你们情绪低落时，你们那慈爱体贴的父亲总是陪伴左右；所有诚实正直的好人们在自己家里总是乐于和子孙们同享天伦之乐的！言归正传，眼前的实际情况是：我既没有债务又没有家庭。万一哪天苦恼了生气了——虽然我悲伤不快的理由从来都不是事出有因——恐怕没有人会来安慰我。我能得到的可能只是嘲笑，愠怒和奚落。"

"那就结婚吧，废话少说！"朋特固尔终于打住了他的话头。

第十九章

朋特固尔怎样向帕奴吉表述

"为别人的婚姻大事出主意"的难处，

并为此提出用荷马和维吉尔的作品来占卜问卦[①]

帕奴吉说："您的建议变来变去，在我看来，就像乡下老太婆的歌谣似的，不清不楚，

---

① 古时候有人翻阅荷马或维吉尔的作品，以此来作为问测人间吉凶的方法，后来又有人用《圣经》作为占卜抽签的工具。

犹豫不决，动摇不定。里面全是讽刺、嘲笑、辛辣的奚落与挖苦，自相矛盾的反复申述和前言不搭后语。"

朋特固尔答道："我也不知道该坚持哪种意见都不好。你的计划里全是'如果'啊、'但是'啊，也没有哪些令人满意的有根据的结论，我都不知道该根据哪一点来作决定呢！难道你心里还没想好到底要怎么办吗？整件事的关键就在这儿，其余的全是不确定的，只能服从天意了！

"我们可以看到，有些人婚后很幸福，他们的家庭生活好像就代表了天堂里的快乐，是幸福的一种概念，一个模式；总是闪烁着喜气洋洋的光辉。再看看另一些人，双方不幸被错误地套在不适合的婚姻枷锁里。

"他们比起那些居住在空旷寂寥的沙漠里受到卑鄙恶魔们的重重考验的隐修士们，还要痛苦得多。

"因此，最适宜的办法就是：你得下定决心冒险试一试！你闭上眼睛，低下头，亲吻地面，碰碰运气，把仅存的一点希望都交给全能的主去安排吧！我对这件事根本是无能为力了，不能给你一些什么保证、什么建议。不过，如果你乐意的话，我们可以这样做，先把维吉尔的诗集拿来，用手指头把书掀开三次。然后根据我们的事先约定的第几个字来看看你未来婚姻的机缘如何。

"很多人常常就是用荷马的书来抽签占卜，才很偶然地知道自己的命运的。苏格拉底的亲身经历就可以证实这一点，他在蹲监狱时听到有人在背诵荷马的这行诗句，'第三天，我们就来到了肥沃的坡西亚。'这是《伊利亚特》第九卷中描写阿基里斯的话——他当即就预测到自己三天后肯定会死。于是就把这事告诉了哲学家艾斯尼斯。

"这整件事的前前后后在柏拉图的《克利托尼篇》、西塞罗的《论占卜》的首卷和戴尔局尼斯，拉尔提尔斯以及其他人的作品中都有详细的描写。

"罗马皇帝欧庇留斯·玛克利奴斯也能证明这种预知未来的方法的可靠性。他曾经非常想知道自己是否会当上罗马皇帝，后来通过抽签的办法，得知了冥冥中注定的命运，暗示他的将来的诗句是在《伊利亚特》第八卷中：

年老昏瞆的人啊，

年轻的战士们催促你快快离去，

你的生命正衰退之中，

年岁已毫不留情地把你压垮。

"事实上，他那时候就有点儿年老了，享受当皇帝的滋味才不过一年零四个月，就被当时年轻力壮的赫里奥嘎巴勒斯①夺了权，逐出皇宫，最终难逃一死。

"布鲁图斯也是这种办法的另一个见证人。他很想弄个明白，这次法萨里恩战役的结

7. "巴萨尼奥挚友如握：弟船只悉数遇难，债主煎迫，家业荡然。犹太人之约，业已愆期；履行罚则，殆无生望。足下前此欠弟债项，一切勾销，惟盼及弟未死之前，来相临视。或足下燕婉情浓，不忍遽别，则亦不复相强，此信置之可也。"

---

① 赫里奥嘎巴勒斯，公元 218 至 222 年罗马皇帝，生于 204 年，做皇帝时仅十四岁。

局如何——他本人就是在这场战役中丧生的——不经意间就在《伊利亚特》第十六卷中谈及帕特罗克勒斯的文字中看到了这句诗：

命运如此，我被拉托纳的儿子杀害了。

"据说，'阿波罗'就是大战那天的口令。通过用维吉尔的诗句占卜，人们预知了许多重大的事情。亚历山大·塞维热斯想知道自己能否征服罗马帝国，也是用了同样的办法，《伊尼特》第六卷的诗句预示了他的未来：

罗马人啊，你必将统治天下，

不要让它沉沦衰退！

短短九年之后，预言果真实现了，他成为一位非常坚定诚挚的罗马皇帝。

"另一位罗马皇帝阿德里安也有类似的故事。他一直很困惑，很想知道自己在特拉扬皇帝心里份量如何，以及皇帝对他的喜爱有多深，后来，他就用上面提到的办法试了一下，偶然间翻到了《伊尼特》第六卷里的这几行诗句：

远处那位执橄榄树枝，带着供物，

惹人注目的是何人？

从他那花白的须发，我看得很清楚，

是罗马国君。

不久以后，他被特拉扬皇帝认作义子，并继承了整个帝国。

"还有一个口碑颇佳的皇帝克罗丢尔斯翻到了维吉尔在《伊尼特》第六卷中写的这行诗：

到了第三个夏季，他在拉蒂尔姆的统治行将结束。

确实，他在位的时间没超过两年。他原来打算让他哥哥来帮他治理国家，就替他哥哥奎蒂留尔斯占了个卦，他翻到的是同一卷中的这行诗句：

命运之神让我们看到，他在位的日子不长了。

结局果真如此。他刚刚被委以治国重任不久，确切地说，在执政的第十七天就遇害了。小佐蒂恩皇帝的命运也如出一辙。

克罗丢尔斯·阿尔比那斯很为自己的将来担忧，于是，如法炮制，翻到《伊尼特》第六卷，看见了这些文字：

这位勇士，平息了危险的风暴，

使燃烧着怒火的罗马人平静了下来，

他成功地打击了迦太基人，毫不留情地把叛乱的高卢人镇压了。

"同样，奥瑞里恩的前任皇帝克罗丢尔斯也很迫切想知道自己子孙后代命运如何，他偶然发现了《伊尼特》第一卷里的这句诗：

没有限制，没有止境，

子子孙孙无穷尽也。

相关链接 ●

后来，他确实子孙满堂，后代昌盛。

"彼得·艾米想了解一下自己能否逃脱得了那些鬼怪幽灵的埋伏，他翻到了《伊尼特》第三卷的诗句：

逃吧，逃出这片血腥的土地，

逃出这片邪恶的海滩。

他遵从了这个忠告，最终安然无恙地逃出所有的陷阱，躲过了他们的毒害。

"要不是怕罗嗦，这样的例子我可以说出上千个，形形色色的人通过翻书看诗句这种特别的占卜方法，预知了自己的未来。

"不过，你可别胡乱发挥你的想像，我也不会暗示你这种办法是否无可辩驳，绝对可靠，因为我不想让你失望。"

第二十章

朋特固尔如何解释用骰子算命是不合法的

"那我们还不如拿三粒骰子来掷一掷，"帕奴吉说，"肯定比翻书占卜更快更不费力！"

朋特因尔闻言马上反对："那种抽签法是骗人的、违法的，非常令人反感。你可千万别信那一套！那本应受诅咒的书《骰子游戏》是很久以前我们人类的敌人，那个可恨的爱造谣、爱诽谤的家伙①，在布勒附近的阿卡亚②地方的海格立斯塑像前③挖空心思想出来的。不仅仅是古时候，现在世界上有些地方，总有很多头脑简单的人因此误入岐途，落入他的陷阱。你应该知道，我的父亲高朗古杰在他的势力范围之内绝对禁止这种东西出现。他认为那是一种非常危险的祸患，对那些有修养又优雅大方的国人来说，简直就是一种玷污。因此，他就进行严厉的查禁，取缔和驱除，还派人把骰子的铸模和草图通通销毁。可以说是把那玩意儿彻底赶出了他的国土。

"我这儿跟你说的是骰子，其实骨牌④游戏也一样，都不是好东西，都是骗人的把戏！你也不必为了说服我，把提伯瑞尔斯在阿泼纳斯喷泉那儿幸运的一掷再搬出来，他当时有杰瑞思⑤的神谕指点呢！这些把戏，实际上都是魔鬼们为把那些头脑简单，愚顽不化的人

---

① 这儿指的是"魔鬼"。

② 阿卡亚是古希腊地名。布勒在阿卡亚境内，据说该地的海格立斯塑像会显灵，于是人们纷纷到神像前用四只骰子占卜。

③ 占卜者站在海格立斯塑像前，先祈祷神像圣灵，然后从塑像足内掏出骰子，掷在桌上算命。

④ 这是一种骨头做的赌具，也可以用来算命，四面有字，两面无字。

⑤ 杰瑞思，希腊神话中最有力的巨人，最后被海格立斯杀死。

引入万劫不复之地而设的钓饵!

"不过,话说回来,为了满足你的几分古怪念头,我同意在这桌上掷三粒骰子。然后根据碰巧掷来的点数,看看你随便选定的那一面的那一行写什么。"

"你口袋里有骰子吗?"朋特固尔问。

"满满的一袋呢?"帕奴吉赶紧答道,"按默林·柯凯优斯①在《魔鬼国》第二卷中所评论的,那是为对付魔鬼而预先采取的措施,如果魔鬼发现我没有骰子,一定会让我措手不及的。"

说完,他就拿出三个骰子,往桌上一掷,正好,掷到了两个五和一个六,一共是16点。帕奴吉说,"快来看看我翻到的那一页的第十六行写的是什么,我很喜欢这数字,但愿我们这次运气不错。如果我在新婚之夜,没把我未来的妻子折腾个够,就把我像九柱戏中的那个大圆球或是射向一大群步兵的炮弹一样,扔到地狱里去吧!"

"对这一点我确定是深信不疑的,"朋特固尔答道,"你不必急急忙忙,这样恶毒地诅咒自己,对这种小事,根本用不着如此地急功近利。就算第一次不成功,在掷木球游戏中也只算输十五点嘛!第二次很快就可以弥补那一点点遗憾了,这样就正好十六点。"

"难道您就是这样来理解这件事的吗?"帕奴吉问,"要不要我把自己的话解释一下?相信我,在我腹下那角落里站岗的勇士从来没做过什么不恰当的事儿,你发现我做过什么错事吗?没有,我根本没有,将来也不会犯错的!我做那事时就像一个不畏受难的基督一样从不疏忽,经验老到。不信的话,那些跟我玩过的人都可以判断判断!"

语音刚落,维吉尔的作品就被送上来了。还没把书翻开,帕奴吉就对朋特固尔说,"我的心打鼓似地怦怦乱跳,都快蹦出来了。摸摸我左臂上的脉搏!跳得那么快,你会认为我是个正在接受审判的缓刑犯呢,或是巴黎大学文理学院的那些已经完成某种学业正准备离校的毕业生呢。"

"可是,在动手之前,"帕奴吉继续问道,"我们要不要祈求海格立斯和传说中负责裁定芸芸众生命运的特尼特女神的保佑呢?"

"两个都不必惊动了。"朋特固尔说,"只要用手指头翻开面前的书就行了。快点动手吧!"

---

① 默林,中世纪传说中的魔术师和预言家,亚瑟王的助手。

第二十一章

朋特固尔如何用维吉尔的作品

仔细探究帕奴吉在婚姻大事上的运气

9. 安东尼奥：请你想一想，你现在跟这个犹太人讲理，就像站在海滩上，叫那大海的怒涛减低它的奔腾的威力，责问豺狼为什么害母羊为了失去它的羔羊而哀啼，或是叫那山上的松柏，在受到天风吹拂的时候，不要摇头摆脑，发出谬误的声音。要是你能够叫这个犹太人的心变软——世上还有什么东西比它更硬呢？——那么还有什么难事不可以做到？所以我请你不用再跟他商量什么条件，也不用替我想什么办法，让我爽爽快快受到判决，满足这犹太人的心愿吧。

帕奴吉把书翻开了。在这页的第十六行上，他看到这么一行诗句：

神把他从神位上赶走，

女神也不让他上她的床。

朋特固尔说："这些文字对你不怎么有利。意思清楚得很，就是说你老婆是个淫妇，你自然就是'乌龟'了。那个对你不利的女神是密涅瓦，她是一个令人敬畏的处女，又是一个暴躁而又有强权的女神，她是那些'乌龟'、脂粉气十足的年轻人和奸夫的死对头。而神就是威严的朱庇特，他在天上负责打雷。有一点你得注意，遵照古代艾特鲁瑞恩人的学说，只有她和她的父亲朱庇特才拥有击雷的权力（'雷击'是他们用来描述火与煅冶之神大发雷霆时焦躁地乱扔、乱掷东西的情形），这一点从火烧阿艺克斯·奥伊留斯的船只这事上可以得到证实。奥林匹斯山上任何其他的神都没有这种电闪雷鸣的权力。因此，人类总是特别惧怕他们这两个神。"

"我还有话要对你说，你可以把我说的当成神话里最难解的奥秘中摘录出来的。当巨人们对天神的权势进行挑战时，起初，神还嘲笑他们的企图。认为他们狂妄可鄙、自高自大，连神的侍从们都打不过，更不是自己的对手了。可是，当他们看到帕利恩高山被搬到高耸的奥萨山上，而奥林匹斯山又被摇摇晃晃地垒在那两座山上，全都惊呆了。他们做梦也不会想到巨人们会有这些惊世骇俗的举动。于是朱庇特赶紧召开了一次诸神大会。会上大家一致决定，他们应该充分重视这事，勇敢地进行自卫。鉴于经常有些战役因为混杂其中的女人们罗里罗嗦的妨碍和滋扰而一败涂地，他们当场就决定，把天庭里所有的女神都驱赶出去，她们可以变成鼬鼠、蝙蝠、鼩鼱、雪貂、南极大鸌等等奇形怪状的模样到埃及和尼罗河区域去生存。只有密涅瓦例外，她以战争和知识之神、艺术和武艺之神、智慧和调遣之神的名义才能留下来，和朱庇特一起行使电闪雷鸣的权力，她天生就能文会武，不管是天庭里，还是海洋中，或是陆地上，大家对她又敬又畏。"

"天哪，"帕奴吉惊叫，"难道我该是诗人所描绘的煅冶者伍尔坎吗？不，我既不是瘸腿的，又不铸造假币，更不是像他那样的铁匠，很可能我的妻子会像他的维纳斯那么秀丽端庄，但决不会是她那样的荡妇，因此我也不会像伍尔坎那样当'乌龟'。那个腿脚变形的邋里邋遢的家伙是在众神众目睽睽之下被明确地宣布为'乌龟'的。因此，你对前面提到的诗句的解释应该跟你说过的话恰恰相反。这个签说明我的老婆一定贞洁，品性正直、

高雅而又忠诚，不是崇尚武力的，傲慢的，反复无常的，脾气坏的，轻浮的，古怪的，鲁莽的，疯野的女人，或像女神帕拉斯①那样是从脑子里生出来的。诚实快活的朱庇特也不会做我的对手，即使我们共坐一桌，共进美食，他也决不会把面包浸到我的肉汤里。

"想想他的业绩和殷勤的行为吧！很显然，他原来是个大流氓，到处乱搞女人，可以说是世人中最臭名昭著的奸夫。他总像头公猪似的乱发情。这也难怪，因为他是克里特岛上一头大母猪养育大的——如果巴比伦人阿嘎多克斯在这一点上没有胡扯的话——而且比公羊还更爱乱来，简直是个淫荡好色之徒。由此，又有些人说是喝山羊亚玛尔善②的奶长大的。我的天，他一天之内就会搞很多，人畜不限。因为这样淫乱的举动，亚扪人③画他，描写他，把他勾勒成一只正在发情乱来的公羊的模样，一只长角的公羊。

"至于我呢，完全知道该怎样掩盖自己，保护自己，对付那个长角的"战士"。放心吧，我根本不是糊涂愚钝的阿姆菲特里恩④、低能而又不明事理的阿格斯⑤——纵使长着一百只眼睛也是徒然——没有骨气，没有胆量的懦夫亚克利修斯⑥、头脑简单一无是处的底比斯莱克斯⑦。老糊涂虫亚吉纳⑧、冷漠迟钝的伊索泼⑨、毛糙粗暴的莱卡恩⑩、托斯卡纳的畸形的苛利特斯⑪或是身强体壮的阿特拉斯⑫。

"让他变吧，爱变什么就变什么，变成一百种一千种不同外形不同种类的东西。变成天鹅、公牛，萨梯⑬变成一阵金雨或是像引诱他妹妹朱诺时那样变成一只布谷鸟；或是像迷恋当时住在阿基亚的少女佛西亚时那样变成鹰，变成羊，变成鸽子；还可以变成犬，变成大蛇，或是变成跳蚤；可以变成伊壁鸠鲁和德谟克利特的原子，或是变成神学家们脑中各种各样诡秘的意念，也就是学术界里常说的第二思想。随他怎样变来换去，我总会在关键时刻抓住他，给他来个措手不及。你知道我会怎样处置他吗？就像农神萨杜恩对待他父

---

① 帕拉斯，希腊神话中的女神，即智慧女神雅典娜。也是密涅瓦的别名。

② 亚玛尔善，神话里养育朱庇特的母山羊，它的一只角即后来的丰收角。

③ 亚扪人，在基督教《圣经·旧约》时代往约旦河东、亚嫩、雅博二河之间的人。

④ 阿姆菲特里恩，神话中阿尔克墨涅的大夫，曾被朱庇特哄骗。

⑤ 阿格斯自以为有一百只眼睛，总可以看住自己的老婆伊奥了，结果还是被音乐催眠了。

⑥ 亚克利修斯，神话中阿尔戈斯国王，他担心会被外孙打死，把他女儿关在塔里，朱庇特变金雨入内。

⑦ 底比斯莱克斯，曾经骂了他的侄女，后来被他侄女和朱庇特生的两个儿子杀死。

⑧ 亚吉纳，神话中腓尼基国王，尼普顿之子，厄罗珀之父。

⑨ 伊索泼，神话中的河神，女儿曾被朱庇特诱拐。

⑩ 莱卡恩，神话中的阿尔卡地亚国王，朱庇特引诱他的女儿，还把他变成了一只狼。

⑪ 苛利特斯，神话中厄勒克特拉的丈夫，他的妻子和朱庇特有私情，并生一子。

⑫ 阿特拉斯，厄勒克特拉的父亲。

⑬ 萨梯，希腊神话中的森林之神，具人形而有羊的尾、耳、角等，性嗜嬉戏，好色。

相关链接 ●

亲那样（塞内加向我预言过这一点，拉克诏丢斯①后来也证实了）或像女神瑞亚②对待亚西斯那样。我要把他那玩意儿干脆利索地割了，让他再也不能到处撒野留情，我还会把那儿的毛发剃得光光的，让他永远也当不了教皇，因为他已经成了半阴半阳的人。"

"就此打住，"朋特固尔叫道，"说得太好了，年轻人。够了，再掷一次吧！翻开书，试试你第二次的运气，"接着帕奴吉就翻到了下面这句诗：

他一下子面色苍白，全身的关节器官都在颤抖，

这突如其来的恐惧使他浑身冰冷的血液都凝结了。

"这句话说明你老婆会狠狠地把你打个够！"朋特固尔说道。"不，恰恰相反，"帕奴吉说道，"这是对我的预言，如果她使我恼火，我一定会像只老虎似的狠揍她一顿，棍子马丁先生会帮我解决这个问题。要是手边偏巧没有棍子，我就会像鲁地亚国王把他的老婆活吞到肚子里去那样，一下子把她也给吃了。倘若我做不到这一点，就叫魔鬼来把我吃了！"

"你真是顽固大胆啊！"朋特固尔说，"大发雷霆的时候，恐怕连海格立斯也不敢冒然和你混战一场！难怪人家都说一个简③顶得上两个。两个人和海格立斯斗当然是稳占上风了④，这话现在想来一点儿也不奇怪。"

"我是一个简吗？"帕奴吉问。"不，不，"朋特固尔赶忙答道，"我脑子里只想着牌戏和棋戏，绝没有别的意思。"后来，帕奴吉又试了一次，这次看到的是这两行：

在疯狂的劫掠之后，

他浑身燃烧着一种强烈的女子特有的渴望，好像在火中炙烤似的。

"这两句表明了，"朋特固尔说，"她会偷窃你的财物，还会敲诈你呢？因此，根据这几个抽出来的签，我看得很清楚，你天生命该如此。你会当乌龟，会被打，会被抢劫。"

"不，我看是另一回事，"帕奴吉驳道，"这诗句写得很明白。它预言我的妻子会全心全意地喜欢我，爱我，专门描述好男人的那个讽刺诗人菇维那尔曾经声称：有些燃烧着强烈爱火的女人有时以敲诈、偷盗她的心上人为极大乐趣。我看这话一点不错。不过是手套、尖包头系带，微不足道的小玩意儿嘛，为的是让他心里有点儿忐忑地到处找一找而已！

"同样地，我们经常看到那些热恋中的情人时不时会为一些鸡毛蒜皮的小事闹点口角，耍耍脾气，发发火。这些都算不了什么，无非是给他们的爱情来点刺激、来点娱乐、来点花样罢了，这样反而能使情感加深，爱情常新。就好比刀剪匠经常要用锤子往最好的磨刀石上敲敲打打摆弄一番，这样磨起工具来才会又快又好。

---

① 拉克诏丢斯，四世纪天主护教论者。

② 瑞亚，侍奉灶神的贞女之一，后违反誓约与战神生下二子。

③ 掷骰子赢者是简，简又是乌龟的别名。

④ 人说，海格立斯不战两个对手。真正原因其实是：势不均力不敌。

10. 夏洛克：你们买了许多奴隶，把他们当作驴狗骡马一样看待，叫他们做种种卑贱的工作，因为他们是你们出钱买来的。我可不可以对你们说，让他们自由，叫他们跟你们的子女结婚？为什么他们要在重担之下流着血汗？让他们的床铺得跟你们的床同样柔软，让他们的舌头也尝尝你们所吃的东西吧，你们会回答说："这些奴隶是我们所有的。"所以我也可以回答你们：我向他要求的这一磅肉，是我出了很大的代价买来的；它是属于我的，我一定要把它拿到手里。

"因此，我想，这三个签都对我很有利。否则我就根本不服那些诗句。"帕奴吉终于下了最后一句结论。

"可是，你不能不服命运，不服天意啊！"朋特固尔说，"我们古代的法学家们是这么说的，巴尔得斯①的《法学释例》的最后一卷就可以作证。理由很简单，命运之神是不会承认有谁能胜过自己，也不会承认任何人的呼吁的。而眼下这个情形呢，如同巴尔得斯在评注《学说汇纂》第四卷第四章时公开断言的，弟子的权利不能全部地得以恢复。"

第二十二章

朋特固尔如何建议帕奴吉

用梦境来预测未来婚姻的好坏

"我们对维吉尔的诗句无法达成一致的解释和意见，这个方法看来是行不通了。既然如此，我们只好另辟蹊径，再试一种新的占卜术了。"

"哪一种呢？"帕奴吉问道。

"是一种很古老、很可靠、很有效的办法。"朋特固尔答道，"也就是做梦。因为在梦中，类似的情形会混杂在一起，于是当灵魂混杂在一起时，通常它就会预见将要发生的事了。这一点在希波克拉底②的著作《论梦》中有清楚详尽的描述；柏拉图、普罗町、艾姆布列克斯、达尔迪亚诺斯③、西奈修斯④、盖仑⑤、普塔克⑥、希罗菲勒斯⑦、干图斯·卡勒斯⑧、忒奥克里托斯⑨、普林尼、阿忒涅乌斯等人的作品中也均有提及。

---

① 巴尔得斯，十四世纪法学家。

② 希波克拉底（公元前460？～377？），古希腊医师，被称为"医学之父"，生平不详。现存《希波克拉底文集》，内容涉及解剖、临床、妇儿疾病，预后等。但经研究，该文集并非一人一时之作。

③ 达尔迪亚诺斯，二世纪罗马哲学家，著有手相术。

④ 西奈修斯，四世纪希腊新柏拉图派哲学家，普托勒马依斯主教。

⑤ 盖仑（130？～200？），古希腊医师，生理学家和哲学家，从动物解剖推论人体构造，用亚里士多德目的论阐述其功能。

⑥ 普塔克（46？～120？），古希腊传记作家，散文家，一生写有大量作品，其中最著名的是《希腊罗马名人比较列传》。

⑦ 希罗菲勒斯（公元前335？～280？），古希腊外科医师，解剖学家，亚历山大医学学派创始人之一，被称为解剖学之父。著有关于人体器官，助产术及解剖学的专著多种，但均失传。

⑧ 干图斯·卡勒斯，四世纪希腊诗人，即士麦那的干图斯。

⑨ 忒奥克里托斯（公元前310？～250？），古希腊诗人，创始田园诗。诗论对罗马诗人维吉尔及后来的田园文学有很大影响。

相关链接 ●

"想知道到底是真是假？只要用一个很通常的例子就可以理解了。我们时常会看到还没断奶的白白胖胖、健健康康的婴儿在沉沉地睡着，而奶妈呢，乘机溜出去玩变了。她们完全有资格在最适宜的时候，也就是不必殷勤备至地关照摇篮中的小人儿的当儿，抽空给自己放松放松，开心开心！同样，当我们的肉体放松下来，各个器官的任务都已完成，而我们又在沉沉入睡时，我们的灵魂就无所事事了。因此，它就会自寻乐趣，回到它的故土天国那儿去游荡一遭。在那儿，它回复到神性的初始阶段，凝视着那无限的理智的天空，其中心无所不在，周界又远在宇宙之外，这就是天主。按照赫耳墨斯·特利斯墨吉斯忒斯①的学说，对于灵魂来说，没有什么新发生的事，也没有什么过去了的事。万物都一样，一切均是现在。它既注意到了以往的尘世间的琐事，也不会漏过即将到来的。它把与将来相关的故事带回肉体，然后通过外部的器官和外在的感受公布给他人，因而，这个灵魂的主人往往被称为预言家和先知。然而，美中不足的是，灵魂很少能够把自己所看到的那些东西忠忠实实地汇报出来，这是身体感官自身的缺点和弱点所致，这自然而然就妨碍了功能的执行，就好像月亮一样，它从太阳那儿接收到了大量的光辉、能量、气势、纯净和热烈，但却无法原原本本地反射到我们地球上。

"因此，要想很好地破译，解读和披露这些睡梦中的预报，必须选定一个聪明、博学、熟练、明智、热心、积极、内行的，理性而又不容置辩的阐述者，希腊人称这种人为圆梦者或论梦师。

"基于同样的理由，赫拉克利特总爱说：梦境没有揭示什么，也没有隐藏什么，它只是让我们对即将来临的一切感受一种玄妙的示意和秘密的迹象；或是对我们自己的好运坏运，别人的成败与否有个隐约的概念。圣经里对这一点也有说明，异教的历史也对此深信不疑，有许许多多奇特的经历像预先准备好似的，在自己或别人的梦中出现，最终——实现了。

"大西洋沿岸的居民，还有那些居住在西克拉底斯群岛中塔索岛上的人们，却没有这种好处，因为举国上下没有一个人做过梦。与此相仿，克拉恩·德·稻里尔斯拉西米蒂斯和我们当今博学的法国人维勒挪沃奴斯也浑然不知梦为何物。

"所以，明天可别忘了，当美丽快活的曙光女神奥罗拉用她那玫瑰红的纤纤玉指掀开夜晚的幕帐，把阴森晦暗通通驱散时，要静下心来，专心致志地、香甜地睡个好觉。在睡之前，一定得把脑子中诸如爱、恨、恐惧与希望这一类的情感统统清理掉。

"就好像最出名、最伟大的预言家普罗透斯②那样，他可以随心所欲地变成火、水、虎、龙，以及其他种种神秘可怕的样子，但是，如果他不先恢复原形的话，他就无法预言

---

① 赫耳墨斯·特利斯墨吉斯忒斯，埃及智慧之神的希腊名，所掌之职司与希腊神话中的赫耳墨斯相似，相传曾著有魔术、宗教、占星术、炼金术等方面的书籍。
② 普罗透斯，海神，善预言，能随心所欲改变自己的面貌。

将要发生的一切。人类也是如此。因为，只有他身上最神圣的部分变得平静、温和、安宁，不被外来因素搅得混乱、心神不宁，他才能够得到预知未来的本领。"

"这下我心满意足了。"帕奴吉说，"可是，我想问一下，我今晚上床睡觉前要多吃点呢？还是少吃点？我这么问自然是有原因的：因为如果我晚饭吃得不够好，不够多，那就甭想入睡了。我会一整个晚上尽是昏昏欲睡，胡言乱语；我会一直出神发呆，脑子和肚子一样，空空如也。"

"考虑到你的气色和健康的体质，最好什么都别吃。"朋特固尔答道，"很早以前有个叫阿姆菲亚劳斯①的预言家说，如果谁想通过做梦来预知未来吉凶，必须整整二十四小时内不吃不喝，三天之内不许喝酒。不过，你不必实行这么严格，这么极端的节食方式。我相信一个饮食过度的人是很难正确地理解精神上的东西，但我并不认为那些长期斋戒的人更能深入详尽地推测出宇宙间的种种奥妙。

"你可能还很清楚地记得，我的父亲高冈塔（我在这儿向他表示崇敬）经常告诉我们，那些禁欲的、俭朴的长期斋戒的隐士们写出来的玩意儿和他们创作时的身体是完完全全一样的枯燥乏味、干瘪、空洞和毫无生气。

"一个人肚子空空时，却想让精神保持一种安全而又敏锐的良好状态，真是太难了。这一点早已得到哲学家们和医生们的证实了。他们还说：动物的精力是产生于大脑下面奇妙的神圣所提炼和净化的动脉血液中，然后随着血液在周身不断循环，使之活力永葆。

"他还给我们举了一个哲学家的例子。这个哲学家原想遁世，使自己远离尘世的喧嚣和纷扰，以为这样的话就能静心地去领会，去评注，去推理，然后改进自己的理论。然而，他最大的努力却是使自己摆脱周围一切不适宜的噪音。隐居地虽然少了人为的嘈杂，但是有狗吠，有狼嗥，有狮吼，有马啸，有虫吟，有蛇嘶，有驴鸣，有蝉唱，有鸠喁，有蛙噪，有鸡啼，有蜂鸣，有虎啸，有鸭嘎……比繁荣集市上的人来人往还要吵闹许多，这倒是原先始料不及的。

"那些饥肠辘辘的人也是同样的感受：先是有什么东西在一点一点地啃蚀自己的胃，然后胃就毫不客气地鸣叫抗议起来了。紧接着，可以说眼睛也失去光泽了；血管呢，贪婪地吮吸着肌肉里的营养成分，使游移不定的精神活力急剧下降，不经意间就忽视了他天生的主人——身体。就好比停在主人身上的一只老鹰，它很想翱翔太空，自由自在，突然却被绑的绳子拉回不放。

"为了详细说明这一点，我的父亲高冈塔还引用了哲学之父——荷马的一个权威的故事：希腊人正在为阿基里斯的好友普特洛克勒斯②的死去而伤心不已，饥荒就迫不及待地露出狰狞面目来了。人们尽管十分悲痛，后来却再也流不出眼泪来了。因为长期忍饥挨

---

① 阿姆菲亚劳斯，神话中阿波罗之子。
② 普特洛克勒斯，希腊战士，在特洛伊战争中被杀，后友人阿基里斯为其复仇。

相关链接 ●

12. 鲍西娅：慈悲不是出于勉强，它是像甘霖一样从天上降下尘世；它不但给幸福于受施的人，也同样给幸福于施与的人；它有超乎一切的无上威力，比皇冠更足以显出一个帝王的高贵：御杖不过象征着俗世的威权，使人民对于君上的尊严凛然生畏；慈悲的力量却高出于权力之上，它深藏在帝王的内心，是一种属于上帝的德性，执法的人倘能把慈悲调剂着公道，人间的权力就和上帝的神力没有差别。

饿，虚弱的体内已经没有多少水分，在那样的场合自然是欲哭无泪了。

"从古至今节制总是值得称赞的，在这件事上也不例外，你仍须节制。你可以吃一点点晚饭，但是不要吃兔子，别的肉也都别碰。同样，豆子、结球甘蓝、卷心菜这类使人肠胃胀气的食物也不要吃。因为这些食品会搅乱你头脑，使其混沌一片。打个比方吧，一面镜子如果由于沾染上人们不洁的呼气、微潮的雾气或者厚重的、有腐蚀作用的蒸发物而变得晕翳的话，就无法彻底地栩栩如生地再现出摆在它前面的物体的真实模样了。人也一样，如果我们方才吃了过量的肉食，那么我们的头脑也就无法很好地接受梦境给我们的种种暗示了。因为两者之间仍然有一种牢不可破的感应和关联。

"你挑几个优斯比恩和伯尔嘎莫特这两个名产地出产的好梨，一个黄里透红的苹果，一小包都尔的小李子，再加上我果园里栽种的几个樱桃吃下去就够了。你不必担心接踵而来的会是难以预测的虚妄而又不可信的梦境。按一些周游四方的哲学家们所说的，在收获季节，人们吃的水果总是比其他时候多，所以梦不能全信。

"古代的先知和诗人们也同样神秘地对我们说，一切无关紧要的骗人的梦境都是偷偷摸摸地躲在地上的落叶底下——因为树叶是秋天才掉的。这其实是错的。成熟的、新鲜的、新近采摘的水果里面总是富含天然的汁水，汁水很容易蒸发到人体的各部分去，很快就被吸收、消耗掉。走吧，到我那儿喝一点清洌甘美的泉水吧！"

"这些条件有点儿太苛刻了。"帕奴吉说，"不过，不管花什么代价，不管结局怎样，我还是完全同意的，只是得声明一下：明天梦醒之后我一定得及早开戒，及时吃饭才行。还有，我把自己托付给荷马的两扇梦门，给睡梦之神摩尔甫斯，给恐怖之神爱斯伦，给显形之神凡塔色斯，求他们佑护我。如果他们在这种紧要关头救了我，给了我适时的援助，我一定要盖一座舒适、雅致的祭坛来纪念他们，里面还要衬上精细的羽绒。要是我现在是在拉呢尔①的朱诺②的庙宇里，一边是厄提勒，一边是塔拉米斯，她一定会让我摆脱茫然，消除困惑，舒舒服服地睡个觉，做个美梦。"

他又接着问朋特固尔："我想在枕头底下，被子和衬垫之间放上一两枝精巧的桂花③，你说合适不合适？""根本没有必要，"朋特固尔答道，"那可是个迷信的东西。在塞沙匹恩④、安提芬⑤、菲乐克勒斯⑥、阿提蒙⑦和佛尔根丢斯·普兰西亚弟斯⑧等人的作品中，

① 拉呢尔，古希腊地名。
② 朱诺，罗马神话中的天后，主神朱庇特之妻，主司生育婚姻等。
③ 据说桂花能使人睡眠。
④ 塞沙匹恩，著有《论梦》一书。
⑤ 安提芬，公元前五世纪雅典雄辩家，著有论述梦幻作品。
⑥ 菲乐克勒斯，公元前四世纪古希腊作家。
⑦ 阿提蒙，著有《论梦幻》。
⑧ 佛尔根丢斯·普兰西亚弟斯，五世纪迦太基主教，著有《神话集》。

都已全面详尽地提到这个骗人的把戏。不知道我这么说对德谟克利特是否不恭不敬，但是，你想用桂花催眠的这个愚昧的想法其实和用鳄鱼或是蜥蜴的左肩一样，和用人称'幼谟特利弟斯'的巴克特利安的石头①一样，和用'阿蒙的角'一样②——埃西俄庇恩人把一种金色的酷似羊角的，也就是像阿蒙朱庇特的角一样的宝石称为'阿蒙的角'——都是徒劳的。他们一再想证实，谁带着这些东西睡觉，做的梦一定和神的启示一样绝对可靠，绝对真实，绝对灵验。

"荷马和维吉尔写过的那两扇你所祈祷的梦门也是如此：一扇是象牙的，里面都是混乱的，含糊不清的，难以预料的梦境，因为不管象牙多薄多小，就是不透明，会阻隔人的视线，我们自然无法看到那一面的东西；另一扇是角质物制成的，出来的梦都是肯定的、真实的，就好像一个透明的角似的，隔着它，什么东西都能够看得真真切切、清清楚楚。"

"您是说，您是在暗示，"约翰修士插话了，"那些长角的'乌龟'的梦境总是真实的，绝对可靠的吧！那么，帕奴吉也该算在内！"

第二十三章

帕奴吉的梦和大家对梦的解释

第二天一早七点，帕奴吉就来见朋特固尔了。那时候，伊比斯特莱、约翰修士、包诺克拉特、爱德蒙、卡帕林等人都已经在房间里静候了。看到帕奴吉，朋特固尔当即打趣道："瞧，我们做梦的人来了。"

"古时候这话可是非同寻常哪。"伊比斯特莱说道，"以前雅各③的孩子们为此付出相当大的代价。"

"我似乎老待在一个乱七八糟的地方，周围有许多陌生面孔。"帕奴吉说道，"梦倒是做了，还做得挺起劲的，可是大部分都记不得。只记得视野里总有一个可爱、美丽、端庄、典雅的女人在晃动，她对我温柔极了，又是拥抱又是爱抚，又是纵容又是逗弄，把我当小孩子似的千般疼爱。那时候，绝对没有人比我更舒服、更惬意的了。我的快乐无人能及，她奉承我，呵我的痒，轻抚我，触摸我，拨弄我的头发，亲吻我，拥抱我，双手环绕着我的脖子，时不时闹着玩似的往我额头上安一对可爱的小犄角。我引诱她，与她嬉闹，告诉她还不如把犄角安在我眼睛下面一点的地方，这样的话我才能看得清楚些到底要牴什

---

① 普林尼乌斯在《自然史纲》中提到，倘若睡时把这块石头枕在头下，可做巧梦。

② 阿蒙，埃及人的太阳神主神，"阿蒙的角"是一种古化石，亦称菊石。有人说用此物伴眠可助做梦。

③ 雅各的一个儿子约瑟做了一个怪梦，于是就告诉给他的兄弟们，却不幸被卖给以实玛利人。故事见《旧约·创世纪》第三十七章。"看，做梦的来了"是约瑟的哥哥们所说的话。

相关链接 ●

13. 鲍西娅：那商人身上的一磅肉是你的；法庭判给你，法律许可你。

夏洛克：公平正直的法官！

鲍西娅：你必须从他的胸前割下这磅肉来；法律许可你，法庭判给你。

夏洛克：博学多才的法官！判得好！来，预备！

鲍西娅：且慢，还有别的话哩。这约上并没有允许你取他的一滴血，只是写明着"一磅肉"；所以你可以照约拿一磅肉去，可是在割肉的时候，要是流下一滴基督徒的血，你的土地财产，按照威尼斯的法律，就要全部充公。

么东西，因为长在这个地方，连摩姆斯都无法挑剔了。可是，这个爱打闹的调皮女人却根本不理睬我的抗议，反而把它们更往里推，我丝毫不觉得痛，这倒真是件怪事。

过了一会儿，不知怎么回事，我想我是变成了一面单面小鼓，而她却成了一只红嘴山鸦。然后我的梦就突然断了，我惊醒过来，非常生气、懊恼、困惑、焦躁不安，而且愤怒不已。这就是我的整个梦境了，你们可以好好乐一乐。乐意的话，爱怎么解释都行，各抒己感吧！走吧，卡帕特，咱们吃饭去。"

朋特固尔沉吟片刻，说："如果我还能通过梦境预测点什么东西，再加上我自身的感受和理解，我想你的老婆并不是像表面上那样，真的要往你额头上安一对像森森之神萨梯头上的那对一样的犄角。她其实是不遵守婚姻的誓言，对你不守信用不忠诚和别的男人乱来，让你当'乌龟'。阿提米德勒斯在《论梦》一书中十分明白地阐述过这一点，我也曾提及。还有，即使你没有变成鼓，也会像婚礼上的鼓那样被你老婆捶打个不停，就算她没变成一只红嘴山鸦，也会像这种具贼性的鸟那样，乘夜深人静，悄悄地把你的东西偷走。因此，你现在该明白了吧，你的梦境和维吉尔的诗句丝毫不差，不谋而合，你将来必定是'乌龟'，会被人打，被人抢。"

约翰修士听到这儿大叫起来："完全正确，真是对极了！凭良心说，我也觉得你要做'乌龟'了，我敢说是一个可敬的'乌龟'！噢，你要长一对四处炫耀的小犄角了。哈，哈，哈，我们的犄角大师，愿上帝保佑你，庇护你！你想知道吗？说一两句就行了，我马上就去牧区教堂里为穷人们募捐，收集救济品！"

"你的解释真是大错特错，"帕奴吉说，"我觉得事情与你的认识恰恰相反，我的梦境表明了婚姻将给我带来大量的财物。我头上长角说明我将拥有'丰饶角'，也就是象征丰饶，满载花果和谷物的羊角，就像刚才有人提到过的，你们很可能会说它们更像萨梯的角。阿门，阿门，但愿如此！如此所愿，和教皇的说法不同。这么一来，我随时都得准备好那武器了，我那家伙呀，永不知疲倦，永远保持最好的状态，就像萨梯的角那样威风凛凛。这是所有的男人都梦寐以求、暗中祈祷的，可不是人人都能拥有的福气，因此，很显然，我永远不可能有戴'绿帽子'的危险，因为我根本没有这种通常人认为的造成丈夫当'乌龟'的缺憾！"

"我问你，什么原因造成那些可怜的无赖出来讨吃的？是因为家里没有足够的东西填肚子吗？什么原因使狼离开了森林？是因为没有新鲜的肉食吗？什么原因造成女人红杏出墙？理由再也明白不过了！不然就把我对这事的看法传达给那些博学的律师、评议会会长、法律顾问、辩护人，以及其他德高望重的社会习俗的评论者去研究研究吧。"

"先生们，如果我有所冒犯的话，请原谅我的唐突无礼。在我看来，你们好像犯了一个很明显的荒谬无比的错误——把我长角的事儿和戴'绿帽子'混为一谈了。狄安娜①头

---

① 狄安娜，罗马神话中的月亮和狩猎女神。

上戴着新月形的犄角，难道她就因此落下恶名吗？她从未结婚怎么可能当'乌龟'呢？我恳求你们说话不要太离谱。否则，她一怒之下就像惩罚阿克托安①那样也给你们头上变出一对角来。还有，好人巴克斯头上也长角，潘②、阿蒙、朱庇特，还有许多人也都有角，难道他们都是'乌龟'吗？如果朱庇特戴绿帽子的话，那么朱诺一定行为不检点。这就好像修饰上的'进一步转喻法③'。如果你当着个小孩父母的面叫他私生子或是妓女生的，言下之意，就是公开骂他父亲是'乌龟'，母亲是淫荡女子。"

"我们还是说点眼前的事吧！我妻子给我戴的是丰饶角，这么一来，好运喜事源源不断，我可以向你们，以我的名义担保，这是千真万确的。至于那面小鼓呢，我也很乐意当，想想看，在婚宴上，一名出色的鼓手使劲地敲个不停，咚咚咚，给人们传递一种欢快、喜庆、吉利的讯息，有什么不好！物有所用，用有所值，何乐而不为呢？相信我吧，先生们，这些都是我的好运啊！而我的妻子呢，像康沃尔郡一头可爱的红嘴山鸦那样，欢乐、灵巧、机智、优雅、整洁、活泼而又讨人喜欢。谁不相信我的话？让地狱或绞刑架当他的圣诞颂歌吧！"

"我注意到你刚才最后说的那句话，而且很认真地把它和前面的比较一番。我发现一开始你因为美梦而心情愉快，可最后你惊醒了，又是愤怒又是懊恼……"朋特固尔说道。

"是啊，"帕奴吉迫不及待地说，"原因是我饿得太久了。"

"别为自己说好话了，"朋特固尔说，"一切都像过眼云烟。我敢肯定地说，每个惊醒的梦都预示着眼前的一种灾祸或是即将发生的不幸，而做梦的人总是恼恨且悲痛不已。噩梦意味着一种灾祸，也就是说，做梦人身上有一种难以治愈的疾病，一种传染性的致命的疖子、溃疡或是疮，隐伏在人的体内，不易察觉。根据医学原理，这种病经常通过做梦的方式开始慢慢地显露出来，并朝着体表不断移动（顺便提一句，睡眠往往被认为是增强人自身调合功能和效力的），这么一搅和，睡眠就被打断了。最初的感觉和尖锐的痛苦使他明白，得耐心忍受痛苦和不适，并准备一些补救措施。我们谚语中常说：激怒胡蜂，搅动臭泥潭，吵醒睡狮……而不用些更通常、更熟悉、更明白的表示法，比如说，挑衅发火的人，乱管闲事把事情弄糟，刺激一个处于平静状态中的脾气暴躁的人……道理是一样的。

"另一方面，灵魂通过梦境的预示，意识到不幸注定要降临到我们头上，而且即将来临。有例为证：特洛伊的王后赫卡帕做了恶梦猛然惊醒，另外奥菲士④的妻子欧律狄刻⑤

---

① 阿克托安，神话中的猎人，因为看见狄安娜沐浴，被罚变作鹿，当场被猎犬咬死。
② 潘，希腊神话中人身羊足，头上有角的畜牧神，爱好音乐，创制排箫。
③ 进一步转喻法，指把已作比喻用的词进一步用于另一比喻意义的一种修辞法。
④ 奥菲士，诗人和歌手，善弹竖琴，弹奏时猛兽俯首，顽石点头。
⑤ 欧律狄刻，奥菲士之妻，新婚夜被蟒蛇杀死。其夫以歌喉打动冥王，冥王准她回生，但要求其夫在引她返回阳世的路上不得回头看她，其夫未能做到，结果她仍被抓回阴间。

相关链接 ●

14. 鲍西娅：别忙！这犹太人必须得到绝对的公道。别忙！他除了照约处罚以外，不能接受其他的赔偿。

葛莱西安诺：啊，犹太人！一个公平正直的法官，一个博学多才的法官！

鲍西娅：所以你准备着动手割肉吧。不准流一滴血，也不准割得超过或是不足一磅的重量；要是你割下来的肉，比一磅略微轻一点或是重一点，即使相差只有一丝一毫，或者仅仅一根汗毛之微，就要把你抵命，你的财产全部充公。

也做了凶梦。恩尼乌斯①说，两个人的梦都还来不及做完就突然醒过来了，余悸未消。后来事情果真一件连着一件发生了：赫卡柏眼看着自己的丈夫普里阿摩斯和孩子们被杀害，国家也随之灭亡；欧律狄刻梦醒后不久就非常痛苦地死去。

"伊尼斯梦到自己和刚刚死去不久的赫克托耳②说话，突然间就惊醒了，心有余悸。无独有偶，特洛伊同一天晚上就被洗劫一空，焚为平地。还有一次，伊尼斯梦见他熟悉的掌管人类命运的善恶神和保护神、家神，一下子就吓醒了，惊恐万分。更可怕的是，就在第二天，他在海面上遭遇极其骇人的大风暴，差点儿就葬身茫茫大海中。

"还有特奴斯③在梦中受到极度狂怒的怂恿、煽动和刺激，同伊尼斯展开了一场血战后又骇然醒来，惊魂甫定。结果呢，经过战场上无数次的厮杀和溃败，他还是难逃天命，在一场战役中被伊尼斯杀死。

"如果有必要的话，我还可以举出无数个例子来。前面提到的都是偏的，都是伊尼斯的故事。按史学家，法尔比尔斯·匹克特的断言，伊尼斯的一举一动、一言一行，其实通通在梦中都预示过了，注意到了。关于这一点，理由很充足，例子也多的是。因为，如果说睡眠时的静谧和安宁是上天赋予我们的特殊礼物和恩惠的话——正如哲学家们一直坚持，诗人们总是用诗句表明的那样：

睡梦，这个上天的礼物，来临了，
疲倦的人类觉得舒畅、安谧，
并且恢复了活力

——那么，倘若没有让人类预感到即将来临的不幸和灾难，这样的礼物或者恩惠就不该化为愤怒，否则的话，睡眠就是一种干扰而不是安适；是一种天谴而不是礼物；至少不是出自天上的神灵，而是来自我们的天敌——阴间的魔鬼的。就像我们常说的：敌人的礼物不是礼物。

"我们来打个比方：一家之长坐在一桌极其丰盛的酒菜前，胃口大开，正准备大饱口福时，突然间就跳了起来，撒下一桌的美味佳肴，离开了。他的脸上满是害怕，恐惧和惊骇的神情，不知缘由的人见了必定会大为惊讶，还莫名其妙的。到底是怎么回事呢？他听到他的男仆在喊'着火了，着火了'，女仆们和妇人们在叫'捉贼，捉贼'。所有的孩子们都以前所未有的尖声狂呼'杀人了，杀人了'。难道这还不足以让他离开满桌的美食，匆忙间想个急救的措施，指挥大家来处理这一片混乱的局面吗？

"说真的，我记得为《圣经》评注的犹太教神秘哲学家和犹太教马所拉④学士们在处

---

① 恩尼乌斯（公元前239～169），古罗马诗人、戏剧家，一生致力于向罗马人介绍希腊文学和哲学，作品包括戏剧、史诗、哲学等，主要诗作为《编年纪》，全书十八卷，现仅存残篇。

② 赫克托耳，特洛伊王普里阿摩斯的长子，特洛伊战争中的英雄，后被阿基里斯杀死。

③ 特奴斯，神话中拉匕奥姆国王，被伊尼斯杀死。

④ 马所拉，希伯来文音译，意为"传统"。

理如何正确地判断显形的真伪时指出——因为撒旦经常伪装或者变形成光明天使的模样——两者的主要不同在于：讨人喜欢、令人欣慰的天使刚开始幻做人形时常常使人又惊又怕，但最后总是给见过他的人带来安慰，使他们高兴、开心、心满意足；相反呢，邪恶的、能毁灭一切的魔鬼般的天使，一开始时总是使人欢欣鼓舞，但最终总是无情地抛弃他们，使他们困惑、生气和忐忑不安。"

第二十四章

帕奴吉怎样和潘宙斯特的女预言家交谈

路上共花了三天时间。到了第三天，他们就看到山顶上一棵高大的胡桃树下那个女预言家的房子。大家毫不费劲地走进了那个粗陋的小茅舍，只见屋内脏乱不堪，乌烟瘴气。

"这没什么关系。"伊比斯特莱说道，"司各脱派著名而又神秘难懂的哲学家赫拉克利特①头一回走进这么简陋低劣的住所，丝毫不会感到惊诧。因为他经常告诉他的追随者和门徒们，神灵们住在这种破旧普通的地方和住在豪华堂皇的宫殿里一样快乐、一样自在。因此我确实相信鼎鼎有名的赫卡忒②也是居住这样的小陋屋，设宴招待英勇的忒修斯③时也是在同样的场所，希流斯或者厄诺匹翁④的小屋大概也好不到哪里去，朱庇特、尼普顿和墨丘利三个曾经在那里逗留了一整夜，尽情畅快地大吃大喝，临走时还毫不惭愧地用尿造出俄里翁⑤作为酬劳来感谢他。"

他们看到一个妇女坐在壁炉旁边的一个角落里。

伊比斯特莱说："她的确是个女巫，简直就是荷马描绘的'不离火炉的老太婆'的活生生的模子呢。"

那个老太婆衣衫破烂，神情倦怠，看上去极其落魄，情况遭透了。只见她面黄饥瘦，牙齿全掉光了，视线模糊，弯腰驼背，鼻涕直淌，有气无力地在煮甘蓝菜汤，汤里漂浮着一小片黄色的腊肉和一块煮了多次的无滋无味的肉骨头。

"天哪，这下惨了，"伊比斯特莱叫道，"我们忘了带金树枝来，今天肯定什么消息也

---

① 赫拉克里特，（公元前540？~470？）古希腊唯物主义哲学家，辩证法奠基人之一。他认为："火"是万物的本原，一切都在流动变化中；"人不能两次走进同一条河流。"

② 赫卡忒，古希腊神话中月亮、大地和冥界女神，后被视为魔法和巫术女神。

③ 忒修斯，希腊神话中的雅典国王，以杀死牛首人身的怪物而闻名。

④ 厄诺匹翁，神话中巴克斯之子，又说是忒修斯之子，生于克利特岛。

⑤ 俄里翁，希腊神话中玻俄提亚的巨人猎手，后被杀死，死后被取到天上化为猎户星座。据说朱庇特等三个神为了答谢希流斯的招待，答应给他一个儿子。他们在一只小奶牛的皮上撒了泡尿，埋在地下，九个月后，便生出巨人俄里翁。

15. 鲍西娅：等一等，犹太人，法律上还有一点牵涉你。威尼斯的法律规定：凡是一个异邦人企图用直接或间接手段，谋害任何公民，查明确有实据者，他的财产的半数应当归受害的一方所有，其余的半数没入公库，犯罪者的生命悉听公爵处置，他人不得过问。你现在刚巧陷入这一条法网，因为根据事实的发展，已经足以证明你确有运用直接间接手段，危害被告生命的企图，所以你已经遭逢着我刚才所说起的那种危险了。快快跪下来，请公爵开恩吧。

得不到了。"

"我这儿有。我包里有一个金戒指，还有一些小钱。"帕奴吉说完，就走上前去，恭恭敬敬地朝她行了个礼，献上六条熏牛舌，一大罐新鲜的奶酪，一瓶上好的美酒和一个羊尿泡做的小钱包。最后又殷勤有加地往她中指上套上一枚精致考究的戒指，上面嵌着一颗工艺精良的珍贵的蟾蜍石。这一切做完之后，他才简明扼要地说明了来意，然后彬彬有礼地请她为他的婚姻大事好好卜个卦。

那个老家伙又沉默了一会儿，一忽儿心事重重的样子，一忽儿又像狗那样龇牙咧嘴地笑，后来她把自己干瘪的屁股挪到一个斗底上，手里拿着三个旧锭子，翻来覆去、颠来倒去地在指缝间折腾了许久，然后挑出最尖的那根留下来，剩下的两根扔到石槽里。接着，她又拿起纺线的工具，连续转了九圈，到了第九圈的时候就不再去碰它了，让它自动停下来。紧跟着她又脱下一只木鞋，把围裙蒙在头上，就好像牧师做弥撒时头上披着方巾似的，又用一条古旧而又艳丽的杂色带子绑在脖子底下。这么瞎蒙乱裹一气后，她就取出酒瓶猛喝一大口，又从羊尿泡钱包里掏出三个便士，放在三个胡桃核里，再一古脑儿地塞到收集鸡毛的罐子里。稍后，她又拿起扫帚在壁炉上扫了三下，往火里扔了半把春蒿和一枝干桂花。她就那么悄无声息地盯着它们烧，火苗倒是很旺，不一会儿噼噼啪啪爆裂声都没有了。忽然，她发出一声非常可怕的凄厉的怪叫，嘴里咕哝着一些词尾奇特的芜杂鄙俗的文字。

这倒把帕奴吉吓了一大跳，他立即对伊比斯特莱说："就算我没被吓得直发抖，魔鬼也会把我剁成碎片的，我想自己恐怕是着了魔了，因为她说的不是人话，声音也不一样。瞧，我看她好像比刚才绑围裙时高了三拃。她那无精打采的下颌一直动个不停，怎么回事？肩膀也老是一耸一耸地乱抖，为什么？她的嘴唇就像猴子剥虾那样翕动不止，到底在嘟嚷些什么呀!? 我的耳朵因为恐惧而发红发热，还有那呜响，啊，我听到普罗塞耳皮娜①的尖叫声了！魔鬼们也都要挣脱重重束缚过来了，噢，丑陋变形的邪恶东西！我们赶快逃啊！天哪，我都要吓死了，我讨厌魔鬼，他们会折磨我，讨厌的东西！快逃吧！快点，再见了，老太婆，谢谢你的好意，多谢了，我不结婚！相信我，一辈子都不结婚。从现在起，我对这个问题已经完全失去兴趣了，再也不谈了！"

说完，他就想逃出去，没想到那个干瘪的丑老太婆一溜烟追上去把他拦住，只见她手上抡着那个纺线锤，飞快地跑到后院里，把一棵古老的桑树剥了三次皮，然后又用纺锤尖端急急地在落在地上的八片叶子上简单地写了几行诗句，就抓起树叶往空中一扔，对他们说："想找的话就去吧！找得到的话就好了，你婚姻的好坏与否都写在上面！"

话刚说完，她就准备缩回自己的藏匿处去。那地方太高了，为了便于上上下下，她就把长袍、上衣和宽内衣都撩起来，没想到这一撩就撩到胳肢窝，连一些隐秘的地方也暴露

① 普罗塞耳皮娜，罗马神话中朱庇特和谷物、耕作女神刻瑞斯之女，被冥王劫走，强娶为后。

出来了，帕奴吉看到这一切，对伊比斯特莱说："我的老天，我看到那地方了！"

那老女巫猛地就把门拴上，从此不见踪影。他们俩赶紧到处去追那四下飞散的落叶，费了好大的劲才找齐了，因为风把叶子全吹到山谷的灌木丛中去了。把一片片按顺序排好后，他们面前展现出这么几行诗：

她会如此破坏你的名誉的，我相信。

她生了个孩子，不过不是你的，

她会折磨你，剥削你，我的朋友，

但不愿置你于死地。

第二十五章

朋特固尔和帕奴吉对潘宙斯特

那个女预言家的诗句有怎样不同的见解

伊比斯特莱和帕奴吉好不容易才把树叶收集齐全又排列整齐，然后才半喜半忧地回到朋特固尔那儿，高兴的是他们终于安全归来，忧愁的是一路上旅途坎坷，道路崎岖，怪石嶙峋，困难重重，他们真是历尽了千辛万苦啊！他们一五一十地把整个经历都告诉了朋特固尔，还提到那个女巫师的具体情形。

说完，他们就呈上那几片桑叶，让朋特固尔看看上面的短诗。朋特固尔仔仔细细地看过，分析、理解过之后，深深地、沉重地叹了一口气，对帕奴吉说：

"事情快有点眉目了，你现在无疑是激动不已，对吧?！看来，女巫师的预言和维吉尔的诗词以及你自己梦境所预示的种种全相符，换句话说，你的妻子会让你蒙着受辱、声败名裂，没有舒心日子可过。因为她会与别人有染，让你当'乌龟'；会怀孕生子，却不是你的种；会从你那儿窃走许许多多的财物；还会打你，抓你，让你全身青一块紫一块的；甚至还会剥你的皮，让你体无完肤；自然也不会忘了在你身上留下一些她拳头的'杰作'。"

帕奴吉闻言当场反驳："你对这个预言的理解和阐述就像猪对香料一样不在行。我请求您愿谅我的冒昧无礼，请千万不要见怪，我确实有点发火。当然，这发火也不是无根无据的：主要是因为我觉得您说的和事实恰恰相反。请留神听我的，那个老巫婆的意思是：如果蚕豆没有剥壳的话，我们就看不见它的真实面目；同样，如果我没有讨老婆的话，我的种种美德就无人能知。我曾经常听你说：一个人当了官，坐上了显赫的位子，才能展露出潜藏的才华与本事，才能让人看清他到底有多大能耐。也就是说，当一个人处理事情时，我们才最能正确地判断他的功过。因为在此之前，他总是生活在私人的小天地里，我

相关链接 ●

莎士比亚《罗密欧与朱丽叶》精彩片段：

1. 唉！这就是爱情的错误，我自己已经有太多的忧愁重压在我的心头，你对我表示的同情，徒然使我在太多的忧愁之上再加上一重忧愁。爱情是叹息吹起的一阵烟；恋人的眼中有它净化了的火星；恋人的眼泪是它激起的波涛。它又是最智慧的疯狂，哽喉的苦味，吃不到嘴的蜜糖。

们对他几乎是一无所知，就像对一粒没剥壳的蚕豆一样了解甚少。一个人婚前婚后的情形也大致如此。这是对第一句话的解释，否则的话，你难道相信，对一个好人的良好声誉和评价该取决于妓女的诉说吗？

"第二句话是说，我的妻子会怀孕生子——这是婚姻的幸福极致——不过孩子不是我的，见鬼，这样的话我怎么能相信呢？他会是个可爱的小宝贝，我会怎样地爱他呀！我已经溺爱他了，他将是我的心肝，我的一切！从今以后，再也没有什么烦恼、挫折和痛苦会让我灰心丧气了！碰到天大的事儿，只要一看到我的心肝宝贝，一听到他童稚的、莫名其妙的儿语，就什么也不往心里去了，愿上天保佑那个老太婆！说实话，我很想在我的那块土地——萨尔米贡迪诺伊斯的稳定增长的收益中给她弄一份终身养老金。那些愚蠢可笑的单身汉们那样居无定所，为生计四处奔波，她可以像那些待遇良好、收入稳定的神学大师们一样，过上安稳、固定的生活。如果我这样的解释不能使你满意的话，难道你要我老婆怀着我，孕育着我，然后像生小孩那样，再把我生养一次才够吗？这样的话，人家就会说：帕奴吉是酒神巴克斯第二①，被生两次；也像希波托斯那样再生，或是像普罗透斯那样一次是西蒂斯生的，一次是哲学家阿波罗尼尔斯的母亲所生；或像西西里迈图斯河边上出生的那两个巴利西小孩那样吗？难道你喜欢人们说，他的妻子怀的是他，在他身上古时米卡里人那种索回利息的做法和德谟克利特的循环生产法又再现了吗？呸，去他妈的！别跟我说这一些，我的心都承受不了了。

"至于第三句话，说的是那隐秘的事。你用讽喻的方式来含蓄地说明，把它解释为偷窃，我很喜欢这种阐述。你的譬喻也很有意思，但你的想法还是有偏差。可能是因为，我们彼此之间交情太深，你对我太关切了，才会忧心忡忡，胡思乱想，担心我的苦难即将来临。以前那些学识渊博的学者们说过，让人不可思议地害怕的东西就是爱，天底下没有毫不惧怕的真爱。但是，据我的判断，你也很清楚，在这儿，偷窃指的是含情脉脉的调情示爱、窃玉偷香，古今中外书籍文字中都有这方面的记载。维纳斯也最喜欢这种炽烈情人之间进行的偷偷摸摸、躲躲闪闪的把戏，为什么这样呢？我请问您！正是因为这样私下里背着人在门后边、台阶间、乱草堆上胆战心惊做的宽衣解带的事儿比那光天化日下，犬儒学派②式的，在富丽的床帐内，在情调怡人的凉亭里，或是在金丝帘旁柔软舒适的卧榻上，毫无惧怕地甜蜜温存一番（旁边可能还有人用紫红丝绸扇子或印度羽扇为他们驱赶蚊虫呢），更能使塞浦路斯女神③芳心大悦。我本人也是这么认为的，我这么说绝无任何偏见。

"如果你还不满意我的解释，难道你要我的老婆像人们从壳里吸食牡蛎或者像西里西来女人用嘴采摘橡树籽那样吮吸我吗？这很显然是错误的。偷东西的人，不会贪婪地吞

① 酒神巴克斯先从塞美列生出来，后来又从朱庇特的腿上出生第二次。
② 犬儒主义者们认为，跟自己的妻子行房，不算坏事。这里是指公开的意思。
③ 塞浦路斯女神，即维纳斯。

咽，也不会过多地吃喝，只会拿，豪取，哄骗或者变戏法似的掩人耳目。

"第四句是说我的老婆会剥我的皮，但也不至于要了我的命。真是说得太妙了！你认为她是要打我揍我折磨我，说得也对，您心地太善良了，愿上天保佑您，想吃点什么吗？大人，我请求您摆脱那些世俗的想法，把思想提高到一个令人崇敬的高度上去沉思，去理解大自然的种种神秘与美妙吧！再回过头来想想，你就会为自己曲解了那位神圣的女巫师的预言而自责的。

"尽管我不会屈从于这种解释，但也不妨分析一下。你说我老婆受了魔鬼的唆使，就开始伤害我，丢我的脸，让我当一个彻头彻尾的'乌龟'，还偷我的东西，并且狠狠地揍我打我。这种于情理之外的事情她怎么做得出呢？想办也办不到！我这话可是有根有据的，是从修道院的泛神学里摘录出来的，以前亚瑟修士也说过。如果我没记错的话，那天是星期一早晨，天正下着大雨，我们在一起吃馅饼，边吃边聊，当时的情景我还记得很清楚呢！愿上帝保佑他平安无事。

"世界刚刚形成，或者稍稍晚一些时候，女人们就密谋要协力活活剥了男人的皮，因为她们发现男人们有掌管一切，处处欺压她们的意思。为了完成她们决意做的事，她们许了诺，再次证实了那一点，发了誓，并且凭着一腔单纯的信念一起订立了盟约。遗憾的是，这纯粹是女人们愚蠢的毫无所值的冒险精神！女性的确是太脆弱了。她们确实开始剥男人的皮了。但是，按卡图卢斯[①]的说法，只剥男人身上她们最喜欢的那部分，也就是那兴奋有力的海绵状的'家伙'。这大约是五千多年前的事了。可是直到如今，她们也只剥了那'家伙'的一个头而已。犹太人受到侮辱，一怒之下就自行行了割礼，宁可被人们叫做'受割的病鹿'，也不愿意象其他国家的男人们那样永远被女人剥。根据这条女性公约，倘若我还没剥开的话，我的妻子也会替我完成的。我一百个同意这种做法，当然也不会允许她把整个儿都剥开的。绝对不会的，我的尊贵的天啊！"

第二十六章

帕奴吉疑心自己会当乌龟，

约翰修士如何安慰他

帕奴吉请教了不少人，大家都预言他婚后必定当乌龟。他自然是万分懊恼，也一百个的不相信。他又来找约翰修士商量这件事，因为他很敬重修士。他一再向修士保证，自己

---

① 卡图卢斯（公元前84？～54），罗马抒情诗人，尤以写给情人莉丝比娅的爱情诗闻名。诗作对文艺复兴和以后欧洲抒情诗的发展产生影响。

相关链接 ●

2. 罗密欧：姑娘，凭着这一轮皎洁的月亮，它的银光涂染着这些果树的梢端，我发誓——

朱丽叶：啊！不要指着月亮起誓，它是变化无常的，每个月都有盈亏圆缺；你要是指着它起誓，也许你的爱情也会像它一样无常。

罗密欧：那么我指着什么起誓呢？

朱丽叶：不用起誓吧；或者要是你愿意的话，就凭着你优美的自身起誓，那是我所崇拜的偶像，我一定会相信你的。

的那个"家伙"多么威风，多么管用，多么不知疲卷……说了那么多，用意其实很明显，无非是请修士发表一番见解，看他到底该不该结婚？结婚后状况会怎样？如何避免当'乌龟'的……果然约翰修士愉快地对他指正了一番：

"我十分明白你的意思，"约翰修士说道，"可是，时光会使万物返林归真，变得简朴单纯起来。就是最坚固持久的大理石或斑岩也会衰老也会腐朽的，其他的更不用说了。我看你的头发已经渐渐变得花白了。你的胡子呢，也是色彩斑斓的——有灰的，有白的，有茶色的，还有黑色的——像极了一幅世界地图。睁大眼睛瞧瞧，我指给你看。瞧，这是亚洲，这是底格里斯河，这又是幼发拉底河，那是非洲的月亮山，再过去就是尼罗河与沼泽的交界地区；这一边是欧洲，你看到特来美修道院了吗？这一小簇全白的是北极的山。朋友，我敢发誓，当山头白雪皑皑时，我指的是头上和下巴都变白了，你裤裆那儿的谷地就不可能有多大的热情了。"

"但愿你的脚后跟长冻疮！"帕奴吉怒道，"连一般的规则都不懂！山上有雪，也就是意味着闪电、雷、暴风雪、旋风、暴雨、飓风等等都跑到山谷里肆虐了。要不要亲身经历一下？可以到瑞士的温德伯林曲湖瞧瞧，那地方在往西翁的路上，离开伯尔尼大约有四里格远。你刚才嘲笑我的白发，也不想想看，我的头发完全是韭葱一样的类型——头是白的，尾却是青的，新鲜的，又直又有活力。当然也不否认，我自己也时常觉察到身上一些老年的迹象。求您，千万别把这事告诉别人，只要你知我知就行了。因为我发现我的'酒'现在甜美得多了，也更加香醇了，比以往更有一种独特的滋味。不过，越是如此，我心里越是害怕，物及必反，美酒总有变质的时候。我意识到，这就有点儿夕阳西下的感觉，说明我的黄金时代已经过去了，已经到巅峰了，再往后就是下坡路了。可是又怎么样呢？我的好伙伴。这只能意味着从今以后我要更加珍惜时光，更加多多享受了。我害怕的不是这事，这也不是症结所在。我最怀疑，也最有充分理由来害怕来猜忌的事情：我们的国王朋特固尔有时会出远门四处巡游，而上刀山下火海我都得跟着。这么一来，我经常让我的妻子独守空房，那她难免会做出不轨事让我当'乌龟'。说实话，这才是我最害怕的事情。因为所有我请教过的人都威胁我，说我命运不济，注定头上有角，会当'乌龟'。大家一致肯定，那是上天注定的，是无法更改的命运。"

约翰修士答道："并不是任何人都当得了乌龟的。如果你命中注定如此，那么我敢下个结论。那就是说，你的妻子是个美人儿，她会对你很好的。还有，你会有很多朋友，临终的时候，你会获救上天堂。这些是修道院遁世的行为准则和箴言，你可以更加冒昧地去违犯戒律，你会比以往任何时刻都更加安适自在，你再也不会失去什么了，你的财物只会显著地增加。如果命中注定如此，难道你还想如此不恭地反对吗？说吧，你那精疲力竭的

家伙，没用的家伙，粗鲁的家伙，迟钝的家伙①……"

约翰修士一口气说了一大串形容词来讽刺帕奴吉和他那引以为豪的"家伙"。末了，他又问道："告诉我，我的朋友，你愿意在毫不知情的情况下做乌龟呢，还是宁愿无缘无故地去争风吃醋，捕风捉影呢？"

帕奴吉立即毫不犹豫地说："两样我都不要。"他又沉思了一会儿，"说真的，约翰修士，我看最好还是不结婚。人一旦结了婚就一辈子无法摆脱做乌龟的危险，这真是令人恼火啊！难道你们这些穿会衣长袍的人，就想不出一点解决方案了吗？"

"办法倒是有一个，但不知道是不是万无一失。如果你相信我，就照着做吧。"约翰修士如此这般地向他详详细细地交待了一番。

两个人一路上的话就到此为止。

第二十七章

为了使帕奴吉从茫然状态中摆脱出来，

朋特固尔如何召集一个神学家，一个医生，

一个律师和一个哲学家一起探讨问题

他们俩一回到皇宫，就迫不及待地把这次成功的出行一五一十地向朋特固尔作了汇报，还把老诗人拉米纳格罗比斯的诗句一并递给他看。朋特固尔一遍又一遍地细细研读那诗句，越是细看心里越发得高兴。他不禁对帕奴吉说道："这是迄今为止最令我满意的答复了。因为他在诗里非常简练却又很清楚地传达了他的意思——婚姻大事只能靠每个人自己来决定；每个人都是自己思想的惟一主宰者；事情做与不做，以及如何做都应当自己定度；凡事都要有主见——事实上，这也正是我一向的观点。你第一次跟我提起这个问题时，我的回答也是如此。可是你心里却嘲笑我的建议，不愿意把它考虑在内，我确切地知道这一点，因此我敢很肯定地说出我的想法，那就是，蒙蔽你的判断力，欺骗你的恰恰就是你的自尊心，你的自爱。

"不管我们是何人拥有何物，不外乎有三样东西——灵魂、身体和财物。为了保全这三样东西，分别有三种人被委以圣职，各自负责其中的一样：神学家被任命负责灵魂，医生照管身体的安康，而律师就关注我们财物和安危。因此，我决定星期天邀请一个神学

---

① 这里是一连串以祷文的方式说了一百六十八个带形容词的"家伙"，都是约翰修士讽刺帕奴吉的。

相关链接 ●

3. 朱丽叶：好，别起誓啦。我虽然喜欢你，却不喜欢今天晚上的密约；它太仓猝、太轻率、太出人意外了，正像一道电光，等不及人家开一声口，已经消隐了下去。好人，再会吧！这一朵爱的蓓蕾，靠着夏天的暖风的吹拂，也许会在我们下次相见的时候，开出鲜艳的花来。晚安，晚安！但愿恬静的安息同样降临到你我两人的心头！

家、一个医生和一个律师，在这儿一起共进午餐。这样的话，我们就可以把你每一丝每一缕的困惑通通摆出来同他们探讨探讨。"

"圣灵在上！"帕奴吉说道，"我心里明白，我们那样做没有什么好处的，你睁开眼看看，周围的世界已经是一片混乱无序，黑白颠倒。我们把灵魂托付给神学家们，他们自己大多数却是异端；我们把身体交给医生们，他们自己却从来不吃药；我们把财物委托给律师们，他们却从来不会向法院控告自己的同行。"

"你说起话来真象个宫廷的侍臣①。"朋特固尔说道，"我不赞同你的第一点主张。因为我们都能看到神学家们是如何全心全意地用他们的言行，用他们的文字来根除人们思想中的错误和异端邪说，然后又深深地把正确的信念植根到人们心目中去；第二点是我应该赞赏的。因为精通医学的人善于嘱咐人们该如何预防如何保护自己的身体，而不是教人们如何用药物治病；第三点我也认为是正确的。因为在法律方面有渊博学识的人总是忙于替他们的客户打官司，以至无暇顾及自己的事。因此，下星期天我们就请著名的神父希波沙第、名医师隆第比里斯和我们的朋友法学家布利多古斯吧！我想我们还是依照毕达哥拉斯②的做法，凑足四个人算了，可以请我们忠诚的老朋友，哲学家特鲁洛根。他是个一流的哲学家，不管你有什么疑问难题，他都能解决，都能想出个肯定的答复。卡帕林，你来处理这件事吧。下星期天把他们四个人都请来吃饭，一个也不许漏。"

"我相信全国上下再也找不到比他们更好更合适的人选了。"伊比斯特莱说道，"我指的不仅仅是他们在各自领域中无人可及的造诣和卓越的成就。毫无疑问，他们是这些领域的杰出典范，已经达到了登峰造极的地步。我还要说的是，隆第比里斯现在已经结婚了，以前从来没有；希波沙第以前没结过婚，至今也仍是独身；布利多古斯曾经结过婚，如今却是形单影只；特鲁洛根现在结了婚，不过这已经是第二次了。大人，如果你同意的话，我想帮卡帕林分担点任务。我能不能亲自去邀请布利多古斯？我们曾经关系非常密切，是老朋友了。我想和他谈谈那个在图卢斯接受最博学、道德最高尚的大学者波伊色涅特的悉心教导的很有前途的年青人。"

"你认为怎么合适就怎么做吧！"朋特固尔说道，"顺便考虑一下，我能不能为那个年轻人的前程出点力？或者是帮那个值得敬重的大学者一些什么忙？我非常崇敬和仰慕他，我认为他多才多艺，样样出色，是个不可多得的人才。如果有能够效劳的地方，我十分乐意鼎力相助！"

---

① 宫廷里的侍臣不学无术，但又不重视有学问的人。
② 毕达哥拉斯认为"四"是最完美的数字。

第二十八章

神学家希波沙第如何对

帕奴吉的婚姻大事出谋划策

　　星期天的午宴刚刚准备停当，那几位受邀的客人就来了，只有封斯贝而的副主管布利多古斯不见影子。

　　第二道菜刚刚上桌，帕奴吉就深深地鞠了一躬，说道："诸位，我有一个问题要向你们请教，就一句话而已——我该不该结婚呢？如果连你们也无法解除我的困惑，那么我只能说它和阿里亚科的《无法解决》一样，没有答案，也没有解决方案。因为你们每个人都是各自领域中的权威人士，都是学识渊博、见多识广的精英，这就像地毯上的豌豆一样——明摆着的。"

　　希波沙第神父在朋特固尔的力邀之下，谦恭有礼地开口说道："我的朋友，你急于征询我们的意见，其实你应该先扪心自问。你是否时常感受到情欲的困扰和迫切呢？"

　　"确实如此。""朋友，"神父答道，"我不会见怪。没有理由如此。可是，你在肉欲的困惑和冲突之中，有没有祈祷上帝对你的自制给予特殊的眷顾？"

　　"说实话，这倒是没有。"帕奴吉老老实实地答道。

　　"那么，我的建议就是，结婚吧，朋友！"神父说，"与其受情欲之火的煎熬，还不如结婚算了。"

　　帕奴吉听到这儿，就愉快地大声叫了出来："说得太好了，没有拐弯抹角，没有言之无物，太感谢您了，我的神父。说真的，我现在已经下定决心要结婚了，而且是火速进行。我现在就邀请您参加我们的婚礼。上天为证，我们那天一定要开心地吃饱喝足，乐个痛快！您可以穿和我同样颜色的服装，如果要吃鹅的话，您也一定有份。而且不是我老婆烤的①。如果您愿意赏脸，我要请您第一个和伴娘们跳舞。不过，还有一点小小的麻烦，小小的顾虑。其实也没什么，我只是非常渴望得到您的解答。问题就是：我会不会当'乌龟'，神父？"

　　"绝对不会，"神父答道，"只要上帝乐意。"

　　"噢，但愿上天保佑我们！"帕奴吉叫道，"朋友们，我们还能怎么样呢？知道条件论吗？根据辩证法的条条款款，条件论里既有矛盾，又有不可能性。如果阿尔卑斯山山北的那头骡子长翅膀的话，它必定会飞。只要上天赐福，那我就不会当乌龟的；可是只要他乐

---

　　① 喜剧《巴特兰》中，巴特兰邀请呢绒商人分享他太太烤的鹅，结果一无所有。

意，我照样也会当乌龟的。天哪，如果我知道怎么避免这种事情的话，那我就不会如此绝望了。我一定会陡生出无数的希望来！可是你却让我去祈祷上帝的旨意与恩宠，一切服从他的随意支配。我的法兰西伙伴们，你们到底要怎么办呢？

"我可敬的神父大人，我想婚礼那天您最好还是别来了。婚礼上那些客人们的大声喧嚷和叮叮当当的碗筷杯盏碰撞声肯定会打扰您，破坏您心灵深处的宁静与肃穆。您是那么酷爱静谧、独处和沉默呀！我打心眼里相信您是不会来的。而且，您对跳舞也不感兴趣，第一个跳的话会让你很难堪的。我会派人给您送去好些吃的喝的，再加上新娘的小礼物。如果你喜欢的话，就在家里为我们的健康幸福干几杯吧？"

"我的朋友，"神父当即说道，"请千万不要误解我的意思，好好领会一下。我说，'只要上天乐意'，这话难道中伤你了吗？这样的说法有错吗？难道亵渎上帝了吗？难道我们不是如此显示对全能的主，万物的创造者、庇护者、和救赎者的崇敬吗？难道这话不是我们用来承认他是一切恩赐的惟一给予者吗？难道我们不是用来表明，我们相信世间万物都是依靠他的无限慷慨才能有如此的勃勃生机吗？没有他，一切都无法创造出来。退一步说，没有他的大力援助和仁慈的庇护，即使创造出来了，也是毫无价值、没有威力、缺少活力的。难道这不是我们一切行动的前提，毫无例外地符合教规典范吗？难道我们的所有打算不都是服从神圣的旨意吗？不是天上地下都得默从同样的旨意吗？难道这不正是他的圣洁的约束力吗？我的朋友，只要上天乐意，你是不会当乌龟的。但是，不要把天主的意愿当作是非常深奥非常神秘的潜藏的秘密，不要因此而绝望。要弄清这一点，有必要私下里征求上天的指示，或是遵循他所喜欢的一切来行事。伟大的主赐予我们的种种好处与恩惠，《圣经》中都已经很公开很明显地表示出来了。在那儿你会发现，你永远不会当乌龟。换句话说，你的妻子永远不会当坏女人的。如果你选择的女人有一个值得称道的血统，父母亲都是善良诚实的人，受过一切有关虔敬和美的教育，那么，她在任何时候都不会同那些腐败堕落、品行恶劣的人打交道。她会热爱上帝，敬畏上帝，通过虔诚的信念和由衷地遵守上帝的神圣戒律而一步步亲近上帝，取悦上帝。还有，她会惧怕因为冒犯天主或是违反他的神圣戒律而失去天主的庇佑和恩宠。其最严厉的一条就是禁止通奸行为，而应该牢牢地依附自己的丈夫，要珍视他，侍奉他，爱他超过一切，当然天主除外了。

"同时，为了更好地训练她遵循这些指示，为了让这种有益夫妇双方职责的教诲深深刻在她的脑海中，你有责任以身作则，树立良好的榜样。你要真诚地维持夫妻间的和睦友好，不断地用自己的言行来证实你是一个忠诚慎重的丈夫。不管是在家和亲人们在一起，或是在外面大庭广众之前，你都要有同样的虔敬，品性正直和纯洁正派，表现得好像举止娴雅得体的妻子就在你身旁；对她虔诚，忠贞不渝而又毕恭毕敬，责良心来使婚姻的誓约神圣不可侵犯。镶金嵌宝的镜子并不是最好的，只有最清晰最真实地反映出前面物体形象的镜子才是上好的东西。因此那些最富有，出生最高贵的女人并不一定就是最受敬重的人，或是最佳的选择。相反，那些敬畏上帝，循规蹈矩努力适应自己丈夫性情的女人才是

4. 苏伦斯：这种狂暴的快乐将会产生狂暴的结局，正像火和火药的亲吻，就在最得意的一刹那烟消云散。最甜的蜜糖可以使味觉麻木；不太热烈的爱情才会维持久远；太快和太慢，结果都不会圆满。

最理想的妻子。

"想想看，月亮的光辉既不是来自木星，也不是来自火星，更不是来自于水星或是天空中其他闪烁的任何星球，而是来自于她的丈夫——太阳，并且依照太阳的位置和放射的能量来接受一定量的光与能。因此，不管是德行、热忱，还是虔诚、忠实方面，你都应该是你妻子的榜样。她呢，受你的言行举止的影响，就会胜过其他所有女人，比谁都出色。为此，你每天都得恳求上帝保佑你们两个。"

帕奴吉一边用左手的大拇指和食指替神父把八字须往两旁捋了捋，一边说："你的意思是要我娶圣人所罗门所描写的那个俭省谨慎而又深谋远算的女人吧！毫无疑问她已不在人世了，而且就我记忆所及、我从未见过她。上帝饶恕我吧！不过，不管怎样，我还是感谢您的，神父。吃了这块杏仁蛋白软糖吧，这东西有助于消化。然后再喝一杯希波克拉斯干红葡萄酒，这酒有益健康，还有开胃功能呢！我们继续吧！"

第二十九章

医生隆第比里斯是如何劝告帕奴吉的

帕奴吉继续说道："阉割索西尼亚克①那些愚蠢而偏爱狂饮滥渴的教士们的人在处理卡尔多瑞尔教士之后，说的第一句话就是'下一个'，现在我也想同样说一句'下一个'。因此，尊敬的隆第比里斯医生，我请问您，我该不该结婚？"

医生答道："说真的，这问题可真不好回答呢！你刚才说到你常常为自己的情欲所困扰，老想着那事儿，我发现在医学领域，我们已经把这类问题建立在古代柏拉图派学者的慎重决定上了。他们认为，有五种不同的办法能够冷却并消除性欲，第一种就是酒……"

话未说完，约翰修士就急急地插话："这一点我完全相信。因为每当我喝得酩酊大醉时，我就什么也不在乎了，满脑子里都想着睡觉。"

医生打断他的话："我说酒能降低人的性欲，意思是要过度地饮酒。第一，因为那种烈性的液体喝多了，会使人的血液冷却，神经放松，这一切都会造成生殖行为的障碍。因此酒神巴克斯常常被人描划成一个女装打扮的没有胡须的男子，脂粉气十足，就像一个自由了的太监似的。不过，酒喝得适度的话，效果就完全不一样了。正如古谚里面暗示的，维纳斯倘若没有谷物女神刻瑞斯和酒神巴克斯的相伴就会感冒。古代西西里的戴尔多勒斯②的评述里出现过这种观点，帕莎尼亚人也证实过兰普沙西亚人也持同样的观点，说普

---

① 索西尼亚克是虚构的地名，但是确实有个修道院，因教士们放荡不规，院长只得把他们分别叫到院内某处——阉割。

② 戴尔多勒斯，一世纪希腊史学家。

里阿普斯①是巴克斯和维纳斯所生。"

"第二，炽烈的情欲可以通过某些药物、植物、草本植物或是根茎来减弱。服用这些东西会使人发冷，感到不适，无法进行那种行为。像睡莲、柳枝、杜鹃花、怪柳、蔓荆、曼德拉草药芹、小泽兰、五叶地锦、淡紫花片荆、水杨梅、大麻梗、河马皮以及许多其他的东西都经验证具有此种功效。世间万物有正必有反。同样，我们也有一些有相反效能的东西。它们会使人血液发热，神经活跃，精神振奋，感官灵敏，肌肉紧张强健，并由此激发人内心的强烈渴望，使人兴奋不已。"

"谢天谢地，我可没必要用那些玩意儿，"帕奴吉说道，"你呢？医生，请原谅我的鲁莽。我敢发誓，我绝对没有任何恶意。"

"第三，狂热的激情可以通过不间断的劳动和辛苦得以抑制。因为大量耗费体力的劳动会使人的全身疲乏不堪，那么，在血管里无休止地循环流动给全身各部输送营养的血液就没有时间也没有力量再制造精液或是提供第三种消耗②。这时候，自然就会起到一种维持个体生命的作用，因为生命本身必定比繁殖后代来得重要。在无法两者兼顾的情况下，肯定是有所取舍的。狄安娜总被人们称为是贞洁的女神，原因就是她从来没闲着，总是一刻不停地狩猎。由于同样的道理，古时候的军营总被叫做纯洁之营。那些热血男子因为环境所迫总是处于不停的动荡和奔忙之中，无暇顾及其他的事儿。希波克拉底在他的《论空气、水和空间》一书中就写过，在他那个时代，锡西厄③地区有个民族在男女关系上比阉过的人还无能。因为他们一年三百六十五天都是在马背上颠簸着度过的，没有片刻的休息，只有无尽的辛劳。哲学家们说，与此恰恰相反的是懒惰安逸是纵欲之母，也就是我们古话中所提到的'饱暖思淫欲'当人们问奥维德④，为什么伊吉斯包思⑤与人通奸？他的回答就是：没什么原因，无所事事而已。

"如果谁使世人摆脱了游荡和懒惰的恶习，那么丘比特⑥的所有计划都得受挫；一切目标、手段和发明都成了泡影；他的弓箭囊和箭从此以后也将一无是处，只能成为无用的累赘和重负。因为他再也不能用手中的箭来射男女了，他的功劳从此也失去了。我相信再好的弓箭手也无法射中空中飞翔的鹤，或是灌木丛中奔跑腾跃的小牡鹿，就好像帕提亚人那样，也就是那些整天奔波劳碌，跑上跑下，不得空闲的人们。只有对方静止不动，悠闲自在，无所事事，他才能够在他母亲的帮助下用箭射中或者至少是碰到他们。为了证实这

5. 朱丽叶：来吧，可爱的黑颜的夜，把我的罗密欧给我！等他死了以后，你再把他带去，分散成无数的星星，把天空装饰得如此美丽，使全世界都恋爱着黑夜，不再崇拜眩目的太阳。啊！我已经买下了一所恋爱的华厦，可是它还不曾属我所有；虽然我已经把自己出卖，可是还没有被买主领去。这日子长得真叫人厌烦，正像一个做好了新衣服的小孩，在节日的前夜焦躁地等着天明一样。

---

① 普里阿普斯，男性生殖力之神，也是果园、酿酒和牧羊的保护神。

② 亚里士多德说过，食物的第三种消耗，是在人体的组织内专门制造精液。

③ 锡西厄，古代欧洲东南部以里海北岸为中心的一个地区。

④ 奥维德，（公元前43～公元17）古罗马诗人，代表作是长诗《变形论》，其他重要作品还有《爱的艺术》《岁时记》《哀歌》等等。

⑤ 伊吉斯包思，曾诱奸阿伽门农之妻，后来又杀死阿伽门农。

⑥ 丘比特，爱神，是个裸体、有翅膀，手执弓矢的美男孩，作为爱的象征。

一点，有人曾问泰奥弗拉斯托斯，他认为琐屑的、变幻无常的爱情到底该算是一种什么样的东西？他答道：'爱情是闲散和懒怠心境下产生的一种热烈的恋情。'戴尔局尼斯也曾描述过，情欲是无事可作的闲人们的日常消遣。因此塞扣尼安的雕刻师卡纳斯一反传统，把维纳斯塑成坐像，而不是其他雕刻家所刻的那种站像。他的目的就是让我们了解：怠惰、懒散、随便和偷懒是造成下流荒淫的主要原因。

　　"第四，对学习的热切渴望也会使爱欲减弱，因为用功读书的时候，大脑总是处于高度紧张的状态，就无暇去顾及其他方面，尤其是生殖方面的事情。一个人专心做事的时候，脑子里每条动脉都像即将发矢的弦一样绷得紧紧的，快捷高效地把充裕的精力供给负责思考、想像、理解、推理、决断、记忆和意念等各个器官，随即又灵巧地使血液通过解剖时才能看得清的血管从一个器官送到另一个器官，最终才汇集到动脉神奇的网形组织那里。动脉是与左心房密切相联的，经过一番极其细微复杂的变化，把生殖的精力变为动物的精力。因此，在这种专心致志地沉思默想的人身上，你会觉得他的一切自然机能都已经停滞不动，他的外部官能也都停顿下来。总而言之，他好像完全是一种超肉身的存在了，除了本身是活的以外，其他都是空虚无物。苏格拉底说得对，他认为哲学不是什么别的东西，而是对死亡的一种冥想。德谟克利特十有八九也是因为这个原因故意把自己弄瞎，使自己失去视觉所带来的种种利弊。他觉得失去视力远比沉思能力的减弱次要得多，因为他敛心默想的状态常常被不安定的眼睛所破坏。因此，要想专注于一件事情，就得把阻碍的因素通通排除。

　　"为此智慧女神帕拉斯，也就是那些勤勉用功的人的保护神，一直是个处女；缪斯们也都是永恒的少女；美惠三女神也由于同样的缘由永得贞洁。我记得曾读过丘比特的故事：有一次他的母亲维纳斯问他为什么不去袭击缪斯们。他说他觉得她们是如此的美丽、温柔、可爱、聪明、谦逊、礼貌、谨慎、高尚和贞洁，而且她们从来都是忙忙碌碌的——一个忙着对着星星遐想，一个忙着计算数字，那个在计算几何的量，这个又在吟写描绘英雄的诗词，第五个在忙着表演一首令人愉快的具有喜剧色彩的歌曲，另一个处于一种庄严肃穆的悲痛心境之中，还有一个沉浸在优美悦耳的音乐氛围中，第八个一心扑在有关历史或者其他所有题材的书籍上，最后一个研究一切自然科学，一切专业，一切科目，不管是文科还是技工方面的奥妙神奇之处———旦靠近他们，他就因为着愧和惧怕而不知不觉地放下弓箭，关上箭囊，熄灭火把，担心不留神就伤到她们。然后，他就解开蒙在眼睛上的布条，面对面地欣赏她们，聆听她们优美的曲调和极富想像力的颂歌。彼时彼地，他感受到了世界上最大的快乐。许多次他都为她们的美丽和高雅的举止而激动万分，后来又在平静和谐的气氛中安心入睡。这样的话，他就再也不会伤害她们，打扰她们的学习和工作了。

　　"这个故事就包含了希波克拉特在他的《论繁殖》一书中提到锡西厄人时说的：一切被割掉耳旁腮腺动脉的人同时也都失去了繁殖能力。原因在前面谈到分泌精力和血液在动

脉里贮藏的时候已经讲明白了。他还坚持说大部分精液是从大脑里沿着脊骨下来的。

"第五，就是通过过分频繁的性行为来解决。"

"我就等着听你这一条呢！"帕奴吉迫不及待地说，"我很乐意试一试这个办法。前面提到的另外四种办法，谁愿意就去做吧，就当是帮我的忙。"

约翰修士说："这正是马赛的圣维克多修院院长，神父西里诺，称为抑制肉欲的办法。我的观点也是一样。施农附近圣拉德根第的那个修士也赞成这个办法。据他说，特摆第的隐修士们每天都得做那种事二十五次或三十次，才能压抑那种强烈的冲动，减弱那种淫逸的感觉或是克服住内心的妄想。"

隆第比里斯医生接着说道："我看帕奴吉体型匀称，身体健壮，性情温和，气质非凡，年龄合适，时机适宜，又很想结婚。说实话，如果他能碰上一个性情相投，志趣相同的妻子，那他们可能就会生下很有出息前程远大的儿女。因此对他来说结婚是越早越好，而且越早生孩子对他越有利。"

"我衷心爱戴的大师，"帕奴吉欣喜不已，"你不要怀疑我的话，我尽快就结婚，能多快就多快，我向你保证。刚才听你发表那一番高论时，我耳朵上的跳蚤让我比任何时候都痒。我一定要在我的喜宴上给你留一个位子，而且我保证我们一定会痛痛快快地吃喝个够。如果你乐意，请带你的妻子一起来吧，还有她的女朋友和邻居们。大家一起来热闹热闹，我们一定会很开心的！"

6. 朱丽叶：啊，我的心要碎了！——可怜的破产者，你已经丧失了一切，还是赶快碎裂了吧！失去了光明的眼睛，你从此不能再见天日了！你这俗恶的泥土之躯，赶快停止呼吸，复归于泥土，去和罗密欧同眠在一个圹穴里吧！

第三十章

隆第比里斯如何断言，

当"乌龟"是婚姻的一种自然而然的附属物

帕奴吉继续说道："还有一点小小的顾虑得澄清一下，我不知道你是否看过罗马旗上的 S. P. Q. R 这四个大写字母？意思是'少等于无'①。我到底会不会戴绿帽子呢？"

"天哪，你怎么会问我这个问题呢？"隆第比里斯大叫起来，"你会不会当'乌龟'？我的尊贵的朋友，我已经结过婚了，你也很快就要步我的后尘。因此，我以自己的亲身经验告诉你，你得戴绿帽子是婚姻的一种自然而然的附属物。结过婚的人头上可能'长角'，就好比影子紧随我们身体一样，密不可分。

"如果你听到任何男人说这句话——我已经结婚了——你就可以说他现在，或者已经，

---

① 帕奴吉这儿故意用"少等于无"来解释四个大写字母所代表的意思"罗马元老院与民族"。这两个表达法的首字母缩略一模一样，他这么做是偷换概念，移花接木。

或者即将，或者可能当'乌龟'。没有人会认为你不懂得说话技巧，不懂得真正的逻辑上的必然结果。"

"见鬼去吧，呸呸呸，"帕奴吉大叫，"你这到底是什么意思啊！"

"我亲爱的朋友，"隆第比里斯耐心劝道，"希波克拉底曾经从朗高去波利斯提洛看望哲学家德谟克利特。动身前他写了一封友好的信给他的朋友戴尔尼修斯，信里说道，他希望自己不在家的时候，戴尔尼修斯能帮他把自己的妻子送回她娘家去。她的双亲都是正直体面的高尚人，声誉极好，他不喜欢她一个人待在家里。除了把她安置在她父母亲身边之外，他还请好友要细心照顾她，注意她的言行举止，她和她母亲去哪些地方以及谁来和她会面等等细节。他说道，我并不是不信任她的美德，也不是对她的贞节有任何怀疑。她的操守品行是早就验证过的，一点儿问题都没有。我只能坦率地告诉你，她是一个女人，怀疑就是由此而生的。

"我的值得敬重的朋友，在我们眼里，女人的本性和月亮极其相似，因此我们完全可以用月亮来进行一番比较，特别是在下面这一点上得以充分的体现：丈夫在附近或者就在眼前时，女人们往往忸怩作态，躲躲闪闪，摆出一副无比娇羞内向的样子来；可是丈夫一旦离开自己的视野，女人们马上就充分利用时机，嬉戏玩闹快乐地打发时光，什么活儿也不干，自由自在，随心所欲地去想去做一切想做的事，公开地展露自己性格的不为人所知的那一面。就好像月亮一样，当她和太阳相会时，我们天上地下怎么也看不到她；可是一旦远离太阳，与之相冲时，就能够充分地显露她的光彩，尤其是在夜间，更是耀眼夺目，占尽风头。所以说，女人终归是女人。

"我这里说的女人，是指那种非常脆弱、反复无常、不坚定、不忠实、不完美的那类人，如果你允许我这么说的话，我想大自然在创造女人的时候判断力稍稍有点偏差，不像造其他物体时那么明智，那么理性。这个想法已经在我脑海中闪现了一百零五次，但我至今仍想不出合理的解释。只能说，在缔造女性时，造物主一味地考虑到了男性的享受和两性间愉快的和谐关系，偏偏就忽视了女性作为独立个体的本身的完美和才情造诣。所以，天才哲学家柏拉图在处理这个问题时也很为难，不知道该把女人归属哪种类别：是把她们提高到特定的人性角度来考虑，看作是有理性的动物；或者把她们贬低到相反的类别，当作兽性的畜生？因为大自然已经在女人体内某个隐蔽的，秘密的地方安置一种男人没有的器官，有些人很礼貌地称之为'动物'。这个地方有时会分泌一种微威的，冰冷而黏湿的，有腐蚀性的，刺激人的并且极痒的体液，由于它经常的刺激和极端的敏感，女人不由得芳心大动，意乱情迷，整个儿的思想和意识都变得模糊，难辨是非真伪。要不是大自然预先在女人脑海中输进一些着耻贞洁的观念，你会发现女人们早已被情欲驱使得失去理智，整日里丝毫不知廉耻地一心追逐男人，费尽心机来博取他们的欢爱。那种疯狂，那种痴迷，

相关链接 ●

比起普罗台乌斯①的女儿，以及祭祀巴克斯时狂饮滥喝的米玛洛尼德斯和提亚德斯还有过之而不及。这一切都是因为这个奇特的器官与全身的主要部位紧密相连，这一点解剖学上就讲得很明白。

"在这儿我称它为'动物'，请大家不要觉得奇怪，我是效仿学院派和消遥派哲学家们的说法的。正如亚里士多德所描绘的，如果某一个动作有一定的标志，并且能够绝对无误地代表在动的这个东西或者人的生命与活力，那么这个会动的物体就有生命，就该被叫做'动物'。柏拉图也理由非常充足地给它命名'动物'，因为在动作过于激烈的时候还会使女人失去一切知觉，就好像昏厥，眩晕，癫痫，中风或者真的死了一样。

"还有，这个器官有一种很明显的分辨气味的能力。它能使女人嗅觉灵敏，敏捷地躲避难闻的气息，而追寻怡人的芬芳。我知道盖仑一直在努力尝试，想尽量证明这不是它本身的活动和功能，而是极其偶然的现象。我也同样注意到了，那个学派的其他人也竭尽全力想解释它本身并不具备辨味的能力，就算是能够闻到不同的气味，也只是因为那些不同气味的物体本质不同而已。然而，如果你想认真地研究这个问题，并把他们的理由和论据放在一起反复比较和权衡一番，你就会恍然大悟：不仅仅在这件事上，其实在许多本质相似的问题上，他们只是随意说说而已，根本没有当真。他们并非真的想深入事物内部，探寻事物本质，他们这么做只是出于一种和前辈们较劲儿的莫名其妙的妒忌心理。

"我不想再漫无目的地深入这个话题了。我只想说，那些贞洁规矩的女人，一辈子纯洁正派，不受他人指责辱骂，并且能够制服那头狂野不驯的小'动物'，使其听话理性，这是完全值得称颂的。在结束我的长篇大论之前我想再说一句：那个小'动物'一旦得到满足——如果它可能满足的话——那些不稳定、不正常的行为就结束了。所有的饥渴欲望都得到满足，疯狂得到平息，情绪也得到了调整。因此，如果我们时时刻刻处于当'乌龟'的危险之中，其实也没什么可奇怪的，因为我们无法完全满足那个贪婪的小'动物'。"

"真是见鬼！"帕奴吉大叫起来，"难道你就没有预防措施吗？男人们在外埋头苦干的同时，总得防止家里的老婆往自己脑门上安一双角，让自己当'乌龟'吧！"

隆第比里斯说道："当然有了，我的朋友，这个办法简直就是灵丹妙药，我自己也经常使用的。你可能会觉得很有意思呢！一个享誉二十年的很出名的作家把它写在一本书上流传下来。你给我好好听着！"

"您可真是一个正直诚实的好人，我全身心地爱您，崇敬您，上天为证！"帕奴吉喜不自禁，"吃一点儿榅桲馅饼吧！榅桲里面有一种收敛性的物质，便于使胃里的所有孔都合上，有助于第一道消化。是个好东西！哎呀，我想我真是班门弄斧了！请让我用这种纳斯

7. 这是酷刑，不是恩典。朱丽叶所在的地方就是天堂；这儿的每一只猫、每一只狗、每一只小小的老鼠，都生活在天堂里，都可以瞻仰到她的容颜，可是罗密欧却看不见她。污秽的苍蝇都可以接触亲爱的朱丽叶的皎洁的玉手，从她的嘴唇上偷取天堂中的幸福，那两片嘴唇是这样的纯洁贞淑，永远含着娇羞，好像觉得它们自身的相吻也是一种罪恶；苍蝇可以这样做，我却必须远走高飞，它们是自由人，我却是一个放逐的流徒。你还说放逐不是死吗？

① 阿尔戈斯国王普罗台乌斯的女儿，因骄傲自大，被朱诺施法变疯，自以为变成了母牛。

托瑞恩①的酒杯敬您一下。想再来点儿希波克拉斯白葡萄酒吗？千万别怕会被呛着了，不会的。酒里既没有药草、生姜，也没有什么细细的谷物颗粒，只有一些精选的肉桂和上好的精糖，还有长在胡桃树上方的山梨树幼枝上面的葡萄酿出来的美味的白酒。

第三十一章

哲学家特鲁洛根如何处理这个婚姻难题

一番话刚完，朋特固尔就对哲学家特鲁洛根说："我们忠诚、正直而诚实的朋友，这下该轮到你了，你给个定论吧，帕奴吉到底该不该结婚？"

"两者都行。或者结婚，或者不结婚。"特鲁洛根答道。

"你说什么呀？"帕奴吉不解。

"你听到了什么就是什么。"特鲁洛根答。

"我听到什么?!"帕奴吉说。

"你听到我说的。"特鲁洛根又说。

"哈哈哈。我们是在说俏皮话吧！"帕奴吉答道，"算了吧，我看这种游戏没什么意思，别玩了吧！您只要告诉我，我该不该结婚？"

"既该也不该！"特鲁洛根答道。

"真是见他妈的鬼了。"帕奴吉大叫起来，"如果这些莫名其妙的答复没把我弄糊涂的话，我就不是人！如果我现在能明白你在说什么，马上就叫魔鬼来把我捉走得了！请稍等一下，我把眼镜系牢在左耳上，这样好听得更清楚些。"

就在这时，朋特固尔看到他父亲高冈塔的小狗出现在大厅门口。这只狗名叫凯思，据说托比的狗名字也一样。他当即对所有在场的人说："国王就快来了，我们赶紧起身恭候迎接吧。"

话音刚落，高冈塔和一群宫庭要员就鱼贯而入，走进壮观的宴会大厅。客人纷纷起身，以最符合他们身份的礼节向国王致敬。高冈塔也非常和蔼谦恭地向在座的一一还礼，说道："请大家不必多礼。就坐在原位，继续你们的谈话吧！不要管我。给我在桌子这端摆张椅子，再给我一杯最烈最好的酒就行了。这样的话，我可以和大家干一杯！我非常欢迎你们到这儿来。告诉我你们在谈什么？"

朋特固尔就说，"帕奴吉在第二道菜的时候提出了一个疑难的问题，他到底该不该结婚？希波沙第神父和隆第比里斯医生已经分别发表过他们的意见了。父王一行人进来的时

---

① 纳斯托瑞恩的酒杯，高脚，有四个把儿，每个把儿都有两条腿支着，上有两只金鸽，对面啄食。

候，忠诚的哲学家特鲁洛根正在阐述自己的观点。帕奴吉问自己该不该结婚，特鲁洛根先是回答该结婚也不该结婚，后来帕奴吉又问了一遍同样的问题，他第二次的回答却是既不该也该。帕奴吉就抱怨说这些答复听起来完全是自相矛盾的，他根本不知道到底是什么意思。"

"如果我没搞错的话，我倒是很明白他话里的意思。"高冈塔答道，"他这话很像古代一位哲学家被人质问他到底有没有妻子时说的话。他说，我拥有她，但她并没有拥有我。此外，有人问斯巴达一个活跃的荡妇，她到底有没有和男人发生过关系。她回答道：'没有，但是有时候男人们和我发生关系。'"

"那么，"隆第比里斯说，"这种问题就类似于医学上的无性人。当我们说一个身体是无性的，也就是说，它既没生病又不算健康。这也就是哲学上所说的中庸——否认两种极端，但又与两端都有关联。就像那种喝的热水，既热又冷；或是时间平等的划分，一会儿在这一端，一会儿又在另一个极端。"

希波沙第说道："在我看来，信徒圣保罗似乎能更清楚地解释这一点。他说过，'就让那些结过婚的像没结过婚似的，让那些有老婆的像根本没有老婆似的。'"朋特固尔接着话头："对于有老婆和没有老婆，我是这么理解的——有老婆，就是按照大自然的规律和创造性的目的来利用她，让她协助男人，做男人的伴侣，安慰他并且为他传宗接代；没有老婆，就是不要一味地溺爱、顺从妻子，不要当整日厮守在老婆身边的小男人，对她要爱理不理的，不要为了她而鄙弃男人对上天的那种独一无二的情感，或是放弃男人对他的国家、他的朋友和宗族的职责和义务；也不要中断自己可贵的学业和事业。老是和老婆粘在一起的人是窝囊废，没出息。如果我们能从这个角度上来理解有没有老婆这个问题，我们就会发现其间根本没有什么矛盾冲突之处。"

第三十二章

怀疑主义哲学家特鲁洛根

继续回答有关婚姻的问题

帕奴吉问道："如果月亮是块绿奶酪的话，您怎么解释也不为过。可现在这种话谁会信呢？我想我是掉到一个黑暗的深坑里去了，按赫拉克利特的话说，这正是真理藏身的地方。我什么也没看见，什么也没听见，什么也不明白，我的感官全都迟钝了。我怀疑我是受什么魔法迷惑了。我想改改刚才的问话方式，换个语气试试。我们可靠的朋友，别激动，也不要有所保留。让我们再来一次，不要模棱两可，把话说个明白，我心里很清楚，这些松松散散，上文不接下文的解释让你很困惑。现在开始吧，上天为证，我该结婚吗？"

"有可能吧！"特鲁洛根答道。

"可是如果我不结婚呢？"

"我看那也未尝不可，没什么不好的。"

"没什么不好？"帕奴吉问。

"是啊，如果我的眼睛没骗我的话。"

"不过我看起码有五百多个不好的地方。"

特鲁洛根答："那就一个个列举出来吧！"

"我承认这话有点儿不对。我把不确定的东西当作确定的因素了。我刚才说五百，其实真正的意思是很多。"帕奴吉赶紧解释。

"我明白了。"

"当着所有隐蔽的魔鬼的面，请问，我有可能没有妻子而独自过活吗？"帕奴吉问道。

"先把那些邪恶的畜牲赶得远远的再说！"

"别管它了。我们以上天的名义来说吧！我们萨尔米贡迪尼旭人常常说：没有妻子，孤零零地生活，过的是野兽般的日子①。狄维多②也是如此恸哭自己的生活的。"帕奴吉说。

"听你自己的吧！"特鲁洛根劝道。

"天哪，我都有点糊涂了。我们这是说到哪儿了？你愿意告诉我吗？我该不该结婚？"

"可能吧！"

"婚后我会过得很快活很幸福吗？"

"那要看你邂逅的是谁了！"

"如果我正好碰对了人，找到理想的伴侣，我会过得好吗？"

"再好不过了。"

"我们反过来说吧，前面的话都暂且不提。如果我碰上的女人不贤淑不温柔，不是我想像中的人，那又会怎样呢？"

"可别责怪我，我不敢直言。"

"请别这样吞吞吐吐的，我全心全意地请求您给我一些忠告呢！我该怎么办？"

"你想怎么样就怎么样，顺其自然吧！"特鲁洛根答道。

"去去去，真是见鬼，你这样说了也等于没说。"

"求你了，别再乱提什么东西了！"

"好吧，以上天的名义！我会按照您的忠告行事的。可是，你到底能指点我什么呢？"

"什么也不能。"特鲁洛根坦言。

---

① 事实上这话是德谟克利特说的，帕奴吉大概是记错了。

② 迦太基的建者及女王，拉丁史诗中说她落入情网，后因情人与她分手而失望自杀。

相关链接 ●

9. 凯普莱特：每天每夜，时时刻刻，不论忙着空着，独自一个人或是跟别人在一起，我心里总是在盘算着怎样把她许配给一个好好的人家；现在好容易找到一位出身高贵的绅士，又有家私，又年轻，又受过高尚的教养，正是人家说的十二分的人才，好到没得说的了；偏偏这个不懂事的傻丫头，放着送上门来的好福气不要……好，你要是不愿意嫁人，我可以放你自由，尽你的意思到什么地方去，我这屋子里可容不得你了。

"我该结婚吗?"帕奴吉不厌其烦地问。

"我不插手此事。"

"那么我，不要结婚吧!"

"我无能为力。"

"如果我永不结婚，那我就永远不会当'乌龟'。"帕奴吉说道。

"我也是这么想的。"

"可是如果我结婚了呢?"

"这怎么能'如果'的呢?"

"就把这'如果'当作真的，就算我结婚了吧!"帕奴吉还是不死心。

"我无法这么考虑。"

"真是见鬼! 天哪，如果我能私下里诅咒诅咒，痛痛快快地骂人就好了。至少能减轻我心里的负担，让我轻松愉快一些。不过，还是得更耐心点。嗯，那么也就是说，如果我结婚的话，我就会当'乌龟'。"帕奴吉继续说道。

"可以这么说。"

"可是，如果种种迹象表明我的妻子是个明智、贞洁、有德性并且谨慎的女子，那么我就永远不会戴绿帽子了。"帕奴吉说。

"我想你说得挺有道理的。"特鲁洛根说。

"仔细听着。"

"一定洗耳恭听，直到你说够了为止。"

"她会很谨慎而又贞洁吗? 这是我有待解决的惟一的问题了。"

"我很怀疑。"特鲁洛根诚恳地说。

"你从没见过她吗?"

"我想没有吧!"

"那你为什么怀疑一个你不认识的人?"

"有一个理由。"

"如果你见过她呢?"帕奴吉追问。

"那理由就更多了。"

"我亲爱的小伙计，过来，我的帽子给你，小心点，别把里面的眼镜打破了。到后院那儿去，替我发半个小时的誓。将来有机会我一定会如你所愿补偿给你。可是，谁会说我戴绿帽呢?"

"某个人。"特鲁洛根答道。

"他妈的，我一定要好好揍他一顿。"

"随你怎么说!"

"不，不，我将来外出的时候，一定要给我老婆戴上一条贞节带。如果没做到，就叫

那没有眼白的恶魔把我抓走得了。"帕奴吉急急说道。

"别急，好好地说吧！"特鲁洛根劝道。

"这不是好好的吗？我们继续吧！"

"行，我不反对。"

帕奴吉说："耐心点吧。既然从这个角度谈不出个所以然来，咱们就换个话题，你结过婚吗？"

"既结过又没结过。两者都是又都不是。"特鲁洛根答道。

"老天救我！我已经累得出汗了。我全身的其他器官都已经停止工作了，全都悬在那儿，时刻准备着听您的指教。"

"我不应该妨碍你的事情。"

"嘘，这是什么话？我问你，真诚的朋友，您结婚了吗？"

"我想是吧！"

"在此之前，你还结过一次婚，对吗？"

"有可能。"

"在第一次婚姻中，你幸福吗？过得好不好？"

"可能还好吧！"

"那和第二个妻子的生活又怎样呢？"

"一切都是命运安排的。"

"可是，说实话，你到底和她过得好不好？"

"可能不错！"

"别卖关子了。我以上帝的名义发誓，让你说一两句肯定的，有决定性意义的话，真是难得不得了。不过，这一次我非要问出点什么不可！朋友，咱们将心比心，打开天窗说亮话吧！你当过'乌龟'吗？我说的是眼前的你，请不要随随便便敷衍一气！"

"没有，除非是命运安排的。"特鲁洛根答道。

"天哪，我受够了。我问不下去了，我要放弃了。"

听到他乱喊乱叫，高冈塔站了起来，说："天主在上。从我懂事到现在，这个世界变化太大了，越来越复杂了。真的已经这么无可救药了吗？现在连最博学的哲学家都成了怀疑论者，更不用说别人了。想想看，扯住鬃毛捉狮子，揪住脖子捉马，抓住牛角拐牛，拉着尾巴捉狼，扯住胡须捉羊，扳住鼻子捉水牛，攥住腿捉小鸟，这些都比从话里捉住哲学家容易。再见吧，亲爱的朋友们。"

说完之后，他就起身要走，朋特固尔一伙人想送送他，但他婉拒了。高冈塔一离开宴会大厅，朋特固尔就对客人们说："柏拉图的提美乌斯在庄严肃穆的大会伊始，总要数数到场的人数。我们呢，恰恰相反，偏偏是等到结束的时候才清点人数。一、二、三，第四个呢？噢，我们漏掉老朋友布利多古斯了！难道没人请他来吗？"

伊比斯特莱说他已经亲自去邀请过了，但是他不在家，两人没碰上面。听说默林格伊斯最高法院的一个信使来把他请走了，让他亲自出庭向最高法院解释他所作的判决。因此，他匆匆忙忙就骑上马动身了，以便准时到达那儿，而不至于被人视为故意未到庭或者藐视法庭。

朋特固尔闻言说道："我想知道到底是怎么回事。迄今为止，他在封斯贝通已经做了四十几年的法官了，总共审理过大大小小四千多件案子。尽管其中的两千三百零九件案子曾被当事人上诉给默林格伊斯的最高法院，但最后还是都被一一驳回，未予接受，而且原审也全部被核准、同意和认可了。他一向秉公执法、光明磊落，现在年纪大了，反而要亲自出庭去解释去说明，肯定是出了什么大事了！我一定要尽我所能去帮助他摆脱困境。我知道现在世道险恶，人心难测，正直人、好人更是需要援助。因此，从现在开始，我就得想办法了，尽量不让什么对他不利的事情发生。"

宴会就这么结束了，桌椅很快就收拾好了。朋特固尔非常热情地感谢诸位客人的到来，并赠送给他们一些很贵重的礼物：珠宝啊，镶宝石的戒指啦，金银的器皿啦，等等。接着再次向他们表示谢意后，他才回到内室里去。

10. 朱丽叶：啊！只要不嫁给帕里斯，你可以叫我从那边塔顶的雉堞上跳下来；你可以叫我在盗贼出没、毒蛇潜迹的路上匍匐行走；把我和咆哮的怒熊锁禁在一起；或者在夜间把我关在堆积尸骨的地窟里，用许多陈死的白骨、霉臭的腿胴和失去下颚的焦黄的骷髅掩盖着我的身体；或者叫我跑进一座新坟里去，把我隐匿在死人的殓衾里；无论什么使我听了战栗的事，只要可以让我活着对我的爱人做一个纯洁无瑕的妻子，我都愿意毫不恐惧、毫不迟疑地做去。

第三十三章

朋特固尔如何出庭，参加审判用掷骰子

来断案的布利多古斯法官的大会

第二天，朋特固尔在预定的时间准时到达默林。他一露面，法庭的庭长、元老院议员和顾问们纷纷请求他和他们一起入庭，去听听布利多古斯法官对收税官塔趣隆德的审理结果进行答辩，因为那个百人法庭①认为他的判决不是很公正。朋特固尔非常乐意地接受了他们的请求，和他们一起走进法庭，发现布利多古斯正坐在中间的围栏里。他一见到朋特固尔和那一群人鱼贯而入，赶紧就站了起来，走到被告席前。法院宣读了对他的起诉后，他什么也不说，只是念叨着自己年纪大了，近来视力大减，越发模糊不清了，一切的痛苦和灾祸都随之而来了。这一点在首席辅祭注释的《教会法》第八十六款《莫此为甚》章里提到过②。由于同样的原因，他无法像以往那么清楚地识别出骰子的点数。因此，对于此案的审理，他可能像老眼昏花的以撒把两个儿子雅各和以扫搞混了一样，把四点误认作

①　百人法庭，当时巴黎的最高法院才有百人法庭。
②　首席辅祭指意大利累佐的奎多·拜修斯，他曾记述一主教因讲经犯错，后来却因为年老被教皇赦免。

五点，或是把三点当作二点。他还说，"我请求你们把我一向的诚实公正多多考虑在内。虽然在此案中我被指控是在撒谎、在搪塞，事实上在审理裁定案子的时候，我用的只是小骰子而已。你们也知道，根据最有效的法律规定，大自然的瑕疵不应该归咎于罪恶和过失。这在《国法大全》、《军事法》、《条律》等法典中都说得很明白。该受指责的应该是大自然和天命，而不是人。"

大法官特林夸马利问道："朋友，你说的是哪一种骰子呀？"

"就是用来断案的骰子①嘛！很多书里都有记载的。其实也就是尊贵的阁下在这个至高无上的法庭上用的骰子。我也不例外。其他那些正义的法官们根据亨利·费朗达对罗马法典的注释也使用同样的工具来审理讼案。注意，有人说过占卜是决定讼案和纠纷的公正、有用和必要的手段。巴尔德、巴托尔和法学家亚历山大在《条律》一书中也更清楚地阐述过这一点。"

"可是，你又是怎么做这种事的呢？"特林夸马利问道。

"简单地说，我是根据《迟延审判法》、《驳诉法》、《上诉法》和《法典注释》第一卷的规定来做的。现代的人都喜欢简略。诸位，其实我的做法和你们完全一样，就是根据我们法律所规定的审判惯例和指示制约我们行为程序的细则来进行的。我反反复复地看过，读过并且审阅过原告被告双方的诉状、传审、出庭、委托、察访、预审、提供、陈述、原告引证、被告答辩、请求、侦察、原告反驳、被告再驳、原告三驳、再引证、否认、抗议、异议、确定、对质、对证、记录、教会证明、国王敕令、强验文件、法庭权限、先发答辩、移上审理、发送宣告、批驳改审、规定判决、结束起诉、订定条款、抄写眷录、被告口供、送达审判，以及诉讼程序中所有的公文和证据。《论正权利人》第三款，《论名义》"法官权限"末条和《论回文》第一款中规定的一个好法官应该做到的事我都没有漏掉。我跟你们通常做的一样，把被告的所有材料都放在密室内桌子的一端，然后把第一个机会给他，也就是说给他优先权。这种做法在《条律》"优待"款和《限定法权法》中都出现过。接着呢，又把原告的所有卷宗放在桌子的另一头，使它们面对面地摆着。这是因为人们常说'面对面的事物易于辨识'。紧跟着我也给他同样的机会，为他掷了骰子。"

"可是，我的朋友，"特林夸马利不解地问，"你又是如何理解并且解决诉讼双方所依据的表面上完全相反的规章细则上那些费解的文字呢？"

布利多古斯答道："就和你们一样，当桌子两端都有很多卷宗的时候，我就学你们用起小骰子来了。至于那些上等的，悦目的大骰子，却是在案子较少，情节较简单的时候用。你们也是一样的吧！"

"可是掷过骰子之后，你又怎样判决呢？"特林夸马利追问。

"和你们还是一样的做法，在座诸位。"布利多古斯据实答道，"那些手气较好、掷骰

① 断案的骰子指的是"碰运气的审判"。

子时先掷到法庭的、诉讼的和裁判的那一面的人就算赢了。这在我们的法典里也是有证可依的。"

第三十四章

布利多古斯如何解释他是怎样看待
那些用掷骰子来断定的案子

11. 凯普莱特夫人：唉！她死了，她死了，她死了！

凯普莱特：嘿！让我瞧瞧。嗳哟！她身上冰冷的；她的血液已经停止不流，她的手脚都硬了；她的嘴唇里已经没有了生命的气息；死像一阵未秋先降的寒霜，摧残了这一朵最鲜嫩的娇花。

特林夸马利又问道："可是，我的朋友，既然你是靠掷骰子来断案，为什么不当着诉讼双方的面毫不迟延地马上解决呢？反反复复地查阅那些文件又有什么用呢？"

"我这么做，和在座的诸位一样，共有三种用途。"布利多古斯解释道，"第一，就是形式的完整。《安全法》及《论回文》上说得很明白：如果缺少完整的形式，所做的一切就是无效。而且，你们都比我经验丰富得多，心里也很清楚：在诉讼程序中，形式常常会破坏内容和实质。这在《国法大全》、《表明法》、《继承法》、《条律》等等书中也提到过——形式变，实质亦变。第二，他们可以替代一种真实的健康的锻炼，这对我来说是非常有用的，对诸位也一样。已故的名医奥多曼·瓦迪特曾常常对我说，缺乏身体锻炼是导致做法官的人和司法界的人体质不佳、生命短暂的主要原因。这也不是一家之言，在他以前，书中就有明确的记载。因此，这种做法对你我这些同行是很适用的。《限定法权法》、《条律》、《国法大全》等等法典就容许有某些健康的、消遣的游戏出现。像《骰子游戏》、《国法大全》等法规里都有记载。《法典注释》中也有这么一句话：在烦恼中应不时加以消遣。

"记得在一四八九年的某一天，我到财政部里去办一件事，用钱买通了传达员才进得去。众所周知，钱能叫万事应心！进去之后，发现那些大人物们正在玩一种叫做'捉苍蝇①'的游戏。他们是在饭前玩或是饭后玩，对我来说是无关紧要的。值得关注的是，只要这个游戏好玩、健康、合法并且遵守旧规就好。'捉苍蝇'是法律条款所容许的。如果我没记错的话，提尔曼·匹克夸特大人当时也在场。他正在开怀大笑，说那些同事们用帽子打他的肩膀把帽子都弄坏了。不仅如此，他还添油加醋地说，打人把帽子都打破了，回到家之后，不好向老婆交待呢！

"用司法界的话来说，我和在座的一样，认为在衙门里边，再也没有比清理案卷、翻阅公文、记录簿册、塞满纸篓和察看诉讼更有益的游戏了。

"第三，和你们一样，我认为时间会使万物变得成熟起来。随着时光的流逝，一切都

---

① 这是一种儿童的游戏，由一人抽签做"苍蝇"，众人围捉。

越来越明了，越来越公开。时间可以算得上是真理和德行之父。这一点可以参阅《法典注释》第一卷，《奴役法》等条文。因此，我就模仿诸位的做法，把最后的裁决拖延、推迟、耽搁下来，希望日子久了，经过一番细致的翻阅、考察和争论，事情自然会变得圆满和成熟，被判的人接受骰子掷出来的命运时就会耐心得多，心平气和得多，可以经受得住这种不幸的重负，而不至于像突然听到审判结果时那么吃惊，那么难受。《法典注释》、《国法大全》、《推诿理由》、《条律》、《三和负担》等条款上有句话说得再恰当不过了：甘心情愿苦亦甜。

"换个角度说，时候未到就急急忙忙地开始宣判，就有可能导致医生所说的疮未熟就开刀的危险；或是像人身上病还没发作就想把它除掉那样，有点儿操之过急。这就像《依诺桑法典》或其他书上记载的一句话——药物以治病，司法以理案。

"大自然还告诫我们：要等时机适当，果子成熟了才能去摘取；女儿也要等长大成年之后才能出阁。总之，大自然教导我们，一切都要等成熟之后才能有所行动，这是有明文规定的。"

第三十五章

布利多古斯如何讲诉讼调解人的故事

布利多古斯继续说道，"我记得当年在波伊克蒂尔师从法学大师布罗克蒂姆学习法律的时候，在西莫吾地方有一个人叫做彼得·当丁。他是一个非常诚实的种地能手，也是教堂中的唱经高手。他名声很好，比你们在座的年纪都大。他老是说自己见过那个戴着宽沿大红帽子的大好人"拉特兰议会①"和他那位美丽高雅的太太，她俩戴着很大的天蓝色缎带，上面镶缀着乌黑发亮的大粒珠子。

"这位大好人一生调解的纠纷，比波伊克蒂尔的法院、蒙特莫里伦的行政管理机构以及老帕特内的镇公所处理的案子加起来还要多，这就使得他美名远扬。邻近地区的城镇村落人们都非常敬重他，不管是柴威尼、诺艾利、列古吉、米宙克斯、伊士太保或是附近一带的人们，凡是有争端诉讼的，不约而同都来找他，请他来解决。他处理事情时的那种果断利索，像极了一个经验丰富的权威法官。虽然他根本不是，最多只能算是一个诚实正直的老百姓而已。方圆几里之内，不管谁家杀了一头猪，他都会毫不例外地收到一些内脏或是黑香肠。几乎每天都会有人请他去参加婚宴、洗礼命名仪式、安产谢恩、生日狂欢或是其他类似的欢庆活动；也有一些不和的人在小酒店里请他调解。注意了，他通常总是和意见分歧的双方一起喝酒，一边喝一边解决问题。他认为这是言归于好、意见一致、和好如

_____

① 他把"议会"当成"人"了。

12. 罗密欧：这儿是你的钱，那才是害人灵魂的更坏的毒药，在这万恶的世界上，它比你那些不准贩卖的微贱的药品更会杀人；你没有把毒药卖给我，是我把毒药卖给你。再见！买些吃的东西，把你自己喂得胖一点——来，你不是毒药，你是替我解除痛苦的仙丹，我要带着你到朱丽叶的坟上去，少不得要借重你一下哩。

初的一种表示，一种象征。

"他有一个儿子，名叫戴诺特·当丁。这是一个健壮活泼、精力充沛的年轻小伙子。上帝保佑他吧！他和那个事佬父亲一样，乐于为他人解决矛盾，处理事端。古谚说得极贴切——有其父必有其子，女儿总是学习母亲。

"这个小和事佬自恃甚高，自认为能力与成就和当父亲的不相上下，因而总是自诩为'诉讼调解员'。他平时有事没事总是关注人家的喜怒哀乐，只要一嗅到哪儿气氛不对，或是风闻哪儿有个风吹草动，他就立马出现在哪儿，然后不管人家心里怎么想，就一古脑儿地把自己的观点强加在别人身上。不幸的是，他老是不那么走运，从来没办好过什么案件。你能想像得到的芝麻大小的事儿，他也从未处理好过。不仅如此，他还常常帮倒忙，最终反而增添了当事双方的怒气与仇恨。可以说是火上浇油！我深信大家一定会知道这句话——话语人人会说，智慧只有少数人有。

"西莫伏的一个酒店老板曾说过，当儿子的整整一年内卖出的和解酒还不如当父亲的半个小时内卖出的多。这话说出不久之后，那个当儿子的就来向父亲抱怨了。他把自己失败的原因归罪于时代的变化，认为现代的人顽固、极端、脾气暴躁而又执拗迟钝。他还尖刻唐突地说，如果以前的人也是这么刚愎任性、毫不宽容或者强词夺理的话，那么父亲他也不可能轻而易举地得到这份荣誉和那个无可辩驳的'和事佬'的称号。戴诺特这么对他父亲说话，其实是违反法纪的，法律不允许晚辈责难长辈。

"当父亲的听了儿子这一番话，就回答说：'我的儿啊，你该改一改自己的做法了！常言道，时机成熟，水到渠成。这就是秘密所在。以你现在的心态和做法，一辈子也处理不好一件事的。为什么呢？你总是在事情刚发生时就蠢蠢欲动，热情万分地准备调停。可那时候偏偏是条件最不成熟的时候，时机未到呀！我为什么总是能很成功很圆满地把事情处理好呢？道理也很简单。我一般都是到事情差不多了，时机最成熟的时候才露面。古话说：经过苦难的果实才是甜的。不是很恰当吗？还有一句俗语也很正确——等病快要痊愈的时候叫来的医生最走运。为什么呢？病已经治得差不多了，即使医生这时候没来也无妨，病自己会好的。我这和事佬也一样，去的时候他们已经吵得不想再吵，没有兴致再争下去了，因为双方差不多都已是身无分文了。兜里一没钱，吵起来就没什么力气，于是自然而然就停止争执了。没有钱就没有一切嘛！在这节骨眼上，缺的就是一个肯出面说话的调解人了。他得站出来提议双方和平解决争端，这样的话就能自然而然地给双方台阶下，并且不留痕迹地保全当事人的面子，以免今后给人留下一个话柄——瞧，就是他先提出和解的，他先低头认输，是他自愿要打破僵局的，他一定没道理，顶不住了——我就是在这种关键时刻出现的。我的儿啊，我这露面真是再及时不过了，跟锅里的豆子快熟干的时候倒下去的那泼油似的，早一刻也不行，晚一分也不巧。这就是我的好运所在，是我名利双收的秘诀！告诉你吧，我亲爱的儿子，这种办法可管用了，就是用来处理伟大的国王和威尼斯人、皇帝和瑞士人、英格兰人和苏格兰人、教皇和菲拉利恩人——要不要再多列举一

些？上帝保佑吧——或者是土耳其、苏丹和波斯国王、鞑靼人和沙皇之间的烽火战事也挺有效的。我可以使他们和平相处，至少能暂时休战吧！'

"好好记住我的话：一定要等到交锋双方都精疲力尽、吵卷闹够、弹尽粮绝、所有值钱的土地、财产、宅舍等等都卖光押光时，才能露面说话，天主在上！这时候他们才会不得已停下来缓一缓劲儿，平息一下各自的怒火，压制一下各自的野心和贪婪。这是《法典注释》第三十七款上的信条：能恨，即恨之；否则，宁爱之。"

第三十六章

诉讼是怎样产生，又是怎样日益完备成熟的

布利多古斯继续说道，"因此，我就和你们一样，把最终的审理拖延了下来，耐心地等待时机的成熟，并且静观事态的发展，也就是看那些诉状和案宗如何日积月累，慢慢多起来。在我看来，一件讼案刚开始的时候根本不成形、不完整、支离破碎，就像一头刚出生的熊那样没有四肢没有皮毛，连头也没有，只是一团发育不全的肉球。如果熊妈妈没有满怀深情地舐它抚摸它，他就无法充分展露出大自然赋予他的那种完整协调的形体。对于讼案，我和诸位的看法一致，开始时觉得它毫无形状可言——因为那时候不外乎只有一两件文书而已——好似一些畸形丑陋的动物。慢慢地，随着时光的流逝，材料文本渐渐多了起来，一捆捆一袋袋地堆积起来，这件讼案也随之一点一点地成形了，清晰了，有点儿眉目了。整个过程正好应了一句话：形象给事物以生命。

"和诸位一样，那些法警、执行官助手、信使、传唤员、传票送达官、庭警、看门的、讼棍、律师、代诉人、地方司法行政长官、裁判员、检察官、公断人、评价员、扣押令执行者、辩护者、审讯人、陪审员、文书、法律学家、公证人、小职员以及代理人等等，都在不断地尽力掏取诉讼人的腰包，以此来使整个案件渐渐地显山露水，展露出自己的头、脚、爪、嘴、牙、手、血管、筋络、肌肉和体液，也就是那些案宗文件。不过，要注意的是，在这个方面，诉讼者要比那些部长们和行政官员们更占上风呢！因为有句古语说，施比受更为有福。就这样，在他们的积极争取之下，讼案慢慢地完整起来。《教会法》上有句话说得好：收受、获得、拿取，都是教皇喜爱的词汇。处分轻重视出价多少而定。

"阿尔伯特·德·洛斯在谈到罗马时说得更清楚：罗马是吃人手的，它憎恶吃不到的手，卫护给钱的手，蔑视和嫌恶不给钱的手。什么道理呢？宁可今日取蛋，切勿明日拿鸡。这在《法典注释》《国法大全》里解释得很明白。不过，这也不是全部，事情也有相对的，不利的一面。俗话说：工作不利，贫穷日逼。我们发现'诉讼程序'这个词本身真正的评注就是诉状多多，金钱不缺。那样的话我们就不愁没有好日子过了。人常说：争讼使司法增长，争讼使司法获益。个人之力弱小，众人之力强大……"

191

13. 朱丽叶：这是什么？一只杯子，紧紧地握在我的忠心的爱人的手里？我知道了，一定是毒药结果了他的生命。唉，冤家！你一起喝干了，不留下一滴给我吗？我要吻着你的嘴唇，也许这上面还留着一些毒液，可以让我当作兴奋剂服下而死去。（吻罗密欧）你的嘴唇还是温暖的！

"是啊，可是，你是怎么处理刑事案件的呢，我的朋友？"特林夸马利又问，"比如说那些当场拘获的罪犯呢？"

"和你们也一样。"布利多古斯回答道，"首先，我允许原告离开法庭，回去好好地睡一觉，然后再回来。这一步骤是诉讼的开头。下一步呢，他必须向我展示一份证明他确实已经睡过觉的正式报告。第三，我要发出一份令状传唤他前来出庭受审。再接下去，他得出示一份符合《法典注释》第三十七款第七条规定的充足而又真实的证明。就这样，从一个法令又产生另一个法令，从另一个法令，又衍生出第三个法令。如此循环反复，一个连一个，一环扣一环，很快就使得整个诉讼程序齐齐整整，完好无缺。直到这时候，我才使用骰子。做到这一步，并不是没有充足的理由，充分的体验和足够的能力的。

"我记得在斯德哥尔摩的军营里曾有一个加斯科涅人，名叫格拉提亚诺德，他来自圣塞代镇。有一天，他赌输了所有的钱，心里自是极其不快——大家也明白，金钱是另外一种血液，是人之生命，为人生紧急时最好之保障——从赌场回营之后，他当着在场所有伙伴的面用自己家乡的方言大声叫喊了一阵（话的大意是：小伙子们，我以牛的脑袋发誓，愿你们一个个都醉得翻倒。现在我的二十四块钱全部输光，我还有拳头、巴掌可以奉敬。你们当中谁敢跟我比试比试？）。遗憾的是，半天没有人答话。于是他就跑到另外一个营里，又把刚才那些话重复了一番，想挑动别人和他打架。可是这种大胆的挑衅只是换取来人们的警惕。他们互相提醒道，'加斯科涅人来找我们打架，其实，他的目的是来偷东西；所以，亲爱的女人①，你们要小心行李。'发现还是没有人愿意接受他的挑战，他又到那些专靠劫掠为生的法国雇佣兵那儿，把方才的所作所为再次重复了一遍，还欢快地跳了几步加斯科涅风格的舞步。不管他怎么卖力，他的计划还是没有奏效，根本没有人理睬他。

"这个加斯科涅人心灰意冷，无事可做，只好走到附近的营帐里，倒头呼呼大睡。大约睡了一两个小时，另外一个和他一样不幸输得精光的愣头青拎了一把剑过来，非常坚决地要找他决斗。俗话说：钱输光后，流出来的才是真泪。两个同样命运的倒霉蛋，眼看就要大打一场了，那个小伙子抱着这种坚定的信念，在营房里找了大半天，最终才发现他在那儿沉睡，就对他叫道：'嗨，起来！见鬼！快起来吧！我和你一样，全输光了。我们痛痛快快地打一场吧！看看谁厉害?！'

"加斯科涅人还没清醒过来，也根本没料到会有这种意外的挑衅行动，他晕乎乎地照样用自己的方言答道，'见鬼，你干什么把我这样吵醒？是不是喝糊涂了？加斯科涅的主保圣塞伏在上！我睡得正舒服呢，哪儿冒出个混蛋来捣乱?！'那个雇佣兵再请他起来较量较量，他没答应，只是说道：'哎呀，可怜的小伙子。我现在睡了一觉，已经缓过劲儿来了，揍你的话你还能活着离开这儿？你还是先去歇一会儿吧，睡够了咱们再打！'其实，他已经忘了自己输钱的事儿，也根本记不得刚才自己是多么气焰高涨得四处找人出气。总

① 当时他们都随军带家眷，所以有女人。

之，最后那个小伙子确实也去睡了一觉。后来他们也没有打起来——要打的话说不准真会弄个头破血流，你死我活呢——而是拿各自的宝剑当了一点钱，然后一起去痛快地喝了一场。就这样，短暂的睡眠平息了两个好战的年轻人心头的怒气，也正好应证了法学家约翰·安德烈的一句金玉良言：静止休息会使人的心灵慎重起来。"

第三十七章

朋特固尔如何宽恕布利多古斯

用骰子来判案这种做法

说到这儿，布利多古斯就住了口，结束了自己的辩解。特林夸马利令他退庭，他当即照办。特林夸马利就转身对朋特固尔说："尊贵的殿下，由于全能的上帝赋予您的独一无二的智慧、卓越的决断能力以及渊博的学识，由于您对所有领地一向的关心与恩宠，我们遵照理智的指引，特地请殿下来裁定布利多古斯这宗新颖、奇特而又反常的案子。他刚才已经当着您的面坦承了用骰子来断案的做法，想来您应该是有所了解了。因此，我们请求殿下用您认为最公正最合理的方式予以审理。"

朋特固尔回答道："大家都知道，我对审理讼案这类事情不怎么内行。可是承蒙厚爱，你们那么热心地把这项光荣的任务交给我，我也不便扫大家的兴。这样吧，法官我是当不了了，我还是做个说情的吧。据我的观察，我觉得布利多古斯有些方面还是值得我们原谅的。其一，他年纪挺大的了；第二是他的单纯与质朴。单凭这两点，我们的法律条文中就可以找到不少原谅和宽恕的理由。人无完人，再老资格再出色的人也难免会有些小过失。第三点我认为对他是挺有利的，非得提到不可。也就是说，他这次惟一的过错比起以前断过的那些浩如烟海的公正案子来，根本是不值得一提的，完全可以弥补、抵消和忘却。他当法官的这四十多年来，小心谨慎，基本上没有什么可以指责、可以落下把柄的地方。就好像你往卢瓦尔河里倒进一滴海水，没有人会察觉到这细微的变化，会认为河水因此变咸了。

"在我看来，布利多古斯这一系列判决中，似乎有一种非凡的、不可言喻的上天的善行在辅佐着他，使你们这个至高无上的庄严的法庭一致认为他以前的裁定都是公正合理的。道理也很简单，众所周知，上帝常常耍点花样——蒙蔽智者的聪颖、削弱强者的力量、打消逼取者的嚣张气焰、保护弱者的利益——以此来显示自己的荣耀和英明。

"这些事我们还是暂时撇在一边吧！我只请求你们，不要看在受我家恩惠的情面上——虽然这原本也无可厚非——我只希望你们看在我对你们一向友好真挚的份上，看在卢瓦尔河卫护你们的家园、你们的尊严的份上，依照下面两个条件宽恕他这一次。第一，他

相关链接 ●

莎士比亚《麦克白》
精彩片段：

1. 班柯：您要是
果然完全相信了她们
的话，也许做了考特
爵士以后，还渴望想
把王冠攫到手里。可
是这种事情很奇怪；
魔鬼为了要陷害我们
起见，往往故意向我
们说真话，在小事情
上取得我们的信任，
然后在重要的关头我
们便会堕入他的圈
套。

应该努力使这件讼案中被冤枉的一方满意，或者保证他满意。我会尽我所能协助他做到这一点的。第二，为了让他今后在处理公务时有所依靠，你们最好任命一个比他年轻有为，比他博学，比他明智的助手辅佐他审理案件。或者，如果你们打算开除他，撤销他的职务，剥夺他作为一名老法官的地位和尊严，我由衷地请求你们把他让给我。他会在我那儿找到活儿的，他会日益忙碌起来，既使自己生活更好更有保障，也能为我效力。在此，我祈愿一切美好事物的缔造者、仁慈的上帝、万能的救世主保佑你们到永远！"

说完这番话，朋特固尔就脱帽向在座的人一一致意告别，然后彬彬有礼地离开了法庭。帕奴吉、伊比斯特莱、约翰修士等人早已在门外恭候了。一行人立即骑上马朝高冈塔的宫殿那儿走去。途中，朋特固尔把在法庭上的所见所闻，审理布利多古斯的经过原原本本地告诉了他们。约翰修士听后提起了彼得·当丁，他说他见过彼得，后来在封泰尼·勒·康姆特时和彼得熟稔起来。那时的修院院长是尊贵的大主教阿丁伦。吉姆纳斯特也证实，当那个加斯科涅人醒来糊里糊涂地回答那个雇佣兵的挑衅时，他正好就在旁边的营房里，把他们之间的对话听得一清二楚。帕奴吉呢？他对布利多古斯用骰子来断案这事半信半疑，特别是这么长的时间内运气一直不错，基本上没出什么纰漏，真是令人难以置信。伊比斯特莱对朋特固尔说："我依稀记得，以前人们说起过蒙特莱地方有个主管官员，情形也大致如此。不过说真的，好运气持续了这么久倒真是令人讶异呢！偶尔几次用这个方法，碰巧审理对了，可以说是不足为奇的。特别是碰上那些错综复杂，是非难辨的案子时，确实可以这么碰碰运气。"

第三十八章

帕奴吉如何听取特里布利特的意见

到了第六天，朋特固尔回到家来了。就在这时候，应邀前来的疯子特里布利特也经水路从布若伊斯来了。帕奴吉一看到他，赶忙迎上去赠给他一个猪尿泡，里面装了许多硬硬的豌豆，鼓鼓囊囊的，晃起来哗哗直响。此外，他还送给来客一把镀金的木剑、一个乌龟壳做的空钱包、一瓶套着柳木套子的布列塔尼酒以及二十五个从布朗都洛果园采摘的苹果。

"如果那些苹果就能把他骗住的话，那他一定是个大傻瓜。"卡帕林说道，"不会比一棵白菜头更聪明的。"

只见特里布利特把宝剑和小钱包佩在腰间，手里拿着猪尿泡，吃了一点儿苹果，然后把酒喝得精光。帕奴吉惊讶不已地盯了他一会儿，说道："我见过价值十万法朗的牛，可从没见到这么爱喝酒，而且还喝得这么干脆爽快的傻瓜。"等到特里布利特把酒喝光了，帕奴吉就用明白流畅，措辞严谨华丽的语言把自己的苦恼一五一十地向他吐露，并且非常

诚恳地征询他的意见。可是话还没说完，特里布利特就握起拳头朝他肩胛骨上狠狠打了一下，随即又把空瓶子塞到他手里，还用猪尿泡轻轻地敲打他的鼻子。最后呢，他把头摇得像拨浪鼓似的，其他话都不说，只是一个劲儿地嚷嚷："老天作证，老天作证！真是疯狂愚蠢透顶！当心修士！布藏塞①的风笛！"说完，他就悄悄地从人群中溜出来，手中不断地晃动着尿泡，饶有兴致地聆听豆子碰撞时发出来的有节奏的声响。此后，再没有什么人有办法使他开口多说一句话。帕奴吉还想继续讯问几句，特里布利特拔出木剑就要向他刺过来。

"我这下是上当受骗了！"帕奴吉后悔不已地说道，"把什么心里话都掏出来了。可是瞧瞧人家，金口难开啊！真是个不折不扣的疯子，这一点是没说的了。可是，把他带到这儿来见我的人更傻！"卡帕林一听，心里就直嘀咕："这不是把矛头对准我了吗？""但是三个人中，最蠢的人应该是我，谁叫我把自己的隐私都告诉给一个白痴，一个大疯子呢？"帕奴吉接着说。

"我们还是少惹麻烦为好。"朋特固尔说道，"大家仔细想想，他的动作和他的话语中到底有些什么奥妙？说真的，我已经观察出一些道道来了。我边看边想，越发觉得土耳其人如此景仰，如此敬重这些天生的傻子是不足为奇，有一定的道理。他们总是把这些人和那些知名大学者、宗教领袖、神和先知相提并论，简直是把他们奉若神明了！你们注意到了吗？开口说话之前，他的头摇得多厉害！按照古代哲学家的学说，那些经验丰富的巫师术士们惯常的仪式以及最博学的法学家们的观点，这种大幅度的晃动是因为那些负责预言的神灵突然进入相对弱小卑微的人体内，启发他，指引他而引发的。你们也知道有句谚语说的就是这么一个道理——小头装不下大智慧——这个观点和那些技术熟练高超的医学家们的断言不谋而合。他们认为，人体发生颤抖晃动，部分原因是因为承受的负担太重太猛了，另一方面又是由于机体本身的承受能力过分有限。

"有一个显而易见的例子可以验证这种言论：那些绝食的人根本不可能将一满杯的酒高举过头而身不晃手不抖，其他更重一点的物体就更不用说了。据说古时候有个出名的女预言家，每次预言之前，总是把手中的桂树枝晃动个不停。罗马历史学家兰姆普利丢斯也证实说，罗马皇帝赫里欧嘎巴卢斯为了获取一个'预言家'的头衔，多次在神圣庄严的集会上，当着狂热的臣民的面，大晃起脑袋来。普劳图斯②在他的《驴子的喜剧》一书中也提到：索瑞尔斯走路的时候，就好像一个失去理智的疯子一样，疯狂地摇头晃脑，把路上见到他的行人都吓坏了。在另外一本剧作里，他阐明了查尔米兹为什么乱晃脑袋的缘由。他断言那一定是因为他欣喜若狂，喜不自胜。

---

① 布藏塞，安德尔省地名，以制造风笛出名。
② 普劳图斯，（公元前254～184）古罗马喜剧作家。其剧本大多根据古希腊后期"新喜剧"改编而成，主要作品有《一罐金子》《驴子的喜剧》《吹牛军人》等。

相关链接 ●

2. 麦克白：肯勃
兰亲王！这是一块横
在我的前途的阶石，
我必须跳过这块阶
石，否则就要颠仆在
它的上面。星星啊，
收起你们的火焰！不
要让光亮照见我的黑
暗幽深的欲望。眼睛
啊，别望这双手吧；
可是我仍要下手，不
管干下的事会吓得眼
睛不敢看。

"罗马诗人卡图卢斯在作品《贝雷琴提亚和阿提斯》里说到酒神巴克斯的女祭司们——那些精神错乱的女预言家——手上总是举着常青藤枝，还不停地摇脑袋；自然女神西希莉①的那些教士和阉鸡在欢庆节日时也往往如此。按照古代神学家的意见，她的名称也是由此而来的。因为那意味着转动，摇晃脑袋，像歪脖子的人那样把脖子扭来扭去。

"同样，提特斯·利维其也曾写道：罗马人隆重庆祝酒神节时，男男女女都好像有预言能力似的，全部故意摇头耸肩，浑身乱颤。因为当时哲学家们一致的说法和民众的意见就是，上天赋予的预言能力必须通过身体的狂抖乱晃才能获得，而且不仅仅在接受这种能力的时候会如此，就是在发挥的时刻也有同样的表现。

"有人曾问知名法学家茱莉安，那个总是和狂热暴怒的人交往，并且和他们相处时不时也会预言的奴隶，尽管不像其他预言家那样晃动脑袋，到底算不算是个健康正常的人呢？他回答道，考虑到那个奴隶预言时不摆头扭脖子，就应该看作是健全正常的。现在我们不是还时常看到学校里的那些老师，一旦发现学生注意力不集中、老是走神、胡思乱想，就会揪着他乱摇乱晃，好像抓着锅柄摇着锅似的。不仅如此，他们还会拎起学生的耳朵使劲乱扯，说是按照古埃及圣贤的教导，耳朵是负责记忆的，这样扯一扯，学生游荡不定的神志就会恢复到正确的轨道上来。维吉尔也证实说这种说法是可信的，因为当年阿波罗扯过他的耳朵，也是基于同样的缘故。"

第三十九章

朋特固尔和帕奴吉对特里布利特的言辞进行如何不同的解释

"他说你是个笨蛋。什么样的笨蛋？一个疯狂的笨蛋，到了这把年纪还想把自己束缚在婚姻的枷锁里，让婚姻来约束自己、奴役自己。真是蠢得可以！此外，他还说了一句'当心修士'。按我个人的理解，这话是警告你，将来让你戴绿帽子的是一位教士。我要以我的声誉来保证，来打赌。虽然我是整个欧洲、亚洲和非洲大陆惟一的一位太平主宰，声誉仍旧是我最宝贵最重要的担保。我敢断言，只要你结婚，你必定会像伍尔坎一样当'乌龟'！你大概会发觉，我对特里布利特那'明智的蠢话'非常信服。为什么呢？其他人的预言或者神谕也都大致能估测到你注定会当'乌龟'，可却没能较为精确地说出你老婆和谁关系暧昧，到底是谁使你的名誉蒙着。而这位高贵的特里布利特却很明白地把这一切都告诉我们了。从他的话我们可以想见，让一个教士来玷污你的婚床、败坏你的名声，是一

① 西希莉，古代小亚细亚人崇拜的自然女神。

件多么丢脸多么令人愤慨的事！他还说你会做布藏塞的风笛。换句话说，你会长犄角，会被人侮辱，为什么这么说呢？特里布利特的舅舅替他自己的一个住在布洛伊斯的兄弟向国王路易十二求情，希望能够得到去布藏塞征收盐税的权利。后来不知怎的却把话传错了，最终只拿到一个风笛。你的情形也大致如此，本想娶一个聪明、贤惠、谦逊、贞洁的女子，却不幸碰上一个愚蠢、狂妄、爱出风头，比风笛还更聒噪的讨厌鬼。

"再想想看，他当着你的面不断地挥动着那猪尿泡，还往你脊柱上狠狠揍了一拳。这些动作预示着你的老婆要打你，偷你的财物，就好像你当年偷那些沃布列通小孩子的猪尿泡一样。"

帕奴吉听到这儿，说道："绝对不是这么回事儿。我决不会尽做傻事的。但我还是有一定管辖权的，这一点我承认。为什么不呢？全世界都是傻瓜。在洛林省的古老语言里，'所有人'和'傻子'就是一回事。还有，所罗门断言过：傻子的数目是无限的。亚里士多德也曾说过：无穷无尽既不能增多，也不能减少。因此，如果我是个疯狂的傻瓜，而我自己却不这么认为，那么就尽管当傻瓜好了。同样的道理，我们也可以断言：疯子和那些狂怒的人的数目也是无穷尽的。阿维森纳①直言不讳地说，疯子的种类也不少。虽然特里布利特大部分的话对我不怎么有利，但我认为剩下的那些话语和手势专门是为我说的做的。他提到我的妻子时，说'谨防猴子！'那就是说，我的妻子非常活泼亲切，喜爱猴子的程度不亚于卡图卢斯的情人莉丝比娅对麻雀的情感，因为那猴子经常靠捕捉苍蝇来打发时光。

"他另外一些话的意思是，我的妻子像个快活纯朴的乡下妹，和布藏塞的风笛那样喜爱吵闹。这个诚实的家伙真是说到我的心坎儿里去了，他似乎能够完全洞悉我的天性、我的癖好和我内心的情感。你们大概也知道吧，我对那些可爱快活、衣冠不整、头发凌乱的乡下牧羊女特别感兴趣，她们穿的粗布衣裤上总有一股田野里特有的芳草气息，比那些雍容华贵、珠光宝气、周身薰香的贵妇人们不知道强上多少倍！在我听来那朴实亲切而又熟悉的乡村风笛声比宫庭里各种琴瑟之音动听悦耳多了。

"他往我背上重重击了一拳，又怎么样呢？根本算不了什么！看在上帝的份上，别提了吧！那只会减少将来我在炼狱里所受的苦刑。他那样做根本没什么恶意，就好像打了一个侍从似的。他是一个诚实的傻子，一个坦率的笨人。要是谁打心眼儿里瞧不起他，认为他不好，那才是罪过呢！我本人是诚心诚意地宽恕他。他当面用猪尿泡耍我，开我玩笑，根本伤不了皮毛。那只意味着，将来我和我老婆常常会象新婚夫妇惯常的那样，互相打趣嬉戏。"

---

① 阿维林纳，（980～1037）伊斯兰医学家、哲学家。波斯人，著有《治疗论》《医典》等学术名著。

第四十章

朋特固尔和帕奴吉如何决定去寻访神瓶

帕奴吉接着说："还有一点你们都没有考虑到，这一点才是整件事的关键所在呢！特里布利特把酒瓶塞还到我手中，到底是什么意思呢？他想表示什么？"

"可能他想暗示，你的妻子将来会是个终日不离酒瓶的酒鬼吧！"朋特固尔回答道。

"我看不是吧！那酒瓶是空的！"帕奴吉辩解道，"我敢以布利圣·菲亚克圣髑的名义发誓，这个刚才我们口口声声称为'明智的疯子'的特里布利特是在暗示我，要想解除顾虑，最终的办法就是去寻求神瓶的指示。因此，我在这儿当着你的面再次重复一下最初的宏愿，我要对着斯蒂克斯河和阿克仑河发誓：倘若还没有得到神瓶对我未来婚姻的指示，我就非得把眼镜戴在帽子上不可，而且裤子里面不得再穿任何东西。我有一个非常好的朋友，他审慎精明而又善解人意，非常熟悉神瓶在哪个国家哪个地方的庙宇里。他会指引我们顺利安全地到达那儿的。我们走吧，不要说不，不要拒绝我！我要做你的忠实伙伴，陪着你走完全程，不管是去还是回，一路上与你形影不离，我老早就知道你酷爱旅游探险，渴盼学到新鲜事物，不断尝试新的东西。相信我吧，一定不会让你失望的！"

"好吧，我答应你的请求。不过，这次旅行路途漫漫，艰险无数。动身之前，我们……"朋特固尔话还没说完，帕奴吉就插嘴道："什么危险？不管我走到哪儿，方圆几里之内的危险通通消失得无影无踪，就好像皇帝驾临法官让位①，艳阳既出黑暗遁迹或是康德的圣马丁一到百病顿消。""尽管如此，"朋特固尔坚持说，"出发之前还有几点得商量商量。首先，我们得把特里布利特送回布洛伊斯去（这事当即照办，朋特固尔还赠送给他一件起绒粗呢外衣）。第二，我们的计划得先征得我父王的赞成和支持才行。最后一点是最迫切最不可缺的：我们得找一个女巫来当我们的向导和翻译。"

帕奴吉一听，说他的朋友士诺玛因斯是个非常合适的人选。此外，经过灯笼国的时候，他们应该找一个学识渊博、见多识广的当地人，以便像伊尼斯在去极乐世界的途中随行解闷的那个女巫一样为他们效劳。卡帕林刚去送特里布利特回来，经过时不经意间听到他们的谈话，不禁叫道："嗨，帕奴吉，你这个享有特权的人，路经加来的时候一并带上德比厄斯老爷吧！他可是个好人哪！他不会忘记那些欠债人的，他们都是灯笼国的人。这样你就什么人都不缺了。"

"我可以预测得到，我们路上一定不会不快乐。这一点我看得很清楚。现在使我烦恼的惟一的事情就是，我不会说灯笼国的语言。"朋特固尔说。

---

3. 麦克白夫人：它充满了太多的人情的乳臭，使你不敢采取最近的捷径；你希望做一个伟大的人物，你不是没有野心，可是你却缺少和那种野心相联属的奸恶；你的欲望很大，但又希望只用正当的手段；一方面不愿玩弄机诈，一方面却又要作非分的攫夺……命运和玄奇的力量分明已经准备把黄金的宝冠罩在你的头上，让我用舌尖的勇气，把那阻止你得到那顶王冠的一切障碍驱扫一空吧。

① 皇帝是最高的裁判者，他随时随地可以进行审判，都是合法的。

"我替你全说了吧。我了解这门语言就像精通我的母语似的。说这话就好像说法语方言一样轻松自然。"帕奴吉说到这儿，嘴里又用另外一种奇特的语言嘀咕了几句话，继续问道："猜猜看，伊比斯特莱，我的朋友，这些话是什么意思？"

"他们是迷途鬼，过路鬼和那些不受约束的妖魔鬼怪的名字。"伊比斯特莱答道。

"我亲爱的朋友，你这些话全对了。"帕奴吉又说，"这些是灯笼国的宫庭语言。还有，在路上我会专门给你编一本小字典，花不了你多少时间的。我包你在明早天亮之前学会。刚才我说的那番话，从灯笼国语言翻译成我们的方言，大意是：

当我爱着别人时，

痛苦接踵而来，

没有好日子可过；

结过婚的人幸福好运总相随，

帕奴吉是其中的一个，

自然熟知其中滋味。"

朋特固尔接过话头，说道："没什么要做的事了。不过我们别忘了去听取我父王的意见，得先征得他的同意才行！"

第四十一章

高冈塔如何说明孩子没有事先告知父母
并且没有得到他们的忠告就不能结婚

朋特固尔刚刚迈进宫殿的大厅，就迎面碰上他那善良诚实的父王从国会出来。他简明扼要地向他父亲讲述了近来所发生的一切以及上次见面之后的旅途见闻。然后，又把目前的打算谈了一下，希望能够得到父亲的准许。高冈塔当时一只手上正抱着两大捆批注过的请愿书，另外一只手上搂着一些待议的提案。听到这儿，他顺手就把东西递给一旁的忠实的老传信官鸟尔瑞克·伽利特，然后把朋特固尔拉到一旁，带着比往常更加安详喜悦的神情对他说："我真心地感谢上帝、赞美上帝，我最亲爱的儿子，上帝保佑你一向品性正直。我完全同意你们去实现这次远行。不过，我很希望你能考虑一下自己的终身大事，毕竟你也到了可以结婚的年龄了。帕奴吉正在努力争取冲破重重阻碍，以便成就自己的理想。你呢？也该抓紧时间，积极点儿！"

"我最亲爱的父亲，您很乐意谈这个话题。"朋特固尔说，"不过我自己还没认真想过呢！说心里话，这件事我会完全听您的，照您的喜好办就是了。我要向上帝祈祷，如果我违背您的意愿去结婚，那就让我马上死在您眼前得了。我从没听过说哪种法律——异教的

相关链接 ●

4. 麦克白夫人：

啊！太阳永远不会见到那样一个明天。您的脸，我的爵爷，正像一本书，人们可以从那上面读到奇怪的事情。您要欺骗世人，必须装出和世人同样的神气；让您的眼睛里、您的手上、您的舌尖，随处流露着欢迎；让人家瞧您像一朵纯洁的花朵，可是在花瓣底下却有一条毒蛇潜伏。我们必须准备款待这位将要来到的贵宾；您可以把今晚的大事交给我去办；凭此一举，我们今后就可以日日夜夜永远掌握君临万民的无上权威。

也好，神圣不可侵犯的也行，或者是那些最原始最野蛮的国家的律文条款——允许孩子们随心所欲地结婚，而不事先征得父母和亲属们的同意，听取他们的建议。世界各处的立法家都不允许孩子们有这种自由，相反，他们把这种权力全部授予父母亲们。"

"亲爱的孩子，"高冈塔说道，"我相信你，并且从心底感谢上帝赋予你这些值得称道的学识。他让你掌握的、认识到的都是这些美好的、光明磊落的东西。记得我年轻的时候，世界上有这么一个国家，那儿的教士、隐修士就好像库贝里的祭司①一样，对婚姻都深恶痛绝。他们整天象阉鸡那样焉焉的，而不像精力旺盛的雄鸡那样。因而，他们对那些已婚的夫妇颁发了一些有关婚姻的戒律。我的确不知道该厌恶什么？是那些可怕而又可恶的教士们不可一世的蛮横跋扈——他们不情愿老老实实地待在自己神秘枯燥的庙宇里，反而整天抛头露面到处去干涉一些与自己风马牛不相及的事情——还是那些已婚夫妇的迷信和愚昧呢？他们屈服顺从于教士们的淫威，并且承认那些歹毒无情的清规戒律。他们的双眼和心灵早已被蒙蔽住，根本没注意到那些比晨星还明亮的婚姻律条其实只是有利于满口胡言的教士们而已，对已婚的人根本毫无好处可言。这一切，早已能够充分地说明他们所倡导的婚姻法规纯粹是骗人的，一点儿也不公平。

"以其人之道还治其人之身。其实他们完全也可以给这些教士们订立一些行为规范以及做弥撒行祭礼的一整套法规。他们绝对有这个权力，因为正是他们老老实实地交税，把自己辛辛苦苦挣来的血汗钱毫不吝惜地拿出来养活这些寄生虫似的教士们。依我之见，他们的要求与指令和教士们强加在他们身上的那些条条框框相比，根本算不了什么。正如你们刚才所说的，世界上没有哪个地方的法律条文会允许晚辈不事先禀告他们的父母亲戚，不征求他们的同意就随自己心意结婚。然而，按照那些缺德的法律条文，所有的流氓无赖恶棍丑八怪杀人犯臭皮囊等等社会上的渣滓垃圾都能够随心所欲地挑选自己想要的姑娘；不管这姑娘出身多么高贵，她本身多么美丽富有贞洁贤淑，只要这些人和一些神秘的祭司私下里串通一气，狼狈为奸，他们就可以当着她亲友家属的面，当着她父母的面，从她母亲怀中把她强拉走。这样的话，根据他们之间定下的秘密协议，那祭司将来总会得到一些好处的。

"哥特人、西提亚人或是马萨吉特人，能够在被他们强行攻克的城市里（这城市已被围困许久，将士钱财损失无数）做出更残忍更无情的事情吗？你想想看，当那些悲伤沉痛的不幸的父母们看到一个陌生的无赖恶棍，又穷又脏又野蛮，却又公然把自己那么美丽健康、举止得体、娇生惯养的宝贝女儿抢走时，会是怎样的一种心情？他们花费巨大的心血和代价培养自己的女儿，教育自己的女儿，以那些出身高贵的人所接受的正义体面的教育来严格要求自己的女儿，希望将来有一天他们的一番辛苦没有白费，女儿们能够在适宜的时候嫁给老友或邻居们那些颇有出息、受过类似教育、条件相当的儿子们，以成就一桩美

① 库贝里的祭司都是阉人。

满幸福的婚事。他们将来的子子孙孙也必定能够继承父母的优良品质和祖上的光荣传统，承受财产和家业，世代昌盛。可是，只要那些无赖恶棍存在，一切就都成了泡影。

"你千万别以为罗马人和他们的盟邦听到决蒙尼科斯·特鲁色斯的死讯时，心情会比这种生离死别更悲伤更沉痛。

"我也无法强使你相信，当希腊的美女海伦被特洛伊那个荒淫无度的家伙从她国家偷偷掳走时，当地的斯巴达人会比这事还更难受更焦虑。就连刻瑞斯看到女儿普罗塞耳皮娜被掠走时，也不像他们那么悲恸。

"相信我，也相信你们自己的理性，伊希斯失去自己的丈夫奥西里斯、维纳斯看到自己的心上人阿多尼斯死去、海格里斯看到伙伴海拉斯误入歧途、海古巴看见女儿波里克赛娜被人架走时的痛苦，都比不上那当父母的悲恸与无望！

"尽管如此，深受伤害的父母亲却非常迷信。他们非常畏惧这些恶魔鬼怪，他们不敢反驳，不敢否认，更不敢反抗那些邪恶的、伤天害理的暴行。因为有人从中作梗，暗暗撮合。

"那么他们结果如何呢？他们悲痛万分地终日躲在失去深爱的女儿的冰冷的家里，父亲总是在诅咒当初结婚的日子、时辰不吉利，母亲呢，老在恸哭自己命运不济，为什么当初没把这不幸的孩子流产掉。他们就在痛失寄托自己满心希望的爱女的无限悔恨与思念中，在痛哭流涕中度过他们本该是欢乐幸福的晚年，一直到生命的尽头。有些父母亲呢，忍受不了这突如其来的不幸和耻辱，一阵狂怒之下，有的跳水自尽，有的上吊寻死，有的气疯了，有的变傻了……一个个原本幸福的家庭就这么毁灭了解体了。

"另外一些命运相仿的父母亲，他们胆子稍稍大些，于是就效仿雅各的孩子们为自己的妹妹黛娜被绑架而报仇这件事，伺机报复。后来他们找到了那个流氓和与他狼狈为奸的隐修士，发现这些坏蛋们正花言巧语挑唆那不谙世事、纯真无知的女孩，大家想都不想，就立即把他们砍成碎片，然后把支离破碎的尸首毫不犹豫地扔到野外，去喂狼去喂乌鸦。

"这种英勇大胆的壮举把那些坏蛋们吓坏了。震惊之余，他们不断提出有力的抗议，不断上书陈词，希望司法机构能迅速处理这件事，把犯下这可怕罪行的有关人员绳之以法，对这事来一个惩一儆百的处置。

"然而，不管是大自然的公平法则，还是各国的法律，或是任何至高无上的条文，都没有任何权力、规定或者例证，能够对这事进行恰当的处置。这么做既于理不容，又与自然相抵触。世界上任何品性正直的君子听到女儿受辱蒙羞或者有什么不名誉不体面的事情时，比听到她们的死讯还要更震惊、更忧心忡忡。这种反应其实是符合自然、符合理性的。因此，任何人只要发现有人有预谋地谋害自己的女儿，就可以无所畏惧、不加思索地一下了结束那歹人的小命。论理性他完全可以这么做，连法律也不能干涉。所以每一个神志健全的人，一旦遇到坏人引诱自己的女儿离家，哪怕她本人心甘情愿，也可以毫不客气地把坏人通通杀死，并把尸首扔到粪堆里，或者扔远一点到野地里去让野兽来撕咬。因为

他们根本不配享受大地母亲那仁慈伟大而又甜蜜的最后的拥抱——这也就是我们称作'埋葬'的做法！

"我最亲爱的儿子，千万要留意，我去世之后，我们的国家里同样不能有这样的法律。只要上帝护佑着我，让我还剩一口气，我就一定会这么做。还有，刚才你已经表白过了，你的婚姻大事完全听我的。既然你这么信任我，我也就答应你。我会好好留心着的。你现在赶快去准备你和帕奴吉的旅行吧！可以带上伊比斯特莱、约翰修士和你挑选的任何人，需要多少花费你尽管拿。说真的，你做什么我都不反对，都不会不高兴。有必要的话，你可以到我的塔拉萨船厂去挑一些设备，再按自己心愿选一些水手和舵工，等到顺风顺水的好天气，你们就可以在救世主上帝的庇佑下启航了。

"你不在身边的时候，我会照样操劳忙碌，为你找一个合适的妻子，并且做好一切准备，等你回来迎娶新娘时，举办一场盛况空前的喜宴。"

第四十二章

朋特固尔如何着手准备出海事宜，

"麻"又如何被命名为"朋特固尔草"

朋特固尔在慈祥的老人高冈塔的祝福和祈祷中出发了，没过几天，就来到桑姆马洛附近的港口。同行的人有帕奴吉、伊比斯特莱、约翰修士、特来美修道院的院长以及宫廷内的一些人员，特别值得一提的是那位不畏艰难险阻的大旅行家士诺玛因斯。他是应帕奴吉之邀来的，大概是个世袭的小领主吧！

一伙人在岸边稍稍停驻后，朋特固尔就召集了一个船队准备远航。船只的数目可以和当年远征特洛伊的相比，共有十二艘。考虑到长途旅行的实际需要，他又挑选了适当数目的船员、舵工、水手、翻译、兵士、工匠等等，船上也备齐了粮食、武器、弹药、服装、钱财以及其他的必需用品。在琳琅满目的物品中，一种被称为"朋特固尔草"的东西最引人注目。这东西数量不少，装得到处都是。有生的没经过任何加工的，也有熟的经过一番处理的。

这种植物的根很不起眼，有点儿硬，有点儿圆，根尖上是钝钝的。它入地不深，很多地方都有白色的斑点，也不容易抽丝。根的顶尖上又很出人意料地长出一根独立的圆形茎秆，样子像极了茴香，外青内白中间空。它很像一把小伞似的，这种草略呈木质，挺直而又易碎，恍若一根富有纤维的细条柱子。它一般高达四五尺，有时甚至会超出枪杆的高度。这种情况一般是发生在那些生长在潮湿松软、滋润而又肥沃的土地上的植物身上。偶尔也有一两株长得比树还高，因而有人称之为"草木树"，虽然它只是年生草木，而且根、

5. 麦克白：可是在这种事情上，我们往往逃不过现世的裁判；我们树立了血的榜样，教会别人杀人，结果反而自己被人所杀；把毒药投入酒杯里的人，自己也会饮鸩而死，这就是屡试不爽的报应。

茎、皮和枝子根本不能经久。粗大的枝丫就是从茎上冒出来的。

"朋特固尔草"的叶子长度约为宽度的三倍，常青，略显粗硬，叶边呈锯齿状，叶尖如马其顿的落叶松，就好像外科医生使用的小尖刀。叶子的形状和榛树及龙牙草叶略微不同，与兰草更为接近。不少植物学家因而把它视为观赏植物，或把兰草说成是野生的"朋特固尔草"。叶子沿着茎的周围成排生出，排列齐整，距离相当，每排约有五至七片。这草与众不同，叶子都是奇数的，味道也很浓，嗅觉敏感的人不怎么喜欢它。

种子和一般草类的相仿：球状、微长、浅黑褐色、硬硬的但是外皮极易剥落。种子大致长在根茎的稍尖处，像红雀、金莺、百灵、黄雀这一类的鸣禽特别爱去啄食。但是我们人类如果常吃或者吃得太多，就对身体不太好，因为它会降低我们的生殖能力。尽管如此，从前的希腊人还是拿它做包子馅、做饼做糕点，当饭后甜食或者是下酒菜。遗憾的是这种东西不易消化，会令我们的肠胃不适并产生败血。而且，它的性能过热，对大脑有损害，使我们头部发闷疼痛。

这种植物和月桂、橡树、棕榈、冬青、蘑菇、柏树、乳香、羊齿草、牡丹、薄荷等不少植物一样，是双性的。也就是说，阴阳性都有。它的阳性不会开花却会结出累累的果实；阴性则开一种小白花，不过却不结籽。阴性的叶子比阳性的叶子要稍宽一些，但是相对柔软，长得也不如阳性植物高。

"朋特固尔草"在春暖花开、燕子回飞的季节下种，九月份知了开始变声时出土。

第三卷

善良的朋特固尔的英勇言行

第一章

朋特固尔出海找寻神瓶的圣谕

在六月维斯塔节①那一天，朋特固尔辞别善良的父亲高冈塔准备出海。算来那一天正是布鲁斯征服西班牙人，并令他们俯首称臣的日子，也是吝啬鬼克拉索斯被帕提亚人驱赶并被彻底打垮的日子②。高冈塔老人按照早期教徒的良好习惯，虔诚地祈祷祝愿他的儿子及其随从们出航顺利。

他们到塔拉萨港准备起航。随同朋特固尔出海的有帕奴吉、约翰·德·安图摩鲁斯修士、伊比斯特莱、吉姆纳斯特、欧斯登斯、瑞索图姆、卡帕林，以及长久追随他的佣人和家仆。大旅行家士诺玛因斯也应帕奴吉的邀请已在早些时候到达。在此之前他已经走过许多险路，征服过不少的险坝、危塘和大海。为了慎重起见，他在他的那张世界航海图上详细地标出寻找神瓶的路线，并把图给了高冈塔。船的数量不少，正如我在前面提到的那样。护送这些船只的还有相同数目的三层划舰、桨帆并用的大木船、三桅帆船和士兵，各船都采用帆装式特别加固，并储有大量的粮草。全体官员、锚工、领航、船长、驾驶、水手长、划手、舵工、水手一齐会集到朋特固尔乘坐的旗舰上。旗舰的尾部有一个巨大的瓶子作为标志，一半是银的，光滑亮泽，另一半是金的，镶有粉红的瓷釉。这种红白参半的颜色容易使人看出这些旅行者是尊贵的，是出外寻找神瓶圣谕的。

第二只船的尾部是一盏古式的灯，用透明的石料精巧加工而成，表明他们将要途经灯笼岛。第三只船用一只漂亮的高水壶作为标志。第四只船上是一只双柄的金瓶，很像古式的瓮罐。第五只船上是一只极好的翡翠壶。第六只船上是一只修士用的僧瓶，用四种金属制成。第七只船上是一个鸟木漏斗，用金子镶嵌外表，显得艳丽非凡。第八只船上是一只非常珍贵的藤制酒杯，当中用黄金饰有图案。第九只船上是一个质地优良的金杯。第十只船上是一只香楠木（你们称之为沉香木）的酒杯，周围有塞浦路斯金饰，是波斯的手艺。第十一只船上是一只金色的藤缸，体现马赛克风格。第十二只船上是一只未露亮泽的金桶，饰有一层印度大珍珠，是一种整形工艺制作。

对于这样的一支舰队和标志，每个人看了（无论原先是多么愁眉苦脸、郁郁寡欢），都会立刻心花怒放，即便是那个牢骚满腹、啼闹不休的赫拉克里特也不例外。他们会心满意足地说，船上的人都是会喝酒的朋友，是真正的好人。由此也预言，他们的旅途会是愉

---

① 维斯塔节为每年六月九日。维斯塔是希腊神话中司炉灶女神。

② 克拉索斯，罗马三大统治者之一；帕提亚，亚洲西部古国。公元前一世纪克拉索斯在会战中被帕亚国大将刺死。

快的，身体也总是健康的。

朋特固尔在旗舰上召开了一次大会，并作轻松、简短的讲话。他全部引用《圣经》中有关航海的经文，结束时又以洪亮的声音作祈祷。在场的塔拉萨市民们都听得很清楚，他们是特意到港口来看船队出航的。

祈祷过后，他们又齐声唱起大卫王圣歌，歌词的第一句为"当以色列出了埃及"①，是一首调子优美的诗篇。接着，他们在甲板上摆出桌子，很快准备好食品。刚才一块儿唱诗的塔拉萨市民们也叫人从家里搬出食物，市民们为他们干杯，他们开怀畅饮。后来在出海之后他们当中没有人拉肚子，也没有人晕船。在喝酒的场合这种难受的滋味往往是不可避免的，即便在喝酒之前遵照那些愚笨的医生的吩咐，喝盐水（或掺酒的盐水），吃苹果、香橼果皮、石榴汁、发酸的甜肉食，或不吃不喝一段时间，或用纸蒙住胃口，或服用其它的药方，最终也是一点效果都没有。

喝过酒，每个人各自回到船上准备扬帆起航。此时正刮东南风，船队顺风一路急驶。根据风向，领队人詹姆士·布莱尔已定好航线，同时也把一切事务安排妥当。由于神瓶在印度往北靠近中国的地方，士诺马因斯和他的意见一致，即不必顺着葡萄牙人的航线，而是取道赤道附近的热带区域，朝南绕过非洲南端的好望角，这样他们就不必依赖北极作为导航，但是航线也因此拉得特别长，所以也得尽可能靠近印度的纬线并对着北极的西面抢风转身。同时在北极的反面航行在奥仓尼港的纬线上，也不必担心被困在冰海里，转身后的航向与出发前一样都是向东的，只是原先在左边的现在换成右边。

实际上，这条航线让他们省了很多麻烦事，因为海面上持续的好天气（除了经过麦克里恩岛的那一天天气不太好之外）使他们避免船只失事和人员伤亡。他们只用了不到四个月的时间就到达印度的北部。而当时的葡萄牙人，由于一路上无数的困难和险阻，历经三年还不能到达。我认为这条航线也许是当时印度人去德意志时走的路线（当然会有比这个看法更好的判断），当时他们在那里还受到国王的热情招待。夸特士·美特勒斯·塞勒那时是高卢地区的总督。这些事情在科尼刘斯·纳波斯②、庞布纽斯·美拉③和以后的普利尼④的书中都有记载。

6. 麦克白夫人：难道你把自己沉浸在里面的那种希望，只是醉后的妄想吗？它现在从一场睡梦中醒来，因为追悔自己的孟浪，而吓得脸色这样苍白吗？从这一刻起，我要把你的爱情看作同样靠不住的东西。你不敢让你在行为和勇气上跟你的欲望一致吗？你宁愿像一头畏首畏尾的猫儿，顾全你所认为生命的装饰品的名誉，不惜让你在自己眼中成为一个懦夫，让"我不敢"永远跟随在"我想要"的后面吗？

---

① 见《旧约·诗篇》第一百一十四篇，"述主领以色列民出埃及之大能"。
② 科尼刘斯·纳波斯，公元前一世纪罗马传记学家。
③ 庞布纽斯·美拉，一世纪罗马地理学家。
④ 可能指盖伊斯·西康德斯·普利尼（Gaius Secundas Pliny，23～79），古罗马作家，著有《自然史》。

第二章

朋特固尔在美达莫提岛购买珍奇物品

在出发的当天以及接下去的两天里，他们没有看见陆地，也没有发现什么新鲜的事物。第四天，他们来到一座叫做"美达莫提"的岛屿上。这是一个很好的岛屿，岛内风景优美，沿岛有许多灯塔和高大的石头碉堡，大小与加拿大国相当。

经询问，朋特固尔得知这是费罗帕尼斯国王的领地。当时他出岛去操办弟弟费罗西蒙国王和恩吉斯王国公主的婚事去了。船只靠岸补充淡水，朋特固尔趁此空隙上岸。他观看陈列在码头走道和市场上的各种泅水图片、织锦画、动物、游鱼、飞鸟和异国稀奇物品。这一天正是当地盛大集市的第三天，亚洲和非洲的大商人大都云集于此。约翰修士买了两幅珍贵的画，其中一幅画的是一位上诉人，脸部表情栩栩如生；另外一幅是一个寻找雇主的仆人，从其动作、表情、脸色、步态、容貌、举止来看，每一处都是精巧之作，不愧是出自梅吉斯特斯国王宫廷主画师查利士·查莫斯大师①之手。修士买画时又是鞠躬又是扮鬼脸，替卖画的人做了几句祷告算是付了帐。

帕奴吉买了一幅很大的画，是按照费罗美拉的刺绣画下来的。费罗美拉向她的姐姐普罗格妮揭露姐夫泰勒斯奸污她，又因为害怕她把丑事泄露而把她的舌头割掉的暴行②。我敢发誓，这是一幅大胆的、不寻常的，不，应该说是最了不起的作品。你可千万别认为这是男欢女爱的下流图画，这样想就显得太傻太粗俗了。画中有更深一层的含义，而且深奥得很。如果愿意的话，你可以到特勒美去看看，门廊进去后靠左边的就是。

伊比斯特莱也买了一幅画，画中生动地描绘出柏拉图③的唯心观点和伊璧鸠鲁④的原子论。瑞索图姆则买了另一幅，是仙女爱可的肖像，画得惟妙惟肖。

朋特固尔让吉姆纳斯特帮他买了一张挂毯，上面刺绣着阿喀琉斯⑤生平和事迹的故事。整张挂毯由七十八小块拼成，长四英寻⑥，宽三英寻，全部用弗里吉亚⑦真丝织成，用金丝和银丝饰有图案。故事由珀琉斯⑧和赛提丝结婚开始到阿喀琉斯诞生，再到他的少年，

---

① 查利士·查莫斯，奥尔良画师，1537～1540年期间就任宫廷专职画师。

② 费罗美拉，神话中雅典王潘狄之女，普罗格妮之妹。故事详见奥维德《变形记》第六章。

③ 柏拉图，古希腊三大哲学家之一，客观唯心主义哲学家。

④ 伊璧鸠鲁，古希腊唯物主义哲学家。他反对柏拉图的唯心主义，认为物质是惟一的存在。

⑤ 阿喀琉斯，希腊神话中的人物，出生后被其母握脚踵倒提着在冥河水中浸过，因此除未浸到水的脚踵外，浑身刀枪不入。

⑥ 长度单位，1英寻合6英寸或1.8288米。

⑦ 弗里吉亚，小亚细亚中西部古国。

⑧ 柏琉斯，希腊神话中色萨利地方密尔弥东人的国王，阿喀琉斯之父。

是按照斯塔提乌斯·帕比尼斯①的记述绘成的，他的战迹正如荷马所歌颂的那样，他的死亡和葬礼是依照奥维德和夸因特斯·加拉伯尔②的书为蓝本，而他的灵魂再现以及波吕克赛娜③之死则是按照欧里庇得斯④的记载。

朋特固尔还让人购买了三只很好看的小独角兽，其中一只是雄的，深褐色毛皮，另外两只是雌的，毛皮带有斑纹。另外还有一只麋鹿，是他从基隆国的一个锡西厄人那儿买的。麋鹿约摸有牛犊那么大，头部像牡鹿，或许会更大一点；角分叉，显得端庄；蹄分趾，毛发似涼熊；毛皮硬如盔甲。那个基隆人说这种鹿即便在基隆也是极少见的，其身上的颜色会随地点的不同而改变，呈现出所接近的事物的颜色，如草、乔木、树木、灌木、花朵、草地、岩石等，因此它会像章鱼，像印度的狼和美洲的变色蜥蜴——变色蜥蜴是一种奇妙的动物，德谟克利特⑤曾写过一本书描写它的形体、结构，以及神奇的习性和妙用。

麋鹿改变颜色不仅是由于走近有色事物的缘故，还有其自身的心理因素，如恐惧等。在绿地毯时它一定是绿色的，但一会儿过后则变黄、变蓝、变暗、变紫，就像火鸡根据心情的不同而改变鸡冠的颜色一样。这是我亲眼所见，所以可以证实。然而让我们特别惊奇的是，除面色和皮肤色外，它的皮毛会变成各种颜色，在靠近穿着灰色外衣的帕奴吉时是灰色的，在穿着大红披风的朋特固尔身边时是红色的，当接近衣着像伊西克斯道士⑥的领航人时则又变成雪白。红和白是两种连变色蜥蜴也不会变的颜色。但当这种麋鹿不受心理因素的干扰时，毛皮颜色就与蒙城⑦的驴的颜色一个样。

第三章

朋特固尔登陆彻里岛访问帕尼冈国王

我们离开这个岛屿，趁着西风继续航行。正午时分，我们来到彻里岛⑧。这是一个肥沃富裕的大岛，居住着众多的人口，国王是帕尼冈。他在几个王子和皇宫贵族的陪同下，来到港口欢迎朋特固尔，并带他到皇宫去。皇后带领公主和宫女们等候在宫门口。国王让

① 斯塔提乌斯·帕比尼斯，古罗马诗人，生平不详，作品有应景诗《诗草集》，史诗《底比斯战记》及完成两卷的《阿喀琉斯记》。
② 夸因特斯·加拉伯尔，公元四世纪士麦拿诗人。
③ 波吕克赛娜，希腊神话中特洛伊普卢姆之女，应阿喀琉斯之灵的要求献祭被杀。
④ 欧里庇得斯，古希腊三大悲剧家之一，据传有悲剧90余部，现存《美狄亚》、《希腊波吕托斯》、《特洛亚妇女》等一十九部。
⑤ 德谟克利特（公元前460～370），古希腊唯物主义哲学家，原子论创始人。
⑥ 伊西克斯道士，信奉埃及狼头人身神的道士。
⑦ 蒙城，靠近罗亚尔河，磨坊较多，所以多养驴。
⑧ 原文cheli为希腊文，为"嘴唇"和"奉承"之意。

她们向客人们行吻抱礼，这是当地的民俗，每位客人都得体地接受了这种礼节，只有约翰修士闪在一边并偷偷地混在国王的官员们当中。

帕尼冈国王用了许多办法，竭力挽留朋特固尔多呆一天，留待第二天再走，但他执意要离开，理由是正逢风平浪静的好天气，那是航海中可遇不可求的出航的好机会，不好轻易错过。国王没办法，只好让我们走，但须得每人喝上三十杯才行。

回到港口，朋特固尔找不到约翰修士，就问他去哪儿，为何不与大家在一起。帕奴吉也不知他的去向，正想回到宫殿去找的时候，修士出现了，嘴里还快活得大叫道：

"尊贵的帕尼冈国王万岁！我钟爱我的肚子，他喜欢他的佳肴，他的房子豪华得很，厨房呀，也真够讲究的！我刚才去过那儿，伙计们，吃的东西每样都很多。我真想塞饱肚子才罢休。"

"什么？你躲到厨房里去，我的朋友？"朋特固尔说道。

"神灵在上，"修士说，"我可不懂女人们的那些空虚无聊的繁文缛节，太形式化了，又是行礼又是鞠躬的，这边阿谀，那边奉承，一会儿欢迎欢迎，一会儿下次再来，亲近、拥抱、吻手，等等，忙个不停，真是麻烦得很，罗嗦得要命。老实说，我还更了解厨房里的那些规矩呢。所以嘛，又是何苦呢？我可不愿被女人们围住而失去一次痛饮的机会，那些奉承和礼节就像魔鬼一样让我发疯。你说与女人亲嘴，以我身上的这件高尚神圣的教士袍的名义说话，我可不敢冒这个险，要是摊上格尔查里斯王爷碰上的那种事情就难办了。"

朋特固尔说："哪种事情？我认识格尔查里斯王爷，他是我的好朋友。"

修士说："有一次，他应附近一个亲戚的邀请去参加一个隆重的宴会，当地的绅士、太太和小姐也都参加这个宴会。在王爷到来之前，他们当中有一些人用女人的衣服把男侍从打扮成可爱的小姐，然后让他们到开合桥前迎接王爷。尊贵的王爷到来之后，仪态十足地吻了这些衣着华丽的小伙子，躲在走廊里的太太小姐们这时忍不住大笑起来，并示意让男侍从们脱去外服。王爷受骗吃亏后，不肯再去吻那些真正的女人。他说，冲着爷爷的头盔说话，她们既然能伪装侍从来骗人，那么自己也一定是马夫或男仆装扮起来的，只不过装得更像而已。"

"恕我亵渎神圣，我们为何不移驾到温暖舒适的厨房里去呢？那可是上帝高贵的厨房，在那里我们可以欣赏翻转着的烤肉叉，可以听到酒杯碰击火炉围栏时动听的声音，也可以指点油料的摆放位置，肉汤的烹调温度，该准备什么样的甜点心，预定什么样的酒等等。'行为完全，这人便为有福，'① 我的朋友们，圣经上可是这么说的呀！"

---

① 原文为拉丁文"Beati immaculati in via"。详见《旧约·诗篇》第一百一十九篇。

相关链接 ●

第四章

修士喜欢厨房的原因

伊比斯特莱说："你说的话就是不一样，真是个不折不扣的修士，而且还是个教导别人而不是被人教导的修士。这让我想起在佛罗伦萨发生的一些往事。那是二十年前，在意大利有一批好学之士，他们个个喜欢拜访贤人，并热衷于参观名胜古迹，我也是其中之一。在饱览了佛罗伦萨的美丽风光，穹顶建筑的奇特结构以及宏伟的教堂和宫殿之后，我们个个赞不绝口，竟相叫好。这时，来了一个名叫泊纳特·拉登的亚眠①教士，他满脸愠色，不耐烦地对我们说：

"我真不明白这城里有什么鬼东西让你们这样交口称赞。我把这里的每一处都仔仔细细认认真真地看过了，相信我的眼光不会比你们当中的任何人差，可是，有什么可看的呢？还不就是一些漂亮的房子！要知道，鸟笼子是养不活鸟儿的。但愿上帝与我们同在，善良的圣人伯纳尔德永远保护我们！在这座城里我找不到一条卖烤肉的小巷，我没少到处走走看看，也到过城里的主要地段去，在那儿我就像密探一样左右搜索，想精确地数出哪边的烤肉店较多，具体有几家——间谍进城刺探防御工事的情报也不外乎如此——结果我一无所获。要是在我们亚眠，且不说走了这么多的地方，只要四分之一，不，五分之一的路程，我保证你可以找到至少十四条烤肉街，而且那里的烤肉最正宗，香喷喷的，好吃极了。而你们却跑到钟塔那边去看狮子和你们称之为老虎的非洲野兽，又跑到菲力普·斯特罗齐王爷的行宫去看几只豪猪和鸵鸟，我真想不出这有什么好玩的。说实在的，我还更愿意看看叉在叉子上烧烤的大肥鹅肉。这里的斑岩石和大理石是不错的，要说它们不好看我也不反对，但在我看来，我们亚眠的奶油蛋糕可要好上许多倍。这里的雕塑不错，这我也承认，但是，以阿布维利的菲雷尔圣人②的名义说话，我们家乡的女子要比它们强上千百倍。"

约翰修士问道："修士总喜欢呆在厨房里，而国王、皇帝、教皇却从不去那儿，请你说说这是为什么？"

瑞索图姆回答道："是不是因为厨房的锅碗瓢盆里藏有一种潜能和特性，象磁铁吸附金属那样，把修士吸到那儿，而对国王、皇帝、教皇却没有多大的吸引力？或者说，教士衣服上有一种天然的感应和吸附力，自己会引导并强迫这些有信仰的好人走进厨房，而不管他们是否愿意？"

---

① 亚眠，毕加底古省会，今法国北部城市。
② 菲雷尔圣人，鹅的主保圣人。

"这叫形式追随内容，阿威罗伊①也是这么说的。"伊比斯特莱插进话来。

"对，说得很对。"修士附和道。

"我并不想插手这个问题，"朋特固尔说，"因为这问题有点棘手，不伤点脑筋是没法对付的，但在这里我只想跟你们说说我听到的一些东西。"

"马其顿国王安提柯②有一天走进营帐里的一个厨房，看到诗人安泰哥拉斯正在煎一条海鳗。他走过去亲自为他稳住锅，并高兴地问，'请问，诗人先生，荷马在写阿伽门农③事迹的时候是不是自己动手煎鳗鱼?'安泰哥拉斯答道，'陛下，你是不是认为当他在写阿伽门农的时候，很想知道是否有人在他的营房里煎鳗鱼?'在国王看来，诗人动手煎东西是不得体的，但国王也知道，他来到厨房这种地方是更不得体的。"

朋特固尔紧接着说："说到这儿，我想给你们再讲一个故事，是关于布雷东·维兰德里④对盖斯公爵⑤的答话。

"有一次，他们谈到弗兰西斯一世⑥发动对查理五世的战争。在一次战役中，布雷东全副武装，骑在马上像圣乔治⑦一样威风凛凛，但在交战中却偷偷地溜掉。后来他说：'我当时就在战场上，这是很容易证实的，只不过我去的地方就连公爵你也不敢踏进半步。'公爵听了这狂妄自大的话，忍不住要发火，但布雷东马上又说：'当时我钻到你的行李堆里去，那地方你应该不会去吧!'说罢，两人哈哈大笑，公爵的火也就发不出来了。"

第五章

朋特固尔途经诉讼国，
以及当地执法官员的怪诞生活

我们驾船继续前进，第二天来到诉讼国。那里到处是一片混乱，面目全非，真不知道该如何形容才好。我们看见一些诉讼官和法警，那是一些为蝇头小利可以勒死父母亲的恶棍。他们既不请我们饮酒也不招待我们吃饭，却只是一个劲地鞠躬作揖，说只要给钱，什

---

① 阿威罗伊（1126～1198），伊斯兰哲学家，将伊斯兰传统学说和希腊哲学溶为一体。

② 安提柯，这里指安提柯二世（公元前319～230），德米特里厄斯之子，安提柯王朝的建立者。

③ 阿伽门农，希腊神话中迈锡尼的国王，特洛伊战争中的希腊联军统帅。

④ 布雷东·维兰德里，弗兰西斯一世的宠臣和国务大臣。

⑤ 盖斯，弗兰西斯时期法国一封地名。

⑥ 弗兰西斯（1494～1547），法国国王，在与神圣罗马帝国皇帝查理五世交战中负伤被俘，获释后又多次发动反查理五世的战争。

⑦ 圣乔治（?～303?），英格兰主保圣人，基督教殉教者，生平不详，传说曾杀蛟龙救一少女。

相关链接 ●

9. 道纳本：我到爱尔兰去；我们两人各奔前程，对于彼此都是比较安全的办法。我们现在所在的地方，人们的笑脸里都暗藏着利刃；越是跟我们血统相近的人，越是想喝我们的血。

马尔康：杀人的利箭已经射出，可是还没有落下，避过它的目标是我们惟一的活路。所以赶快上马吧；让我们不要斤斤于告别的礼貌，趁着方便就溜出去；明知没有网开一面的希望，就该及早逃避弋人的罗网。

么事他们都愿意做。

我们的一个翻译把这些人奇怪的生活方式告诉朋特固尔。原来，他们是靠挨打过日子的，如果长时间没有被人打，那么他们可怜的妻子和孩子就得饿死。这与现代罗马人靠下毒、中伤、拷打、谋杀过日子的生活方式完全相反。

朋特固尔说："这正如盖仑①所说的，不挨结实的一顿鞭抽，空洞的神经是不会对着赤道②活动开来的。以圣巴特里克③的名义说话，要是有人这样打我，且不说让我神志清醒，用不了几下子，我不跌下马背才怪呢。"

翻译接着说："是这样的，当一个教士、总管、放高利贷者或律师对某个绅士怀有怨恨时，他就会雇一个这样的诉讼官或法警来对付他。这个执法官员即刻对他执行逮捕，至少也会传唤他出庭受审，并虔诚地遵照指示，对他又是谩骂又是侮辱，完全是出自一种厚颜无耻的本能。这个受辱者，只要有点脾性，只要不是一只麻木不仁的癞蛤蟆，就不得不反抗，在那恶棍的脑门上敲上几棍，捅他几剑，或抽几鞭，甚至把他扔出窗外。执法官在挨打之后会得到教士、总管、放高利贷者或律师给予的丰厚奖赏，那个绅士也得付给一笔赔偿金，数目大得惊人，所以他要么变卖家产，要么受牢狱之苦，好像是触犯了国王而受到的惩罚一样。这样，在不到四个月的时间里，那个执法官手头上有钱，挨棍子也似乎成了他真正的收获。"

帕奴吉说："对付这种事情我有一个很好的办法，是巴什老爷④用过的法了。"

"是什么办法呢？"朋特固尔问道。

帕奴吉说："巴什老爷是一个勇敢、正直、品德高尚的绅士，参加过菲拉拉公爵在法国援助下抵抗尤利乌斯二世⑤暴政的长期英勇斗争。战争结束后他回到国内，却受到圣路安特隐修院那个肥胖教长无端的传讯、恐吓和迫害，成了被玩弄的对象。

"一天早上，巴什老爷在与家人共进早餐的时候（有时他喜欢与他们呆在一起），他让人请来面包师傅洛伊尔夫妇，以及本地教区的奥达特牧师（依照当地的习俗，这个牧师同时也担任巴什老爷家的总管）。接着，巴什老爷当着在场所有绅士和仆役的面说道：

'你们大家都知道这些混蛋执法官们每天是怎样折磨我的。说实在的，这个时候如果你们不来帮我的忙，那么我也只好拿定主意，离开这个国家，去为苏丹效力，或者为魔鬼出力，我不能再这样待下去受气了。所以，得想个办法，下次那些该死的混蛋再来的时候，你们两个，洛伊尔和你的老婆，穿上你们的结婚礼服到我的大厅来，装作准备要订婚

---

① 盖仑，指克罗狄斯·盖仑（130？~200？），古希腊医生、生理学家和哲学家。

② 赤道，这里指用于当鞭子抽打的腰带。

③ 圣巴特里克（389？~461），爱尔兰主保圣人，基督教会的英国传教士。

④ 巴什，法国安德尔·罗亚尔省的一个封地名。

⑤ 尤利乌斯二世（1443~1513），倡导政教合一，致力于用武力恢复全部教皇国。这里指菲拉拉大公在法王路易十二的协助下抵抗尤利乌斯的战争。

的样子。这是一些钱，拿去购置两套合身的服装。至于你，奥达特牧师，来的时候一定要穿上你的法衣，披着圣带，别忘了带一瓶圣水，装作真的要为新人举行仪式一样。还有你，杜鲁顿（巴什老爷对鼓手说），到时候也得来，带上你的笛子和鼓。在证婚词念完，新郎新娘行过接吻礼之后，你们大家作为证人，按照当地的风俗和别人互赠婚礼纪念品，也就是用拳头打一下对方，让他永远记住这个婚礼。这样的一拳没什么大不了，只会让你们更有胃口吃饭；但是在执法官身上就不一样，你们要狠狠地打，干脆把他当作一捆青麦子，用槌子也好，用木棍、鞭子什么的都可以，我请你们要狠狠地打。这里有一些镶着貂皮的铁制手套，你们拿去戴上，让他身上每一个部位都开花，谁打得最卖劲谁就是我的最好朋友。你们不用担心吃官司，只要打的时候脸上带着笑容，就会没事的，要知道，这是我们这个地方婚礼上的风俗。'

"'但是，我们要怎么才能知道谁是执法官呢？'牧师问道，'形形色色的人每天都在这里进进出出的。'

"巴什老爷答道：'这我已经考虑过了，只要你们在门口看到有人步行或骑着一匹长满皮屑的老马，大拇指还戴着一个宽大银戒指，他就一定是了。守门人会客客气气带他进来，并摇铃通知。这时你们大家都要进入大厅，准备表演我刚才安排的那场悲喜剧。'

"在婚礼举行的那一天，门口果真来了个身体发胖脸颊发红的老执法官。他敲了敲门，嘴里嘟囔着什么。守门人一下子就看清他的模样：一双硕大的裤腿套脏兮兮的，一匹长满皮屑的老马瘦瘪瘪的，腰带上晃荡着一个塞满传票和诉状纸的袋子，但最引人注目的还是他左手大拇指上的那个硕大的银指环。

"守门人毕恭毕敬地迎他进来，并摇铃通知客人到了。面包师傅和他的老婆一听到信号就马上穿好礼服，一本正经地端坐在大厅上，像是两个刚刚上任的法官。牧师也穿好法衣，披上圣带，他从房间里出来时恰好碰上执法官，于是拦住他并美美地把他恭维了一番。这时屋子里的人赶快戴上备好的手套。只听见牧师又说：

"'真是让你赶上了，今天这里有人结婚，马上会有非常丰盛的宴席，我家老爷的心情好得很呢，来来来，我们先干几杯……'

"两人你一杯我一杯地喝了起来，这时大厅里的所有的人都已武装妥当，于是巴什老爷让人去请牧师。牧师带着圣水走进大厅，执法官尾随其后也进来了。他一看到众人就忙不迭地打揖作躬，还没忘塞给巴什老爷一张传票。老爷客气地笑了笑，顺手给他一块银币，并邀请他留下来帮忙打点。这个执法官也当真留了下来。

"仪式过后众人开始赠拳。那些本是不痛不痒的拳头打在执法官的身上却是毫不留情，铁制手套的威力也丝毫不含糊。只见一阵狂轰滥炸，直打得执法官鼻青脸肿不省人事，趴在地上动弹不得：一只眼睛变了颜色，八根肋骨断成两半，胸骨深陷进去，琵琶骨也变成三块。而且所有的这些都是在一片嬉笑中顺利完成的。奥达特牧师身强力壮，对打架相当在行，他把铁手藏在法衣的长袖里，只有上帝才知道刚才他有多么卖劲。

"执法官浑身伤痕累累，连滚带爬回到查尔特老家去，心里却对巴什老爷的盛情款待万分感激。后来当地一位名医治好了他的伤，他也再活了相当长的一段时间，只是从那以后，没有人再提起过这件事，特别在他的葬礼欢快的钟声之后，人们对此事的记忆也就荡然无存了。"

第六章

朋特固尔在海上遭遇风暴

第二天我们看见前方顺流驶来九艘大船，船上有多米尼加人，耶稣会会士①、嘉布遣会修士②、隐修士、奥古斯丁修会会员、西多会隐修士③、伊格纳斯会④、阿美德会修士⑤、绳索腰带修士⑥、加尔默罗会修士⑦，还有其它派系的修士和教士。他们是去多伦多参加一个讨论对抗异教的宗教会议并制定会议的相应条款。朋特固尔见到这些人很高兴，他断言说那天一定会有好运，接下去的日子也一定会走好运的。他礼貌地向这些圣父们行了礼，并请求他们为拯救他的灵魂作虔诚的祈祷，还派人往他们的船上送去威斯特伐利亚⑧熏腿，成批罐装的鱼子酱，几十条大红肠，几百盒鱼子调味品，还有几千块全新的"天使"币。

不知道为什么，朋特固尔突然变得心事重重，神色甚是忧郁。约翰修士注意到这个反常变化，问他发生了什么事，为何烦恼。就在这时候，船长注意到船尾的舰旗随风飘个不停，天上阴云遮蔽天空，由此他判断说我们遇到风暴了。他让舵手把所有人，包括官员、水手、船工、水兵、小厮，甚至还有乘客，都唤到甲板上去。他指挥他们拴好桅杆，收起撑杆帆，接着又大声地叫嚷着：干脆把所有的帆都收起来，只留下缭索。众人手脚麻利，很快就把这一切收拾妥当。

紧接着海面上刮起狂风，海水一浪接着一浪，铺天盖地，上下翻腾着，浪头不断撞击着船沿，狂风夹杂着从西北来的阵阵旋风，猛烈地袭击船只，也吹着船上的桅索呼呼作响。空中雷声震耳欲聋，苍穹欲裂，雷鸣夹着电闪，大雨和着冰雹一起降下，天空已不见

---

① 耶稣会，即 1534 年 Ignatius Loyola 所创立的天主教一教会。
② 嘉布遣会，正式名称是嘉布遣小兄弟会，为天主教方济各会的一支。
③ 西多会，法国天主教士贝尔纳于 1115 年创建。
④ 伊格纳斯会，这是威尼斯的一个以创建者的名字命名的教会。
⑤ 阿美德会，沙瓦大公于 1448 年创建的教派，后来成为方济各会的一支。
⑥ 绳索腰带修士，指天主教方济各会教士，因其腰束打结之绳索而得名。
⑦ 加尔默罗会，属天主教一支会，于 12 世纪建立于叙利亚加尔默罗山。
⑧ 威斯特伐利亚，德意志西北部一地区。

原先的透明色彩，只是变暗、变黑、变得忧郁，直到最后，只看到闪电和被闪电照亮的云层。飓风、旋风、狂风和暴风搅在一起，吹得我们周围尽是闪电和火焰，雨水雾气腾腾，响雷爆炸声阵阵，炸得我们稀里糊涂，不辨东西。大风以惊人的力量掀起海浪，那种场面排山倒海，活脱脱的是一个混沌世界，而我们就置身在这个火、空气、大海和陆地的世界之中，一个完全杂乱无章的世界。

可怜的帕奴吉瘫倒在甲板上。他因先前吃了太多的鱼，这时直想呕吐，身体蜷曲成一团，一副半死不活痛苦难忍的模样，同时嘴里不停地向每一个圣人圣女求救，祈求他们给予力量，并许愿说以后一定随时随地作自我忏悔。紧接着他又大声惊呼：

"管事的、管家的，快来呀，哦，还有我的朋友，我的亲爹，我的叔叔，快给我一块肉吃，牛肉猪肉都行，过会儿我还要喝点酒。以后我一定把'少吃多喝'作为座右铭。神圣的上帝，仁慈、圣洁的圣女呀，求求你们保佑我，让我这时候能上岸舒舒服服地呆一会儿。就我现在的情形，就是菜农也会比我幸福二倍三倍。上帝啊，为什么不让我去种菜呢？受朱庇特主神的恩赐，能够种菜的人真是太少了。他们至少有一脚总踏在地面上，另一脚也离此不远。很多人想追求完美的幸福，但在我看来，谁能种得上菜，谁就是最幸福的。正如庇罗所经历的那样，有一次他也陷入这样的危险，当他看见岸上有一只吃着燕麦的野猪时，他断言说，这只猪是幸福的，其原因有二：一是它有东西吃，二是它在岸上。

"上帝啊，赐给我一个宁静舒适的安身之处吧，哪怕让我睡牛棚的地板也好！海浪就要把我们冲走。仁慈的救世主，我的好朋友，快给我一点醋喝吧，我浑身都已湿透，难受得要命。天哪！后桅帆裂开，瞭望台被冲走了，旗杆折断了，中桅的上半截也掉到海里去，船底露了出来，左右缆索断了，都被吹走了。天哪，我们还剩下什么？啊，主桅也在海面上漂。这些破东西谁还会要呢？朋友们，快把我扶到船尾去。伙计们，你们的灯塔倒塌了，糟糕，可不能把主帆索和张帆索也给丢了。我好像听到舵盘的吱嘎声，是不是也断了？啊，让所有的索具都见鬼去吧，只要我们能保得住这艘船。上帝保佑我们，一定要保住，一定，一定，我的好艾思特罗菲师傅，请你一定看好罗盘，我求你了，如果行的话，也请注意风的方向。哎呀，我的心都沉到肚子里去了，我害怕死了，嗑、嗑、嗑①，我完蛋了，我死定了，格、格、格，勃、勃、勃勃，嗑、嗑、嗑、嗑，我下沉了，我淹死了，我要走了，我的好乡亲们，我快淹死了！"

---

① 牙齿打颤的声响。

相关链接

第七章

暴风雨中的帕奴吉和约翰修士

朋特固尔祈求万能的上帝给他们帮助，接着又当众作虔诚的祷告。按领航人的建议，在祈祷时他双手紧紧把持住桅杆，这样显得郑重严肃。约翰修士脱去外衣，只穿着一件背心与水手们一块儿抢险。伊比斯特莱、包诺克拉持和其他的一些人也都跑来协助，只有帕奴吉一人坐在甲板上又是痛哭又是大叫着。这时约翰修士来到后甲板，他看到帕奴吉的那个模样，就冲着他说：

"我的天哪！帕奴吉你这蠢牛、蠢驴，一动不动地呆坐在那儿鬼哭狼嚎的，有什么用呢？还不如过来帮我们一把！"

"勃、勃、勃，磕、磕、磕，"帕奴吉哆嗦着，"约翰修士，我的好朋友、好圣父，我要下沉了，我沉下去了！上帝啊，我已经半死不活了。朋友呀，我完蛋了，你现在生气也没有用，我已经无可挽救了。主啊，主啊，我觉得身体飘起来了，飘在音乐之上，飘过最高一级音阶，可一下子又跌进音乐的深渊。勃、勃、勃，磕、磕、磕，现在又高起来了。啊！我的亲爹，叔叔，亲人们呀，我沉下去了，沉下去了。海水从我的衣领灌进鞋子，磕、磕、磕，哈欠！呼、呼、呼！哟、哟、哟，哎、哎！我淹死了！主啊！哎哟！勃、勃！磕、磕、磕，磕磕、磕磕磕，耶稣呀！上帝呀！我就像是个杂技演员，头脚都翻转过来。老天保佑，要是能让我和早上那些去开会的教士在一起该有多好呀！他们是那么虔诚、那么快活、潇洒，身体又是那么肥胖！哎呀！哎哟！真他妈的这些浪头，哦，吾主天主，恕我大罪①，我是说天主的海浪就要把我们的船打翻。啊，约翰修士，亲爹呀，朋友们呀，我要忏悔，我这就给你们跪下，'我认罪……，'② 求求你们为我祈祷吧！"

"你这个该死的可怜虫，还不过来帮帮忙！"约翰修士用指责的口气骂道，"让三十队魔鬼来抓你，来还是不来？"

帕奴吉说："圣洁的修士，我的朋友，这个时候你就不要骂人了，明天你怎么骂我都行，求求你现在不要再骂了。哎哟，哎哟！天哪，我们的船进水了。我淹死了，主啊！上帝啊！现在我已经是全身邋遢，狼狈不堪，谁要是能送我到岸上，我就给谁一百八十万克郎作为报酬。我想以前一定没有人碰上像我今天这么悲惨的处境！'我认罪……，'上帝呀，在我临死之前，请允许我说一两句话！"

"你这乌龟王八生的胆小鬼，让一千个厉鬼来抓你。"约翰大声叫道，"我们大家都命

---

① 这里帕奴吉说了一句粗话，说完马上念一句经文表示认错。
② 《忏悔经》的首句。

在旦夕，你却还在叫嚷着什么遗嘱？再不鼓起劲来，你就没法救了！来不来，死鬼？哦，小头领，我的朋友，快到这里来！吉姆纳斯特，到船尾来。现在到处是乱七八糟的，灯也灭了，我们好像是马上要下地狱去了。"

"天主在上，磕、磕、磕、磕，这下死定了，死定了……"帕奴吉又叫了起来，"难道我们注定要在这里灭亡？哎呀，亲爱的乡亲们，我沉下去了，我死定了，我完了！"

"见鬼去吧！"约翰修士说，"你这个不要脸的东西，看你那张哭丧的脸有多难看！喂，小鬼，小心看好水泵，真见鬼，你受伤了吗？干脆把它拴在这些硬块上，对了，往这边拴，真是见鬼！好了，小鬼！"

"喂，约翰修士，"帕奴吉说，"给我神灵启示的修士，我亲爱的朋友，别再骂人了，这可是一种罪过。哦，哎呀，别、别、别……，磕、磕、磕、磕磕、磕，朋友们，我沉下去了，我死了。我心里没有怨恨任何人。永别了，'我将我的灵魂交到你的手里'①，磕、磕，哈欠！奥尔②的圣米歇尔！圣尼古拉③！还有我们的救世主，求求你们救救我吧！这是最后一次，以后就再也没机会了。我是说如果你们保佑我，让我脱离险境回到岸上，我会为你们建造一两座精致漂亮的大教堂，建在匡德和蒙特索卢之间牛羊到不了的地方。呜呀，咳、咳，我的肚子灌进至少有十八桶的水。咳、咳、咳、咳咳，真它妈的又苦又咸。"

约翰修士说："我以天主的血、肉、肚子和脑袋起誓，要是再让我听见你这乌龟王八蛋乱喊乱叫，我就把你当作海狼狠狠揍一顿。伙计们，我们为什么不把他扔进海里？听着，水手们……，哦，好家伙，就这样，上边的人抓紧。你看这里又是闷雷又是闪电的，今天魔鬼们都放假出来了，或是普罗塞耳皮娜④在养孩子，而所有的魔鬼在一旁跳莫里斯舞⑤呢。"

第八章

暴风雨中领航人准备弃船

帕奴吉叫嚷道："喂，你犯罪了，约翰修士，我以前的好朋友。我说你是我以前的好朋友，因为现在你我都已死去。虽然我也不愿说骂人有罪，但我认为，骂人这东西会对你的肝脾有好处，正如一个劈柴的人每劈一下就大叫一声，因为这样会让他全身舒服；这也像一个人在玩九木柱投掷游戏，在投得不准的时候，旁边一个机灵鬼斜斜身子让它碰到，

---

① 见《新约·路加福音》第二十三章第四十六节。
② 奥尔，比利牛斯山区的一个盆地名，该处有圣米歇尔教堂。
③ 圣尼古拉（？～350），指小亚西亚米拉主教，是海员、儿童和一些国家和城市的主保圣人。
④ 普罗塞耳皮娜，罗马神话中人物，为朱庇特之女，被冥王布拉托劫走，强娶为后。
⑤ 莫里斯舞，英国的一种传统民间舞蹈，节奏强。

相关链接 ●

这样也会同样让他感到过瘾。不过话又说回来，我的朋友，你毕竟还是犯罪了。现在我们为何不考虑吃点烤肉？不知道吃肉会不会让我们躲过这场暴风雨？我从书上知道，盖比里教会①的牧师们平日里受到奥菲士②、阿波罗纽斯、希罗塞德里③、斯特拉博④、保萨尼阿斯⑤和希罗多德⑥热情洋溢的歌颂，在每次暴风雨发生时总是安然无恙。"

"你这可怜的死鬼，又在胡说八道。"约翰修士说，"让上万、上百万，不，上千百万个魔鬼把你抓走，看你要不要过来帮忙，你这病老虎，到右边来！哦，天哪！你的脑袋装满垃圾，嘴里唠叨着什么驴经文？都是因为你这鬼东西海上才刮起风暴，也只有你一人不肯出力。我对天起誓，要再让我靠近你半步，我一定要抓起你的脑袋，揪住你的耳朵，好好地整整你。过来，我的小伙伴，抓紧这个，让我打一个双结，好了，小家伙还真不赖！可以当泰尔姆思修道院院长，让原来的院长当门卫好了！抓紧了，包诺克拉特兄弟，这样会伤着的。伊比斯特莱，请离舱梯远一点，刚才那儿还打雷呢。注意方向，对了，注意把握好舵轮。对，就这样，就这样让舵轮平稳，让船体平稳。"

"哎呀，该死的，船头被打碎了。咆哮吧，魔鬼，这样的风浪，由你们折腾好了！哦，不，上帝呀，差一点把我卷到浪头里去，该不会是各地的魔鬼都聚到这里开会来了，或是来竞选修道院的新院长。向右转舵，说得对，当心点，注意船头，真见鬼，小家伙，向右转舵，向右转舵。"

"勃、勃、勃，磕、磕、磕，"帕奴吉又大声地叫嚷起来，"磕、磕、勃、勃、勃、磕、磕、磕，我在哪儿呢？我看不见天，也看不见地。上帝啊，我们的四大元素只剩下火和水了。磕、磕、磕、磕，善良又万能的上帝，能否慷慨地保佑我，让我现在就到达塞维利亚，或者让我走近英诺森的点心店，或对面那饰有图画的茜农酒家，要真能这样，就是让我马上脱去外衣去烘烤面包我也愿意。"

"朋友，能不能把我扔到岸上去？听他们说，你可以做很多很多好事。要是能劳驾你让我双脚着地，我愿意送你一大堆东西，还有沙滩上全部的蛾螺壳、鸟哈壳、滨螺壳。哎呀，天主呀，我淹死了！我说，朋友们呐，既然我们不能安全进港，那就随便找个地方停船，哪里都一样。求求你们，把所有的锚都放下去吧，这样我们就不会有危险。过来吧，水手，把测链和测水铅都放下去，量一量水有多深。朋友们，让我们以上帝的名义，看看一个人直着腰站在水里，会不会呛着水，我想应该会的。"

———————————

① 盖比里教会，由腓尼基传入古希腊的一个教派。因其名（Cabiri）与烤肉（cabirotadoes）一词的前半部分相似而被援引于此。

② 奥菲士，希腊神话人物，诗人和歌手，善弹竖琴。

③ 希罗塞德里，古希腊哲学家，提出灵魂不死学说。

④ 斯特拉博，古希腊地理学家和历史学家，对区域地理和希腊文化传统的研究有突出贡献。

⑤ 保萨尼阿斯，古希腊地理学家，著有《希腊记事》。

⑥ 希罗多德，古希腊历史学家，被称为"历史之父"，著有《希波战争史》。

"喂，顺风转舵，"领航员大声叫道，"顺风转舵，不能离开舵轮，要稳住船体！不要离帆樯太近。喂！降下中桅帆，再转舵，把舵轮拴牢，让船自个儿行进！"

"有这么严重吗？"朋特固尔问，"仁慈的救世主会保佑我们的！"

"让船沉到海底好了！"主驾驶詹姆士·布莱伊尔大声说道，"让船漂流吧。大伙儿各自祈祷吧，想想自己的灵魂，为自己祈祷吧，现在已没有生还的希望，除非奇迹发生。"

帕奴吉说："我们一起好好祷告祷告，耶稣呀，主呀，上帝呀，磕、磕，勃、勃、勃，磕磕、磕磕，哎咳、哎咳，我们要去朝圣。来、来、来，每个人都把钱拿出来，大伙儿凑一凑，快点！"

"靠这边，这边，往这边转舵，"约翰修士说，"真见鬼！让它去吧，看在上帝的份上，把方向舵拿掉。喂，让它去吧，让它去吧！来，大家一起喝酒吧，喝最好的酒。伙计，听见没有？把喝酒的家伙端出来，反正一切都要沉到海底去，也让风神埃俄罗斯和他的狂风巨浪见鬼去吧！喂，小厮，把我的酒保叫过来。等等，别走！倒酒吧，朋友，就这样倒！我的天哪，又是冰雹又是响雷的，可还是奈何不了我们。上边的把紧，请你们一定要把持住。诸圣节①是什么时候？我想我们是赶上这不吉利的魔鬼节了。"

"天主在上，"帕奴吉说，"约翰修士骂咧咧地自己作践自己，我又失去了一个朋友。主呀，耶稣呀，我们的情形更糟糕了，真是出了锡拉岩礁②又进了卡律布狄斯大旋涡。哎呀，我要淹死了！'我认罪'，约翰修士，拯救灵魂的神父，我要留一两句话作为遗言。哎呀，我的老朋友，我的阿凯提斯③，我的士诺玛因斯，我一切的一切。主呀！我下沉了，就在这垫子上写下遗嘱好了！"

第九章

暴风雨持续以及关于遗嘱的谈话

"这时候每个人都应该帮助抢险，你们却要留什么遗言。"伊比斯特莱说，"在我看来，这与恺撒部下的那些想法一样奇怪。他们在攻占高卢之后就忙于立遗嘱补遗言，哀叹钱财不多，老婆不在身边，亲友远在罗马。其实那时他们应该拿起武器全力对抗敌人艾利奥维斯特思④。"

---

① 诸圣节，基督教的节日，每年 11 月 1 日。

② 锡拉岩礁，意大利墨西拿海峡上的一个暗礁，对面是卡律布狄斯大旋涡，过往船只经过此处往往举步维艰，故有"腹背受敌，进退两难"之意。

③ 阿凯提斯，古罗马诗人维吉尔史诗《伊尼特》中王子 Aeneas 的忠实伴侣。这里指忠实的朋友。

④ 艾利奥维斯特思，法国苏威维首领，公元前一世纪发兵进攻高卢，为恺撒所败。

"你们这种行为完全像愚蠢透顶的赶车人，在马车陷入淤泥时他扑通一声跪下，呼唤大力神赫丘利给予帮助，自己根本就没想去试着赶一赶牲口，或用肩膀扛一扛车轮，这都是他应该做的。在他看来，除了神灵的帮助之外似乎别无他法。

"现在你们忙着立遗嘱又有什么用呢？我们现在的处境是：要么脱离险境，要么落水而死。如果得以逃脱，那么遗嘱对我们将是毫无价值，因为只有在立遗嘱的人死后遗嘱才能生效。如果被淹死，遗嘱不也一样沉到海底去吗？你们想想，有谁会把它交给遗嘱执行人呢？"

帕奴吉接口说道："也许海浪会把它冲上岸，就像以前尤利西斯被冲上岸一样。接着一个公主刚好到海边来，她发现了遗嘱之后又细心地请人证实它的真实性和有效性，最后又请人为我建造一座宏伟的纪念碑，就像狄多①为丈夫西卡尤斯立碑那样。同样这种立碑的例子还有埃涅阿斯②在特洛伊海岸的罗伊提附近为戴弗勃恩③，安德洛墨达④在布斯罗特城为赫克托耳⑤，亚里士多德⑥为赫米亚斯和尤布勒斯，雅典人为诗人欧里庇得斯⑦，罗马人在日耳曼为德鲁苏斯⑧，以及在高卢地区为他们的皇帝亚历山大·塞维鲁斯，阿根蒂尔为卡莱斯克⑨，色诺克拉底⑩为里西蒂斯，提玛尔斯为儿子泰利塔戈勒斯⑪，欧波里斯和阿里斯托蒂思为儿子泰奥提玛斯⑫，奥妮斯特斯为泰莫克利斯⑬，卡利玛科斯⑭为蒂奥克利斯德儿子索普利斯，卡图卢斯⑮为其兄弟，斯塔提乌斯⑯为其父亲，吉尔梅尼·布莱为布列塔尼水手艾尔维⑰，等等。"

---

① 狄多，罗马神话中人物，是卡萨国（Carthage）的建国者及女王。见维吉尔的《伊尼特》。
② 埃涅阿斯，罗马神话中人物，特洛伊战争中的英雄。
③ 戴弗勃恩，特洛伊国王普里亚摩斯之子，在特洛伊沦陷后被杀。详见荷马《伊利亚特》。
④ 安德洛墨达，希腊神话人物，埃塞俄比亚公主，为救国毅然献身，被囚于大石之旁，后为帕塞西斯救出。
⑤ 赫克托耳，特洛伊王普卢姆的长子，特洛伊战争中的英雄。
⑥ 亚里士多德，古希腊哲学家和科学家，赫米亚斯和尤布勒斯是他的学生与好友。详见戴奥吉尼兹的《亚里士多德传》。
⑦ 欧里庇得斯，古希腊三大悲剧家之一。
⑧ 德鲁苏斯，古罗马将领，曾率远征军进击日耳曼获胜。
⑨ 卡莱斯克死于海中，其后代为其立纪念碑，并请诗人阿根蒂尔作碑文。
⑩ 色诺克拉底，古希腊哲学家，柏拉图的学生。故事详见《古诗选·色诺克拉底》。
⑪ 故事见朗普里·丢斯的作品。
⑫ 故事见绥托纽斯的《史事集》。
⑬ 故事见《故事选》第三卷。
⑭ 卡利玛科斯，古希腊学者，亚历山大派代表诗人。故事见卡利玛科斯的《讽刺诗》第二十二篇。
⑮ 卡图卢斯，古罗马抒情诗人，尤以爱情诗闻名。
⑯ 斯塔提乌斯，古罗马诗人。故事见斯塔提乌斯《西尔维》第五卷。
⑰ 艾尔维，法国舰长，1512年在布列塔尼的英法海战中牺牲，吉尔梅尼·布莱曾表示哀悼。

"你是不是疯了?"约翰修士说,"到这个时候还在想入非非。过来帮忙吧,我以五十万车魔鬼的名义说话,过来帮我们一把!让你的胡子长满粗梗!让你的屁股长三排毒疮,而且伤口开花穿不了裤子和裤衩!哦!天主在上,船是不是要翻过去,我们该怎么办呢?呀,只要不下沉就好,要是海浪迎面扑来,我们可就逃脱不了了。魔鬼,给我们一条生路吧!"

这时我们听见朋特固尔的呼喊声,语调甚是伤悲:"天主救救我们吧!我们祈祷!我们一定依照天主您的意愿行事!"

"天主和圣母与我们同在!"帕奴吉说,"哎呀!不得了啦!天主呀,我沉下去了!勃、勃、勃,磕、磕、磕磕,我将我的灵魂交给你吧!仁慈的上帝呀,让海豚驮我上岸,就像从前驮小阿里恩①那样,我将用竖琴为你弹奏乐曲,只要琴上有弦。"

"让十九对的黑魔鬼来接我走吧!"约翰修士正说着,听到帕奴吉嘴里"天主与我们同在"的咕囔声,马上转口骂道:

"要是让我下去的话,我一定让你看看你那破烂的、长角的、乌龟王八蛋的笨牛屁股上晃荡着的丑恶天性的标记。哭、哭,你这头只懂得哭鼻子的笨牛,还不过来帮忙!让三百个魔鬼把你踩死,来不来,笨牛?哇,瞧你哭得有多难看。"

"怎么,还在哭?酒保,拿酒来!"修士说着,打开他的祈祷书,"过来,我得对你来正经的,给你念一段经文,'不从恶人的计谋,这人便为有福,'② 你看,这些我都会背出来,现在,让我们看看圣尼古拉斯的故事:'猛烈的风暴袭击着满太蒙'③。'风暴'指的是满太蒙公学欺压鞭打学生的教师。如果这些教书先生因为鞭打可怜无辜的小孩而应该受罚的话,那么我以个人的名义说话,现在他准被绑在伊克里翁④的车轮上,鞭打着那条拖动车轮旋转的没毛的短尾巴狗。如果天主能挽救鞭打无辜小孩的这些人,那么他……"

第十章

风暴结束

"陆地!陆地!"朋特固尔大声叫起来,"朋友们,我们可以着陆了!我看见陆地了!振作起来,孩子们!很快就到了,离港口一定不远。你们看,北边的天空是亮的,再看看南边!"

---

① 阿里恩,古希腊音乐家,传说他琴声动听,死后被海豚驮走。

② 语出《旧约·诗篇》第一章第一节。

③ 这是满太蒙公学学生因痛恨鞭打他们的教师而作的诗句。

④ 伊克里翁,希腊神话人物,拉庇泰王,因追求天后赫拉,被主神宙斯缚在永远旋转的车轮上受罚。

"大伙儿，鼓起劲来，"领航人说，"现在船体平稳，海浪平静了许多。过去几个人到主樯平台上去，转舵顺风行驶。稳住！要稳住！拉起后樯纵帆的张帆索，拉高，拉高，再拉高！对了，就这样，不要太靠近。注意舵轮，把舵柄装上，拉紧帆脚索，还有张帆索。左舷，左舷吃风，现在向右舷转舵，狗娘养的！"

约翰修士对旁边的一个人说："有人提起你的娘，你一定很高兴吧！"

"顺风行驶！顺风行驶！"指挥航向的舵工大声叫道，"转满舵，顺风行驶。"

"都照办了。"水手们答道。

"就这样行驶。把副底帆也张开！要稳住，稳住！"

"指挥得不错，"约翰修士说，"干得相当不错。来、来、来，孩子们，手脚麻利点。不错，是应该抢风前进，顺风转舵，这想法很好，干得也不错。我觉得风暴已退得差不多了，我们该好好祈祷、感谢天主的保佑，也让所有的魔鬼滚蛋吧。拿出所有的帆，都挂起来。拉高，拉高，不愧是男人在说话，拉高，再拉高。诚实的包诺克拉特，你的名字真像是上帝给的。你贪婪淫乱，搞出来的都是男孩子。欧斯登斯，你表现得不错，到前面去，把前主樯帆张开。对了，把帆张开，就这样，一点都没错。现在我们再也不用担心什么，这是值得庆祝的日子。水手们都嘻嘻哈哈，高兴得很呢，你可不能认为他们的行为不得体，我也挺开心的，毕竟今天是我们的节日嘛。"

"伙伴们，大家高兴起来吧！"伊比斯特莱大声喊道，"在右首我看到了卡斯托耳①。"

"勃、勃，磕、磕、磕磕，"帕奴吉又吭声，"恐怕你看到的是不正经的海伦②。"

伊比斯特莱反驳道："是米克萨查吉奈斯③，一点都没错。阿尔戈斯人的这个叫法你或许会更习惯。喔，喔！我也看见陆地了，还有港口，许多人站在沙滩上。还有那个方尖塔，塔顶闪着亮光。"

"收帆，收帆，"领航人命令道，"取出绳子测量水的深度。我们得绕道那个海湾，注意不要搁浅。"

"知道了。"水手们答道。

过了一会儿，领航人又说，"我们这只船走得平稳，整只船队都走得不错，真是天公作美。"

"我以圣约翰的名义说话，"帕奴吉说，"这句话说得实在好听，像音乐一样好听。"

"气死我了，气死我了！"约翰修士说道，"你一插嘴我就不想说话，即使让我去见鬼我也不说。喂，诚实的伙伴，给你一瓶好酒喝。吉姆纳斯特，把酒壶拿来，听见没有？还

---

① 卡斯托耳，这里指岸上塔尖出现的电击发光点。原指天文双子星座最亮的两颗星之一。此名源自希腊神话宙斯双生子之一的卡斯托耳。

② 海伦，这里指 Helen of Troy。希腊神话人物，相传为宙斯之女，斯巴达王美尼拉斯之妻，后被帕里斯拐走，因而引起特洛伊战争。文中喻指"不吉利的兆头"。

③ 阿尔戈斯人把卡斯托耳称作米克萨查吉奈斯。

有那大火腿，大熏腿，你也一起过来吃吧，同时注意让船靠右行驶。"

"孩子们，这下好了，太好了，大家振作起精神。那边有两条小帆船、三只单桅帆船、五只双桅帆船、八只三桅帆船、四艘快艇、六艘护航舰，它们正朝我们开过来，看见了吗？那是岛上友好的人们过来救我们的。怎么还有人在下面哀号痛哭？这个尤卡勒贡①是谁？"

约翰修士答道："是可怜的死鬼帕奴吉，他身上长牛疟疾，肚子里灌满了水，就害怕得发抖。"

朋特固尔又问道："刚才在骇人的狂风暴雨中他是否害怕过？要是他做了一个男人应该做的事，那我一点都不会轻视他。如果在每个场合都怕成这个样子，那他一定是不折不扣的懦夫，就像阿伽门农那样，阿咯琉斯曾狠狠地骂他是狗眼睛鹿心肠②。面对明显可怕的事物而不害怕，这要么是目光短浅，要么是缺乏判断能力。所以我认为，在人的生命当中真正可怕的不是死亡，而是对上帝的冒犯。在这里我并不想介入苏格拉底和学院派关于死亡本身既不是坏的也不是可怕的论战中去，我只想肯定地说一句，海难是可怕的，除此以外就没什么可害怕的。还有，荷马曾经说过，葬身大海是一件令人悲痛的、可怕的事情。实际上，当年埃涅阿斯的船队在西西里遭遇风暴，他曾经哀叹说自己早就应该死在勇敢的狄俄墨得斯③手里。他还说，在特洛伊大火中丧生的那些人都要比他幸福三四倍。这一次我们没人丧命，永远感谢救世主的恩德！不过有一艘船运作不正常，我们得注意把它修复。小心别让船搁浅碰坏船底。"

第十一章

暴风雨过后帕奴吉充当好人

"哇！全船的人都乐哈哈的。"帕奴吉说，"哈、哈、哈，暴风雨过去了，一切都好了。你们行行好，让我第一个上岸吧，无论如何我得放松放松。这里还需要我帮忙吗？让我看看，得把绳索卷起来。我有的是勇气，不会害怕的，朋友，这事就交给我吧！不，应该说，我是绝对不害怕的。不过刚才袭击船头船尾的狂风巨浪，确实打得我有点不正常。"

"把大大小小的帆都降下来！"

"说得对！是约翰修士在说话吗？你什么事都没做，现在是喝酒的时候吗？谁又能保证圣马丁的马前卒④不会伺机再次兴风作浪？要不要我帮忙？要是让我真心忏悔的话，当

---

① 尤卡勒贡，荷马《伊利亚特》中的一个人物。这里指帕奴吉。
② 详见荷马《伊利亚特》第一卷。
③ 狄俄墨得斯，特洛伊战争中的希腊英雄。
④ 指传说中一直尾随圣马丁伺机诱其犯罪的魔鬼。

然现在是迟了，我会忏悔自己没有听从那些贤哲的教导，他们说在海边走走或靠岸航行是很安全、很愉快的事情，就好像牵着一匹马走路的感觉。哈！哈！哈！天主保佑，一切都好了！要不要我也帮你忙？让我看看，让我来弄好了。我要是不插手，事情只能这么糟！"

伊比斯特莱正用劲拉拽一条套索，手心破了皮，还滴着血。他听了朋特固尔刚才的话，就说：

"殿下，你应该相信，刚才我也害怕过，就像帕奴吉那样，但我也不遗余力帮忙抢险。我想，既然死亡是致命而且不可避免的，我们每个人就得死，而此时死或彼时死，这样死或那样死，都只能是上帝的旨意。话虽这么说，我们还应该不断地向他恳求、请求、祈祷、颂经、乞灵。同时我们自己也得努力，正如圣经上所说的，要与他合作①。

"执政官盖伊斯·弗拉米尼乌斯②被汉尼拔③施计逼退到贝鲁斯河，也就是泰拉西米尼河的时候，你知道他对士兵们说了什么？他说，兄弟们，光靠祈祷恳求神灵的帮助是不能突围的。我们应该站在一起，依靠自己的力量，用手中的宝剑在敌人的重重包围之中杀出一条生路来。

"萨卢斯特④也是这样的。他曾对加图⑤说，神灵的帮助不是通过祷告或婆婆妈妈的哀求就能得到，而是通过警觉、劳动和锲而不舍的努力，只有这样，事情才能按照人的意愿得以解决。处在需要和危险之中的人如果一直是粗心大意、三心二意又疏忽懒散，那么无论他怎样乞求神灵都是徒劳，而且只会让神灵动怒。"

"让魔鬼把我抓走吧，"约翰修士说，"如果……"

"也把我的一半抓走吧。"帕奴吉打断修士的话。

"如果塞维利亚⑥的葡萄没有被收光、采光乃至全部毁掉，如果我像其他的鬼教士一样只懂得嘴上唱着经文'抗议敌人的迫害'，而行动上没有为了包围葡萄园而拿起十字架的柄驱赶莱尔内强盗的话，就让魔鬼把我抓走好了。"

"天主在上，让他沉船淹死好了，"帕奴吉说，"对他来说，怎样死都一个样。他什么都不干，干脆管他叫约翰·都不干修士。我在尽心尽力帮助这个伙计干活，瞧我满头大汗的。听着，伙伴，问你一句话，别生气，你说我们这条船的船板有多厚？"

"足足有两寸厚，"领航人答道，"这个你不用担心。"

---

① 见《圣经·哥林多后书》第六章第一节。

② 盖伊斯·弗拉米尼乌斯，古罗马政治家，统帅。曾任保民官和执政官。他征服山南高卢，在第二次布匿战争中战败身亡。

③ 汉尼拔，迦太基统帅，率大军远征意大利，从而发动第二次布匿战争，曾三次重创罗马军队。

④ 萨卢斯特，全名盖斯·斯卢斯特·克里斯普斯，古罗马历史学家和政治家，曾任财务官、保务官等职，后投奔恺撒。

⑤ 加图，全名马可斯·坡克里斯·恺撒，古罗马政治家，斯多葛派哲学信徒。

⑥ 今西班牙西南部港口城市。

"哦，我的天哪，"帕奴吉说，"这么说我们离死亡只有两寸之遥。"

"朋友，你确实不赖，懂得用害怕的尺码去衡量危险的程度。"

"我才不会害怕，我的名字就叫威廉·无恐惧，至于胆量嘛，多的是，我指的不是你们那样的胆量，而是狼的胆量，是打手的勇气。以战神马耳斯的名义说话，除了危险我什么都不害怕。"

第十二章

关于帕奴吉在暴风雨中恐惧心理的说话

"早上好！伙计们！"帕奴吉说，"大家早上好！大伙儿身体都很好，这得感谢天主的佑助！我心情也不错，我们一块儿上岸去吧。过来，掌舵的，在甲板边缘架一块跳板，叫几个人守在跳板的两边，另外几个人到小艇上去，把小艇靠在大船的边上。需要帮忙吗？现在我急着找事来做做，我要像四只牛那样狠命地工作。说实在的，这地方真是不赖，这儿的人也不错。伙计们，还需要我做什么？看在上帝的份上，别因为我全身流汗而照顾我。上帝创造亚当，也就是创造人类，就是要让他工作，好比鸟儿生来就是要飞一样。上帝的旨意是让我们辛勤劳作创造食物，而不是碌碌无为一事无成，不像这个不像话的约翰修士一样，只懂得喝酒。今天天气真是出奇地好！我现在终于明白尊贵的哲学家阿那查西斯的话是多么有道理，多么恰如其分！有人问他什么样的船最安全，他回答说，靠在码头的船最安全。"

"还有更妙的回答呢，"朋特固尔说，"有人问他，活人或死人，何者数量较大？他反问道，哪一种人在海上的数量多？言下之意是：在海上的人总是面临死亡的危险，他们活着也是半活，或者说是死着活。加图也说过，世上只有三样事情他会为之后悔，一是把自己的秘密说给老婆听，二是无所事事地混日子，三是坐船去一个可以由陆地到达的地方。"

"冲着我身上这件庄严的会衣说话，"约翰修士转向帕奴吉说，"朋友，暴风雨发生时你吓成那个样子，真是莫名其妙，毫无道理。要知道，你没有被淹死的命运，而是注定会被吊死在空中，或在熊熊大火中被烧死。殿下，你是否想拥有一件上好的雨披？脱下你身上的那件狼皮和熊皮披风，把帕奴吉的皮剥下来，用他的皮作你的披风；可是要注意，天主在上，你可千万不要走近火，也不要靠近铁匠的铸炉，否则片刻之间就会化为灰烬；然而在雨、雪、冰雹的天气里它就变得耐用无比。你要愿意的话，可以跳进水里，不会把你弄湿的。你也可以用他的皮制作几双冬天的雨鞋，保证滴水不沾；还可以制作几个囊袋，供孩子们学游泳时代替木浮子使用，安全得很呢。"

"这么说，他的皮与一种称作'少女青丝'的草有相同的功用，不沾湿，也不着湿气，

永远都是干的。即使把它搁在水里，放多久都是如此，这就是我们为何称它为'不湿草'① 的缘故吧！"朋特固尔说道。

"帕奴吉，我的朋友，"约翰修士说，"我说呀，你用不着害怕水，在我看来，你不会死在水里，而是死在与水相克的另一种元素之中。"

"是的，是的，"帕奴吉答道，"但是魔鬼的厨师有时候也会打盹，会犯一些不愉快的错误，把原来应该用火烤的东西放在水里煮。我们厨房里的那几个主厨也是这样，经常给山鹬、山鸡、野鸽涂抹猪油，也许你会认为他们是在准备烤着吃，但结果他们把山鹬放进锅里和着白菜煮，山鸡拌着韭葱烧成汤粥，鸽肉煮大萝卜。朋友们，你们听我说，在这些高贵的先生们面前，我郑重声明，对于夸恩德和蒙特索罗之间的圣尼古拉教堂，我为之祈祷，我的意思是要把它变成一个红花绿水的教堂，如果吃草的牛光顾那儿，我一定会把它扔到水底里去。"

"真是一个难得的无赖，"欧斯登斯说，"一个完完全全、彻头彻尾、不折不扣的无赖。一个无赖对半个无赖。'渡过灾难，诅咒上帝'，伦巴第人②的这句话说得很对！"

魔鬼害病，教士作鬼；魔鬼康复，即成教士。

第十三章

暴风雨过后朋特固尔到达麦克里昂岛

船驶进了港口。我们上了岸，并从当地人那儿得知这是麦克里昂岛。岛上居民热情接待了我们，一位年老的麦克罗毕斯（这是他们对德高望重的长老的称呼）邀请朋特固尔到议事厅稍作休息并吃点东西。但是由于船上的人还未全部登陆，朋特固尔没有马上离去。

人员会齐后，朋特固尔要求大家把衣服换好，把船上的一些储备物品搬上岸，并检查每条船上的人员是否安好，并吩咐大伙儿——照办了。接着，他们痛痛快快畅饮了一顿，只有上帝才知道他们有多么快活。岛上的人们搬来大量的船上必需品送给他们，他们也回赠物品，而且送得更多，真不愧是朋特固尔的随从。当然，在暴风雨中他们的东西也遭受一些损失。

用过饭后，朋特固尔请岛上的人们帮忙修补船只，他们欣然答应。修理工作进展得相当顺利，因为他们个个善于做木匠活，只有在威尼斯的兵工厂里才能见得到他们那样的手艺。

这是一座相当大的岛屿，周围没有零星的小岛，岛上有三个港口和十个居民教区，其

---

① 指铁线蕨，石长生，属长生草植物。
② 伦巴第人，指征服意大利并在意大利北部建立伦巴德王国的日耳曼民族。

余的地方是森林和荒野，很像阿登的森林地区①。

在我们的恳求之下，老麦克罗毕斯带我们在岛上四处走走看看。在荒野阴暗的森林里我们发现几座毁坏的庙宇、方尖塔、金字塔、纪念碑以及一些古墓，上面刻着各种碑文，有象形文字、爱奥尼亚文②、阿拉伯文、阿嘎伦文、斯拉夫文等等。对所有这些文字，伊比斯特莱为我们作认真的描述。

帕奴吉问约翰修士："这是麦克里昂岛吗？在希腊语中，'麦克里昂'指老人，指遭受罹难的老人。"

"这关我什么事？"约翰修士说，"我有什么办法呢？他们取这个名字时我又不在这里。"

"据我所知，"帕奴吉说，"'鸨母'这个词就是从这里演化来的，因为拉皮条这种事情通常由老的去做，正如年轻的只做屁股的工作一样。所以我这么想，这是个拉客卖肉的岛屿；有可能这里也是巴黎的那个岛屿③的原型和雏形。走吧，我们一起去挖蛤儿。"

老麦克罗毕斯用爱奥尼亚方言问他们：那天天气极度恶劣，海面上还有可怕的暴风雨，朋特固尔是怎样让船安全地抵达港口的。朋特固尔回答说，那是主宰人类的万能上帝的旨意。上帝认为他的那些随从们心地纯正、情感真诚，他们出门旅行不是为了钱财，航海的目的完全是为了认识神瓶，想亲眼看一看它的模样，并就自己提出的问题聆听神瓶的谕示。然而即便如此，他们还是没能逃脱沉船的危险。接着朋特固尔问老人，这场可怕风暴缘何而起，邻近的海面是否风暴频繁，就像圣马尼海域④、毛姆森海峡⑤、地中海的萨塔利湾、蒙塔根坦港、匹欧姆毕诺港⑥、拉哥尼亚的美里欧角⑦、直布罗陀海峡、发罗狄美西那海峡⑧以及其它地方那样，常受飓风的袭击。"

第十四章

老人描述英雄们的住处与死亡

老麦克罗毕斯回答道："朋友们，这个岛屿属斯波拉提群岛⑨。它不是你们所说的卡尔

---

① 指阿登高地，位于比利时东南，卢森堡南部和法国东北部。
② 爱奥尼亚文，发源于小亚细亚西岸中部的爱奥尼亚。希腊城邦的希腊语由此发展而来。
③ 指巴黎的妓院汇集区。
④ 圣马尼海域，位于布列塔尼湾。
⑤ 毛姆森海峡，位于法国西部沙伦德河入海处。
⑥ 匹欧姆毕诺港，意大利一港口。
⑦ 拉哥尼亚，古希腊南部一古国，范围相当于今天的拉科尼亚城，美里欧角位于其南部。
⑧ 发罗狄美西那海峡，位于意大利与西西里之间。
⑨ 斯波拉提群岛，爱琴海中属希腊的群岛。

巴阡海域①中的斯波拉提，而是大洋中的斯波拉提。从前这里富裕繁荣、人口众多、交通便利、商人游客云集，属不列颠的管辖范围。但是，随着时间的流逝，时至今天，这里贫穷落后，荒芜萧条，正如你们亲眼见到的那样。看那片黑暗的森林，方圆有七八千里格②，里边居住着一天天衰老的英雄鬼魂。我想昨日他们当中一定有人死去，因为三天前我们总能看见的那颗彗星现在已不见了，很可能是因为他的死亡，海面上才刮起那场可怕的风暴。只要他们活着，这里和邻近的岛屿总是安定幸福，到处一片祥和宁静的气氛。要是死去一个，我们就会听到森林里传出尖利的哀号声，很快地，虫疫、地震、洪水以及其它的一些灾难也袭击整个岛屿，空中弥漫着烟雾，到处一片混浊，海面上刮起暴风和飓风。"

"说得有理，"朋特固尔说，"就像火把或蜡烛，只要被点着，它就光芒四射照亮周围的一切，使人高兴、给人帮助，从来不会给人痛苦或引人不快。但火一旦灭掉，烟雾和气体便充斥空气，毒害周围的人，也会让所有的人厌恶。所以说，只要他们的躯体还没失去显赫尊贵的灵魂，那么宁静、利益、快乐以及荣誉也就不会离开它们赖以栖息的地方。但是一旦失去，这个地方以及临近的岛屿便会面临巨大的动荡和不安，空中黑暗一片，烟雾滚滚，雷声隆隆，冰雹不断，地球急剧震动，海面暴风雨骤起，人们怨声载道，宗教冲突、朝野纷争、政权颠覆。"

"法国国内也发生过这类事情，"伊比斯特莱说，"勇敢又博学的骑士威廉·杜·倍雷在世时，法国人民过着相当幸福的日子，世界上其他国家都非常羡慕，但又很敬畏，期望能与之友好结交。可是，在他死后的相当长的一段时间内，全世界的人们都用鄙视的态度对待法国。"

"所以嘛，"朋特固尔说，"当安咯塞斯③在西西里的德里帕尼死去时，埃涅阿斯就在海面上遭遇暴风雨，生命危在旦夕。也许也是出自同样的原因，朱迪亚国④残暴的国王赫罗德，在发现自己将不久于人世之时（他受虫和虱子吞噬，死于虱病。以前的罗·塞拉、毕达哥拉斯⑤的导师、叙利亚人费雷西德斯以及希腊诗人阿克麦思也都死于此病），就意料到自己死去之后犹太人会放火焚烧他的尸体，于是他籍口有要事面谕，把各个城邦里所有的达官贵人都请到后宫去。等人员到齐之后，他下令把他们关在后宫的一个赛马场里。他对妹妹萨尔美和妹夫亚历山大说：'我知道我死后犹太人会很高兴，但如果你们按照我的吩咐去做，我的葬礼将会非常风光体面，举国上下都会为我哀悼。我一断气，你们就立刻让我的卫士把关在赛马场里的达官贵人全都杀掉，我已将此密令传达给这些卫士；这样，犹太人就由不得自己了，他们将举国哀悼；在外国人看来，这一切都是为了我，好像是某

拉伯雷小传：

1. 拉伯雷是十六世纪法国文艺复兴运动的代表人物之一。他于 1493 年（一说 494 年）诞生在法国中部都兰省的施农城，父亲是律师，并拥有田庄，所以推测起来生活是富裕的。

---

① 卡尔巴阡海域，指希腊东海卡尔巴阡岛附近的海域。
② 旧时长度单位，约为 5 英里或 15 公里。
③ 安咯塞斯，希腊神话人物，特洛伊王子，特洛伊被焚时，由其子埃涅阿斯负于肩逃遁。
④ 朱迪亚国，位于古巴勒斯坦南部地区的一个王国。
⑤ 毕达哥拉斯，古希腊著名哲学家和科学家。

个英雄人物死去一样。'另外一个暴君也有同样的意图，他说：'在我死后，让地球与火溶在一起吧！'他的意思就是让世界灭亡。后来暴君尼禄①把这话改为'当我活着时'，这在苏埃托乌斯②的书中有提到。另外，西塞罗③的《论死亡》和塞内加④的《论仁慈》也都提到这句令人憎恶的话，狄恩·尼卡犹斯和斯伊达斯认为，这话是出自罗马皇帝提比略⑤之口。"

第十五章

朋特固尔论述英雄的死亡

以及德·让盖公爵死前骇人的异兆

"要不是碰上那一场风暴，"朋特固尔继续说道，"我还听不到这位善良的麦克罗毕斯讲的这些故事。现在我完全相信他所说的在死亡发生之前出现在空中的那颗彗星，这是因为他们的灵魂如此高贵、英勇、不同寻常，以致于在他们离去之前，上天一定要给我们某些提示性征兆。

"这就像严肃的医生所做的那样。当知道病人时日不长时，他会提前几天把情况告诉病人的妻子、孩子、亲属或朋友，这样他们就会有时间规劝病人做一些事情，如安排死后家庭事务，教导孩子用功努力，委托朋友照顾即将寡居的妻子，为孩子安排日后必要的生活保障。这样就不至于在病人突然死去后没有留下任何遗嘱，对自己的灵魂和家人也不会没有交代。

"英雄离去的日子越来越近，上天也变得高兴起来，因为他很快就可以欢迎这些高贵灵魂的到来。他用彗星和燃烧着的流星当作篝火，同时这也是给我们的预兆，让我们知道几天以后一个可敬的灵魂即将离开躯体，离开地球的尘世。

"古代雅典阿勒奥伯格斯山⑥的法官们也是这样做的。他们对接受审判的人作出的判罪裁决，是根据有关的法规使用不同的符号，例如，Th 表示宣判死刑；T 表示无罪释放；A 表示延期裁决或抗辩，即案情不够明朗。这样，只要这些符号公布出来，犯人的亲属、

---

① 尼禄，罗马皇帝，即位初期实行仁政，后转向残暴统治，处死其母和妻子，后因帝国各地发生叛乱，途穷自杀。

② 苏埃托乌斯，古罗马传记作家。

③ 西塞罗，古罗马政治家、演说家和哲学家，力图恢复共和政体，发表反安东尼演说而被杀。

④ 塞内加，古罗马哲学家、政治家和剧作家，尼禄的老师，因受谋杀尼禄案的牵连而自杀。

⑤ 提比略，在位期间（14～37）施行暴政，引起普遍不满，后被近卫军长官杀害。

⑥ 阿勒奥伯格斯山，指古雅典城邦的最高法院，因院址在阿勒奥伯格斯山而得名。

相关链接 ●

2. 拉伯雷幼年在父亲的田庄过着自由自在、无忧无虑的生活。优美的恬静的乡野风光，淳朴敦厚的农村习俗深深地印在他的心中，使他终身难以忘怀。

朋友以及想知道审判结果的人就可以消除疑虑，不必再忧心忡忡。同样的道理，彗星就像一些缥缈的字母，昭示着上帝要对我们说的话：如果你们要想从这些高贵的灵魂身上了解或学到什么的话，请务必抓紧点，因为他们的末日即将来临，不要错过这最后的机会，否则你们日后会后悔的。

"不仅如此，仁慈的上帝还认为人类不配与这些伟大的灵魂呆在一起，所以他用一些奇迹、鬼怪和不祥之兆来扰乱秩序，让我们心惊肉跳、惶惶不安。"

伊比斯特莱接口说："我们经历过这种事情。几天前你提到过那位博学又勇敢的骑士德·让盖，他的死就是一个例子。在他死之前的五六天时间里发生的那些可怕的事情，我现在还记得清清楚楚的，一想起来就止不住要发抖。当时在场的还有德·阿西尔公爵①、查曼公爵②、独眼玛里③、圣艾尔④、维里纽菲·拉·古雅特、沙维朗的盖勃利尔医生⑤、拉伯雷⑥、科伊奥、马苏奥⑦、马约里西、布路、别名'堡主'的西尔古、弗朗西斯·普鲁斯特、费冗、查利斯·吉拉德、弗朗西斯·宝尔西，以及死者的许多朋友和佣人。众人受了惊吓，脸色灰白，面面相觑，一句话都说不出来，但心里都很明白，法国很快就要失去一位功勋卓越的骑士，一位能维系荣耀，保家卫国的将士，因为上天即刻要召他去离去。"

"我以这顶斗篷上毛球的名义说话，"约翰修士说，"在有生之年我一定要成为一名学者，要知道，我的脑子还是挺管用的。现在，请允许我提一个问题，这些英雄，或者说半人半鬼的英雄会不会死去？他们能不能像天上的神灵一样永远存在？我的这些想法是不是愚蠢透顶？上天饶恕我的胡说八道！但这位尊敬的老人却说他们最终还是难逃劫数。"

"他们不一定都会死。"朋特固尔说，"斯多葛派⑧的人说除了一个不受苦难，不见踪影的例外，其他人都会死。品达⑨说得很明白，铁心肠的命运之神不再用纺纱杆为树木女神们纺织生命之线（也就是说，她们活不了了），而只是为自己的那些结实挺直的橡胶树纺纱织线。根据卡利马科斯⑩和保萨尼阿斯⑪的说法，这些橡胶树是他的出生地。马提艾诺

① 德·阿西尔公爵，意大利王公大臣。
② 查曼公爵，意大利司法大臣。
③ 独眼玛里，意大利兵部两总监之一。
④ 圣艾尔，都灵地区的防卫长官。
⑤ 沙维朗的盖勃利尔医生，意大利医学家。
⑥ 拉伯雷，即本书的作者。
⑦ 马苏奥，拉伯雷拉丁文著作的法译者。
⑧ 斯多葛派，古代一哲学派系，公元前4世纪由古希腊哲学家芝诺创立于雅典。
⑨ 品达，古希腊著名诗人。
⑩ 卡利马科斯，古希腊学者，亚历山大派代表诗人。
⑪ 保萨尼阿斯，希腊地理学家、旅行家，著有《希腊记事》。

斯·卡匹拉①也有同样的说法。至于说那些人神不分、羊形不像的神灵，还有萨梯②、林中精灵、凶神恶煞、英雄、鬼魂等各种人物，据赫西奥德③计算，他们平均年龄是九千七百二十岁。算法是这样的，从一加到四，所得数乘以四得四十，再与三的五次方相乘，即得这个数。帕鲁泰科④在《谕示之休止》一书中提到这个算法。"

"这可不是圣经上的经文，"约翰修士说，"要不是想让你我都高兴的话，信不信这个都无所谓。"

朋特固尔说："我认为所有智慧的灵魂都可以免挨阿特洛波斯的那一刀⑤；不管是神、是鬼、是人，他们总是永恒的。说到这里，我想给你们讲一个相当稀奇的故事，许多博学的历史学家曾著书证实这个故事的真实性。"

第十六章

朋特固尔讲述一个英雄死亡的感人故事

"伊匹塞西斯是修辞学家艾米里恩的父亲。有一次他乘坐一艘满载货物和乘客的轮船从希腊去意大利。一天晚上，当船航行到摩里亚赫突尼斯之间的伊希奈得斯群岛⑥时，海面突然刮起风暴，船被刮到帕克俄斯附近。当时船上的乘客有的在睡觉，有的醒着，有的在吃东西，有的在喝酒，这时传来一个高喊'泰姆斯'的声音，这喊声令每个人惊异万分。泰姆斯是船上一个水手的名字，来自埃及，船上只有少数的几个乘客知道。呼叫声第二次响起来，令人毛骨悚然，船上的人瑟瑟发抖，没人敢应答，周围寂静一片。这时又响起第三次呼喊，声音比前两次更骇人，更恐怖。

"这次泰姆斯不得不回答：'谁啊？什么事？'那声音更大了，它请泰姆斯在到达帕洛德斯港之后，向众人公布巨神潘因已经死亡的消息。

"伊匹塞西斯说，当时在场的所有的船员和乘客既纳闷又害怕。他们私下里讨论该怎么办，是按指示照办还是把消息隐瞒起来。泰姆斯的意思是：在接下去的日子里，如果海面上有风，他们就径直往前缄口不提此事；如果一点风都没有，他们就把消息公开。后来海面上一直很平静，直到他们快到达目的地时也不见一丝风。所以，在船靠岸时，泰姆斯爬上船头，遵照接受的命令对着岸上大声说巨神潘因已经死去。他的话一出口，岸上许多

---

① 马提艾诺斯·卡匹拉，古罗马语言学家。
② 萨梯，希腊神话中的森林之神，具有人形而有羊的尾巴、耳、角等。
③ 赫西奥德，古希腊诗人、牧人出身，著有叙述希腊诸神的世系与斗争的长诗。
④ 帕鲁泰科，古希腊传记作家、散文家。
⑤ 阿特洛波斯，希腊神话中的命运三女神之一；人死时她用剪刀剪断其生命线。
⑥ 伊希奈得斯群岛，即希腊南部的伯罗奔尼撒半岛。

人就伤心地呜咽痛哭起来。

"由于许多人亲身经历这件事情，它很快就传到罗马。当时的罗马皇帝蒂伯琉斯即刻派人去请泰姆斯，要他亲自证实事件的真实性。他还向宫里以及罗马的一些博学之士了解潘因的身份，得知他是墨丘利①与佩内洛普②所生的儿子。这在希罗多德的著作③以及西塞罗的《神性》第三卷中都有记载。

"不过，我认为他是拯救广大信徒的伟大人物，因为蒙受某些医生、牧师和维护摩西律法④的教士的忌妒和诽谤而被处死在耶路撒冷。我的这个解释应该是恰当的，因为希腊语中的'潘因'，用我们的话说即是'一切'之意，我们所有的人，所住的地方，所拥有的一切，还有所希望得到的东西都在他身上，来源于他，同时也依靠他。潘因是一个仁慈善良的、伟大的牧羊人，正如牧童所证实的那样，他对羊群以及牧人都怀有一颗真挚的爱心。他死后，人们痛苦哀悼，真是举世同悲，天地撼动。

"从时间上看，我的解释也是合乎情理，因为为我们惟一的救世主，最善良、最万能的潘因是死在耶路撒冷，当时正是蒂帕琉斯·恺撒统治罗马的时期。"

朋特固尔讲完故事后，若有所思地沉默了一会儿，几颗鸡蛋大小的泪珠从他的眼眶里滚落下来。他说："我说的话都是真的，要有半句虚假，让上帝马上将我唤走。"

3. 拉伯雷在三十多岁时爱上医学。他跑到蒙帕利埃大学医学院学习。有趣的是，仅仅两个月他就领到了毕业文凭。

第十七章

朋特固尔途经躲藏岛以及岛上的斋戒统治

破损的船只修补完毕，我们补充好船上的必需品，装好货物，准备重新上路。麦克里昂岛上的人们对朋特固尔的慷慨大方感到很高兴，对客人的来访相当满意，我们这些人的心情也因此快活了许多。第二天日落时分，我们观察到海面上风力大小适宜，于是就高高兴兴地扬帆出发了。

士诺玛因斯向我们介绍远处出现的躲藏岛⑤，说整个岛实行斋戒统治。朋特固尔对此已有不少耳闻，所以饶有兴趣地要亲自去看看。但士诺玛因斯把他劝阻住，因为我们不得不绕个大弯才能到达那儿，况且在岛上也找不到好酒好菜吃，即便在王宫里也是如此，更不用说别的地方了。他还说，即使花钱在岛上兜一圈也不过如此，除了一头馋猫、一个大口吞噬冬梨煮河蚌的高个子，其它什么也看不到。

---

① 墨丘利，希腊神话人物，众神的信使。
② 佩内洛普，希腊神话人物。
③ 见希罗多德的《历史》第二卷第一百四十五节。
④ 摩西律法，希伯来人的古代律法，亦指犹太人所称《圣经》的前五卷。
⑤ 作者借这个岛名讽刺修道院里虚情假意、躲躲藏藏进行斋戒的道士。

这个高个子有长长的两条腿，善于抓鼹鼠和捆扎干草①，身体硕大形如灯笼，胡子拉碴，头上梳着两道发冠②。他整天东游西荡，对人总是唯唯诺诺，但却是吃鱼③的领头人，吃芥末的倡导人，以及鞭笞小孩的刽子手。他额头抹灰④，满嘴高唱"求饶恕、得宽恕"，却又频频求助于医生的亲爹和养父⑤。他也是一个虔诚笃信、修行满腹的教徒，但从不参加任何喜庆活动。另外，他每天四分之一的时间都在哭鼻子⑥；令人费解的是，在邻近四十个王国里，他是最善于制作肉串和肉罐的家伙⑦。

"六年以前我曾经路过躲藏岛，顺便购买了一大串烤肉带回家，后来全都送给杀猪的匡德。不知道是何缘故，他当时高兴得很。等我们安全回国之后，我找个机会带你去看看拴在教堂门口的那两串烤肉。岛上那些家伙通常吃腌渍甲壳、咸盔甲、咸头巾⑧，所以有时小便出来的是针、刺之类的东西。他穿的衣服还算可以，裁剪得体，颜色合适，一般只有灰白两色，前后空空，袖子也一样。"

朋特固尔说："请你再说一说他的体形和性情吧，就像你刚才描述他的衣着、食物以及行为那样。"

"说吧，我也想听听。"约翰修士说，"我在经文里读到过这个人，他排在不定期节日的最后⑨。"

"当然可以，"士诺玛因斯说，"要是我把他与荒漠岛上的肠肚人扯在一起，那么要讲的东西还多着呢。他们是死对头，长年磕磕碰碰打个不停。要不是邻居狂欢节⑩的帮忙和保护，斋戒岛上那个面黄肌瘦的家伙早就对肠肚人不客气，把她们一网打尽。"

约翰修士问："这些肠肚人是男的还是女的？是神还是人？如果是女的，是不是少女？"

士诺玛因斯回答道："她们是人，女的，有些是少女，有些不是。"

约翰修士说道："我要不帮她们的话，让魔鬼马上把我抓走。你说说，向女人开战是不是不光彩的事情？是不是违背自然规律的行为？让我们过去把这个流氓剁成碎肉吧！"

---

① 斋戒期内是鼹鼠繁殖和草木生长的好季节。
② 两道发冠是方济会教士装束的明显标记。
③ 鱼是斋戒期内允许吃的食物。
④ 指斋戒期内用灰抹额以示忏悔的风俗。
⑤ 指斋戒期不讲卫生而发病，只好求助于医生。
⑥ 因斋戒期内不准办喜庆的活动，只好哭丧着脸。
⑦ 因斋戒期内禁吃肉，所以肉的来源丰富，可以大量生产肉制品。
⑧ 这些东西喻指斋戒期内粗糙、难于消化的食物。
⑨ 这里指基督教的节日，有固定日期和不定期两种；斋戒日是圣灰星期三（即复活节前的第七个星期三）之前的三天，故为不定期节日。
⑩ 指斋戒期结束的前一天。

"什么？去打斋戒岛的人？"帕奴吉大声喊起来，"我以别西卜①的名义讲话，我还没活得那么累！不，应该说我还不至于发疯到这个地步！这是哪门子的律法？万一被夹在中间咋办？一边是砧板，一边是铁锤，这是闹着玩的吗？长你的恶疮和脓球去吧！我才不理你呢！天主在上，我们还是走自己的路好了。再见了，善良的斋戒先生！好好跟你的肠肚人打打交道，同时不要忘了吃一顿凉拌肠肚！"

第十八章

士诺玛因斯对斋戒人的分析解剖

士诺玛因斯说："至于那个斋戒人的内部结构，就我那时候见到的情况说，他的脑子是够大的，其颜色、内部物质和能量很像一只雄性螳螂的阴囊。

脑室像大锥，
虫状的赘生物形如圣诞盒，
脑膜像教士的头巾，
脑壳像漏斗，
尖利如泥水匠的凿子；
脑盖像匣子，
血管细密像罩网，
胃口大如麻袋，
幽门像刀叉，
气阀像马刀，
喉咙里塞满破棉絮，
双肺像挤扁的毛皮法衣，
心脏像长袍，
脑沟深陷像水槽，
表面粗糙似膜斑，
耳膜鼓面像旋转风车，
骨头坚硬如鹅翅，
颈背像纸灯，
经脉粗如水管，
小舌像低音喇叭，

4. 1535 年，法王弗郎索瓦一世改变了在新旧两教之间的平衡政策，完全倒向天主教，公开镇压新教。一切反对天主教会的进步思想当然也都不能幸免，政治形势顿时险恶起来。拉伯雷处世机敏，加上教会中朋友的庇护，终于逃脱了恶势力的屠刀。

① 《圣经》中的鬼王，弥尔顿长诗《失乐园》中指地位仅次于撒旦的堕落天使。

上颚柔软如手套，

扁桃体形如望远镜，

鼻梁像独轮手推车，

喉结像箩筐，

肾脏像毛巾，

尿管像挂钩，

动脉像紫罗兰的花枝，

精管层层叠叠，

前列腺像墨水瓶，

膀胱像石弓，

入口像作坊里的钳子，

纵膈腔像陶制茶杯，

胸膜像绶条，

腹隔像双刃鹤嘴锄，

静脉像自由开合的窗户，

脾脏像哨笛，

胆囊像铜匠的手斧头，

内部器官错综复杂，

肠系膜像修道院主持的头冠，

小肠像扣纽，

盲肠像胸板，

结肠像马缰绳，

大肠像教士的皮革瓶子，

韧带像焊锅匠的经济结算，

骨头像三角糕，

软骨像别名鼹鼠的田野乌龟，

肚子下部像一顶上宽下尖的帽子，

肌肉像风箱，

精腱像鹰爪，

骨髓像钱袋，

颈腺像剪刀，

精力像拳头的力量，

血液发酵鼓胀着鼻孔，

精虫像一百个廉价铆钉。

相关链接 ●

我听他的奶娘说，他在半斋期①结婚后生下许多当地的"副词"② 和斋戒。

他的记忆力像围巾，

直觉像嗡嗡叫的蜜蜂，

想像如钟鸣，

知觉像一窝小苍鹭，

思想如飞出的惊鸟，

深思如风琴，

忏悔像一车双发炮，

理智如跳跃的蟋蟀，

想法像船上的压舱物，

理想如破烂的经书，

观念像从草莓里爬出来的蜗牛，

意志像一个碗里的三个榛果，

欲望像三捆干草，

判断像鞋拔子，

谨慎像滑轮。

5. 晚年的拉伯雷为生计所迫，不得不在长期过着不受约束、自由放任的世俗生活之后又回到宗教世界中来，担任两个小教堂的本堂神父……他在离开圣职不久于1553年4月9日与世长辞。

第十九章

斋戒人的外部解剖

"这个斋戒人，"士诺玛因斯继续说道，"除了那七根肋骨显得比正常人大以外，外表各部分的分布倒还比较合理。"

脚趾头像琴键，

脚趾甲像螺丝锥，

双脚像吉它，

脚跟像球棒，

脚底像坩埚，

双腿可诱引老鹰，

膝盖像组合板凳，

---

① 指大斋节（复活节前为期40天的斋戒及忏悔）的第三个星期日，这一天多婚宴。

② 从封斋期到复活节期间，人们都在打听到哪里可以得救获赦免，所以频繁使用"到哪里""怎么走"之类的副词。

大腿像钢帽，
臀部像锥钻，
腹肚大如木桶，
腰带当胸束紧，
肚脐像饶跋，
声音像碾碎的馅饼，
四肢像拖鞋，
钱袋像调味油瓶，
生殖器形如刨刀，
肌肉鼓胀胀的如同球拍，
会阴像木萧的吹孔，
胎膜像台球桌，
里边的腹腔一团糟；
背部像弯弓，脊梁骨像风笛吹管，肋骨像风车拼轮，
胸部肌肉宽如遮篷，
肩胛骨像研钵，
乳房是九针游戏里的猎物，
奶头像牛角喇叭，
肩膀像手推车车臂，
十指像柴火托架，
小腿骨是一对高跷，
胫骨弯如镰刀，
双肘像捕鼠套，
屁股像透明的玻璃，
腰部像装满黄油的罐子，
喉结像一只小桶，
下面悬挂着两个好看的肿瘤，
样子很像沙漏瓶，
胡须像灯穗，
下巴像手套，
鼻子像厚底高靴，
眉毛像漏水油盘，
左眉底下有一粒黑点，
形状和大小像尿壶，

6. 拉伯雷的青春是在丰特奈—勒孔特的考尔德里艾派的修道院中度过的。在那里他开始研究人文主义文化和希腊语，同时也着手研究集市广场特有的文化和语言。

眼睑像提琴，
眼睛像木梳匣子，
视神经像火绒箱，
前额像酒杯，
太阳穴像水槽漏孔，
脸颊像一双木鞋，
腋窝像跳棋子，
两臂像马钩，
牙齿像猎人的棍棒，
波伊都的科隆吉斯皇家①还存有一只奶牙，
另外有两只在圣东日的布洛斯②地窖里。
舌头像犹太人的竖琴，
嘴巴像马布套，
脑袋依照蒸馏器的形状设计而成，
脑壳像麻袋，
皮肤像防水布料，
上皮像筛子，头发像刮泥刷，
皮肤上的毛，前面已经提到过。"

第二十章

对斋戒人容貌的继续描述

士诺玛因斯继续说道："如果你们能亲眼看一看那斋戒人本人，听一听他讲的话，那真是再好不过的事情了。

"他吐一口痰便成满箩筐的金雀，
用一把鼻涕，便成整串的小鳗鱼，
抹一把泪水即成葱酱拌鸭肉，
打一个颤，抖出来的是野味馅饼，
流一把汗，出来的是黄油酱拌鳕鱼，
打一个嗝，便是许多加仓的海蛎，

---

① 科隆吉斯皇家，位于波亚都省。
② 布洛斯，下朗特省的一个地名。

打一个喷嚏，喷出来的是整缸的芥菜，

打一个咳嗽，咳出来的是一箱箱的橘子柠檬酱，

如果他呜咽啜泣，就会有丰富的水韭，

如果他打呵欠，就有整缸的腌豆，

如果他叹气，就有干制牛舌，

如果他吹起口哨，就有整桶的青豆，

他打起鼾来，便有整盆的油炸豌豆，

他后退一步，便有海扇贝壳，

他一抓脑袋，便有新的指示，

他一唱歌，便有带皮的豆子，

如果他皱眉，就有腌制的猪蹄，

如果他开口讲话，就有褐色手织衣料，

像绯红真丝一样珍贵的衣料，

如帕利萨提丝所希望的那样，

只要她开口，她的儿子波斯国王西勒斯，

就会为她织出那样的衣料来；

他一吹气，便是许多的钱柜子，

他一眨眼，便有黄油面包，

他一打呼噜，便呼出三月的猫，

他一点头，便有铁皮马车，

他一生气，棍棒都会断掉，

他嘴里一嘟囔，连法官都在狂欢作乐，

他双脚一蹦，便有许多许可证和安全保护，

他一清喉咙，摩尔人马上列队跳舞，

他一讲话，便倒出陈年的雪，

如果他做梦，便会梦到公鸡和公牛，

如果他考虑事情，就一定是一些古怪念头，

如果他打盹，就一定有房产的契约。"

"更令人奇怪的是，他工作的时候什么都不做，而不做事情正是他的工作；他喝酒的时候想睡觉，睡觉的时候想喝酒，而且眼睛像我们老家的兔子一样，总是睁着，生怕打盹时被死对头肠肚岛的人抓走；他吃东西的时候大笑，大笑时吃东西；斋戒时不吃东西，不吃东西时斋戒；平日里总是想像着说话，幻想着喝酒，在楼顶上游泳，在池塘或河里晾晒衣服，在空中钓鱼捉龙虾，在池塘里打猎，捕捉羚羊、山羊和其他的一些野羊；他敢把偷来的全部乌鸦的眼睛弄瞎，却害怕看到自己的影子，害怕听见肥羊的叫声；他会像逃学的

学生一样连续数日在街上东游西荡，或在圣人的节日里玩弄敲钟的绳子；他也会用硕大的刷笔在毛茸茸的羊皮纸上涂写预言和历法之类的东西。"

"是这样的一个人吗？"约翰修士说，"如果是的话，那么他就是我的人，是我要找的人，我马上要去向他挑战。"

朋特固尔说："如果他是人的话，那么一定是一个离奇古怪的人。你的话让我想起阿莫旦特①和狄索南斯②的身材和容貌。"

约翰修士问道："他们是什么样子的？我从来没听说过，天主在上，就罚我当洋葱受剥皮之苦吧。"

朋特固尔接着说道："我曾经读过有关他们的古代寓言故事，我这就说给你听听。

"自然之神菲希丝自身具有强大的生殖能力，她没有经过肉体的交配就生下美丽漂亮的两个孩子。这风光体面的生育立刻引起恶毒的安蒂菲希丝③（即她的死对头）的嫉恨。出于对抗的心理，她去和泰卢蒙④交合，生下阿莫旦特和狄索南斯。这两个孩子的脑袋不像常人那样两侧稍平，而是酷似圆球；两边的耳朵像驴那样竖起；没有眉毛的眼睛晦涩生硬，像螃蟹那样突出在脑袋外面；双脚像圆球那样滚圆滚圆的；胳膊和双手倒挂在肩膀上，走起路来脑袋着地，双脚朝天，颠来覆去像一个滚动的球。"

"你们也知道，连猿猴也会认为自己的孩子是世上最漂亮的，安蒂菲希丝当然也一样。她满口称赞自己的孩子，还极力想证明他们比安蒂菲希丝的孩子更英俊，更体面，说他们脑袋和双脚的圆球形状以及走路的滚动姿势，是神明力量的一种完美表现，世间所有存在着的东西都是按照那种方式运转的。她还说，双脚朝上，脑袋朝下，是模仿上帝开创天地的样子，头发变成树根扎根在地下，双腿则成分开的树枝，用树根栽种的树木毕竟比用树枝栽种的树木更容易成活。

"她这样解释，无非是想说，由于她的孩子更像站立着的树木，他们应该比安蒂菲希丝的孩子更加受人称赞。至于他们的胳膊和双手，她极力想证明说，向后倒转的姿势更加合理，因为背后的那个部位不能没有防卫，而身体前面的部分有牙齿保护着可保安然无恙，毕竟人的牙齿不能只用于咀嚼，还应该担任保护自己不受外来侵犯的责任。

"就这样，她用野兽般粗俗的理论解释并论证自己的观点，得到所有弱智的、愚蠢的家伙的支持，也受到所有缺乏判断力的人的称赞。从那以后，她又生了一连串伪君子、迷信且狡猾的主教、顽固不化的教士、疯狂的匹斯托利⑤人、魔鬼般的加尔文人、日内瓦骗子、靠募捐款过活的寄生虫、魔鬼的使者、搜刮民脂的恶棍、臭气冲天的隐士，还有其他

---

① 阿莫旦特，出自拉丁文 Amodunt，意为"没有形象的形象"。
② 狄索南斯，即 Dissonance，为"不协调、混乱"之意。
③ 安蒂菲希丝，原文为"Antiphysis"，为"反自然"之意。
④ 泰卢蒙，罗马神话中的生产之神。
⑤ 意大利一镇名，1300 年发生黑白教派动乱。

7. 在这里，在普瓦图，拉伯雷能够了解到广场生活极其重要的另一面——广场的戏剧表演。显然他在小说中展现的那些戏台生活的专业知识正是在这里学到的。

违反自然规律的、变态的怪物。"

第二十一章

朋特固尔发现巨鲸

太阳落山的时候，船队驶近荒漠岛。突然，朋特固尔看见远处有一条巨鲸正朝着我们游过来。它呼哧呼哧地喘着气，扑打得海浪哗哗作响，掀起的浪头高过我们的主樯杆，喷出的水柱像是从高山上倾泻下来的河流。朋特固尔马上把这情景指给领航人和士诺玛因斯看。

按领航人的意见，主舰上应马上吹起号角，通知大小船只向主舰靠拢。警报发出以后，所有的大轮船、小帆船、护航舰、双樯船都依照航海的规矩有秩序地排成"Y"形。"Y"是毕达哥拉斯的字母①，也是白鹭飞行时排列的形状。朋特固尔的主舰坐镇中央，准备随时应付突然变故。约翰修士紧紧跟在身强力壮的水手后面也登上艉楼甲板。

可怜的帕奴吉又开始害怕起来。他全身发抖，双肩紧缩，嘴里喊叫得比以前更凶：

"磕、磕、磕，勃勃！魔鬼又来了，这一次肯定比那天的灾难更悲惨，一定是尊贵的先知摩西所说的那头海兽抓我来了，好像是在旧约传记里说的②。它要把我们所有的人，大大小小的船只，一切一切的东西像药片一样吞进肚里。天主在上，我们将不复存在，在它那血盆大口里，我们只不过是驴嘴里的一块糖。看呀，看那边，它扑过来了，大家快跑！快逃命啊！逃到岸上去。我想这只海兽一定就是以前生吞安德洛墨达③的那只，这下我们逃不掉了，要是勇敢的帕尔修斯④在这里该有多好呀！"

"用不着害怕，"朋特固尔说，"我会马上把它杀死的。"

帕奴吉说："天主在上，消除我的恐惧吧！除了这种灾难，还有什么事更能叫人害怕呢？"

朋特固尔答道："如果你的命运正如约翰修士刚才所说的那样，你就用不着害怕这头巨鲸。它嘴里喷出的仅仅是水而已，你应该害怕费罗伊斯、伊欧斯、艾通和弗里公这几匹拉太阳的马，它们从鼻孔里喷出来的是火。水这种元素不会危及你的生命，反而还会保护你的安全。"

---

①　毕达哥拉斯用代表四百的字母 y 当作神圣的数字。

②　这里的海兽指鳄鱼，见《旧约·约伯记》第四十二章；但不是摩西说的。这里帕奴吉已经被吓晕了头脑。

③　安德洛墨达，希腊神话中的埃塞俄比亚公主，因其母夸其貌美而得罪海怪，致使全国遭到骚扰。

④　帕尔修斯，宙斯和达纳尼之子，是杀死海怪美达萨救出安德卢美达的英雄。

"呸！我才不信这鬼话。"帕奴吉说，"真是一个动听的谎言！哦，上帝保佑，我是否曾向你们说过元素之间相互转化，以及烤和煮、煮和烤之间易于混淆的事实？天哪！魔鬼来了，我得躲到底下去。可怜我们这些人，这下死定了。我能看得见那个残忍的阿特洛波斯出现在主桅杆上，手里拿着一把全新的剪刀，准备剪断我们的生命线①。啊，多么可怕、多么恐怖的海兽！你不知淹死过我们多少人！天主在上，要是你喷出来的不是又苦又涩的海水，而是甘醇的美味好酒，那么我还可以忍受得了，就像那位英国公爵老爷②，在注定要死的时候还有机会选择一种死法，选择死在一桶葡萄酒里。啊，又扑过来了，你这魔鬼，魔鬼撒旦，你这丑陋无比的家伙，我不想看到你！你到法庭去，去找那里的执法吏吧！"

8. 拉伯雷生活的下一阶段材料不详。这一阶段他大概巡游于波尔多、图卢兹、布尔日、奥尔良和巴黎的各个大学。在这些地方他熟悉了大学生艺术家的生活。随后，拉伯雷在蒙比利埃潜心于医学研究，这段时间他对这种生活更为了解了。

第二十二章

朋特固尔力杀巨鲸

巨鲸冲进船阵，对准船只喷射出一条条水柱，如同尼罗河的洪流倾泻在埃塞俄比亚的国土之上。与此同时，船上的羽箭、飞镖、短矛、标枪、长矛、铁棍、叉戟如同冰雹一样落在巨鲸身上。约翰修士使出浑身解数来应战，而帕奴吉却吓个半死。又见火炮齐发，炮声隆隆不绝于耳，似乎已把巨鲸化为灰烬，可它却毫无损伤。原来，所有铜片铁弹都打不透它的皮肤，在太阳光的照射下，犹如飞舞的瓦砾消失得无影无踪。

朋特固尔这时意识到情况相当不妙。他挥动双臂，表示有办法杀死这只巨鲸。

你曾经说过（书上同样也有记载），罗马皇帝康茂德③箭法娴熟，能够用箭射过远处一小孩的手指缝而不伤及手指。你也说过在亚历山大征服印度时期，印度有一个弓箭手可以让箭穿过远距离之外的一个金属环，而他的箭足足有三腕尺那么长，用又沉又重的铁铸成，可以刺穿钢盔、厚盾以及钢制胸甲，无论是多硬多结实的东西，这样的箭都可以射穿。

你还提起过精明能干的古法兰西人。他们比任何人都喜欢射箭，还用有毒的藜芦根草涂抹箭头；他们猎杀到的野兽，无论是黑色还是暗褐色的，其肉都是鲜嫩且美味可口，当然，吃的时候得把中箭部位的肉挖掉。

还有帕提亚④人，他们背后射箭的本领比起别的国家的人在正面射箭的本领更高明。

---

① 见本书第十五章。
② 指克拉伦斯公爵，1477年被其兄爱德华四世秘密处死在酒桶里。
③ 康茂德（公元177~192），当罗马皇帝。他自以为是大力神赫丘利转世，经常到斗牛场充当斗士，后被一摔跤冠军摔死。
④ 即安息，亚洲西部古国。今伊朗东北部。

你也说过锡西厄人①也会这种箭术。他们曾派一个使节给波斯国王达琉斯送去一只鸟、一只青蛙、一只老鼠，还有五支箭。那使节只字不提这些礼物代表何意，还说没有什么话语让他传达，这使达琉斯国王百思不得其解。这时，国王七重臣之一的戈布里艾斯站了起来，他一刀杀死使节，接着向国王说：

"锡西厄人送来这些东西是想暗示我们，说除非我们能像鸟儿一样飞到天上，像老鼠一样钻进地底，或像青蛙一样跳进池塘，否则我们就难逃被锡西厄人的神箭射死的命运。"

当然，不用比较我们也知道，高贵的朋特固尔的射术是更高明、更令人钦佩的。他的箭杆，无论在长度、尺寸还是在重量和铸工上，都与支持南特桥、贝格拉克桥以及巴黎的作坊桥和交易桥②的桥墩不相上下。他可以一箭射开一英里开外的海蛎壳而不损及边缘，可以射断烛芯而不让火熄灭，可以准确无误地射穿鸟的眼睛，可以射掉鞋的鞋底，可以削掉骑兵头巾的毛边而不损头巾丝毫，也可以把约翰修士的经书一页一页射掉而不损破纸张。

船队的主舰上备有不少这种神勇的箭。朋特固尔拿起第一支箭搭弓射出，一下子就射中巨鲸的前额，并穿透颌骨和舌头，让它再也张不开血盆大口，再也喷不出水柱来；第二枝箭径直射中它的右眼，紧接着第三枝箭又射瞎它的左眼。我们欣喜地看到，巨鲸的头上长出等距离分布且稍稍前倾的三个角。

巨鲸痛苦地前后翻腾着，并不时地左右摇滚，像醉酒一样迷迷糊糊、踉踉跄跄，似乎离死期不远。朋特固尔还不满足，又抽出一箭朝尾巴射去，巨鲸的后部顿时耷拉下去，接着又往脊椎骨垂直射出三箭，刚好从头部到尾巴把巨鲸分成等长的三段。最后，他又在巨鲸左右两侧各射出五十箭，整条巨鲸看起来像大帆船的船体，上面一条条横梁清晰可见并呈规则分布，龙骨上似乎还有铁环和链锁，我们看得心花怒放。

像所有的死鱼一样，巨鲸翻过身去，肚白朝天就见鬼去了。它这么一翻身，所有的箭都浸到海水里，像是一条掉到水里的蜈蚣。蜈蚣也就是先哲尼坎德③所描绘的那种毒虫。

第二十三章

朋特固尔登陆肠肚人的古老住处荒漠岛

大灯号船上的水手们把巨鲸拖到附近的一个岛上（这个岛恰巧是荒漠岛），打算对它开膛剖腹，取出肾脏的油脂，据说这种油脂对治疗一种叫作"穷要钱"的坏脾气病相当有

---

① 古代帕提亚骑兵经常在退却或假装退却时返身发射回马箭。
② 指当时位于巴黎塞纳河上的两座桥。
③ 古希腊自然科学家。关于蜈蚣的描述详见他的《解毒药》第十二类。

拉伯雷及《巨人传》评论：

1. 那时把拉伯雷仅仅作为引人入胜、令人开心的作家的概念已经开始形成。众所周知，《唐·吉诃德》的命运就是如此，它长期被理解为轻松读物和引人入胜一类的文学作品。

用。朋特固尔不把这头巨鲸当回事，以前他在高卢海域见过不少这样的、甚至更大的巨鲸，但他同意在荒漠岛登陆，因为船员们可以在岸上把刚才被溅湿的衣服晾干，也可以吃点东西稍作休息。

船队停靠在岛屿南端的一个偏僻小港口。离港口不远有一片相当不错的森林，一条小溪从林中延伸出来，清澈甘冽的流水潺潺有声。他们在溪流边上搭起帐篷，支起灶台，同时燃起一堆篝火。

等大伙儿换好衣服，约翰修士摇铃通知开饭。他们铺好桌布，上好饭菜，就开始吃起来。朋特固尔高高兴兴地和大伙儿一块儿用饭。第二道菜上来的时候，他发现离灶台不远处的一棵大树上躲着几个肠肚人，看上去像是几只松鼠、鼬鼠、毛脚鼠或是貂鼠之类的动物，他问士诺玛因斯："那是什么动物？"

士诺玛因斯答道："这就是我今天早上说的荒漠岛。长久以来，岛上的肠肚人一直和她们的宿敌斋戒人进行无休无止的战争。我想准是刚才炮轰巨鲸的声音惊吓了她们，以为是敌人的部队要出其不意地袭击她们，要把她们的岛屿夷为平地。那斋戒人经常来这里冒犯，但由于肠肚人总是小心谨慎高度警觉，斋戒人每次都是悻悻而归。她们的敌人用心狠毒，相隔又只有咫尺之遥，正像狄多①对埃涅阿斯的同伴说她可以神不知鬼不觉地到达迦太基那样②，所以她们被迫时时站岗放哨，以防敌人的偷袭。

"我的朋友，"朋特固尔说，"如果你有什么切实可行的办法，能够让我们结束战争握手言和，就说给我听听，我真心愿意出力帮他们一把，愿意竭尽全力出面调和并化解双方的争端。"

士诺玛因斯说："目前还行。四年前我打这里经过时，曾尝试劝他们和解，我想他们至少应该长时间不开战才好，可是双方斗得寸步不让。那时只要一方稍作让步，现在也早已成为好朋友好邻居。斋戒人不愿意把自己以前的伙伴和同盟，即野味布丁和高原香肠考虑在停战协议之内；肠肚人也提出要求，说酱鱼城和咸肉城应归她们管辖，还说必须把城内居住的那些我也说不清楚的恶人，像恶棍、凶手、抢劫犯什么的，统统赶出去。双方都不接受对方的要求，任何议案对一方总有不合理之处，所以，什么都干不成，议和协定也就不了了之。不过，不管怎么说，从那以后，他们的冲突不像以前那么剧烈。但好景不长，在查西尔的全民会议上，肠肚人受到粗暴的摆布、刁难和传讯，会议也认为斋戒人与她们有盟约关系，因此也被列入肮脏龌龊的行列，这样双方又开始相互忌恨起来，宿怨和偏见顽固不化，再也没法诊治了。实际上，即使让猫和老鼠、狗和兔子之间相互和解，我们也会更容易办到。

—————————————————

① 狄多，罗马神话中迦太基（北非一奴隶制国家）的建国者及女王，拉丁史诗中说她落入特洛伊战争英雄埃涅阿斯的情网，因埃涅阿斯与她分手而失望自杀。

② 见维·吉尔的《伊尼特》第一卷。

第二十四章

肠肚人伺机围攻朋特固尔

士诺马因斯说话的时候，约翰修士瞥见远处有二三十个体形瘦小的肠肚人正飞快地跑回他们的防御工事和烟囱形的堡垒里。他对朋特固尔说：

"我闻到一股不对劲的味道，有个魔鬼抄着两根棍子要来了，我的话错不了。那些可敬的肠肚人已经把你当作斋戒人，虽然你一点都不像他。为了安全起见，大家先别吃了，万一她们来侵犯，我们还得准备应战呢。"

"说得有理，"士诺马因斯说，"肠肚人终归是肠肚人，总是疑神疑鬼，心眼多得很。"

朋特固尔站起身来到林地那边去察看一番，不一会儿折了回来。他发现有一队肠肚人埋伏在林地的左边，右边半里格开外的地方也有一队肠肚人，个个身强力壮，手握武器，正敲锣打鼓，号角齐鸣，杀气腾腾直朝我们扑过来。看那阵式，仿佛是想效仿抓兔子的摩西①一举把我们捕获。队伍里的旗帜约有七八十面，从这个数目来估算，来人应该不下四万二千人。

这支队伍井然有序，步伐整齐，而且神色坚定，由此我们判断，来者决不是刚刚出道的泛泛之辈，而是骁勇善战的猪肠人和腊肠人。远远望过去，无论是冲在前头的士兵，还是高擎战旗的旗手，个个手抄短柄利器，身穿钢盔硬甲。队伍的左右两翼布满精神抖擞的布丁人，身材魁梧的肉丸人，还有骑马的腊肠人。他们粗犷凶悍，完全表现出该岛岛民的特点。

肠肚人的这种架势让朋特固尔吃惊不小，当然这不是没有理由的。伊比斯特莱告诉他说，肠肚人常常带刀拖枪出来迎接外国朋友，这是她们的一个传统。当时尊贵的法国国王即位后进驻几座主要城池时也遇到这样的情形。他说：

"也许那是王后的护卫队。王后在得到刚才那几个肠肚人的禀报之后，得知到来的是一支高贵豪华的舰队。她认定你是哪位富豪或有权势的王子，所以亲自出来迎接。"

朋特固尔没把这话放在心上。他把众人召集在一起，听听他们对这件麻烦事的看法，之后他简明扼要地向众人分析这种携带武器的接待方式，虽然打的是颂扬友谊的旗号，却经常会给人予致命的打击。他说：

"罗马皇帝安东尼斯·卡拉卡拉②曾一度用这种诡计摧毁亚历山大人。另外有一次他籍

---

① 摩西，《圣经》故事中犹太人的古代领袖。
② 罗马皇帝，211～217年在位。他嗜杀成性，杀害亲人与友人，并大肆屠杀日耳曼人，最后被罗马近卫军司令刺死。

2. 拉伯雷、塞万提斯、莎士比亚的时代是在对待诙谐的态度方面转折的时代，使得十七世纪及其以后世纪的诙谐与文艺复兴时期泾渭分明，都不具有这种强烈的、原则性的和清晰的特征。

口迎娶波斯国王阿塔巴纽斯的女儿而大败波斯的军队。不过，他最终还是未能逃脱被杀死的厄运，真是罪有应得。雅各①的孩子们用这种方法杀死西卡米特斯为妹妹蒂娜报仇的；同样也是用这种诡计，罗马皇帝盖利奴斯杀死在君士坦丁堡的全部将士；安东尼斯用友谊的幌子诱骗亚美尼亚国王阿塔瓦斯达思上当，之后用镣铐把他锁住，最后把他杀死。

"历史上这样的例子不胜枚举。国王查理六世②当年谨慎行事，对此人们至今还是称赞有加。当年他和根特人和弗莱明人交战获胜，在部队凯旋回归巴黎途经距离巴黎一里格远的布尔热③时，听说有两万身强体壮的巴黎市民，个个手拿木槌（这就是"木槌党"的由来），列队在城外等待他的到来，他马上表示不敢进城，虽然巴黎市民解释说，他们手拿武器仅仅是为了表示对国王极大的尊敬和爱戴。最后还是等市民们放下武器各自回家后查理才肯进城。"

第二十五章

约翰修士联合厨师会战肠肚人

气势汹汹的肠肚人朝我们直逼过来。约翰修士见状，对朋特固尔说：

"看来一场恶斗在所难免，不过也可以说是木偶戏要开始了。啊！胜利将会给我们带来多大的荣耀呀！你无须动手，只管在旁边观看好了。这事情交给我和我的属下去办！"

"你的属下？"朋特固尔问道。

"就是经书上提到的人。"约翰修士说，"埃及法老的主御厨波提兰④，那个购买约瑟但被约瑟戴上绿帽当乌龟的波提兰，是怎样当上埃及王国的马务总监？为什么尼布甲尼撒国王⑤的主御厨纳布扎旦能作为惟一的例外和国王的将军们一起围攻并摧毁耶路撒冷呢？"

"你说说看！"朋特固尔说。

约翰修士说道："我以圣克里斯托弗的胡须的名义说话，以前他们一定曾和肠肚人，或比肠肚人还不济的人交战过。要征服并打垮这些肠肚人，我们根本就用不着出动什么披盔带甲的骑兵和步兵，只要派出一些厨子就完全够用。"

朋特固尔说道："你这么一说，我倒想起西塞罗说过的一句滑稽可笑的话。当年恺撒

① 《圣经·创世纪》中伊塞克之子，以色列人的祖先。
② 法兰西国王（1380～1422），通称疯子查理；在位时患精神病，王权衰落，国事分裂；1382年国内曾爆发规模庞大的"木槌党"起义。
③ 法国塞纳省地名。
④ 波提兰，《圣经·创世纪》中埃及法老之护卫长，买约瑟为奴，但他不是此处提及的主御厨或马务总管。
⑤ 指尼布甲尼撒二世，巴比伦国王（605～562），曾侵占叙利亚和巴勒斯坦，并焚烧耶路撒冷。

和庞培①打内战时，恺撒对西塞罗礼节有加，但他打心底更倾向庞培。有一次他听说庞培在一次冲突中损失了许多将士，就亲自到庞培的军营探望。在那里他看见将士有气无力、意志消沉，到处一片混乱。在此之前，他曾预料情况将会不妙，现在既已成现实，他就动用他的弹簧之舌，这边戏谑，那边逗弄。其中有几位军官装出若无其事的样子问西塞罗：'你看我们现在还有几只老鹰？'他回答道：'要是你们对付的是喜鹊，那么老鹰可能还派得上用场。'"

"由于我们对付的是肠肚人，应该说这是一场厨房性质的战斗，可以把厨师集中起来。这么说吧，你怎么做都行，我就站在一旁等着观看吧。"

约翰修士走进厨师们的营帐里，用欢快的语气对他们说：

"伙计们，今天我要看着你们建功立业，去争夺胜利，赢得荣誉！拿起你们的武器，去成就一番亘古未有的事业！那些肠肚们，难道连你们这些英勇的厨师们也不放在眼里？那我们就和肠肚人较量一场吧！我就当你们的队长！出发之前，大家先喝上几杯，来吧，打起精神！"

"尊贵的队长，"厨师们说，"你说得太好了！好好干一场！我们大家都听你的指挥，是生是死全靠你了。"

"活，活下去，"约翰修士说："是上帝的旨意，死是不可能的，只有那肠肚人才会死，咱们会让她们死个痛快的。来，大家集合，行动的统一口令是'纳布扎旦'。"

第二十六章

修士装备"母猪"，勇敢的厨师钻进母猪体内

在约翰修士的指挥下，一些师傅和工人把僧瓶号②船上的大"母猪"安装起来。大"母猪"是一架设计精巧的机器，周围并排装有许多动力装置，能自动投射出铁叉棍和四方铁箭，里面可以容纳两百人藏身和作战。它是依照瑞尔的"母猪"设计而成，当年查理六世就是依靠这种武器从英国人手里夺回贝格拉克城③的。

就像希腊人进入特洛伊木马一样，高贵又勇敢的厨师们钻进"母猪"体内。他们的名单如下：

酸沙司、脆猪肉、烩牛肉、甜猪肉、油脂皮、锅蒸面片、饿肚杂、胖肚杂、精挑肉、美味肉片、驴肉酱、芥末罐、腌猪肉、沙司舔、猪肚杂、果酱拌、猪蹄、鸡肉汤、混杂

---

① 古罗马统帅、政治家，曾两度任执政官，和恺撒、克拉苏结成"前三头同盟"，后与恺撒发生冲突，被恺撒打败，逃到埃及后被杀。

② 即船队的第六艘船。

③ 这里应是查理五世。1378 年他使用巨型战车攻打贝格拉克城。

相关链接 ●

3. 拉伯雷就是这种民间狂欢式的笑在世界文学中最伟大的体现者和集大成者。他的创作能够使我们深入看到这种笑的复杂而深刻的本性。

汤、大拼盘、无味酒……

这些尊贵的厨师个个戴着宽大的红袖圈，袖圈上画着绿色的肉叉子，下面垂挂着一个银灰色的徽章。

大肥肉、撮肥肉、啃肥肉、削肥肉、嚼肥肉、滤肥肉、捡肥肉、腿肥肉、冻肥肉；

还有肥肉王，这位师傅原本是善于煮肥肉的小伙子①，这个名字来自兰布莱绵羊②，用的是中略法，你们也用这种方法把"偶像崇拜"说成是"邪魔异教"③。

板烧肥肉、刀削肥肉、耗脂肥肉、传情肥肉、香甜肥肉、适口肥肉、浓味肥肉、吞食肥肉、鲜嫩肥肉、夹心肥肉、脆食肥肉、臭腐肥肉、单眼肥肉、醉心肥肉……

上面是摩尔人和犹太人所没有的名字④。

精制凉菜、解渴清汤、麦粥罐、灼烤咸肉片、烹调配料、舔尝盘菜、鲑鱼皮烧、酸果鲜汁、咸喉盐菜、美味切块、水滴不漏菜、蜗牛拌菜、馅肉搅饼、水韭盘菜、汤料烧卖、布丁锅煎、刮皮萝卜、酒酿肠肚、搅拌锅菜、三脚皿热煮、精挑脊骨、芥末味酱、蔬菜炖肉、吮吸肉汁、葡萄酱酒、爆罐烧菜、杏仁饼干、泔水肉汤、锅边糊罐、串烧叉肉。

还有香味罩盘，他被调出厨房到教堂内室伺候尊贵的枢机主教。

糊烂烧、猪喉咽、狐尾巴、烂盘子、牛臀腰、乱拍火、冻板油、叉羊肉、老狗肉、瞎填火、细切煮、包肠肚、纯肉匠、番红酱、长撮条、塞肚杂、大肚猫、捣猪鼻、熏黑肉、小鹿肉、豪饮酒……

还有"夫人酱油"的发明人蒙旦。蒙旦酱油在苏格兰人的法语中是"夫人酱油"⑤。

稠麦片粥、杂拌粥、木盘菜、厚肉拼片、吞食斗菜、好人鹅帽、浮渣炖罐、薄饼烧卖、咀嚼萝卜片、大小肚肠、脆蒸肉块、补丁肉丸、漂漱肉罐、猪肉糊粥、豪饮溅酒。

还有罗伯特，他发明了罗伯特酱油。这种酱油用于烧烤鲑肉、鸭肉和新鲜猪肉、水煮荷包蛋、咸制腌鱼，以及其它许许多多的盘菜，都非常好用。

冻鳗鱼、煎炒锅、大象鼻、红鳎鱼、生面人、舔手指、豹鲂鮄、调味人、珍馐美菜、咕咚肚肠、多黄油、酱油罐、经济便菜、后臀块肉、共四盘、尝个遍、腌肉块、古怪菜、断块肉、奶油烧烤、大肚烧火人、发霉面包屑、牛肚杂、红鲱鱼、洒粉缸、乳酪蛋糕。

这些尊贵的厨师人人兴高采烈，士气高涨，他们敏捷地钻进"大母猪"，准备好好与肠肚儿打一仗。约翰修士晃动着他的那把半月形大刀最后一个进去，随手带上门，从里面把门双重锁住。

① 原文中这位师傅的名字为 Gaillardlard，即为 Gaillard（年轻人）和 lard（肥肉）的组合词。

② 原文为 Rambouilet，一种改良型法国肉毛兼用的细毛种羊。"肥肉王"原文为 Gaillard。

③ 偶像崇拜（idolatrous）与邪魔异教（idololatrous）之间依照中略法略去 lo。

④ 摩尔人和犹太人信仰天主教，故不吃肉。

⑤ 当时法国的士兵多苏格兰人，故他们的法语带有英语的读法，例如，他们把 Madame（夫人）读成 Mondame（蒙旦）。

第二十七章

朋特固尔大败肠肚人

肠肚人越逼越近，个个挥动手中的武器，似乎随时都要发起进攻。朋特固尔派吉姆纳斯特过去交涉，问她们此举为何意，为何要如此兴师动众对待从来没有伤害过她们的老朋友。吉姆纳斯特走上前去，深深一鞠躬，扬声说道：

"大家都是自己人，有事慢慢商量。我们都是你们的朋友，是从你们的同盟狂欢节那里来的！"不料那些肚肠人把"狂欢节"听成"狂乐节"，这我后来才知道。

不管吉姆纳斯特说什么，反正他的话刚一出口，队伍前头的一个矮矮胖胖的腊肠人就向他直扑过去，紧紧地揪住他的衣领不放。

"以马耳斯①头盔的名义说话，"吉姆纳斯特说，"我要把你吞进肚里，不过最好还是切成碎片慢慢吃下去，你这么肥，我一口还真对付不了呢！"

说着，他双手抽出那把"亲我屁股"（这是他为宝刀取的名字），一刀把那腊肠人砍成两段。我的天哪！看看那强盗有多肥！她让我想起喝醉酒的瑞士人惨遭失败时在玛里格南被杀的那个伯尔尼大肥牛②，要知道，她肚子上的油脂至少有四英寸厚。

腊肠人一死去，后面的一群肠肚人就朝吉姆纳斯特直扑过去。她们杀气腾腾，吉姆纳斯特眼看就要招架不住，朋特固尔赶忙带人过去帮忙。这样，双方正面交锋正式开始，只见劈劈啪啪地一阵混战，捶大肠的师傅狠命地槌打，切布丁的师傅使劲地剁切，朋特固尔打得肠肚人屈膝下跪，约翰修士则在大母猪体内按兵不动，密切注意着外面的动静。

突然，埋伏在四面的一队肠肚人朝朋特固尔直冲过去，阵脚顿时一片大乱。约翰修士早已按捺不住，他打开母猪的门，和他的厨师们一同冲了出去。他们有的抄起铁炙叉，有的拿起柴架、铁铲、煎锅、茶壶、烤架、锅铲、火钳、油盘、扫把、铁罐、研钵、杵槌，等等，迅速排成进攻的队列，高喊"纳布扎旦，纳布扎旦"，朝肠肚人的队伍直冲过去。他们的呐喊惊天动地，动作犹如蛟龙出海，打得大肠人、小肠人、腊肠人措手不及，阵脚一片混乱。

肠肚人意识到自己没法招架，连忙转身撒腿就跑，就像看见魔鬼一样仓皇逃命。约翰修士紧追其后，一边跑一边飞快地舞动手中的撬棍，把她们一个个打倒在地。跟在他旁边的厨师们打起架来也一点都不含糊。不一会儿，战场上就倒下一堆堆的死尸和受伤的肠肚人，多么令人胆战心惊的场面呀！我们现在知道，要是那时上天没有出手相助的话，那些

---

① 罗马神话里的战神。
② 见本书第二部第一章。

4. 然而，在欧洲文学的伟大创建者行列之中，拉伯雷却是名列前茅。别林斯基曾称拉伯雷是天才，是"十六世纪的伏尔泰"，而称其小说为既往时代最优秀的小说之一。

肠肚人势必会被厨房的勇士们赶尽杀绝。

这时发生了一件奇怪的事情，信不信由你。

一只大灰猪从北边朝我们这个方向飞来。它体形硕胖，皮毛粗长，长着一对巨大的羽翼，大小与风车的转叶不相上下。绯红色的羽毛与火鸟（朗格多克语①称之为丹鹤）的颜色差不多，红色的眼睛和红宝石一样艳红，两只耳朵翡翠般晶莹碧绿，牙齿像黄晶玉，又长又黑的尾巴活像一块条形乌玉。一双白色的脚蹄透明雅致，仿佛鹅掌一样趾间有蹼，很像从前在图卢兹②的狄克皇后的鹅足。脖颈上套着一圈金链，上面刻有一些爱奥尼亚③文字，我只能认得其中的一两个字，"SUS ATHENAN"，意为猪的教导人米纳瓦。

不久前天空还是晴朗一片，可这头怪兽一出现，天气就变得极其恶劣，我们对此惊奇万分。那些肠肚人一看见这只会飞的猪，就慌忙扔下手中的武器，扑通一声跪在地上，双手合拢在一起并举过头顶，不敢说一句话，完全是一副畏惧的模样。而约翰修士和他的厨师们还像发疯一样一个劲地打呀，杀呀，砍呀，直到朋特固尔下令收兵，一场恶战才宣告结束。

怪兽在两军之间的上空前前后后盘旋了好几次，从尾部往地面喷洒至少有二十七桶的芥末，接着一个劲地喊着"狂欢节、狂欢节、狂欢节"，最后渐渐消失在空中。

第二十八章

朋特固尔和肠肚王后谈判

怪物消失之后，两军都按兵不动。朋特固尔提出和肠肚国王后谈判。王后名叫妮夫勒塞丝，那时她正坐在王旗下面的战车里。朋特固尔的要求很快得到应允。王后下了战车，谦逊地向他施礼，并表示见到他很高兴。朋特固尔向她抱怨说她们不该挑起事端，王后当即表示歉意，并解释说误解是由一个错误的情报引起的：她的哨兵传来的消息说斋戒人正在登陆，准备要对她们开膛剖肚。王后请求朋特固尔原谅她们的过错，并说以后肠肚人会对他们无比尊敬，不会再有丝毫的怨言。她愿意让朋特固尔及其部下来统治整个肠肚岛，愿意听从他的一切指挥，并说愿意把他的朋友当作自己的朋友，他的敌人也是她的敌人。此外，为了表示对他的尊敬，王后还表示每一年要向他进贡七万八千条宫廷香肠作为他一年六个月餐桌上的主食。这个承诺第二天就得执行。她派公主小妮夫勒塞丝护送，给朋特固尔送去以上数量的香肠。

---

① 法国南部一地区的方言。

② 图卢兹，法国南部城市，加隆河流该城市，河上有一座鹅足皇后桥，甚为出名。

③ 小亚西亚西岸中部的古称，曾是古希腊工商业和文化中心之一。

尊贵的朋特固尔后来把这些礼物转送给巴黎国王。但是，由于气候的变化，以及缺少芥末（一种保存和修复香肠的自然香膏药）的缘故，多数香肠不能活下来。伟大的国王特别恩准，把她们集体埋葬在巴黎的一个地方，也就是今天的"香肠街"①。另外，在嫔妃们的要求下，小妮夫勒塞丝被留在宫中，后来上帝还恩赐给她一个如意郎君，生了许多小孩。

朋特固尔真诚谢过王后的一片好意，表示他将不计前嫌，忘掉一切误会，但他谢绝移交岛国的请求。同时，他把一把精致漂亮的小刀赠送给她作为纪念。

接着，朋特固尔询问一些关于那只飞猪的问题。王后回答说，它是狂欢节的象征，是她们战争的保护神，也是肠肚国的创建者和始祖。所有的肠肚人都来自猪的肚子，由于这个缘故它的形状像猪。当问及飞猪为何洒下那么多的芥末时，王后解释说那是她们的圣血②和来自天上的膏药，只要用上一小点就可以让伤口愈合，死者复生。

朋特固尔没有再问其他的问题。他辞别王后回到船上，随从们也高高兴兴地收拾破损物品，带着大母猪回到船上。

第二十九章

朋特固尔来到世界艺术大师盖斯特的住处

那一天朋特固尔来到一座岛上。就地形和统治者来说，这岛可真是奇特之至，堪称世上独一无二。一进岛内，你就会发现到处是崎岖的山地、褶皱的岩石和贫瘠的土壤，可谓是形容丑陋、寸足难履。它与达菲尼山脉③一样高不可攀；山脉形状似蘑菇，除查理八世的炮兵统帅窦亚克外几乎没有人曾经到过山顶④。

这个窦亚克当时是借助一些奇特的工具爬上山顶的。在那儿他发现了一只老山羊，许多人都猜不透这只山羊原先是怎样上去的。有人说在它还是小羊羔的时候被鹰或雕抓上去的，后来得以逃脱，并在山林里活了下来。

我们爬过岛上的许多崎岖山路，费了九牛二虎之力才到达山上。那里土地肥沃、空气清新、景色秀丽，我们仿佛置身于伊甸园，或尘世的天堂之中。许多优秀的神父们长期争吵不休并为之困扰的地方，大概就是这里。

---

① 即巴黎圣日内威尔奥地区的香肠街。

② 原文 sanc－greal，即 Sangreal 或 Holy Grail，指耶稣在进最后晚餐时用的圣杯，阿利马太的约瑟接耶稣伤口流出的血时所用的盘。

③ 达菲尼山地区的山脉以奇特闻名，多上大下小。

④ 曾经登上达菲尼山的应是查理八世将军唐如连，后来误传为窦亚克，因为他曾设法使他的炮兵穿过阿尔卑斯山。

朋特固尔认为这是赫西奥德①所描写的阿里特（也就是"品德"）的所在地，但他也说这个看法可能不是最好的。实际上，这个地方是世界上第一艺术大师盖斯特统治的领地。如果你认为火是各种艺术的主宰，正如塔列②在书中所记载的那样，那么你就大错特错，因为塔列也自己也不这样认为。另外，如果你像古代杜鲁伊斯人那样，认为墨丘列③是艺术的第一创造者，那么你也错了。一位讽刺诗人曾经说盖斯特是艺术的主宰，这话才是真正正确的。

和他和平共处的是贝尼亚。她别名"贫穷"，是九十九位缪斯之母，和"丰富"之神波勒斯生下调和天地平衡的尊贵的爱神，这在柏拉图的《会饮篇》中有记载。

他在这个岛上拥有至高无上的权力。他独断专行，威严高贵而又顽固不化，没有人能向他进谏什么，让他相信或去做某件事，所以我们只得对他恭恭敬敬，表示绝对服从他的意愿。

他什么也听不见，正如埃及人称"沉默"之神哈波克雷特（希腊语称作西盖里昂）为埃斯托米，即没有嘴巴之意。他生来就没有耳朵，很像康狄亚所画的没有耳朵的朱庇特。他使用手势语言，但人们对他的手势比对国会的法令或帝王的召唤还要顺从。他们都说，无论什么野兽，只要听到狮子的怒吼就会浑身颤抖，这有文字记载，我也亲眼见过，千真万确。但在这里我敢说盖斯特的命令也一样具有惊天动地的威力。人们是这样描述他的命令："要么执行，要么自己去死。"这是一种神奇的魔力，根本不容许有半点商量的余地。

领航员告诉我们，从前有一次索玛特斯人直接反抗盖斯特，就像伊索寓言里四肢反抗腹肚一样，决意要推翻他的统治。然而没过多久他们就发现自己干了傻事，所以不得不向他屈膝投降，因为只有这样他们才不会被饿死。不管和谁在一起，他都有绝对的权威，哪怕是国王、皇帝甚至教皇，你或许听说过在巴塞召开的会议，与会者吵吵闹闹、争着当头，但最终还是他占据首要的席位。

实际上，人类都在忙忙碌碌为他劳作着，但他也会施恩给他们作为嘉奖。比如说，他为人们发明了各种艺术、机器、职业和技术，甚至他还让牲畜接受艺术的熏陶，虽然这有悖于它们的本性；他还教乌鸦、寒鸦、鹦鹉、椋鸟、喜鹊学作诗，讲人类的语言，唱人类的歌曲。这一切都是为了生计。

他驯服了老鹰、矛鹰、猎鹰、猎隼、雌隼、苍鹰、雀鹰、鸷鹰、鹞鹰以及其它一切贪婪的鸟类，把它们放飞在他认为合适的地方，让它们不受任何约束翱翔在云彩之上。它们自由自在地追随在他后面，有时又突然从空中俯冲下来。这一切也是为了生计。

5. 拉伯雷在近代欧洲文学的这些创建者，即但丁、卜伽丘、莎士比亚、塞万提斯之列的历史地位——至少是毋庸怀疑的。拉伯雷不仅在决定法国文学和法国文学语言的命运上，而且在决定世界文学的命运上都起了重大作用（恐怕丝毫不比塞万提斯逊色）。同样毋庸怀疑的是，在近代文学的这些创建者中，他是最民主的一个。

---

① 赫西奥德，公元前八世纪希腊牧人，牧人出身，作有长诗《工作与时日》，劝戒其弟改恶，歌颂劳动。

② 塔列，即西塞罗，见第十六章。他根据赫拉克里特的观点提出此看法。

③ 墨丘列，罗马神话人物，众神的信使，司商业、手工技艺、智能、辩才、旅行以及欺诈、盗窃的神。

他也教大象、狮子、犀牛、狗熊、马、驴、狗等动物怎样纵跳，腾跃，争斗，游泳，躲避，让它们随意拿取自己喜欢的东西。这也都是为了生计。

他让鱼类，不管是咸水鱼还是淡水鱼、鲸鱼还是水兽，从水底深处跳出水面。他把狼赶出森林，让熊爬出岩洞，叫狐狸钻出洞穴，让毒蛇钻出地面。这一切也同样是为了生计。

总之，他有神奇的力量和无边的法力。他动起怒来可以吞噬所有的人和动物，这种法力在米泰勒斯①对塞多留②的战役中曾经有过，瓦恩康维人曾亲眼见过，在汉尼拔③围攻萨古提民斯城、罗马人攻打犹太人的战斗中，以及其它六百多个战例中，这种法力也频频出现。所有的这一切都是为了生计的缘故。

贝尼亚作为她的摄政者代他四处巡视。无论她走到哪里，当地的议会即刻关闭，法令马上撤消，所有的命令和公布全部失效。她不必知道，也不用遵守任何的法律，所以每个地方的人们都躲避着她，宁愿沉船淹死也不愿见到她，甚至宁愿跳火坑、钻岩洞、攀悬崖，也不愿被她抓到。

第三十章

朋特固尔憎恶肚语人和爱肚人

在伟大的艺术大师的宫廷里，朋特固尔发现有两种令人讨厌且又好管闲事的人，对他们他有一种十足的厌恶。这两种人是肚语人和爱肚人。

肚语人声称自己是古代欧里克勒恩家族的直系后代。他们以阿里斯托芬④的戏剧《黄蜂》作为证据，还援引柏拉图的著作⑤和帕鲁泰科的《谕示之休止》⑥来说明他们是欧里克勒恩人；在《圣令》第二十六篇第三节，他们被称作"肚语人"，这种叫法也出现在希波克拉底⑦的《论时疫》第五卷；索福克勒斯⑧称他们是用胸口讲话的人。

他们都是一些算命人、魔法师或骗子。他们不用嘴巴而是用肚子说话或回答别人的问题。大约在公元 1513 年，意大利有一个出身卑劣，名叫雅各巴·罗多基娜的妇女也是如

---

① 米泰勒斯，古罗马将领，曾任执政官。
② 塞多留，古罗马将领，两度在高卢作战，反叛苏勒（Sulla），后被谋杀。
③ 汉尼拔，见本书第十一章注释。
④ 阿里斯托芬，古希腊诗人和喜剧作家，有"喜剧之父"之称。
⑤ 指柏拉图《对话集·诡辩学家》。
⑥ 见本书第十五章注释。
⑦ 希波克拉底，古希腊医生，被称为"医学之父"。
⑧ 索福克勒斯，古希腊三大悲剧家之一。

相关链接 ●

此，山南高卢①的王子和王公大臣们出于好奇将她唤去，果然听到她的肚里传出魔鬼般的说话声，声音低弱、缓慢，但又非常清晰、毫不含糊。在菲拉拉城以及别的一些地方也有人会这样说话。为了消除疑虑，确保她不是在耍弄诡计，他们让人把她的衣服脱光，还把她的鼻子和嘴巴糊住，但她肚里的魔鬼仍然会说话，而且似乎对"辛辛那图罗"（即"卷毛头"）的叫法特别感兴趣，每次总会积极应答。当有人问及过去或现在的事情时，魔鬼总会有积极的回答，有时还令人吃惊不小。但是他对有关将来的问题总是感到气恼，常常是随便给出一个回答，或者不作出回答，而只是放一个响屁，或是嘟囔几句谁也听不懂的话。

6. 拉伯雷的所有形象正是由于这种特有的、可以说是激进的民间性，所以才像米什莱在上述评语中完全正确地强调的那样，洋溢着独特的未来气息。

至于说爱肚人，他们经常成群结队聚集在一起，有的整天乐癫癫、闹哄哄的，有的软弱地像浸湿的面包，有的总是闷闷不乐、缄口不语，也有的人执拗顽固，喜欢吹毛求疵。这些人都不喜欢动手做事，有一半的时间在睡梦中度过，另一半则碌碌无为白白耗掉。正如赫西奥德②所说的，他们的存在除了给地球增加不必要的负担之外，别无他用。我们可以看得出来，他们一直都害怕冒犯或饿扁自己的肚子，有的干脆把自己伪装起来，或穿上古怪的衣服。你要是能亲眼看看这样的人，对你一定会有好处的。

古代几位贤哲曾写过一句话，说自然界的巧妙完美地体现在对大海贝壳的设计之上，其数量之多，颜色、外形纹路变化之丰富，都是不可比拟的。我认为这话不对，与贝壳相比，爱肚人所穿的衣服的花样一点也不逊色。

另外，他们都把盖斯特当作高高在上的天神，像对待上帝一样崇拜他，并虔诚地侍奉他。除了他之外，他们不信其他一切的神灵，也不爱世间一切的东西。

说到这里，你也许会想起圣徒们对这些人所作的描述（《腓立比书》第三章）：

"我屡次告诉你们，现在我又流着泪告诉你们，他们是基督十字架的仇敌。他们的结局就是沉沦，他们的神就是自己的肚腹。③"

朋特固尔说这些人是波吕斐摩斯④。他曾对欧里庇得斯⑤说：

"我只侍奉自己和我的肚子（而决不为神灵），我的肚子就是至高无上的神灵。"

---

① 山南高卢，古地区名，亦称内高卢，包括意大利北部阿尔卑斯山以南，卢比孔河以北地区。
② 见本书第二十九章注释。
③ 见《圣经·腓立比书》第三章第十八九节。
④ 波吕斐摩斯，希腊神话里的独眼巨人。
⑤ 欧里庇得斯，古希腊三大悲剧家之一。

第三十一章

吞食鬼的滑稽雕像以及

爱肚人侍奉他们的腹肚神

我们看着爱肚人的面孔，目睹着他们吃饱喝足无所事事的行为，心里感到极其厌倦。突然我们听到敲钟的声音，只见所有的爱肚人集合在一起，按各自的官职和辈份排列成队，好像准备出征打仗一样。

在一个年轻人的带领下，他们朝盖斯特的住处走去。这个年轻人身材肥胖、大腹便便，手里举着一根烫金木杖，杖头是一尊木质雕像，做工粗糙，涂有一层厚厚的油漆，形象正如普劳图斯①、尤维纳列斯②和庞波·费斯特斯③描写的那样，狂欢节期间里昂人称它是"咬面包屑者"，爱肚人则称之为"吞食鬼"。

这个吞食鬼面目可怖、荒唐滑稽，足以让小孩吓破胆。双眼大过腹肚，脑袋长如身体，龇牙咧嘴的脸部明显突出，上下颌骨又宽又扁，上面插满整齐的牙齿，那根烫金木杖的里头装有一条可以拉动的细绳，牵引着上下牙齿一开一合，或咿轧咿轧相互打架，很像梅斯城④里的圣克利蒙飞龙⑤。

我们走近爱肚人的队伍，看见他们的后面跟着一大群随从和侍者，个个携带着挎篮、背篓、大桶、菜盘、瓶罐和水缸，在吞食鬼的带领之下，一边颂经或唱诗，一边打开大大小小的篮子和瓶瓶罐罐，把里边的东西献给吞食鬼。那里面有：

希波克拉斯酒⑥、烤面包、白面包、黄面包、洋葱啤酒烩羊肉（有六种）、腌猪肉、甜面包、原汁煨鸡块（有九种）、清淡素汤、什锦浓汤、软面包、精粉面包、牛肉猪腰（用味素调味）、肉味团面、肉馅饼、牛髓白菜加面包、大红肠、火腿、猪头腌肉、卤野味（拌有萝卜）、腌泡橄榄、大杂烩等。

佳肴总得有好酒相伴。先喝精制美味白酒，再喝深红葡萄酒和香槟酒，口感相当冰

---

① 普劳图斯，古罗马喜剧作家，其剧作大多根据古希腊后期"新喜剧"改编而成。详见他的《锚索》第二幕第六场。

② 尤维纳列斯，古罗马讽刺诗人。其诗体主要抨击皇帝的暴政、贵族的荒淫和道德败坏。见《讽刺诗》第三首。

③ 庞波·费斯特斯，古罗马语言学家。见其著作《罗马史》第十一卷第一百二十篇。

④ 梅斯城，法国东北部古城。

⑤ 圣克利蒙飞龙，指圣·马可节期间教徒举行的巡游时展示的圣克利蒙飞龙。

⑥ 希波克拉斯酒，中世纪欧洲的一种加香料的甜药酒。

7. 可是，在拉伯雷（以及文艺复兴时期的其他作家）那里，物质与肉体因素的形象，却是民间诙谐文化所特有的一种特殊类型的形象观念，更广泛些说，则是一种关于存在的特殊审美观念的遗产。

凉。酒是倒在大银酒杯里端过来的。接着又献出以下这些菜：

布丁腊肠、芥末、香肠、牛舌、烤牛肉、猪肚杂、苏格兰薄肉片、熏腊肠。

这些佳肴也是配着美酒吃下去。接着，他们又往他的大嘴送去以下好菜：

羊腿拌洋葱、奶味肉丸、肉馅拌果酱、猪排配洋葱酱、韧皮烤鸡汁、雏鸡嫩肉、面包鱼子酱、鹿肉、兔肉、鹧鸪肉、野鸡肉、小苍鹭肉、水鸭肉、鸽肉馅、小山羊肉馅、鸡肉馅、熏肉馅、腌制猪蹄、干面屑、炸板鸡、脱脂硬干酪、红白葡萄酒、烘干肉、浸渍肉（有七十八种）、煮母鸡肉、肥油阉鸡肉（配有卤汁调味品）、雏鸡肉煮蛋、大小野兔肉、水鸭、鹭鸶盐卤、秃鹫、木鸡、黑鸭煮韭菜、肥嫩山羊、羊肩煮白菜、牛胸肉、雉鸡、孔雀、鹳鸡、鸟鹪、鹬鸟、秧鸡、公火鸡、母火鸡、雏火鸡、斑鸠、瘦鸽、猪肉浸酒酱、山鸟和秧鸡、雌红松鸡、啄木鸡、几内亚鸡、红鹤、天鹅。

他吃这些菜时还用醋调和味道。最后送上各种肉馅饼：

鹌鹑肉馅、苍鹭肉馅、橄榄馅、鹿肉馅、海鸥嫩肉馅、鹅肉馅、羚羊肉馅、肥肉饺、松鸡肉馅、乌龟肉饺、兔肉烙、豪猪肉饺。

还有松膨饼、油渍奶酪、酸味烘饼、凝乳和奶油、油腊蛋白、甜渍蜜饯、果冻甜食、蛋白杏仁饼干、二十种小烘饼、柠檬汁、草莓汁、酒馅巧克力、奶酪薄饼、乳脂奶酪。

所有这些菜上完之后又有一大盆醋，用以清洗喉道，还有许多的面包，用以帮助消化。

第三十二章

爱肚人在吃鱼日供奉腹肚神

看着这些无聊的流氓恶棍没完没了地端出一道又一道的菜，朋特固尔心里很不舒服。要不是伊比斯特莱劝他看完这场闹剧，他早就转身离去。他问一位船长："这些无聊的蠢货在吃鱼日①向他们的腹肚神供奉什么？"船长回答道：

一开始，他们就端上这些菜：

鱼子酱、鱿鱼拌菜、新鲜黄油、豌豆汤、菠菜、鲜鲱鱼和肥鳟鱼。

接着是上百种不同的凉菜，有水韭、酵母花、芹菜、细香葱、葡萄风铃菜、犹太耳（一种长在接骨木属植物上的蘑菇）、芦荟、花菜、豌豆，以及许多其它的菜。这些菜是：

红鲱鱼、沙丁鱼、鳗鱼、干金枪鱼、大马哈鱼、腌制鳗鱼、带壳牡蛎。

接着他必须喝几口酒以防止噎着。由于事先考虑得周全，所以他们带来的物品很齐全。喝完酒后，他们又端上配有酒味酱的各种鳗和鱼，有：

---

① 即斋戒日，因天主教徒在斋戒期间不得食肉，只能吃鱼，故名。

鲂鱼、大马哈鱼、大小触须白鱼、鲟鱼、鲤鱼、刺背鱼、青花鱼、鲳鱼、鲛鱼、鲭鱼、比目鱼、煎牡蛎、海扇贝、大明虾、胡瓜鱼、岩鱼、剑鱼、鳍鱼、鲈鱼、鳎鱼、梭鱼、金鲤鱼、鳖鱼、马哈鱼、狗头鱼、金枪鱼、银鳝鱼、鲸鱼、小龙虾、小虾、海鳗、海豚、章鱼、小鲱鱼、鲮鱼（鳗鱼的一种）、河鳟、沙钻鱼、尖腮比目鱼、红蛙鱼（长度少于一英尺）、骨皮鱼、铜盆鱼、大比目鱼、脚掌鱼、狗舌鱼、贻贝、大龙虾、大明虾、淡水鲤鱼、大海豚、鲦鱼、白杨鱼、白鳝鱼、旗鱼、海鲟、乌鱼、针鱼、鳕鱼、鲣鱼、鲽鱼、鲴鱼、梭子鱼、法衣鱼、海熊鱼、香鱼、鲜鳕鱼、干蛇鱼、海霸鱼、群鳗、海乌龟、蛇鱼（即木鳗）、海鲂、河蟹、蜗牛、泥鳅、蛾螺、青蛙；

所有的鱼都顺着腹肚神的喉道口进入胃里，但如果他不能马上让这么多的鱼停止游动，他就可能有性命危险。爱肚人考虑到这一点，他们让他服下藤树浆汁以帮助他消化。之后，他们又送上一大堆蛋类食品：

油炸蛋、煎蛋、黄油酪蛋、水煮荷包蛋、蒸烧蛋、热锅烤蛋、焖蛋、熟蛋切片、微火烘蛋、烟筒烤蛋，等等；还有河蚝、青鱼、海鲈、鳕鳗鱼、鄂针鱼。

同时他们送上大量的醋，以帮助他更好地消化。最后送上：

米糕、面糊粉、无花果、奶油杏仁、黄油米糊、麦片粥、稀粥、乳粥、小麦粥、大麦粥、炖梅干、烤洋李、阿月浑子果实（亦称拳头栗）、枣子、葡萄干、板栗和胡桃、榛子、防风草、芋蓟；

吃的时候，腹肚神接连不断地喝着好酒。

我们知道，他们对待这位神灵非常慷慨大方，供奉的物品相当丰富。要是这样还比不上埃拉加巴卢斯①的偶像，或巴比伦国王伯沙撒②崇拜的伯尔神像③所接受的供奉，那么也实在不能怪罪他们。但是，即便如此，盖斯特还认为自己不是神灵，而只是一个微不足道的可怜人。诗人赫莫多特斯曾在诗中吹捧安提柯一世④（诗人经常讨好王公贵族），说他是神灵和太阳之子。安提柯回答道："只有为我提便桶的仆人才会这样撒谎。"由于这个原因，盖斯特也让他的那些痴迷的崇拜者到他的便桶里去看看、闻闻、或尝尝，仔细研究分析粪便里是否有神灵的成分。

---

① 埃拉加巴卢斯，罗马皇帝（218～222），荒淫放荡，臭名昭著，曾强令罗马人崇拜太阳神，处决几名持异议的将军，引起社会不满。
② 巴比伦国王伯沙撒，巴比伦最后一位国王，在酒宴上纵饮渎神，墙上突然出现警告他要失败的字迹。见基督教《圣经·但以理书》。
③ 伯尔神像，巴比伦人的主神，据说所受的供奉应不少于十二石细面粉、四十只羊和六大桶酒。
④ 安提柯一世，马其顿国王亚历山大的将领，公元前306年称王。

第三十三章

盖斯特发明获取和贮藏粮食的方法

8. 迄今为止，人们都只不过把他现代化了：人们用近代的眼光（主要是用对民间文化最不敏锐的十九世纪的眼光）来阅读拉伯雷，人们从他那里读到的只是对他自己及其同时代人和客观上最不重要的东西。拉伯雷的特殊魅力（而这种魅力是每个人都可以感受到的）至今尚未得到解释。为此，首先必须理解拉伯雷的特殊语言，即民间诙谐文化的语言。

待这些无聊的大鬼小鬼撤走之后，朋特固尔的注意力转移到这位著名的艺术大师盖斯特身上。你应该会知道，根据自然界安排，他有足够的面包作为食物，可以说这是自然赋予他的恩赐，他无须再费心去挣得面包；但是，他从一开始就做了很多事情。

他发明了铸铁造钢的方法和耕种土地生产粮食的技术；为了保护粮食，他发明武器和作战策略；为了长久贮存粮食使之不受天气、牲畜、强盗以及小偷的破坏，他发明了自然科学、天文学和算术等方面的相关知识；为了把粮食转化成食物，他发明了水、风、手推磨以及上千种其它的工具；他还发明了让面粉发酵、用盐调味的方法，因为他知道没有发酵的淡味面粉极其容易让人患病。

有了面粉之后，他进而发明一种生火烤面包的方法，还有测量烤面包时间的计时杯、刻度盘和时钟。当他看到一些国家缺少粮食时，他又想方设法在不同区域之间运输粮食。

他也有办法让不同种类的驴和马接种，让它们生出我们现在称为骡的新品种。这是一种比驴和马更健壮、更适合干重活的牲畜。接着，他又发明了能方便运输粮食的两轮和四轮马车。在运输过程中，为了克服江河湖海的阻挡，他发明了船只、划艇、大帆船；要知道，这是非常了不起的事情，因为骡可以以船代步淌江涉水，把粮食运往海外，甚至到达鲜为人知的不毛之地。

有几年，因为缺少雨水的缘故，翻耕过的田野长不出庄稼；有的年份又因为雨水过量，庄稼全都烂死在田里；也有的时候因为受到冰雹、虫害和暴风雨的破坏而颗粒无收。我们听说，在很早以前，他就找到一个通过割地面的草让天上下雨的方法。这种草在田野里随处可见但又鲜为人知。他让我们看了这种草，枝干很像朱庇特的祭司在利西亚①山上往阿格利泉池扔出的那种草；它能在干旱地面的上空聚集水汽并渐渐地形成云层，最后形成雨水降落下来，滋润整个干旱的地区。

据说这位伟大的艺术大师也发明一种能让雨水悬浮在空中，并全部倒入大海的方法。这种方法能消除冰雹，减弱风力或平息风暴。从前特洛西尼②的米泰尼人③也使用过这种方法。

另外，他还有其它的一些发明。看到人们辛辛苦苦在田野里劳作种植出来粮食有时会

---

① 利西亚，小亚细亚西南部临地中海一古国名。
② 特洛西尼，古希腊地名。
③ 米泰尼人，古希腊摩里亚地区的居民。

被小偷或强盗掠走，他就发明了城镇、城池和堡垒，所有的粮食可以贮藏在其中，由专人严加看管，这使得人们的生命财产安全得以保障，赫斯珀里德三仙女①守护的金苹果也不见得会比它们安全。

后来他又成为机械师，发明了用以攻打、摧毁城池和堡垒的装置，如枪炮、攻城槌、投石器和弓弩等。他让我们看了这些武器，其形状奇特、结构复杂，就连我们的机械师、建筑师②和维特鲁威的设计师都看不明白，国王麦吉斯特思③的主建筑师菲力贝特·德·罗米也表示看不懂。

第三十四章

朋特固尔和随从消磨时光

约翰修士说："帕奴吉将来的老婆会是哪一种恶毒动物呢？"

"你又在说女人的坏话！"帕奴吉大声嚷道，"你这卑贱的恶棍，下流的光头僧士！"

"倒大霉的烂肠子，"伊比斯特莱说，"欧里庇得斯在书中借安徒洛玛刻④之口说，男人经过努力，在上帝的帮助下可以找到对付有毒动物的办法，但对付家中歹毒的老婆却束手无策。"

"这是欧里庇得斯在胡说八道！"帕奴吉又大叫起来，"他总跟女人过不去，所以会被狗吞掉，这是上天的报应。阿里斯托芬也是这么认为的⑤，大家说是不是？"

"让他说下去吧！"

伊比斯特莱插嘴说："我的肚里憋了一大泡的尿。"

"我也是，"士诺玛因斯说，"我的肚子圆滚滚的，像满载的船一样再也装不下去东西，只能保持平稳，来不得半点倾斜。"

卡帕林也说："我不渴也不饿，酒肉这东西更不想吃了！"

帕奴吉说："我再也不伤心了，心情很好，心跳也轻快起来。我现在像虱子一样敏捷，像叫花子一样无忧无虑。我喝醉了酒，但心里明白得很。我们现在还会经常想起那个快乐的醉汉西勒诺斯，他和你说的那个欧里庇得斯相差无几，他说了这样一句话：

----

① 希腊神话中为赫拉看守苹果园的三仙女。苹果后来被赫丘利盗去。

② 古罗马建筑师，所著的《建筑十书》在文艺复兴时期，巴罗克及新古典主义时期成为古典建筑的经典。

③ 麦吉斯特思，即弗朗索瓦一世。

④ 安徒洛玛刻，希腊神话特洛伊王子赫克托的妻子，以对丈夫忠贞著称。欧里庇得斯曾著悲剧《安德洛玛刻》。

⑤ 见爱拉斯姆思的《箴言集》第一卷第七章。

相关链接 ●

9. 拉伯雷大量而深远的影响以及一系列对他的模仿之作，都最为鲜明地证明了拉伯雷深为同时代人所亲近和理解。几乎所有十六世纪的小说家……在或大或小的程度上都曾经是拉伯雷的追随者。

疯疯癫癫的人，醉酒的伤心人。

这话一点都没错。我们可不能不衷心感谢贤明的天主，如果没有他送来的这些美味佳肴，我们就不可能消除心中的痛苦和烦恼，也不可能如此幸福快乐。但是，尊敬的阁下，我认为，你还没有回答约翰修士提出的问题，天气怎样才能好转起来？"

"这个问题再简单不过了，"朋特固尔说，"我现在就给你个满意的回答；至于其它的问题，我想如果你们愿意的话，我们可以以后再谈。"

"约翰修士问天气怎样才能好转。现在大家看看，我们是不是已经让天气好转起来了？看看那上桅帆，风吹得它呼呼作响，这是一股相当强劲的风；再看看那嘎嘎作响的索具，还有后主桅杆上的帆布，风的力量把它们绷得紧紧的。在大家高高兴兴聊天消遣的时候，恶劣的天气消失得无影无踪；当我们举杯共饮的时候，自然界也产生一种神秘的感应，不知不觉就刮起风来了。

"你们应该相信圣贤们所讲的神话故事。阿特拉斯和赫丘利就是这样合力擎起下塌的天空①；他把天空举高一寸，为的是能让他的朋友舒适些，因为赫丘利不久前在非洲沙漠遭受干渴之苦②……"

约翰修士插进话来："你圣明的父亲也施行这样的善举，他曾帮助许多人解除痛苦。我听说连他的膳食总管丢尔鲁宾每年都省下一千八百桶酒，及时送给佣人或客人解渴。"

"这和沙漠旅行队里的那些骆驼一样，"朋特固尔继续说道，"喝水是为了弥补过去，满足现在和准备将来。大力神赫丘利也是这样。他把天空举得太高，使得天地倾轧，星转斗移，也害得我们的占星家们稀里糊涂，心神不宁。"

帕奴吉说："这也真是应验了一句老话：一阵狂饮，乾坤扭转，雨过天晴。"

"是这样的，"朋特固尔说，"我们喝酒既消磨了时光，也减轻船的承载负担，这就像是伊索的篮子③。我们现在不仅仅使食物减少，而且还破除了斋戒。由于守斋挨饿的人总是往地下坠，所以他比大吃大喝的人更重、更沉，同样的道理，死人也比活人重。准备出远门的人早餐饱食一顿后说，'这样我的马就会跑得更快，'这话不无道理。

"想必你们都知道古时候阿米克林④人惟独对尊贵的酒神巴克斯尊敬十分，并称他为普西勒，多利斯语⑤意为翅膀，因为鸟儿是借助扑动双翅飞向空中的。现在我们借助琼浆美酒的翅膀，让精神飞离肉体，让肉体更轻快更活泼，这样留在尘世的部分也就会变得柔软温和了。"

────────────

① 罗马神话中赫丘利把肩背借给阿特拉斯让他扛天。
② 赫丘利在解救了普罗米修斯之后，从高加索途经非洲沙漠到达阿特拉斯的住处。
③ 伊索总是带着装有食物的篮子随主人出门，食物越吃越少，篮子便越来越轻。
④ 阿米克林，古希腊古拉科尼亚城名，靠近斯巴达。
⑤ 多利斯语，古希腊多利斯地区的方言，为古希腊文四大来源之一。

第三十五章

向强盗岛上的缪斯开炮致敬

船队继续前进。我们顺着和缓的海风，一路上说说笑笑。突然朋特固尔看见远处出现一块高地，便指给士诺玛因斯看：

"下风处的那座两个山头的高山，看见了吗？很像弗西思的帕纳塞斯山①。"

"看见了。"士诺玛因斯说，"那是强盗岛。要不要过去看看？"

"不要了。"朋特固尔答道。

"对，不去。"士诺玛因斯说，"没什么好看的，那里到处都是盗贼。不过也有一个绝好的泉池，山的右侧还有一片很大的山林，我们的船队可以到那里补充柴火和淡水。"

"你总是说在最后，说得最好。"帕奴吉说，"无论怎么说，我们都不能到那个盗贼横行的鬼窝去。你们听我说，以前我曾经到过大小不列颠之间的沙克岛和赫莫岛，那里和这个岛没什么两样，也与色雷斯地区②菲力普王国的恶人城完全一样，是盗贼、土匪、歹徒、抢劫犯、无赖、凶杀犯横行的地方。这些人比妖魔鬼怪还要坏，是全城牢狱里最糟糕的货色，但与劳教所的长官们一样正直。你们要是爱惜自己的话，就千万别过去，因为过去了就出不来，即使出得来，也必定会倒大霉的。你们若不相信我的话也不要紧，但至少应该相信这位善良、贤明的士诺玛因斯的话。那些人要不是比残害同类的动物还恶劣的话，我也用不着操这个心。我说，他们一定会把我们活活吃掉的。千万别去！算是我求你们了，宁可下到地狱也不要过去。哎呀！天哪！我听到那边传来可怕的钟声，很像以前波尔多③的加斯科涅人听到盐税官敲钟的声音④。应该不是我听错吧！赶紧离开这鬼地方。"

"请相信我，尊贵的阁下。"约翰修士说，"我们还是登陆吧，把那些害人虫铲除掉，还可以免费过一宿。"

"见你的鬼去吧！"帕奴吉说，"你这个头脑简单的鬼修士，除了鲁莽行事，什么都不懂，像个疯鬼一样喜欢到处惹事，全然不考虑后果。你以为这里的每个人都和你这个修士一个样！"

"你坏我名声，真是岂有此理！"修士应道，"你这龌龊的家伙，无可救药的胆小鬼，让上百万个魔鬼砸开你的脑袋。你要真是胆小怕事的家伙，彻头彻尾的缩头乌龟，干脆别

---

① 帕纳塞斯山，位于希腊中部，古时被认为是太阳神和文艺女神们的灵地。

② 色雷斯地区，巴尔干半岛东南部一地区。

③ 波尔多，今法国西南部城市。

④ 指1548年古印纳省人民反抗盐税的斗争。

相关链接 ●

10. 同时代人深深地感觉到拉伯雷的形象与民间演出形式的联系，感觉到这些形象的特殊的节庆性及其所渗透的狂欢节气氛。换言之，同时代人掌握并理解了拉伯雷整个艺术思想世界的完整性和统一看待世界的和谐性。

留在这儿好了，要不然就把你的乌龟脑袋藏到普罗塞耳皮娜①的大衣里去。"

帕奴吉二话不说，转身溜走了。他溜到面包房去，把脑袋藏在发霉的饼干和碎面包屑当中。

朋特固尔对众人说："我心里有一种紧张的感应，似乎有个声音在劝我不要去。以往每次有这种感觉的时候，我总能顺利避免应该避免的事情，或完成应该完成的任务，从来不用担心这种感觉会有丝毫的差错。"

伊比斯特莱说："那个在学术界广为人知的苏格拉底的感应也是如此。"

"你们听我说。"约翰修士说，"刚才船员们去取水的时候，你们是否注意到一件好笑的事情？帕奴吉溜到船尾的那头去，像钻在裂缝的老鼠一样缩在角落里。这样吧，我们干脆关照炮手朝尾船发一炮，也算是向这座帕那塞斯山上的缪斯们鸣炮致意；再说我们的火药不用也会坏掉。"

"有道理。"朋特固尔说，"就让他们开炮吧。"

炮手很快就来了。朋特固尔下令装上新的火药并即刻发炮，炮手——照办。其它船只上的炮手们听到我们这边的炮声，也都纷纷开炮。顿时，炮声隆隆，也许你还会以为是响雷在耳边轰鸣呢。

---

① 普罗塞耳皮娜，希腊和罗马神话中人物，为 Jupiter 与 Ceres 之女。

第四卷

伟大的朋特固尔的英勇事迹和言行

第一章

朋特固尔来到响铃岛以及我们听到的声音

我们继续航行了三天，但什么也没看见，直到第四天才发现一块陆地。领航人说那是响铃岛，我们也真的听到一连串时断时续的混杂声，很像是远处大大小小的铃铛齐鸣的声音。这种声音在巴黎、图尔①、南特②等地方的假日里经常听到。我们越靠近响铃岛，这种声音越清晰。

我们当中有人认为那是多多尼亚的铜锅③，或是奥林匹亚山上那个称作"七音门"的门廊④，也可能是埃及底比斯附近门农坟墓上的巨像发出的声音⑤，或是伊奥利亚⑥的利帕拉岛上那座坟墓周围可怕的声响。不过所有的这些在地理上都是讲不通的。

朋特固尔说："也许是那边的几窝蜜蜂散在空中，人们正敲打着锅、碗、瓢、盆，还有诸神之母西布莉⑦的随从用的铙钹⑧，想把它们召回来，你们认真听……"

我们继续往前走。在叮叮当当经久不息的敲击声中我们听到男人的声音。为了谨慎起见，朋特固尔建议在登陆之前先把船停靠在一座小石头山的边缘。小山上有一座修道寺院和一个小花园，在那里我们碰到一个体形瘦小的年老道士，名叫雷吉勃恩，来自格力纳⑨。他向我们详尽描述了铃声的由来，接着用一种奇特的方式隆重接待我们：连续四天不让我们吃饭，否则就不让我们上岛。原来我们恰好赶上斋戒周⑩。

帕奴吉说："不吃东西怎么行？我真弄不明白你们在耍什么把戏，不如把斋戒周改为吃风周好了，因为不让吃东西，那么就只能喝西北风了。善良的修士，难道除了守斋就没有别的好玩的事情？如果是这样的话，那真是太苦太累了。幸好我们用不着像你们这样在守斋日里守斋活受罪。"

---

① 图尔，今法国西部城市。
② 南特，今法国西部港口城市。
③ 指伊比鲁斯地区朱庇特庙内的铜锅，用于宣示朱庇特的谕示。
④ 据说在敲撞时会发出七种声音的门廊。
⑤ 指埃及阿孟霍特普三世的巨大石像，每天日出时发出竖琴声，170 年经罗马皇帝修复后不再发声。
⑥ 伊奥利亚，希腊神话里的风神。
⑦ 西布莉，古代小亚细亚人崇拜的自然女神，与希腊女神 Rhea 等同。
⑧ 女神西布莉的随从通常手持火炬或铙钹，狂歌狂舞伴随女神翻山越岭。
⑨ 格力纳，法国波亚都省的一个地名。
⑩ 天主教规定每年每个季度的第一周为斋戒周，教徒须守斋三天，即星期一、三、六。

相关链接 ●

"在多纳图斯①语法里，"约翰修士说，"我只能找到三种时态，即过去时、现在时和将来时，但现在，毫无疑问，我们应该再添一种进去。"

"那应该是不定过去时②，"伊比斯特莱说，"它来自希腊语的过去完成时，最早使用于战时或非常时期。"

"对付疯狗的办法只能是容忍。"修士说，"我刚才说过，任何人都不能违背这一点；谁要是违背了，谁就是异端，从而必须受柴火焚烧之苦，这是无可置疑的。"

11. 这些诙谐哲学方面的著作的出版，已是拉伯雷逝世之后的事。但它们只不过是拉伯雷尚在蒙彼利埃期间就有的那些关于诙谐的思考和争论姗姗来迟的回响，它们决定了拉伯雷关于诙谐具有疗效和关于"快乐医生"的学说。

"说得很对，我的修士。"帕奴吉大声说道，"不过现在是在海上，我虽然怕火，但现在更怕水，被淹死总比被烧死好。"

"不管怎么说，我们都应该守斋，这是上天的旨意。但是，我已经很长时间没吃东西了，身上的肌肉消瘦了许多，我担心最终连这副骨架也要散开。再说，我也很担心守起斋来会惹你生气，因为对其中的规矩我知道得很少，况且我的形象也不佳，许多人都这么说，我也不得不相信。就我个人来说，我并不在乎守不守斋，毕竟这是轻而易举的事情，好比在床上撒尿，谁都能办得到。可是我还是认为不要守的好，因为如果要的话，我们还得费一番心思。不过，既然你这么坚持，那我们就尽力照办。这一顿早餐就先饿着吧，反正这些日子我们也没吃什么。我很长时间都没想到要过守斋节了。"

朋特固尔说："他一定要我们守斋，我们也没办法，现在只好照办。不过，早一点开始就早一点结束，越快越好，我们这是踏上穷途之后才想到要脱身。我要利用守斋的时间看看书，感觉一下在海上看书和在陆地上有什么两样。柏拉图曾描述一个粗俗无知的傻瓜，说他是在船上长大的，而我们说一个目光短浅的人是在酒桶里养大的，这两者的说法是一样的。"③

长话短说，这是一次可怕的斋戒：第一天我们捏着拳头在守，第二天抄起棍棒，第三天动起刀子，第四天就伤痕累累鲜血淋淋。这可真是神仙一般的生活。

第二章

响铃岛上的"追魂人"变成鸟

斋戒过后，修士递给我们一封信，让我们把信交给一个名叫阿尔比恩·卡马的教堂衣务总管。帕奴吉见到他时却管他叫"笨驴"。④ 他是一个行为奇特的小老头，光秃秃的脑

---

① 多纳图斯，四世纪初北非迦太基基督教主教，也是拉丁文语法编著人。

② 在某些曲折语（如希腊语）中，以不定过去时表示过去时，但不表示动作是否完成或正在继续。

③ 这是一句诨语，指教徒守斋的痛苦生活。

④ "笨驴"原文为 Antitus，与教堂衣务总管 Aedituus 音似。

袋上有一个扁扁的鼻子。他看了修士的介绍信，知道我们已经守过斋，所以对我们相当客气。

饭后，老头把岛上主要的情况介绍给我们听。他特别强调说，岛上原先住的是"追魂人"，① 但随着时间的推移以及自然万物的变化，他们最后都变成鸟。我这下才明白阿太伊斯·加庇托②、鲍勒斯③、马塞卢斯④、A·戈琉斯、神殿诗人⑤阿蒙纽伊斯⑥以及其他的一些人为何要留下有关"追魂"和"追魂人"的文书和记载；同时我们对尼克提蒙、普罗尼⑦、伊提斯⑧、亚克安娜⑨、安提戈涅⑩、蒂留斯⑪等人变成鸟的故事也容易理解了。当然，玛克罗比恩的小孩变成仙鹤⑫，色雷斯国的帕雷纳岛居民在特立托尼克湖沐浴之后变成鸟，这样的传说我们也不再怀疑了。

老头继续谈论一些有关鸟和鸟笼的话题。鸟笼宽大结实、精美绝伦、造价昂贵且构造合理。笼里的鸟则又大又好看，干净整洁，和我老家的鸟一样，能吃能喝能睡，能拉屎能放屁，也像男人一样能蹂躏女人，而且有过之而无不及。总之，只要你从头到脚仔细地观察，你就会发现他们是活脱脱的人，不过也不完全是，正如衣务总管所说的，他们既不信教也不脱俗。

老头还说，他身上的羽毛准会叫我们眼花缭乱，有的像天鹅一般洁白，有的像老鹰一样暗灰，有的黑白相间如同喜鹊，有的全身火红像是火鸡，还有的像鸽子那样紫白杂色。雄的被称作"教士鹰"、"修士鹰"、"僧侣鹰"、"住持鹰"、"主教鹰"、"教皇鹰"，"教皇鹰"只有一只；雌的则被称为"教士鹊"、"修女鹊"、"道姑鹊"、"住持鹊"、"司铎鹊"、"主教鹊"和"教皇鹊"。

老头继续说："近三百年来，我也不知道是什么原因，鸟群里突然飞进许多恶心鸟。他们就像混进蜜蜂群里的马蜂一样，什么事都不做，只懂得嗡嗡叫，或大吃大喝，或破坏东西。每隔五个月，他们都要把整个岛搅得乱七八糟。他们生性卑劣，面目狰狞，所以没有人愿意顺从。他们的脖子扭曲得像压弯的金属坯，毛茸茸的双爪像粗糙的鸽足，肚子和

---

① 指为死去的人唱歌或奏乐的人。

② 阿太伊斯·加庇托，古罗马法学家。

③ 鲍勒斯，古希腊修辞学家。

④ 马塞卢斯，古罗马著名将领、执政官。

⑤ 古代雅典的雅典娜神殿为诗人和学者集会之地。

⑥ 阿蒙纽伊斯，古希腊语文学家。

⑦ 普罗尼，神话中色雷斯国王提琉斯之后，因报胞妹被辱之仇，变成燕子。

⑧ 伊提斯，色雷斯国王提琉斯之子，被朱庇特变成野鸽。

⑨ 亚克安娜，希腊神话亚奥勒斯的女儿，恸其夫而化作翠鸟。

⑩ 安提戈涅，希腊神话中俄提帕斯之女，为死去的哥哥营葬，变成仙鹤。

⑪ 蒂留斯，希腊神话中色雷斯国王，因强奸妻妹，被神罚作一种叫戴胜的鸟。

⑫ 神话中玛克罗比恩把七个小孩带入林中，盗走他们的金链，之后小孩都变成仙鹤。

屁股像斯提姆法利德湖①的鸟一样。要消灭他们几乎是不可能的，因为即使让你除掉一只，即刻又会有四十二只出世。"

看来我们真需要有一个像赫丘利那样能降魔除妖的人，因为此时约翰修士已是头晕目眩神志不清，朋特固尔也一样，像在克瑞斯的祭典上没有穿衣服的普里阿普斯一样②。

第三章

响铃岛上惟一的"教皇鹰"

12. 拉伯雷及其同时代人当然还根据别的资料了解古希腊罗马关于诙谐的概念……他们清楚地了解罗马诙谐自由的传统：关于农神节，关于诙谐在凯旋仪式和显贵人物的葬仪上的作用。

接着，我们问衣务总管："岛上有这么多不同种类的鸟，为什么只有一只'教皇鹰'呢？"

他回答道："这是天地混元初始以来的一种规矩和制度：教士鹰象蜜蜂一样，无须肉体交配即可生出修士鹰和僧侣鹰，接着修士鹰产生住持鹰，住持鹰产生尊贵的主教鹰，这个主教鹰只要不中途猝亡，最后就会成为教皇鹰。

"教皇鹰一次只能有一只，这和蜂巢里只能有一只蜂王、宇宙只能有一个太阳的道理一样，只有在他死后，才能从众多的主教鹰中再产生一只。要知道，这是无须经过肉体交配即可完成的。所以，教皇这个类别永远都是一脉单传，很像阿拉伯的火凤凰③。

"但也有一次，大约是两千七百六十个月以前，地球上同时出现两个教皇④。他们明争暗斗，你死我活地斗来斗去，搅得整座岛屿乌烟瘴气。那种混乱的场面你们这辈子是看不到的。所有的鸟都介入到争斗中去，或用嘴啄，或用爪抓，一场混战下来，直打得居民纷纷散去，远走他乡。他们有的支持这个教皇，有的支持那个教皇，有的则象死鱼一样一声不吭，甚至岛上的一些铃也响不起来，好像舌头被打掉似的——我说的是铃舌。

"在混战之中，他们各自向大海对面的皇帝、国王、公爵、伯爵、贵族和一些联邦寻求援助。直到他们当中的一方死去，这种混乱局面才宣告结束，整座岛屿才得以统一。"

接着我们问他为何那些鸟总是唱个不停。他回答说：

"这是因为挂在鸟笼上方的那些铃铛的缘故。你们看看那些戴帽子的修士鹰，他们可以像云雀一样歌唱，是否想听一听？"

"那就试试吧。"我们说。

---

① 斯提姆法利德湖，古希腊湖名。据说湖上的鸟会用拉粪便的方法驱赶敌人。

② 普里阿普斯，希腊和罗马神话中男性生殖力之神。克瑞斯，谷物和耕作女神。据奥维德《节令记》第六章记载，普里阿普斯在克瑞斯的祭典上欲对睡着的火神维斯塔非礼，维斯塔大声呼救，众神赶过去，发现他的衣服来不及穿。

③ 传说中阿拉伯的一种鸟，每五百年纵火自焚一次，籍此在灰烬中得以新生。

④ 十四世纪罗马教廷发生裂变，一度出现几个教皇并存的局面。

于是他在一条细绳子上拉了六下，铃儿叮叮当当地响起来。很快地，一群修士鹰像受到魔鬼驱使一样飞了过来，张开嘴巴疯狂地唱了起来。

帕奴吉问："要是让我摇这个铃，那些红羽毛的鸟是否也会唱起歌来？"

"当然，你就试试吧。"他说。

帕奴吉狠狠命地摇了几下铃。铃声一传出去，那些熏烟色的鸟就飞了过来，亮起嗓门喊起歌来。那声音撕裂沙哑，听来实在不舒服，根本不能说是在唱歌。

衣务总管继续说，那些鸟除了鱼以外其它什么都不吃，就像鸬鹚和鹭鸟一样，他们是属于第五类"恶心鸟"，是刚刚培育出来的新品种。

最后他说，有一个刚从非洲回来名叫罗伯特·瓦尔布林格的人对他说，一种名叫"风帽鹰"① 的第六类恶心鸟很快就要飞出来；这种鸟比岛上任何鸟类都抑郁、冷漠、不正常，更令人受不了。

朋特固尔说："非洲经常会出产一些希奇古怪的新事物。"

第四章

响铃岛上的漂泊鸟

"正如刚才你说的那样，"朋特固尔说，"主教鹰产生教皇鹰，住持鹰产生主教鹰，修士鹰产生住持鹰，僧侣鹰产生修士鹰。那么，你能否告诉我这些僧侣是怎么来的。"

衣务总管回答道："他们全都是漂泊鸟，或者说是旅行鸟，是从世界的那一边来的。其中一部分来自一个称作'没粮食'的国度，另一部分来自一个称作'多人口'的国家；他们每年都要离开亲人和好友，成群结队地飞到这里来。

"在'多人口'的国家，如果家庭有许多孩子，那么他们必须平分父母的财产（这是自然的要求，上帝的旨意，是完全合乎情理的）。瓜分之后，原有的家产就所剩无几，所以，做父母通常都要想办法甩掉这些累赘，打发他们到这个勃沙特岛（即歪曲岛）来。"

帕奴吉说："就是施衣附近的那个布查岛吗？"

"不，"衣务总管又说，"我说的是勃沙特岛。来到这里的鸟十有八九体形不正常。他们要么弓腰驼背，要么缺胳膊少腿，要么瞎掉一只眼，完全是毫无用处的一堆废物。"

"这与从前他们挑选修女的标准大不一样。"朋特固尔说，"当时利奥·安提修斯强调说，思想不正，身体有缺陷的修女，哪怕只有一丁点儿缺陷，都不应该在被选之列②。"

---

① 指嘉布遣会修士，为天主教方济各会的一支。该会会服附有尖顶风帽。

② 被选中的修女必须日夜守卫维斯塔祭坛的灯火不灭，要求她们终身保持童贞之躯，否则处以极刑。

相关链接 ●

13. 在拉伯雷的作品中约翰修士是下层大众僧侣具有强大的滑稽改编和更新力量的体现。他是"涉及圣礼书一切方面"的大行家；这就是说，他善于在吃、喝、色情的层面上重新认识任何神圣的文本，善于把它从素的层面转到荤的、"淫猥的"层面。

"我也弄不明白。"衣务总管说，"他们的母亲既然可以九月怀胎，为什么就不能抚养他们九年，或七年的时间呢？相反地，他们只是随便在逆子的身上裹一件衣服，并把他们的头发刮掉（究竟刮多少，我也不清楚），同时口中念念有词，把他们变成现在你们见到的这种鸟。这是一种毕达哥拉斯式的灵魂转生，没有任何损耗，而且简洁明快一目了然，很像从前埃及异教徒使用刀刮和裹斜襟衣的方法制作他们的伊希斯①雕像。

"不过，朋友们，我也不知道这些雌鸟（不管是修女鹊、道姑鹊、还是住持鹊）为何总是喊出那么多针对魔鬼阿瑞曼尼②的怨言和咒语，似乎只有这样才能发泄对亲人和朋友的怨恨，因为是这些人把他们变成鸟的；我也不知道他们为何不唱些感恩经，就像琐罗亚斯德③歌颂奥罗玛西斯④那样。

"'没粮食'国是一个贫瘠的国度，白天时间特别长，总是徘徊不去。从这个国家飞来的鸟充斥着整个鸟屿，而且占鸟总数的绝大多数，使得整个鸟群档次低劣，品质下等。在来此之前，他们要么忍饥挨饿、苦于生计，要么没有能力（也可能是不愿意）去踏踏实实地干一份合法的差事，要么趾高气扬或慵懒松散，干不成家庭服务等方面的活；还有的夫妻关系紧张，双方因欲望太大不能满足而反目成仇，在绝望之际就飞到这里来。另外也有一种鸟，因为干了罪恶的勾当而沦为囚犯，之后被迫去骑一匹只有两条或三条腿的马，那马因为承受不了他们的重压而呻吟不已，于是他们趁机偷偷溜走，到我们这里来吃熏猪肉。各种鸟到这里以后生活都有了保障，原来干瘦像草耙子的身体很快就变得像大公猪一样肥壮。由于这里有许多牧师和教士，他们在这里的避难生活就像小偷待在牢房里一样安全。"

"但是，"朋特固尔问，"难道这些鸟就从来没回过他们的老家？"

衣务总管回答说："从前有，但只有那么几只，次数极少，而且都是心不甘情不愿的。但自从上次天上出现月食和那么多的星星之后，很多鸟都飞回去了。对此我们一点都不觉得可惜，因为剩下的都是会唱歌的鸟，而且剩得越少，岛上的歌声就越好听。那些飞走的鸟在离开之前总会把羽毛留在巢里。"

后来我们在岛上发现几根被遗弃的鸟羽，于是我们就四处寻找开来，结果碰巧发现了一些鲜为人知的故事呢。

---

① 伊希斯，古代埃及司生育和繁殖的女神，其形象是一个给圣婴哺乳的圣母。
② 阿瑞曼尼，古罗马神话中的一个恶魔。
③ 琐罗亚斯德，古代波斯锁罗亚斯德教创始人，对波斯的多种宗教进行改革。
④ 奥罗玛西斯，波斯神话中光明与仁慈之神。

第五章

响铃岛上的哑巴"骑士鹰"

衣务总管的话还没讲完，我们就发现前边有二、三十只鸟朝我们飞过来。就其颜色和羽毛来看，那是我们在岛上从未见过的鸟。他们的羽毛一直在变换着颜色，就像变色蜥蜴的皮肤或石豆（即苦艾草）① 的花一样；左翅膀的反面有一个标记，是两个平分圆圈的直径，或者说是一条直线垂直交叉在另一条之上的十字形状。每个标记大体上是同一样式，但颜色各不相同，有白的、绿的、红的、紫的，还有蓝的。

帕奴吉问道："这些是什么鸟？"

衣务总管回答说："这是一种杂交的鸟类，我们称为'骑士鹰'，在你们国家他们享受高级骑士的薪俸。"

我说："尊敬的总管，能否让他们唱一曲。"

"他们才不会呢，"他说，"他们不是你们认为的那种会唱歌的鸟，可是吃起饭来却是双份的。"

我又问道："那么这种鸟有没有雌的？"

"没有。"他答道。

帕奴吉又问："他们为何身上都是疥疮、残垢？脸上还长满红疮和麻子，简直是一张张破了相的脸孔。"

"这是现在特别流行的一种病，"衣务总管说，"原因是他们经常浸泡海水② 。"

他指给我们看一队飞过来的鸟，说："这些鸟是特意过来的，想看看你们当中是否有一种硕大凶猛、衣着艳丽的食肉飞禽。有人说这种鸟桀骜不驯、难于驾驭，听说你们国家有这种鸟。他们膝下戴着漂亮的脚环，上面写有文字，大意是：谁要是想歪了，谁就得受罚③ ；有的胸前别着戴锁链的魔鬼像章④ ，也有的披着羊皮的衣服⑤ 。"

"善良的总管，你说得很对，"帕奴吉说，"看来我们不配与这些有骑士头衔的鸟结识。"

---

① 据普林尼乌斯的《自然史》记载，这种花一日三次呈白、红、蓝变化。

② 此处讽刺教士在与土耳其人的地中海海战中的丑恶面目。

③ 这里指腿带会。有一次英王爱德华和撒尔斯巴利伯爵夫人跳舞，夫人落下腿带一只，他俯身拾起，引起众臣窃笑，于是他说："窃笑者当以戴此为荣"，后来君臣上下戴上腿带。这便是腿带会的由来。

④ 是圣米歇尔会的标志。魔鬼是被天神圣米歇尔降伏的诽谤者。

⑤ 是金羊毛会的标志，1429 年由布尔高尼大公创立。

14. 拉伯雷的作品非常复杂。在拉伯雷的作品中有许多通常只有最亲近的同时代人，甚至有时只有与拉伯雷亲近的狭小圈子里的人才能理解的典故。

"走吧！"总管换了个轻松的口气说，"我们聊得够多了，现在喝酒去！"

"现在喝酒吃东西去！"帕奴吉说。

"说得对！"总管说，"吃和喝各占一半，同样重要！走吧，时间宝贵得很，我们得好好利用。"

他先带我们到红衣主教鹰的澡堂，让我们好好洗个澡。那真是个美妙的地方！出来之前，仆人还为我们涂上一层珍贵的油膏。但朋特固尔没有接受这项服务，他说，涂了这种油膏就不能多喝酒。接着，他带我们走进一间宽敞、雅致的餐厅。他说：

"布拉吉勃斯修士让你们斋戒了四天，现在完全相反，我要让你们一口气大吃大喝四天，否则不能离开此地。"

"这怎么行呢？"帕奴吉大声嚷道，"难道连觉也不能睡？"

"不、不，"总管说，"你们想睡就睡好了。不过喝完酒才好入睡。"

天主在上，我们太高兴了！这里有的是好酒，这位总管老兄真是一个大善人。

第六章

响铃岛上鸟的食物

朋特固尔看起来不太高兴，似乎是因为必须饱食四天的缘故。衣务总管很快就觉察到了。他对朋特固尔说：

"尊敬的阁下，您应该会知道，立冬之前后七天海面上会起风暴，这是由于西蒂斯①的神翠鸟②在海边产卵和孵小鸟的缘故。现在是平静过后的不平静，只要一出现航海人，海面上就会整整四天浪涛汹涌，暴风雨大作。对此我们只能这么解释：这是一种礼仪，因为只有这样我们才能留住来我们这里的客人，让他们好好享用岛上丰富的食品。所以，请不要以为你们是在浪费时间。总之，你们必须留下来，除非你们已下定决心去会一会朱诺③、尼普顿④、多丽丝⑤、埃俄罗斯⑥以及其他大大小小的恶神。请你们务必振作起来，痛痛快快地饱吃一顿吧。"

我们敞开肚皮大吃起来。过了一会儿，约翰修士对衣务总管说：

① 西蒂斯，海神尼里伊斯的女儿之一。
② 传说中巢居海上、冬至产卵时能平息海浪的鸟。源自希腊神话，风神阿伊德斯之女海尔塞妮闻悉丈夫遭海难后，投海自尽，后双双变成翠鸟，具有平息海上风浪之神力。
③ 朱诺，罗马神话中的天后，主神朱庇特之妻，曾使风暴阻止伊斯前进。
④ 尼普顿，罗马神话中的海神，即希腊神话中的罗塞登，手执钢叉使过往船只翻身。
⑤ 多丽丝，希腊神话中海神尼里伊斯之妻，海中仙女之母。
⑥ 埃俄罗斯，希腊神话中的风神。

"据我观察，你们这座岛屿上有许许多多的鸟和鸟笼。他们吃田里的粮食，但都不去参加犁田或耕地的劳动，而只是一个劲地啁啾、啭鸣、嬉戏、打闹，一天到晚乐个不停，所以我冒昧问一句，这里如此丰富的精美食品，以及所有的好东西，都是从哪儿来的？"

"来自世界各地，"衣务总管说，"除了北方几个地区以外；这些地方的人近几年把茅厕里的水都给搅了①，不过以后他们一定会后悔的。来吧，大家喝酒吧，干杯！对了，你们都是从哪里来的？"

"都兰②。"帕奴吉回答道。

"好极了！"衣务总管说，"那么你们应该不是恶劣鸟种的后代。都兰是个好地方，我应该祝福你们。我们这里每年都从都兰运来大量的好东西。曾经到过这里的一个都兰人说，这里公爵的全部收入还不够他吃猪肉煮豆子（这是摩西和毕达哥拉斯都要争夺的一道好菜）。他们对这里的鸟儿们都特别慷慨大方，给我们送来野鸡、鹧鸪、小母鸡、鸟蛋、阉鸡以及各种野味和家禽，所以我们不得不一个劲地吃，或咀嚼、或咬、或吞、或塞，实在吃不下去了，也只好浪费掉。

"喝吧，朋友们，尽情地吃吧！看那边快乐的鸟儿，瞧他们有多肥胖、多强壮！那大腹便便的模样，完全是从都兰那儿得到的好处！可事实上，他们很少为那些赡养他们的人讴歌颂德，只要一看到表示用膳的这两根镶金棍棒或听到我摇起的铃声，他们就会喜笑颜开唱起歌来。

"大家继续喝吧，开怀畅饮吧！朋友们，今天的酒宴不错！实际上，我们这里天天如此。大家继续喝吧，干杯！为你们干杯！我们真诚地欢迎你们的到来！请不要客气，也不必担心我们会缺少吃喝的东西，你们看看，即便天空变成铜，地面变成铁，我们都不会缺少什么，即便是发生了象埃及那样的七八年饥荒也不打紧。让我们为兄弟般的友谊和健康干杯！"

"真是不得了，"帕奴吉说，"你们这个世界里的生活简直像天堂一样！"

"是吗？"衣务总管说，"与我们以后的极乐世界相比，这算不了什么。在那里我们什么都不会缺。来，来，我们边喝边聊，喝个一醉方休。"

我说："你们早先的那些'追魂人'真是聪明，为你们想出这个办法，让你们得到别人（恰当地说是没有人）能够享受得到的东西。我的意思是，你们的今生和来世都是天堂般的生活。你们真是有福，是天上的神仙，要是我也有这样的福分该有多好啊！"

---

① 搅动茅厕会发出臭味，此处指北欧的一些地区脱离罗马教廷，不再向教皇进贡而引起的麻烦事端。

② 都兰，法国西部一地区名。

第七章

我们见到教皇鹰

15. 毫无疑问，以确凿的历史人物和宫廷生活事件替换拉伯雷笔下的人物及其小说中的各种情节的传统在十六世纪已经形成。这一传统到了十七世纪被"历史一寓意"方法所接受。

到了第三天，我们照样大吃大喝。朋特固尔急着想去见教皇鹰，但衣务总管说见他并不容易。朋特固尔说：

"难道就因为他头戴柏拉图的头盔①，手戴古阿斯的戒指②，怀里揣着变色蜥蜴③，就可以随意不见人？"

"不是的，尊贵的阁下，"衣务总管，"他难得一见，这是很正常的，但不管怎么说，我带你们去试一试。"

说着他转身离去。一刻钟过后他回来，说这时候可以见到教皇鹰。他带着我们悄无声息地来到教皇栖息的那个鸟笼跟前；只见他一副羽毛蓬松的模样，两只小个子红衣主教鹰立在两侧，还有肥胖的主教鹰也陪伴在旁边。

帕奴吉双眼死死地盯着教皇鹰，仔细地打量着他的身材、个头与神态，突然他大声说道：

"该死的病鸟，真像一只污秽的疣鼻天鹅。"

"嘘，小声点！"衣务总管赶忙说，"天主在上，从前米歇尔·德·马提斯可尼思曾说过，他是长有耳朵的。"

"那又怎么样？"帕奴吉说，"高鸣猫的头上也长有耳朵！"

"天哪！"衣务总管说，"要是让他听到你这亵渎辱骂的话，你就死定了。你是否注意到他笼子里的那个水盆？里头有的是闪电、响雷、暴风、骤雨、以及各种妖魔鬼怪。它们可以一下子把你打入地牢，打入一百尺深的地狱去④。"

约翰修士说："我们还是回头吃喝去吧。"

帕奴吉的眼睛还是紧紧地盯着教皇鹰和他的侍从们。突然他发现鸟笼底下有一只雌猫头鹰，他高声叫道：

"魔鬼他妈的，笼子里有陷阱，想欺骗我们！你们是否注意到那里还有一只猫头鹰？"

"嘘！"衣务总管说，"小声点，我跟你说，那不是什么猫头鹰，也不是雌的，而是一只尊贵的雄鸟。"

"我们能不能听教皇鹰歌唱？"朋特固尔问道。

---

① 根据荷马《伊利亚特》第五卷记载，头戴柏拉图的头盔可以隐身。
② 希腊神话中百手三巨人之一，手上的戒指可以隐身。
③ 见普林尼乌斯《自然史纲》第二十八卷。
④ 这里指驱逐出教惩罚之严厉。

"这我不敢保证。"衣务总管说，"因为他总是在自己的规定的时间里唱歌和吃饭的。"

"这我可不干。"帕奴吉说，"我们这些可怜的绅士不会这么守时的，我在任何时候都可以唱歌吃饭。走吧，如果你们愿意的话，回去喝酒去！"

"说得好，"衣务总管说，"这才是像样的话，以后就这样说话，我保证你不会被当作异端。走吧，同意你的建议，我们喝酒去！"

回到喝酒的地方，我们发现那里的凉亭下面有一只年老的主教鹰。他长着一颗绿脑袋，正和身边的一个副手与三个随从在一起打呼噜，不远处站着一只娇媚活泼的修女鹊，正亮开歌喉唱着红雀般好听的歌曲。我们都沉迷于她的歌声之中，巴不得全身的各个部位都变成耳朵，以便尽情领略那优美的旋律。帕奴吉说：

"这个天使中的天使真是美丽极了。她唱得脑袋都快裂开，而那个丑陋的大笨鸟却睡得像死猪一样，呼噜打个不停。我要让他马上停住呼噜，让他见鬼去。"

说着，他拉动悬挂在主教鹰头上的那个铃。但是，不管铃声怎么闹，那只鬼鸟却一点都听不到，而且铃声越大，他的呼噜声越响，根本就不可能让他唱起歌来。

"天主在上，"帕奴吉说，"你这贪婪自私的家伙，再不唱，我就让你看看我的手段。"

说着，他拾起一块圣司提反①的面包（即石头），准备朝他的腰部砸过去。衣务总管连忙大声喝住他：

"不行，不能这样！善良的朋友，你可以用计谋攻打、刺伤、毒害或杀死世上所有的国王与君主，或者把天神从天上捅下来，这样的行为教皇鹰都可以原谅，但他惟独不能原谅你对这只神鸟的伤害。你要是还珍惜自己的财富、利益和生命，还在乎亲戚朋友的死活，以及为你的子孙后代考虑的话，你就不要这样做，否则会惹上麻烦的。你不妨看看那个水盆。"

"那么，我们还是喝酒去吧！"帕奴吉说。

"说得对。"约翰修士说，"总管先生，对这些鬼鸟，我们总是骂咧咧的，而喝起酒来我们总会颂扬上天。走吧，喝酒去，'喝酒'两字听来确实舒服！"

第二天（你知道我们已经喝够了），衣务总管让我们离去。我们送给他一把贝古伊斯小刀，他很高兴，简直比从农夫手里接过冷水的阿塔泽克西芝②还高兴。他千恩万谢地送我们离去，为我们的船只补充了必要的物品，祝我们一路顺风、航程圆满，还让我们以朱庇特的名义承诺回程时一定再回来做客。最后，他说："朋友们，请务必记住，这个世界上的石头比人多得多。"

---

① 圣司提反（？～35），耶路撒冷基督教会执事，在犹太教公会辩述原始基督教义时，遭乱石击死，为基督教第一个殉教士。

② 故事见普卢塔克《阿塔泽克西芝传》。

相关链接 ●

第八章

穿皮大衣的法猫"折磨人"大公，
以及我们经过他住处的栅门

16. 毫无疑问，在拉伯雷的作品中有许多历史人物和事件的典故，但无论如何也不能容许整部小说内存在贯彻到底的确定的影射体系。不应去寻找解开每一个形象之谜的确定的和惟一的解码钥匙。

一路上不很顺利，后来我们来到一座荒岛上。那是一座死气沉沉、没人愿意光顾的岛屿。当我们来到岛上的栅门前时，朋特固尔不想进去。还好他没有入内，因为我们一进去就被穿皮大衣的法猫①"折磨人"大公关进牢房，理由是我们当中有一人在诉讼国时和那里的执法官员有过冲突。

那些穿皮大衣的法猫都是十分可怕的怪物。他们吞噬孩童，还在铺着大理石的地方②肆意践踏。朋友们，你们说说，要不要把他们的口鼻切掉？他们身上的毛不是长在外头，而是藏在皮肤的里面；他们个个戴着敞口口袋，但戴法各不相同：有的挂在脖子之上，有的吊在屁股后头，有的贴在肚皮前面，有的吊在腰上，不过每种戴法都是有原因的，每个口袋里也都藏有秘密。他们长长的利爪强劲有力，被抓住的东西几乎都没有生还的希望；有时候他们头上扣着钵形的帽子，有时穿着苦行僧的法衣。

在牢房里，我们送给一个乞丐半块退斯通③。他对我们说：

"尊敬的罪犯们，上天保佑你们能重获自由！这些肥胖的法猫是捞钱的法律和罪孽行为的维护者和支持者，你们要注意看他们的脸色行事。如果你们可以再活两个奥林匹克和两条狗的寿命④，就可以看到这种穿皮大衣的法猫遍布全欧洲，看到他们拥有大量的可以供子孙肆意挥霍的田产。请务必相信我这个诚实的乞丐所说的话。

"现在第六种元素⑤主导一切。通过这种元素他们凌强欺弱、巧取豪夺，干的都是害人的勾当，烧、杀、抢、掠，无恶不作，根本就不辨是非曲直。对他们来说，邪恶是忠诚，偷窃是正义，掠夺是座右铭，但他们的所作所为却得到所有人的赞同（不赞同的是异端）。他们敢如此胡作非为，因为他们拥有无上的、不可抗拒的权利。我这么说，你们要是不

---

① 指穿镶皮法衣的法官。

② 指法庭。

③ 16世纪法国的一种银币。

④ 两次奥林匹克竞技会之间的时间为四年，古希腊人从公元前776年起用此作为年代计算单位；两条狗的年龄约莫为四十多年。此处指五十年左右。

⑤ 当时人们只认知自然界的五种元素，第六种即为"不存在的东西"。这里指法猫卑劣的行为令人不可想像。

信，可以从那边架上的食槽①中得到证实，以后你们也要记得这是我讲的话。这个世界上要是发生瘟疫、饥荒、战争、火灾、地震、洪水等不幸的事件，你们可不要认为这是天上群星错位，罗马尼亚宫廷里发生事端，某些国王或君主实行暴政的缘故，也不是因为教士的招摇撞骗、异端者的盲从偏执、先知的虚假欺诈、从政者的钻营奸诈、篡权者的蛮横刁钻，或外科医生、药剂师的麻木不仁，荡妇毒害丈夫的罪恶，等等，所有的这些都不是原因，你们应该把所有的灾祸都归到那些穿皮大衣的法猫身上。他们在巢穴里不断地酝酿并制造出无法用言语形容的、令人难以置信而且后果不堪设想的龌龊和毁灭。然而他们并没有受人唾弃、遭人谩骂或者受到惩罚，因为他们不像犹太教派那样广为人知。但是，如果有一天他们的罪行完全暴露在大庭广众之前，那么即便是他们的代言人，无论他是多么能言善辩，也无法为他们开脱罪责。他们罪有应得，应该受到公正法律的严厉制裁，每一位威严的法官都将毫不留情地判处他们在自己的洞穴中受火刑之苦。此外，他们的小法猫、亲戚、朋友们都会唾弃、厌恶、离开他们。

"当年汉尼拔当着父亲艾米尔卡的面宣誓，说他要在有生之年追杀罗马人。我的父亲也命令我坚守在此，直到万能的上帝用雷电把他们烧成灰烬，就像摧毁提坦和其他的一些触怒天颜的叛逆者那样。我之所以这么做，是因为人们对他们的压迫已经麻木不仁毫无反应；他们记不清自己所受的苦难，也看不到以后还会受到的折磨；或者说，即使这些人有所反应，他们也不会、不敢，或没有能力把这些法猫铲除。"

帕奴吉说："你说什么来着？他们把我抓住不说，还要把我处死？去他的，我们冲出去好了！这个高尚的乞丐说的话比秋天的响雷更令我吃惊。"

我们正想离去，可是洞门已被紧紧堵住，还上了双重锁。后来我们又不幸地听说，那个门犹如地狱的大门，进去相当容易，出来却是难上加难。如果没有法庭的释放证明或通行证，里面的人就根本别想出来。这与人们可以轻轻松松走入教堂，却走不出负债人拘留所的道理一样。后来我们设法进入栅门，想去弄一张通行证明。但是，更糟糕的事情发生了，我们遇上长相丑陋、形容可憎的怪物，那种面目在所有的传奇书籍中从未被描写过。

他们管怪物叫"折磨人"。如果把他比作客迈拉②、斯芬克司③、刻尔柏洛斯④、或俄塞里斯⑤的形象，则再恰当不过了。埃及人塑造的俄塞里斯有三个脑袋，分别是怒吼的狮头、乞怜的狗头和嗥鸣的狼头；它们被一条巨龙紧紧缠在一起，龙嘴还咬住俄塞里斯的尾巴，周围闪着万道光芒。"折磨人"的双手形如鸟身女妖的魔爪，上面沾满鲜血；老鹰似的嘴脸细长而扁平；两排牙齿又长又大，像是膘肥壮实的野猪的利牙；两只眼睛往外喷出

---

① 指执法官员的办公案头。
② 客迈拉，希腊神话中的狮头、羊身、蛇尾的吐火女怪。
③ 斯芬克司，希腊神话中带翼的狮身女怪，传说常叫过路人猜谜，猜不出者即遭杀害。
④ 刻尔柏洛斯，希腊神话中守卫冥府入口的三个头的猛犬。
⑤ 俄塞里斯，古埃及的冥神和鬼判。

17. 在法国革命时代，拉伯雷在法国革命活动家中间享有巨大的声望。他们甚至使拉伯雷成为革命的预言家。拉伯雷的故乡城市希农城取名"拉伯雷—施农城"。世道正确地感觉到了拉伯雷深刻的革命性，但却不能对他作出新的、正确的阐释。

火焰，像是通向地狱的两个入口；全身缩在一个带有捣杵的研钵里，只有两只魔爪露在外面。

他和他的随从猫住在一起，笼舍是一排崭新、干净、整洁的托架，正像乞丐说的那样，上面次序开着许多又宽敞又大方的槽口①；托架的主座上有一副老女人的画像，鼻子上架着一副眼镜，右手拿着一把镰刀状的剑鞘②，左手托着一座天平，两边的枰盘是毡绒口袋，一头装满钱币，使得空空的另一头高高翘起。我认为这正是公正的"折磨人"的肖像。古代底比斯人的做法与此不同，他们的法官塑像都是没有手的③，而且是根据生前的不同功绩，用大理石、银、金等不同材料雕塑而成。

我们走到他的面前。几个全身挂满口袋，双手拿着长纸卷的人走了过来。他们让我们坐在矮凳上，就像法国的罪犯坐在板凳上等候审讯一样。帕奴吉说：

"高尚的老爷们，我的身体好得很呢，还是站着舒服，况且这凳子太矮，对穿着新马裤和紧身短马甲的人不太合适。"

"坐着别动，"折磨人说，"不要让我说第二遍。你们如果不好好回答我们的问话，地面就会马上裂开，把你们吞掉，让你们见鬼去！"

第九章

"折磨人"让我们猜谜

待我们坐定之后，"折磨人"沙哑可怕的声音从穿皮大衣的法猫堆中传了出来：

"喂，快点，快点说出谜底。"

"喂，快点，快点，给我好酒喝！"帕奴吉的话从牙缝里挤了出来。

"仔细听着，我出谜了，"折磨人继续说，

"一个姑娘，年轻貌美，

没有结婚，先有身孕，

未遇痛楚，生下小孩，

孽种一个，招惹烦恼，

性情暴躁，活象毒蛇，

咬伤生母，从此出走，

高山深谷，上天入地，

---

① 指陈列卷宗的槽口。

② 剑代表司法，这里镰刀状的剑鞘象征空洞、扭曲的司法。

③ 没有手表示清廉，见《伊西斯和奥西里斯》第二十章。

智慧之子，为之惊叹：

躯体灵魂，截然分开，

人性动荡，莫过于此。"

"快点，快点，说出谜底，"折磨人催道。

"快点，快点——快不起来，"帕奴吉说，"圣明的天主在上，我要是象先人维莱斯①那样拥有一个斯芬克司，也许我可以马上说出谜底；但是，圣明的天主在上，当时我并不存在，所以我就像未出世的小孩一样一无所知，猜不出来不是我的过错。"

"这不成理由，"折磨人大声嚷道，"这回你即便给我金子都不成，我是不会被收买的。你再不说出答案，我就要你们这些混帐东西见识见识路西弗②的爪子，让你们知道它比我的双手更厉害！他就在这里，看见了吗？还敢说不是你的过错，难道你就可以不受我们的审讯和刑罚？混帐东西，真让我受不了。我们的法律和蜘蛛网一样，可以逮住并消灭像你们这样愚蠢的小飞虫；有力气的大飞虫总会逃掉，也会任意作践蜘蛛网，所以我们不会用网去抓大盗贼大暴君。他们太难对付，我们吃不消，还不如捉拿小飞虫来得轻松。不过你们这些愚蠢的可怜虫虽然微不足道，但也可以弥补我们的损失。以金子的名义说话，我可以饶恕你们的过错，这样的恩惠你们以往是不会有的。请魔鬼为你们做弥撒吧！"

听到这里，约翰修士再也沉不住气了。他大声嚷道：

"喂！请问戴帽子的魔鬼，他已经对你说了实话，你还要他怎么样？他不是已经说猜不出来吗？你这是无事生非，难道你是光听假话而不听真话？"

"折磨人"叫道："谁在说话？是谁的胆子这么大？我没发问，谁在开口讲话？真让我受不了，以金子的名义说话，自从我统治以来，还没有见过有人如此大胆无礼。这个蠢货是怎么来的？"

"你这流氓恶棍，真是岂有此理！"约翰修士嘴唇不动，嘴里嘟嘟囔着。

"混帐东西，"折磨人说，"会有你说话的时候！"

"见鬼去！真是岂有此理！"约翰修士说着就一声不吭了。

"折磨人"接着说："你以为你们是在那个荒凉的学院，可以和那些愚蠢的、一事无成的人在一起探讨真理？以金子的名义说话，我可不这么做；以金子的名义说话，来这里的人都必须合理地回答所有不知道的问题；以金子的名义说话，他们必须承认做过从未做过但又不得不做的事情；以金子的名义说话，他们必须抗辩自己知道以前从未知道的事情；总之，他们要么忍耐，要么发疯，除此之外就别无解脱的办法。我们拔掉呆头鹅的毛，它还一声不吭！哈哈，不管有没有律师替你们说话，不管你们是否吃饱饭，你们都可以痛痛快快冲着别人痛骂一顿！我看你们还没有这个胆量，得找个机会让你们与讨厌的东西结婚

---

① 维莱斯，罗马执政官，曾因受贿赂受审，把一个斯芬克司的青铜塑像送给为他辩护的律师。

② 路西弗，早期基督教教父的著作中对魔鬼撒旦的称呼。

过日子!"

"呸，你这魔鬼！"约翰修士大声喊道，"你这大头鬼，大魔头，想让有修行的修士结婚？呸！异端！异端！真是不小的异端！"

第十章

帕奴吉解开"折磨人"的谜语

"折磨人"似乎没有听见约翰修士的说话。他转头冲着帕奴吉说：

"喂，捣蛋鬼，有什么话要说吗？想说就快点！"

"快点？"帕奴吉说，"你要我快点说什么？你们这些魔鬼，根本就不理会别人的请求，只懂得注意周围魔鬼在唱歌。我要说的就这么多，现在我请求你放我们走，天主在上，我真的受不了！"

"走，想走？"折磨人说，"你知道吗，近三百年来从来没有人走出这个门。当然，如果有东西留下来，那又另当别论。你们也一样，出不去的，除非留下一些皮革，或毛皮之类的东西。你们也许会比前人做得更好，这样就不至于让人说我们待你们不周，对你们不公平。总之，不管怎么样，你们都得留下点什么。要是你们为这么点小事闹个不停，那可真是愚蠢透了，说了这么多的话，还不如一句答应的话爽快。你们要是喜欢折腾的话，我就要你们把谜底解释得详详细细，这对你们来说要难上十倍。看在金子的份上，快点说出谜底。快点，快说，不要再磨蹭了。"

"看在金子的份上，"帕奴吉说，"蚕豆里有一种螨虫或蛀虫，爬出咬破的洞口后就变成飞虫，有时爬在地上，有时飞过高山溪流。哲学家毕达哥拉斯和他的门徒对这种出生方式感到迷惑不解。为此他们争论了大约一个世纪，认为由于灵魂转生①的缘故，这种昆虫的躯体上栖息着人的灵魂。照这么说，我们可以推测，你们死后，灵魂也必将进入螨虫或蛀虫的身体，因为你们现世的生活除了大口地吃、狠命地咬、贪婪地吞食之外什么都没做。下辈子你们一定也会象蛇一样什么都吞，什么都咬，甚至连父亲的肋骨也不放过。看在金子的份上，现在就让我来解开你的谜语吧。"

帕奴吉说着，把一个塞满克郎金币的皮袋子扔了过去。

穿皮大衣的法猫们一听到金币的叮当声就扑了过去，身子压着身子扭作一团，同时舞动着的爪子象在胡乱弹琴一样，狠命地抓呀、抢呀，嘴里还大叫着：

"钱来了！食料来啦，味道真是好！这个案子真不赖，真是一个漂亮、诱人的案子！我说呀，他们不会辜负我们的，他们不是那种哭哭啼啼的货色，而是高贵的客人，是尊贵

① 灵魂转生的说法起源于印度，毕达哥拉斯把它介绍到希腊。

18. 在雨果晚期的诗歌中，他对拉伯雷的诙谐的态度有些改变。这种包容世界的诙谐的包罗万象性本身，这时在雨果看起来是某种可怕的、没有前途的（暂时的、没有未来的）东西……雨果没有理解的正是拉伯雷的诙谐的叙事性。

的绅士。"

"是金子，"帕奴吉说，"正宗的好货色，这点我可以保证。"

折磨人说："法庭在进行全面的听证之后，根据一些充分的证据，现在宣判犯人无罪释放，法庭付给补偿金。尊贵的绅士们，你们现在可以走了。我们虽然心眼不好，但还不像魔鬼那么恶劣。别看我们五大三粗的，我们的心仁慈得很呢。"

出了栅栏门，几只高原鹰带我们到港口去。在上船之前，他们建议我们向"折磨人"的夫人，以及所有的法猫赠送厚礼，否则我们在离开之后还会被带回原地。

"这么说，"约翰修士说，"我们得掏掏口袋，看看还有多少钱，大家凑一凑，尽量满足他们好了。这事来不得半点马虎，这里的公猫、母猫都惹不得。"

"喂，尊贵的绅士们，"那几只高原鹰说，"可别忘了给我们这些穷鬼喝酒的酒钱。"

"不会忘的。"约翰修士说，"你们别担心，我到任何地方都不会把穷鬼忘记的。"

第十一章

穿皮大衣法猫的腐败生活

约翰修士说完这番话，发现前方有七十八艘帆船和轮船驶进港口，于是就跑了过去打听消息。他问船上装的是什么货物，他们说是许多肉味，有野鹿的、野兔的、阉鸡的、火鸡的、还有猪肉、小兔肉、牛犊肉、母鸡肉、公鸭肉、水鸭肉、鹅肉以及其它的一些家禽和野味。之后他看到船上装着一些丝绒绸缎和大马士革。他问他们将那些精美的物品运往何处，送给何人，他们回答说，送给折磨人和穿皮大衣的法猫。

"那么，你们管这些东西叫什么？"约翰修士又问。

"叫'贿赂'。"他们答道。

修士说："如果以贿赂为生，他们必将遭受毁灭。我现在都可以这么说，让他们见鬼去吧！他们的祖辈们把那些以打猎、狩鹰为生的善良人的财物都侵吞掉。那些猎人习惯吃苦，耐于作战，因为狩猎原本就是打战。色诺芬[①]说得好，狩猎可以训练出大批优秀的勇士，也可以训练出特洛伊的木马。我不是学者，这话我也只是听说而已，但我绝对相信。根据'折磨人'的说法，勇士死后灵魂将进入公猪、牡鹿、雄狍、苍鹭等动物的体内，因为他们生前喜欢追赶它们。那些穿皮大衣的法猫摧毁并吞并他们的城堡、土地、房屋、财物。还要在来生继续占有他们的血和灵魂。那个乞丐说的一点不假，他事先提醒了我们，还让我们特别注意上面的那些槽口架。"

"还有，"帕奴吉又问，"你们是怎样弄到这些肉的？伟大的国王曾颁布诏令，严格禁

---

① 色诺芬，古希腊将领，历史学家，苏格拉底的学生。

相关链接 ●

止猎杀牡鹿、雌鹿、公猪、雄狍等珍贵的猎物，违者处于死刑。"

"话虽这么说的，"其中一人答道，"但是你也知道，伟大的国王宽厚仁慈，而这些穿皮大衣的法猫却残忍无比，特别爱喝基督教徒的血。所以我们并不很担心触犯伟大君主的法令，而是担心不能一直用贿赂的方法堵住法猫的嘴。要真是这样的话，我们就没有生还的希望了。

"明天'折磨人'就要把他的一只穿皮大衣的雌猫嫁给一只又高又大、穿两件皮大衣的雄猫。以前我们管这种雄猫叫'吃草'猫，但是，天主在上，现在他们不再吃草，所以我们称他们是'食兔猫'、'食鹌鹑猫'、'食山鹑猫'、'食野鸡猫'、'食母鸡猫'、'食野鹿猫'、'食兔猫'、'食猪猫'，除了肉他们别的都不吃。"

"明年我们管他们叫'食屎猫'、'食尿猫'、'食粪便猫'，你们说，好不好？"约翰修士说。

"此话怎讲？"我们问。

"因为现在我要带你们做两件事情，首先，我们把这些家禽、野味都接管过来，当然，得付钱给他们。就我个人来说，我已吃腻家里的咸肉，现在看到这么多的肉心里就不舒服；然后我们杀回栅栏门，把那些可恶的法猫一网打尽。"

帕奴吉说："这我不干，这种事情我懂得比你多，到了那儿我非被绞死不可。我还是不去的好，我天生有点胆小、还不如在这里睡大觉舒服。"

第十二章

约翰修士关于铲除法猫的讲话

约翰修士说："以我身上这件法衣的名义说话，我们这算什么旅行？我们做过什么呢？只懂得站着放屁，蹲着拉屎，要么是晕沉沉地打着嗑睡，要么是骂咧咧地一事无成。天主在上，我打心底厌恶这种生活，我的本性可不是这样碌碌无为。白天我非得做点英勇的事情不可，否则晚上就合不拢眼睡不着觉。真是见鬼，难道我出来仅仅是充当你们的牧师，为你们作忏悔唱弥撒？以濯足节①的名义说话，我准要好好整治第一个作忏悔或唱弥撒的人，当他是十个父亲生出来的卑劣胆小鬼，将他脑袋朝下扔进海底，这样也可以让他免受炼狱之苦。"

"你们知道赫丘利为何能名扬天下吗？那是因为他无论走到哪里，都把铲除暴君、消除危险和挽救苦难当作自己义不容辞的责任。他还处死过所有的强盗、魔鬼、毒蛇以及有害的物种。我们为什么就不能向他学习呢？我们也可以在经过的地方开创同样的壮举。这

① 基督教节日，复活节前的星期四，亦称圣星期四。

些龌龊的法猫只不过是贪婪的魔鬼而已，我们可以把他们连根除掉，这样，这块土地上就不会有暴政和压迫了。我要是像赫丘利那样神勇的话，就用不着寻求你们的帮助和建议，否则就让穆罕默德把我的躯体和灵魂、内脏和肚杂全部注销。来呀，是好汉的跟我来，我们来闹它个天翻地覆！怎么样，走不走？不用害怕，我敢说，这是轻而易举的事情，他们不会还手的。我咒骂他们的话语比十只母猪和它们的小猪吞食的泔水饲料还多，但他们都忍受得了。他们不在乎挨人谩骂受人羞辱，只要有钱装进腰包，即便弄得全身狗屎他们也是满不在乎。走吧，我们可以抓住这个机会把他们赶尽杀绝，赫丘利要是在场也一定会这么做的。现在要是能得到欧利思赛斯①的命令，我们就可以行动了。我心里真切地希望朱庇特能到他们那里走一遭，呆上两三个时辰也好，就像从前他到巴克斯②的母亲塞美勒③那里一样，除这个愿望我别无他求。”

帕奴吉说：“我们能逃得出他们的魔爪，已经是万幸了，我可不愿再陷进去。我刚才那种恐惧害怕的心情到现在还没能恢复过来，回想起来都会毛骨悚然。我害怕去那儿有三个理由：第一是因为我害怕，第二也是因为我害怕，第三还是因为我害怕。约翰修士，既然你的左耳不好使，就请你用右耳仔细听我说话。无论什么时候，哪怕是魔鬼拖你到鬼窟去，还是到弥诺斯④、爱考士⑤和拉达曼提斯⑥的公堂去，只要你开口相邀，我一定会紧紧跟随你，要不是这样我就不叫帕奴吉。我跟着你干什么都可以，哪怕是渡冥河⑦、特赛特斯河⑧，还是大口地喝忘川⑨的水（虽然我极其痛恨水这种元素），甚至付给那个骂咧咧的查隆双倍的摆渡费我也愿意。至于再去那个该死的栅栏门，你要是活得不耐烦就自己去好了，或邀请别人相陪，我是一步都不想往那边移了。其他人应该都会同意我的看法，我已经下定决心，在有生之年，我决不到那地方去，就像卡尔普⑩不能靠近阿比拉一样。尤利西斯是否曾回去库克罗普斯⑪的洞里找寻他的宝剑？不，他没那么傻。而我呢，我不曾把什么忘在栅栏门里，干吗还要回去？”

---

① 欧利思赛斯，希腊神话中阿尔戈斯国王，曾命令赫丘利执行他的十二个功绩。

② 巴克斯，希腊神话里的酒神。

③ 塞美勒，希腊神话人物，在目睹朱庇特施放雷电时，被闪电击为灰烬。

④ 弥诺斯，希腊神话中克里特岛之王，秉公治国，死后为阴曹地府三法官之一。

⑤ 爱考士，希腊神话中人物，Achilles 的祖父，死后成为阴间三判官之一。

⑥ 拉达曼提斯，希腊神话中克里特国王阿喀琉斯的兄弟，因生前主持正义，死后成为冥府三判官之一。

⑦ 渡冥河，希腊或罗马神话中指阴间或地狱。

⑧ 特赛特斯河，冥河的支流，为阴间五河之一，意为痛苦之河，凡死后不葬，亡魂须在此河彷徨一百年。

⑨ 忘川，冥府一河流名，饮其水即可忘记过去一切。

⑩ 卡尔普为西班牙南部的一座山，与非洲毛里塔尼亚境内的阿比拉山遥遥相对，神话中赫丘利把他们分开，之间是直布罗陀海峡。

⑪ 库克罗普斯，希腊神话中的独眼巨人。

相关链接 ●

20. 为了正确地理解像抛掷粪便、浇尿诸如此类的广场狂欢节的动作和形象，必须注意下面这一点。所有这类动作的和口头的形象均为贯穿着统一、生动的狂欢节整体。这个整体就是一出伴随旧事物灭亡新世界诞生的诙谐剧。

"说得也是，"约翰修士说，"站起来又倒下去，与坐着不动没什么两样；治不了的病也只能好好忍着。但是，我再问你，刚才你把一整袋的钱扔给那些恶棍，这难道能说明你是一位好医生？哈哈！这下无话可说了吧！我们又不是很有钱，扔给他们几块刮过边儿的银币难道还不行？"

"我有什么办法呢？"帕奴吉说，"你没看到'折磨人'的双手每时每刻都抓着那口丝绒袋？嘴里还不住地叫着，金子、金子，快给我金子？我想当时要不是我用金子堵住他们的嘴巴，那个栅栏门能打得开吗？恐怕我们一辈子都出不来了。钱给得越早，我们越容易脱身。我敢断定，刮过边儿的银币是起不了任何作用的，他的那口丝绒袋不是用来装小钱，而是用来装金块的。我的朋友，这你懂吗？哈哈，等以后你被熏、被蒸、被烤够之后，像如今的我一样，你就不会再那样说话。现在我们该做什么呢？还是听他们的话，走远一点好。"

那几只卑鄙的带路鹰还在港口等候我们，希望能得到与主人一样的贿赂。他们一看到我们准备扬帆出海，就一下子跑了过来把约翰修士围住，提醒说如果我们不按法庭释放犯人的规定付给他们一笔赏金，我们就不能离开。

"真是活见鬼！"约翰修士大叫起来，"这些狗奴才，魔鬼撒旦的爪牙，竟然还在这里？我已经够生气了，你们还要来烦我，卑鄙无耻的家伙！不过不管怎么说，小鬼们，我会满足你们的要求，给你们一些劳务费，我这就给！"

说着，他抽出那把尖利的短剑，跳下船头朝他们直奔过去，要把那些无赖剁成碎块。他们见状撒腿就跑，转眼之间消失得无影无踪。

但是，事情并没有就此了结。在我们去见"折磨人"的时候，我们的几个水手得到朋特固尔的准许，跑到港口附近的一家酒馆里去饮酒作乐。通常水手上岸后喜欢这样。我不知道他们吃喝之后是否付给酒钱，反正那位肥胖年老的女店主一看到约翰修士站在岸上，就连忙跑去向一个法吏（他是一只穿皮大衣的法猫的女婿）及其几个跟班告状。

接着就是他们傲慢无礼、无休止的问话。约翰修士不耐烦起来，他大声喊道：

"不知趣的鬼东西，你们是不是说我们的水手不老实？我认为他们是老实的，我可以马上用正义的手段证明给你们这些无耻的家伙看——我是说，用这把公正的铁家伙。"

说着，他抽出佩剑在空中挥了一下。那些鬼家伙吓得仓皇逃窜，剩下那个老女人匍匐在地，一副老鸹的模样，嘴里不停地强调说，水手们老实得很，只是忘记了支付饭后睡觉的铺位钱，一共合法国的钱币五便士。

"这可说不过去。"约翰修士说，"这么便宜还赖帐，真是说不过去。可能他们还不知道这里一便士的价值，以后不会总这样赖帐的。这样吧，我替他们付帐好了，但我要先看看铺位。"

店主马上把他带到家里。她把床位指给他看，同时还在一旁介绍床位的各种好处，说每个铺位要价五个便士实在不能算贵。修士付给五便士后，没等她转过身去便挥剑劈向羽

毛床垫和枕垫，所有的羽毛顿时撒向窗外。那老女人吓坏了，她一边跑一边惊呼"杀人啦，救命啊！"左邻右舍即刻惊动起来。与此同时，她还不忘挽救飞在空中和散落在地的羽毛。修士由着她叫喊不去理睬。他看看没别的事可做，就把毛毯、被单、床单等统统卷起来带到船上去。这时羽毛漫天飞舞，遮天蔽地一片昏暗，没有人看见修士带走什么东西。

回到船上，约翰修士把带来的东西送给水手们。他对朋特固尔说，那些物品在当地比在施农要便宜得多。虽然施农的鲍提尔以出产鹅毛出名，但那老太婆要价五便士的床位在施农也要十二法郎。

第十三章

我们的船只搁浅，之后得到智慧国臣民的援助

我们乘着轻快的西风继续向前航行。大约走了七里格（相当于二十二英里）的路程，海面上突然刮起大风，一阵一阵此起彼伏，风向倏忽不定，听他们说，这像是老女人的臀部摇晃不定。

我们先让船只的右舷逼风，再放下下风处的帆布。这时大风又起，风浪几个起伏就把我们刮出几海哩远。船上张开的帆把持不住也收不起来，只能看着它们一片一片地飞走，同时我们尽量按照领航人的指示行事，使船只不至于突然被刮出太远。我们担心中桅帆遭到破坏，因为那样会导致船只朝一边倾斜，并有倒翻在水里的危险。我们四处跑动，用流浪汉的话说，这是漂泊不定，伺机见风使舵。领航人安慰我们说，考虑到海面上的阵风和旋风都还算平静，没有太大的冲突，天空还算晴朗；这些风虽然不能带来很多好处，但也不会造成太大的伤害。我们相信这位智者的话，竭尽全力坚持住，同时伺机行事。

然而，这些阵风和旋风持续不断，我们最后还是劝领航人放弃努力，设法回到原来的航线上。船只抢风改变航向，我们收起船尾的帆脚索，拉起张帆索，并把舵轮套紧，这样，来了一阵大风之后，我们的船就冲出旋风的控制范围。但是，前进不到一里格的路程，船只就搁浅在圣·马太的沙滩①上，这真是出了卡律布狄斯旋涡又撞上锡拉岩礁②，或者说是跳出蒸锅又掉入火堆。

船队所有的人都焦急万分，只有约翰修士一人若无其事。他用好听的话一会儿安慰这个，一会儿劝劝那个，说上天马上就要过来帮助，还说他已经看见帆桁端的卡斯托尔③。

---

①　在意大利西西里岛东北海岸的墨西那海峡中。
②　其对面就是卡律布狄斯旋涡。
③　卡斯托尔，双子座 α 星。该名来自神话中宙斯的双生子之一的卡斯托耳。

21. 尿的粪便的形象正如所有物质与肉体下部的形象一样都是正反同体的。它们既贬低、扼杀又复兴，它们既美好又卑下，在它们身上死与生，分娩的阵痛与临死的挣扎牢不可破地连结在一起。

"哎！现在我惟一想做的事情，"帕奴吉叫喊道，"就是登上陆地。现在即使让我给你们这些喜欢大海的人每人二十万克郎我也不在乎，我就让你们在这海滩上开店铺好了。我还要送给你们一只肥壮的牛和一百瓶冰凉的好酒，这样你们就不用回去了。但是我是要回去的，只要你们能让我上岸，再送一匹马让我骑着回家，我保证一辈子不娶老婆；有没有仆人无所谓，我自己会照顾自己的。普劳图斯①说得好，仆人越多，受到的苦难也会越多，这是因为他们会向主人索要太多的东西；他们的舌头是身上最忙碌、最危险、最致命的部位。另外，世上那么多审讯逼供的刑罚和刑具也都是为他们发明的，不过现在外国有些民法专家认为这是不合理、也是没道理的。"

就在这时候，我们看见前方有一艘船驶过来。等靠近时我们看清船上有货物也有乘客，还有许多面的大鼓。我认识他们当中的许多人，他们大多来自富贵的家族，另外还有受人尊敬的哈利·珂提勒，腰间晃荡着一条驴鞭（即驴的阳物），就像体面的女人身上串着念珠的腰带一样。在左手拿着一顶又肮脏又油腻的帽子，戴在他那光秃秃的脑袋上相当合适；右手拿着一棵硕大的白菜。

他看见我非常高兴，冲着我大喊起来：

"你看我有多开心！难道不是吗？你看看这个，是真金的！"说着，他把手中的驴鞭展示给我看。

"这顶博士帽是我真正的宝贝。还有，这是水银合金白菜，现在归我所有，等你们回来后我们就可以一起制造了②。"

"伙计，你们这是从哪儿来的？要到哪里去？船上装的是什么货物？是不是已经走过大海？"

他一一作了回答："我们从智慧王后那里来，到都兰去，船上装的是炼丹用品，我们已经走过大海。"

我又问："船上的都是什么人？"

他答道："他们是占星家、算命先生、炼丹术士、诗人、画家、设计师、数学家、钟表匠、歌唱家、音乐家，③还有其他的一些为智慧王后效忠的臣民。他们身上的证件可以证明身份。"

他的话还没说完，帕奴吉就气得大跳起来。他冲着他们大喊起来：

"你们在说什么鬼话？只懂得信口扯皮消磨时间，我们搁浅在这里动弹不得，为何不过来拉我们一把？听说你们足智多谋，什么都做得来，能让天公作美，也能让小孩出世，为什么就不能抓住缆索把我们拉出海滩。"

---

① 普劳图斯，古罗马喜剧作家。
② 这里指点石成金术。
③ 这些人混合在一起，形成一个荒唐可笑的人群。

"我这就来，"哈利·马提勒说，"冲着特利斯墨吉斯忒斯①说话，我马上把你们解放出来。"

说着，他让人把七百五十二万两千八百一十个大鼓的一面掀开，使开口对准船上的三角旗摆好，再把它们套在索具上，再用缆绳把我们的船头和他们船尾的拖架相连接。这样，他们只轻轻一拉就把我们的船拖了出来。当时你要是在场也一定会觉得很惊奇的。拖动时锣鼓咚咚的声音和着船底滑过沙石的摩擦声以及水手们欢呼雀跃的声音，构成一首悦耳和谐的曲子，简直不亚于柏拉图晚上睡觉时听到的天籁之声。

对他们的帮助我们总得有所表示。我们把储存的香肠和腊肠送给他们，这些东西都装在他们的锣鼓里。另外，还送去二十六箱好酒。正当我们从仓库往外搬酒时，两条巨鲸气势凶猛地冲过来，朝我们喷洒出一道道水柱，简直比维也纳河从施农到索米尔河段的水还要多，结果，所有的锣鼓，所有的人，以及船上所有的东西都浸泡在海水里。

帕奴吉见状大为高兴。他笑得直不起腰来，双手不得不捂住肚子，痛了足足有两个时辰。他说：

"我原本还想请他们喝酒，没想到这两只善解人意的巨鲸却替我操这个心。不过对他们来说，有没有淡水无所谓，反正能洗手就行。海水是不错的，还可以当调味汁呢。在该伯②的厨房里，咸水还可以代替盐氨水和硝酸使用。"

这时我们不得不结束和他们的谈话，因为前头又刮起了大风，吹得我们无法控制航向。领航人建议让船只随着海浪自由漂流，我们什么都不用操心，只管敞开肚皮大吃大喝。他的理由是，大风是对着智慧王国的方向刮着，海水也是往那儿流去，只要顺其自然，我们就一定能稳稳当当到达那儿。

第十四章

我们到达智慧王国"隐德来西"③

按照领航人的指示，我们让船漂流约十二个时辰。到了第三天，天空似乎变得晴朗些，我们到达离智慧王国不远的一个别名"第五要素"④ 的港口。

上了岸，我们看见许多士兵在守卫着军火库。起初我们有点害怕，因为他们命令我们放下手中的武器，并追问我们的来历。

---

① 特利斯墨吉斯忒斯，埃及智慧之神托斯的希腊名，相传曾著有魔术、宗教、占星术、炼金术等方面的书籍。

② 该伯，阿拉伯炼丹士。"该伯的厨房"指炼丹术。

③ 古希腊哲学家亚里士多德用语，意即实现了的目的，以及将潜能变成现实的能动本原。

④ 古代和中世纪哲学中认为它是除空气、火、水、土以外充斥着一切事物并构成天体的要素。

相关链接 ●

"朋友,"帕奴吉对着问话的士兵说,"我们来自法国都兰,希望能拜见智慧王后陛下,顺便游览这个有名的'隐德来西'王国。"

"什么?"他们呕喝着,"你是说'隐德来西'还是'因特来希'?"

"对不起,对不起!"帕奴吉说,"亲爱的朋友,我们这些人头脑愚笨,口齿不清,如果有说错话的地方,恳请你们原谅。不过所说的话都是千真万确,一点不假。"

他们说:"我们不得不这样查问,以前来这里的许多都兰人虽然天性呆滞,无所作为,但说的都是实话。可是也有一些人,他们来自狂妄自大、自命不凡的国度,个个像驴一样顽固执拗、喜怒无常,像苏格兰的领主一样专横跋扈,一到这里就跟我们作对。不过他们也讨不到什么好处,我们把他们教训一顿,再把他们赶走,这样也算是解了心头之恨。

"你们再说说,为何你们那个世界的人会有那么多的工夫,整天只懂得聊天、争吵,还写文章随意评论我们伟大的王后。难道就不能用这些时间做一些有意义的事情吗?你们的执政官塔利①不好好管理自己的国家,却管起我们的王后②。还有雷尔修斯③的那个传记作家狄奥吉尼斯④、泰沃都勒斯·加沙⑤、阿吉罗比勒斯⑥、比萨里奥⑦、布德斯⑧、拉斯卡里斯,以及你们的国王、红衣主教、政治家、空谈家、法官、使节等等,所有的这些你们认为是热爱智慧的人,其数量难道还不够吗?最近又出现了几个名叫斯卡利格⑨、比格特⑩、弗朗西斯·弗鲁里⑪的人,我也说不清这种没出息的后辈有多少,但一定是在不断增加的。"

"你这是在为魔鬼说话,真见鬼!"帕奴吉咬着牙说。

卫队的头领说:"你们来这儿并没有为他们的蠢事和恶行辩护,所以应该不是受他们指使来的,此事我们就不再提了。

"哲学的先驱和典范亚里士多德是我们王后的教父,他为我们王后取了个恰如其分的名字'隐德来西',现在她就叫'隐德来西',没有人敢用别的名字称呼她。如果真有人这么做,那他就是大错特错,是在自寻烦恼。不过尊贵的绅士们,我们是非常欢迎你们的!"

说着,他们用双手紧紧地搂住我们的脖子,向我们行拥抱礼。不过,说真的,我们丝

22. 恐怕世界文学史中还没有哪一部作品能像拉伯雷的小说那样如此全面、深刻地反映民间广场生活的全貌。在他的小说里我们听见广场的各种声音压倒一切。

---

① 即西塞罗,古罗马政治家,演说家和哲学家,曾任罗马执政官。

② 详见西塞罗的《都斯古鲁姆集》第一卷第十章。

③ 雷尔修斯,西西里岛一地名。

④ 狄奥吉尼斯,前三世纪古希腊哲学家,著有许多传记作品。

⑤ 十五世纪拜占庭教士。

⑥ 阿吉罗比勒斯,十五世纪希腊学者。

⑦ 比萨里奥,十五世纪人文主义学者,曾翻译亚里士多德的《形而上学》。

⑧ 布德斯,十五世纪法国人文主义者。

⑨ 斯卡利格,十六世纪意大利语文学家和医学家。

⑩ 比格特,十世纪法国哲学家。

⑪ 弗朗西斯·弗鲁里,十六世纪意大利法学家。

毫都不觉得舒服。

帕奴吉低声问我："伙计，怕不怕这种较量？"

我答道："有一点。"

"说实话，"他又说，"当年以法莲族人①因为说错话，把'释波列斯'②说成'丝波列斯'而被杀死或淹死。那时候，他们还不会像我现在这么害怕。我告诉你，整个布斯国都找不到一个人能轻易堵住我的屁股眼，哪怕他用一车的干草。"

之后卫队的军官带我们去王宫。一路上他没说一句话，神情甚是严肃。帕奴吉本想和他搭上几句，但看到他个子太矮，只好作罢。那矮子希望能有梯子或高跷板把自己垫高。他说：

"只要我们王后愿意，我也能长得和你一样高——她什么时候愿意，我们就什么时候长高。"

进入第一道长廊，我们看见那里有许多病人。因为所患的病不同，他们被安排在不同的地方。那些患麻风的病人被隔离开来，中毒的靠在一边，染上瘟疫的在另一边，患天花的在第一排，其他的患者各就各位，依次排列开来。

第十五章

"隐德来西"用歌曲治愈疾病

那个军官把我们带到第二道长廊，在那里我们见到了王后。她由许多贵夫人和贵族陪侍着，听说她至少有一千八百岁，但看上去显得很年轻，面容娇好，身材苗条，完全是王后的天仪尊容，真是造物主的巧手之作。这时只听见那军官说道：

"你们现在还不能和她说话，但可以在一旁看她做事。你们的国王给人家治病总是装模作样用手碰一碰病人，声称可以治好瘰疬、粉瘤、喉咙肿痛、三日疟疾；而我们王后不用动手，只须根据病情唱一首歌就能治愈各种不同的病。"

说着，他让我们看一套风琴，说王后就是利用它创造出各种奇迹的。那套风琴看上去非常特别，琴管是用大鳕鱼的脊椎管做成，琴檐是橡木，风箱是大黄根，脚踏是牵牛，琴键是药旋花干根。

我们正仔细观察风琴的时候，王后的属下把患麻风的病人带了进来。这些属下有负责净化用水的、管理餐具的、切肉的、负责调味的、负责煮饭的、搞调查的、跟班的、药剂

---

① 以法莲的后裔。以法莲，基督教《圣经·创世纪》中约瑟的第二子。

② 基督教《圣经》中的考验用词（shibboleth）；源出《圣经·士师记》：若不会发/sh/音，而读作 sibboleth 者，必是逃亡的以法莲人，即被拿住杀死。

师、贵族、名人、王亲国戚、学者以及其他大大小小的官史。我们一一询问这些人的名字。接着，王后为病人吹奏一首说不上名字的歌曲，他们的麻风病一下子全治好了。

第二批进来的是中毒的病人。王后弹了一首歌曲，那些人的腿就马上可以站起来走路。接下来的是聋子、瞎子、哑巴，王后也用同样的方法让他们恢复失去的功能。这使我们惊奇万分（当然这是不无道理的），同时也佩服得五体投地，脸趴在地上，嘴上一句话都说不出来，完全是一副心驰神往的模样。

这时王后走了进来。她用手中的一束芳香的白玫瑰碰了碰朋特固尔，我们这才回过神来。接着用一种靡靡之音对我们说话，像是帕里萨提斯①希望别人对他儿子说话的语调那样：

"你们的外表让我感觉到你们身上诚实和正直的光辉。我的这种感觉是合理的。它让我看到你们珍贵的心灵和闪光的品质。你们谨慎小心，对我尊重有加，说明你们天性谦逊温和。当然我也明白，你们的性情和智慧都还没有被外面自由和进步的科学所腐蚀。每个人都看得出来，你们的心里装着丰饶角②和百科全书，具备不凡的知识修养和崇高的精神境界。这在今天丑陋庸俗的世界里相当难得，也是值得称道的。过去我总是不厌其烦地抑制自己的情绪，现在我觉得必须开口对你们说话，说几句世俗的、微不足道的话，那就是，我们欢迎，非常欢迎你们到来。"

"我这人不懂得说话。"帕奴吉私下里对我说，"伙伴，如果行的话，你就说几句吧。"

然而我也不知道说什么好，朋特固尔也保持沉默。智慧王后（你要是喜欢就称她"隐德来西"）看到我们一语不发的样子，就接着说：

"你们的沉默说明你们都是毕达哥拉斯的信徒，我的古老的祖先就是从他那里发源的。你们的沉默也说明，在月球逆行运转的许多日日月月，你们呆在埃及，用牙齿咬啃手指头，用指甲抓挠脑袋③。在毕达哥拉斯学派中，沉默象征着深奥的知识。埃及人总是缄口不语，那是敬仰神灵的一种表现；海勒波利斯城④的大祭司在向神灵供奉祭品时也是一语不发，不仅如此，简直是一点动静都没有。我提起这些，并不是说你们做得不对，而是想通过正规的方法把我的成熟的思想传递给你们，虽然我自己也不习惯这种方法。"

说着，她转头吩咐她的官员们："厨子们，备好仙草！"

厨师们随后告诉我们，这是请我们吃饭的意思；他们还说，如果王后没有邀请我们一道进餐，请我们也不要介意，因为她只吃诸如范畴、因素、意念、形式、抽象、幻觉、潜意识、心灵、对照、轮回、先知以及其它一些清淡的食物，别的东西她一概不吃。

接着，厨师们带我们到一间四周布满清新装置的房间里去。在那里连我们自己都不知

23. 拉伯雷极其熟悉他那个时代的广场生活，并且正如我们后面将看到的那样，他善于在他的小说中别出心裁，深刻有力地反映它。

---

① 见埃拉斯姆斯的《帕里萨提斯》。
② 象征丰富和富饶的物品，源出希腊神话。
③ 这是用心思考时身体常有的动作。
④ 海勒波利斯城，腓力基亚古城名。

道他们是怎样款待我们的。据说朱庇特把世上人们的一切行为都记在一张羊皮上，那是在克里特岛上喂养他长大的阿玛尔特亚羊①的皮，后来和提坦②作战中他还把那张羊皮当作盾牌使用，由此人们称他是"羊皮盾人"。酒友们，我想说的是，即使用十八张这样的羊皮也记录不下主人为我们准备的好酒好菜。塔利说荷马的《伊利亚特》文字细小，整部书可以装进一个桃核里，但我认为，无论用多么小的文字都无法在羊皮上对酒菜作详尽的记录。就我来说，即使有一百个嘴巴、一千条舌头、铁嗓门、橡皮心、皮革肺，再加上柏拉图周全细密的思维，也无法描绘所有酒菜一半的三分之一。

朋特固尔对我说，他认为"备好仙草"是一句暗示性话语，是王后让厨师们准备上等的宫廷酒宴。这就像卢卡拉斯③想独立宴请朋友时说的暗语"阿波罗"那样，但他始终不明白有时候暗语还是被西塞罗和霍尔登修斯等人破解。

第十六章

王后饭后消磨时光

用过饭后，一个厨师领我们去王宫的大殿。在那里，我们看见王后在宫中贵族和夫人的陪同下，用一个做工精致、蓝白混色的大筛网在过滤、排列、筛选、消磨时间。之后她们一块儿跳起各种各样古朴的舞蹈：

乡村舞、伤悲舞、安魂舞、讽刺舞、波斯舞、弗里吉亚舞、色雷斯舞、纵乐舞、莫洛西亚④舞、手球舞、独唱舞、假日舞、裸露舞、戴盔舞。舞蹈过后，王后吩咐厨师们带我们参观宫里的各处寓所和各种新奇好玩的饰物。那都是一些新奇美妙的东西，现在想起来我还为之神往呢。王宫里的那些管净化用水的、管煮饭的、药剂师和贵族直言不讳地告诉我们，说他们的王后除了治病救人，其它所有的事都留给她的属下们去做，我们对此很惊奇。

我亲眼目睹一个年轻的官员治愈许多人的痨病，我说的是天花，虽然这种并不是那么时髦，不过对他来说，再难的病都一样。只见他用一只木鞋在病人扭曲的脊椎上敲击三下，病人就一下子完全康复。

另一个官员也彻底治愈了一批犯水肿、肿瘤、腹水的病人。他用泰尼迪的斧头⑤在患者的腹部击打九下，病患即刻被连根铲除。

---

① 神话中给宙斯即朱庇特喂奶的魔角山羊。

② 提坦，指神话中提坦众巨神之一。

③ 卢卡拉斯，伊庇鲁斯古地名。

④ 莫洛西亚，伊庇鲁斯古地名。

⑤ 神话中里古利亚古国国王之子，曾令一武士持斧立于法官背后以维护立法尊严。

还有一个官员也是现场治好各种高烧和疟疾，仅仅用一条狐狸尾巴绑在病人左边的腰带上就把病治好。

另外一个官员是治牙痛的；他仅仅用老醋清洗痛牙的牙根，然后让它在太阳底下晒上半个时辰就好了。

还有一个是治痛风的；无论是热痛还是冷痛，是自然长成的还是意外染上的，患者只需紧闭嘴巴并睁大眼睛就完事大吉。

另一个在极短时间之内治愈九例圣弗朗西斯病①，方法是用绳子套住脖子，然后在绳子的末端挂一万个金币。

有一个官员具有神奇的魔力，可以把整个房间倒出窗外，把里面污浊的空气清除干净。

也有一个人能治疗三种消瘦病：潮热病、脊髓痨病以及憔悴消瘦。他不用清洗的方法，也不用牛奶、去毛药或其它任何敷药，只是让病人去当三个月的修士就解决问题。他对我们说，如果这种隐修的生活还不能让他们发胖，那么这个世界上就没有任何方法能使他们胖起来。

还有一个人被一大群女人紧紧围住。其中一些是年轻的少女，长得面容娇好、身体玲珑匀称且天真可爱、心地善良，每个男人看了都会喜欢；另外一些是满脸皱纹的老太婆，双眼填满粘糊糊的污垢，牙齿掉得一个不剩，瘦骨嶙峋的身子佝偻着，活象一具具行尸走肉。我们听说他的工作是把这些老古董改造成美少女，让她们在倾刻之间重新拥有十六岁少女的容貌、体形、身高和气质。刚才看到的那些少女就是从老太婆改造过来的。但她们的脚跟却没法改造，而且比年轻时要短得多。因此，一旦被男人触碰到，她们就更容易往后躺下来。

炉子里还在烘制改造工作所需的配料，那些尚未接受改造的老太婆极其虔诚地等待着神圣时刻的到来。她们不时地拉扯着那个官员，吵着说该轮到自己了，说火烧屁股是世上最痛苦最不可容忍的事情，但她们心甘情愿，无论如何不能让任何人来灭火。

那个官员不愁没有病人医治。他的双手忙个不停，也许你会说这个职位会给他带来不少好处。朋特固尔问他是否也能让老头子变年轻，他说不行，但如果与这些脱胎换骨的女人同居，他们就可以变年轻，因为会染上一种梅毒（有人称之为"脱皮毒"，希腊文叫做 ophiasis），它可以使他们象阿拉伯的孔雀那样使自己年轻起来。这是一种真正的青春源泉，可以使衰老变成年轻，使消沉变得活泼热情。

我们从欧里庇得斯那儿知道，伊奥罗也曾经转换模样变得年轻②，后来法欧恩（就是

① 指圣弗朗西斯教会依照会规不许随身带钱，这里指贫穷病。
② 故事详见欧里庇得斯的《赫丘利》。

萨福为之痴狂的那个法欧恩①）也变得年轻，并为维纳斯所用。同样的例子还有奥罗拉②用法术帮助提恩恢复青春，美狄亚③使埃桑变年轻，还有杰桑，如果你相信菲里西德斯④和西蒙尼德斯⑤的话，你就会知道他也曾经被女巫师整修一新；另外，据埃斯库罗斯⑥记载，酒神巴克斯的保姆们以及她们的丈夫也曾经经历过变形改造。

第十七章

智慧王后的官员从事的工作

以及王后挽留我们担任净水官

我们还看到王后的许多官员用挂篮的底部在黑人的肚皮上磨几下，顷刻之间把他们乌黑的皮肤变得雪白。

有几个官员让三对狐狸拉着一个犁轭在一片沙滩上耕地，而且播下的种子一粒也不浪费⑦；

有一些在擦洗砖瓦让原来烧窑的颜色褪去；

也有一些官员从浮石头中抽取水，办法是把浮石放在钵臼中研磨，使之改变性质；

有一些在驴身上剪毛，剪下来却都是又长又软的好羊毛；

有一些在荆棘堆里采摘浆果和无花果；

有一些在公羊身上挤奶，并把挤出来的许多奶装在筛筐里；

有一些在清洗驴脑袋，抹上去的肥皂一点都没有浪费。

有一些在教母牛跳舞，同时还不忘拉起他们的小提琴；

还有一些官员在张网兜风，结果也抓到几只大龙虾；

我还看见一个管理餐具的官员动作娴熟地从死驴的肚里掏出屁来，并以五便士一个的价钱卖掉；

另外，有一个官员用腐烂的昆虫做成美味的食物；

----

① 法欧恩，古希腊一位女诗人，热情追求美男子法欧恩，被拒绝后自杀。

② 奥罗拉，罗马神话中的曙光女神。

③ 美狄亚，希腊神话人物，卡尔吉斯公主，精巫术，曾帮助杰桑取得金羊毛，并与他私奔，后被遗弃，愤而杀死亲生儿女。

④ 菲里西德斯，古希腊哲学家，首创灵魂不死学说。

⑤ 西蒙尼德斯，古希腊诗人。

⑥ 埃斯库罗斯，古希腊三大悲剧作家之一。

⑦ 通常有个说法：在沙滩上播种，白费种子。

有一个随从把满满一便盆的尿搅在马粪里使之发酵，而且还搀杂着教徒的尿液。帕奴吉看了恶心，一下子把肚里的东西都吐了出来。

"呸！真是见鬼，肮脏的狗东西！"

但那个随从说，那是专供国王和王储们饮用的蒸馏水，它能让他们美好的生命延长一至两岁。

有的官员在建造尖顶教堂；

有的官员让马车拉着马行进；

有的在鳗鱼的尾巴上剥鳞；这里的鳗鱼与美伦的鳗鱼不同，在受到伤害之前是不会作声的。

有的官员什么事情都没做，却干出轰轰烈烈的大事情来，然而这些大事情最终却是一事无成；

有的能用小刀把火焰砍成断块，也能用鱼网汲水；

我们还看见大约十二个烤面包的官员在码头下面喝酒。他们从几只无底的杯里倒出四种清凉纯净、美味可口且亮光闪闪的葡萄美酒。听说这些人是真正的贤哲，他们不断地喝酒，可以把天上的星星从七颗喝到十四颗，就像强健的赫丘利和阿塔勒斯喝酒那样。

有些官员在制造生活用品。在我们看来，他们的产品精巧，放在那个糟糕的市场上绝对是最好的。

有一些人用牙齿制作灵丹妙药（粪便）；他们把臀部高高撅起朝向求药的人，双眉紧皱，使劲用力，随后露出放松的脸色；

还有一些人聚在一块草地上，精细地测量跳蚤能蹦多高，跳多远。他们说这项工作对治理王国、统帅军队以及处理共和政事都非常有用；他们还提到苏格拉底，说像他那样能从天上介绍哲学，能把懒散无为变为积极能干的哲人，也把一半的时间用于测量跳蚤跳跃的高度。以太论者①阿里斯托芬曾经对此作过证实。

我们看到碕望塔顶上两个身材魁梧的人在放哨，据说他们是在保护月亮不受狼群的袭击。

在一个偏僻的角落，我们看到四个人在激烈地争吵，看样子似乎就要动起手来。我问他们为何而吵，回答是他们在争论三个高深的形而上学的问题；谁能把问题解决，谁就能得到一座金山。第一个问题是关于公驴的影子，第二个问题是关于灯笼的熏烟，第三个问题探究羊身上的毛是否羊毛。另外，我们还听说，如果大小、形状、模式各不相同且互为矛盾的两样东西都是正确的，他们不会觉得这是什么新鲜的观点；但是，对巴黎诡辩派的学者们来说，他们宁愿背叛宗教也不会这么认为。

我们正欣赏着这些人奇妙的工作，突然夜空中星星闪烁起来，王后带着随从出现在我

25. 迄今为止我们分析的所有情节和各个形象，所有的激战、打架、殴斗、嘲弄等场面，无不是拉伯雷以民间节日狂欢化的精神进行创作及确立其风格的。

① 即第五要素，见第十四章注释。

们面前，我们一时头晕目眩，不知如何是好。王后看见我们惊讶的样子，便说：

"人们的思想会陷入敬仰的迷宫和深渊之中，这并不是因为受某种事物的作用（聪慧的人能在自然的过程中经历到这种作用），而是因为在能够觉察和认知的感官中突然出现一种全新的感觉，这种感觉不会对事情作出充分的判断，也不会在潜意识里对事件进行认真的研究。这样，在思索的时候，一旦遭到外界的侵扰，正如我的大臣的行为让你们感到惊讶一样，脑子里就会出现混乱。宫殿里的一切东西你们可以随便看看，随便听听，可以尽你们感觉器官之所能，尽量满足自己的愿望，这样也可以使你们摆脱愚昧无知，不受它的奴役。我的这些想法缘自你们表现出来的那种强烈的求知欲望，这你们应该能够理解。所以现在我想让你们留下来担任我的净水官，在你们离去之前，我的总管会把你们的名字登记在册的。"

我们没有说话，用沉默的方式感谢王后的好意，并接受她授予的高贵职务。

第十八章

智慧王后用膳

之后智慧王后转身对她的官员说："我们的胃口通常担负着补充给身体各部分营养的使命，在体内积极制造各种液体能量，为此挥霍了许多热量，我们应该及时给予补充。所以，净水官、膳食官、跟班的，还有贵族们，你们不能有丝毫违抗它们的念头，应该尽量在饭桌上满足它们。还有你们，尊贵的调味官，你们和我的咀嚼器官同在，过去总是勤勤恳恳，总是非常认真仔细，善于安排大大小小的事务，所以现在我没有必要敦促你们去满足胃口的需求，我只是提醒你们按以前的做法照办就行了。"

说完这番话，她带着几个宫女离去。听说她是依照古时的风俗沐浴去了，就像我们饭前洗手一样。

不一会儿，他们排好饭桌，铺上桌布，王后坐下来开始吃饭。她只吃一些果丹，喝一点甘露，而她的那些贵族和贵夫人们以及我们这些客人都尽情地享受餐桌上的珍馐美味，那是阿庇修斯[①]一辈子做梦都吃不到的东西。

我们吃得肚子圆滚滚的。这时又有人送来一大盆肉汤，说是为了不使我们饿着肚子。那个盆又大又宽，可以把比修斯·阿尔塞思送给大流士国王[②]的那个盆子完全盖住。盆里装满各式各样的肉菜，有凉菜、煨肉块、切鱼块、烤猪肉、卤肉、焖肉、烤肉、串牛肉块、上等火腿、精致肉饼、蛋糕、摩尔式豆腐、鲜奶酪、浆果以及各种水果。所有的这些

---

① 阿庇修斯，古罗马一个非常讲究吃喝的人。
② 指古波斯帝国末代国王。

26. 辱骂，就是死亡，就是逝去的青春走向衰老，就是变成僵尸却还活着的肉体。辱骂，这是摆在旧生活面前、摆在历史上理应死去的事物面前的一面"喜剧的镜子"。

东西在我看来都非常好，但这时只有感叹的份了，因为你知道，肚子只有一个，刚才我吃得太多了，此时一点都塞不下去。

还有一件奇怪的事我得告诉你。我发现盆子里有一些面团做成的肉包子，实际上它们就是装在罐子里的炖肉，这你想像得到吗？我还发现罐底藏有骰子、纸牌、塔罗纸牌①、花牌、象棋、跳棋以及一碗碗金币，这些都是为那些喜欢玩游戏碰运气的人准备的。在罐的最底部，我还看见一对裹着毡绒脚蹄布昂然行进的骡子，还有一列缓缓前进的老马，骑在马上的人有男的也有女的，旁边的许多轿子（我也说不清到底有多少），全都用丝绒装饰着，还有一些法拉式的马车，所有的这些都是为那些想外出兜风的人准备的。

这些新奇事我并不觉得很惊奇，但王后吃饭的方式却确确实实令我吃惊不小。那是一种新鲜的、奇特的方式：所有的食物未经咀嚼就吃进肚里。这倒不是因为她牙齿不好使，也不是因为所吃的东西无须细嚼，而是因为这是她一贯的做法。她的食物在调味官试过味道之后，膳食官再用细巧的象牙齿将它细细嚼碎，之后用一个赤金漏斗把食物送进她那垫有绣金红彩绸缎的食道，所以王后无须用牙齿咀嚼食物。我们也听说，由于王后的这种进食方式，她的大便也从来都是由别人代理。

第十九章

智慧王后的对弈式舞会

饭后王宫里举办一场对弈式舞会。这场舞会不仅值得观赏，而且看后令人难于忘怀。首先，他们在宫殿的地上铺一块宽大的毡绒地毯，黄白相间的格子图案呈棋盘状，每个格子都是方方正正的。

接着，进来三十三个年轻人，其中十六人穿着金色衣服一字排开，当中有八人是"南芙"②，像是古人所描绘的追随狄安娜③的侍女；另外八人是：一个国王、一个王后、两匹马、两头象和两辆车。与这些人对峙的另外十六人穿着清一色的银衣。

棋盘上他们都各就各位：两个国王位居最后一排的第四格（金衣国王占据白格，银衣国王占据黄格），王后紧靠着国王，旁边有两头象护卫着他们的安全；从象的位置朝外依次是车和马；他们前面的第二排站着八个"南芙"，在双方的"南芙"之间是空空的四排格子。

对峙的双方各有一支八人组成的乐队，衣着整齐的大马士革制服，一边是黄色的，另

---

① 流行于欧洲中部的意大利式纸牌游戏。
② 指国际象棋中的兵卒。
③ 罗马神话中月亮和狩猎女神。

一边是白色的。他们弹奏的乐器各不相同，但能整齐地和着舞蹈的节拍，奏出调子灵活、悦耳动听的曲子。对此我打心里感到佩服，因为舞者的步法各异且错综复杂，有前走步、后滑步、弹跳步、旋转步、斜拉步、前跃步、曲弓步，也有起身、碰撞、对抗、埋伏、进攻、退却等各种各样不同的步伐。

令人迷惑不解的是，在瞬息之间舞者是怎样迅速领会乐曲的意思。每次一听到某种乐曲，他们必定遵照乐曲的指令，准确无误地站在各自的位置上，同时他们的动作又各不相同。站在第一排的"南芙"们似乎随时准备着战斗，准备跳过方格向敌人冲去；她们一次只能跳过一格，但第一步例外，允许跳过两格。如果"南芙"有幸直接冲到对方国王的那一格，她就可以马上晋升为王后，之后就可以依照王后的走法，享有与王后一样的权利，否则她只能走对角线，只能斜着攻击敌人，而且只能前进不能后退。但是，进攻敌人并不是她们的主要任务，因为这样一来，她们的王后就可能暴露在对手面前，可能有被抓走的危险。

国王可以四处走动攻击敌人，但只能一次走一步，从白格进入黄格，或从黄格进入白格。不过第一步例外，国王可以走到其他的棋子跟前接受他们的保护。

棋盘上王后享有最大的自由活动空间，可以随意往前走后，只要在自己的领地上而且不被自己人挡住，她就可以爱走多远就走多远，走直线或曲线都可以。

车在自己的范围里可以自由地往前往后，可以走近也可以走远；马呈直线走动，如果旁边的方格里有自己人，可以跳过一步到另一种颜色的方格上去；通常对手对这种防不胜防的走法很头痛，所以会特别加以注意；象可以左右进攻，前后吃人，而且可以像国王那样，随时占据空的位置。

依照棋法的规定，双方只有将对方的国王围住，使他动弹不得，才能宣告战斗结束，被围住的一方输棋。所以，为了避免失败，不管是男兵还是女将，只要一听到音乐的声音，个个奋不顾身英勇作战。另外，在吃掉对方一个棋子之前，必须先在他的手上轻轻拍一下表示敬礼，然后让他退出战场，自己占据他的位置。当一方的国王被逮住时，他不能马上被吃掉，而应该严格遵照规定，向他行个礼，并提醒他说："愿上帝保佑你！"这样，他的属下们可以迅速过来解围；要是解救不了，他还可以移位。

在战斗的最后，获胜的一方不能吃掉另一方的国王，而应该屈膝向他行礼，并说："向您致敬！"这样，对弈才宣告结束。

第二十章

舞会上三十二人交战

对弈的双方站稳阵脚之后，音乐开始奏起。那是一种类似军号的声音，既威严又雄

相关链接 ●

壮，令人精神抖擞。双方的将士先是一阵耸动，紧接着一种作战的情绪很快被鼓动起来，个个跃跃欲试，似乎迫不及待等待着冲锋的命令。

银衣队突然停住奏乐，这意味着金衣队要开始发起进攻。这时我们看见金衣队在调整队伍，站在王后前面的一个"南芙"向左转身面对国王，似乎是在请求作战，之后她向队伍行了个军礼，再往前跳出两格，向敌方也行了个军礼。

这时金衣队的音乐停住，银衣队也开始活动。这里我应该说一句，"南芙"向自己的军队行礼，这是进攻之前的一种正式礼节，其他人也应向左转身还以一个军礼；但王后不行任何礼节，她转身移位靠在国王右边。在舞会的全过程，双方都必须遵循这种礼节。

站在王后面前的银衣队"南芙"随着冲锋号的奏响也开始出动。与金衣队一样，银衣队里的其他将士也向右转身向她敬礼，王后向左挪动位置；之后，银衣"南芙"往前移动一格向对手行礼。她与对方的"南芙"迎面相对，中间没有距离；你可能会认为战斗马上就要开始，但她们只能斜着进攻，所以暂时还打不起来。

接着双方的将士尾随其后，在各自方向上行进，看来一场冲突就要开始。一个金衣"南芙"首先冲进对方的阵营，在一个银衣"南芙"的手上拍了一下，让她退出战场，然后自己占据她的位置。但是随着音乐的改变，这个金衣"南芙"也被一辆银衣车以同样的方式除掉。这时又有一匹银衣马出现，金衣王后不得不挺身而出守卫在国王的前面。银衣国王担心金衣王后发起反攻，赶忙靠近守卫在他右首的象，这样他觉得比较安全。

左边的两匹马这时也发起进攻，在左右两边消灭了许多来不及撤退的"南芙"，特别是那匹金衣马，把全部精力都放在消灭"南芙"上；相对而言，那匹银衣马有着更宏伟的作战计划，他总在策略性地掩护自己，甚至有时故意放掉到手的"南芙"，而只是一味往前直逼敌人的主阵营，并冲到国王面前向他行礼："愿上帝保佑您！"

这一句话让金衣将士意识到自己的国王处在危难之中，顿时，金衣队的阵脚一阵慌乱。这倒不是因为他们无法解救国王，而是因为国王受到威胁这一事实说明他们的象已丧失作战能力，这是无法挽救的损失。接着，金衣国王向左撤退一步，银衣马吃掉金衣象。金衣队遭到重创之后决定报仇，他们迅速把银衣马紧紧围住，银衣马左冲右突设法逃走，他的朋友也努力前来营救，但最终还是落入金衣王后之手。

至此金衣队还不满意，由于损失了一员得力干将，他们心里愤愤不平，算计着以何种方法让敌人遭受更大的损失。银衣队一直不动声色，等待机会与敌人一见分晓。他们设下埋伏，把一个"南芙"送到金衣王后面前；金衣王后把她吃掉，料想这样自己的车就可以稳稳抓住银衣王后，然而事与愿违，金衣马差一点被银衣国王和王后逮住。

战斗持久而激烈。象不时地离开自己的位置去营救战友。双方势均力敌，看不出任何停战的迹象。银衣将士原本已突破敌人的防线直逼金衣国王的营帐，这时却又被打回去。金衣王后显得特别突出，她不仅威严英武，而且特别勇敢，一会儿吃掉对方一头象，一会儿抓走一辆车。银衣王后见状赶紧出阵。她打起仗来也是非常神勇，把对方惟一剩下的象

27. 被切碎的身体的形象和各种解剖在拉伯雷的小说中作用甚大。因此发誓的题材便有机地嵌入统一的拉伯雷的形象体系中。

和几个"南芙"一并吃掉。两个王后苦战良久，一会儿想出奇制胜，一会儿得设法自保，有时还得抽身保卫国王。最后，金衣王后把银衣王后制服，但没过多久，她自己也被银衣车抓住。

这时，银衣国王只剩下三个"南芙"、一辆车、一头象，另一方剩下三个"南芙"和一匹右马，双方不得不谨慎作战，节奏明显慢了下来。

由于丧失了王后，两位国王都很伤心，之后他们各自努力，想从自己的"南芙"当中另娶一个来接替王后的位置。他们说，谁能深入到对方国王的那一条线上，谁就可以被冠以王后的荣耀，这使勇敢的"南芙"们激动不已。

金衣队首先产生出一位王后。他们给她穿上王后的服装，戴上王后的桂冠。银衣队差一点也选出自己的王后来，一个"南芙"在迈向加冕的那一步恰巧被金衣马挡住，结果未能如愿。金衣队的新王后为了无愧于这次晋升，决定好好地在战场上建立军功。不料这时候银衣马把守卫营帐的金衣象吃掉，这样银衣队里也产生出一位新王后。

这位新王后也一样雄心勃勃，一开始就想成就战功，这样，战斗比以前更加激烈。双方各施其巧，或进攻，或撤退，有时整队，有时布阵，直到最后，银衣王后偷偷地潜到金衣国王的营帐，叫道："愿上帝保佑你！"到了这个地步，只有他的新王后才能解救他，只见她奋不顾身地冲了出来，可是这时银衣王后和身边的象已把他逼到一个两难的境地：要么自己逃脱，要么损失王后。但是金衣国王最终还是把银衣象吃掉。

之后不久，金衣队的将士全部被吃掉，只剩国王一人。银衣队轻轻地向他鞠了一躬，说："愿上帝保佑你！"至此，战斗以银衣队的胜利结束。双方一起奏起高亢的音乐，每个人的心里都有说不出的轻松和高兴。

第一场比赛结束之后，双方又着手开始第二场的较量，他们的布局与第一次相似，只是音乐的节奏比先前更快，行动上也不一样。我看见金衣王后似乎还为刚才的失败愤愤不平，她带领一车一马率先冲了出来，试图出其不意把端坐在营帐中的银衣国王擒住。但是，她的意图很快就被识破，于是她改变策略，在敌营中左右冲杀，吃掉许多"南芙"和将士，那情景真是令人心惊胆跳。你或许会认为她是彭忒西勒亚①再世，因为她确实非常英勇善战。

然而这一次战斗并没有持续很久。银衣队不断损兵折将，为此他们感到恼怒万分，决心不让这种事情再发生；他们派一车和一马埋伏在远处的角落里，结果出其不意逮住了对方的王后，并让她退出战场。金衣王后原本打算这一次小心行事，行动时不能离国王太远，但结果还是难逃厄运。随后金衣队的其余人马也被尽数消灭，这样银衣队再次赢得胜利。

金衣队这两次失败并没有使他们灰心。不一会儿，他们又活跃在战场上，与敌方临阵

---

① 彭忒西勒亚，希腊神话人物，亚马逊人之女王，曾帮助特洛伊人作战。

相关链接 ●

28. 在拉伯雷的小说，欢愉的、丰裕的、战无不胜的肉体、性，是跟中世纪恐惧与压抑的思维方式相对立的。

相对。这一次与前两次相比，双方将士的意志似乎更加坚定，士气也更高涨。两边的军乐再次奏响，节奏比刚才快了五分之一，像是玛尔西亚斯①所创作的弗吉里亚战歌。紧接着将士们开始发动进攻，速度非常迅速，眨眼之间，他们不仅相互行礼，而且还发出四次进攻，所以看起来他们时而飞起，时而翱翔，时而腾挪，时而跳跃，有时甚至一次做出几个动作。

行过礼之后，他们单脚独立让身体旋转起来；这让我们想起小孩用鞭抽打的陀螺，由于快速地旋转，我们看不到它在运动，用他们的话说，那是"睡觉"。要是在他们身上作一个记号，它看起来不会是一个点，而是一条不间断的线。古沙勒斯②曾非常细致地观察过这种现象。

在激烈的交战中，每当有一方有人被吃掉时，我们都可以听到另一方的鼓掌和喝彩声。这种场面相当壮观，再加上战场上各种各样的动作，风格各异的音乐，即便是一向严肃的加图③、从来不笑的克拉苏④、憎恨人类的雅典人蒂蒙⑤，也会为之动容；还有牢骚满腹的赫拉克里特，虽然他憎恨"笑"这种人类特性，也一样会笑出声来。那些将士、"南芙"和王后们个个精神抖擞，腾挪跳跃，身手敏捷；冲锋陷阵，动作娴熟且有条不紊。看着双方势均力敌的样子，我们真不知道哪一方会获胜。

战场上的人越来越少，我们观赏的兴趣却越来越浓。这是一种绝好的娱乐方式，这时候的我们只能说是醉眼迷离，神往惬意；那种气氛也几乎使灵魂出窍，我们完全相信关于伊斯美尼亚的那个故事，说他用音乐使亚历山大兴奋起来，而后拿起武器投入战斗。

最后，金衣国王取得胜利。战斗结束之前我们都在用心观赏，根本没有注意到王后已经离去。从那以后，我们再有没有见到她了。

后来，该伯尔依照王后的旨意，派人带我们去办理一些登记手续。登记完手续我们直接回到停在港口的船上。海面上正好顺风，如果我们不即刻起航，以后恐怕很难再有这样的天气了。

第二十一章

我们来到拖鞋岛，以及十六分音修士的规矩

后来我们来到一个称作"拖鞋"的岛屿，岛上的居民除了鳕鱼汤，其它的什么都吃不

---

① 玛尔西亚斯，希腊神话中善于吹笛子的神，曾与阿波罗比赛吹奏笛子。
② 古沙勒斯，指红衣主教古沙勒斯，曾著有不少神学作品。
③ 加图，古罗马政治家，曾任执政官、监察官等职位，维护罗马传统。
④ 克拉苏，古罗马政治家，统帅、镇压斯巴达克斯领导的奴隶起义。
⑤ 蒂蒙，古希腊哲学家和文学家，怀疑论者，作品有悲剧、散文等。

到，然而国王贝尼斯三世还是热情地接待了我们。

酒宴过后，他带我们参观了一座专门为十六分音修士建造的全新的庙宇。十六分音修士是他对当地修士的称呼。他说大海那边的国家也有修士，他们是圣母忠诚的奴仆①，还有那些善良的小修士②，他们是教皇颁布诏书赐封的全音修士，也有吃熏鱼的半音修士，另外还有八分音修士。这样递减下来，这里的修士只能是十六分音了。

按照智慧王后的法令和诏书，他们身穿与纵火犯一样的衣服，只是腹部多了一块衬布，仿佛安奴省造房顶的人膝盖上的垫布一样③。他们垫布后面的大肚子远近闻名；裤裆是两块裁成拖鞋形状的遮盖布片，一前一后缝在腰上，似乎在暗示说里边藏有某种深不可测的秘密。

他们脚上穿着脸盆状的圆鞋子，这是在沙砾海滩上使用的拖鞋的样式；下巴剃刮整洁，脚下铁铆加底；为了表示不在乎钱财，他们把脑壳后面的头发从头顶到肩膀尽数除去，看起来像鸟的屁股一样光滑无毛，但脑袋前部从左右两块三角骨起却蓄有头发。

中午的时候，钟一敲响，他们一个个醒了过来。你应该知道，他们的钟包括报时钟、教堂的钟和用膳的钟，都是依照庞提亚的风格设计，也就是说，钟里垫有上等的绒羽，钟锤是用狐狸尾巴做的。起床后，他们脱去靴子，想小便的就去小便，高兴大便的就大便，喜欢打喷嚏的也打得舒爽尽意，但是，不管愿意与否，他们都得酣畅淋漓地大打哈欠（真是可怜的人），哈欠是午后第一道菜。在我看来，他们的行为真是非常滑稽可笑。打完哈欠他们把靴子和马锤往架子上一放，跑到修道院里去认真地洗手刷牙，然后坐在长凳上剔牙，直到主持出现，他用手指当哨子吹出宣布剔牙结束的信号。接着他们尽力张大嘴巴打起哈欠，这大约持续半个时辰，有时甚至更长，这完全取决于院长对当日用餐量的裁决。

哈欠过后，他们进行列队巡礼活动。队伍的前头有两面旗帜，一面绘有品德之神的画像，另一面是财富之神。一个十六分音修士举着财神走在最前头，后面紧跟着另一个十六分音修士，一只手举着品德之神，另一只手拿着一个喷洒圣水的刷子（我说的是奥维德在《节令记》里所描绘的那种圣水），前面的修士一个劲地摇动手铃，他积极地配合着节奏，还不停地用手中的刷子敲打着前头的修士。

朋特固尔说："塔利和学院派的记载和这里的规矩完全不一样，他们说品德之神应该在前，财富之神在后，可是这里的人说应该是品德之神抽打、鞭笞财富之神。"

巡礼之后，他们径直走进餐厅，跪在饭桌下面，胸部前倾倚靠在灯笼之上。等他们都摆好姿势后，一个大个子拖鞋人走了进来，手里拿着一把刀叉。据他们说，他是依照某一种习俗，用这把刀叉来伺候他们吃饭的。通常你们吃饭的最后一道是奶酪，而他们一开始

---

① 指圣母侍者会，信徒极其崇信圣母玛利亚。
② 指教会中品级低微的修士。
③ 造房顶的人大多跪着工作，膝上垫布是为了不磨破膝盖。

就吃奶酪，最后是芥末和莴苣，这与马提雅尔①说的一样。饭后，他们每人还分到一盘芥末，所以他们有这么一句流行语：

"吃饱喝足，芥末又来。"

他们的菜谱是这样的：

星期天：大肠、小肠、腊肠、香肠、大红肠、肉丁、猪肝、焖猪杂、小鹌鹑肉、野鸡肉；这还没有包括第一道奶酪和最后一道芥末；

星期一：各种豆食和猪肉、配有风味浓汤；

星期二：各种祈祷后的祭品，有面包、糕点、烧饼和饼干；

星期三：优质羊头，牛头，獾头；这些东西在当地并不多见；

星期四：七种粥汤，同时芥末是必不可少的；

星期五：山梨是惟一的食物；从颜色上看，是还没熟透的山梨；

星期六：骨头；这倒不是因为他们太穷只能啃骨头，而是因为他们生来肚子就特别大。

29. 《晚餐》是绝对自由放纵的一种游戏，是戏弄一切神职人员，嘲弄圣经和福音书中的物品、故事情节和象征手法的一种游戏。这种游戏的作者是无所顾忌的。

他们喝的是对抗财富酒，我也不知道这到底是一种什么酒，产自什么地方。每次喝酒或吃东西时，他们直接把背后的风帽往前拉到下巴底下当餐巾使用。

他们在修道院里的饮食就是这样。有时院长要他们到外面去；如果在江河或湖海上，他们必须严格遵守他的命令，不能捕鱼，也不能吃鱼；要是在陆上，就不能吃任何动物的肉。他们心里明白，自己应该和玛丕西亚山上的岩石一样坚定，不能有任何占有其它东西的欲望和能力。

接下来他们轮流吟唱颂歌。正像我们前面看到的那样，他们是用耳朵在唱，而且唱得相当流利。等到太阳下山的时候，他们互相用脚踢，用马锤敲打，甚至戴上眼镜上床睡觉。半夜的时候，拖鞋人走了进来，他们就起床一起磨刀，又进行了一番列队巡礼，和前面所说的一个样。

这时约翰修士已经看清这些十六分音教士和他们的会规。他变得不耐烦起来，大声嚷道：

"天主在上，可悲的家伙，如果每个傻蛋都得亮相的话，还不如放把火烧死算了。该死的，到底有多少这样的笨蛋呢。普里阿普斯②要是在这里就好了。他经常夜里去克里特岛参加祭会，在那里他随便放的屁都要比这些人的吟唱好。这个地方要不是颠倒是非，浑浑噩噩，我也不会发这样的牢骚。在德国他们都已把寺庙和修道院推倒，而这里却完全相反，一点动静都没有。这里的一切都是倒行逆施，连头发的位置都搞不清楚。"

①　马提雅尔，古罗马诗人，生于西班牙，主要作品有警句诗歌。
②　普里阿普斯，罗马神话男性生殖之神，也是果园、酿酒和牧羊的保护神。

第二十二章

帕奴吉提出许多问题，

十六分音修士作只字应答

帕奴吉一直都在注意着这些尊贵的十六分音修士，其中有一个长着一副瘦骨嶙峋的模样。帕奴吉走了过去拉了一下他的袖子，问道：

"喂，十六分音修士，八分音修士，也许两者都不是的修士，听我问你问题！"

帕奴吉："你的厨房里用什么烧火？"修士："松。"

帕奴吉："还有什么？"修士："橙。"

帕奴吉："听着，你的女人比我的多出一倍，你是怎么养活她们的？"修士："吃。"

帕奴吉："吃什么？"修士："糕。"

帕奴吉："她们的肤色如何？"修士："白。"

帕奴吉："她们还吃什么？"修士："肉。"

帕奴吉："什么样的肉？"修士："烤。"

帕奴吉："她们喜欢喝什么汤？"修士："无。"

帕奴吉："吃馅饼吗？"修士："多。"

帕奴吉："这和我一样。还有，她们吃鱼吗？"修士："吃。"

帕奴吉："什么样的鱼？"修士："煮。"

帕奴吉："要煮得很透吗？"修士："透。"

帕奴吉："她们光吃鱼吗？"修士："不。"

帕奴吉："那么还吃什么？"修士："牛。"

帕奴吉："还有呢？"修士："猪。"

帕奴吉："还有呢？"修士："鹅。"

帕奴吉："没有了吗？"修士："鸭。"

帕奴吉："还有什么呢？"修士："鸡。"

帕奴吉："这么多肉是怎样保存的？"修士："盐。"

帕奴吉："她们最喜欢什么味道？"修士："多。"

帕奴吉："最后一道菜是什么？"修士："饭。"

帕奴吉："还有什么？"修士："奶。"

帕奴吉："除此之外还有什么？"修士："豆。"

帕奴吉："哪一种豆？"修士："绿。"

相关链接 ●

30. 我们要强调
《晚餐》的一个重要
特点：宴会上聚集了
创世纪以来各个不同
时代的代表人物，仿
佛他们围着宴会桌子
而坐，召开历史代表
人物的会议。宴会规
模宏大，具有世界性
的特点。

帕奴吉："豆是否和其它的一块儿煮?"修士："肉。"

帕奴吉："她们喜欢吃什么水果?"修士："好。"

帕奴吉："怎样吃下去呢?"修士："生。"

帕奴吉："之后她们吃什么?"修士："栗。"

帕奴吉："她们喝酒吗?"修士："喝。"

帕奴吉："什么酒?"修士："白。"

帕奴吉："冬天喝什么酒?"修士："醇。"

帕奴吉："春天呢?"修士："清。"

帕奴吉："夏天呢?"修士："凉。"

帕奴吉："秋天呢?"修士："新。"

"真是教士的女人!"约翰修士嚷道，"这些肥胖的臭女人，十六分音修士的婊子!"竟然吃得下这么多的东西，精神一定不错，得让人骑在她们身上颠簸几下才行。"

帕奴吉说："约翰修士，你先别忙，我还有话要问呢! 她们什么时候睡觉?"

修士："夜。"

帕奴吉："什么时候起床?"修士："迟。"

帕奴吉："我还真想骑一骑这样的马，只要她们不要太正经，太严肃。仁慈的十六分音修士在上，他应该夫当巴黎的首席执法官。天主在上，他可真是利索得很，能轻松地平息争端、办理官司、处理案件，还善于审察案宗。喂，修士，让你的汤凉了再喝吧! 过来这里，让我们像进入天堂的法吏一样心平气和地说几句话，就谈谈你的女人和你们的性生活吧! 你们的节奏如何?"

修士："快。"

帕奴吉："入口如何?"修士："宽。"

帕奴吉："里面的怎样?"修士："深。"

帕奴吉："我是说，你在那里的感觉如何?"修士："热。"

帕奴吉："有没有什么东西遮住小溪流?"修士："树。"

帕奴吉："树枝是什么颜色?"修士："红。"

帕奴吉："老树枝的颜色呢?"修士："灰。"

帕奴吉："你摇动时的感觉如何?"修士："爽。"

帕奴吉："她们的动作如何?"修士："快。"

帕奴吉："你能否让她们更快地动作?"修士："否。"

帕奴吉："你的工具怎样?"修士："大。"

帕奴吉："形状如何?"修士："圆。"

帕奴吉："尖端是什么颜色?"修士："红。"

帕奴吉："用后感觉如何?"修士："软。"

　　帕奴吉："工具袋有多重?"修士："磅。"

　　帕奴吉："完事后她们的感觉如何?"修士："软。"

　　帕奴吉："以誓言的名义说话,你能否给我讲讲,和她们睡觉时,你把她们摆在什么位置?"修士："下。"

　　帕奴吉："她们嘴里说些什么?"修士："嗯。"

　　帕奴吉："她们一定像少女一样嘴上说不,心里却乐意得很,话语不多,思想却很复杂。有这样的好事,何乐而不为呢?"

　　修士："是。"

　　帕奴吉："她们生过孩子吗?"修士："无。"

　　帕奴吉："你们光着身子睡觉吗?"修士："光。"

　　帕奴吉："你曾经发誓要说实话,记得吗? 老实回答我,你每天和她们作爱几次?"

　　修士："六。"

　　帕奴吉："每晚几个回合?"修士："十。"

　　帕奴吉："天主在上,真是硬家伙,一天要劳作那么多次?"修士："多。"

　　帕奴吉："你们当中谁最行?"修士："我。"

　　帕奴吉："是否有力不从心的时候?"修士："否。"

　　帕奴吉："呀,我脸上发热得厉害,想起这种事情还真想试一试呢。但我还是弄不明白,今天你精液耗尽,明天还会有吗?"

　　修士："多。"

　　帕奴吉："冲着普里阿普斯①说话,她们一定服用过泰奥弗拉斯托斯②说的那种印度药草,要不这样的话,就把我驱逐出教好了。但是我说,你这个人是不会长命的;要是纵欲过度负荷过重,你的天才受到破坏,精力大大减少,那该怎么办?"

　　修士："糟。"

　　帕奴吉："那些荡妇会有什么反应?"修士："吵。"

　　帕奴吉："要是你不搭理,不给她们饭吃,那会怎么样?"修士："糟。"

　　帕奴吉："你该怎么办呢?"修士："揍。"

　　帕奴吉："她们被打之后会说什么?"修士："哭。"

　　帕奴吉："还有呢?"修士："骂。"

　　帕奴吉："这时候你该怎样整治她们?"修士："狠。"

　　帕奴吉："整治她们的结果如何?"修士："血。"

---

　　① 普里阿普斯,神话中男性生殖之神。

　　② 泰奥弗拉斯托斯,古希腊亚里士多德学派哲学家,提出物质自己运动的观点,在植物学和逻辑学上作出贡献。

帕奴吉："她们的脸色怎么样？"修士："丑。"

帕奴吉："那么你是怎样恢复她们的面容？"修士："漆。"

帕奴吉："之后她们怎么样？"修士："怜。"

帕奴吉："冲着你的誓言说话，请告诉我一年中的哪个月你最无力？"修士："八。"

帕奴吉："哪个月最有劲？"修士："三。"

帕奴吉："其它的月份你都干些什么？"修士："乐。"

随后帕奴吉笑着说："哈哈，真是有趣得很，世上竟有这样的修士，他的回答都是只言片语，似乎只会说一个字的话，我看他三口就可以吃掉一个樱桃①。"

"让他见鬼去吧！"约翰修士说，"这狗东西，竟然也是修道的。和女人作乐时他一定不是这样说话，他准会说'我的生命是属于你们的'这样的话语。你刚才说他三口吃下一个樱桃，我说他可以一口吞下一块羊肩，再一口喝掉一桶酒，要不是这样，我宁愿被罚一整天不吃饭。主呀，请看看这狗东西的嘴洞有多深！看看他那副骨头皮囊的模样，连一块肉都看不到。"

"说得在理，说得在理，"伊比斯特莱附和道，"这种流氓恶棍式的修道士全世界都有。他们除了追求吃喝玩乐之外什么都不懂，贪婪的欲望永远都满足不了，用他们自己的话说，这个世界上除了食品别无他物。说实在的，那些王公贵族与他们相比，能好到哪里去呢？"

31. 拉伯雷的《卡斯台尔的荣誉》带有极其复杂的特点。这种颂扬同他以前的那一章"关于巡回演出员以及他们对卡斯台尔无限的筵席馈赠"一样，都渗透着矛盾倾向的斗争。

第二十三章

我们到达圣瓶的所在地

明亮的灯笼为我们照亮道路，我们感到非常高兴。最后，我们来到期盼已久的圣瓶所在地。

我们一上岸，帕奴吉就用一只脚蹦来跳去，一副兴高采烈的样子。他对朋特固尔大声说道：

"长久以来的愿望今天终于实现了，真是让我们找得好苦呀！"

随后他把给我们带路的灯笼大力赞扬了一番，而她却希望我们心情愉快，无论碰到什么困难都不妥协不沮丧。

在去圣瓶殿的路上，我们必须穿过一块宽阔的葡萄园。园中种植各种各样的葡萄，有

① 这是一句俗语，指说话利索简短。

法拉纳①、玛尔渥斯②、园叶葡萄③、泰吉④、博恩⑤葡萄、米尔奥克斯⑥、奥尔良、匹卡登特⑦、阿勃伊斯⑧、吉希⑨、尼拉克⑩以及其他的一些品种。这些葡萄原来是善良的酒神巴克斯种植的，在他的保佑下，葡萄常年长势茂盛，硕果累累，就像是苏勒尼⑪的桔子树一样。带路的灯笼让我们每人吃下三粒葡萄，鞋子里放几片叶子，手上拿一根葡萄枝。

　　随后我们经过一座古朴的拱门，上面雕刻着一些喝酒用的物品，一边是整排的大酒壶、皮酒囊、酒坛、酒瓶、酒杯、酒缸、酒罐，还有旧式的酒桶（这是一种吊起来的木制瓮桶，德国人用它装酒，喝时再倒进杯子），悬挂在一个凉棚架上；另一边放着许多大蒜、洋葱、韭菜、火腿、鱼子调味品、鱼子酱、饼干、牛舌、黄油奶酪、以及一些糖类食品。这些东西巧妙地掺杂着，并用葡萄藤捆扎在一块儿；另外还有上百种饮酒工具，有大杯、小杯、高脚杯、底口杯、酒盅、酒樽、酒罐、酒缸、酒碗等等。拱门的正面挂着一条装饰带，下面刻着两行诗句：

　　"打从此路经过，带好引路灯笼。"

　　看到这两行字，帕奴吉大声说："我们有带路的灯笼，她是灯笼王国里最好的最令人尊敬的引路人。"

　　走过拱门我们来到一条宽大的圆形走道，两边的葡萄藤长势茂盛，相互交织在走道的上方，为走道遮蔽住一片阴暗的天空；葡萄藤上挂满一串串果实，颜色各异，有金黄色、深蓝色、天蓝色、黄褐色、也有雪白、漆黑、纯绿、深紫等各种颜色；它们形状各不相同，似乎并非天然长成，而是经过人工改造，有长的、圆的、三角的、四方的，也有带须的、大头的和长毛的。走道的末端是三棵古老的长春藤，同样也是枝繁叶茂、硕果累累。我们聪慧的带路灯笼让我们用藤蔓编织帽子，并把帽子戴在头上。我们一一照办。

　　朋特固尔说："要是在以前，朱庇特的那个女司仪准不会像我们这样打这里经过。"

　　"这其中的原因说来奥妙得很呢。"灯笼回答道，"要是她从酒（也就是葡萄）下面经过，酒就处她的上头，似乎把她压住或控制一样，这也意味着男司仪，以及其他所有奉侍神灵的男人都可能失去控制，所以他们应该时刻保持沉着镇定和神志清醒，时刻避免任何

---

　　① 　法拉纳，意大利一地名，以出产葡萄酒出名。
　　② 　玛尔渥斯，希腊拉科尼亚半岛一地名，以产酒出名。
　　③ 　盛产于法国 Loire 河流域。
　　④ 　泰吉，意大利热那亚一地名，盛产葡萄。
　　⑤ 　博恩，法国东部一地区。
　　⑥ 　米尔奥克斯，法国朗格多克一葡萄产区。
　　⑦ 　匹卡登特，朗格多克一地名。
　　⑧ 　阿勃伊斯，法国南部葡萄产区。
　　⑨ 　吉希，法国东南部葡萄产区。
　　⑩ 　尼拉克，法国加隆省一著名葡萄产区。
　　⑪ 　苏勒尼，法国塞纳省一地名。

使他们乱志颠狂的事物；当然，酩酊烂醉是使他们保持六根清净的最好办法。"

"你们也是如此，"灯笼继续说，"走过这个拱门走道之后，要是让尊贵的女司仪巴布克发现你们的鞋里没有葡萄叶，你们就不会有机会见到圣瓶。这和酒醉根本是两码事，因为它明显表示你们不会喜欢酒，因为不喜欢才把藤叶踩在脚底。"

约翰修士说："我不是学者，对此我懂得很少，然而我在经书《启示录》读到一个女人脚踏月亮的故事，这可真是不寻常的行为。比格特对此作过解释，说她不同于别的女人，因为她们的月亮总在头顶，因此脑子总像月亮那样时圆时缺。这个解释让我完全相信你的话，灯笼夫人。"

第二十四章

我们进入地下圣瓶大殿，

以及世上第一大城市施农

我们经过一道拱顶门廊来到地下室。门廊上涂有白灰，上面粗略地画着萨梯和一些女人跳舞的情景，旁边还有骑在驴背上笑嘻嘻的老赛利纳斯①。看到这儿，我对朋特固小说："这幅画让我想起天下第一古城的漆彩地窖，那里也有这样的图画，而且和这里一样阴凉。"

朋特固尔问："是哪一座城市？"

我说："是都兰城的施农，也称作'盖农'。"

"这城市我知道，"朋特固尔说，"我还知道那里的地窖呢，我曾在那里喝过不少冰凉的好酒。施农是一座古老的城镇，对此我毫不怀疑，那里的雕刻可以作证，上面有这样的几句话：

小小施农，闻名遐迩，古老石岩，位居其上，上有维也纳，下有大森林。

"可是，你又怎么认定它是世界第一古城？哪里有这样的文字记载？"

我说："《圣经》上有这样的记载，说这座城市最早是该隐建造的②，所以我们可以这么认为，'盖农'这个叫法就是出自他的名字。后来，许多城市的建造者都仿效他的做法，用自己的名字为城市命名，例如，雅典娜③（即希腊的米那瓦）为雅典取名，另外还有亚

---

① 赛利纳斯，希腊神话中森林诸神的领袖。
② 详见《旧约·创世纪》第四章第十七节。
③ 雅典娜，希腊神话中集智慧、技艺和战争为一身的女神。

历山大为亚历山大城，君士坦丁①为君士坦丁堡，庞培②为西里西亚的庞培城③，阿德里安④为阿德里安城⑤，迦南人⑥为迦拿⑦，赛伯伊为赛伯伊国⑧，阿舒尔⑨为亚述国；同样的例子还有托勒密⑩、恺撒、提比略⑪，犹太国的希罗底，等等，都是这样的例子。"

我们正在讲话的时候，圣瓶国的总督来到我们跟前，我们的引路灯笼称他是神圣的哲人。他的身边簇拥着一队宫廷卫士，全都是披盔戴甲的法国式瓶子。他看到我们由明亮的灯笼带路，手拿葡萄藤，就让我们顺利进去，并命令随从马上带我们到圣瓶的女司仪巴布克那里去。随从遵照命令即刻照办。

第二十五章

我们顺着阶梯进入地下，怎样吓坏了帕奴吉

我们顺着一道大理石阶梯进入地底下，那里有一个歇脚的地方，我们的脚夫管它叫"着陆点"。接着我们向左拐，下去两道阶梯是另一个歇脚点，再走下三道，在拐弯的地方又有一个，同样地，下去四道阶梯后是第四个歇脚点。

"到了吗？"帕奴吉问。

"走过几道阶梯，说得出来吗？"我们的灯笼问道。

"一、二、三、四。"朋特固尔答道。

"一共多少？"她又问。

"十道。"朋特固尔说。

"根据毕达哥拉斯的四元组规律，"她说，"用十和一乘，结果如何？"

"十、二十、三十、四十。"朋特固尔说。

"那么总数多少？"她问。

"一百。"

---

① 君士坦丁，指罗马皇帝君士坦丁一世。
② 庞培，古罗马统帅、政治家。
③ 庞培城，意大利南部古城。
④ 阿德里安，指意大利籍教皇圣阿德里安一世。
⑤ 阿德里安城，土耳其城名，现为亚得尔那。
⑥ 迦南人，古代巴勒斯坦一地区的居民。
⑦ 迦拿，巴勒斯坦北部古城。
⑧ 赛伯伊国，也门古城名。
⑨ 阿舒尔，古代亚述人崇奉的主神和战神。
⑩ 托勒密，古埃及国王。
⑪ 提比略，古罗马皇帝，公元14～37年在位。

311

相关链接 ●

33. 对拉伯雷的怪诞人体观念有重要影响的作家，有老普林尼、阿费奈、马克罗比、普卢塔克，亦即主要是一些古代宴饮对话体文学的代表人物……但所有古代作家中，对拉伯雷的怪诞人体观念影响最大的，是希波克拉底，确切地说，是《希波克拉底文集》。

"再加上第一个立方，"她继续说，"也就是八，算完这个至关重要的数字，你就来到宫殿门口。请注意，这是柏拉图的精神发展学①的真正含义，它在学园②里相当有名，但很少有人真正理解，算法是这样的：二的一半是一，用一加上两个整数，再加上这两个整数的平方和立方③。"

要在地底下走过这些有数字规律的阶梯，首先我们必须要有健康的腿，否则我们一定会像圆桶一样滚进地窖；其次，我们须得有灯笼为我们照明，因为地底下漆黑一片，就像爱尔兰岛上圣帕特里克洞④和比奥夏⑤地区的特罗波尼斯洞⑥一样。

我们走下七十八道阶梯之后，帕奴吉对灯笼说道：

"亲爱的灯笼夫人，我非常沉痛、非常不安地向你恳求，求求你带我们回去吧！想起我们这是在走向地狱，我真是害怕得要死，我的心都快沉到裤底下去。只要能回去，我情愿一辈子不结婚；再说，为了我们的缘故，你已经够操心了，愿天主给你足够的报答。你要是带我们走出这个洞穴，我真是感激不尽，求求你，带我们回去吧；我很担心这是通向地狱的泰那勒斯洞⑦，刚才我似乎还听到刻耳柏洛斯⑧的吠声。你听，那狗又在叫，该不会是我的耳朵有毛病吧？我向来对狗没好感，说实在的，牙痛得再厉害，都不及被狗咬来得难受。假如这里就是特罗夫尼斯山洞，大魔头、小魔头一定会把我活活吞掉，就像它们以前吃掉德米特里斯的戟兵一样⑨。约翰修士，你在旁边吗？求求你，不要离我太远，我快要吓死了？你是否带着你的那把短剑？呀，天哪，你什么武器都没带？那么我们真是手无寸铁，还是回去吧！"

"喂，别害怕，"约翰修士说道，"我就在你旁边，我的手正抓住你的衣领呢。虽然我什么武器都没有，但十八个魔鬼也别想从我手中把你抓走。一个人只要有一颗勇敢的心和一条健壮的手臂，他就不需要什么武器了。天上马上就会降下雨点那么多的武器来帮助我们，当年在普罗旺斯⑩靠近玛丽安河的拉·克罗战场上，天上就降下许多石头帮助正在和尼普顿的两个孽子作战的赫丘利，那些石头现在还在。所以，你说我们会到地狱的边境⑪去吗？难道我们会下地狱吗？天主在上，我的鞋子里装着藤叶，我要把所有的魔鬼们打个

---

① 研究精神的起源与发育，心理的起源与发育。
② 指柏拉图学园，在雅典，是柏拉图讲学的场所。
③ 即 1 + (2 + 3) + (4 + 9) + (8 + 27) = 54。
④ 圣帕特里克洞，神话中炼狱的入口。
⑤ 比奥夏，希腊中东部一地区。
⑥ 特罗波尼斯洞，传说中阿波罗之子曾在此洞里宣布神谕。
⑦ 泰那勒斯洞，希腊神话中赫丘利从此洞进入地狱。
⑧ 刻耳柏洛斯，神话中守卫冥府入口的有三个头的猛犬。
⑨ 故事见包萨尼亚斯《希腊游记》第九卷第三十九章第十二节。
⑩ 普罗旺斯，今法国东南部地区。
⑪ 据传是基督降生前未受洗的儿童及好人灵魂所居之处。

稀巴烂，伙计，你会看到我打架时的那股勇猛劲。我说，那些魔鬼在哪里？除了它们的角，其它我什么都不怕，不过，我想'乌龟'帕奴吉头上的角一定会保护我的。哈哈！凭我预知的本领，我能看得见他像亚克托安①那样头上长满了角。"

帕奴吉说："喂，老兄，你可不要抢在别的修士结婚之前娶一个九条猫尾四日疟疾的女人。你要真的那样做，待我从这个地狱般的墓穴出去以后，我要和你的女人睡一觉，让你当一当头上长角的绿帽子'乌龟'；如果她不愿意，那么我只能认为她是个冷淡的女人。我记得穿皮大衣的法猫曾逼迫你娶那样的女人，为此你还骂他是异端呢。"

这时我们的引路灯笼打断他们的话。她说，这里需要清静，请不要讲话；她还说，因为脚底有藤叶，我们不会没有生还的希望的。

"那么我们往前走好了。"帕奴吉说，"不管有多少魔鬼，我都要冲过去，反正我们都得一死，不过，我应该死在伟大的战场才值得。算了，走吧，走吧，往前冲吧，我有的是赫丘利的体魄和胆量，只是现在心里有点跳而已，我想这是因为地底下的阴冷和潮湿所致，而不是因为我害怕，走吧，冲吧，往前冲吧，我的名字是威廉·无恐惧。"

第二十六章

神殿的大门神奇地自动开启

我们下完阶梯来到一扇大门跟前。大门用优质玛瑙制成，表现出多利斯风格②，正面还刻着一行字："酒中见真理。"两扇门都用科林斯式合金，显得沉重又有份量，上面还有葡萄枝叶的浮雕，工艺相当精细，合拢时两扇门细密无缝，没有挂锁，也不用插销，当中吸附着一粒印度蚕豆大小的赤金磁铁，两端呈六角形且处在同一水平线上。门两边的墙壁上挂着两串大蒜。

正在这时，尊贵的灯笼说她不能再带我们进去，希望我们能谅解她，并说女司仪巴布克会接着负责接待我们，由于某种不好对凡人明示的原因，她自己也不能入内；同时，她还嘱咐我们遇事要沉着镇定，只要照她的话行事就一定可以安全出来。说着，她拿掉吸在门上的磁铁，随手把它扔进旁边一个专用的银盒里，又从门轴里拉出一根九英尺长的红色丝线（旁边的大蒜就是用这种线悬挂着），把线的两端分别系在赤金磁铁的六角头上，这才转身离去。

两扇门突然自动打开，而且开启的时候一点都没有沉重金属门发出的那种刺耳的吱嘎

---

① 亚克托安，希腊神话中猎人，因见阿忒米斯洗澡，使她愤而将他变成牡鹿，而终被自己的狗群撕成碎片。

② 古希腊一建筑风格，以简朴庄重为特色。

声，而是一种回音式悦耳的低吟声，似乎是从宫殿的门廊那边传出来。

朋特固尔很快就明白声音的出处。他发现门轴上有一个小滚轴牵连住那扇门，当滚轴顺着一块细腻光滑的绿岩石朝墙壁方向移动时，动听的声音就传了出来。

我一直在琢磨着两扇门为何会向左右自动开启。等进去之后，我的眼睛就搜索着门和墙壁，试图找出答案。我想或许是因为好心的灯笼在门当中放了一棵艾锡比斯草①的缘故——这种草能打开所有关闭的东西。但是，我发现门内侧的闭合处包着一块钢片，在门打开碰到墙壁的地方，我又看到两块方形的蓝色磁铁，表面光整平滑，约有半指距那么宽。钢片在磁铁神奇力量的牵引下自动活动开来，这样，门也就动了起来。但有时也不完全这样，当门外面的磁铁被移走时，钢片失去了吸附力，两串大蒜就即刻分开。大蒜的作用是减弱磁性和消除磁铁的吸附性能。

在右磁铁的旁边有一行用古罗马文字雕刻的抑扬格诗句：

Ducunt volentem fata，nolentem trahunt.

（顺应天命，成其所愿；逆行天理，唯其不能。）

左磁铁旁边也有这样的一句话：

万物归宗。

第二十七章

宫殿地面的漂亮砌石

看完这些文字，我们开始打量这座华丽的宫殿。特别让我们惊叹的是大殿地面漂亮的砌石，说实在的，天下任何的手艺，无论是西拉时代普拉西斯特城②的命运神殿，还是索西思特拉图斯在帕盖穆斯为希腊人铺筑的道路③，都不能与它们相提并论。所有的地板都用贵重的石板砌成，而且呈现出天然的色彩。有点缀着漂亮斑点的红色云母，有纤闪辉绿岩，有闪烁着原子颗粒般的星光四色石，有分布着不规则乳白色波纹的玛瑙石，有名贵的玉髓石，也有红黄纹理的绿玛瑙。所有的这些石板都是依照对角线排列的。

大殿的门廊上也镶嵌有小石板。它们天然的颜色与门浑然一体，形成各种花纹图案。这些图案有的纹理稠密，有的稀疏松散，像是不经意长在地面上的葡萄藤和叶子，每一处都是精雕细琢之作。在灰蒙蒙的光线之中，你或许还会发现葡萄上爬动着几只蜗牛，还有几只蜥蜴在藤蔓上窜来窜去；从这边看过去，成串的葡萄碧绿剔透，从那边看则是熟透的

---

① 据普林尼乌斯的《自然史纲》，这种草能把各种锁都打开。
② 希腊一古城，位于罗马东南。
③ 详见普林尼马斯的《自然史纲》第三十六卷第二十五章。

葡萄；整幅画面栩栩如生，像是宙克西斯①的画，可以把小鸟引诱过来。不过连我们自己也不经意被蒙骗，在较密的葡萄藤叶处，我们会情不自禁迈开大步跳过去，就像平常跃过不平的岩石地一样，惟恐不小心扭伤脚踝。

随后我们欣赏大殿的拱顶和墙壁。我们发现那里的纹理图案也全都是用石板块砌成。从入口处的左首看过去，我们发现那上面是一幅酒神巴克斯战胜印度人的画面。

第二十八章

壁画上的巴克斯在作战

壁画上的开场场面是一片火海，农居村舍、城墙堡垒以及森林全都着了火，几个丧失理智的女人正在肢解牛羊牲畜，并吞食它们的肉，一副发疯的模样。这是巴克斯进入印度后烧杀劫掠、四处放火的场面。

但是，巴克斯的行为并没有引起印度人的重视，他们不屑于出手制止，因为有探子传来消息，说敌人根本不是部队，而只是一个身材矮小、弱不禁风、烂醉如泥的糟老头，身边的几个女人个个也是酩酊大醉，神志不清；此外，还有一伙丑陋的小野人，全身一丝不挂，头上长角，后面夹着尾巴，活像羊的模样，走动时总是跳来蹦去。对付这样的敌人，即使打了胜仗也毫无体面之处，所有印度人决定听之任之，不作任何抵抗。

与此同时，巴克斯的部队节节逼近，一路上纵火破坏。你知道，火和雷是他的父亲传下来的武器；他父亲朱庇特以施放雷电的方式向她母亲塞默勒②行礼，结果把她的房子烧成灰烬，巴克斯当时也受了伤，流了一身的血。所以后来他有一种自然的脾性，总在和平时期挑起争端酿造流血事件。萨摩斯岛③上的平原之所以被称作帕拿玛（为"血淋淋"之意），因为巴克斯曾在那里俘虏从以佛索④逃跑出来的亚马逊人，并使他们流血致死。这也许比亚里士多德的解释更清楚地让你理解一句古话，"交战在即，无食薄荷"⑤，原因是，一个吃过薄荷的人如果在混战中受伤流血，那么别人就不能，或者说，至少要花上很大的力气才能为他止住血。

接下去的壁画描绘巴克斯在战场上行进的场景。他坐在一辆由六只小豹拖拉的华丽战车上，看上去是一副小孩的面孔，红润的脸颊像天使，下巴没有一根胡须，这说明酒会使人青春常驻；他的前额长出尖角，头上戴着一圈用葡萄藤叶编织的精美头冠和一顶红色镶

① 古希腊画家，传说其画形象生动逼真，所绘葡萄曾引来鸟儿啄食。
② 塞默勒，希腊神话卡德穆斯之女，在目睹朱庇特施放雷电时被闪电击中化为灰烬。
③ 萨摩斯岛，古希腊一岛屿，在爱琴海东部。
④ 以佛索，古希腊小亚西亚西岸一重要城镇。
⑤ 亚里士多德的《疑问篇》第二十卷第二章提到：薄荷性寒，食之会使人丧失勇气。

边毡绒帽。

与他在一起的那些士兵和战士都不是男人，而是是清一色的女人。她们是贝沙里德、伊凡特、欧雅德斯、伊杜尼德斯、特力塞里德斯、奥吉济亚、米玛罗尼德斯、玛娜德斯、泰亚德斯、巴克亚，①个个是凶残恶毒、丧失理性的货色；她们衣裳褴褛，披头散发，用鲜活的毒蛇束在腰间作为腰带，头戴葡萄藤叶做的头冠，身披羊皮或鹿皮，手执火把、标枪、长矛和菠萝状的枪钺，另外还带有轻便的盾牌，稍稍一动就发出震耳的声音，所以可以当作擂鼓使用。她们的总数有七万九千二百二十七人。

举旗的塞利纳斯②是巴克斯的得力干将，曾在不少战役中表现出不凡的胆识和机智。他是一个不起眼的小老头，佝偻着腰，腆着肚子，走起路来摇摇晃晃，两只僵直的耳朵不时地晃动着，鼻子又尖又高，眉毛又粗又大，骑在一匹撅高屁股的驴背上，手里的拐杖随时可以当作进攻的武器，身上还穿一件黄色女式衣裙。追随在他左右的是一些相貌丑陋、举止粗野的小家伙，他们像山羊一样头上长角，像老虎一样身上长毛，不穿衣服，总是在一个劲地唱呀跳呀。这些人的名字叫萨梯，总数是八万五千两百三十三人。

在队伍后面压阵的潘③。他的模样像魔鬼，下身是山羊，大腿毛茸茸的，头上的两只角径直朝上直冲云霄，脸上透出凶巴巴的红晕，下巴拉茬着一大把的胡子。这是一个五大三粗、动辄发怒的亡命之徒。他左手拿着一根吹笛，右手抄着一把曲棍，所率领的部队多数也是象萨梯、林中精灵、福纳斯④、勒穆瑞斯⑤、诸家神⑥、小精灵⑦之类的人物，总数是七万八千一百一十四人。他们的统一行动口令是"埃奥何"。

第二十九章

壁画上的巴克斯对印度人作战

接下来是巴克斯与印度人的战斗场面，先锋西勒奴斯满头是汗、气喘吁吁，正狠命地鞭打着坐驴。那头驴张开可怕的大嘴，一个劲地左蹦右跳，想借此赶走围在身边的苍蝇；那些苍蝇像叮它屁股的蜜蜂一样，弄得它不得安宁。

队伍里的许多萨梯和官兵用短号吹奏着宴乐，同时蹦蹦跳跳地，不停地绕着队伍旋

---

① 这些名字都是巴克斯的司仪或祭司。
② 塞利纳斯，希腊神话中酒神狄尼塞斯的养父和师傅，也是森林诸神的领袖。
③ 潘，希腊神话中人身羊足，头上有角的畜牧神，爱好音乐，创制排箫。
④ 福纳斯，罗马神话中畜牧农林神。
⑤ 勒穆瑞斯，罗马神话中夜游魂的总称。
⑥ 诸家神，罗马神话中家庭守护神，职责是保护家庭不受外来的破坏。
⑦ 小精灵，指民间故事中具人形的精灵，常出没于山林中，喜与人捣蛋。

转，一副疯狂的模样。他们这是在鼓励士兵英勇作战。整支队伍不停地发出"哎呀哎呀"的叫喊声。

一开始，队伍中那些"米纳德"大声呐喊着，朝印度人冲过去，隆隆的战鼓声震耳欲聋，真是惊天动地。壁画上对战斗场景的刻画十分逼真，比起那些画过闪电雷鸣、暴风骤雨以及神灵鬼怪的阿培利①和阿里斯提德斯②等人的画，其艺术造诣还要高明得多。

为了保卫剩余的国土免遭践踏，印度人最终还是奋起反抗。走在队伍最前头的是一群大象，背上驮着防守得严严实实的碉楼，但整支队伍和象群却混乱得不成样子。不过，对方"贝基德"的叫喊声也着实厉害，大象吓得晕头转向，朝着自己的队伍猛冲过去，印度人大败而归。

在壁画上我们还看到西勒奴斯模样十足地骑在驴背上，按照古代的剑法使劲地挥舞着手中的棍棒。那只驴一路上跟在大象后面狂奔，跑动时大嘴咧开，发出豪壮的驴叫声，仿佛是在发动猛烈的进攻；以前在一次巴古斯节上，普里亚普斯趁可爱的罗蒂斯小憩之时欲行非礼，是这只驴唤醒了罗蒂斯，当时，它也是这副模样。

在壁画上我们还看到潘在那些"米纳德"周围蹦蹦跳跳，吹奏着笛子鼓励他们好好作战，战出"米纳德"的风格。

接着我们看到以下的场景，真是令我们大饱眼福：一名年轻的萨梯俘虏了十七个国王；一名"贝基德"用蛇把对方四十二名军官严严实实捆绑住；一名小弗农③从对方手里抢走十二面战旗；而巴克斯却独自一人端坐在战车里，一边自个儿吃喝，一边频频地向旁人举杯敬酒。

壁画的最后是巴克斯获胜时的情景：他的战车装满了海洛斯山的常春藤。常春藤在印度极为少见，所以特别珍贵，后来亚历山大国王在印度获胜之后就效仿这种做法。战车是用套在一起的几只大象牵拉着，后来古罗马的庞培④从非洲凯旋时也是这么做的。尊贵的巴克斯用一个大酒瓮喝酒，后来马里乌斯在普罗旺斯⑤的艾克斯附近大胜辛布里人⑥之后也模仿了这种做法。队伍里所有的人都戴着常春藤编成的花冠，甚至连标枪、盾牌、战鼓也都披上了常春藤；西勒奴斯的坐驴也盖满了常春藤。

印度的国王成了俘虏，被金锁紧紧地锁在车轮旁。巴克斯一伙满载着无数的战利品和缴获来的财物，一路上欢天喜地，哼着快乐的歌曲，浩浩荡荡向前进。

壁画的最后是埃及，有尼罗河，有鳄鱼，还有长尾猿、黑鸟、猴子、猫鼬、河马等等

---

① 阿培利，公元前四世纪古希腊名画家。

② 阿里斯提德斯，公元前四世纪古希腊名画家，生于底比斯。

③ 弗农，罗马神话中的半人半羊的农牧之神。

④ 庞培，古罗马统帅、政治家，曾两度任执政官。

⑤ 普罗旺斯，法国东南部一地区。

⑥ 辛布里人，古代奥地利一族名。

相关链接 ●

36. 拉伯雷作品里没有中立词语，我们只能听到或是赞美或是非难的话语，是大杂烩。这是最完整最欢乐的那段时间的赞美与非难。整个观点不是中立的，也不是冷漠的。

当地的动物。巴克斯在两只长角野兽的带领下走向这个国家。那是两只牛，身上分别写有金字，一只写着"埃皮斯"①，另一只是"欧希利斯"②。在巴克斯到达之前，古埃及的确没有人见过母牛或公牛。

第三十章

神灯照亮大殿

在开始描述圣瓶之前，我要告诉你们，大殿里有一盏神奇的灯，虽然埋在地底下，却把整个大殿照得亮堂堂的，犹如正午时分光芒四射的太阳。

屋顶的正中央悬挂着一个拳头般大小的实心金环，上面垂下三条做工精致的细链条。这些链条在金环下约两尺半的地方形成三角形，环上吊着一块直径两肘尺③的圆形金片（周长约有两条手臂张开的距离）；金片上有四个小孔，每个孔内都有一个像小灯似的开口朝上的空心小球，每个小球用宝石制成，有紫水晶的，有非洲红宝石的，有蛋白石的，还有代赭石的。每个球中灌满由曲形蒸馏器滤过五次的酒精，就像古时盖利玛古斯④放在雅典卫城上的帕拉斯⑤金灯使用的油一样，永远也烧不完。每个小球内部有一根燃烧着的灯芯，灯芯一半是棉麻制成的，就像古时朱庇特神殿里用的灯芯一样，勤学的哲学家克雷姆布鲁图斯曾经见过这种灯芯⑥；还有一半是用卡帕西亚麻⑦制成。这两种材料不仅不怕火烧，而且还会越烧越亮。

那三根链条在金片下方约两英尺半的地方吊着一盏圆形大水晶灯。这盏灯的直径约有一肘尺半，上面的开口足足有围起来的两只手臂那么宽。开口的地方搁着一个葫芦状蒸馏器或尿壶状水晶盆，深可抵达灯的底部，里面装满了上面提及的那种酒精；灯的中央燃烧着棉麻灯芯，整盏圆形的灯看上去似乎是一团燃烧着的熊熊大火，火焰不偏不倚正好处在中心。大灯光芒四射，令人无法注目，正如人们无法直视太阳一样。灯的造质晶莹剔透，加上上方的小球内部四色宝石的反射，大灯的光线耀眼夺目，使得整个大殿绚丽无比、变化万千。此外，大殿内壁四处镶嵌着光滑明亮的大理石和玛瑙，飘忽不定的灯光一旦照射在上面，我们便可欣赏到雨后彩虹般的神奇色彩。

① 埃皮斯，古埃及人崇拜的神牛。
② 欧希利斯，古埃及的冥神和鬼判官。
③ 肘尺，一种古代长度单位，自肘至中指端，长约18至22英寸。
④ 盖利玛古斯，古雕刻家，传说他曾制造过一盏灯，可以日夜不灭，一年只需添一次油。
⑤ 帕拉斯，即希腊神话中的智慧女神雅典娜。
⑥ 见帕鲁泰科《谕示之休止》第二章。
⑦ 即塞浦路斯岛出产的麻。

这盏水晶灯的设计可谓是巧夺天工。在我看来，主灯体周围用凹雕手法雕刻的一群英勇作战的裸体男孩为整体增色不少。这些男孩骑在木马上，一手挥舞着陀螺长矛，另一手把持着葡萄枝叶编成的盾牌，枝叶上似乎还挂着葡萄；总的说来，这些男孩姿态各异，稚气十足。这种雕刻的画面惟妙惟肖，形象逼真，似乎不是用凹雕手法一刀一刀刻上去的，而是作为一个整体悬浮在灯的外部。这种效果神奇异常，水晶灯内投射出的绚丽多彩的灯光也使得整个雕刻越发生动，光彩照人。

第三十一章

奇异之泉中葡萄酒味的由来

我们正在欣赏这盏无以伦比的大灯以及大殿的宏伟构造的时候，可敬的女司仪巴布克和她的侍从们面带微笑朝我们走了过来。她看到我们穿戴得体，便不加思索地把我们带到位于大殿中央神灯之下的一股奇异的泉水旁边。接着她让侍从们取来用金、银、水晶制成的各种酒具，并盛情邀请我们饮用泉中美酒。我们欣然接受。说实在的，那股水泉的构造还真够吸引人，其材料及工艺相当神奇，且精巧绝伦，比柏拉图所幻想的还更胜一筹。

喷泉的底部由明澈透亮的条纹大理岩砌成，有三腕尺那么高，外表呈七边形，每边长度相等，周围饰有许多柱花、线脚、花边或波纹，内部则是正圆形。每个井角的中间矗立着一根形如象牙或大理岩圆筒的圆柱，共有七根。

每根柱子从底基到顶部的高度将近七手尺①，与内部圆形井口的直径正好相等。所有的柱子成规则排列，随便站在一根柱子的背后放眼朝前看过去，我们发现视线的棱锥体正好在中间结束，也正好与对面的两根柱子形成一个等边三角形，三角形的两边又刚好把柱子分成对等的两半。

现在，让我们看看这个三角形。它的两条线从两侧的柱子起正好在两柱子距离的三分之一处与底线相交；如果用虚线均匀地将底线划至中点，那么它的长度正好是每两根柱子之间的距离；我们也都知道，在奇数角的图形里，任何一个角正面的一点总是在两个角的中间。

所以不必多说我们也能明白，从所得的数据上看，七条半径线在几何的比例上略短于它们连成的环状圆周长。根据欧几里得②、亚里士多德、阿基米德③等人的意见，如果三条直径线加上一个半的八分之一，则嫌多了点；若加上一个半的七分之一，则又少了点。

---

① 一手尺等于 4 英寸，常用来量马的高度。
② 欧几里得，约公元前 3 世纪的古希腊数学家。
③ 阿基米德，古希腊数学家、物理学家和发明家。

相关链接 ●

第一根柱子，也就是面对大殿正门的那根，是用天蓝色的蓝宝石制成的。

第二根柱子取材于红锆石。这是一种非常珍贵的石材，具有花一般的色彩，传说是由埃艾克斯①愤怒的鲜血变来的，柱子上不少地方还看得出希腊字母 A、I 的字样。

第三根是避毒钻石②的柱子。它的光彩和闪电一般明亮耀眼。

第四根柱子是由一种红中带紫的玫红尖晶石③制成的，其色泽犹如紫水晶一般美丽，且颇具雄性气慨。

第五根柱子是翡翠的，其珍贵程度远远超出古埃及迷宫里的塞拉皮斯④雕像，其色泽比起赫米厄王墓地的石狮眼窝里的两颗宝石也要明亮耀眼得多。

第六根柱子是玛瑙的，其纹理和色彩鲜艳多彩且变化多端，远远超过了伊庇鲁斯国王皮洛士⑤爱不释手的那块玛瑙。

第七根柱子用浅蓝透明的正长岩制成，外部隐约可见里面藏有运转于天空中的月亮图像，其形状时圆时缺，有上弦的，也有下弦的。

古时的迦勒底人⑥就是用这七根不同的石头来代表天上七大行星。对于这一点，即便是最愚蠢的人也能听得明白，这是因为：

第一根蓝宝石柱子的柱头，在中心垂直线上，有一尊萨杜恩⑦铅塑雕像，脚的旁边还立着一只呈现天然色彩的金鹤。

第二根红锆石柱子上有一尊朱庇特黄铜像，面朝左望，胸前停着一只栩栩如生的金鹰。

第三根柱子上有一尊赤金铸成的福波斯像⑧，右手握着一只白色公鸡。

第四根柱子上立着一尊用科林斯式黄铜铸成的玛斯像⑨，一只狮子伏在他的脚边。

第五根柱子是一尊维纳斯铜像。埃利思达尼达斯⑩铸造埃塔玛斯⑪塑像时用的也是这种铜。这种铜生动地表现出埃塔玛斯目睹儿子利亚古斯摔死时脸上露出的惨白、羞愧的神情。

37. 拉伯雷作品里有这种修辞性褒贬，那是在他离开民间节庆和广场形式而接近官方言语和官方风格的时候。修道院的情节已使这种情况达到相当程度。是的，这里存在着逆向成分，玩弄及否定一些民间节庆因素，但就其实质而言修道院是一个人道主义的乌托邦。

---

① 埃艾克斯，特洛伊围攻战中的希腊英雄。

② 据普林尼乌斯的《自然史纲》，有一种钻石能够消毒辟邪。

③ 据《自然史纲》，宝石有雌雄二性，雄性色彩更亮。

④ 塞拉皮斯，古埃及地下之神，其崇拜者曾遍及希腊和罗马。

⑤ 皮洛士，古希腊伊庇鲁斯国王，曾率兵至意大利与罗马交战，付出惨重代价后才打败罗马军队。

⑥ 迦勒底人，即与巴比伦人血缘相近的闪米特人。

⑦ 萨杜恩，罗马神话中的农神。

⑧ 福波斯，希腊神话中的太阳神和诗歌音乐之神。

⑨ 玛斯，罗马神话中的战神。

⑩ 埃利思达尼达斯，古罗马著名雕塑家。

⑪ 埃塔玛斯，神话中的欧尔科美科斯国王。

第六根柱子是一尊水银墨丘利像。要不是因为这尊像是固定不动的，我还真应该说水银是一种流动变化的物质。神像的脚边站着一只仙鹤。

第七根柱子是一尊银制的月神像，蹲在脚边的是一只小兔子。

这些立在柱子上端的神像的高度约是柱子的三分之一强。从数学计算上看，它们制作精巧，就连波利克里托斯①的雕刻艺术也无法与之相媲美。

柱子的底座、柱头、柱顶过梁、腰线、花边以及正檐都是用弗里吉亚的纯金制作工艺制成的；这种黄金比起蒙特帕利附近的莱茨河②、印度的恒河、意大利的波河③、色雷斯④的布鲁斯河、西班牙的塔霍河⑤、吕底亚⑥的帕克图卢斯河⑦里所产的金子还更为纯净、更为精细。

两根柱子之间的拱顶用与相邻柱子相同的宝石构筑而成，也就是说，从蓝宝石柱子到红锆石柱子之间的拱顶用的是蓝宝石，从红锆石柱子到钻石柱子的拱顶结构用的是红锆石，依次类推。

在柱子的拱顶和柱头的上方有一弧穹顶，稍稍前倾遮住泉水。穹顶的周围布满各种雕像；在最底层的雕像呈七星排列，并渐渐向上形成圆形；整个穹顶用水晶建成，晶莹透亮、光滑亮泽，找不出半点瑕疵，就连克塞诺格拉底⑧也没能见到这么漂亮的东西。

穹顶的内部可见黄道带的十二宫形象，分别代表一年之中的二十四节气，如春分、夏至、秋分、冬至等，每个节气历历在目；还有一些见于南极附近或其它地方的恒星。镂刻艺术相当精巧，我还以为那是尼卡普索思⑨或古代数学家贝图希斯的杰作呢。

穹顶的上部正对泉水中心的地方有三颗泪珠般大小的珍珠，像百合花一样相互连在一起，直径约有一手尺那么宽，花萼用一颗刻成七星状（七是自然偏爱的数字）鸵鸟蛋大小的红宝石缀成；宝石霞光万道、光彩照人，我们几乎无法睁开眼睛正眼注视；即便是太阳或闪电也没法像它那么耀眼、明亮。

因此，如果要对这股奇异之水泉和上文所提到的那盏灯的价值作个公正评价的话，毫无疑问，我们可以肯定地说，它们的价值远远超过欧洲、亚洲、非洲各地所有奇珍异宝的总价值。单单那颗红宝玉就足以使印度术士雅尔伽司的宝石⑩黯然失色，就像太阳的光芒

---

① 波利克里托斯，公元前五世纪希腊阿戈斯派雕刻家。
② 莱茨河，流过蒙特帕利入地中海的河流。
③ 波河，在意大利北部，入亚德里亚海。
④ 色雷斯，自爱琴海至多瑙河的巴尔干半岛东南部地区。
⑤ 塔霍河，在欧洲西南部，源出西班牙东南部地区。
⑥ 吕底亚，小亚细亚西部一古代王国。
⑦ 据说任何东西一沾上帕克图鲁斯河水即成黄金。
⑧ 克塞诺格拉底，据说是鉴别水晶的权威。
⑨ 尼卡普索思，埃及法老，据说精于天文与幻术。
⑩ 据说是一种光彩夺目的红宝石，使人望而生畏。

38. 这个拉伯雷形象体系，是那么庞大，包罗万象，这里的每个形象都把宏伟的视野同新颖的生活，紧迫的政论性结合在一起。

使其它星体变得暗淡一样。当年埃及女皇克娄巴特拉①看到这样的宝物就再也不敢炫耀自己的那对珍珠耳环；她当着她的情人，即罗马执政官安东尼的面，摘下一只溶在醋里。此外，庞培亚·普罗蒂娜也无法为她那件礼服而自豪②；那是一件用翡翠和珍珠编织而成的礼服，曾经赢得整个罗马城的羡慕，可最后还是被人当作是征服世界的强盗手中的玩物而已。

奇异之泉分成三股，从上文提及的三根纯珍珠管子里流出来；这些管子弯弯曲曲，从两边均匀地伸展出来。

我们看了一会儿，正准备到别的地方瞧瞧时，巴布克让我们看看泉水。泉水的潺潺声和谐悦耳，时断时续，仿佛来自远方，又似乎来自地下，总之，听了这种声音，我们不禁通体惬意，有如欣赏美景时心旷神怡的感觉。

巴布克对我们说："你们的哲学家不愿意承认排列着的装置可产生动力。那么请你们看看这里，再看看那边，就拿这些两侧均匀分布的弯曲管子来说吧，每个拐弯处的管子内部都有五片活页，就像进入右心室的血管一样，泉水从那里流出来，一直流到那边的大海去。"

接着，巴布克请我们品尝泉水。说实在的，我们不是那种牛，那种和不打尾巴就不吃东西的麻雀一个德性的牛，除非用木棍敲打，否则它们就不吃不喝。而我们这些人，只要有人相邀，根本就不会去理会人世间的繁文缛节。

喝完之后，巴布克问我们感觉如何。我们回答说，这确实是有益于人体的纯正水，比意大利的艾基兰戴恩河、塞萨利③的佩纽斯河④、米格多尼亚⑤的阿咯丢斯河、西利希亚⑥的塞德纽斯河（此河河水清新诱人，亚历山大曾不顾短暂的快乐可能带来的一切后果，纵身跃入水中尽情洗浴一番）的河水还要清凉可口。

巴布克认为我们尚未体会到自身的感受，以及泉水从喉部流入胃时舌头的动作。她说：

"尊贵的客人们，难道你们的喉咙与被人称为'特忒斯'⑦的庇提鲁斯⑧一样被人涂上一层东西或镀有一层釉瓷，连这种神酒的美味都辨别不出吗？"

说着，她转身盼咐她的随从："去把我的刷子拿来。明白我的意思吗？去把他们的上

---

① 克娄巴特拉，埃及托勒密王朝末代女王。
② 详见普林尼乌斯《自然史纲》第九章第五十八章。
③ 塞萨利，希腊东部一地区。
④ 佩纽斯河，古希腊一小河名。
⑤ 米格多尼亚，马其顿古省名。
⑥ 西利希亚，小亚西亚东南部的一古地名。
⑦ 源自希腊文，为"好食者"之意。
⑧ 据说庇提鲁斯在舌头上涂上一层东西，保留食物的美味经久不散。

颚刮一刮！"

不一会儿，她们送来大块上好的火腿、又厚又肥的牛舌、美味的风干牛肉、口味纯正的鱼子调味品、野味、香肠等清理喉咙的食物。女司仪的盛情难以推却，我们吃到最后，肚子撑得难受，同时又不得不承认口渴得要命。巴布克说：

"古时候犹太国有一个英勇博学的首领。他带着他的臣民横穿广袤的沙漠，在因极度饥饿而面临死亡危险的时候，他们得到上帝赐予的圣餐，在他们的想像中，这顿圣餐和过去吃过的东西没什么两样。同样的道理，如果你们喝下这神奇的美酒，你们也会认为想像中的酒也是这种味道。来，先想像一下，然后再喝。"

我们一一照办。帕奴吉一放下酒杯就高声叫嚷起来：

"天主在上，这真是博恩①的好酒，比我喝过的任何酒都要好。我这话要有半句掺假，就让魔鬼把我带进地狱！噢，如果能有一个三肘尺长的喉管，我们就能多享受一会儿这种美妙的滋味，就像费罗克斯诺斯②所希望的一样，至少也应该像米兰修斯③所祈盼的那样，有一个天鹅般的喉管。"

约翰修士也大声说道："我以灯笼人的名义说话，这是希腊的绝顶好酒，其味甘醇甜美，无可挑剔。啊，看在上帝的份上，请将酿酒的秘方告诉我吧！"

朋特固尔说："这象是米尔奥的酒！我从一开始就这么认为。惟一不同的是，这酒更凉、更冰，甚至比诺那④、狄尔塞⑤以及科林斯⑥的卡泰帕里亚的水还要冰凉。不过卡泰帕里亚的水会把人的胃口和消化器官冻坏的。"

巴布克继续劝我们喝泉酒。她说："在脑子里想像每一口的味道各不相同，你们会发现这酒真的和想像的一模一样。所以，以后可不要再说上帝无能！"

"我们可没这么说过，"我回答道，"我们一向都认为上帝是万能的。"

第三十二章

巴布克帮助帕奴吉获得圣瓶的谕示

我们喝够、谈够之后，巴布克问道：

"你们当中谁想得到圣瓶的谕示？"

---

① 博恩，法国东部一盛产红葡萄酒的地区。
② 费罗克斯诺斯，公元前四世纪古希腊诗人。
③ 传说中米兰修斯曾被酒神变成海豚。
④ 诺那，阿尔卡地区一水泉名。
⑤ 狄尔塞，底比斯附近一水泉名。
⑥ 科林斯，古希腊一奴隶制城邦。

相关链接 ●

帕奴吉说："我，你卑微的下属。"

巴布克接着说："朋友，我只盼咐你一件事，你只能用一只耳朵聆听圣谕。"

约翰修士插进话来："这就是法国人所说的'单耳酒'①!"

巴布克给帕奴吉穿上粗布长袍，戴上雪白帽子，帽子上面盖着一块用来过滤希波克拉斯酒②的毛毡，下方没有斗篷，只有三条飘带，下身穿上三块古式下体盖片代替裤子，腰间别着三支捆在一起的风笛。另外，巴布克又让帕奴吉用泉水洗三次脸，再往他的脸上撒一把燕麦粉，在毛毡的右边插上三根公鸡毛，最后让他绕着泉水走九圈，跳三下，再蹲七次。与此同时，巴布克进行着祷告仪式，她的眼睛不时地看着身旁助手手中的经书，嘴里用托斯卡纳方言③不停地诵念着。

在我看来，即便是罗马的第二位皇帝努马·庞皮利乌斯④、塔斯卡的凯利人⑤、犹太人的神圣领袖⑥也未曾有过这么多的礼节。埃及蒙费斯人供奉埃皮斯⑦，厄比亚人⑧在赖玛奴斯城供奉拉姆奴奚亚⑨、还有古人供奉朱庇特和费洛尼亚⑩所采用的礼节，和我在这里亲眼目睹的宗教礼仪要繁琐复杂得多。

接着巴布克带着装扮妥当的帕奴吉离去，从右边的那扇金门走出神殿。

他们来到一座用透明的白云石砌成的圆形小教堂。这座教堂没有窗户，也没有任何透光的开口，但强烈的太阳光透过透明的石头直接照入教堂。这些光线分散开来又反射进殿，使得大殿通体发亮，仿佛是它自身在发光。

大殿的建筑工艺精妙绝伦，比起拉文纳神殿⑪和埃及开姆尼斯岛上的庙宇丝毫也不逊色。另外，我还得告诉大家，这座圆形小教堂的建筑设计具有对称平衡的特点，其直径恰好等于殿堂内拱顶的高度。

殿堂的中央有一座用白色条纹的大理岩精心砌成的喷泉，泉水清澈透亮，平静如镜子，仿佛是由单一元素构成。我们所寻找的圣瓶就端坐在喷泉中央，圣瓶成椭圆形，上面盖满晶莹透亮的水晶，只是瓶口稍嫌大了点。

39. 拉伯雷确实是一位政论家，但是根本不是"王宫的政论家"，虽然他也赞成王权，赞同王宫个别政治文献具有相对的进步性……拉伯雷，作为政论家，从来没有对任何一个统治阶级（包括资产阶级在内）的集团及其任何一种观点，任何一个措施，任何一个事件表示完全的赞同。

① 即上好的酒。
② 希波克拉斯酒，中世纪欧洲的一种加香料的甜酒。
③ 托斯卡纳方言被视为意大利标准语。
④ 努马·庞皮利乌斯，传说古代罗马七王相继执政时代的第二代国王。
⑤ 凯利，埃托利亚宗教中心；"凯利人"指该处教士。
⑥ 指公元前二世纪制定宗教礼仪的犹大斯·马卡庇斯。
⑦ 埃皮斯，古代埃及人崇拜的神牛。
⑧ 厄比亚，古希腊一岛屿。
⑨ 拉姆奴奚亚，神像名，为古希腊雕塑家菲狄亚斯所塑。
⑩ 费洛尼亚，神话中的森林之神。
⑪ 拉文纳神殿，指意大利东北部港口城市拉文纳的阿波罗神殿。

第三十三章

司仪巴布克带帕奴吉到圣瓶跟前

司仪巴布克命帕奴吉弯腰亲吻水泉的边缘，然后叫他站起来绕着泉水跳三圈巴克斯舞。之后，她让他坐在特制的两张凳子之间，臀部着地，又打开一本礼规书，在帕奴吉的左侧耳语了一番，最后让他唱一首葡萄收成歌①，歌词本身就刻在圣瓶上。

唱完之后，不知巴布克往水泉里扔进什么，只见泉水立刻沸腾了起来，就像巴尔戈邑修道院②里的大锅在祭日里沸腾一样。帕奴吉用一只耳朵倾听着，巴布克则跪在他身旁。这时，从瓶里发出一种嗡嗡的声音，就像阿里斯泰俄斯③宰杀的小公牛肚里飞出的蜜蜂的声音，或射箭出弦的声音，也像夏日里暴雨骤降的噼啪声。

紧接着我们听到这样一个字 Trinc④。帕奴吉高声叫道：

"冲着天主的名义说话，我们不得不说实话，这个瓶子不是破了，就是裂了。在我们那里，大家都知道，水晶瓶离火太近一定会炸裂。"

巴布克站了起来。她轻轻地扶住帕奴吉，说：

"朋友，快感谢宽厚仁慈的上苍吧！你也理应这么做，因为你已经听到了圣瓶的圣谕，而且，自从我在这所教堂主持仪式以来，这是我听到的最仁慈、最仁爱、最确切的一个字。起来吧，我们去查查经书，看看这个字是什么意思。"

帕奴吉说："主呀！说实在的，我还是和以前一样，没聪明多少。哦，经书在哪儿？我们去找找看，看看究竟作何解释。"

圣瓶，你探究神圣奥秘

能否告知我的灵魂和命运

我愿真诚聆听

快乐的巴克斯征服印度

也不及你肚里的真知琼液

不以欺诈，不近谎言

神圣的酒呀

让我们进入天堂

愿诺亚的后代幸福

---

① 指葡萄收成时歌颂酒神的赞歌。
② 巴尔戈邑修道院，指本笃会修道院。
③ 阿里斯泰俄斯，希腊神话人物，以养蜜蜂著名。
④ 即"喝"的意思。

相关链接 ●

愿他们在水液里沉浮

求你赐予谕示

那是你的金玉良言

圣瓶,你探究神圣奥秘

能否告知我的灵魂和命运

我愿真诚聆听……

40. 拉伯雷的基本任务就是要破坏官方所描绘的那种美好的图景,用新的观点看待它们,从民间广场嬉笑的合唱观点说明时代的悲剧或喜剧。

第三十四章

巴布克解释圣瓶的谕示

不知道巴布克又往泉水里扔进什么,沸腾的泉水立即平息下来。随后她把帕奴吉带回到神殿中间的那座生机勃勃的水泉跟前。

她从水里捞出一本书。那是用银制成的,厚厚的像个木桶。她往书里灌满了泉水,并对帕奴吉说:

"你们那里的哲学家、传教士、和学者只会对着你们说好听的话,而在这里,我们是真正通过嘴巴来吸取规诫的。因此,我不会对你们说:'请看这一章,请读那一条。'我只会说:'请品尝这一章,请吞下那一条。'古时候,犹太国的一位先知在吃掉一本书之后就成为一名学者,现在,如果我让你吃下一本书,你也可以成为一名彻彻底底的学者。来,张大嘴巴!"

帕奴吉把嘴张得老大,巴布克拿起那本书准备让他吃下去。实际上,那是一个装满正宗法勒纳斯①葡萄酒的长颈瓶,可是那时我们还真以为是书,因为它看上去很像一本祈祷经书。巴布克让帕奴吉把瓶里的酒全部喝掉。

"巴克斯在上,"帕奴吉说道,"这真是很好的一个章节,里头的解释真实可信。这是圣瓶的谕示吗?说实在的,我真是太喜欢了,那种感觉就像吮吸母亲的乳汁一样惬意。"

"当然,"巴布克回答道,"Trinc 是一个全世界通用的词,谁都能理解,它的意思是'喝'。"

"听说你们称之为'包袱'的那东西,在其它各种语言里都有类似的叫法,所以到处都能听得明白,正象伊索寓言所说的那样,人类生来就背着一个包袱,注定要有负担,所以要彼此互相帮助。无论多么有权势的君王,离开了他人的帮助也无法生存;同样的道理,无论多么清高的穷人也没法离开富人;自以为无所不能的哲学家希庇亚斯②就是这样

---

① 法勒纳斯,意大利一古城市名,盛产葡萄酒。

② 希庇亚斯,雅典僭主,保护诗人和手工艺者,在其统治下雅典十分繁荣。

的例子。"

"人类不能没有包袱，更不能不喝。因此，我们认为人类最突出的特点不是笑，而是喝。这里说的'喝'不是取它原始的、简单的意义，因为几乎所有的动物都会喝，我说的是喝清凉可口的美酒。亲爱的朋友们，你们必须知道，喝了这酒，你们会变得高尚圣洁，此话一点都不会假。你们的学者在追究'酒'字的来历时，说的也是同样的意思。他们说，所有的希腊人都称酒为OINOE，此词源自拉丁文vis，意思是'力量，美德'。酒能使人的灵魂充满真理、学问和哲理。

"如果你们注意到神殿大门上的爱奥尼亚文字，那么你们心里一定早已明白真理寓于美酒之中的道理。所以说，既然圣瓶已将你们引至神泉，你们就应该自己去领会其中的奥妙了。"

朋特固尔对帕奴吉说："这位女司仪说得实在有理。你是否还记得，你第一回和我谈论此事时，我就是这么说的。"

第三十五章

帕奴吉等人痴狂于吟诗

"这家伙出了什么毛病？"约翰修士叫道，"噢，是发疯，还是中邪？听听他在胡诌些什么歪诗？他到底吃了什么？瞧他的眼睛滴溜溜地转个不停，像垂死的山羊一样。这个笨蛋，他会不会避开我们，跑到没人的地方去吟唱那些歪诗？难道就没有好心人让他吃些牛蒡草清清他的胃？他会不会像修道士那样，用手探进喉咙伸到胃里，把肚里的东西掏净？他会不会恢复正常？"

朋特固尔打断约翰修士的话，说道：

"不要这么说话，约翰修士！我跟你说，这是激情的迸发，是天主的旨意，也是酒神的灵感。他的灵魂已经得以升华。

"没有颂诗的饮酒，
无法安息的躯体；
有了好酒的驱使，
没有平静的思绪；
想到丰盛的宴席，
他的灵魂，展翅高空；
有预言说，
我们的苦难将更深重；
他有了神灵的启迪，

327

也有了灵魂的美酒，

就让我们向他敬礼吧！"

"怎么？"约翰修士叫道，"你也吟起诗来？怎么会这样呢？该不会都着魔了吧？要是高冈塔能看见这疯狂吟诗的模样，那该多好！真是见鬼，是不是我也要与你们一起吟唱？我真不知道该怎么办。对这个我一无所知，但我好像也想凑凑热闹。噢，看在圣·约翰的份上，既然大家都这么做，我也开始吧！嗨，如果唱得不好，可别见笑，这可是我的第一次。

"主啊！你的神力，

将清水变作杯中美酒，

可否将我的屁股，

化为灯笼？

在漆黑的夜里，

为我的邻居引路。"

帕奴吉完全是一副痴迷的样子。他继续唱道：

"皮西厄斯的神庙，

从未指示过如此多的真理，

也未曾受过如此真切的敬重；

我相信魔幻的大师，

已将它们转移，

从德尔夫到这股清泉；

如果诚实的普鲁塔克①也如此豪饮，

他便不想探求真知，

德尔夫的圣谕，

为何总是缄口不语？

其实理由很简单，

圣谕已离开德尔夫，

来到这股水泉；

此处的神庙可宣示未来的岁月，

有如阿忒涅乌斯的预示；

圣瓶实乃命运之源，

装满神秘的醇浓佳酿

可以预知旦夕祸福；

41. 似乎没有什么比数字离嬉笑更远的东西了。可是拉伯雷却擅长把它们变成逗乐的东西，并且他在与其他东西享有同等权力的条件下，使数字加入自己长篇小说的狂欢化世界中去。

---

① 普鲁塔克，古希腊传记作家、散文家。

即便是个小小人物，
也会为他带来福音。
约翰修士，听我一句规劝：
趁我停留此间，
你也该寻得圣谕，
问问是否有福娶妻。"
约翰修士怒气冲冲地答道：
"娶妻？
神灵为证，
我永远不会娶妻，
我的朋友也不会相信，
我宁愿是女人的苦役，
抑或是为女人发疯的可怜虫，
也不愿为娶妻这一人间游戏，
背叛可贵的自由；
娶妻成家，
犹如猴孙脚下的木屐，
所以，我当然不会；
天主在上，
那好比把自己交给亚历山大，
交给庞培和他的女婿，
他们总是尔虞我诈相互攻击，
即便他们咄咄相逼，
我也不会娶妻成家。"
帕奴吉脱下粗布长袍和那些怪异的服饰，说道：
"可恶的家伙！
我主宰天国，
你下十二层地狱，
我对你的惩罚必定痛快淋漓；
这个时刻已经到来，
你将在地狱里受罪，
但我明白，
即使在地狱里，
你也会耍小把戏，

让珀尔塞福涅①离不开你的裤裆；

你发情时，

在她的门口发出猫的求偶声，

还让普路托②到最远的酒馆去，

喝天下最香浓的美酒；

普路托要是知道此事，

一定会勃然大怒；

然而她天性善良，

却居然会喜欢胖和尚，

和这种性感修士。"

约翰修士吼叫起来："好了，老家伙，见鬼去吧！我一直都在吟唱，泪水已塞住我的喉咙，还是算完帐回家去吧！"

42. 拉伯雷在有关大学生生活的故事情节里描写了一个出色的拉丁化语言的形象。把语言看作完整的现象，是拉伯雷最本质的方面。这是一个骂人的语言形象，是使人威信扫地的语言形象。

第三十六章

辞别巴布克离开圣瓶的谕示

"别让付帐这种琐事来困扰你们，"女司仪对约翰修士说，"只要你们快快乐乐，我们也就心满意足。我们在这边远的地方行善，不是为了获利，而是为了施舍，所以，我们认为自己很幸福，完全不像你们那个世界的教士们所说的那样，要巧取豪夺，我们这是乐善好施。现在我想请你们做一件事：请在这本礼仪书上签下你们的大名。"

说着，她打开一本精美的大书，由我们口授，她的一名侍从手拿一枚金针在上面划线，似乎是在写字，而我们却看不到任何字迹。

接着，她装了三杯满满的神水递给我们，说：

"朋友们，你们可以走了，天主智慧的圆球会保佑你们；它的中心无处不在，它的范围是无边无尽；天主就是我们所说的上帝，他的庇护是万能的。你们回去以后，别忘了证实最伟大的财富和最神奇的东西都藏在地下，你们也没理由不这么做。

"人类之所以敬仰刻瑞斯③，因为她将自己发明的农牧业技术传给了人类，帮他们摆脱了靠野果为生的原始生活。她痛惜自己的女儿被放逐在地底下，但她能预测女儿在那里会见到更多更美好的东西。

---

① 珀尔塞福涅，希腊神话中的冥后。
② 普路托，希腊神话中的冥王，珀尔塞福涅之夫。
③ 刻瑞斯，罗马神话中的谷物和耕作女神。

　　"古时，普罗米修斯请天上的雷电下凡，你们认为这法术怎么样？它在你们那里肯定已经失传，但我们这里还在使用。有时候整座城市被闪电或天火烧毁，为此你们感到很奇怪，不明白这种可怕的灾难是怎么来的？是谁的恶作剧？又是出于什么目的？对此你们茫然不知，而我们对电闪雷鸣却已相当熟悉，而且认为它们相当有用。你们的哲学家抱怨古人没给你们留下什么文献和发现，这是完全错误的。地下储藏的东西非常丰富，是你们在天上、陆上、江河湖泊中看到的一切所无法比拟的。

　　"正因为如此，世上几乎所有的语言里都有'富翁'一词，那是为地下统治者取的绰号。你们的圣人们孜孜不倦追求真理时，都要虔诚地请求上帝的佑助；古埃及人称上帝为'神秘者'或'隐匿者'；他们呼唤他的名字，祈求他显灵现身给予帮助。善良又万能的上帝不仅创造了生物，而且也让人们认识了他。

　　"你们的圣人都是由灯笼引路。古时的哲学家和圣人们认为，为了清楚地了解上帝，追求真正的智慧，两样东西是必不可少的：一是上帝的指引，二是人类的帮助。

　　"所以，在古代的众多哲学家之中，琐罗亚斯德①在游学过程中找到艾利玛恩普斯作伴，埃斯科拉庇俄斯②找到墨丘利，奥菲士③找到了缪斯，毕达哥拉斯找到阿咯勒奥非玛斯；在所有的王子和武士当中，赫丘利历经最多的磨难才找到他惟一的朋友阿特拉斯；尤利西斯④找到了狄俄墨得斯，埃涅阿斯找到了阿凯提斯。你们都效仿了他们，在明亮的灯笼的指引下来到这里。好了，天主在上，你们可以走了。主与你们同在！"

────────────

①　琐罗亚斯德，古代波斯琐罗亚斯德教创始人。
②　埃斯科拉庇俄斯，罗马神话中的医神。
③　奥菲士，希腊神话中的诗人和歌手。
④　尤利西斯，古希腊史诗《奥德赛》中的英雄。

相关链接 ●

译 后 记

在大学里教学英语,一有空就啃外文的大部头,常常沉迷进去,忘了今夕何夕。这回突发奇想,动脑筋并且放胆翻译这部大作品。其间,先是被作者的奇异经历所吸引,后是被作品的绝妙语言所折服。

作者拉伯雷,是法国文艺复兴时期的讽刺家和人文主义者,500多年前出生于法国中部的施农市。他先是天主教本笃会的一名修士,跟人吵了一场后离开修道院从医去,后来又杀个回马枪,到门登修道院当院长。他为人公正无私,仁慈宽厚,还是个热心的教师和用功的学者,因此人气颇旺,他的家成为当时许多有识之士常去的地方。

拉伯雷的这部多卷本长篇狂文,原名《高冈塔和朋特固尔的生活及英勇言行》,我们通常称其为《巨人传》,包含了喜剧、讽刺、神话和人文主义哲学。作品以大胆革新的语言和白话叙述形式,详细记述了两位巨人的成长、历险以及通向自我发现的旅途中的奇异故事。这位拥有非凡独创见解和深刻敏锐判断力的渊博的思想家,其观点和机智完全融入到闹腾嬉戏、荒诞古怪的虚构情节中去,使作品极具可读性和穿透力,也使作者成为欧洲文学史上最伟大的人物之一,去世几个世纪以后仍受到世人的瞩目和称赞。

这部作品从法国走向世界,应有多种译本。我所根据的文本,是1928年美国纽约现代文库由唐纳德·道格拉斯执编并作序的英文版本。这个英译本是以四卷本形式出版的古老版本,被现代文库列为"全球最杰出作品"系列之一。十年前书市上能见到上海译文出版社由成钰亭译自1951年法文版的同名作品,但不是四卷本。我和学兄蔡朝阳选了1928年的古旧英文版,虽属"二盘",但想想英译本里或许会有别于法文版的许多妙处,于是怀着七分敬意三分好奇,相约分头翻译,我译一二卷,朝阳译三四卷,适时地把拉伯雷这部狂放之作介绍与读者同胞们共享。

我俩从大学英文专业毕业不久,翻译这样的大部头世界名著,还是头一回,经验和精力都不足以单独完成。好在教育界、文学界、出版界的师友很多,他们极力鼓励并热心帮助我们一道完成这一工程。海峡文艺出版社何强副社长不时点拨指导;福州市文联作家、编辑姚青群友情协助初把译文关;

《海峡姐妹》许步书副主编应邀客串社外编校，还写了书评。

还有"换一种关心"给我加压的：一是我所执教的福建师大外语学院的领导们，他们让我好好翻译，给母校争面子，给青年教师做样子；二是家里的老爸，他是作家又是职业编审，但他自己也为书市（恰逢在福州举办的第十三届全国书市）赶出《说字写文》、赶编《冰心爱典》，没时间帮我的忙，就记得天天警告我别"造次"（出次品）；三是在厦门一家出版社当编辑的哥哥，原是我临时抓差搞校对的最佳人选，这阵子也为书市赶编《梁实秋全集》而自身难保，不时在下半夜打来"骚扰"电话，说老妹你还有空睡大觉你真是太幸福了！

这些动力和压力集中在一起，真让我轻慢不敢懈怠不得，再接再厉地开夜车兼开快车，终于把一对老外"巨人"基本原模原样地"引渡"过来了。在这好歹松了口气的时候，我先以书面的形式，对上述诸位热心人表示感激。

陈 琳

2002 年 10 月